新世纪长治诗群研究

谭五昌◎著

中国文史出版社
CHINA CULTURAL AND HISTORICAL PRESS

XINSHIJI CHANGZHI SHIQUN YANJIU

图书在版编目（ＣＩＰ）数据

新世纪长治诗群研究 / 谭五昌著. -- 北京 ： 中国
文史出版社，2021.11
ISBN 978-7-5205-3356-0

Ⅰ．①新… Ⅱ．①谭… Ⅲ．①诗歌研究－中国－当代
Ⅳ．①I207.22

中国版本图书馆 CIP 数据核字(2021)第 228961 号

责任编辑：全秋生

出版发行：中国文史出版社
地　　址：北京市海淀区西八里庄路 69 号　　邮编：100142
电　　话：010－81136602　　81136603　　81136606　（发行部）
传　　真：010－81136655
印　　装：北京温林源印刷有限公司
经　　销：全国新华书店
开　　本：787×1092　　1/16
印　　张：24.5　　字数：390 千字
版　　次：2021 年 12 月北京第 1 版
印　　次：2021 年 12 月第 1 次印刷
定　　价：68.00 元

目录

CONTENTS

绪论：*21* 世纪文化与文学语境下的"长治诗群"

　　众所周知，21 世纪的中国新诗写作领域出现了主旋律写作（政治抒情诗或泛政治抒情诗）、乡土写作（乡土诗）、日常生活写作（或口语写作）、学院派写作等几种不同的诗歌写作类型。主旋律写作作为一种诗歌写作向度，它以宏大叙事与政治性抒情的方式来呈现重大的政治思想主题，在美学风格上，通常以崇高、豪迈、激昂、雄壮等阳刚之美为审美情感基调。乡土写作则是另一种诗歌写作向度，它以质朴的叙事与抒情方式来抒发诗人对于乡土的依恋、赞美与热爱之情，一般以朴实、真挚、深沉、忧伤等阴柔之美为审美情感基调。从文化层面来看，乡土诗歌（或乡土写作）所体现的乡土文化，完全可以归属于国家主流文化的范畴之内，因为 21 世纪以来加速发展的城镇化过程，包括中国共产党十八大以来在中国广大乡村地区开展的精准扶贫，其目标就是为了建设社会主义新农村，体现出社会主义制度与社会主义文化的优越性。在 21 世纪以来的社会文化语境中，乡土诗歌（或乡土写作）所表达的乡土文化毫无疑问是社会主义文化的有机且重要的组成部分。作为一个典型的例子，当下不少诗人所创作的精准扶贫题材的乡土诗篇，正是对今日广大农民共同致富的中国梦的自觉呼应，而中国梦在当下的社会文化语境中被赋予了强烈的意识形态色彩与深刻的政治思想内涵，众所周知，中国梦即实现中华民族的伟大复兴，而今日中国农民集体性的脱贫致富是实现中华民族伟大复兴的基本条件与重要环节。由此看出，乡土文化在当代中国文化格局中有其独特而重要的地位，它是国家主流文化不可或缺的有机组成部分。具体到乡土诗歌而言，从文化属性来看，它是当代政治抒情诗的重要补充，它在确保思想主题层面政治正确性的前提下，以充满民间文化色彩的方式来呈现其相对独立的艺术情调与审美价值。

日常生活写作（或口语诗歌）可以归属于大众文化范畴之内，因为它通常是采用口语的方式对于都市日常生活的平面化叙事，对于严肃、神圣的传统事物与价值信仰采取一种满不在乎的解构主义态度，由此展示出来的娱乐主义的写作立场与精神姿态，体现出日常生活写作（或口语诗歌）的大众文化属性。从文艺思潮的角度来看，日常生活写作（或口语诗歌）呈现出后现代主义的审美风格，反文化、反崇高、反修辞是其整体艺术主张，口语化、叙事性、戏剧性、反讽、幽默是其惯用的艺术表现手段。当然，走向极端或深度沉迷于后现代主义的日常生活写作（或口语诗歌）往往陷入了虚无主义的美学泥潭，凸显出作者们（诗人们）空虚、无聊、冷漠的写作心态，而实际上，从积极角度来打量，有不少诗人的日常生活写作（或口语诗歌）追求平民化的审美趣味，具有亲切、机智的艺术效果，展示出当代经验表达的独特魅力。例如，21世纪以来以日常生活写作著称于当代诗坛的山西籍优秀"口语"诗人侯马就是一个正面性的个案。通常来说，持有日常生活写作向度的"口语"诗人绝大多数都工作并生活于大、中、小城市，他们熟悉并习惯于城市生活的方方面面，并且在心理情感上深深地融入其中，其笔下的口语诗歌呈现的基本上是一种城市经验。虽然许多乡土诗人也工作并生活于城市，但他们身上具有浓厚的难以摆脱的乡土情结（或乡村情结），因而在他们的笔下，呈现的是一种乡土审美文化经验。"口语"诗人与乡土诗人，虽然在出身上存在着城乡差异，但最根本性的问题还是这两类诗人不同的审美文化趣味所导致的结果。

学院派写作是学院派表达其思想诉求与精神状态的诗歌写作类型。理想主义、人文情怀、独立意识、批判精神是知识分子诗人富有标志性的精神姿态，知识分子写作通常采用书面语，从诗歌语言上表明其对文明传承责任的自觉担当态度，深刻、沉重、崇高感、悲剧性通常成为知识分子诗歌写作的审美风格与精神底色。当代中国诗坛的知识分子诗人大多受过高等教育，他们身上具有强烈自觉的社会使命感与人文关怀精神。从诗歌写作价值取向的角度而言，知识分子诗人与"口语"诗人（或民间诗人）存在着最为紧张的对峙与冲突关系，因为知识分子诗人坚持知识分子写作，"口语"诗人（或民间诗人）则坚持日常生活写作与口语写作，执着地张扬其大众文化与平民文化立场。知识分子诗人

（或学院派诗人）与"口语"诗人（或民间诗人）之间，在诗学观念、审美趣味与文化立场上，整体上存在着难以调和的结构性矛盾。1999 年，发生在北京昌平的"盘峰论争"便是知识分子诗人（或学院派诗人）与"口语"诗人（或民间诗人）之间矛盾空前升级与全面爆发的结果，这标志着世纪末中国先锋诗歌内部的彻底分裂。通常认为，王家新、西川、欧阳江河、臧棣、西渡、姜涛等为知识分子诗人（或学院派诗人）的代表性人物，而于坚、伊沙、侯马、徐江、沈浩波、中岛等为"口语"诗人（或民间诗人）的代表性人物。这种诗坛内部的两极分化，很快就演化成多元共存的诗歌格局，一个具有说服力的例子是，"盘山论争"结束不久，对于知识分子诗人（或学院派诗人）与"口语"诗人（或民间诗人）的诗学观念与审美趣味均不大认同的一大批诗人（以树才、莫非、谯达摩等诗人为代表），则发起了一个"第三条道路写作"运动，它在象征的意义上宣告了中国当代诗坛多元化写作时代的来临。

事实就是如此，进入 21 世纪以来，多元化诗歌写作的美学格局与文化生态完全成型并日益巩固，成为 21 世纪中国新诗写作不可逆转的美学潮流。除了前面提及的知识分子写作（或学院派写作）、日常生活写作（或"口语"写作）、"第三条道路写作"外，主旋律写作（政治抒情诗写作）、乡土诗写作、神性写作、人性写作、下半身写作、女性写作等各种写作向度及流派主张纷纷涌现，形成 21 世纪诗歌写作的繁荣态势（其中当然存在某种虚假繁荣的成分，这里暂且存而不论），由此对于全国各地诗人们的创作产生一种强力的刺激与推动作用。21 世纪"长治诗群"就是在这样的文化与文学语境中"浮出历史地表"的。2000 年以来，仿佛受到 21 世纪来临的时间感召，山西长治地区的诗人们焕发出空前的创作热情，老中青诗人们均逐年创作出数量不菲的诗歌作品，许多长治籍诗人展示出强劲的创作实力，其作品不但在国内各大诗刊、各大选本频频亮相，而且竞相出版诗集，获得国内各种诗歌奖项。更让人欣喜的是，山西长治地区的诗人们不但创作人数众多，而且艺术风格丰富多样，局面喜人。长治籍评论家刘潞生以长治诗歌在场见证人与研究者的姿态，对于 21 世纪最初十年（2000 年至 2009 年）的长治诗歌创作状态，予以了十分具体、翔实的叙述与评介：

> 20 世纪 90 年代中期至 2009 年底十多年的时间，特别是进入 21 世纪以后，长治的诗歌活动进入了有史以来的黄金时期。
>
> 20 世纪八九十年代长治诗歌创作活动在审美趣味、创作思想、艺术手法、创新追求上的某种滞后，并不能说明长治诗歌的前景黯淡。让人欣慰的是，

当时，诗坛的驳杂语境一方面给诗歌的发展造成了巨大压力，另一方面出乎意料地为诗人们的成长提供了磨炼的空间和创作养分。对于长治诗坛来说，众多诗人的涌现和大量诗歌的产生，无疑是这种背景滋润、催生的结果。21世纪初叶活跃在长治诗坛上的大多数诗坛新秀，绝大多数都是在这个时期起步的。他们在起步伊始，就面临着中国文化的全面转型和"中国诗歌的资源是西方还是本土；诗歌写作处理的是知识还是现实；富有活力的诗歌语言是书面语还是口语"等等深层次的争论。

他们的起步就站立在一个高起点上，他们少走或没走许多前辈诗人走过的弯路。

从20世纪80年代中后期、90年代，特别是进入21世纪以后至今，长治老中青三代诗人形成了阵容可观的梯队组合。

宋谋瑒、王文绪、冯光玉、郑云萍、申修福、郭王甫、冀光明、牛成孝、寓真（李玉臻）、李才旺、刘德宝、张不代、常福江、刘金山、钮字大、郭新民、李志宽、郭俊明、杜宇声、刘堂哲、王成学、赵承学、李云楼、周景堂、王世贤、毕福堂、程高翔、白锡喜、王广元、王立敏、倪步云、金所军、苗瑾、石岩、罗连双、葛水平、秦建平（秦歌）、卫志坚、丁超、裴恒敏、泉声（闫荃生）、赵巾又、郎丽宁、姚江平、吴海斌、申爱军、邢昊（邢少飞）、贾长清、赵芳、李寿昌、霏霏、王太文、张佳惠、张丽玲、桑小燕、戴玉刚、王志彦、月合、孙文芳、牛玉山、王兆林、王照骞、王仲祥、杨忠义、刘飞、宋玉萍、晋柳（袁振华）、吴涛、成亮、周晋凯、周广学、董文艺、朱枫、唐振良、陈小素（陈素云）、赵立宏、马兰、北琪（韩建华）、魏广瑞、黑骏马（白宝良）、郭安廷、杨梅征、李湘、郭庆萍、曹志宏、闲鹤（梁建国）、玉洁（卫玉娥）、付一春、贾爱格、郭玲燕、梦幻（原书珍）、秋临（李倩涛）、张霞、妙真（张平）、秦小文、黎明（许旭明）、白香云、和飞燕、北方（王春平）、北松（宋超）、史剑斌、程旭荣、水木禅（田艳林）、王泽宇、王寒星、王志斌、李树斌、陈慧岩、孤梦星、牛亚敏、张云岗等等，或纵横诗坛几十年，或诗锋正健于当今，共同装点着长治诗坛的五彩天空。

20世纪90年代期间，长治的诗人们几乎是相约而同地进入了对于自己创作的总结、回顾与检视，纷纷将自己的作品汇聚成册这样一个鲜明而重要的历史阶段。

1990年特别是进入21世纪以来，长治诗人出版的个人诗集主要有王成学的《余暇集》、赵承学的《迟开的野花》、钮字大的《仙魂·海魂》《苦涩的恋情》，张不代的《张不代诗选》《张不代诗全集》，申修福的《申修福诗歌精选》、刘金山的《没有标点的季节》《刘金山短诗选》《岁月步履》,李才旺的《有伞的风景》《无雪的冬天》,刘德宝的《绿屋铭》、寓真的《寓真词选、寓真新诗》、王广元的《蚂蚁过河》《布谷叫天》《燕子低飞》《狼走雪野》《蜘蛛结网》,葛水平的《女人如水》《美人鱼与海》,秦建平的《远方有约》《一轮明月引我回家》,罗连双的《君山集》、冀光明的《岁月悠悠》《帝女传》,郭新民的《郭新民抒情诗选》《花开的姿势》,金所军《黑》《尘世之情》《绝世之船》《纸上行走的光线》,姚江平的《夜的边缘有一棵树》《必须像一个人》,王太文的《幻觉的天国》、吴海斌的《冰在零度以下活着》、杨忠义的《飞霞》、裴恒敏的《怀着美好的心情》、郁杉的《山光岚影》、赵巾又的《青石寨》、苗瑾的《漳河吟》、石岩的《岁月丛林》、丁超的《太行之恋》、周景堂的《岗岚夕照》(三集)、王世贤的《芹圃翁诗集》、卫志坚的《麦穗》、牛成孝的《情系天涯路》、程高翔的《太行之歌》、郎丽宁的《栖息的鸟》、桑小燕的《屋檐上的白鸽》《羊的眼泪》,唐振良的《生命的足音》《生命的幽香》、孤梦星的《路人之歌》、戴玉刚的《风起的季节》、程旭荣的《不沉的地平线》、董文艺的《这样的歌声》《星云奔行》,张佳惠的《暗处》、邢昊的《房子开花》《人间灰尘》,张丽玲的《黑眼睛》、周广学的《含泪的花期》《周广学诗歌精选》,梦幻的《梦幻爱情诗》《梦之约》《梦幻集》,朱枫的《一个人说话》《穿旅游鞋的舞神们》(合集),黑骏马的"三线",《黑骏马的风景线》《默默的流水线》《忧伤者的回归线》,王兆林的《献给母亲的歌》《黄土地上的歌》,宋玉萍的《梅心集》、北琪的《怎奈时光流逝》、北方(王春平)的《树叶之上》《木头中的火》,程旭荣的《不沉的地平线》《独行旷野》,王泽宇的《朝如青丝》、马兰的《风铃集》、杨梅征的《风声鹤唳》、曹志宏的《粗粮馆》、闲鹤的《随吟集》、郭安廷的《兰草归来》等诗集以及杜宇声的诗论集《野翁侃诗》等等,在省内外引起反响。

经历了新时期以来,特别是进入 21 世纪以后近十年的发展,长治诗歌创作显现出一种难得的多元性、开放性、包容性、共生性局面,呈现出诗歌作品优秀文本多;诗人队伍壮,为长治文学队伍中的主体力量;诗歌视域开阔,既注重对于个体内心世界和个人体验、感受的表达,同样注重对于社会、民生的关注;题材不拘一格、丰富多样;对艺术表现、风格流派的探索追求与实践充满活力;思维活跃,接受、融化国内外各种优秀文艺新思潮快的特点。[1]

---

① 刘潞生:《长治当代文学记忆》,光明日报出版社,2013 年,第 294—296 页。

从长治籍评论家刘潞生上述这段材料丰富、数据可靠的长治诗人创作情况的简要述评中，我们可以非常真切地感受到长治诗人们21世纪诗歌创作的繁盛态势，人们可以从中感受到长治诗人作为一个地方性诗群在山西省内乃至全国诗坛所具有的不容忽视的集体影响力。

2005年，长治作家协会主席、诗人郭俊明在作协内部诗歌刊物《惊蛰》第3期上，发表了一篇全面述评长治诗人创作的文章《山魂水魄，别具风光——"长治诗群"一览》，第一次提出了"长治诗群"的概念。郭俊明以一位诗人与学者的双重敏锐，用"长治诗群"这一概念来对长治地区的诗人创作群体进行流派性与团体性的命名，他在这篇文章中特意指出："'长治诗群'在山西诗歌创作队伍里已是一支不可忽视或者说是一支重要的力量"，"'长治诗群'近年来取得的创作成就，已是有目共睹"，以此为其"长治诗群"的命名提供有力的支撑。

郭俊明主动、自觉的诗歌流派与团体命名行为在长治诗人群体内部引发积极、强烈的反响，并获得了极为广泛的支持。2006年与2007年，"长治诗群"的概念命名与诗群建构行为在长治、在山西甚至在国内诗坛均掀起一个热潮，持续走向深入展开与夯实阶段。作为"长治诗群"这一概念命名的始作俑者，2007年1月，郭俊明写出了一篇重头文章《对"长治诗群"的文化思考》，从文化角度对于"长治诗群"的命名与建构的合法性问题进行了宏观性与学理性的梳理与论述，兹引全文如下：

> 上党这块土地，固然是兵家必争之地，亘古以来，战火频仍，争战不绝，但也是一块有着深厚文化积蕴的土地。就山西而言，比之龙城，比之塞北，比之河东，比之尧地，山雄水丽，风光别具，深厚有之，峻拔有之，广阔也有之。"白塔亭亭三十里，漳河东畔几回头"，这不仅是元好问一个人的感喟，东来西去，谁也一样。
>
> 远的不说了，且看现在"长治诗群"的阵容。
>
> 申修福、刘金山算是"老"诗人了，他们的创作开始于20世纪的五六十年代。说他们"老"，并不是他们的年龄多么地老，是他们已经退出公职，成为纯粹的诗人。
>
> 中年诗人郭新民、苗瑾、王广元、裴恒敏等，他们的创作开始于20世纪的七八十年代。
>
> 构成"长治诗群"的最大群体还是青年诗人。王太文、金所军、姚江平、卫至坚、赵立宏、吴涛、周晋凯、吴海斌、朱枫、朗丽宁、秦歌、唐振良、闫奎生、董文艺、成亮、葛水平、陈小素、李湘、桑小燕、北琪、黑骏马、张佳慧、晋柳等等。

长治还有一支古体诗的创作队伍——常福江、罗连双、郁杉、阎炜生、张晋皖、宋玉平等。

此外，还应该提到已经逝去的在全国诗坛享有盛誉的宋谋瑒先生，还有曾经为诗，现又心有旁骛的秦玉清、李昌钊、郭生宏诸位。

当然，这还不是"长治诗群"的全部。概而述之的代价是部分的牺牲，还应该有一个庞大的、虽还没有走入诗人行列但是热爱着、写作着、正在走进诗人队伍的诗歌爱好者群体。他们的存在是不容忽视的，只是不能一一列举。

成果是丰硕的，特别是进入21世纪以来。

郭新民捧回了"首届艾青诗歌奖"，并获得山西"赵树理文学奖"，与他一起获得此奖的还有姚江平以及金所军的"赵树理文学新人奖"。继王太文参加第二十届《诗刊》"青春诗会"之后，姚江平和金所军参加了第二十一届《诗刊》"青春诗会"，吴海斌参加了第二十二届《诗刊》"青春诗会"。《诗刊》"青春诗会"被称为诗界"黄埔军校"，从20世纪80年代初举办至今，我国大批优秀诗人从其中走出。一个中等的地级城市，有这么多的人参加这个"青春诗会"，在全国也是少有的。

郭新民已有数本诗集问世，申修福、金所军、姚江平、吴海斌、朱枫、郎丽宁、卫志坚、董文艺、秦歌、葛水平、李湘、王广元、裴恒敏、罗连双、郁杉、刘金山、唐振良、黑骏马等诗人也出版了诗集或专著。近年来，长治诗人的作品频频出现在报纸杂志以及书店。不论作为诗人个人，还是作为一个群体，已经引起诗坛的关注，成为山西诗坛一支重要的创作力量。

有诗人建议把这个诗歌群体叫作"太行诗派"或是别的什么。我觉得还是"长治诗群"贴切一些。因为，"长治诗群"在展示自己创作旺盛势头的同时，还呈现了不同的创作风格。这是十分可贵的。不同创作风格的存在，奠定了这个诗群进一步发展的基础。失去了这个多样性，这个诗群就会失去活力。从这一点上来说，"长治诗群"既是一个群体，又体现着足够的个体特质。也就是说在这个群体里，每一个诗人的个体主体性并没有丧失，而且有着长足的发展。因为，这个群体中的每一个诗人都是以诗人的名义出现并且体现着诗人的品质。套用一句《论语》里的话就是："君子和而不同"，这个诗群的诗人与诗人之间，既情浓似酒，也清淡如水。诗人与诗人之间，是诗的对话，没有人做过试图强加于人、凌驾于人的这种努力，也没有诗人离开诗去看待诗人与诗人之间的关系。从文化精神这个层面来说，这是"长治诗群"最为可贵的一点。

诗歌是我们民族的文化精神精华，在相当长的历史时期里，诗歌是人生文化积累的起点，也是一个人的文化标识。就连一向板着面孔的理学家程颐也说："学者不可以不看诗，看诗，便使人长一格价。"与二程齐名的大理学家朱熹，也写过"半亩方塘一鉴开，天光云影共徘徊。问渠那得清如许，为有源头活水来"的名诗。再往远一点说，孔子既删定《诗经》，也编撰《春秋》，从此成为中华文化的经典。由此可见诗歌对中华文化的奠基作用，《诗经》成为五经之首，绝非偶然。没有《诗经》，没有诗歌，我们民族的文化就要失去一个巨大的内在支撑，也失去一个重要的精神内涵，它将是一个苍白的、没有浓厚度、没有风采的文化体系。

就我们的文化精神来说，我们正经历着一个特殊的历史时期。在强大的实用主义的理论背景下，在物欲横流的社会潮流中，在商品意识充斥在每一个角落的环境里，不论是我们对中华文化传统的坚守，还是我们对未来文化的建设，都面临着严峻的考验。在现实生活中，就连最具浪漫色彩的恋爱也被物化的时候，我们当然不可能背着抒情诗去做任何一件事。几乎整个社会都在以一种实用主义的态度排斥着诗歌，几乎整个社会都在斥责诗歌越来越看不懂，但是又不愿意对儿歌一样浅显易懂的诗歌加以些许垂顾。对待诗歌，这不是一个单纯的文学问题，而是这个时代，这个社会历史阶段一个深层次的社会文化心态。漠视、排斥以至于失去诗歌，不论是对于一个个体，还是对于一个民族，都将是一个巨大的精神损失。不用说，世俗的力量是强大的。世俗的力量无时无刻不在侵蚀着诗歌。诗人面对现实的世界，必须做出自己的选择。世俗本身并不是可怕的，我们置身于其中的世俗生活一样充满着活力，正所谓"太阳每天都是新的"。问题是，诗人能不能避开恶俗。诗人能不能不沦为世俗的奴隶。"长治诗群"的意义在于，他们保持的是诗的纯粹性，是诗的品格，是一种超乎于世俗功利之上的人文主义精神。他们不避世俗，但不为世俗所奴役。这个诗群的存在与发展，必将对这片古老土地的文化精神的建设产生深远而持久的影响。

"长治诗群"的形成与发展，当然不是一时之功，既有历史的原因，也有现实的原因，既有诗人个人对文学乃至人文主义精神的追求和热爱，也是社会发展的推动和需要，同时也是一个"文化群落"问题。联系到近年来长治文学及其他艺术的整体发展，它就不是一个孤立的现象，它是多种文化力量相互作用的结果。文学作为一切艺术的基础，它的发展深刻地影响着其他艺术或相关艺术的进程和走向。一方面是人文主义精神本身，一方面是由此产生的优秀作品，形成了一支文化队伍，造就了一个文化现象，融合为一种文化精神。从这个意义上来看，"长治诗群"不仅是属于长治文学的，也是属于整个长治文化的。同样，它不仅仅是属于长治的，也是属于整个山西的。[①]

郭俊明这篇颇具理论色彩的文章《对"长治诗群"的文化思考》，从文化现象与文化精神的角度与高度对于"长治诗群"的历史源流、人员构成、心理结构、人格状况、诗学价值与文化意义予以了精要、到位的阐释与论述，是一篇关于"长治诗群"建构的纲领性文章，具有重要的地位。

与郭俊明相类似，时任山西临汾市委副书记的诗人郭新民作为"长治诗群"重要代表人物，在"长治诗群"建构过程中态度非常积极与热情，发挥着重要的建构者与引领者的角色作用。2007年4月，郭新民写出了一篇宣言性的文章《"长治诗群"的崛起》，对"长治诗群"的历史文化脉络传承、诗群人员社会结构、团体氛围与精神状态、集体风格与艺术个性、诗学价值与未来前景等诸多方面的问题进行精彩阐述，文章既体现出一位领导者的过人智慧，更充满着一名诗人的丰沛激情，现在特将原文引录如下——

巍峨壮丽的太行山脉其实原本并非就是现在令人仰慕、使人震撼的姿态，它的伟岸来之于平凡，来之于大地的躁动，来之于地核热能的释放，来之于地平线勇敢而突兀地站立。活跃在太行山上的一群诗人们很像其赖以生存的厚土热壤，具有这方水土的特性和本质，这些并不起眼的文化苦旅者聚合到了一起，相互簇拥，相互包容，相互构架，他们像"蚂蚁的身影拥抱着大地"，他们以凝聚的力量雕塑着诗歌。于是像他们深情拥抱的太行山一样自然而然地耸立起来，就形成了太行山样磅礴的气势，也就形成了令当代中国诗坛引人瞩目的集群现象，故称之为"太行诗群"或"长治诗群的崛起"。

长治诗群（亦称太行诗群）的崛起，有其宏阔的历史文化背景和深刻的时代内涵，特别是自觉传承了自《诗经》以来历经锤炼的诗歌精神，在这个日新月异、飞速发展的时代呈现出独特但坚韧、个性且包容、张扬亦沉静的群体特征，在异彩纷呈的当代诗坛逐渐显示出了卓尔不群的魅力和不可替代的地位，诗人们的作品显示了多种风格，诗人们的创作体现了多种可能性。

长治属晋东南，地处太行山腹地。地理位置的独特和民俗文化的个性，使得长治从古至今就占尽了区位优势并积淀了丰富的文化精髓。炎帝农耕、后羿射日、女娲补天、精卫填海诸多神话多发端于此，其深厚的上古文化底蕴为上党文明造化繁荣奠定了无与伦比的历史性基础。古人云"得上党可望中原""与天为党"（荀子）、"上党从来天下脊"（苏东坡）等等，都反映了长治的超常和不凡之处。历史上的上党风云际会，风驰云动，山雄水阔，

---

① 郭俊明：《对"长治诗群"的文化思考》，原载《上党晚报》2007年1月31日。

地高人秀，不仅本土出过鲍照（南朝宋·元嘉三大家之一）、王廷相（明·前七子之一）、程康庄（清初四大家之一）、陈廷敬（《康熙字典》总撰）等彪炳史册的文学名人，而且还滋养了赵树理等当代文学大师。冈夫、丁玲、阮章竞、马烽、韩文洲等大家也都在太行山留下了精彩的篇章；另有经太行山厚土热壤哺育成长并走出大山的文坛名家李玉臻、李才旺、张不代、王东满、钮宇大、刘德宝、赵瑜、李杜、柴然、成保德等，成绩斐然，影响深远。特别是留下了曹操、陶渊明、李隆基、李白、白居易、李贺、韩愈、苏轼、欧阳修、元好问、于谦、傅山等诗人的名篇佳制。

长治诗人勇武任侠，慷慨悲歌，史载历史上就曾形成过沁州、武乡、黎城、壶关诗人写作群落，尤其是唐代李隆基任潞州别驾时，倡导、推动并形成了以"匡政治、厚人伦、感神明"为特点的潞州长治县古诗文写作群落。这些源远流长、特色鲜明的古诗文群落，底蕴深厚，内容丰富，作为一种文化遗产和精神财富，至今仍流光溢彩，耐人寻味。

近年来，随着现代诗歌的发展和网络时代的快节奏冲击，诗歌进入了一个前所未有的嬗变及发展时期。长治的诗人们以充沛的热情和执着的信念，以高远的追求和勇敢的期盼，以颇具风格的作品和新锐不俗的实力，或诗刊，或网络，或发表，或交流，以扎实鲜明的个性体验，以别具一格的艺术手法，在太行山上构筑着诗歌的天堂圣境，坚守着诗歌的画苑妙境，耕耘着诗歌的良田厚土，构建了蔚为壮观的诗歌集群高地。一批影响颇深、有前途有潜力的青年诗人，形成了为诗坛和社会各界所称道的太行诗歌群落——长治诗群，当然，也自然而然成了文坛瞩目的一道靓丽的风景线。

诗歌是民族的良心，是人类文明的灵魂，是精神文明的旗帜，也是"人类的情感之花、智慧之花、灵魂之声"。诗歌的特性，使其义无反顾地担负起呈现当代生活、描写所闻所见、抒发所思所想、展示个人魅力、表达生命体验等重任。显而易见，长治诗群的诗人们对这一点是有着一致的认识和共同的态度的。

……

在这个群体里面，创作自由，灵魂自由，精神自由，诗风健康，心态平和，氛围和谐，无滥竽充数者，也鲜有沽名钓誉之徒。大家互相学习，互相鼓励，互相促进，既不妄自尊大，也不故步自封；既不沾沾自喜，也不一叶障目，坚持包容的胸怀和宽容的心态，营造和谐发展、共同进步的环境和氛围。从创作方向看，坚持贴近时代，贴近实际，贴近生活，贴近民众，有着鲜明的创作重点和审美坐标。就作品本身而言，内容讲究丰富性，风格坚持多样性，理念突出前瞻性，形式主张艺术性；从创作态度来看，自然淡定，安静沉郁，不急不躁，不温不火，不随波逐流，也不一曝十寒，诗歌如同是工作和生活的一部分，是生命不可或缺的重要内容。太行山广袤的大地和苍穹为诗人们提供了浩渺无垠的创作空间，他们瑰丽的前景充满了阳光，充满了雨露，充满了芳香……

　　当然，长治诗群不是一个流派，它是在发展过程中的客观存在；也不是一个小圈子，它兼容并蓄，海纳百川；更不倡导整齐划一的风格或主义，它鼓励个性自由，百花齐放。在日新月异的市场经济时代，在此起彼伏跌宕躁动的现代诗歌背景中，长治诗群正在以其卓尔不群的特征和大气执着的品格屹立峰巅，其在中国当代诗坛上兀立意义和存在价值，越来越明显，越来越丰富，必将越来越重要。

　　哦！太行山高高挺立着，长治诗群在太行山上高高挺立着！①

　　由于郭新民的这篇文章写得十分精彩，见解深刻，文采斐然，在此几乎全文引用。客观而言，郭新民的《"长治诗群"的崛起》与郭俊明的《对"长治诗群"的文化思考》是关于"长治诗群"两篇极具分量的文章，二者在对于"长治诗群"的理论建构与文脉梳理方面具有非常重要的地位与价值。这两篇文章发表出来后，"长治诗群"陆续获得了全国诗坛的强烈关注与认可。例如，2007年，国内权威诗歌杂志《星星》诗刊专门推出"长治诗群"作品小辑，选发了郭新民、金所军、姚江平、吴海斌、王太文、吴涛、赵立宏、成亮等八位"长治诗群"成员的诗作。此外，许多省内以及全国知名的诗人、诗评家对于"长治诗群"这一诗坛现象，以及对于"长治诗群"的具体成员陆续进行评论和阐释，整体上给予高度肯定与充分好评。例如，山西籍著名诗人潞潞如此评价"长治诗群"：

　　在我看来，"长治诗群"有这样几个特点：一是保持了赵树理为人民大众的文学传统，甚至传承了中国文化"民为重"的民本思想，他们在创作中倾注了对人民和土地的热爱，他们的情感末梢感触着麦穗、粮食、羊群和秋天；他们把自己自觉当作人民的儿子，亲近土地，为土地而歌哭；他们诗歌的主题和内涵，无一不和土地与人民有着血肉联系，因此形成这个诗群的主旋律，犹如"太行天下脊"那样的骨架；二是这个诗群的艺术水准普遍较高，起点高，悟性好，但凡发表的诗作很难看到伪劣品。该诗群中有数位在全国称得上一流水平的诗人，在全省名列前茅的诗人也不在少数，更为可贵的是有一批崭露头角身手不凡的新人；三是这个群体在诗歌理念和风格上以至诗

---

① 郭新民：《"长治诗群"的崛起》，原载《文学报》2007年6月22日。

体上有相当的包容性。因此显得极为开阔和富有活力。"①

潞潞对于"长治诗群"的高度评价中对于它的三个特点的概括颇为精准,体现出潞潞作为山西籍诗人对于"长治诗群"源于本土文化的深刻了解,令人赞赏。再例如,来自北京的全国著名诗人林莽对于"长治诗群"则从宏观性的时代背景与诗歌现状这一角度,表达了自己的充分肯定与高度赞赏之情,兹引林莽对于"长治诗群"的几段评语:

21世纪伊始,我们的新诗开始呈现出一种新局面。它摆脱了90年代的相对低迷,开始活跃起来,尽管2006年网络上对某些诗歌进行了严厉的批评,这也正说明,诗歌在人们心中还是有着它的基本概念的。当然,网上的诗歌只是我们当代诗歌创作与研究的很小的一部分,我们的中国新诗有着一批从业多年的诗歌研究者,有着一大批很有成就的依旧在从事创作的诗人。这些诗人没有太多的声誉和光环,但他们确实承担着中国现代汉语语言艺术发展的光荣职责。

我所说的这样一批诗人分散在全国各地,他们有着许多的相同点:

他们是一些普通的公民,在完成本职工作的同时学习并创作着贡献给文学与社会的语言精神产品——诗歌;

他们忠实于自己的生活和生命感受,以对现实的领悟和经验为基础,抒写着属于自己的,同时也是属于这个时代的诗歌作品;

他们热爱诗歌,努力钻研文学艺术,并为中国新诗的发展而不懈地努力着;

尽管诗歌已经不像20世纪80年代那样,受到人们的热爱和关注,但他们不是为了名利,而仅仅因为对文学与诗歌的钟情而无法放弃,他们是一批有文化思想与艺术价值追求的人。

而我知道在长治,这座位于太行山腹地的城市,就有着这样一批卓尔不群的诗人。

我之所以这样评价长治的诗人,是因为他们不但具备着上面所讲的那些特点,还有更值得我们指出和关注的是:

长治有一批具备了良好文化素养和诗歌写作经验的诗人群体,他们相互促进,共同努力,创造了一个和谐的诗歌氛围;

他们努力追求诗歌艺术的本质,不搞表面的"主义"或"流派",以真诚和质朴的情感面对现代艺术和诗歌。在当今的中国诗坛上,应该说这是十分可贵的。

---

① 潞潞:《大地上的歌者》,原载《上党晚报》2007年1月31日。

因为他们健康的诗风和健康的心态，长治诗人们的作品各有自己的特点，他们的作品具有着当代诗歌的最优秀的品质，而他们的诗歌作品又是各有自己的高度的。这应该是长治诗人群体最值得骄傲的地方。

应该说长治诗群崛起于 21 世纪，在近几年的优秀诗歌选本中，长治诗人的作品多有呈现。长治的诗人已经在为中国新诗的发展做着已有的贡献，我们相信，他们会做得更多、更好，在中国百年新诗史上留下他们光辉的足迹。

诗歌是不朽的，它永远是时代文化星空中最闪光的星斗，民族文化的顶点和良知。感谢长治的诗人们，为诗歌而努力的人们是值得我们敬重的。[①]

应该说，林莽从中国当代诗歌发展脉络的角度，尤其从艺术品质与诗歌精神的层面来高度评价"长治诗群"，一定程度上代表着中国诗坛对于"长治诗群"的集体认可与极高期待，这足以说明"长治诗群"在 21 世纪中国诗歌界产生的广泛影响力，值得人们重视。

简单说来，在 21 世纪的第一个十年，是"长治诗群"的孕育与爆发期，"长治诗群"受到诗坛的集体关注，光芒闪耀；而在 21 世纪的第二个十年，则可以称为"长治诗群"的发展与平稳期，这一个十年虽然不如上一个十年那样"热闹火爆"，但"长治诗群"的全体成员心态普遍变得比较平静沉稳，艺术风格日趋成熟，创作成果颇为丰硕，不容小觑，它依然是当下山西诗歌乃至全国诗歌创作的重镇之一。

而从理论建构、创作影响力与诗歌地位的综合性角度来看，郭俊明、郭新民、姚江平、金所军等几位诗人无疑是"长治诗群"最具代表性的人物，这一点应该是为人们所普遍公认的。当然，郭俊明对于"长治诗群"的主要贡献体现在他的概念命名与理论建构，以及他连续多年编辑《惊蛰》诗刊汇集并推出"长治诗群"的大量作品方面。

郭新民、姚江平、金所军等三位诗人在"长治诗群"的领军人物重要位置则主要体现在他们的创作成果上。例如，2009 年 7 月，作为"长治诗群"代表性诗人创作成果亮相的"太行诗丛"由作家出版社隆重推出。该诗丛共收入"长治诗群"五位诗人的诗集，其中包括郭新民的《一棵树，高高站着》、王太文的《几块崖石》、金所军的《纸上行走的瞬间》、姚江平的《这些草》、吴海斌的《羊皮书》。这套诗丛不仅被认为代表着 21 世纪"长治诗群"的艺术高度，更被誉为山西诗歌 2009 年的标志性收获，在全国诗坛也产生了重要影响。中国作协诗歌委员会主任、著名诗人叶延滨为这套诗丛写了一个总序，对五位诗人的诗集给予高度评价。在这被许多人视为"长治诗群"主将的五人名单中，郭新民、姚江平、金所军赫然

---

① 林莽：《崛起的"长治诗群"》，原载《上党晚报》2007 年 1 月 31 日。

在列，而且这三位诗人均获得过省内与国内诗歌大奖，因而，他们三位被视为"长治诗群"的领军人物也是无可争议的。

最后，从文化层面来综观"长治诗群"成员们的诗歌创作，大致可以用红色文化、乡土文化、大众文化、女性文化（或女性主义文化）等四种文化类型来概括"长治诗群"的总体创作思想主题与精神文化内涵。这里就红色文化这一概念稍加说明。众所周知，在20世纪三四十年代的抗日战争时期，位于晋东南的长治属于太行山腹地，是八路军抗击日本侵略军的著名革命根据地，红色文化（即中国革命文化，以倡导革命理想精神与共产主义信仰为核心内涵）是这块土地的光荣精神遗产，通过教育的方式，深入到长治人民的思想观念深处，代代相传，连绵不绝。尤其在新中国成立以后到21世纪以来漫长的岁月里，在长治地区诗人潜意识的思想情感世界里，红色文化与乡土文化呈现为一种叠合关系。因而，在许多长治籍诗人那里，他们身上的红色文化情怀与乡土文化情结是完全融为一体的，于是就出现了官员与诗人两种身份合而为一的特有现象，这使得不少"长治诗群"成员的创作为读者带来了一种独特的诗歌景观与审美体验。

第一章　郭新民：政治意识与乡土情结的"有机混合"

一、郭新民生平简历与创作生涯

在"长治诗群"内部成员当中，郭新民赢得了普遍的敬重，堪称"领头羊式"的诗人，他是山西神池人，1957 年 10 月出生，1976 年，郭新民进入山西大学中文系学习。进入大学之前，郭新民曾先后任村团支书、民兵连长、党支部副书记、公社团委副书记、团县委委员。1979 年，郭新民毕业于山西大学中文系。大学毕业后，他就职于山西省忻州市地委组织部，先后任副科长、科长，1985 年后出任忻州行署劳动局副局长。其间他加盟由山西知名诗人、戏剧家潘玉厚担任社长的"遗山诗社"，成为诗社具有重要影响力的诗人（还有周所同、梁生智、雷霆等人）。1990 年至 2001 年，郭新民先后担任山西宁武县委副书记、县委书记，忻州市委常委、政法委书记和原平市委书记，他工作认真勤勉，政绩斐然，受到同事与民众的普遍好评。

2001 年，郭新民出任中共山西长治市委常委、组织部部长。在这一行政工作岗位上，郭新民一干就是八年，他一如既往地兢兢业业，勤勉为政。在长治八年期间，工作之余，郭新民与长治本土的诗人们深入交往，坦诚切磋诗艺，结下深厚友谊。同时，郭新民与全国诸多著名诗人与诗评家有了广泛的接触与交流，一位德才兼备的官员诗人开始获得诗歌界人士的广泛认可与普遍好评。

2008 年 8 月，郭新民调任山西临汾市委副书记。2011 年 8 月，郭新民调任山西省总工会副主席、党组副书记（正厅级）。2013 年 1 月以后，郭新民任山西省总工会常务副主席、党组副书记、山西省总工会党组书记、常务副主席等职务。

2017 年 1 月至 2018 年 2 月，郭新民任山西省第十二届人大常委会城乡建设环境保护工作委员会副主任。2018 年 2 月至 2020 年，郭新民任山西省第十三届人大常委会城乡建设环境保护工作委员会副主任。此外，郭新民还担任山西省七次、八次、九次党代表，山西省九届、十届、十一届人大代表。可见，郭新民的从政经历颇为丰富，堪称一位地道的"官员诗人"。

与此相对应，郭新民的诗歌创作经历也十分丰富。他于 20 世纪 70 年代开始发表作品，1994 年加入中国作家协会。郭新民的创作以诗歌为主，同时还兼及散文、评论、书画、摄影等。目前郭新民是中国作家协会会员、中国诗歌学会理事、中国摄影家协会会员、山西省作协主席团委员、山西省诗书画印艺术家联合会副主席，山西省美术家协会、书法家协会会员，头衔众多，但郭新民在诗歌创作领域取得的成就无疑还是最大的，也就是说，在郭新民本人众多的艺术家身份当中，他的诗人身份得到了最为广泛的认可。1988 年，郭新民出版了他的第一部诗集《开玫瑰花的裙子》。随后，郭新民陆续出版了《郭新民短诗选》《今天的情绪》《醉汉与丁香》《郭新民抒情诗选》《花开的姿势》《一棵树高高站着》等多部诗集。其中，《郭新民抒情诗选》（1999 年出版）曾被中国作协提名为第二届鲁迅文学奖候选书目，《花开的姿势》（2001 年出版）则先后获得首届艾青诗歌奖和赵树理文学奖优秀诗歌奖等重要诗歌奖项，受到诗坛的关注与好评。此外，几十年间，郭新民的诗歌作品在《诗刊》《星星》《人民文学》《十月》等国内各大诗歌刊物与文学杂志大量刊发，同时，他的优秀诗歌作品也入选国内各大权威性的或有影响力的诗歌选本。简单说来，从 20 世纪 70 年代起到 2020 年为止，郭新民的诗歌创作生涯已历四十余年，诗人一直保持着颇为旺盛的创作状态，这是非常难得的。据悉，郭新民迄今为止共发表作品 300 余万字，陆续获得全国、省、市各种大奖 50 余项。其创作的"土地系列""人性系列"诗篇以独特的风格和个性在诗坛独树一帜，受到众多媒体、网络及全国知名学者与评论家的关注和评介，为他的诗歌生涯增添了浓墨重彩的一页。

二、郭新民诗歌创作主要特色

综观郭新民四十余年来的诗歌创作，其题材范围比较广阔，思想主题丰富多元，艺术风格鲜明突出。下面，将结合郭新民的相关诗歌作品从思想、艺术层面对其创作特色予以具体的阐述与评介。

（一）历史记忆写作：红色文化的虔诚礼赞与热情弘扬

前面说过，郭新民长期在行政部门工作，政治觉悟要远远高于普遍民众，加上诗人长期在有着光荣革命历史文化传统的晋东南地区工作，耳濡目染，巍巍太行山上八路军英勇抗击日寇的光辉事迹与革命精神成为一段挥之不去的红色历史记忆，深深地刻写在诗人的灵魂里，内化成他身上一种充满政治色彩的红色文化情结。诗人身上的这种红色文化情结，使得他对于在太行山上英勇抗击日寇的八路军将士、战争遗迹以及整座太行山，都充满了一种英雄崇拜般的仰慕与崇敬之情。在郭新民的历史记忆写作诗篇当中，《一棵树，高高站着》堪称一首典型性诗作，现引全诗如下：

一棵树，高高站着

——在太行山王家峪八路军总部所在地，我看到当年朱德总司令亲手栽植的红星杨已长成参天大树……

一棵树，站在那里／一棵伟岸的红星杨站在那里／一位顶天立地的大英雄站在那里／在这个阳光如水的午后／以它独有的姿态同我会晤／／一棵树，朝我走来／一棵树，就这么朝我走来／它坚毅而豪迈的步伐／执意踏出某种韵律和节奏／在满脸皱纹的太行山深处／在老区这个老得不能再老的山村／以父辈和长者的亲切／与我久久地对视／目光同阳光汩汩深入／让我渴望的心田无比温馨／我命令我的灵魂和诗歌／以中国最传统的礼仪／向它虔诚地跪拜／／哦，一棵树慈祥地站在那里／一棵铮铮硬朗的红星杨站在那里／一位饱经沧桑的老前辈站在那里／世纪风轻轻拂过它的鬓发／自由鸟温馨栖息在它的肩头／那精神矍铄的颜容／那豁达开朗的气度／那包融万物的姿态／那一身的仙风道骨啊／我敢说，今生一面，三生有幸／这棵树，让我刻骨铭心／／一棵树，一棵沉着坚定的大树／它命运注定的步履勇敢而无畏／踏过风尘，踏过泥泞／踏过坎坷，踏过崎岖／穿越历史和时空的隧道／战火硝烟，枪林弹雨／金戈铁马，峥嵘岁月／早已幻化成散淡的云霓／／这棵树，不动声色地活着／这棵树，义无反顾地活着／它的存在，是历史的存在／它的伟岸，是大地的必然／把红色的种子播在心里／把红色的五星刻进骨骼／红色的意志永不消遁／红色的追随至真至诚／红色的思恋天长地久／红色的烙印根深蒂固／红色的情结日久弥新／／哦，这棵树，这位神话般的智者／在阳光款款的午后／站成自己独特的风景／它挺着，是一座太行丰碑／它走着，是一段人间佳话／它醒着，是一部红色经典／它笑着，是一篇英雄赞歌／它活着，是一面精神的旗帜／／今天，在太行山深处／在晋东南这个清贫依旧的小山村／我漫游在一棵树的梦幻里／我看到了朱总司令谈笑风生／毛泽东先生诗潮澎湃／彭大将军横刀立马／刘邓大军叱咤风云／左权将军把一腔热血／英勇倾注共和国国旗／一百二十万红色的火种／熊熊燃遍了祖国大江南北／／一棵树，亲切凝视着我／一棵树，深情凝视着远方／它随便抖一抖身上快活的鸟语／就落下一声声清甜美妙的赞叹／那些冷漠和无知的过客／从它身边流水般消逝／这棵树，不屑一顾／／

哦，一棵树让一位伟人高高活着／一棵树使一群好人高高活着／一棵树令一段历史高高活着／一棵树把我的激情和遐思／绿叶般缤　纷　摇　曳

2005 年 5 月 19 日夜

这首诗创作于 2005 年，正值纪念中国人民抗日战争胜利 60 周年这个特殊的历史年份，全中国都掀起了纪念缅怀抗日英雄与革命英烈的社会热潮。在这首诗里，郭新民特意选择将共和国开国元勋、八路军总司令朱德作为缅怀与讴歌对象，表达了诗人对于朱德等老一辈无产阶级革命家无比尊敬与无限景仰的情感。诗作构思巧妙，联想丰富，诗人通过在太行山王家峪八路军总部所在地当年朱德总司令亲手栽植的红星杨如今已长成参天大树作为诗思聚焦点，采用拟人的手法，运用生动的语言与鲜明的意象，刻画出朱德总司令慈祥、亲切而又高大、伟岸的英雄形象。诗人对作为朱德总司令精神化身的这棵"红星杨"始终怀着一种虔诚的崇敬心情，推而广之，诗人对共和国的开国元勋与所有革命英雄先烈均怀着热爱与敬仰的情感，由此体现了诗人灵魂深处浓得化不开的红色文化情结，诚如诗中所说："红色的情结日久弥新。"在全诗中，"红色"是出现频率最高的一个关键性词语与意象，诗人以排比、重复的修辞手法极力渲染出自己身上的红色文化情结与作品讴歌革命精神的政治性主题。我们来看看其中一个关键与精彩的诗节：

它挺着，是一座太行丰碑／它走着，是一段人间佳话／它醒着，是一部红色经典／它笑着，是一篇英雄赞歌／它活着，是一面精神的旗帜

毫无疑问，这个诗节就是全诗的"诗眼"。它通过五个排比句式，通过五个意象，立体性地刻画出朱德总司令光辉夺目的革命家形象，抒发了诗人对于以朱德总司令为代表的无产阶级革命家朝圣般的膜拜心态，也有力彰显了该诗弘扬红色文化的创作意图。

郭新民的诗作《一棵树，高高站着》受到诸多诗人与评论家的肯定与好评，它后来用作了郭新民一本诗集的名称，《一棵树，高高站着》也成为郭新民流传非常广泛的红色经典诗歌代表作之一。诗人王国伟在评论文章《一棵树，高高站着——从〈太行诗丛〉看郭新民诗歌》中这样评价郭新民的这首诗，现在引用其中的两段文字：

《一棵树，高高站着》是郭新民与山西长治另外四位诗人新近由作家出版社结集出版的"太行诗丛"中的一部，收录了郭新民在长治工作期间所创作的大量诗篇。从这些诗作中，我们不仅可以读到一位诗人面对土地、面对人民的拳拳之心，还可以看到一位诗人对历史的深度掘进，对现实的思考和批判，而这正是一个诗人独立的优秀品格的赤诚展现。诗人的诗歌观念和个人的生活阅

历，以及他对自身价值的认知和坚守，决定了他诗歌作品的品质和品位。

在这部诗集中，开篇长诗《一棵树，高高站着》带给我们扑面而来的高峻与繁茂。这首8节70多行的长诗，以诗人在太行山王家峪八路军总部所在地看到的，一棵当年由朱德总司令亲手栽植的红星杨已长成参天大树而入诗境，丰沛的诗情在时空中往来穿梭，畅快淋漓地抒发了对革命先辈的景仰之情，在刻画了一代伟人高大形象的同时，塑造了一代英雄的群像，赞颂与讴歌了一代共产党人的丰功伟绩，并从历史与现实的高度，对长治这块红色革命的热土，赋予了深切的关怀与祝福。全诗充盈着一种磅礴的气势和时空贯通的畅达，让人一气读罢，肃然动容。①

应该说，诗人王国伟对《一棵树，高高站着》的感悟式解读还是颇为到位的，把握住了全诗的思想情感内涵。客观地讲，郭新民的这首红色经典诗歌《一棵树，高高站着》在社会上产生了广泛的影响，它能够唤起数量众多的具有红色文化情结的人民群众的强烈共鸣。2005年夏天，"拥抱太行——纪念抗日战争和世界反法西斯战争胜利六十周年"大型诗歌朗诵音乐会在北京保利大剧院隆重上演，郭新民的诗作《一棵树，高高站着》由中国著名朗诵艺术家殷之光激情演绎，将整场晚会推向高潮，赢得现场观众经久不息的热烈掌声，由此凸显《一棵树，高高站着》令人瞩目的社会影响力。

2005年，在中国人民纪念抗日战争胜利六十周年的浓烈社会文化氛围中，官员诗人郭新民身上的红色文化情结被强烈地激发出来，他连续创作了数量不菲的红色经典诗歌。其中，他创作的《黄崖如刀》在某种意义上可以视作《一棵树，高高站着》一诗的姊妹篇。《黄崖如刀》回忆并描述了抗日战争时期发生在太行山地区著名的黄崖洞保卫战的历史场景，塑造了以朱德、彭德怀、左权等八路军统帅与高级将领为代表的八路军将士凛然不可侵犯的英雄形象，抒发了诗人对八路军将士无限崇敬的情感。兹引全诗如下：

黄崖如刀

——太行山黄崖洞，地势险要，崖挺如锋，壁立千仞，堪称太行天险。在抗日战争艰苦的岁月里，黄崖洞是八路军兵工厂所在地，曾经历过战火硝烟的洗礼，曾发生过著名的黄崖洞保卫战，曾立下赫赫的不朽功勋……

黄天厚土／高高挺举的／一把把战刀／绝妙无比的好刀／傲立太行峰巅／依然是当年风度／／凛然的刀／威武的刀／愤怒的刀／叱咤风云的刀／大气磅礴

① 王国伟：《一棵树，高高站着——从〈太行诗丛〉看郭新民诗歌》，原载《光明日报》2010年7月1日。

的刀／勇敢和正义的刀啊／让英雄无比钦敬／叫敌人失魂丧胆／／好刀起舞／历史溅泪／在追念的梦中／这刀，太行之刀啊／大山的刀／革命的刀／英雄的刀／战士的刀／朱总司令的刀／彭大将军的刀／左权倒下又站起来的刀／／哦，所向披靡的刀／寒光闪闪的刀／嫉恶如仇的刀啊／对侵略者和野兽／从未说过／半个不字／谁敢冒犯／就叫它葬身崖口／／好刀默立／深沉而大度／是历史淬火的刀／岁月磨砺的刀／战火硝烟／锤炼熏蒸的刀／一个民族用自尊和精神／锻铸的好刀啊／铮铮发亮／一把把好刀／横陈于昨天与今天的祭坛／让多少人感动和仰慕／太行山，鬼斧神工／黄崖洞，崖容矍铄／成为抗战胜利的佳话／成为中国红色的经典／成为不可忘却的纪念／／哦，黄崖如刀／刀刀见证／苍鹰用搏击的翅膀／歌颂它的伟岸／蓝天用圣洁的白云／赞美它的崇高／老太阳用鎏金的阳光／镀亮它的不朽／我用我亢奋的诗歌／朗诵它的永恒

2005 年 5 月

　　熟悉八路军抗日战争历史的人们都知道，20 世纪三四十年代，八路军进军山西，选择将太行山区作为自己的战略根据地，依托有利的地形地貌，与日寇进行长期的艰苦卓绝的英勇斗争，其中，八路军总部长期坚守在晋东南的太行山区。为了充分武装日益壮大的抗日队伍，更为有力地打击日寇，八路军将士们发扬自力更生的精神，在太行山区地势险峻而位置隐秘的黄崖洞，建立了一家属于八路军自己的兵工厂，兵工厂的技术人员日夜制造枪炮弹药，大大增强了八路军的作战能力。在八路军发动了著名的百团大战以后，遭受了沉重打击的日军对于八路军进行了快速而疯狂的报复式扫荡，日方出动了大量的兵力对太行山区的八路军予以全面包围，企图一举消灭八路军主力。当时日军的策略是计划重点打击与摧毁八路军总部首脑机关人员，其中，气焰嚣张的日军冈崎大队孤军深入，扫荡到了太行山腹地，并接近了八路军所在地黄崖洞，由于日军装备精良，战斗力强悍，当时八路军驻守黄崖洞的一个连的部队根本抵挡不住日军的进攻，黄崖洞兵工厂面临被暴露的巨大危险，在这千钧一发的时刻，八路军副总指挥彭德怀将军以大无畏的英雄气概，迅速命令陈赓旅长调集一个旅的兵力合围入侵日军，并亲自指示陈赓，务必全歼冈崎大队。由于冈崎大队抢占了有利地形，并配备了重武器，武器装备落后的八路军战士发起了许多次勇敢的冲锋，但在敌人火力网的严密封锁之下，成百上千的八路军战士倒下去了，最后，八路军战士组织一批批敢死队，他们以不怕牺牲的革命英雄主义精神，硬是以血肉之躯拿下了日寇占领的阵地，最终赢得了黄崖洞保卫战的胜利。需要指出的是，真实历史事件中的黄崖洞保卫战的战斗场景异常惨烈，我们的八路军战士在这次战斗中付出了巨大的牺牲，然而八路军将士们不惧牺牲、同

仇敌忾的英雄气概与革命精神令人肃然起敬。郭新民的《黄崖如刀》以出色的想象力艺术性地表现了黄崖洞保卫战惨烈悲壮的战斗场景，诗人以"黄崖如刀"的联想、比喻与意象，生动、有力地塑造出八路军将士们的集体英雄群像，诗作语气铿锵有力，如刀似剑，气壮山河，令人热血偾张，充分彰显诗人骨子里的英雄主义与爱国主义的思想情感，给人以强烈的情绪感染。

具体说来，郭新民身上的红色文化情结不仅包括诗人对于中国革命领袖人物与曲折而光辉的中国革命历史的崇拜情结与景仰心态，同时也包括诗人对于革命英雄人物（从革命领袖到普通战士）的崇拜情结，即英雄崇拜情结，这是具有红色文化情结的诗人（包括普通民众在内）一种普遍性的精神状态。郭新民的《英雄墓碑》在表现诗人的英雄崇拜情结方面是一个非常典型的诗歌文本，下面我们来欣赏一下这首诗：

英雄墓碑

以让人缅怀的方式／高高站立在太阳的凝望中／那些散淡的鹰隼自由的野花／都能说出它的名字——／英雄墓碑／是一些冷峻的石头／勇敢坚硬的石头／伛偻站起来的形骸／这些无言的石头／凭某种精神和追求／构筑一个民族的高大／是活着的生命和灵魂／／那远远向我走来的／并蔑视着卑微和轻浮／就叫抗日烈士纪念碑／它用英雄沸腾的血肉／幻化成石头孤傲的躯体／告诉今天／告诉这个浮躁的世界／有些英勇牺牲的人，起码／还活在碑的心中／／哦，英雄墓碑／是这么伟岸而不朽／它以切肤镌刻的方式／呼唤着一些遥远的灵魂／让轻蔑的风凝重起来／让飞鸟的翅膀沉重起来／让从它身旁匆忙经过的人们／不再麻木不再逍遥／让漫不经心的历史／必须正视碑的价值／／与墓碑默默对望／就懂得了它无比的深刻／就知道它不可或缺的价值／一些人，义无反顾／用悲壮喷涌的鲜血／把人生的理想和信念／执著坚定到碑的心中／使所有崇敬和仰望者／想起那句铭言——／忘记过去／就意味着背叛

2005 年 5 月

这首诗描述了诗人参观抗日将士英雄墓碑的见闻与感想，诗作以心灵独白的方式与穿越时空的联想，对于墓碑的形状与墓园庄严肃穆的氛围，给予了生动的艺术性呈现，尤其是诗中诗人的思想感悟："构筑一个民族的高大／是活着的生命和灵魂"，不但凸显了诗人对于民族英雄的崇拜心态，也表明诗人对于今日人们继承民族英雄革命精神品质的强烈心愿。而诗作结尾的名言"忘记过去／就意味着背叛"，一下子把诗人的英雄崇拜情结上升到民族精神觉悟的思想高度，警醒人心。

通常认为，红色文化宣传是指中国革命文化的传承与教育，它的主体与创造

者是革命者，它的客体与接受者是人民群众，也就是说，人民群体是红色文化的受教育者。但在许多具有高度政治觉悟的中国共产党员看来，人民群众，尤其是革命老区的人民群众，其实也是红色文化的构建者，人民群众的革命觉悟与革命精神，包括他们为中国革命所做出的重大贡献与巨大牺牲，实际上也体现出红色文化的精神内涵。郭新民显然把革命老区的人民群众视作红色文化的构建者，诗人对于老区人民有着一种共产党人通常怀有的感恩心态，他的诗作《感恩小米》堪称一首感恩人民、歌颂人民的别具一格的红色经典诗篇：

感恩小米

写下这个题目／让太阳肃穆而战栗／太行山的小米啊／在共和国心坎上／曾是那么举足轻重／把历史的回忆／聚焦到某种作物／这是一个十分凝重的话题／我敢说，那些还活着的良心／那些曾被小米哺养过的灵魂／对小米的感恩／绝不是用三言两语／就能够说清／／小米啊，太行山的精灵／这个在粮食家族中／并不起眼的高寒作物／以自己传奇的方式／化为精神和思想的光芒／化作巨大的热能和无比的力量／为养育中国革命／作出母爱的奉献／小米的分量啊／像太行山样凝重／小米的价值啊／比黄金和阳光还珍贵／／小米，太行山的飓风／绝不是某种简单意象／小米以自己绝无仅有的姿态／活在历史和民族的苍穹／活在战士和英雄的梦魂／它曾和勇敢的步枪并肩作战／缔造了"小米加步枪"的神话／谱写出世界战争史上／一段不可思议的经典／小米的意义／非同寻常／小米的功绩／彪炳千秋／／小米啊，光辉灿烂的小米／我们必须认识它深刻的含义／小米是战争淬煅的杰作／是历史冶炼的结晶／是驱倭除寇的锐器／是父老乡亲的骨血／是八路军的胆共产党的魂／是太行山的骄傲和殊荣／是新世纪不可或缺的巨大财富／一颗米，就是老百姓一颗心／一粒米，就是太行山老区一滴血啊／／哦，向历史的纵深处眺望／向岁月的缝隙中眺望／向太行山的断裂层眺望／多少季风从小米眼前刮过／多少阳光在小米心中沉淀／小米啊，偃蹇地活在塬上／小米看惯了春夏秋冬的脸色／小米虽然清贫依旧／却用自己执着的方式活着／哦，这就是太行山的小米／这就是中国特色的小米啊／我们，不能忘怀善良的小米／我们，必须感恩厚道的小米／感恩生长阳光和谷子的大地／／哦，从布谷鸟鸣叫的方向眺望／从这个春天新的情绪里眺望／从云蒸霞蔚的地平线上眺望／我看到黄土塬正从迷梦中醒来／那些太行山老谷子们的后代／正酝酿一场新的突围和决战／那些想闯天下的小米／那些想打市场的小米／那些渴望奔小康的小米／再也耐不住大山的清贫和寂寞／它们像飓风一般在塬上涌动／气息清纯而地道／步履铿锵而豪迈／我们，必须正视苏醒的小米／我们，必须珍重伟大的小米／我们，为小米的殷殷期望深情祈祷祝福。

2005 年 5 月 18 日草成，28 日改定。

在这首诗里，诗人怀着对于革命老区人民的深厚情感，用"小米"这个最具经典性的北方农作物意象来比喻太行山革命老区人民的集体形象，极为妥帖、自然而生动，诗人运用质朴、坦诚、深情的诗句，娓娓叙述太行山革命老区人民在抗日战争及国内革命战争年代为中华民族的独立与解放战争做出的巨大贡献，塑造出了贫穷、善良而厚道的太行山老区人民的艺术形象。尤其让人感动的是，诗人重点叙述了太行山老区人民的生活贫穷状态从新中国成立前延续到 20 世纪末，以及 21 世纪伊始老区人民追求小康生活的强烈渴望心态，可以说，诗人关注底层民众生活状态的深情目光穿越了一个世纪，表现了诗人作为一名官员、作为一名人民公仆关心人民、热爱人民、尊重人民的可贵精神品质。全诗将太行山老区人民的过去与现在贯穿在一起，诗人"感恩小米"的虔诚心态所反映出来的"为人民服务"的无产阶级政党的光辉思想，在 21 世纪的中国社会文化语境中呈现出极其重大的现实政治文化意义，而且与中国革命历史相贯通，因而，《感恩小米》称得上是一首角度独特、含蕴深邃的红色经典诗篇。

早在 20 世纪八九十年代，郭新民就创作了数量不菲的红色经典诗篇，进入 21 世纪以来，郭新民创作的红色经典诗篇依然为数不少，例如《仰望太行》《太岳山记忆》《一群孩子，飞进一座老院》《旗帜》等等，这里不再展开论述。

（二）主旋律写作：现实担当与使命意识的美学表达

如果说，前面所论及的历史记忆写作主要体现出郭新民的红色文化情结，那么，这里所谓的主旋律写作则体现出郭新民的现实担当与使命意识。具体而言，郭新民是一位强烈关注现实并有现实担当意识的诗人，细究起来，在诗人这种强烈而自觉的现实担当精神背后，透露出的则是诗人的政治使命意识（即充满政治色彩的社会使命意识）。这自然与郭新民本人的官员诗人身份关系密切。简言之，政治意识与政治情结已经成为诗人郭新民的精神底色，因而，当郭新民的政治意识与政治情结指向历史，他便创作出红色经典诗篇，而当诗人的政治意识与政治情结面向当下，他便创作出充满现实担当精神与主旋律色彩的政治抒情性诗篇了。

21 世纪以来，廉洁奉公、反腐倡廉是中国共产党的工作重心之一，也是党中央对于全体党员的纪律要求。郭新民以一位人民公仆的严格自律精神与高度的政治觉悟，创作了一首表现反腐倡廉主题的主旋律诗篇《蚂蚁的身影拥抱着大地》，其政治劝诫的色彩非常浓烈，我们试看全诗：

蚂蚁的身影拥抱着大地

哦，渺小的勇者／常常将峥嵘岁月／啃成一堆森森白骨／／十分细弱的生命／

总能把杂沓纷繁的历史／咀嚼出几缕散淡的风尘／／谁能聆听蚂蚁的心声／谁可体悟蚂蚁的执着／我该郑重说出它们巨大的力量／／代代王朝覆灭了／个个权者腐朽了／可蚂蚁的身影拥抱着大地／／有时，沉昏的堤坝／会倏然崩塌于蛰伏的蚁穴／蚂蚁的脚步踏遍了苍茫原野／／直立的躯体不一定伟岸／爬行的生命也未必渺小／许多披着人皮的动物常让蚂蚁们失望／／哦，我梦见自己化作一只细小的精灵／勇敢爬进一座深邃的蚁穴／去找寻自己遗失很久很久的诗魂

2006 年 3 月 19 日夜

这首诗以隐喻的手法，将普通民众比喻成"蚂蚁"，诗人通过对"蚂蚁"般的普通民众推翻了一个个腐朽封建王朝的历史事实的生动叙述，指出底层民众是推动历史发展的主导力量，该诗彰显极为鲜明的"人民性"思想，诗人采用说古喻今的方式，来倡导 21 世纪中国社会人们普遍重视与关心的反腐倡廉的时代主题，尤其打动人的地方是诗作的结尾，诗人告白："我梦见自己化作一只细小的精灵／勇敢爬进一座深邃的蚁穴"，并且"去找寻自己遗失很久很久的诗魂"，以寓言、魔幻与象征的表现手法，展示作者自己作为一名人民公仆始终保持着劳动人民本色、永不变质的政治良知，以及作者作为一名诗人坚守高尚情操的人文"初心"，呈现了诗人身上真诚、感人的政治伦理与人文情怀。

通常情况下，郭新民的政治意识与政治情结是通过其强烈自觉的社会关注与现实担当精神体现出来的。因而，郭新民对于现实生活中发生的重大社会事件、社会问题与社会现象有着异乎寻常的政治性敏感，诗人对于重大题材的书写热情也远远超过那些非官员身份的诗人。例如，2010 年 3 月 28 日，山西王家岭煤矿发生重大透水事故，事故中的矿工被困在井下八天八夜，党和政府派出搜救人员克服各种困难，终于成功地将被困矿工全部安全救出，创造了一个抢救生命的奇迹故事。郭新民闻讯后，几乎在第一时间创作出了政治性抒情诗篇《生命的赞歌》，讴歌"党和政府尊重生命的崇高精神"。

当然，21 世纪以来在中国社会发生的几次重大的灾难性事件最能体现出郭新民身上强烈、自觉的政治意识与政治情结，概括而言，发生在 2003 年的"非典"（SARS）疫情，发生在 2008 年的汶川地震，发生在 2020 年的新冠病毒疫情，是21 世纪以来中国社会遭遇的三次民族性灾难，对全体国人均有重大而深远的影响。郭新民对于这些"国殇"性事件均做出了非常及时、敏感的政治性反应，并迅速创作出了"抗灾"性主旋律诗篇。我们先来看看诗人表现"非典"疫情题材的诗篇《与 SARS 对抗》：

与 SARS 对抗

这是一个幽灵／倏然在大地上弥漫／沿着岁月昏沉的背影／在新世纪茫

然的额头上 / 我们惊悸地发现了 / 死神亲吻生命的唇印 // 这是突如其来的侵袭 / 这是和平时期的战争 / 伊拉克的战火硝烟 / 刚刚让世界触目惊心 / 乔装打扮的冠状病毒 / 又让整个世界目瞪口呆 // 绝不是危言耸听 / 罪孽的 SARS 病毒 / 正以诡秘的讪笑 / 恐吓、戏谑人类脆弱的感情 / 我们安逸和温馨的家园 / 面临着前所未有的挑战 // 与疯狂肆虐的 SARS 对阵 / 一批批英勇的白衣战士 / 挺身而出，毅然冲在前沿阵地 / 这是一场大仗，肯定会有牺牲 / 这是一场恶仗，必然付出沉痛的代价 / 他们用良心和责任做盾牌 / 用微笑和生命作战戟 / 大义凛然，与 SARS 对抗 / 谱写出一曲曲英雄的壮歌 // 一个白衣战士倒下去了 / 一大群白衣勇士冲上来 / 把新生和希望让给患者 / 将危险和痛苦留给自己 / 用生命救治着生命 / 以青春召唤着青春 / 面对死亡的恫吓，他们知道 / 该怎样庄严地微笑 / 该如何豪迈而坚定 / 抑或每滴滚烫的热泪 / 都必须迸发崇高神圣的价值 // 哦，多灾多难的日子 / 可歌可泣的季节 / 此刻，SARS 疫情正在蔓延 / 此刻，大兴安岭火情依然告急 / 此刻，某艘潜艇在海底不幸失事 / 此刻，又有煤矿发生透水和瓦斯爆炸 / 新闻媒体不仅播撒阳光雨露激情笑靥 / 还给我们传染 SARS 般的阴霾和忧郁 // 啊！这是令人揪心撕肺的日子 / 这是使人牵肠挂肚的季节 / 我看到天安门城楼巍然屹立 / 我知道中南海的脉搏激越跳动 / 我瞧见总书记和总理辛劳视察 / 我听见鸽哨在蓝天上响亮地划过 / 我坚信谁也挡不住春天的笑靥 // 与 SARS 对抗，我们万众一心 / 祖国母亲是多么慈祥而坚定 / "三个代表"的旗帜迎风招展 / 伟大复兴的民族稳如泰山 / 人肺易侵，国肺难蚀 / 科学有方，众志成城 / 我们，定会打赢"抗非"战役 / 我们，必定战胜一切灾难

2003 年 4 月 22 日草

2003 年 5 月 10 日改

从中可见，诗人在 SARS（非典）疫情刚刚爆发流行之际写下的"抗疫"诗作属于典型的政治性抒情诗篇，诗中出现了"天安门城楼""中南海""总书记和总理""三个代表""伟大复兴的民族"等这样的政治化意象符号，凸显该诗典型性的宏大叙事特色。在这首诗里，"我"抒发的感情不是个人化的，而是代表"我们"的，本质上是一种集体性的抒情，由此体现该诗鲜明的主旋律色彩与政治意识形态属性。与此相类似，诗人写于同一时期的另外一首诗作《这个春天，我铭记白花》也是属于集体性抒情的"抗疫"诗篇。

发生在 2008 年 5 月 12 日的汶川大地震是 21 世纪以来至今为止中国遭受的最为严重的一次自然灾害，数十万同胞瞬间失去了生命，消息传出，举国同悲。当时无数的诗人（专业诗人或业余作者）在悲痛情感的冲击之下，陆陆续续创作了

难以计数的以汶川大地震为题材的"地震诗歌"（或"抗震诗歌"），形成了蔚为壮观的"地震诗歌"（或"抗震诗歌"）创作潮流。郭新民自然加盟到了这个"地震诗歌"（或"抗震诗歌"）创作的大潮之中，而且在第一时间就创作了"抗震诗篇"《祈祷汶川》。我们现在来看看诗人郭新民对汶川地震的祈祷姿态：

祈祷汶川

巨大的震颤发生在午后／十二秒的瞬间稍纵即逝／这个日子，据说还是佛诞之日／竟导演了人类史上注定惨烈的一幕／／大地疯狂的撕裂和惊竦／央视频道潸然飞溅的泪花／告诉我　天府之国倏降灾难／告诉这个世界难以拒绝的悲伤和疼痛／／这时刻　惊天撼地／共和国的情绪降到零度以下／党心军心民心　忧心如焚／亿万同胞的肝胆余震不断／／这时刻　魂魄相拥／所有的神经　通向汶川／所有的牵挂　倾向汶川／所有的关爱　飞向汶川／／哦，这是呼唤生命和抗争的关头／这是磨砺意志和精神的关头／这是祈求仁慈和情爱的关头／这是检阅力量和智慧的关头／／哦，祖国与汶川　血脉相连／总理和军民　共赴前线并肩战斗／心贴心筑就民族长城　坚不可摧／情牵情迸发华夏热能　比阳光耀亮／／哦，余震和心悸延续不断／分针与秒针夜以继日奔走呼号／我们的心啊，统统飞向西南／我们用十二分虔诚　默默祈祷汶川

2008年5月13日深夜草

从诗作中不难看出，郭新民对于汶川与汶川地震中受难同胞们的虔诚祈祷，不像其他许多诗人一样，纯粹是以个人身份（同胞身份）表达自己对于灾区同胞们的真诚问候、祝愿与祈祷，郭新民在此更多的是以国家代言人或官方代言人的文化身份，对于汶川灾区同胞表达虔诚的祈祷与问候之意，这也是该诗不用"我"这个单数人称，而直接采用"我们"这个复数人称的缘故。众所周知，"我们"具有集体主义的含义，而集体主义恰恰是社会主义国家文化的本质特征（当然，在郭新民的一些政治抒情诗篇里，也出现了"我"这个单数人称，但是"我"与"我们"的含义实际上是重合在一起的）。我们再来看看作品中一个关键性诗节，就能明白该诗的政治性抒情特质：

哦，祖国与汶川　血脉相连／总理和军民　共赴前线并肩战斗／心贴心筑就民族长城　坚不可摧／情牵情迸发华夏热能　比阳光耀亮

在这个关键性诗节中，我们可以看到，诗人运用了"祖国""并肩战斗""民族长城""坚不可摧""华夏热能"等充满战斗鼓动性色彩的大词，来表达诗人对于汶川地震灾区同胞的深切关怀，诗作采用了典型的宏大叙事的话语方式，从而使得作品呈现出政治性抒情的艺术风格。

2008年对于中国而言可谓是多事之秋的年份，除了那年秋天的北京奥运会给

全国人民带来一份民族自豪感以外，更多的时间里，全国人民都被灾难事件笼罩上心灵的阴影。当年5月份的汶川大地震已经带给国人一种集体性的伤痛体验，而在1月份的冬春之交，整个中国广袤的南方地区都遭遇了百年罕见的严重雪灾，引起国人普遍的忧愁与焦虑。强烈关注着社会现实问题的郭新民也是在第一时间里创作了《南方的雪》《北方的煤》等表现南方雪灾题材的主旋律诗篇，彰显诗人身上自觉而深沉的政治使命意识。

应该说，诗人郭新民对重大社会现实问题的强烈关注精神与他骨子里的政治情结与使命意识是彼此映衬、合二为一的。例如，进入21世纪以来，"农民工"问题一直是最受人们关注也最难以妥善处理的重大社会问题之一，"农民工"恶劣的工作环境与生存状态一直是整个社会热议的焦点话题之一。作为一位"当代杜工部"（叶延滨语），郭新民从骨子里关心底层民众，他对于"农民工"问题一直深深牵挂，可谓耿耿于怀，食不甘味。2019年，诗人在一次前往泉州出差与友人欢聚的时候，看见天空中一群群大雁排着"人"之形的阵势由北向南飞翔的情景，马上联想到许多由北方来到南方打工闯荡的农民工兄弟，创作出了一首"农民工"题材的时事性诗篇《北雁南飞》，全诗如下：

北雁南飞

当我们在泉州相聚的时候／一群群大雁以人的阵势由北向南／让天空多了些许忧伤和悲凉／多了从北方弥漫而来的寒冷／或许，迁徙是勇敢而坚毅的抉择／或许，就是去赴一条不归的迷途／我知道许多农民工兄弟就是这样／全凭着勇敢飞翔的毅力和梦幻／／哦，它们别无选择，它们义无反顾／顺着晋江洛江的走势茫然辗转／沙哑咳喘的雁声若胡笳羌笛／声声哀怨句句缠绵，如泣如诉／让人心头泛起阵阵悲怆的涟漪／那高一声低一声的啼叫啊／是喋血的倾诉，是奔泪的呼唤／肯定是别无选择的选择／决然是义无反顾的无顾／／哦，有大雁一群群飞过泉州上空／倔强的翅膀兴许把寒流远远甩在身后／让冬日的阳光挥洒些许温馨的情绪／让闽东的天空写满悲壮迁徙的赞歌／可我，还是想着我的那些农民工兄弟／他们，有鸿雁的辗转没有鸿雁的自由／鸿雁是苍天大地讴歌的不朽话题／他们，难道也是中国永恒的叹息吗

2019年12月15日夜于泉州

相对前面几首具有宏大叙事特色的政治性抒情诗篇而言，这首诗的抒情姿态摆得比较低，而且作品的叙述语调也不是慷慨激昂，透露出某种忧伤情绪，表现了诗人对于"那些农民工兄弟"前途命运的深切忧虑，展示出诗人的人文情怀，但在更深的潜意识层面依然体现出诗人的政治责任感或政治使命意识（我们可以联想一下诗人郭新民比较长期担任的山西省工会常务副主席的社会身份）。

2020 年是人类历史上一个极不平凡的年份，年初，一场在整个世界范围内广泛流行、来势凶猛的新冠病毒疫情，对中国人民以及世界人民的生命安全构成了严峻的冲击与挑战。在突如其来的巨大灾难面前，在中国人民处于疫情困扰非常严峻的情势下，绝大多数中国当代诗人自觉拿起笔来，为处于疫情围困中的中国同胞，送去了传递温暖与力量的"抗疫"诗篇，鼓励同胞们勇敢抗击新冠病毒疫情，万众一心，众志成城，充满必胜信仰。郭新民是最早自觉拿起笔来创作"抗疫"诗篇而且创作激情最为充沛的诗人之一，整个 2020 年，郭新民陆续创作了《除夕无眠》《与口罩有关》《今日春分》《回家的心》《向一座山致敬》等二十余首"抗疫"诗篇，堪称"抗疫"诗歌创作数量最为丰硕的诗人之一，由此可以看出郭新民身上的现实担当精神与政治使命意识是何等强烈自觉。我们现在来欣赏诗人一首颇具代表性的"抗疫"诗篇《武汉，加油！》：

武汉，加油！

没有鸽哨吹亮的天空／以灰暗而抑郁的脸色／俯瞰行色匆匆的人们／在这个猪尾鼠头的年关／满世界纷飞着阴森森的口罩／如鹅毛大雪铺天盖地／飞上屏幕飘入街巷落在心头／冷冷覆盖了春天的脚步／／哦，有钱有脸面的人／不再敢张狂嘚瑟胡作非为／献出一些爱心以消灾免难／有权有势力的人／不再敢飞扬跋扈妄自尊大／学习低头行事低调做人／白衣战士无惧生死赴汤蹈火／以悲壮之举履行神圣使命／钟南山老人慷慨说出世纪名言／"真话与真药一样重要"／大国总理自觉戴上了口罩／表达对医学和科学的无比敬畏／在这瘟神狞笑的危急关头／人们，把一切奢求和欲望／统统降低到了零点／／哦，那些自以为是的人们／那些满不在乎的胃口／那些疯狂膨胀的欲望／那些贪得无厌的人性／那些麻木不仁的灵魂／在冠状病毒疯狂肆虐面前／就像是幻化的烟云惊魂的噩梦／倏然静谧而消停溃散／病毒，挑战医学的极限／瘟疫，挑战人性的本质／挑战一个城市应急的能力／挑战一个时代背负的沉重／也掂量一个伟大民族／不屈不挠的倔强和耐性／／在凛冽凄寒中期盼璀璨的阳光／在浴火重生里感恩鲜红的党旗／在隔离封闭下向往自由的飞鸟／在驱邪除孽时祈祷仁慈的天使／我们咬紧牙关，我们众志成城／我看到总理和百姓在一线齐声高喊／武汉，加油！／我看到祖国和人民齐心协力呼喊／武汉，加油！／我以一个诗人的绵薄之力／倾心倾情倾诚倾爱／愿我的诗行化作一支支救命的疫苗／为武汉加油！／为祖国加油！

2020 年 1 月 26 日草于仁伦堂

这首"抗疫"诗篇体现出郭新民主旋律诗歌写作一贯性的宏大叙事艺术特色：视野开阔，夹叙夹议，用词宏大，语调铿锵，情绪昂扬，充满饱满的政治激情，表现出强烈的爱国主义、集体主义与全心全意为人民服务的思想精神（人民性思想），有力地彰显诗人郭新民高度的政治觉悟与政治伦理意识。

（三）乡土写作：乡土文化情结与底层关怀精神的有机融合

在诗人郭新民的身上，他除了怀有浓郁的红色文化情结、自觉的政治伦理意识之外，他同时还怀有强烈的乡土情结。因为郭新民自小在乡村长大，受自身成长环境影响，诗人对于乡村、土地以及大自然怀有深厚的感情，逐渐形成一种乡土文化情结，即使郭新民后来成为官员，长期在城市工作与生活，但他的骨子里潜藏着深厚的乡土文化情结，终身难以摆脱。事实上，在中国现当代文学史上，许多具有农村背景与乡村生活经验的诗人与作家，即使他们长大以后离开了乡村，长期在大城市工作与生活，但其身上的乡村情结（或乡土文化情结）都是其灵魂深处的精神底色，无论如何都消弭不了，将伴随他们的一生。郭新民当然也不例外，他与绝大多数乡村出生的中国当代诗人一样，无论仕途多么通达，他身上的乡土文化情结都是其心灵结构中最为重要的组成部分。因而，郭新民创作了大量的乡土题材诗篇，引起了人们的关注，并获得不少诗坛人士的肯定与好评，例如，著名诗人叶延滨曾这样评价郭新民的诗歌创作："郭新民写诗的路数较广，题材也较丰富。但是，我个人认为，他写得最好的还是他写农民的诗，写土地的诗，写老百姓的诗。"①由此可见，郭新民的乡土诗歌写作具有不俗的思想艺术品位。

郭新民在进入山西省城太原工作之前，曾长期在太行山区工作与生活，对于太行山有着异常深厚的情感，他热爱太行山的绚丽多姿景色、光荣革命历史以及太行山区的老百姓。郭新民创作过许多以太行山为题材的乡土诗篇，我们现在来欣赏他的一首诗作《哦，太行山的老村》：

哦，太行山的老村

飘零的树叶抖落了秋天的烦躁／大雁的翅膀又驮来肆虐的风雪／落日倦懒无奈地咳出困顿凄清的黄昏／老村里零零星星的油灯点亮了黑漆漆的夜晚／／这个老村，不是城里人打着饱嗝想象的老村／她满脸皱纹验证了饱经沧桑的郁闷／她真老，看上去比实际年龄还要老／她是活在现实生活中一个清贫困苦的遗憾／／坐在灯下想一些该想和不该想的心事／最难熬出的是睡不醒的长夜／最难消除的是彻夜无宁的噩梦／穷人啊，夜有多长，噩梦就有多长／／外面的世界已跑得很远很远／喧嚣的生活也隔山隔水地迢遥／六十多年前那些轰轰烈烈与战争相关的日子／早已成为散淡的烟云和梦里的一声叹息／／哦，依然是种地靠牛犁田靠锨的日子／依然是点灯靠油娱乐靠睡的日子／依

---

① 叶延滨：《读郭新民的诗》，见中国作家网 2010 年 9 月 9 日。

然是看老天脸色靠苍天吃饭的日子／老村啊，在黄土炕上翻来覆去彻夜难眠／／一把二胡在村头唱出半个哀怨的月亮／张家的狗李家的猫在风雪中蹑手蹑脚／村边的冰河与瞎子阿炳的《二泉映月》同泣同诉／／老村啊，是大山深处一个久治不愈的心病／／哦，太行山的老村就这么奇迹般生存着／老百姓的老村就这么老实厚道地生活着／老八路的故事依然在老村的记忆中英勇壮烈／也许，一觉醒来，它会看到从京城投来抚慰的目光

2004 年 12 月草稿

2005 年 5 月 29 日夜改定

在这首诗里，诗人以质朴的语言、生动的画面、沉重的语调真实地描述了太行山区一处偏僻山村的贫穷面貌，这个山村具有光荣的革命历史，如诗中所言："老八路的故事依然在老村的记忆中英勇壮烈"，诗人笔下的这个穷困山村，实际上是太行山区所有穷困山村的缩影，太行山革命老区的老百姓们在进入 21 世纪以后，依然在贫困线上苦苦挣扎，延续着半个多世纪前的穷苦生活状态。从作品的字里行间，可以看出诗人对于太行山革命老区的人民群众怀有深厚的感情，诗人如此刻画老区人民的形象："老百姓的老村就这么老实厚道地生活着"，流露出诗人身上朴素的乡村情感，以及对于老区人民纯朴精神品质的乡村伦理认同，具有打动人心的阅读效果。

稍加细究，我们可以发现，郭新民乡土诗篇中所折射出来的诗人身上浓郁的乡土文化情结，总是与诗人身上的政治意识或政治责任感混合在一起，形成一种独特的精神景观。在《哦，太行山的老村》一诗的结尾，诗人情绪乐观地宣传："也许，一觉醒来，它会看到从京城投来抚慰的目光"，在这里，诗人自觉或不自觉地把改变革命老区贫穷落后面貌的强烈心愿，寄托在党中央乡村扶贫政策的尽快出台与及时推广上，而诗人作为乡村之子与人民公仆（富有良知的政府官员）的形象便非常鲜明地出现在读者面前。

简单说来，在郭新民绝大多数的乡土诗篇中，其作品中的乡土文化情结与其政治意识是混合在一起的，换言之，郭新民的乡土诗人身份与其官员诗人身份是叠合在一起的，两者不能分离。在《这个小村，不能忘却》这首乡土题材的诗篇中，极为典型地呈现郭新民的乡土诗人身份与其官员诗人身份的高度混合状态：

这个小村，不能忘却

——写在太行山王家峪八路军总部

历史偶尔回眸的一瞬／这个深藏在教科书中的小村远村老村／揉揉惺忪睡眼，伸伸世纪懒腰／从太行山深沉的梦境里醒来／与某些不可思议的阳光形成对视／／今天，我活泼的思想让这个山村不能平静／一个在共和国

地图上不易找到的坐标／一篇有着阳光般灿烂不朽的传奇／一部中华民族抗击倭寇的神话／一段共产党人里程碑上铭刻的经典／／某些事物是不能忘却和背叛的／像儿子不能忘却慈爱的父母／像粮食不能忘却厚道的土地／像鱼儿离不开水、瓜儿离不开秧／像鹰隼无法逃遁苍穹和白云／／这个小村，曾经是蕴含历史的天空／这个小村，曾经是喂养革命的厚土／这个小村，对布尔什维克忠贞不渝／这个小村，有难能可贵的太行精神／这个小村，把心掏给了八路大军／／伟大的毛泽东，有很好很熨帖的说法／远在重庆大夸"天脊上党"有鱼有肉有米／那可是人民领袖一片深情一种感恩／王家峪啊，功德无量，厚道无比／虽然今日清贫依旧，但它却无怨无悔／／有些时光是不能用切肤感悟的／有些财富是不能拿金钱换取的／有些事物是不能靠简单思维的／有些情结是不能以冷漠对待的／有些瞬间是不能凭雕饰留存的／／这个小村哦，在世纪边缘正想些什么／天空中有轻松的鸽哨划亮远方／树梢头有春天的笑容款款绽放／请允许我为它虔诚地祈祷和祝福／允许我的诗为它献一首深情的颂歌

2005 年 5 月 16 日

与《哦，太行山的老村》一诗主题方向相同，《这个小村，不能忘却》也以质朴的语言、沉重的语调描述了太行山区一座村庄贫穷落后的面貌，但是诗人的思维重点却是在叙述这个名叫"王家峪"的贫困小村极为光荣的革命历史，诗人首先强调它曾经是太行山八路军总部所在地，然后以真诚、激昂的政治情感历数"这个小村"为中国革命所做出过的具体而重大的贡献，并且借用人民领袖毛泽东对于太行山优越地理位置与丰富物产的赞美之词，来反衬今日太行山革命老区贫穷落后状况的不合理。在这首乡土诗篇里，诗人更多以一位太行山老区人民的知心官员的身份在说话，诗人以直抒胸臆的方式告诫同行不要忘记太行山老区人民曾经为中国革命事业做出的巨大贡献，祈祷在 21 世纪里太行山的老区人民都能脱贫致富，奔向幸福的小康生活，从中体现出诗人对于老区人民真挚的赤子情怀与可贵的政治良知。

与在《哦，太行山的老村》《这个小村，不能忘却》等乡土题材诗篇中所表达的沉重与忧伤的情绪体验不同，郭新民的不少乡土题材诗篇，却表达了一种明朗、喜悦、欢快与赞美的乡村（乡土）情感体验，这主要原因还是在近些年国家重点推出的精准扶贫社会工程中，诗人亲自见证了包括太行山老区在内的山西许多贫困乡村脱贫致富的崭新面貌，诗人怀着社会主义新农村建设政府工程的参与者与见证者的时代豪情，重点书写了太行山贫困老区旧貌变新颜的动人乡村景致。其中，诗人书写山西长治地区沁源县脱贫致富工作与绿色生态建设所取得的突出成绩与呈现的动人风貌的乡土诗篇极具代表性。诗人创作了《珍藏一片沁源绿》《让

绿色沐浴灵魂》《沁河是一条亲切的河流》等好几首赞美山西沁源在社会主义新农村建设工作取得喜人成就的诗篇，诗中的乡土叙事充满了新时代的骄傲与欣悦情绪。我们来欣赏一下其中的一首诗《珍藏一片沁源绿》：

珍藏一片沁源绿

以心的飞翔／抵达沁源绿海／就如无瑕的白云在天边跑马／如自在的苍鹭在沁河畔嬉戏／如尊贵的凤蝶在花坡上钟情／如风雅的松柏在林海中漫游／／有朋友穿过大半个中国来爱你／让太岳独尊的负氧离子／明目醒脑，润肺洗心／祛除一些雾霾笼罩的沮丧／放飞困倦已久的思想之鸟／任那些灿然释怀的情愫／充满绿色荡漾的旋律／／惟有爱过，就懂得珍重／惟有醉过，就知道酒醇／就晓得陶醉和回味的意义／就知道感动与饱享的价值／让沁源绿洗涤一次灵魂／注定是今夏一个绿色馈赠／／哦！沁源绿，中国绿／肯定是弥足珍贵的奢望／一定是耐人寻味的祈求／只定是荡气回肠的天籁／注定是如梦如幻的陶醉／站在花坡喊一嗓子信天游／我的歌声绿遍了四面八方

2018 年 7 月 19 日夜于沁源

诗人采用了传统的写景与抒情手法，以质朴的语言与丰富的联想，生动描绘了沁源优美的绿色生态环境，表达了诗人对于沁源美好生态环境与社会主义新农村建设成就的赞美之情。作品中，"站在花坡喊一嗓子信天游／我的歌声绿遍了四面八方"这个诗句，展示出诗人浓郁的乡土文化情结与民间审美趣味；而诗中"哦！沁源绿，中国绿"这一当今国家主流文化话语的出现，则凸显诗人的政府官员身份或诗人身上自觉的政治意识。的确，在郭新民的乡土题材诗篇中，民间审美文化话语与国家主流文化话语常常是并置在一起的，例如，在《沁河是一条亲切的河流》一诗（创作于 2018 年 7 月）中，诗人在运用亲切的平民化的语言描绘了沁河的动人风光后，最后是以"一条河，让人们记住／绿水青山就是金山银山"这种新时代主旋律话语作为全诗结句的。

总体来看，郭新民的乡土诗歌写作虽然因为政治意识的介入显得不是那么"纯粹"，但也给他的乡土诗歌文本带来了开阔的思想与精神空间。山西诗人柴然在一篇重点评论郭新民诗集《郭新民抒情诗选》的文章中，曾这样谈论郭新民的官员身份与他的诗歌创作之间的微妙关系：

　　……这里多数诗篇，很明显地已经跳出我们所谓的"诗人的小圈子"（他是以人民性来对付贵族性对付无聊性无调性的），走向更加深广的社会，走向人生的制高点。他是一个超越者。从这里看，这反倒和他为官从政不无关系：勤于修诗，使得刻板的政途上有了盎然的生机；鞠躬尽瘁，反而把他从诗歌的囚禁中解放出来。所以说，郭新民的诗，有着自己强烈的职业印记，

也就是从政与为文在某一高度上的结合。他的心灵是自由的。①

由此可见，郭新民官员诗人的特殊身份，反而为他的乡土诗歌以及整个诗歌创作带来了思想高度与经验宽度，柴然文章中提到的一个重要概念"人民性"，恰恰是对前面论及郭新民的历史记忆写作、主旋律写作以及在此处论及的乡土诗歌写作的一个极为有效的思想标签。

（四）情爱世界与人性状况的诗性书写

除致力于历史记忆写作、主旋律写作、乡土写作之外，郭新民还致力于爱情世界与人性状态的诗性书写。准确一点说，郭新民在爱情主题与人性主题的表现与开掘方面也是值得人们关注与重视的。

郭新民于21世纪初期专门出版了一部爱情诗集《花开的姿势》，诗集出版后赢得了诗坛人士的普遍肯定与好评。北京大学教授、著名评论家谢冕这样发表自己对于这部诗集的读后感：

> 读郭新民的诗，觉得他是一位感情细腻的人，他有着年轻的心态，写着非常清丽的诗。诗集中有不少篇章表达着深沉的情思，热烈而又细致，如《被一个人爱彻底》《心像一片红叶》《爱情是一架天平》等都很耐读。他的诗质朴、清新，没有矫情，有着感人至深的沉重。有一种朴素的、自然的美，其中蕴含着看似浅显却隽永的哲理。其抒情诗创作有一个审美表征，那就是描绘抒写"自然与人的融合"，通过大自然的神秘启示，揭示人生之爱，自然之爱，生命的律动和爱情之命运。之所以如此，大抵与诗人长期生活在"基层"，与大自然有着天然的联系不无关系。②

著名评论家张同吾这样评论郭新民的爱情诗创作：

> 郭新民的爱情诗，以生动的隐喻、新颖的构思和美妙的象征，表现心灵世界的波光潋滟万种风情，满山的红叶、沉郁的琴声、空旷的草原、飘散的奶香、黄昏的细雨、白色的墙壁、书法的清韵、骏马的嘶鸣，清澈的泉水、朦胧的月光、幽深的森林、起伏的海浪，都构成一种诗意象征，充分调动读者的情感体验和丰富想象，从而拓展了诗意空间，也使他的诗丰盈而深邃。……超越凡俗走向精神的圣地，这是诗人的终极追求，世界因为有了这种追求才会清澄而美丽。③

著名青年诗评家蒋登科、熊辉对于郭新民的爱情诗创作则给予了这样的积极评价：

---

① 柴然：《赢得心灵的自由——读郭新民》，见中国诗歌网 2006 年 6 月 3 日。
② 参见《名家评郭新民》，原载《上党晚报》2007 年 1 月 31 日。
③ 张同吾：《走向理想的精神圣地》，见中国作家网 2010 年 9 月 14 日。

创新是诗歌艺术的生命之源。郭新民对诗歌艺术的执着追求和不断探索使他的诗逐渐显示出自己的特色，他的爱情诗也由此具备了独特的格调。首先，郭新民的爱情诗具有浓郁的传统文化精神，质朴而矜持。他的感情热烈奔放，但诗却含蓄稳沉。"克己复礼"的思想让诗人没能大胆地张扬自己的感情，他献给恋人和妻子的诗有如一首首轻柔灵动的音乐，从日常生活中的点点滴滴写起，虽不轰轰烈烈但却沁人心脾。如果说郭新民的乡土诗本身就渗透出较强的文化意识或诠释着传统文化的话，那么他的爱情诗便是在传统文化思想影响下的中国古代爱情诗的现代表达。为什么郭新民的爱情诗多是写给妻子的呢？这首先是因为诗人本来就深爱着他的妻子，另一方面，在诗人看来，神圣的爱情无法疏离伦常观念的束缚。郭新民在《花开的姿势·后记》中说："这本集子中所收录的情感火花曾让某些人颇有微词。因为某些现实总是那么苛刻严酷。""苛刻严酷"的现实是诗人不得不面对的伦常观念，或多或少制约了诗人情感的表达。其次，郭新民的爱情诗将感性和理性结合在一起，二者本是二律背反的关系，但在郭新民的部分爱情诗中，强烈的爱情与冷静的哲思却互为补充。感性可以让枯燥的理性得到形象的表达，理性则可以让感性得到深化。①

通过上述诗坛名家的评论，我们可以看出郭新民的爱情诗创作特色独具，展示出自己的情感体验与艺术个性。例如，《你的味道》是得到诗坛不少人士赞许的一首爱情诗，且引全诗如下：

你的味道

你的味道用视觉听觉和幻觉体悟／些小人生，五味俱全／家庭如宴，擅长烹饪不仅是技艺／生活似席，妻子的味道是多么可口／／语言和情绪都是丰富的调味／用心灵与肉体去深切感知／一个热吻一丝微笑一抹眼泪／成为炒炖命运不可短缺的油盐酱醋／／你是我二十年持久的美味／对任何佳肴我不屑一顾／你是我此生倾情倾心酝酿的醇酒／饮你，是造化是命里注定的深刻／／抑或是古典的云，抑或是现代的雨／浓郁的咖啡中煮着可想而知的亢奋／盛开的玫瑰是那么芬芳而奥秘／你的果实是那么灿烂而辉煌／／如梦如幻的当然是我了／若花若玉的俨然是你了／有滋有味的定然是我了／知冷知暖的必然是你了／好醇好醇的味道／从袅袅娜娜的春梦中飘逸而来／好香好香的味道／从缥缥缈缈的灵空里闪烁而来／／用深及祖先的甘泉浸泡／以仁义道德的火炭熏蒸／拿恩爱忠贞的作料烹调／你是咱家妙不可言的美味佳肴／／哦，你独一无二的味

① 蒋登科、熊辉：《论郭新民的爱情诗》，见中国作家网 2010 年 8 月 31 日。

道／让我的嗅觉超常灵敏／家有娇妻，韵味无穷／家有贤妻，幸福无比

2001 年 5 月于宁静斋

这是诗人献给妻子的一首情诗，诗作采用"我"与"你"之间的心灵对白方式，围绕着味觉意象展开叙述，生动、真实、立体性地塑造出了一位端庄、温柔、体贴、忠贞、擅长厨艺、持家有方的完美型传统贤妻形象，作品情感真挚、含蓄、深刻，充满着古典而浪漫的文人情调，给人以审美情绪上的强烈感染。

当然，诗人在书写爱情甜蜜、温馨体验的同时，也不回避表现自己与爱人之间的矛盾冲突，例如，《夫妻战争》便是一个描述诗人与爱人之间发生激烈争执与冲突情景的典型诗歌文本：

夫妻战争

千分之一的偶然与必然／有风有雨的白天与夜晚／夫妻战争，在所难免／／这是头脑失常的对峙／这是怒不可遏的倾泻／这是失去理智的偏执／／语言的炮火相互猛攻／唾沫四溅，乱语横飞／偶尔显露拳脚的威慑／／战争的宣告非常迅疾／战争的过程简单无序／战争的结果可想而知／／说不清道不明的心绪／剪不断理还乱的情节／谁应该承担几许责任／／有时大人会变为儿童／做出幼稚可笑的举动／某些本质的东西被对方看得最清／／倘若揭去斯文的面纱／也许会领略和动物一般的牙齿／火线上的眼睛都是圆睁的枪口／／站着是狂风暴雨烈火硝烟／坐下便风平浪静烟消云散／阴转晴的过程有时是一阵喜剧／／万不可伤及对方的短处和痛处／用毅力去克制冲动与狂暴／除非让这个家庭不再温暖而完整／／种瓜得瓜，种豆得豆／种下唾骂会收获什么／种下巴掌能收获什么／／时间是公正的法官／恩爱是庄严的裁判／谁能珍重，谁就会妥协／嗔你怨你就是亲切／打你骂你也是亲昵／哎，谁叫你我是一对冤家／／夫妻战争哦，难以回避的插曲／有时竟是难能可贵的幽默／风雨过后，仍然是丽日晴天

这首诗以非常生动鲜活的语言与意象，以及充满戏剧性的场景描写，艺术化地呈现"夫妻战争"的特点与本质，引发人们对于夫妻之间爱情关系的理性思考。从思想精神层面来看，该诗最有价值的地方在于客观地揭示了夫妻在发生"战争"（激烈冲突）之时所暴露出来的人性弱点（对于夫妻双方均是如此）。正是因为人性弱点的存在，才导致一对深爱彼此的夫妻在情绪一度失去控制的时候，只顾自己发泄愤怒与不满，不经意间想用狠揭对方短处、疼处的语言去伤害对方（好在最后双方艰难地控制住了这种"触犯"对方道德底线的情绪冲动）。因此，诗人在这首诗里既表现了爱情的主题，同时也表现了人性的主题。

由此看出，郭新民的部分爱情诗不仅在书写爱情，也在揭示人性，而这恰恰是郭新民爱情诗创作的独特思想与精神价值之所在。著名诗人叶延滨曾对郭新民

爱情诗创作的独特价值做出了这样一番评论：

　　……郭新民的爱情诗，也许说不上是"最好"，但是对今天来说，也许是"最可读"，因为这个让诗人们写了千年的老题目，郭新民再次展示了诗人们成功的秘诀：

　　在禁区的边沿／往往有奇迹发生……

　　爱情与性爱曾是中国诗人的禁区，一旦打破，不可遏制的欲望又把一些诗人卷入了身体写作与性欲泛滥的洪流之中，诗歌与诗人都被自身掀动的洪流淹没。因此，郭新民的爱情诗再次展示了一种超越的可能，我曾说过是对读者产生"向上、向善、向美"的诗歌指向，同时也是健康人生、健全心灵和健美体魄的人性追求！

　　摒弃病态和丑恶，千百年来的爱情诗都在这样对我们说，郭新民的诗也是如此！[①]

　　毫无疑问，叶延滨的这番评论是精准到位的。的确，郭新民在爱情诗中所表现的人性是健康的，是向善的，诗人所追求、所倡导的是人性的善良，而非人性的丑恶。这里必须指出的是，郭新民不仅仅在爱情诗篇中表现人性主题，在其他题材中也表现人性主题，而且着力揭示人性的黑暗面。例如，在日常性题材诗篇《一只鸟，躺在路旁》（创作于 2007 年 5 月）一诗中，重点表现的便是人性主题。该诗叙述了一只鸟被人无辜射杀从空中掉落在大地上的情景，诗人以见证人的身份对于人类的残忍与贪婪本性予以痛苦追问与深沉反思，我们来看该诗的结尾一段：

　　一只小鸟　躺在我思想敏感的边缘／它羽毛纤弱的神经仍在风中战栗呻吟／我认定　大地上正躺着一个蜷曲发僵的问号

　　在这里，"大地上正躺着一个蜷曲发僵的问号"这个意象画面，正是从被人射杀的那只小鸟的角度，对于人性发出的严厉责问，具有警醒人心的思想力量与艺术效果。除了《一只鸟，躺在路旁》《渴望，一只饿狼》等不少诗作在表现人性的黑暗面与复杂性方面均是有分量的，值得我们关注的。

　　全面来看，郭新民 21 世纪以来的诗歌创作除了表现政治主题、乡土主题、爱情主题、人性主题这几个大的主题范畴以外，诗人也着力表现生态环境保护主题或生态主题（例如《翠鸟飞过》《鸟儿，欢呼着湿地》《真的好久没听到鸟叫了》《让一只蚂蚁攀上肩头》等诗作），从中可以看出诗人与时俱进的创作思想，值得赞赏。

　　（五）郭新民诗歌的主导性审美艺术风格

---

① 叶延滨：《在禁区的边沿　往往有奇迹发生》，见中国作家网，2010 年 9 月 9 日。

与郭新民在诗歌创作上偏好重大题材与宏大主题表现构成某种对应关系，诗人的主导性审美艺术风格大致可以用崇高、豪迈、大气、明朗、质朴、真挚等词语加以概括。

通常说来，郭新民表现重大政治性主题的诗篇，一般体现出崇高、豪迈、大气的审美艺术风格，因为这些诗篇都是采取宏大叙事的语言形式，例如《旗帜》《仰望太行》《心铸长城》等主旋律作品，均具有政治抒情诗的审美风格与艺术特质，现在举出《仰望太行》前面五个诗节为例：

把昨天、今天和明天／横陈于巍峨壮丽的太行之巅／这是一个民族庄严森森的祭坛啊／让漫不经心的阳光凝重起来／让流云、飞鸟和风的翅膀凝重起来／让疯长的城市躁动的乡村宁魂静气／让时间奔波的脚步从容自若／让傲立群峰的松柏肃穆伫立／就有良心虔诚跪拜／会有灵魂郑重洗礼／总有思想勇敢翱翔／必有精神执着守望／／当一些渐行渐远的岁月和故事／幻化成弥足珍贵的记忆／你就体悟到战争深及骨髓的疼痛／就懂得胜利永恒无比的价值／就深知和平步履维艰的高贵／历史，泪眼盈盈地回环四顾／从七十年前的纵深处望过去望过去／从战火硝烟吞噬的卢沟桥头望过去／从苦难河山喋血的伤口处望过去／这座山，国难当头，同仇敌忾／这座山，顶天立地，砥柱中流／这座山，横刀纵马，驱倭除寇／这座山，浴血鏖战，岿然屹立／这座山，英勇豪迈，气贯长虹／／哦，江河与大地说／仰望太行，就是仰望纵横伟岸／鲜花与墓碑说／仰望太行，就是仰望忠贞坚定／鸽子与蓝天说／仰望太行，就是仰望自由和平／功勋与战士说／仰望太行，就是仰望勇敢正义／小米与步枪说／仰望太行，就是仰望抗日神话／党旗与国旗说／仰望太行，就是仰望民族忠魂／朝霞与太阳说／仰望太行，就是仰望灿烂辉煌／／朋友，请毅然抬起你高贵的头颅／聆听历史老人对我们的教诲和忠告／某些事物是不能忘却和背叛的／像儿子不能忘却慈爱的父母／像粮食不可背叛淳厚的土地／像神鹰的翅膀无法逃遁白云苍穹／这座山是哺育中国革命的摇篮／是蕴涵红色历史的天空／是扭转华夏乾坤的圣地／是抵御日寇魔爪的壁垒／是反法西斯胜利的大本营／这座山，把心掏给了共产党八路军／高高挺起中华民族不屈的脊梁／／哦，仰望太行，我们热血沸腾／这是共和国版图上不可或缺的坐标啊／千里丰碑，镌刻着亘古卓越／万卷诗书，颂不尽奇绩伟业／后羿射日、女娲补天的山／愚公移山、精卫填海的山／人民的山、英雄的山／功勋的山，胜利的山／朱总司令傲立群峰的山／彭大将军纵马横刀的山／刘邓大军叱咤风云的山／战士和百姓血肉筑就的山／左权，倒下又站起来的山啊

……

诗人在诗中用一系列大词、一连串排比，来表达自己对于太行山——诗人心目中的中国革命圣山的虔诚仰望与真诚崇拜之情，气势磅礴，语调铿锵，激情飞扬，庄严肃穆，充满阳刚之美。

相形之下，郭新民在表现政治性主题之外的其他主题的诗篇，则往往体现出明朗、质朴与真挚的审美艺术风格，展示出诗人的乡村赤子的思想性格面向与人文情怀。在此，兹举《瓷器碎裂》一诗为例，

该诗题材日常，但内涵丰富，令人回味，我们下面来欣赏一下这首诗：

瓷器碎裂

夕阳落魄的黄昏／一件瓷器失足了／由我的漫不经心／导致它粉身碎骨／这个世界上　从此／又少了一个靓丽的生命／／瓷器碎裂／让人心疼／让这个日子心疼／让混沌的大地／一阵哆嗦和震颤／我看到了／撕心揪肺的碎裂！／／唉！凋谢的瓷器／它是从泥土中走出来的精灵／它即将重新回归到泥土中去／化成沙砾／化为土粒／化作露水被蒸发的／一缕哀叹／化作晚霞被黑暗吞噬的／一抹嫣红／／疼痛啊／从瓷器的裂片上呼啸而起／萦绕着我脆弱的神经／多少咸咸的思绪／多少酸酸的忧伤／多少涩涩的怜悯／都是纷纭缠绕的愁／都是深入灵魂的恨／／一件靓瓷　失足了／从我的手上倏然滑落／走上一条永远不归之路／我目睹了它／最后挣扎的过程／竟是那么简单而迅疾／只有一声重重的叹息／一声怆然绝望的呼救／／生活啊　就这么严酷／生命啊　就这么易碎／价值啊　就这么易逝／脆弱瓷器　神秘消逝／以它最后的方式／撞击我伤悲的情绪／留下无尽忧思／和深深遗憾／／哦，大地不会绝唱／日月不会绝唱／金钱不会绝唱／爱情不会绝唱／可这件瓷器的生命／却成为今生今世／有缘与无缘的绝唱／／一件瓷器／就这么走了／一位康熙的老友／就这么走了／因为我的疏忽／它不经意就走了／一走　就永恒为／深及骨髓的／追念

2005 年 5 月 16 日夜

该诗描述了诗人无意中失手摔碎了一件珍贵清代瓷器的情景与痛苦体验，诗人对于艺术品的热爱情感让人十分欣赏，甚至可以用肃然起敬来加以形容。该诗的语言风格与审美情调则可以用明朗、质朴与真挚来加以概括。此外，该诗还具有伤感情调。严格说来，郭新民诗歌作品中的伤感情调并不非常多见，因而并不构成其主要艺术风格之一。

三、郭新民其人其诗在"长治诗群"中的重要地位

通过上述对于郭新民诗歌创作思想主题与艺术风格层面的简要论述与分析，

我们可以体会郭新民在"长治诗群"中所具有的重要地位。而要客观评价郭新民其人其诗在"长治诗群"中所具有的重要地位，一要看郭新民在推动"长治诗群"发展方面做出的实质性贡献，二要看郭新民的诗歌创作在诗坛所产生的影响力。

前面谈到，在"长治诗群"的形成与崛起过程中，郭俊明与郭新民二位诗人发挥了决定性的作用。除郭俊明外，郭新民对于"长治诗群"的发展做出了非常多、非常大的贡献，这一点在"长治诗群"内外形成了广泛的共识。长治籍评论家陈树义在《郭新民先生与长治文坛》一文中如此具体地谈论郭新民为"长治诗群"所做的事情与贡献：

在新民先生到任之前，长治文坛格局是散文一支独大。这些年来，因了新民先生的声誉和对长治文坛的倾力相助，特别是对诗歌的爱好，现在的长治文坛不仅在小说领域有了葛水平、郭俊明等一大批小说作者，而且尤其在诗歌领域，长治的诗人们已经走出了封闭的疆域——太行山，登上了全国的诗坛。新民先生在长治期间，有几次比较大的诗歌活动：2005年5月21日至22日，《诗刊》社举办的第四届"春天送你一首诗"在长治举行；2006年4月22日，第五届全国大型公益文化活动"春天送你一首诗"还在长治举行。来自全国各地的诗人名家汇聚上党，与广大诗歌爱好者一起参加了大学生诗歌节、诗歌座谈会、书画联谊会、"春天送你一首诗"大型诗歌音乐晚会等系列活动，吟诗，论诗，赏诗，一首首文采飞扬、豪情壮丽的诗篇将古城的春天渲染得更加浪漫多姿。2007年6月24日，"春天送你一首诗"全国大型公益活动暨大学生诗歌节诗歌朗诵比赛在长治医学院举行，在将近4个小时的时间里，来自长治医学院、长治学院、山西机电职业技术学院、长治职业技术学院、太原理工大学长治学院等高校的同学们，饱含深情地朗诵了《春天我们出发》《我骄傲我是中国人》《蚂蚁》《将进酒》等20首原创作品和名家名作。中国作协副主席、书记处书记高洪波，中国诗歌学会副会长、人民文学出版社原总编辑屠岸，《诗刊》常务副主编叶延滨，《诗选刊》主编郁葱在长医附属和平医院多功能厅还为诗歌爱好者做了一场题为"文学名著的阅读与欣赏"的学术讲座。

"春天送你一首诗"连续三年在长治举办，新民先生功不可没。活动的举办，不仅展示了诗歌在商品经济和市场经济的实力，更加难能可贵的是在愈来愈恶俗的生存环境中诗人们扬起了高贵的头颅，凝结了诗人们的友情，扩大了诗歌的受众界域，使得人们在越来越物质化的浅表追逐中找到了片刻的心灵家园。

前不久，"中国诗歌万里行"在黎都举行，我在看朋友们的博文时，他们念念不忘的是"一位没有出席的诗人——郭新民"，由此可见，诗友们对新民先生的想念。

新民先生不仅力主举办大型诗歌公益活动，而且在全国报刊重镇大力宣扬长治诗歌和诗人。《"长治诗群"的崛起》从长治诗歌的历史谈到现实，而且不厌其烦地罗列长治诗人。他说："在这个群体里面，基本上都是业余诗歌作者，他们在工作之余潜心创作着，默默努力着，在诗歌的道路上羽翼渐丰，身影渐高。常福江、王广元、牛玉山、罗连双、申修福等诗人姑且不论，已退职的人民警察刘金山，近年创作势头较旺，曾获"中山图书奖"等大奖；公务员金所军、法官姚江平诗才横溢、成就显著，曾获赵树理文学奖，并参加第21届青春诗会；医生王太文、县电视台台长吴海斌诗作新潮时尚，也先后参加过青春诗会；诗坛"自由鸟"邢昊、地质队队长卫志坚、县官毕福堂、乡官吴涛诗意盎然，频频亮相《诗刊》；县报社总编朱枫在网络诗歌论坛上十分活跃；裴恒敏、赵立宏、成亮在诗坛也颇显实力；葛水平、周广学、桑小燕、陈小素等女诗人各展风姿……其他还有编辑、干部、税官、教师、工人、交警等分布在各行各业的一大群崭露头角、文采不凡的诗人们，他们以真诚质朴的情感面对艺术和诗歌，创作出了大量优秀诗歌作品，出版诗集上百部，为当代诗坛奉献了有滋有味、可口可餐的佳什篇章，这使我不禁想起了古人的那句名言：'横看成岭侧成峰，远近高低各不同'"其情其义，日月可鉴！敝人置身其外，也感到了融融暖意！只想说：新民先生，任重道远，保重，保重！[①]

陈树义的文章以大量具体事实彰显郭新民为"长治诗群"做出的巨大贡献，作者在结尾处流露出来的对郭新民的尊重态度与崇敬心情，有力凸显了郭新民在长治诗人们与评论家们心目中的重要位置。

除了在行动层面有力推动长治诗群的发展，郭新民本人的诗歌创作也获得了诗坛许多知名诗人与评论家的肯定与好评。例如，著名诗人、人民文学出版社原总编辑屠岸这样积极评价郭新民的创作：

郭新民的诗歌唱了爱情、友谊，探索了人生、自然。这些诗篇，有的感情细腻，有的激情奔放，有的热情如火。诗人直抒胸臆，毫无矫饰。这里有愉悦、有狂欢、有悲愁，也有痛苦。他时常品尝"甜蜜与忧伤"；有时感到"难以言状的悲怆"；他有时会"甜甜地思考"，有时又会"销魂"，说那是"一幕喜剧中最精彩的表演"。郭新民在诗篇中揭示了人性的方方面面，敞开了心灵的大门，把灵魂赤裸裸地袒露出来了。[②]

著名诗人、《星星》诗刊原主编白航也对郭新民的创作予以肯定与欣赏：

① 陈树义：《郭新民先生与长治文坛》，原载《山西党校报》，2009年2月24日。
② 参见《名家评郭新民》，原载《上党晚报》2007年1月31日。

郭新民的抒情诗写得新颖别致，既不太露，也不太陈，既富有诗趣，也多诗味，既中国，也西式，可谓形、象相偕，意、趣相映，如一杯藏族家酿的青稞酒，清醇、亮色、自然、味甘，极富缠绵悱恻之情，动人心神之力。信否？请君一读便知。①

著名诗人叶文福则在《郭新民现象思考》一文中，以感性、生动的文字对郭新民其人其诗给予了高度评价，兹引其中一段文字：

要读郭新民的诗，也非易事。

我反复读来，仿佛读颜氏笔墨，有一种笨拙，有一种清隽，有一种沉重，有一种扑朔。构架之间，既有贴人的亲近，又有拒人的陌生。既有李白式的赤裸，大气升腾，又有梵高或者卡夫卡式的怪诞，自己笑给自己看那种令人心酸或者心悸的无奈。似乎表情藏在诗行的构架之外，思绪沉浮在读者的感觉之中。我有点拿握不住。

诗如其人，人如其土，土如其山。他的诗有一种黄土高原的自带苍凉、冷漠、浑厚和岁月的穿透感。但给你的直感却是荒芜。

这莫非就是一种本事？大本事？

他坐在那里，就像太行山坐在那里。②

叶文福将郭新民的诗歌创作在很长一段时间内获得诗坛广泛关注与大量评论的现象，提升到"郭新民现象"的高度来加以命名与论述，充分说明了郭新民在21世纪诗坛不可忽视的影响力。缘此，郭新民作为"长治诗群"领军人物的重要地位应该是无可置疑的。当然，这并不意味着郭新民的诗歌写作在艺术方面无可挑剔，严格说来，郭新民在诗歌写作技术方面还是存在一些不足的。山西诗人柴然曾在一篇评介郭新民诗歌的文章中这样评价郭新民的诗艺问题：

也许，郭新民这里有些诗比起一些流派诗人和专业诗人来，写得还有相对生硬的地方，在诗艺与诗技上，也较之不够圆熟和完美……③

尽管如此，作为"长治诗群"的领军人物，郭新民的诗歌创作对于由乡土文化（农业文化）与红色文化（政治文化）所构成的21世纪长治文化内涵，有着非常充分的呈现，由此凸显郭新民重要而独特的地域诗歌文化与艺术价值，值得我们予以深入探讨与研究。

---

① 参见《名家评郭新民》，原载《上党晚报》2007年1月31日。
② 叶文福：《郭新民现象》，原载《长治学院学报》，2006年2月号。
③ 柴然：《赢得心灵的自由——读郭新民》，原载中国诗歌网，2006年6月3日。

第二章　姚江平：太行之子的质朴叙述与深情歌吟

一、姚江平生平简历与创作生涯

姚江平是一位典型的从太行山区走出来的诗人。1966 年 2 月，姚江平出生于山西长治黎城县柏官庄公社三十亩村一个地道的农民家庭，父母亲因为家里穷，没有上过学，每天只是起早贪黑的下地劳动，艰难度日。三十亩村的村名听起来比较动人，实际上在 20 世纪六七十年代，这个村子非常贫穷，生存环境十分恶劣，三十亩村留给姚江平印象最深的就是饥饿的记忆。与当时村子里的大多数农家孩子一样，姚江平小时候穿的是破衣烂衫，吃过很多难以下咽的苦苦菜（当地的一种野菜）。姚江平是家里的老大，后来，他又有了两个弟弟与一个妹妹，一家六口人的生活更是过得异常窘困，有些类似于路遥长篇小说《平凡的世界》中孙少平一家在改革开放之前的赤贫状态。当时，姚江平的姥姥家在离他家不远的五十亩村，那里生活环境相对较好一些，姥姥家尚能温饱度日，童年时期的姚江平常常去姥姥家居住，与姥姥在一起生活，以此改善一下自己的生活，减轻一些父母亲的负担。在姥姥家度过的那些日子，是姚江平童年记忆中最美好最快乐的一段时光。

姚江平 7 岁那年，迫于生活，他们一家六口人在那年的腊月初六从老家三十亩村出发，坐上一辆驴车，带着几口破缸及几口袋玉米面，前往离县城七八里路的西宋村，迁居到那个村子，借住了当地一个姓靳的人家的土窑洞。到达西宋村时已是半夜时分，一家人已是疲困不堪。突然，姚江平父亲发现他们的一袋玉米面不见了，这让父亲惊慌失措，因为这袋玉米面可是他们一家的救命粮，金子一般的珍贵。姚江平父亲二话不说，一个人冲进茫茫夜色之中，原路返回，去寻找那袋不小心丢失的玉米面。姚江平和焦虑万分的母亲，以及年幼的弟弟妹妹熬到天亮，终于等到父亲回来了，但父亲两手空空，一无所获。看到一家人无比失望的眼神，父亲沮丧地坐下来，抽了一袋烟，稍微休息了一下，喘了一口气，然后跟跟跄跄地再次走出家门，头也不回地寻粮去了。一连两天都没有了父亲的消息，姚江平和母亲完全六神无主。三天过后的傍晚，父亲奇迹般地肩上扛着半袋玉米面回到了家里，一家人喜极而泣。谁也不知道姚江平父亲是如何历经千辛万苦把这半袋救命的玉米面找了回来。这件事情给姚江平留下了终生难忘的印象，他刻骨铭心地体会到了乡下农民贫穷的滋味。

此后，姚江平一家就作为外来户在黎城县西宋村一直生活下来。幸亏父母亲非常勤劳，拼命干活，而且精打细算，一家人勉强糊口度日。后来父亲在村子里干上了做豆腐的营生，凭着每天只睡四个小时左右的辛苦与勤劳，手里慢慢积攒了一点钱，终于在姚江平10岁那年，姚家盖起了两孔新窑洞。即使这样，姚江平一家的日子依然过得紧巴巴。20世纪70年代末80年代初，姚江平在当地一所中学念初中，他非常喜欢读书，一次，他看中了一套非常受学生追捧的数理化自学丛书，这套丛书要价13元6角，这对姚江平那样的贫穷家庭来说，是一笔不小的数目。他打算与一位同学凑钱合买这套丛书，他回到家里向父母吞吞吐吐地诉说了这一愿望，父亲听后沉默了半晌，最后咬牙答应了下来。可令姚江平始料未及的是，原先答应合伙与他购买这套丛书的那位同学因故决定放弃购书计划。这下姚江平蒙了。他神思恍惚，做什么事情都提不起兴趣。后来，他硬着头皮向父亲开口再要六元多钱，被父亲一口回绝了，姚江平哭着离开了父亲的豆腐作坊，饭也没吃就去学校了。第二天姚江平回家时，母亲悄悄地塞给他一把皱巴巴的钞票，这正是他所需要的六元多钱，姚江平事后才知道，为了这六元多钱，母亲与父亲大吵了一夜。这件事情也让姚江平终身难忘！

1982年秋天，在贫穷生活中苦苦煎熬的乡村少年姚江平初中毕业了，他以优良的成绩考上了晋东南师范学校（长治师范学校），一下子跳出农门，成了一个可以吃"公家饭"的人。姚江平的命运从此发生了巨大的改变，整日愁眉苦脸的父母亲脸上有了笑容，在乡亲们面前感觉自己脸上有光了。

经过三年的师范学习生活，1985年秋天，姚江平从晋东南师范学校毕业，被分配到家乡黎城县洪井乡的一所中学担任乡村教师。由于姚江平富有文采，1988年秋天，22岁的姚江平被调入黎城县委宣传部工作，很快他就入党了，并被提拔为全县最年轻的副科级干部，开始了他的从政生涯，历任中共黎城县委宣传部科员、黎城县人民政府办公室副主任等职。

1997年春天，姚江平调任黎城县西井镇镇长，随后任西井镇党委书记，在西井镇，姚江平一干就是六年，开始了他自己非常珍惜看重的"乡官生涯"。因为有着深厚的乡土情感，姚江平和西井镇的百姓们完全打成一片，彼此相处得就像亲人那样和谐融洽。

2003年5月，姚江平调任长治县人民法院党组书记兼法院院长。在长治县法院院长这个职位上，姚江平怀着对于家乡人民高度负责的态度，工作尽心尽职，秉公执法，在全县人民当中赢得了良好的口碑。

2011年，姚江平又被组织上任命为襄垣县人民法院院长，在襄垣县人民法院院长的职位上，姚江平与在长治县一样，同样工作尽心尽职，秉公执法，赢得当地百姓的认可与肯定。

2017年以后，因为工作需要，姚江平被调到长治市人民法院工作。对于姚江平而言，无论作为法院院长还是普通干部，他都尽心尽职、足踏实地地努力为老百姓办实事、办好事，体现出姚江平朴素的民本思想立场。

姚江平长期担任基层官员，至今三十多年，而他从事诗歌创作的经历比其从政生涯更为悠久。早在1985年，即姚江平还在就读晋东南师范学校的少年时代，他就在当时发行量达几百万份的《语文报》上发表了两首短诗，成为轰动整个晋东南师范学校的"校园明星"式人物。师范毕业以后，姚江平在本县一所乡村中学任教，教书之余，他保持阅读文学作品的习惯，阅读了大量的古今中外优秀诗人的作品，同时勤奋写诗，其诗歌作品陆续在《当代诗歌》《诗神》等全国二十多家报纸杂志发表出来，1989年，二十出头的姚江平获得了长治市国庆40周年新诗大奖赛一等奖，开始在长治诗坛崭露头角了。

在20世纪90年代，姚江平在诗歌创作方面整体上处于一种练习与积累的阶段。进入21世纪以来，姚江平的诗歌创作开始展现出一种"爆发"态势。2001年，姚江平出版了他的第一部诗集《夜的边缘有一棵树》，出版后获得了省内外许多知名诗人与评论家的关注与好评，这部诗集正式标志着姚江平作为一名实力派诗人在长治诗坛及山西诗坛的全面崛起。这之后，姚江平的诗作陆续在全国各大诗刊发表，并入选《中国最佳诗歌》《感动中学生的一百首诗歌》《21世纪诗歌排行榜》等国内各大诗歌选本，他获得了越来越大的关注度。另外，在出版了处女诗集《夜的边缘有一棵树》以后，姚江平陆续出版了诗集《必须像一个人》（2006年）、《这些草》（2009年）、《大地，大地》（2016年），诗艺、风格日趋成熟，获得了国内许多著名评论家与诗人的肯定、好评与赞赏。姚江平也开始收获其作为诗人的各种荣誉，例如，2004年，他获《黄河》杂志社"太行杯"诗歌奖，2005年，他又获山西省赵树理文学奖诗歌奖，同年还参加了诗刊社举办的第21届青春诗会。2008年，他被《芒种》杂志社授予年度诗人奖。2010年，他获得《十月》优秀诗歌奖。2007年、2009年姚江平连续两届应邀参加青海湖国际诗歌节，与全国各地的诗人与评论家有了广泛的接触与交流，姚江平也逐渐产生了全国性的影响。21世纪以来至今为止的二十年时间里，姚江平始终坚持诗歌创作，即使行政工作繁忙也从未辍笔，展示了难得的诗歌创作热情与充满韧性的艺术创造力。

2018年，姚江平参加《诗刊》社组织的"青春回眸"诗歌活动，为此，他专门写了一篇自传性文章《诗歌是我人生最大的福利》，在这篇文章中，诗人姚江平运用充满诗意的文字，叙述了自己的简要人生经历与热爱诗歌以及从事诗歌创作的心路历程，对于了解诗人的精神世界具有非常大的帮助作用，在此，特将诗人这篇自传性的短文全文引录如下：

1966年2月23日，这一天，东方刚刚露出点鱼肚白，三十亩村西的高台上，两棵柿子树下，一座土坯草屋里，我发出了人生第一声脆亮的啼哭。目不识丁的父母根本没有想到，这个孩子的将来，会和诗结缘。

我开始学习走路，路很难走。一个贫瘠的山村，一户贫穷的人家，注定了一个穷小子的成长。山里的孩子，是野生野长的，池塘里学狗刨，街巷里捉迷藏，庄稼地里撒尿；编一顶有草有花的帽子戴在头上傻傻地笑，用一截柳枝做一种乐器手舞足蹈地吹；瓜果飘香的季节，三五个玩伴，搭伙而行，小心翼翼地扒开蒺藜的围墙，想做一回"神偷"，却被看园的老头撵得四散奔逃，裤兜里装着的用破褂子包裹着的果子梨子甜瓜滚落到草丛里，给蚂蚁做了"公益"，为鸟雀敬献了"贡品"。

诗歌的存在，让我感受到生命的特质，人生的美好。时光流年，如浮云一般，唯有诗歌，在我人生的不同阶段，发出金灿灿的光芒。学校毕业，初为人师，我"三支粉笔／熬一锅粥／喂很多饥渴的眼睛"，乡村中学的孤独和苦闷，被诗歌的光亮赶跑。在那个叫北社的乡村中学的黑板上，我"写下了有关一朵花开有关一只鹰飞翔的一行行板书"。十年的机关工作，我湮没在大量的文字材料里，"和暗夜里的灯光亲近／和一叠叠稿纸亲近／和一摞摞书籍亲近"。偶尔，抬起头，或者看看夜空上那一颗闪亮的星辰，抑或是看冬日洁白洁白的雪朵从天而降，这时，诗意不经意的从门缝里挤进来，芬芳萦绕在我的心尖。

1997年，我到一个叫西井的乡镇工作。西井，是隐藏在太行山皱褶里的一个山乡小镇。七年的乡官生涯，我怀揣诗性之光，诗意地栖居，生命的全息系于它的一草一木，灵魂的千千结迷恋着它的山水。西井，不再仅仅是一个地名，而是飘在我心底一朵沉重而轻盈的雪花。我的诗，和西井站在一起，就有了故乡；西井，和我的诗站在一起，就有了灵光。我的身前身后身左身右，一路鸟语花香，我自觉身轻如燕。

那里的山，表哥一样亲热／那里的水，表妹一样亲切／那里的人，父母一样亲爱／树木，村舍，耕牛，低头啄食的公鸡母鸡／播种，收获。熟透的柿子，蹦来跳去的小松鼠／草的清香油菜花的金黄羊粪蛋的溜光／一朵云盖着的山头／一颗星照着的时光／一粒谷子一颗大豆一条毛毛虫一只小麻雀／几条条山沟几道道山梁／几片片果园几多多山民／都叫我学习感恩、善良和爱

法院工作十六年，诗歌让我始终保持了心灵的澄澈和明净，人性的良知和正义。在我人生最为困顿和艰难之际，诗歌成为我的福音，点亮了我的生活，我被诗歌这一双温暖的大手呵护着。

作为一个诗歌的信仰者，诗歌让我聆听花开的声音，诗歌给我打开另一扇天窗，诗歌给我明媚阳光，诗歌让我衣锦还乡。

诗歌，在我的血脉里马蹄声声；诗歌，让我张开隐秘的翅膀。

诗歌，让我在风中的行走不会孤单；诗歌，让我头顶的天空辽阔而高远。[1]

这篇诗意盎然的自传性短文，非常清晰而又生动地为我们勾勒出了诗人的人生经历与心灵轨迹，大大有助于我们对于姚江平的了解。

二、姚江平诗歌创作主要特色

综观姚江平 21 世纪以来二十余年的诗歌创作，可以发现其创作特色极为鲜明，下面，将结合姚江平的相关诗歌作品，从题材与主题、审美经验与艺术风格层面对其创作特色予以具体的阐述与评介。

（一）乡村情感与乡土经验的全方位呈现

从前面对于姚江平人生经历的介绍中可以看出，姚江平对于农村、对于乡土怀有一种源自灵魂的热爱之情，可以用乡村情结或乡土情结来形容他对待乡村、对待土地的情感态度。他几乎所有的诗歌作品都是以乡村（乡土）为书写对象，而且对于乡村生活与田园风光表现出无限地热爱、欣赏与赞美情感。可以说，姚江平是以乡村之子、农民之子的身份与心态去讴歌养育他的这块土地的。由于姚江平出生在具有光荣革命传统的太行山区，我们可以把姚江平视为"太行之子"，事实上，姚江平对于太行山区感情非常深厚，他热爱着太行山一年四季的风景，热爱着太行山区的父老乡亲，热爱着太行山区乡村里的风俗民情，热爱着太行山区的一切。姚江平曾在世纪之交创作过组诗《站在太行山之巅》，它由"又见柿果红""走进高粱地""苦苦菜"三首短诗组成，描述了诗人站在太行山之巅所见的

---

① 姚江平：《诗歌是我人生最大的福利》，原载《诗刊》2018 年第 9 期。

太行景物与内心情感，《又见柿果红》描绘了太行山的动人秋色，表达了诗人作为太行之子的骄傲之情；《走进高粱地》以拟人手法叙述了太行山区的高粱曾经慷慨无私地喂养大一支革命军队，为中国革命做出了光荣的贡献，如今太行山区的人民还处于贫穷孤独的状态。《苦苦菜》则叙述了诗人在太行山区的童年生活记忆，我们来看一下这首诗：

苦苦菜

他还认得我是谁家的孩子／他鲜嫩的叶子／喂养大了我的童年／／荆条编成的小篮／露皮露肉的衣衫／以朝圣的心态／采摘着我的童年生活／／想象不出大鱼大肉于我／是何种滋味／也不奢求他长成一株玉米／只愿他真真实实地盛满我的篮子／让苦孩子吃过晚餐／能做一个充实的梦／／身子一天天长大／骨骼一天天刚硬／燕子飞来又飞去／我已走出他的视野／／偶尔重返乡村／他还是站在村口等我／他还认得我是谁家的孩子

此诗采用拟人手法并通过苦苦菜的视角，生动地描述了诗人贫穷、饥饿的童年记忆。回忆童年的生存状态虽然令诗人感觉苦涩，但从字里行间不难感受到姚江平对于太行山区的深厚情感，由此彰显其太行之子的自我身份认同。

可以说，姚江平把整个太行山地区当作了其诗歌写作的根据地，具体一点说，姚江平的诗歌写作是围绕整个太行山地区的山川河流、四季景色、农民生存状态与生活图景而展开的，正如山西籍著名诗人潞潞在 21 世纪初为姚江平处女作诗集《夜的边缘有一棵树》所写序言中指出的那样：

可以肯定的是，做一个诗人的愿望，在姚江平心里比后来说出来要早得多。他出生于 60 年代动荡的岁月，家乡的土地用玉米和苦菜喂养他的同时，也赐给他五彩斑斓的"诗人梦"。少年时期的他曾用稚嫩的诗行描绘着理想。多少年过去了，这个贫苦农家的子弟长成人了，他长得高高大大、精精神神，而且成了一个"乡官"。世事在变，人在变，姚江平的"诗人梦"却始终不渝。当然，他的梦不是虚幻飘渺的，他的诗心、诗情都来自脚下的土地。对此，他是清醒的。他诚实地说自己写诗是为了生活，他在履行乡官职责的同时圆着诗人梦、作家梦。应该说，姚江平的"诗人梦"已经在某种意义上实现了，他的诗告诉我们，这是一个诗人。不仅有他的诗为他作证，他须臾不肯离开的太行山、漳河水，还有那里的乡亲们都可以为他作证。这是一个从没有背弃土地和生活的诗人，他知道诗人的根在哪里，因此他的诗是坚实的。[①]

潞潞在这里明确指出了太行山、漳河水是姚江平写作的坚实根基，可谓知人论世。

---

① 潞潞：《诗人是一棵树》，见姚江平诗集《夜的边缘有一棵树》序言，作家出版社，2001年8月。

在姚江平迄今为止的全部诗歌作品中，乡村题材的诗篇占了绝大部分篇幅。可以说，姚江平身上的乡村情感非常浓烈、深沉、丰富、纯粹、动人，由此鲜明凸显姚江平的乡土诗人身份。正如著名诗评家朱先树在评论姚江平的一篇文章中所说的那样：

> 姚江平是从乡土中走出来的诗人，他的创作的根基在乡土，或者说他的诗的起步和出发点在乡土，而以后的创作中，对乡土的回忆和新的感悟也都来源于乡土，因此在人们印象中，都常把他称作"乡土诗人"也是自然的了。的确，姚江平与乡土是血脉相连的，无论迁徙到何方，或从农村到城市，这种联系都是割不断的。"①

应该说，朱先树对于姚江平的乡土诗人的身份定位很有代表性，体现了诗坛人士的普遍认知。

前面说到，姚江平身上的乡村情感非常浓烈、深沉、丰富、纯粹、动人，这一点可以从姚江平的大量乡土诗篇中得到印证。我们在此来欣赏姚江平几首表达乡村情感的抒情诗篇，先看第一首诗《我想坐在月光下的乡村》：

我想坐在月光下的乡村

> 我想坐在月光下的乡村 / 和月亮一样干净的乡村事物默默对语 / 童年的记忆犹如草尖上的露珠 / 轻轻一碰就落在掌心 / 蜗牛，蚯蚓，青蛙，瓢虫，蚂蚱，蚂蚁，蝴蝶，蜜蜂，麻雀 / 牵牛花，喇叭花，野菊花，桃花，梨花，杏花，不知名的花 / 槐花的清香随着往事飘过来 / 三十年前的一粒粮食 / 就是刻骨铭心的一句圣经 / 挥一挥手，那一条花头巾晃动在一首没有完成的诗里 / 有点羞涩，带点腼腆 / 我承认，我爱着，我在故土的月光下 / 想起和看着的事物 / 不是我的前生也不是我的来世 / 就是我实实在在的人生

在这首诗里，诗人为我们营造了一个温馨、优美、浪漫的乡村月夜环境，然后诗人用宁静从容的心态为我们叙述关于乡村生活的童年记忆，带着点羞涩表情的美好乡村情感体验不禁让人心驰神往，具有强烈的代入感。

我们再来看第二首诗《在乡村的一个夜晚》，该诗在题材内容上与《我想坐在月光下的乡村》一诗堪称"姊妹篇"，全诗如下：

在乡村的一个夜晚

> 在乡村的一个夜晚，听雨 / 声音很干净，落在屋檐上 / 流下来，落在梨叶上 / 滚下来，落在有点硬的 / 土院，倒像是豆子进了炒锅 / 敲敲那口倒扣

---

① 朱先树：《从一棵树到一个人的歌唱》，见姚江平诗歌评论汇编《风信子》，作家出版社，2012 年 7 月。

在墙角的破铁锅／拍拍挑水用的那两只水桶／／看不见一丝雨线，说不出／一片漆黑里雨的姿态／但我分明听到了鲜嫩嫩的撒欢／仿佛刚出生的婴儿的嫩音／让洁净的乡村之夜睁大了清澈的眼睛

与第一首诗重点展开对于乡村景物与乡村情感的记忆书写有所不同，这首诗重点是书写诗人在乡村的一个夜晚聆听雨声的现实（真实）感受与心灵体验，诗人运用充满乡村生活经验的丰富联想，艺术化地描写了乡村雨夜的纯净与美妙体验，抒发了诗人对乡村的无比热爱。

我们再来看第三首乡土诗篇《去走走乡下的路》：

去走走乡下的路

去走走乡下的路，乡下的路一如母亲纳鞋的针脚，绵密，细长。／去走走乡下的路，听听蝉儿的鸣叫，体验一只蚂蚱的蹦跳。／去走走乡下的路，毛白杨长得很精神，倒垂的柳枝把风儿的衣袖轻轻摆动。／去走走乡下的路，带着一种轻松的心情，弯弯腰，就能捡一串记忆。／去走走乡下的路，坡地里的玉米，刚刚被一场小雨沐浴，叶子夸张得近似抒情。／去走走乡下的路，一只蝴蝶的翅膀在草叶上，安静地枕着村庄的往事。／去走走乡下的路，不止一次，每一次都是新的抵达，每一次的影子都被大地收留。

在此诗中，诗人强烈呼吁自己与他人"去走走乡下的路"，去亲近乡村，去接触与体验乡村生活，诗中大量的乡土意象的运用呈现出浓郁的乡村风情，而长句式的运用恰当有力地表达了诗人对乡村与乡村生活悠长而深切的眷恋与热爱，给人留下深刻的印象。

从以上三首乡土诗篇可以看出，姚江平是一位怀有深刻、浓郁乡村（乡土）情感的诗人，他写诗的主要目的是为了抒发其乡村（乡土）情感，换言之，姚江平写诗的目的、动机都与乡村（乡土）息息相关，他是一位从乡村（乡土）出发，走向城市（外部世界），最后还是要回归乡村与乡土（指在精神与灵魂意义层面的回归）的诗人，他的诗作《乡下是诗歌的故乡》在此可以作为一个典型的诗歌例证：

乡下是诗歌的故乡

庄稼是大地的孩子／溪水是大地的母乳／树是站着的人　人是走动的树／／村庄是大地的乳房／水井是大地的肚脐／鸟儿驮的是天　天是鸟的故乡／／小草感恩泥土根须往深里扎／野花风情村乡花粉都是音符／葵花约会太阳太阳宠幸花葵／／小小池塘一池之水可纳苍天／翩翩蝴蝶一张羽翅半壁江山／晨光钟情露珠露珠含英咀华／／诗歌这顽童，永远是小学生，背着书包常逃学／左手一穗玉米右手一把酸枣心窝饲养着几只麻雀／小牛犊蹄花翻飞，追逐着

一只黑色的天牛试比角力

由此可见，姚江平是一位把乡村作为其灵感来源与写作意义的诗人。进一步说，姚江平把乡村作为其精神家园与灵魂归宿。在诗人看来，只有乡村、乡土、田园、自然，才能承载他生命的全部意义，才能给他的心灵带来幸福的体验，他的一首《油菜花开在 2050 年的春天》是此方面的经典性文本：

油菜花开在 2050 年的春天

油菜花开了，开在 2050 年的春天／温熙的阳光下，一只只蜜蜂／多像一群快乐的孩子，在花丛中／飞啊飞，小小的翅膀驮载的幸福／不是一首诗可以容纳的／／坐在门槛上的两位老人／透过相握的手指感受着岁月的舞蹈／想想飞过早晨的两只鸟儿／想想无声地燃烧在雪地里的两行脚印／想想空谷中一只蝉的欢叫／／还有那林间七彩的光线／山坡上一朵野花的记忆／海边沙滩相依相偎的身影／戈壁胡杨千年不朽的誓言／雪域高原圣洁的天籁之音／／人老了，风烛残年，牙没了，头发白了／皮肤发皱，骨头发脆／唯有那眼神还是那样耐人寻味／嘴角露出的笑还是那样纯真／就像两株老油菜，娇艳地把花开在 2050 年的春天

诗人在该诗中书写了他的"老年想象"，诗人想象自己在 2050 年春天的一幕场景：那时他和自己的爱人已经进入耄耋之年，两人坐在门槛上，看着眼前盛开的油菜花，回想他们一生共同欣赏过的风景与度过的浪漫时光，感觉非常充实，最后，诗人把自己的幸福人生体验，聚焦在阳光鲜亮、蜜蜂飞舞、油菜花开的春日景象当中，由此让读者可以真切感受到那种从诗人心灵深处散发出来的乡村情感的浓郁芬芳。可见，乡村情结（乡土情结）已经刻入诗人的灵魂深处，让他注定成为一位永远为乡村、为土地而深情歌唱的诗人。

在此细究一下即可发现，姚江平身上浓得化不开的乡村情结（乡土情结），主要源于诗人身上一种自觉的、根深蒂固的"草根意识"（"农民意识"或"底层平民意识"），而这自然与姚江平本人的出身与乡村生活经历关系密切。在这一方面，姚江平的《这些草》无疑是极具代表意义的文本之一：

这些草

这些草，弯弯腰就可以／把它拔起来／这些带着泥土的草／这些卑微的草／这些弱不禁风的草／这些草，身上弥留的／气味，足以把一座城堡摧毁／蚂蚁的，蚂蚱的，蚯蚓的，蜜蜂的，蝴蝶的／闪电的，狂风的，月光的，还有鸟鸣的／兔的足迹，鸡的爪印，七星瓢虫的指纹／父亲上地路过时不经意落下的一声轻叹／这些草，有的有名字，有的没有名字／它们的排列组合

就是一个个村庄／铅云压下来，它挺了挺身／雷雨砸下来，它耸了耸肩／阳光下，它是风景／暗夜里，它是宁静／站在两年前因一场大病死去的二旺的坟头／它每天清晨都要洒一行清泪／如果有一天，这些草敲响我的门扉／我一点也不感到意外／他们都是我的亲戚

在这首诗里，姚江平把乡村最为常见最为普通的野草作为书写对象与抒情对象，体现了诗人身上鲜明自觉的"草根意识"，在诗中，"这些草"就是诗人农村故乡的父老乡亲们（包括诗人父母在内）的象征与隐喻。诗人一方面点明了"这些草"的"卑微"与"弱不禁风"，一方面又赞扬了"这些草"的宁静、美丽与内在坚强，尤其是表达了诗人自身对"这些草"发自内心的喜爱与亲近情感，由此生动有力地展示诗人对乡村生活、对乡村父老乡亲们的深刻情感认同，给人以强烈的情绪感染。在此必须重点指出与强调的是，《这些草》是姚江平一本诗集的书名（2009 年作家出版社出版），而且此诗还是该诗集的开卷之作，姚江平在诗集《这些草》的扉页上，特意写上这么一句献词："献给我爱着和爱着我的故土和亲人。"由此可见，姚江平刻入灵魂深处的乡村情结（乡土情结），是与他身上自觉的"草根意识"紧密关联的。

在姚江平的乡土诗篇中，"草"的意象通常体现出诗人的"草根意识"，诗人习惯用"草"的意象来刻画底层民众（普通老百姓）的形象。在此，我们再来欣赏诗人创作的一首表达"草根意识"的诗篇《我是一棵小小的草》，该诗篇幅很长，现引前面三个诗节：

我是一棵小小的草

一

我站在田野上，怯怯地小心翼翼地喊了一声／声音低低的，我自己的耳朵都没听见／但我的声音一出口，我的脑袋突然就／"嗡"的一下，像爆玉米花似的／震得我心里如同放进个大炮仗／身子不由自主地晃动了几下／形如一只电灯泡遭遇地震／惊慌失措下的小小打摆／让我反而一激灵，下意识地反应迅速／稳住重心平息盲动压住心动／启动触角观察周围动静／嗯，没有一丝风吹草动／嘿，纯属自作多情／一根小草的微小声音是不会有多大反响的／无非是把空气这张软绵绵的纸／轻轻地摁了摁，连一丝丝的缝儿都扯不开／／在这苍茫的大地上，一根一棵一株／小小的草，不起眼的草无足轻重的／草，苟且偷生低头弯腰低眉顺眼的草／在生活的最低处繁衍生息繁育生长／体态瘦小腰肢纤细体质脆弱／生长生活在在沟沟坡坡缝缝隙隙边边角角／清苦清贫清白使我们神清气爽从善如流／正直正面正色让我们正道正气吐气如兰／我们是小小的草，小草也有一颗心／心里也有一支歌，草族也要竞风流／／鸟儿飞来又

51

飞去，小草一岁一枯荣／春去冬来一年年，桃红柳绿草色青。／顶着晨露，沐浴阳光，微风送爽／我站在原野上气沉丹田放声大喊：//我是一棵小小的草／我们的名字叫小草／我身边好多的兄弟姐妹都听到了我的呐喊／他们都不约而同地扭过头来微笑着点头赞许／和我一样披星戴月沐风以荫雨大地为家的邻居们／它们分别叫古槐树杨柳树椿树榆树桃树杏树枣树苹果树核桃树柿子树花椒树／麦子玉米大豆谷子葵花棉花花生土豆红薯青椒青菜白菜白萝卜红萝卜／豆角韭菜小葱青菜西红柿芫荽辣椒南瓜黄瓜大西瓜丝瓜吊瓜葫芦瓜老王卖的瓜／都用不同的方式传来了对小草一族同志般的友爱朋友般的情谊／我的一棵棵一丛丛一片片的小草都抬起头来听着我声情并茂地大喊了一声／我的左邻右舍虽然距离远远近近但都清清楚楚隐隐约约听到了我的大声呼喊：//我是一棵小小的小草／我一声又一声地喊着／我走在辽阔的大地上／我一边行走一边喊着//我深深扎根于大地，我是草根／我仰首头顶着蓝天，我是草族／我坦诚面对着庄禾说：我叫小草／我拽着野花的衣襟说：我是绿草／我贴着蝴蝶的耳朵说：我是草儿

二

我是谷草／我是碱草／我是芨芨草／我是薰衣草／我是猩猩草／我是毛毛草／我是墙头草／我是坡上草／我是原上草／我是河边草／我是灯笼草／我是爬墙草／我是石缝里钻出来的草／我是盐碱地里长起的草／我是一身绿衣的草／我是一根细长的草／我是三张叶子的草／我是个头不高的草／我是腰杆不硬的草／我是柔弱脆弱的草／我是迎风而立的草／我是顺风而动的草／我是草书里的狂草／我是药草里的夏草／我是顶着一颗晨露的草／我是怀着一腔绿汁的草／我是会唱歌的草／我是能跳舞的草／我是鸳鸯草／我是光棍草／我是草原上的草／我是花园里的草／我是隔离带的草／我是绿化带的草／我是离离原上的草／我是沟沟壑壑的草／我是一岁一枯荣的草／我是田间小路上的草／我是高山之巅上的草／我是山沟沟里的草／我是池塘边的草／我是柳树下的草／我是水中浮动的草／我是河里的摇曳草／我是李时珍《本草纲目》里的药草／我是神农氏百草堂里兴稼穑的谷草／我是毫不起眼的草／我是低调行事的草／我是狂风暴雨里站着的草／我是雷电交加中挺立的草／我是铺天盖地的草／我是战天斗地的草／我是一文不名的草／我是一声不响的草／我是默默无闻的草／我是放声歌唱的草／我是一望无际的草／我是无依无靠的草／我是天涯海角的草／我是天天向上的草／我是欣欣向荣的草／我是低头哈腰的草／我是高瞻远瞩的草／我是笑嘻嘻的草／我是哀怜怜的草／我是大逆不道的草／我是义薄云天的草／我是沾沾自喜的草／我是

可怜巴巴的草／我是愁结断肠的草／我是水调歌头的草／我是呼天唤地的草／我是呼风唤雨的草／我是呼天号地的草／我是呼儿唤女的草／我是铺天盖地的草／我是顶天立地的草／我是风餐露宿的草／我是风吹浪打的草／我是风流倜傥的草／我是逢场作戏的草

三

我们这些草长在田野里／我们这些草长在山坡上／我们这些草长在河沟里／我们这些草长在石缝里／我们这些草长在树洞里／我们这些草直立着长／我们这些草斜侧着长／我们这些草匍匐着长／我们这些草贴着墙壁长／我们这些草缠着谷禾长／我们这些草拐着弯儿长／我们这些草顺着风儿长／我们这些草瞅着空儿长／我们这些草钻着孔儿长／我们这些草小心翼翼长／我们这些草放大胆子长／我们这些草长得比高原更高／我们这些草长得比野草还野／／我们这些流离失所的草／我们这些孤苦伶仃的草／我们这些乱蓬蓬的草／我们这些乱糟糟的草／我们这些贫贱的草／我们这些珍贵的草／我们这些不值一提的草／我们这些不置一词的草／我们这些不三不四的草／我们这些不拘言笑的草／这些无奇不有的草／这些无微不至的草／这些无处不在的草／这些无事不知的草／这些无关紧要的草／这些四海为家的草／这些遥看近却无的草／这些含情脉脉的草／这些疯疯癫癫的草／这些嬉皮笑脸的草／这些挤眉弄眼的草／我们这些长得其貌不扬的草／这些长得一表人才的草／我们这些下里巴人的草／我们这些英姿勃发的草／我们这些醉里挑灯看剑的草／我们这些土里土气不俗的草／／我们这些天地通透的草／我们这些天干地支无所不晓的草／我们这些小处着眼大处布景的草／我们这些此时无声胜有声看似奄奄一息一息尚存也要奋斗的生长在戈壁滩上的草／我们这些明知山有虎偏向虎山行与虎谋皮不为虎作伥更不狐假虎威霸气十足的草／我们这些野火烧不尽春风吹又生风吹草低见牛羊的草／我们这些有时候也风声鹤唳敲山震虎智取威虎山的草／我们这些俏也不争春只把春来报待到山花烂漫时她在丛中笑的草／我们这些战地黄花分外香从硝烟弥漫浴血奋战的战场上走来的草／／我和我的草们，有时是风光风景风味风韵风风火火风采风貌／我和我的草们，有时是疯子疯疯癫癫给月亮和昆虫泄露私密／我和我的草们，有时风流倜傥风花雪月里捕风捉影弄潮逐浪／我和我的草们，从不拉帮结派占山为王搞小圈子编织关系网

该诗运用拟人手法与第一人称独白的方式，描述了"草"的种种生存境遇与精神状态，可以说，诗中的"草"既是诗人自我的隐喻，也是所有底层民众的隐喻，或者说，"草"是诗人个体性的精神自画像，也是底层民众集体性的精

神画像，总之，《我是一棵小小的草》反映诗人的"草根意识"达到了一种空前觉悟的境地。

姚江平身上自觉的"草根意识"投射到土地身上就呈现为一种"土地意识"或"土地情结"（"大地情结"），毫无疑问，"土地意识"或"土地情结"（"大地情结"）正是乡土诗人最具标识性的一种精神品质与心灵状态。也源于此，姚江平经常在其乡土诗篇中为土地而深情歌唱。例如，姚江平的诗作《抵达大地》就是诗人表达感恩大地（土地）心态的典型文本之一，该诗由七个诗节组成，我们现在来欣赏其中四个诗节：

抵达大地

一

我们永远是大地的孩子／这是我们的宿命和缘定／即使化为灰尘，被地气／裹挟，动之以情流出了／一滴眼泪，"吧——嗒"／／砸在大地的心窝窝里／那轻微的声音，虽然／不会像一颗炮弹炸响／在厚实的地面上，但／落地生根，形如一枚／子弹的穿透力杀伤力／／如果这泪是喜悦的泪／那泪水就会夺眶而出／泪流的速度一如一条／银河，一径飞流直下／试想这酣畅淋漓一条／水线，落进大地心里／美滋滋的自是美妙的／乐开了花自然而然的／／如果这泪，带着忧愁／唉声叹气，长吁短叹／胸中块结，淤积难解／你说这苦涩的泪花儿／憋屈的泪水，能顺畅／流淌吗？即使是泪水／"扑簌簌"直往下掉／那也是被忧伤的身心／左右，捶胸顿足之下／这泪还能形成瀑布吗

二

一滴眼泪浸泡的乡愁／一方水土孕育的民风／诠释着土生土长之根／点点滴滴滋润了厚土／自然的风味走村串巷／传统的力量锱铢必较／／不管我们以怎样的方式／与大地亲近，最后抵达／目的地笃定肯定是呼吸／一呼一吸牵引气息运动

三

站在寥廓无垠的大地上／才有了生生不息的力量／／才有了壮志凌云的考量／才有了力拔山兮的大量／才有了承前启后的分量／才有了仰望星空的遐想／才有了灵性之物的普度／才有了善恶美丑的超度／才有了初恋般的新纪元／才有了太阳每天是新的／才有了月亮的如影随形／才有了万物的桃李春风／才有了历史的张弓搭箭／才有了庄禾的四季轮替／才有了朝圣的耶路撒冷／才有了天地的九九归一／才有了心灵的皈依膜拜／才有了灵魂的安息安放／才有了可能的一如既往／才有了永远的脚踏实地／才有了一棵小草的昂扬／才有了一丝微风的倜傥／才有了一个字母的自得／才有了一个孩子的奢

侈／才有了大地的风情万种／才有了抵达大地的安详

四

抵达大地是多么的美好／成为大地的孩子很幸福／我们都落脚在苍茫大地／我们都委身于辽远大地／我们仰卧起坐生老病死／我们朝朝暮暮春夏秋冬／孩童一般仰仗大地母仪／母爱的甘泉汩汩地流淌／／孩子是母亲掌心的宝石／干净的阳光洒满了大地／营造了宝石美丽的秘境／充盈在体内的热爱热恋／呼之欲出，仰望着星空／目光如炬，母爱的宠幸／让抵达大地朝圣般净美／心头涌起的崇高浪打浪／筋骨血脉自然通体透彻／／万紫千红大地万物生长／风情万种大地端庄大方／敞开胸怀让一次次抵达／着陆在含情脉脉的心窝

从诗中可以看出，诗人对于大地（土地）是怀着无比虔诚、崇拜、热爱的心态，是乡村之子对于大地母亲的神圣情感。诗人运用排比、重复的表现方式，十分有力地渲染出诗人意识或潜意识里深刻、浓郁的大地（土地）情结。诗人身上的这种大地（土地）情结与他的乡村情结互为补充，互为映衬，互相融合，相得益彰，进一步强化了其乡土诗人的精神底色与文化身份。

简言之，在乡村情感与大地（土地）情结的有力驱动下，诗人姚江平对于故乡农村的四季风景、传统生活方式、乡村生活的方方面面均给予了真实记录与诗性书写，全方位呈现其乡土经验，令有乡村生活经验与乡村记忆的读者阅读起来感觉亲切，而让城市读者阅读起来有一种陌生化的审阅体验。姚江平的诗集《那些草》与诗集《大地，大地》集中呈现了乡土经验，我们在此举两首诗为例。一首诗是《土豆花开一年年》，全诗如下：

土豆花开一年年

土豆开一次花真不容易／一钻进土里，就不见了天日／黑是生活的主色调，潮湿／工作面，单兵岗位的作业／一头扎进地下，底下一片漆黑／低着头努力摆正位置摆好姿势／把向上成长的根扎实，任何的闪失／都会错失一次扩充实力增加份重／提高品质的机会。一小瓣土豆／要真正成长为一个优质的土豆／那是相当相当地不容易／／扎定根然后就要思谋着向上生长／斡旋穿越抗争于土著不同要素的防区／成长的给养发育的营养都要在不同的时段／汲取。给顶端的胚芽输送能量／让它尽快冒尖，拱出地表在地面建立／营养配送的第二空间工作站／／最高潮的到来，是土豆花儿开／白色的花开在大地上，骨骼清新面容姣好／香气氤氲招蜂引蝶。土豆花没有缠绵于／花前月下的卿卿我我，花萼朝天自然承接／天液雨露，源源不断转送到地下／／这是一颗土豆安身立命，壮大强大的／生命线，心房纯纯而动输氧补血／土豆

55

正襟而坐面壁七七四十九日修成正果 / 所有单兵作战在底层地层低层的 / 兄弟姐妹们，从心底里爆发出一阵阵欢呼 // 当秋天在大地上仪态大方升帐后 / 一年一度的大地秋收博览会隆重地在 / 天高云淡中开幕。老牌的土豆不会缺席 / 众土豆一声欢呼从地底下一跃而起 // 嘀，土眉土眼土色制服土得虎头虎脑的 / 大小土豆在整装开拔离开故土离开家园前 / （小土豆长成大土豆，有了出头之日 / 还要登大雅之堂，为人民口腹口福）它们回头眼望着出生地，看着 // 那让它们这土里蜗居食土为生的一块土地 / 它们想再看看那在它们成长发育时 / 给予它们涓涓能量的 / 那一朵清秀的土豆花 // 田野上，凉凉的秋风吹过 / 土豆花已经耗尽气力香消玉殒了 / 大地瑟瑟，轻轻为她覆盖了一层白霜 / 这一批一批的土豆上了车后都沉默不语 / 但我分明听见它们都在心里唱着同一首歌 / "就让我的土豆花儿再开一次吧" / "就让我的土豆再看一次花儿吧" / "就让我能亲眼看一次土豆开花吧" // 最后的一批土豆被装车离开了故土再也没有回来 / 连个口信也没有。土豆花儿每年都要为 / 分批次离开家园故土的土豆 / 地下正在成长着的土豆后代 / 开一次花，花开两枝各表一朵 / 一朵花心上牵念着远去的土豆 / 一朵花心里牵系着地下的土豆 // 土豆一生没有看到过一次土豆开花 / 土豆花没有看到过一个长大的土豆

这首诗运用拟人手法，非常生动地描述了土豆从开花到成熟到收获季节被运走的过程与情景，从中看出诗人对于栽种土豆的生产过程相当熟悉，可以说诗人的农村生活与生产经验颇为丰富。与此对称的是，该诗采用了农民所喜闻乐见的语言形式来刻画土豆的艺术形象，给人留下深刻的印象。

我们再来看第二首诗《我的发小叫玉米》，该诗篇幅很长，由十二个诗节构成，兹引其中的四个诗节：

我的发小叫玉米

一

就把这首诗写给我偏爱着喜爱着的一棵大草吧 / 它是我亲密的朋友，也是我青梅竹马的发小 / 它的名字叫玉米，它是真真正正的高大帅 / 爱屋及乌，我对玉米周边的事物也很亲切 // 我的玉米在大秋作物的名录里，卓尔不群 / 我的玉米在庄稼田禾的行列里，独树一帜 / 大地万物生长我的玉米昂首挺胸屹立苍穹 / 原野草木世界蓬勃茁壮我的玉米与众不同 // 在中国北方辽阔无垠的原野上 / 我的玉米是一个不同凡响的符号 / 神的语言在大地上行走播撒福音 / 我的玉米毅然决然飞身跃入粪土

二

三月的玉米是种子 / 四月的玉米是苗子 / 五月的玉米是处子 / 六月的玉

米是长子／七月的玉米是骄子／八月的玉米是棒子／九月的玉米是皇子／十月的玉米是金子／田间的玉米进了院子／心甘情愿当起了孝子／／春天的玉米童稚天真绿衣仙子／夏天的玉米英气勃勃储君王子／秋天的玉米老成持重大秋天子／冬天的玉米赴汤蹈火模范分子

三

玉米从胚胎开始就蛰伏土窝蜗居地下土生土长／玉米种子埋头蓄势低首谋划一鼓作气破土而出／玉米出身低微依附粪土不卑不亢有气节有志气／玉米自知发育成长先天性不足从不气馁有心劲／／玉米入乡随俗适应环境应变有术／玉米把所有的根都深深植入大地／玉米在原野上披星戴月迎风而立／玉米一表人才玉树临风风度翩翩／玉米大器秋成腹有诗书气自华／玉米泰然自若气质优雅格调高／玉米金籽粒重玉叶飞袖不张扬／玉米脚踏实地顶天立地有浩气／风雨雷电下玉米从不屈从淫威弯一弯腰／驱旱魔战洪涝玉米挺起身担当带头大哥／高高的玉米／长长的玉米／本色的玉米／淳朴的玉米／清秀的玉米／清纯的玉米／腼腆的玉米／性感的玉米／清高的玉米／成熟的玉米／清甜的玉米／清香的玉米／／大道自然的玉米／美玉天成的玉米／情深意长的玉米／恩重如山的玉米／顶着露气长的玉米／在大地上生机勃勃／大幅度发育的身体／恰似如我们的成长

五

玉米真是天生尤物／身材姣好亭亭玉立／玉米叶子长袖善舞／舞技高潮婀娜多姿／玉米樱子曼妙多情／／美煞秋虫惊叹惊呼／／玉米棒子粗长粗长／籽粒饱满金黄金黄／／玉米和村庄站在一起／玉米和炊烟飘在一起／玉米和灵动的语言贴在一起／玉米和飞翔的欲望粘在一起／／我和我的玉米，都是劳动的丰物／我和我的玉米，都是村庄的风景／我和我的玉米，都有蓬头垢面的童年／我和我的玉米，都有烈日暴晒的往昔／我和我的玉米，都与蒲公英灰灰菜毛毛草是近亲／我和我的玉米，都与油菜花槐花牵牛花野菊花青梅竹马／我和我的玉米，都不睥目一棵小草的微小／我和我的玉米，都不妒忌一棵大树的伟岸／我和我的玉米，都有着朴实无华的内心世界／我和我的玉米，都渴望着快快长得高高大大／我和我的玉米，心知肚明作为长子的使命和责任／我和我的玉米，始终想着要给生长生存生活在／同一片蓝天下同一块土地上的／谷子大豆等兄弟姊妹们做出榜样树好形象

与前面一首诗相类似，这首诗也采用了拟人手法与充满民间审美趣味的质朴语言，全面生动地描述了玉米生长、成熟与收获的过程，刻画了玉米的动人形象与种种情态，同时回忆了与玉米相关的亲情往事，表达了诗人对于玉米的感恩、

骄傲与赞美之情，由此艺术性地呈现诗人的丰富乡土经验与农耕生活记忆，令人印象深刻。

概言之，在实际情形中，姚江平大量的乡土诗歌将其乡村情感、大地（土地）情结与乡土经验完全叠合在一起，呈水乳交融状态，将其乡土诗歌的思想情感特质予以极为典型化的展现。

（二）包含童年记忆的亲情叙事："我的父亲母亲"形象书写

前面说过，姚江平是一位具有浓郁乡村情感与土地情结的诗人，他不但深深地热爱着故乡的村庄与土地，也热爱并孝敬着自己的乡村父母，从中体现出重视血缘亲情的传统乡村伦理。在所有的乡土诗人那里，他们对村庄与土地的热爱与皈依情感，与他们对父母的热爱与孝敬态度构成一种对应关系。这一点在姚江平那里自然也不例外，在姚江平数量众多的乡土诗篇中，其中有不少诗篇是专门献给父母的，或者涉及父母亲情的。现在，我们来欣赏一下姚江平若干首直接书写自己父亲与母亲形象的乡土诗篇，让我们从中感受父母亲形象的塑造以及诗人对父母亲的情感态度。

关于父母亲的诗篇，主要有《阳光下的父亲》《劳动这个词》《父亲的手》《在蔬菜市场，和父亲卖菜》《父亲的电话》《母亲背着一捆柴下山》《母亲病了》《父母亲坐在一起吃午饭》等，下面，我们来简要地论述一下这几首亲情叙事的诗篇。

《阳光下的父亲》《劳动这个词》《父亲的手》《在蔬菜市场，和父亲卖菜》都是关于父亲的诗篇，重点是表现父亲的勤劳、正直、坚强、善良等优秀品质，但每首诗的内容与表现手法还是稍有不同。我们先来看看《阳光下的父亲》：

阳光下的父亲

黝黑的土地／黝黑的肌肤／父亲呵／你弯成一张弓的背／正对着炙热的太阳／毛孔里／那吮吸了你身上养分的液质／不可扼制地淌出来了／父亲呵／你爱读诗的儿子／此刻有了新的发现／——一颗颗汗珠里／藏着一颗小小的太阳

这首诗用鲜明的意象描写了父亲辛苦劳作的场景，刻画出父亲黑土地般的形象，突出表现父亲的勤劳品质，以及父亲带给全家人的希望，表达了诗人对父亲的赞美之情。

再来看看《劳动这个词》与《父亲的手》这两首关于父亲的诗篇：

劳动这个词

劳动这个词，站在父亲肩头／好几十年了，好几十年／它都和父亲耳鬓厮磨／它亲自用扁担把父亲的肩膀压出一道道红红的印痕／那一年，父亲长得还没有一株玉米高／它在风雨中陪伴父亲挥舞铁锤把僵硬的日子敲

出点点火星／而今它把父亲的一根根白发搓成绳／作为一部编年史镶嵌在我家族的门楣上

父亲的手

我写到父亲的手，不是／看到它的粗糙它的皲裂它的／厚厚的硬茧，不是／关注它时常被猪粪牛粪人粪弄得／脏兮兮被杂草和蔬菜的汁液染得绿不拉叽／更不是为它掌心里攥着的太多太多的苦难和艰辛／而唏嘘而感叹而悲而伤，也不是／从考古的角度去臆测／那比土地还深的色度／那比老槐树皮还沧桑的纹理／我只是以一个儿子的身份来注视／这双把我养大成人的手／这双给我捉过蝴蝶蚂蚱麻雀小蝌蚪的手／这双为我采摘过酸枣野果的手／这双为我童年的过错敲响赔情的门环的手／这双一次次为我掬起一捧清水洗去脸蛋上污垢的手／这双劳作了72年现在还在劳作的手／这双始终为我播撒阳光雨露的手／这双让我骄傲的手／这双始终站在我人生旅途里的大手／宗教般地打开我姚氏家族一棵大树的满脸幸福

《劳动这个词》与《父亲的手》这两首诗均是突出父亲的勤劳品质，不大相同的是，《劳动这个词》重点用"劳动"这个词（或动词意象）及与此相关的意象画面来高度概括父亲几十年的辛苦劳作，表达了诗人对父亲勤劳品质的自豪与赞美之情。《父亲的手》则采用精巧构思，通过对父亲这双因为过于劳累而无限沧桑的手的形象描述，一方面刻画出父亲的勤劳形象，一方面塑造出一个关爱儿子、勇敢坚强的慈父形象，诗人对父亲的感情是既心疼又敬爱。

接着再看《在蔬菜市场，和父亲卖菜》一诗：

在蔬菜市场，和父亲卖菜

在这首诗里，我不想直接写你卖菜的过程／我必须在开头把你起床的时间告诉读着这首诗的朋友／4点30分，鸟儿还没有睁眼露珠还抱歉着躲在叶子的背后／你亲手种植亲手采摘亲手洗得干干净净的蔬菜／就坐着你的三轮车和你一起进城了／它们分别是青椒豆角芹菜芫荽茄子黄瓜西红柿／通往县城两边长着毛白杨和核桃林的水泥路上／父亲，你和车仅仅是一个移动的小黑点／偶尔你的一声咳嗽把朦朦胧胧的夜幕撕开一条／小小的缝隙，但又很快被薄雾修复得不着一丝痕迹／5点20分，你的三轮车和自行车摩托车小平车轻型卡车一起／挤进了县城南边那条不宽也不长的街道／从编织袋筐里篓里走出的各路蔬菜都露出了生动的面容／像T型舞台上的模特一般展示着它们姣好的身姿／父亲，一整个夏天，每天你就是这样开始你一天的生活／你和你的蔬菜在夏日的早晨接受着／包工队开饭店小菜贩子和精于算计的家庭主妇的挑挑拣拣／我知道，你和你的蔬菜都贴着

无公害的绿色标签／就像你的一辈子

在这首诗里，诗人以见证者的身份，用质朴的纪实性手法，描述了父亲每天半夜起来到县城南边小街辛苦兜售自家绿色蔬菜的情景，诗作不但表现了父亲的勤劳品质，而且父亲正直、善良的品质也得到了充分表现（如同诗中所言："你和你的蔬菜都贴着无公害的绿色标签"），表达了诗人对父亲的尊敬之情。在此必须指出的是，这首诗与前面三首诗在书写父亲形象的过程中，都包含着诗人的童年记忆或者青少年记忆。也就是说，父亲的勤劳品质与正直农民形象几十年来稳固不变，而诗人对父亲形象的记忆与父亲品质的认知，以及他对父亲的尊重与敬爱情感几十年来也从未变化，反而随着时间的流逝更进一步加深了。

与前面四首诗从历史回忆角度书写父亲的形象不同，《父亲的电话》这首诗书写的则是当下的父亲形象：

父亲的电话

震动加铃声，来电显示／一个陌生的号码，我有点迟疑／终于漫不经心地打开了接听／传过来的语音急急促促／"江平，江平，你是江平吧"／还容不得我回答，手机的那头／又像机枪一样发过一梭子／"我是你大，这是我的手机／往后你往家里打电话就不要让人转了"／然后是一连串带着咳嗽的笑音／啊，是我68岁的老父亲／此刻，他侍弄小麦玉米大豆的手／正拿着一部手机迫不及待地和人通话／他想告诉很多人他有一部手机／我想母亲也肯定站在他的身边嘴里嘟囔着"看把你烧的"／我"嗯嗯"地应答着／想象中父亲笑呵呵的模样／老家院里两棵枝叶繁茂的大树／一瓣一瓣的花开在我的诗里

该诗以纪实性手法叙述了一个地道的"泥腿子"父亲第一次用手机与我兴奋通电话的情景，真实生动地刻画出勤劳了一辈子的父亲非常可爱、容易满足的性格特点，表达了诗人对父亲能够融入科技新生活的祝福与喜悦之情，极具时代色彩，给人留下难忘印象。

相对于诗人笔下的父亲诗篇，母亲诗篇似乎少一些。但是母亲的形象书写同样非常感人。我们先来看看《母亲背着一捆柴下山》：

母亲背着一捆柴下山

母亲背着一捆柴下山／一捆柴在母亲身后像一座小山／只见柴捆，不见母亲低头的脸／凌乱的头发挂在干柴圪枝里／深一脚，浅一脚，半山腰上的／一捆柴慢慢地向山脚下的村庄移动／／我一直为母亲担心，担心／一捆柴突然的翻滚而下／那长牙的乱石带刺的荆棘／会撕破母亲的补丁衣服扎伤她的脸／宁愿一家人围着寒冷的冬天哆嗦／也不想母亲有一次偶然的闪失／／总是在忐忑和惶恐的站立里／我看见了母亲笑呵呵的脸庞／"看把俺孩儿冻得，

60

咱快回家吧"／一只小鸟幸福地飞在黄昏的街巷／人世间的温情和快乐就这样成为包裹／走再长再远的路也要随身带着这件行李

很明显，这首诗是诗人采用童年回忆的视角描述母亲昔日挑柴下山的情景，真实、生动的场景描叙，丰富的细节描写，质朴的语言表达，成功刻画出一位勤劳又慈爱的乡村母亲形象，传达了诗人对母亲的热爱与眷恋情感，感人至深。

与《母亲背着一捆柴下山》的回忆视角不同，《母亲病了》叙述的则是当下的母亲故事：

<h2 style="text-align:center">母亲病了</h2>

母亲病了，在老家的二弟告诉我／你快回来给她去医院瞧瞧吧／在电话的这头，我能感受到二弟的焦灼和无奈／知母莫如子，我心急火燎立马驱车／往那有着三孔土窑洞长着两棵梨树／百十里之外的乡下老家赶／四十分钟后，我站在了母亲躺着的土炕前／二弟和小妹一看我进来／眼里都放出了光／"你快劝劝咱妈吧，她死活不去医院瞧"／"咳嗽，气喘，已经两天没有吃饭了"／我侧身坐在土炕边上，没有言语／母亲蜷曲着身躯微闭双眼似乎根本没有察觉我的存在／我笑了笑，十二年前身患食道癌的母亲／就是用沉默来对抗我们兄妹四个的央告和劝说／"病是小人，你硬它就软，吃五谷杂粮，哪能不生病／没什么大不了的，抗抗就好了"／我知道，母亲是怕吃药，怕打针，更主要的是怕花钱／"寿数天注定，该死狼吃没命"／这是母亲对待生与死的一贯态度／让生病的母亲看病是我们兄妹最怵的事／调皮的三弟开玩笑说"让妈看病，比上天还难"／诚如斯言，十二年前，要不是我略施小计／先到医院交了 5000 元住院费，再骗她／"要是不住院，那就要白扔几千块钱"／我兄妹四个和老妈早已阴阳两隔了／"你还想骗我，这回我不会上你的当了／你回单位上班吧，我没事，感冒了，出出汗就好了"／母亲突然睁开眼盯着我扫过这么一梭子／得，看来这回不能硬攻还得智取／我笑了笑，涎着脸，往母亲跟前凑了凑／"妈啊，我听贵平说你病了，回来看看你／至于去不去医院，你说了算"／母亲用眼瞅了瞅二弟"你才病了呢"／二弟咧了咧嘴，给我挤了挤眼／"真没辙，怎办呢"／"妈啊，你看今天的日头多好，我扶你到院里晒晒太阳吧"／没等她老人家表态，我就去给她穿鞋／恰好这时邻居的婶子来串门／在外人面前母亲没再硬坚持／"我知道你们在诓我去也行，不到医院，／就找那个老中医抓几服草药"／"行行，咱就找老中医，咱就抓草药吃"／我用车一溜烟把母亲拉进了医院／一进医院，我就知道，母亲不会和我撕破脸／她要顾及她在外当干部的儿子的脸面／我小心翼翼地领着老人家拍了片子开了处方做了皮试／又拉着她回到乡下的土

窑洞里给她打上点滴／看着输液管一点一滴的药水流进母亲细细的血脉／我在想："妈呀，我们兄妹四个都是你身上掉下的肉／我们的灵魂永远安放在你驾驭着的一辆马车上"

这首诗用极为朴素的口语，叙述了母亲生病不愿去医院最后被诗人想方设法拉去医院治病的故事，母亲生病了害怕上医院、害怕花家里人钱的心态，以及母亲节俭成癖的乡下老太太的性格脾气，被揭示得异常真实而生动，母亲的形象被刻画得鲜活丰满，令人过目难忘。在诗的结尾处，诗人热爱与依恋母亲的骨肉深情与赤子心态，令人无限动容。

总体来看，诗人对父亲、母亲的态度都是同样的热爱与孝顺。但诗人的父亲与母亲之间是一种什么情感关系，这应该是一个让读者感兴趣的话题，姚江平的诗作《父母亲坐在一起吃午饭》，对父母亲情感关系提供了自己的一种智性观察：

父母亲坐在一起吃午饭

父母亲端着粗笨的大碗，坐在北房的屋檐下／吃午饭，一对在一起过了46年伴了46年嘴／更多的是相互扶持着把3男1女都抚养成人的／贫贱夫妻，在2011年秋天的一个中午／坐在去年刚修成的院子里吃饭。院子里／弥漫着五谷的香气。他们并没有挨在一起／中间有半米远的距离，他们谁也不看谁／专注地用筷子往嘴里扒拉着南瓜小米捞饭／两只小猫：一只白猫，一只花猫／分别蹲在他们的右面和左面／他们吃饭，也喂猫吃饭，两只猫和两位老人／一起享用着午餐，蓝天下，风把／一枚金黄金黄的落叶吹到他和她的中间

在这首诗中，诗人用一种小说白描般的手法，描述了年老的父母亲在一起吃午饭的情景，作品语调客观、冷静，但是诗人观察细致，通过一些饶有意思的细节描写，表现父母亲一辈子争吵但又不离不弃的婚姻状态与情感关系，符合中国农民的普遍情形。诗人在对父母亲"不冷不热"夫妻关系的善意调侃中，却表达了对父母亲同样的热爱，值得人们赞赏。

简言之，诗人对父母亲的形象书写与亲情叙事从一个特定的角度凸显了姚江平诗歌中的乡村情结、大地情结与乡土经验，具有不容忽视的审美情感价值。

（三）清官意识、民本思想规约下的"现实干预写作"

如前所述，姚江平是典型的农家后裔、乡村之子，但姚江平同时也是一个跳出农门的官员，一名共产党员，从政经历已有三十余年。姚江平从1997年到2003年期间担任家乡黎城县西井镇长、镇党委书记，是一位名副其实的"乡官"，他本人写了一首《乡官生活》来表达自己对"乡官生活"心理与情感层面的高度认同。2003年至今为止，姚江平先后担任长治县法院院长、襄垣县法院院长近二十年时

间。整体上讲，姚江平属于基层官员，但他具有很高的政治觉悟，一心一意想着为人民服务，为家乡的父老乡亲做好一名父母官，自从成为一名法院院长以来，姚江平维护法律尊严、维护公平与正义、充当人民办事员的"公仆意识"变得日益自觉与强烈。由于姚江平是农村出生，受到中国传统文化影响很深，他身上具有强烈的"清官意识"，当然，他身上的这种"清官意识"是与当下的政治文化与新时代政治伦理紧密融合在一起的。例如，姚江平的《口碑》在表现诗人自觉的"清官意识"方面是一个典型的诗歌文本：

口　碑

老百姓说"你是好官" / 老百姓说"你是清官" / 老百姓说"你是老包" // 你是好官你是清官你是青天 / 老百姓口口相传这样说你了 / 在你生前死后都是异口同声 / 百姓说你好是真心实意地夸你 / 百姓说你好是打心眼里褒奖你 / 老百姓说你好说明你就是真好 // 在民间传颂着你的一个个故事 / 你活在一个个故事里活灵活现 / 在一个个故事里你已成为尊神 // 你是神你是神灵你传神你已神化 / 老百姓打心眼里在敬你尊你想你 / 老百姓的口口相传已经成为信仰 // 信仰就是信服敬仰 / 再往深一层是宗教 / 就有了教义和教主 // 《国际歌》唱：从来没有什么救世主 / 《国歌》里唱：中华民族到了最危险的时候 / 民歌里唱：东方那个就一点红了 // 世界的东方有一片古老的国土 / 他的名字就叫作大中华大中国 / 中华民族世世代代视清官如神 // 清官是百姓头顶的一方蓝天 / 清官是民众安居乐业的护卫 / 清官是国泰民安的铜墙铁壁 // 清官是用一点一滴的言行举止积累的 / 清官是老百姓看在眼里记在了心里的 / 清官是用时间事实千锤百炼铁证如山 // 做个好官做个清官为的是社稷为的是百姓 / 当官就当好官清官把官名官声留在人世间 / 留在历史的长河里留在咱老百姓的口碑里

在这首政治性言志诗篇中，诗人运用了非常朴素、诚恳的民间话语，表明了诗人对"口碑"这一"清官"（"好官"）经典性民间评价方式的高度看重、敬畏与认同，反映出诗人对中国优良传统政治伦理文化——"清官"政治伦理文化的高度认同，由此也深刻地揭示诗人"清官意识"形成的内在原因。

与《口碑》一诗立意类似，姚江平的《名节》也是一篇"清官意识"的诗性宣言：

名　节

名节就是名声和气节是气场是节操 / 名节是官员的贞节是当官的墓志铭 / 名节看得见摸得着是人世间的遗产 // 名节在做官的日常生活里 / 名节在做官的一朝一夕里 / 名节在做官的仰卧起坐里 // 名节高高挂在大堂上：明镜高

悬／名节低低卧在山野中：民为根本／名节悄悄走近睡梦里：安神安身／／重名节视民为天爱民如子民生至上／轻名节高高在上祸国殃民行尸走肉／轻和重上下两重天人民心里有杆秤／／俯首甘为孺子牛人民把你举得高高的／骑在人民头上当老爷人民把你脚下踩／青史留名遗臭万年就在看做官的名节／／官大官小都一样都要看重名节／既然进了官场你就自然有名节／做官先做人再做事人好事也好／／事在人为心知肚明有天地良心／路在脚下小葱拌豆腐一清二楚／千秋功罪铁板上钉钉确凿无疑／时间如流水一往无前从不回头／大浪淘沙千古风流人物无穷尽／是流芳是遗臭正史野史不遗漏／／高风亮节仁人志士气节名节是榜样／茅坑里的石头不屑一顾子孙多耻辱／宁可食无肉宁可居陋室也要保名节／／活人要活出精彩做官要追求完美／做人要把人字一撇一捺认真书写／做官要把名节一点一滴精心养护

与前一首诗比较相似，诗人也运用了诚恳、坦率的民间话语，表明了诗人对"名节"这一关乎"清官"（"好官"）的经典性伦理评语的高度看重、认同与追求，进一步凸显诗人追求成为"清官"（"好官"）政治志向的精神动力。

如前所述，具有官员身份的诗人姚江平在自觉追求成为"清官"（"好官"）政治志向的背后，透露出一种自觉的民本思想，对姚江平来说，全心全意地为底层人民的合法权益而大声疾呼，毫无条件地为父老乡亲们的合理要求而竭力争取，这便是其民本思想的具体体现。姚江平的底层关怀写作诗篇《讨薪？讨命？》便体现了鲜明的民本思想，这首诗是根据时下一个农妇在年终向黑心老板讨薪、最终讨薪不成反而丧命的悲剧社会事件而写成的。应该说，农民工讨薪现象成为21世纪以来中国最为典型的社会问题之一，近些年来，农民工在向老板讨薪过程中发生的悲剧事件可谓屡见不鲜。在《讨薪？讨命？》一诗中，诗人非常详细地叙述了那位农妇因讨薪而不幸丧命的过程、结果与社会反应，该诗最值得注意的地方，恰恰是诗人对这一社会悲剧性事件的道德评判与情感反应。全诗篇幅很长，我们先来看一下诗作的开头部分：

讨薪？讨命？

"讨"／此刻，最最讨人嫌的就是这个字／"讨"／因为它把一条鲜活的生命讨去了／／此刻，我最最想用尽气力喊出的／第一个汉字，也是它／"讨"／／讨薪没有讨到一文钱／一条命却被薪讨去了／在这个无雪的冬天里／一颗诗心在含泪咯血／／我要用我的这颗诗心／我要用我的全部良知／为一个／弱势中国农妇／讨要／理所应当的／公平正义／为一个／底层中国农工／讨要／必然而然的／尊严尊重／／我也知道，一首诗不会／成为一口仙气，让那位／躺在2014年冰凉冰凉的／死硬死硬的地上的那位／农妇起死回生，她已经

/成为鬼魂成为冤死的鬼 / 已经成为街谈巷议话题 / 已经成为官方民间焦点 / 已经成为一些人烫手的 / 山芋，已经成为罪恶的 / 渊薮，已经成为深思的 / 案牍，已经成为警示的 / 石碑，已经成为公仆的 / 镜子，已经成为高楼的 / 标点，已经成为国家的 / 视点，已经成为民众的 / 非典，已经成为用刀子 / 必须切割的肿瘤和囊肿 // 一个农妇躺在冷冰冰的 / 死硬僵硬人为地夯硬的 / 连空气都窒息了的空间 / 她死不瞑目，苍天在上 / 她死不甘心，大地黯然 / 冥冥之中我听见她在喊 / 给我工钱！我有何罪？ / 隐隐约约我感到她在吼 / 我要回家！我怎回家？ // 我好像见她立地站起来 / 拍拍身上的尘土，将将 / 散乱的毛发，抬起头看 / 她眼看着父母有所愧疚 / 她眼看着儿女心有缺憾 / 她眼看着老屋若有所思 / 她突然冷眼扫过这工地 / 除了冷风冷气还有血腥 / 罪恶和龌龊制造了悲剧

从上述诗节可以看出，诗人对这位讨薪农妇的不幸遭遇怀有极大的同情，对"农民工"的歧视性社会氛围予以了道义上的谴责，诗作的情绪基调是激愤与悲痛的，反映诗人完全站在底层民众立场上说话的写作姿态。

在该诗的结尾部分，诗人对导致讨薪农妇不幸结局的黑心老板予以了最为强烈的谴责，诗人直接对诗中的代指黑心老板的"你"愤怒发声：

这讨吃鬼是厉鬼里最难打发的 / 阎王爷见了它都会礼敬三分哟 / 如果哪一天阎王爷发现讨吃鬼 / 在阴曹地府泛滥成灾，阎王爷 / 大发雷霆查究缘由，追本溯源 / 你纵然三头六臂也是小命一条 / 阎王爷勾命的朱笔你在劫难逃 / 作恶多端，你多行不义必自毙 / 阳间栽下蒺藜阴间收获自是刺 / 十八层地狱最终肯定是你归宿 / 不信你把那个讨字你连念上三遍 // 你要是黑了心心速一定不会正常 / 你的良心之花已经枯萎面临凋落 / 让草民头顶的露珠把良心来滋润 / 为有源头活水来明心见性是良知 / 走在复兴的大路上祖国花团锦簇

从中可见，诗人对黑心老板的强烈谴责运用的是一种民间道德伦理话语，表达了诗人对社会底层弱势群体朴素、真挚而深切的同情，令人无比赞赏。

姚江平对底层弱势群体秉持一种强烈的关心与同情态度，每当他看见社会上的普通百姓与小人物遭受苦难，尤其遭遇到强势人群的欺凌与摧残时，诗人就忍不住拍案而起，挺身而出，以诗歌为武器，向被侮辱被损害的"草根贱民"们发出了道义援救的呐喊，《老人和狗》就是这样的诗歌文本：

老人和狗
——一个法院院长的义愤之书

这是一个真实的故事 / 这个故事我身临其境 / 这个故事你是否耳熟 / 这个故事你肯定听过 / 这位老人你似曾相识 / 这位老人你肯定见过 / 这位老人

是你的亲人／这位老人就是你父亲／这个故事不止发生在一个县城／这个故事不是自然偶然发生的／这样的故事还要再发生吗？谁在大声发问。／这样的故事不要再发生了？我在大声呐喊／／零下两位数的温度拴在一条毛发邋遢／辨不清毛色的小狗的脖子上，一辆三轮车／拖着瑟瑟发抖的西北风，剪开已经僵硬的日子／／他，一个老人／矮小的个头／猥琐的容貌／漆色斑驳的车子上／装着城里人扔在街路边垃圾桶墙角旮旯公厕内外的／旧纸箱片破易拉罐废电池空啤酒瓶子沾着便屎／便尿口水精斑的废手纸／车把上拴着的小狗跑在车子的前面，狗的身子套穿着／一件花色鲜艳的棉袄袄／这让我的眼睛诧异：虽然我知道这位孤寡了一辈子捡／破烂为生计雨里来风里去的老人／小狗是他形影相伴的密友。他对它的爱重／让被寒冷和阴霾叠加的苍穹／透出／一丝／暖光／／一个老人，一条小狗，一辆破三轮车／三只蝼蚁／不嫌不厌／不离不弃／前牵后挂／左拉右拽／你依我拽／同途同命／缓而又慢地／沿广北大道／向城北／蠕动，蠕动／／被自然界的冷风寒气刺彻骨头的他和他的小狗／万万不会想到／人为制造的一场暴虐怪谲的冻雨将要劈头盖脸／把他和它的经络血脉斩断心脏捣碎／丧失人性的地产商在趁他和小狗离家的空当／用铲车残忍地将他和小狗相依为命蜗居的那孔／破窑洞夷为平地了／拐过那道弯，老人和小狗永远不会看到／破窑洞上随冷风摆动摇曳衰气微微根颤叶抖／的那几棵枯草了／盯着老人瘦弱黑瘪的背影和小狗狗色泽鲜艳的／花袄袄在暮色里一点一点地挪移／我／揪／紧／的／心／阴／冷／阴／冷／肿胀的关节生痛生痛／我这个基层法院院长啊／就把这首诗歌作为党发给我的一支冲锋枪吧／让我在这个寒冷的冬日义无反顾地扑过去／站在那辆破旧的三轮车前／用灵魂的子弹为一个拾破烂的老人和一条小狗／杀出一小片片遮风避雨的窝身之地

2014 年 12 月 26 日

毫无疑问，《老人和狗》与《讨薪？讨命？》一诗一样，是典型的为弱势群体伸张正义与公平的良知诗篇。《老人和狗》的副标题名为"一个法院院长的义愤之书"，凸显该诗的民本思想立场与愤怒情感基调。该诗以见证者的视角与质朴的语言，真实地叙述了一个捡破烂的孤寡老头在寒冷的冬天带着唯一陪伴他的心爱小狗外出一会儿，结果地产商趁着这个空当把老人与狗一直居住着的破窑洞夷为平地的过程与情景。诗人在讲述这个"强者欺凌弱小"的故事过程中，完全控制不住自己的满腔义愤之情，他指责地产商"丧失人性"，并表示自己作为"基层法院院长"要"把这首诗歌作为党发给我的冲锋枪"，"用灵魂的子弹"为这个捡破烂的老头与可爱小狗"杀回"一片"遮风挡雨的窝身之地"。对于这位并不相识的形

象邋遢的捡破烂的老头，诗人不但毫无歧视，反而把他视为自己的"亲人"、自己的"父亲"，内心对他充满亲人般的同情与怜悯，展示了诗人与底层民众心心相通的人民性写作立场，令人肃然起敬。

广而言之，姚江平不但对底层民众与弱势群体表现出强烈的代言意识与关怀精神，对社会上一些黑暗势力与丑恶形象予以勇敢的现实干预与道义谴责。同时，诗人还对21世纪以来社会上出现的为了短期商业利益强行毁坏土地、毁坏村庄的严重现象予以思考、予以规劝、予以谴责，诗人怀着对乡村、对土地深厚而美好的情感，恳求社会上那些目光短视的人们一定要善待我们的村庄，一定要善待我们的土地，因为在诗人心目中，在这个高速发展的城市化与信息化时代，不被过度开发的乡村与土地是人类最后的心灵净土与精神家园了。诗人在《再不要让村庄哭泣了》一诗中就表达了这样的思想情感，我们来看诗作的结尾两个诗节：

> 保卫村庄，请保护村庄／保卫村庄，要保护村庄／保护村庄，村庄正在消失／保护村庄，村庄走向绝路／爱护村庄，村庄有着我们的家园／爱惜村庄，村庄流着我们的血脉／护卫村庄，村庄外忧内患上下联手已饱受凌辱／卫护村庄，村庄被围追堵截前后夹击多方蹂躏／保住村庄保住家园保住相思保住乡愁保住民本／／护住村庄护住灵魂护住源泉护住来路护住国运／请张开嘴巴大声说：不要侵略我们的村庄／请举起手臂挥舞着：停下你罪恶的魔爪／请翻开宪法高声念：中华人民共和国的权利属于人民／请热衷于城市化房地产开发的大人们住手吧／放下你们沾满铜臭沾满民怨沾满公愤的肮脏之手吧／请反思反悔反省反问你来自哪里你有没有故乡／请转身回头沿着走过来的路再走一次吧，找回自我／民本思想民生情怀百姓是我们的衣食父母国之重器／视民为天执政为民人民是我们的万里长城强盛动力

2014 年 12 月 3 日星期三

之所以会出现这种保护土地的思想情感诉求，简单说来，还是源于诗人姚江平身上深沉、浓郁的土地情结，其诗作《投入土地的一粒种子》用隐喻的方式，把自己比喻成土地的一粒种子，该诗可以视为诗人的一幅灵魂自画像，我们可以从诗中三个具典型性的诗节，窥透诗人与土地血缘亲情般的宿命关系：

> 这粒种子满怀对秋天的向往／这颗种子满心对泥土的亲切／这粒种子满腔对大地的感恩／这颗种子满带对阳光的赤诚／这一颗种子啊这一粒种子哟／／脚踏实地用脚丈量着大地／昂首挺胸用双肩扛起使命／民本思想把责任灌满身心／两袖清风率引法治的力量／民生情怀接地气为民请命／／投向大地，飞身泥土／小小的一粒种子不小／轻轻的一颗种子不轻／窝身泥土才虎踞龙

盘／立身大地方生机勃勃

（四）姚江平主体性的审美艺术风格

作为一名乡土诗人，姚江平在诗歌写作技术层面有其鲜明独特的艺术风格。从宏观的创作方法上来看，如果说郭新民的诗歌主要属于现实主义与浪漫主义的话，那么，姚江平的诗歌则主要倾向于现实主义与古典主义。姚江平永远关注着乡村生活与土地风貌的变迁，他真实地记录与书写故乡农村的人、事、景、物，诗人对乡村与土地整体上采取的是一种歌唱性的抒情姿态，但通常这种抒情并不十分强烈，自我色彩也不浓烈，而是比较节制与含蓄，有时情绪颇为忧伤，充满古典意味的审美情调。

具体说来，姚江平主体性的审美艺术风格可以用质朴、真挚、深情、自然、纯粹、灵动等词语加以概括。当然，这里需要强调一下的是，姚江平迄今为止的全部诗歌创作整体上具有较为浓郁的抒情气息。《我用泥土的方式歌唱》是体现姚江平审美艺术风格的一首典范性诗作：

我用泥土的方式歌唱

我用泥土的方式歌唱／比如：我是一株小草／大地是我的温床／泥土是我的最爱／／我用泥土的方式歌唱／比如：我是一座高山／岩石是我的骨骼／泥土是我的血肉／／我用泥土的方式歌唱／比如：我是一条流水／河床是我的归宿／泥土是我的伴侣／／我用泥土的方式歌唱／比如：我是一座城市／绿色是我的生命／泥土是我的灵魂

从这首诗可以看出姚江平一以贯之的抒情姿态。除此之外，语言、修辞、情感表达方面的质朴、真挚、自然、深情、纯粹、灵动等总体特点也有较为充分的展现。

我们再来欣赏一下姚江平的乡土诗篇《戴着草帽上路》，该诗表达了诗人对其乡村之子身份的思想认同，以及对农耕生活方式与农业文明的眷恋情感。我们来看诗作的最后四节：

戴着一顶草帽上路，头顶有它，我就不惧风雨雷电袭击；／戴着一顶草帽上路，身后有它，我就淡定自若有了依靠／戴着一顶草帽上路，左右有它，我就左拥右抱不会孤单／戴着一顶草帽上路，领路有它，我就一往直前不会迷向／戴着一顶草帽上路，心里有它，我就胸有成竹有了主见／戴着一顶草帽上路，头上有它，我就登高望远高瞻远瞩／／戴着一顶草帽上路，有它看护，我就青春作伴无愧乡土／戴着一顶草帽上路，有它陪护，我就一路走来民生在心／戴着一顶草帽上路，有它陪行，我就视民为天不忘根本／戴着一顶草帽上路，有它看护，我就苍天在上良知永存／／草帽草帽一顶草帽，它是故乡

68

它是故土，它是我的父亲／草帽草帽一顶草帽，它是故人它是故事，它是我的母亲／草帽草帽一顶草帽，它是草色它是土色，它是我的本色／草帽草帽一顶草帽，它是岁月它是日子，它是我的人生／／一顶草帽戴在头上头头是道／身后背着一顶草帽后援有备／一顶草帽拎在手里得心应手／草帽戴在我的头顶，我就加冠顶戴草木，百姓高我一头／草帽带在我的身上，我就不忘草根出身，不会草菅草族

从中可见，诗人的心灵独白语言质朴、本色、流畅，明白如话，诗人仿佛在面对父老乡亲披肝沥胆地倾诉自己对故乡的思念，感恩故乡给予自己的精神力量，诗作节奏从容舒缓，娓娓道来，情感真诚，自然而深沉，沁人肺腑，令人感动。一句话，姚江平的质朴、真挚、深情等艺术风格在此诗中有着充分呈现。

我们再来欣赏姚江平一首篇幅精短的乡土诗篇《我站在玉米垄沟里》：

我站在玉米垄沟里

站在玉米垄沟里，抚摸着／那随风飘动的红红的缨子／沙沙的玉米叶子也因昨夜的雨／绿得发脆，蓝天之上／一抹没有厚度的白云／抒情地走动，崖畔畔上的野酸枣／在秋阳里闪烁着点点的红／这是个迷人的季节，这么多的土／都因为一声轻柔的低语而美丽无比

这首诗意象鲜明，色彩缤纷，画面优美。诗作语言干净、纯粹，感觉灵动，请看结句："这么多的土／都因为一声轻柔的低语而美丽无比。"突破了人们的日常思维，展示了无理而妙的艺术思维特质，令人陶醉于这美妙的艺术感觉中而难以自拔。

姚江平自然、纯粹而灵动的审美艺术风格，在诗人的组诗《风在吹我》中展示得非常充分。这组诗由"一个没有声音的下午""沟里有那么多石头"等几首诗组成，当然主打诗作还是《风在吹我》。我们现在来欣赏一下《风在吹我》：

风在吹我

风在吹我，吹我的衣襟，吹我的毛发／吹我的脸颊，吹我的眼泪／吹着我的等待，吹着我的孤单／风吹我，吹过我的昨天／我的影子睡在一块石头里／我的灵魂嵌进一颗圆圆的核桃里／玉米在大小不一的地块，上布置风景／随之而来的秋天，记忆高高站着／一座山加一个人的高度，也就是／一座山之上的 1 米 79。风不停地吹我／吹走我头上一根纤细的头发，像从一棵大树上／吹下一片叶子，留下小小的空白

《风在吹我》得到了不少著名评论家与诗人的高度好评。华东师范大学教授、著名评论家邹建军这样评说《风在吹我》的艺术特色：

诗人开始说"风"在吹"我"听我的"衣襟""毛发""脸颊""眼泪"

"等待""孤单"等等，有什么别致之处吗？没有。但当写到"随之而来的秋天，记忆高高站着一座山加一个人的高度，也就是／一座山之上的1米79。"这就有一点意思了。直到"风不停地吹我吹走我头上纤细的发，像从一棵大树上吹下一片叶子，留下小小的空白"，并以此结尾，则境界全出了。读这样的诗，让我想起电影《还珠格格》中据说是纪晓岚先生所写的一首诗，大意是说雪花一片两片三四片，五片六片七八片，九片十片十一片，有什么意义呢？而最后来了一句"飞入芦花皆不见"，则提升了全诗的境界。并不是说姚江平是学纪老先生，只是认为两者在构思上有异曲同工之妙，而这对于他们两人来说，都是相当难得的。①

概言之，邹建军在这里指出了姚江平的诗作表面看去平淡无奇或质朴无华，实质上却是灵动、自然而纯粹，意味隽永，意境优美。

三、姚江平诗歌创作在"长治诗群"中的典型意义

与郭新民一样，姚江平通常也被人们视为"长治诗群"的重要代表诗人之一。如果说，确立郭新民在"长治诗群"中重要地位的是其诗歌中的红色文化与乡土文化内涵的审美表达，那么，确立姚江平在"长治诗群"中重要地位的则主要是其乡土文化内涵的审美书写。与郭新民有所区别的是，尽管姚江平也有一个官员诗人的身份，但相比郭新民，姚江平身上的红色文化与政治意识显然较为淡化，姚江平身上的乡土情结却是深入骨髓的，本质上讲，姚江平是一个典型的乡土诗人，他的诗歌创作对于太行山地区的乡土文化审美经验有着最为充分的展示。著名诗评家李犁这样评论姚江平乡土诗歌写作的意义：

> 20世纪被称为乡村诗人的罗伯特·弗罗斯特曾经声称："文学始于地理"。他出生在美国西部，但一直生活在新英格兰的乡村。乡村的生活成为他写作的地理和源泉。他用浪漫来美化乡村，目的是以此来提升弱势地域和人群的价值，来缅怀和提升自己心中的理想乐园。并以此来与当时的强势主流抗衡。这里乡村仅仅是诗歌乃至于他思想和行为的符号。姚江平的诗歌地理也起始于生他养他的乡村，但乡村不是他写作诗歌的符号，他也用浪漫来融解乡村甚至乡村的哀伤和苦难，但他不是在用浪漫了的乡村诗歌来对抗谁。他把乡村引进诗歌，完全是种本能的、自在的、必须的、不自觉的行为。或者说就

---

① 邹建军：《评姚江平组诗〈风在吹我〉》，见姚江平诗歌评论汇编《风信子》，作家出版社，2012年7月。

是一种必然的命运。乡村的地理已经把他从里到外彻底地同化了，他就是土地上生长出的一棵植物，他自己本身就是乡村地理的一部分。他从骨子里热爱这片土地，也深爱让他灵魂出窍的诗歌。这样的心理类型让他写作不自觉地从热爱开始，本能把浪漫带进他所写的乡村。"[1]

由此，李犁还把姚江平称为"大地之子"与"乡村哲学家"。

的确如此，确立姚江平"长治诗群"代表性诗人地位的正是他整体上颇为出色的乡土诗歌创作。客观上讲，姚江平被许多人视为21世纪富有影响的乡土诗人之一。2012年，关于姚江平诗歌创作的评论集《风信子》由作家出版社出版，其中汇集了国内诗坛许多著名评论家与诗人关于姚江平诗歌的评论文章，充分彰显姚江平在21世纪诗坛的影响力。例如，中国作协副主席、著名诗人吉狄马加在致姚江平的一封信中这样评价姚江平的创作：

> 你的创作成就，使你成为一名优秀诗人，在你笔下，乡土诗歌精神焕发，最美好的思想情感和高尚的人生境界，大地与河流水乳般交融。[2]

而中国作协诗歌委员会主任、著名诗人叶延滨在一则短文中如此评价姚江平的创作：

> 姚江平是太行山培育出来的诗人，他的诗让人读了感动，因为从他的诗歌里是可以看到他的内心世界的。一个诗人的内心世界袒露在读者的面前，这是当下许多写诗的人不愿也不可能做到的事情。

> 姚江平的诗歌让我看到他是一个有着自己的土地和天空的诗人。有了土地就给自己的诗歌找到了立足点，有了天空就给自己的诗歌找到了翅膀。这土地就是他"为了生存"而与底层民众建立的血肉联系，这天空就是他为了梦想而让精神升华的诗性追求。我没有用"顶天立地"这个词，与大地与天空建立血肉的联系。这是诗人的天职。

> 有了这样的背景，那些从生活中截取的片断和从内心录下的波澜，才感动了我。这就是修炼，用每个人都熟悉的字眼炼取别人无法复制的原生态的诗意，这种原创力不是在姚江平的每首中都有，然而他许多诗篇所具有的原创力，让我惊奇！[3]

几乎所有的评论家与诗人对于姚江平的高度评价都集中与着眼于其乡土诗歌

---

① 李犁：《从大地之子到乡村哲学家》，见姚江平诗歌评论汇编《风信子》，作家出版社，2012年7月。

② 吉狄马加：《致姚江平书》，见姚江平诗歌评论汇编《风信子》，作家出版社，2012年7月。

③ 叶延滨：《一个有着自己土地和天空的诗人》，见姚江平诗歌评论汇编《风信子》，作家出版社，2012年7月。

创作成就上，由此有力说明姚江平的乡土诗歌创作在"长治诗群"中所具有的典型（普遍）意义，毕竟长治（上党）地区的农业文明与乡土文化源远流长，在长治人民心中有着非常深厚的文化心理积淀。简言之，"长治诗群"在表现与书写乡土文化审美经验方面有其地域优势。当然，就姚江平的乡土诗歌创作本身而言，客观而论，它并非已经无可挑剔了，如何用现代性美学经验，去激发与整合诗人身上的乡村情感体验与乡土文化经验，是值得姚江平以及其他长治诗人值得重视并在今后可以继续进行实践的艺术命题。

第三章 金所军：从乡土经验、传统抒情走向先锋书写

一、金所军生平简历与创作生涯

1970年5月，金所军出生于山西省原平市农村地区的农民家庭，那个时候的中国农村普遍贫穷。当然，在那个年代，物质的匮乏并不会妨碍孩子们精神的快乐与自由，金所军常常和小伙伴们一起在村子里以及田野上玩耍嬉戏，看着大人们在田地里辛苦劳作，金所军也懵懵懂懂地感觉到了大人们的辛苦与生活的不易。当他玩累了，肚子饿了，他便会坐在地上望着蓝天白云出神发呆，脑子里幻想一些非常美妙的事情。

金所军性格比较内向，不大喜欢与人交流，给人非常文静的感觉。自打上小学开始，金所军便喜欢上了读书，从书本所描述的与现实不同的奇妙世界当中，金所军深深体会到了一种精神上的愉悦与快乐。初中毕业时，与当时大多数农家子弟一样，金所军选择报考本省的中等师范学校，在20世纪80年代，中学生报考中等师范学校（中专学历）非常热门，一来考生就读中等师范学校毕业以后国家可以包分配，成为有国家事业编制的中小学教师（以小学教师为主）；二来就读中等师范学校学生基本不用交学费，不仅如此，国家当时还给每位中等师范学校学生（简称"中师生"）每个月发放伙食补贴费（这对绝大多数寒门子弟而言是一个实实在在的诱惑）。因为当时全国各地基础教育人才奇缺，国家急需培养大批的可以满足基础教育需求的师资力量，故而国家教育部门对中等师范学校非常重视，给予了许多优惠政策。20世纪80年代高考录取率非常低，能够考上大学的中学生可谓百里挑一，因此在那个年代，一个初中生能够考上中等师范学校是非常光荣的一件事情，一般说来，当时中考成绩在全县排名前五十位的中学生才有可能被当地的中等师范学校录取，全县排名五十名靠后的中学生才被录取到县重点中

学与普通中学。总之，1986 年 7 月，乡村少年金所军以优异成绩考上了当地的忻州师范学校（中等师范学校），成为全家人的骄傲。同年秋天，金所军进入忻州师范学校，开始了三年的师范学习生涯。在师范三年学习期间，生性内向、敏感的金所军开始迷恋上诗歌与文学了，他阅读了不少中外诗人与作家的经典作品，神秘奇妙的诗歌语言与文学世界，对于这个敏感的少年展现了极大的精神诱惑力，他的诗人梦就在这个时期开始悄然萌芽。

1989 年 8 月，金所军从忻州师范学校顺利毕业，之后被分配到他的家乡山西原平市第一小学教师任教，在小学教师的岗位上，金所军一干就是八年。1997 年 8 月至 1999 年 8 月，金所军被借调原平市政府秘书处担任秘书，从此转行进入了行政领域，开始了他的从政生涯。

1999 年 8 月至 2000 年 12 月，金所军任原平市政府秘书处信息科科长。2000 年 12 月至 2001 年 12 月，金所军任原平市委秘书处副秘书长兼督查室主任。2001 年 12 月至 2004 年 6 月，金所军调任长治市委组织部研究室主任，2004 年 6 月至 2006 年 5 月，金所军任长治市委组织部副处级组织员、研究室主任。在 2003 年 8 月至 2005 年 12 月期间，金所军还在中央党校进行经济管理专业学习。

2006 年 5 月至 2011 年 4 月，金所军调任长治市屯留县委常委、组织部部长，2006 年 9 月至 2009 年 7 月期间，金所军再度赴中央党校，进行经济管理专业研究生学历的学习。2011 年 4 月至 2011 年 6 月，金所军调任长治市郊区区委副书记、代区长，2011 年 6 月至 2016 年 7 月，金所军任长治市郊区区委副书记、区长，2016 年 7 月至 2017 年 7 月，金所军任长治市郊区区委书记。2017 年 7 月至 2019 年 10 月，金所军调任长治市沁源县委书记，2019 年 10 月至 2019 年 11 月，金所军任长治市沁源县委书记、一级调研员。

从金所军的从政经历可以看出，他是一步一个脚印往前走的人，在朋友们的印象中，金所军工作态度踏踏实实，兢兢业业，而且为人谦虚低调，待人诚恳，做事沉稳，从不浮躁，富有进取心。另外，他对诗友文朋非常真诚、热情，对底层民众则充满人文关怀，由此凸显其在拥有官员身份的同时，作为一名诗人应有的精神底色。

作为一名诗人的创作生涯，金所军已有三十多年的历史。大约从 20 世纪 80 年代中后期开始，金所军就开始致力于写作，写作自然是以诗歌为主，也兼及散文写作和文学评论等，迄今已在国内各大等报纸杂志发表诗歌、散文、文学评论等 100 余万字。20 世纪 90 年代初，在当地小有名气的诗人金所军曾主持一段时间的民间文学社团，与原平市的诗友进行切磋交流，但交流范围不广。20 世纪 90 年代，基本上属于金所军个人化的诗艺操练阶段与创作积累阶段，金所军作品发表数量虽然不算少，但作为诗人的影响力范围不广。

进入 21 世纪以来，金所军的诗歌创造力开始崭露出爆发态势，这与金所军 21 世纪伊始调到长治地区工作并融入长治诗坛关系密切。由于长治诗群一直比较活跃，凭借着整体诗歌环境的变化，金所军与省内及国内一线的诗人、编辑与评论家开始有了实质性的接触，金所军的诗歌创作才能很快就得到释放，在较短的时间内就为省内外诗坛所了解、所认可了。

2001 年以来，金所军的诗歌创作呈现空前活跃状态，他的作品陆续入选《2003 中国年度最佳诗歌》《北大年选》《21 世纪诗歌精选》《21 世纪诗歌排行榜》等国内各大权威诗歌选本，先后多次荣获全国诗赛大奖，山西诗赛一等奖、三等奖、铜奖，《黄河》优秀诗歌奖。值得一提的是，2005 年，金所军获得了赵树理文学奖文学新人奖，这是他本人非常看重的一个文学奖项。同年，金所军还与长治籍诗人姚江平一起参加了诗刊社举办的第 21 届青春诗会。作为一名颇具才华的新锐诗人，金所军在 21 世纪初期的诗坛刚刚出道之时，便获得了诗坛一些知名人士的热情关注与充分肯定。例如，《诗刊》编审、青春诗会辅导老师、知名诗人周所同在热情推荐金所军参加第 21 届青春诗会时，对金所军的创作给予了这样的评价：

> 如果以微风吹动细柳来形容诗人金所军的抒情风格，我以为是恰当的。如果进一步去想，细柳上那一点点若有若无的鹅黄，正好呈现出他内心的忧伤。这种明亮的甚至是新鲜的忧伤，加上他对春天，对一切美好事物比梦还深的向往，就构成了诗人极具个性化的特色。诗与人在他的身上得到了和谐的统一。所以，读他的作品，那种对真实事物真诚的表达；对乡土及其人、事刻骨铭心的热爱；对历史或过往的经历细微的关切；对大自然以及瞬间感受的体察和凝神，无不深深地打动着我们。应该说，金所军的作品在艺术上是有追求的；在思想境界上是有高度的；在表达形式上是有不拘一格的精神的；在题材及内容的选择上是有经验和准备的。因此，对这样一位年轻而又有才华的诗人，对他寄予更高更多的期待，也是十分自然和应该的。其原因只有一个，那就是他已经有力量或能力与别人区别开来。①

这样的评价对于一位年轻诗人而言不可谓不高。

由于金所军的不俗表现，《山西文学》《山西晚报》等报刊曾以专栏或整版隆重推介其作品和创作情况。迄今为止，金所军出版过诗文集《城或施家野庄》《绝尘之船》《纸上行走》、评论集《贾真诗歌赏评》等著作，而他出版的代表性诗集

---

① 参见金所军诗集《黑》附录部分"诗坛简评"，北岳文艺出版社，2005 年 12 月。

主要有《尘世之情》（山西人民出版社，2002 年）、《黑》（北岳文艺出版社，2005年）、《纸上行走的瞬间》（作家出版社，2009 年），这三部诗集因为特色鲜明、成色很足而受到诗坛的关注与好评。

二、金所军诗歌创作主要特色

与郭新民、姚江平一样，金所军也被人们公认为"长治诗群"的代表性诗人。正如郭新民、姚江平各自具有自己的创作特色，金所军在其诗歌创作上也有自己鲜明的风格辨识度。从宏观的创作方法、艺术风格的层面来看，如果说，郭新民的诗歌创作主要是属于浪漫主义与现实主义的范畴，姚江平的诗歌创作主要是属于现实主义与古典主义的范畴，那么，金所军的诗歌创作则可以归属于浪漫主义、现代主义与后现代主义的范畴（当然，并不是说金所军的诗歌创作缺失现实主义的成分，这里暂且存而不论）。不像郭新民、姚江平诗歌创作的艺术风格前后变化不大，比较稳定，金所军诗歌创作的艺术风格则在 21 世纪以来不到十年的时间里就发生了比较明显的变化，展示颇为鲜明的诗风演变轨迹，我们可以从金所军的三部代表性诗集《尘世之情》《黑》《纸上行走的瞬间》当中，明显感知到金所军的诗歌创作在思想内容与艺术风格层面所呈现出三个阶段性的变化。下面，我们将依序进行相应论述。

（一）乡村记忆与个体心灵的浪漫抒写

与郭新民、姚江平一样，金所军出生于农村，乡村的生活方式、伦理道德与自然风光，对童年与少年时代的金所军有着心灵塑造的内在影响，因而，金所军的身上也有摆脱不了的乡村情结（在这一点上，郭新民、姚江平与金所军这三位"长治诗群"代表性诗人是完全相同的）。尽管金所军长大后在城市工作与生活，但他身上的乡村情结却让他很难融入城市生活方式当中，对乡村生活的回忆、思念、热爱、眷恋，很长一段时间里成为金所军诗歌写作的重要内容，这一点在金所军的诗集《尘世之情》里体现得十分鲜明。

在诗集《尘世之情》里，金所军身上的乡村情结主要通过诗人对乡村记忆的抒情性书写来加以表达的，而这样的以表达乡村情感为目标的乡村记忆诗篇为数不少。我们先来看看诗人的《梦想》一诗：

梦　想

老家不远。我在少年时代就离开了／在外面的日子，我时常想起／往事的欢乐　童年的／逐渐在遗忘的旧事情／／老家不远。我望穿双眼／望不见风中的村庄／熟悉的门槛在变低／儿时的歌谣，一句一句陈旧／／老家不远。父亲皱巴巴的双手／紧抓住一个一个日子／他在捶打它们的时候／不由自主地轻轻叹气／／老家不远。冬天的村庄／迷漫着土豆的香味／母亲一边做针线，一边／在泥火炉上烤着土豆／／老家不远。苦日子像街巷一样弯曲／没有人会落泪／活过一辈子，种庄稼的人们／把眼泪都变成了汗水／／老家不远。我离开了／日日怀念在不远不近的地方／一边想着老家／一边认真地活着

该诗以质朴而生动的语言，描述了诗人记忆中的一幅家乡人民的生活图景，其中的生活细节描写充满农耕文化色彩与意味，诗人在作品中真诚地表达了怀念老家的情感，这种情感就是乡村情感，在这里，诗人把自己生活过的乡村（村庄）确认为自己的"老家"，实际上是在象征的层面上把诗人的乡村（村庄）故乡视为其精神家园，意味深长，感人至深。

与《梦想》一诗所表达的思想情感极为相似，《逝水悠悠》也是书写乡村记忆、表达乡村情结的典型性诗篇：

逝水悠悠

记得刚识字／每天都要读家门上一副对联／"勤劳致富，勤俭持家"。／劳累一天的父亲，坐在土炕上／总要让我"来，读一遍"。／／渐渐剥落了油漆，家门在破旧／当初簇新的对联也变了颜色／唯有八个大字，根深蒂固／在门上存在，每进一次家门／都要加深痕迹／／这是村庄对我的教育，最初的启示／在父亲身上闪烁着光芒／辛劳的父亲，恪守八个字的内容／在村庄，在乡亲们赞许的目光中／父亲一天天老去，硬朗的骨骼在疼痛／／这是记忆中幼小的村庄／在四季中的亲人／为儿子缝制棉衣／一针一线的日子啊／我的文字，怎样在你的基础上深入／／勤俭的日子教育了村庄的孩子／谁能看见其中的好处，我的一生／开始于村庄／我铭心热爱／不能说出

在这首诗中，诗人以"村庄的孩子"的身份与口吻，用回忆的视角真实而细致地描述了童年时村庄的贫穷景象，重点叙述了父亲恪守"勤劳致富，勤俭持家"的朴素家训和终日辛苦劳作的情景，展现了诗人对农民勤劳俭朴品质的赞赏之情，以及对乡村生活伦理道德的高度心理认同，由此表达诗人深刻、炽热的乡村情结，令人无限动容。

通常情况下，诗人对乡村的回忆情绪基调是低沉、灰暗的，因为诗人的乡村记忆里充满了太多生存艰辛的场景与画面，金所军的《季节风景》是此方面的典型性诗篇：

季节风景

黄土地泛滥着风景／风风雨雨过后的老枣树上／刻满父亲焦黄焦黄的眼睛／麦子就长在附近的土地／开镰的声音一天一天疯长／／犁铧犁破了日子／

父亲握着牛鞭高踞于季节之上 / 麦浪滚滚黄得令人心酸 / 养家糊口生儿育女
使母亲很少想起 / 山坡上的兰花花还有马蹄莲还有 / 淡红淡红的漫山野花 //
季节是老天爷无聊的划分 / 农人们忠实于割麦的唯一姿势 / 除此外再没什么
能使父亲的 / 脊梁弯曲 / 天灾人祸抑或季节凋零 / 都只在父亲的额头曲折地
爬过 // 收割后的黎明 / 灿烂地显影在离父亲最近的山坡 / 土地寂寞着 / 默默
地生长又一茬苦涩

　　这首诗名为《季节风景》，实际上是诗人对农村割麦季节乡亲们劳动场景的回
忆性描写。诗人在诗中运用非常接地气的想象力，重点描述了粮食歉收的农忙时
节母亲无心观赏山坡上美丽野花的焦虑情态，父亲忙着割麦一直弯下腰去的劳累
情景，同时，诗人还用简洁的笔触描绘了自己家乡黄土无边的荒凉景象，有力地
表现乡村生活的贫穷与艰苦，使得诗人的乡村记忆充满苦涩的情感体验。

　　诗人充满苦涩情绪的乡村记忆在《呓语》《凡高油画·〈拉库罗的麦收〉》《在
家乡》等不少与故乡农村有关的诗篇中均有程度不同的体现。很多时候，诗人的
乡村记忆是痛苦与悲伤的，甚至到了不敢想家的程度，这里可以举《老家》一诗
作为典型例证：

老　家

　　想起老家，需要勇气 / 沿着清明暗示的方向 / 默默地靠近祖先 / 悲痛或
者得到安慰 // 在外面的日子里　老家 / 我们不敢随便想起 / 孤独地在早晨或
者黄昏 / 做一些比怀念更深刻的事情 // 泪水　收藏了先人的碑林 / 人们纷纷
出走 / 河水滚动的声音渐渐消逝 // 在放弃怀念的过程中 / 那些具有普通意义
的事物 / 渐渐显示出高贵

　　诗人于此展开的乡村记忆其时间点选择在故乡清明时节，"我"与"我"的同
伴们（即诗中的"我们"）对祖先与逝去亲人的悲痛怀念，其实正折射出前辈农民
们生前活着的艰辛，这种生活的艰辛在"我们"这一辈人当中还在延续。因而，
在 21 世纪初期贫困仍然是广大中国农村的现实境况时，诗人的乡村记忆是苦涩
的，是沉重的，是痛苦与悲伤的，便不难理解了。

　　不过饶有意思的是，尽管诗人笔下的乡村往往以贫穷、荒凉、衰败的面貌出
现，但诗人的乡村记忆书写却又常常充满一种浪漫的色彩与情调。例如，诗人描
述了不少关于村庄的雪天记忆，那雪天的村庄呈现出寒冷、孤寂与荒凉的景象，
但诗人却能从这雪天的村庄里寻觅与营造出一片人为的浪漫风景。我们现在来欣
赏一下《雪后的村庄》这首关于村庄雪天记忆的诗篇：

雪后的村庄

　　黑夜在冥想中更加黑暗 / 雪后的村庄，在寒冷的大地 / 让寂静包裹。炊

烟袅袅 / 探家的人们 / 坐在暖和的土炕上 / 拉着家常 // 这时候，月亮照着 / 照着深邃的夜空下 / 曲折的街巷　街巷尽头的 / 风　雪　在冷风中烤火的 / 老人　雪之前 / 陈旧、凌乱，堆满柴禾的院 // 像一只受伤的眼睛 / 雪后的村庄　注视消失了的 / 事物　谁此时回到村庄 / 必然会看见树枝上的小鸟 / 鸟巢被白雪覆盖 / 小鸟们在积雪上叽叽喳喳 // 冬天的村庄　经历着 / 风　雪　经历着大地上 / 最难堪的沉默 / 广大的土地埋藏了粮食 / 被搁置在雪地上的村庄 / 在风中裹紧薄薄的衣衫 // 我像黑夜一样冥想 / 像村庄一样忍受风　雪 / 冬天不会停留太久 / 在雪天诞生的婴儿 / 像我的这首诗　单纯　幸福 / 他睁开的眼睛首先看见洁白 / 世界纯粹的给予

诗作的前面部分，诗人以客观冷静的笔触，描写了雪后村庄寂静、寒冷、贫穷的景象，用"像一只受伤的眼睛"这个生动的意象，来表达诗人对于雪后村庄的伤痛经验。但到了诗作的结尾部分，诗人的思想情绪突然变得乐观明朗，他把"在雪天诞生的婴儿"说成"像我的这首诗　单纯　幸福"，并且进一步展开动人的艺术想象："他睁开的眼睛首先看见洁白 / 世界纯粹的给予"，顿时让这座雪后的村庄变成一个人间的天堂。

当然，从中可以看出，诗人对于冬日村庄的记忆书写充满一种浪漫的抒情色彩，尽管这份浪漫色彩的背后不时透露出一股浓浓的伤感气息。这一点在《雪天不远》《雪的渴意》《写给村庄的十四行诗》等有关冬日村庄记忆的诗篇中均有鲜明体现。

需要说明的是，诗人乡村记忆的书写内容不仅指向乡村生活与乡村景物，也包括诗人的乡村父母在内。诗人在为数甚多的乡村题材诗篇中，有不少是关于乡村父亲与乡村母亲的记忆书写，通常说来，诗人对父亲持有一种敬爱、赞美与钦佩的情感与态度，对母亲诗人则怀有一种疼爱、眷恋与皈依的情感与态度。

我们先来看诗人关于父亲记忆与父亲形象的书写：诗人往往运用朴实的话语、节制的情绪、平静的语调，来表达自己对辛劳了一辈子的父亲的敬爱之情与美好祝愿，《歌颂》一诗显示了诗人笔下父亲诗篇的鲜明书写特色：

歌　颂

想说的话很多 / 没有人会理解　认识 / 我爱我的父亲　用我 / 不多的激情　渐趋 / 复杂和成熟的心灵 / 爱我的父亲 // 我说出这些。用我笨拙的文字 / 祝福父亲　他 / 老年人的骨头不要疼痛 / 我要让他健康地 / 留在我的诗中　平凡的父亲 / 留在我的诗中

另外，《三月二十二日》是诗人专门为父亲生日而写的诗篇，在这首献给父亲的生日诗篇里，诗人对父亲大半生的经历予以想象性的叙述，重点突出父亲与贫穷村庄、与广袤土地相连接的艺术形象。诗作语言质朴，情感含蓄而深沉。在此

必须指出的是，诗人头脑中的父亲记忆与其笔底下的父亲形象，往往是与村庄（乡村）形象及诗人的乡村情感融合与勾连在一起的。《读诗，看到村庄以及父亲》是此方面的典型文本，我们且看全诗：

> 那时，父亲正在劳动／他挥汗如雨的身影／他一刻不停的动作／在很久以前／就感动了我的小学作文／／这样地想起让我悲哀／现在离开村庄很远／在诗歌中看到父亲／以及村庄／像神的家园伫立在河的两岸／／不幸和久远的忍耐／生长如同不折不挠的树／我看见的时候在冬天／一只麻雀从雪地啄食余粮／它不知道附近是苦难的村庄／／我忧郁的性格源于瘦弱的记忆／在思索的同时感觉饥饿／那个时候，冰冷的鸟趾踩住／我的想象，倏然飞走／使我睡梦中的云层变得高远／／村庄繁衍在老人的手掌／纵横的河流／诗行一样滚动在血管上面／它的源头是老家／一直通向腊月最后一个夜晚／／以后我读书，偶尔写诗／总要抽空返回老家／看看村庄　父亲／不要说我恋恋不舍／我珍爱的只有这些

通过诗人质朴的叙述与真情的表白，一个终日挥汗如雨的勤劳父亲形象，与一座贫穷而苦难的村庄形象，同时清晰生动地出现在读者眼前，而且，在诗中，父亲的形象与村庄的形象合二为一，构建了一个内涵丰富的父亲村庄的艺术形象，诗人对父亲、对村庄的热爱情感，由此得到双重的指认与表达，有力凸显诗人乡村之子的文化身份与精神姿态。

诗人关于母亲记忆与母亲形象的书写，与关于父亲记忆与父亲形象的书写精神指向相类似。例如，在《七月初六》一诗中，围绕着母亲的生日，诗人展开了母亲拉扯儿女们长大的辛苦场景朴素而深情的叙述，重点突出了母爱的无私、深厚与温暖，刻画了母亲贤惠、善良的品质，抒发了诗人对母亲的热爱与赞美情感。同样，诗人头脑中关于母亲的记忆、形象与对母亲的情感，往往是与诗人的村庄（乡村）记忆与乡村情感融合、叠加在一起的。诗人的《冬天》是此方面的典型文本，我们来欣赏一下这首短诗：

冬　天

> 不管离开家多远／心中都有一扇门／回首的时候／总有白发苍苍的老母亲／／还有温暖的炉火／很容易使人动情的摆设／他们陈旧。雪花／一片一片渗进记忆／／漂泊在外的每一个日子／照亮我们的只能是老家／我们在黑夜默默地歌唱／／冬天，我们的感情／雪花一样覆盖了老家

通过诗人笔下老母亲形象的质朴描述与真情独白，诗人对老母亲的思念、眷恋与皈依之情，与他心目中将村庄视为精神家园的乡村情结，自然而然地叠合在一起，成功塑造了村庄母亲的艺术形象，而且诗作情感基调温馨、细腻、含蓄，

具有女性般的阴柔美感。

　　无可置疑的事实是，金所军刻骨铭心的乡村记忆背后所体现的是浓得化不开的乡村情结，《初见大海》一诗可以作为诗人乡村情结的反面性例证。这首诗叙述了诗人青年时代第一次去看海的经历，诗人来到海边，看见茫茫的大海以及冲浪的人群，他并没有任何激动的感觉，相反，这个时候他倍感孤独，非常想念乡村与故乡亲人，于是诗人"怀揣父亲的钱"，踏上了回归乡村故乡的旅程。该诗有力地反衬了诗人身上的乡村情结之浓烈，再一次凸显诗人作为乡村之子的精神立场，且引全诗如下：

初见大海

　　1988年夏日，我来到海边／十多个小时旅途的疲劳／在黄昏，在见到大海之时／连同我孤独的目光，投入茫茫的海面／／没有什么让我惊奇的发现／波动的海，海水冲刷的沙滩／如陌生人一样无动于衷／海边的人群来来往往／／我曾多么渴望着大海／渴望着蔚蓝色的泡沫汹涌澎湃／今天在我面前，一片灰色／你不过是一片苍茫的深度／／你的表面让我更加忧郁／望着你，望着你冲洗的人群／在此时，我只有想起村庄／想起亲人／／他们一生被困土地／土的浪花让他们哭让他们笑／他们在一生中／也不可能见到大海／／今天我来到这里，怀揣父亲的钱／来看这大海／而我见到大海又能证明什么。／望望海面，疲倦的身体让我暂时离开

　　简言之，在早期创作阶段，金所军是以乡村之子的身份与角色来书写他的乡村记忆，建构其乡村伦理道德（这一点在《岁月》等诗作中有着鲜明的体现）。需要再次指出的是，金所军的乡村记忆书写整体上具有浓郁的抒情风格，充满浪漫主义的审美色彩。在21世纪初期，诗人金所军对还处于贫穷状态的农村故乡持有一种热爱与赞美的态度，他常常采用歌唱的姿态来抒发其纯粹、优美、浪漫的乡村情感，我们在诗人的《献给众生的歌》《歌谣》等歌吟故乡、赞美乡村的抒情诗篇中可以真切地感受到这一点。著名青年诗人黄礼孩正是在这一意义上充分肯定金所军创作的系列乡村诗篇：

　　　　所军的诗歌徘徊在乡村的时光和朴素的事物身上。在这个已失去方向的
　　　时代，所军试图在自己的诗歌中，在卑微和平凡的事物身上找到一种宽阔的
　　　有质地的光线，渴望有光芒涌进，照亮人生。①

　　早期创作阶段的金所军除非常关注他热爱的乡村故乡之外，也非常关注自己的个人情感状态。因此，金所军在创作大量的乡村（乡土）诗篇的同时，也创作

---

① 参见金所军诗集《黑》附录部分"诗坛简评"，北岳文艺出版社，2005年12月。

了数量不少的爱情诗篇。年轻诗人对爱情有着非常美好的想象与强烈的渴求，金所军也不例外。金所军的爱情想象与情爱诉求，往往是通过心灵独白的方式进行，诗人总是面对着他臆想中的女性恋人喃喃自语，抒发其源自心灵深处的真诚、纯粹、浪漫而又充满伤感意味的情感。我们来欣赏诗人的一首爱情诗篇《离我而去》：

离我而去

　　爱过我的美丽的女人／请在今夜离我而去／／雪已落尽／灰尘又笼罩了天空／为何，看不见你的眼睛／／为何不见你再次回头／雪花曾经飘过／夜晚埋葬了白色的大地／／你孤苦伶仃／你想我的时候／盼着我也在想你／／但是离我而去吧／你留下消融冰雪的温情／伺机插入我内心的诱惑／我不能承受／正像蜜蜂的翅膀拒绝虚幻的修饰／你离开我／我会在梦中给你安慰／／或者一切都化为乌有／像星夜的天空／像一片坠落的叶子／像一阵风／／爱过我的美丽的女人／请在今夜离我而去

在这首诗里，诗人采用了心灵独白的方式，以幽怨而低沉的语调，诉说了自己与女主人公无果而终的爱情遭遇，诗中意象画面朦胧、晦暗，情绪波动、压抑而忧伤，展现了一位爱情失意、心灵敏感而脆弱的主人公形象。

金所军的情诗作品表达的均是忧伤的爱情体验，在《消失》《秋歌》《星光之夜》《敲你的门》《融化》《给你》《想念》《你的来信》《读信》《只是为了你》等涉及爱情主题的诗作，普遍笼罩着一种忧伤或忧郁的审美情绪，可以归于19世纪德国浪漫主义作家席勒所说的"感伤的诗"的范畴。

当然，金所军的抒情诗写作在表达爱情体验之外，还花费了很多笔墨表达个体生命的心灵体验。金所军作为一个心灵敏感的年轻诗人，孤独、寂寞、苦闷、迷茫、失落、悲哀、感动、幸福、怀旧等生命情绪在他的抒情性诗篇中也得到了比较全面地表达。我们在《深夜十四行》《倾听与怀念》《月亮·寄苏东坡》《空白》《田野》《黄昏》《夜晚》等表达纯粹个体心灵体验的诗篇中，感受到了诗人的主体性抒情姿态，可以把它视作一种个体心灵的浪漫抒情。在这里，我们可以举出诗人的一首短诗《秋天深了》，来展示其个体心灵浪漫抒情的艺术特质：

秋天深了

　　秋天深了／春天遗留的伤口慢慢愈合／神秘的火燎烈／广大的原野，白骨变为灰烬／隐隐的响声飞翔／是死去的头盖骨发出的声音／是秋天的人们努力倾听的声音／因徒在黄昏离开村庄／血液滋养过的尸首和眼睛／在声音漫过的黄昏／进入到秋天的核心／世界啊，秋天深了／苦难而丰盛的大地／破碎的钟声将被谁拾起

这首诗运用充满魔幻色彩的超现实主义的一系列意象，在秋天的乡村与原野上，呈现一幅令人触目惊心的死亡场景，象征着神性事物与理想世界的破碎，表达人类生命的严重挫折与困境体验，充满一般人所难以体会到的天才般的痛苦与绝望情绪。联系21世纪的诗歌文化语境以及金所军的抒情诗创作整体情况，我们可以发现，金所军的抒情诗创作在较大程度上有意无意地受到了中国当代天才青年诗人海子的深刻影响，20世纪90年代至21世纪初期，海子表达乡村情结的抒情诗篇对其时的中国广大青年诗人有着普遍性的影响，尤其对众多具有乡村背景、怀有乡村情结的青年诗人影响就更为深刻而巨大了。金所军这首诗的标题《秋天深了》就来自海子抒情诗代表作之一《秋》中的一个著名诗句，而且金所军的这首《秋天深了》无论在语言运用、意象营造方面，都可以看出极为明显的模仿与借鉴痕迹。客观来讲，这是无可厚非的现象，一是因为海子抒情诗的魅力对具有乡村情结的青年诗人而言影响力非常巨大，难以抗拒，金所军本人是非常喜欢海子的抒情诗篇的；二是金所军处于创作早期阶段，他有模仿与借鉴自己所喜欢所推崇的诗人创作风格的权利。在此必须说明的是，尽管受到海子诗歌的影响，但是金所军的包括乡村记忆、爱情诉求在内的抒情诗创作，依然包含着自己个体化的情感经验，并且展示了素朴、深沉、细腻、灵动的审美艺术风格，表现整体上比较出色的抒情才能，正如金所军诗集《尘世之情》的名称所暗示与指认的那样，诗人是要把整个世界作为一个巨大的抒情载体。"长治诗群"的理论建构者之一、长治作协主席郭俊明曾以诗人的敏锐与激情，对金所军诗集《尘世之情》的核心含义发表了这样一段精彩的评语：

> 尘世之情！尘世之情！正是那一种微若尘芥的感情，或许就像巴颜喀拉山的第一滴雪水，拥抱了所有的江河，包括所有的阳光与彩虹。谁会鄙薄生命的第一声啼哭？这是你为之笑，为之哭，为之苦，为之痛，为之梦牵魂绕，为之生，为之死，让你撕不碎，剪不断，烧不绝，千古不朽，万世不枯的情啊！①

应该说，郭俊明的这段评语抓住了金所军诗集《尘世之情》的抒情本质，有力凸显金所军早期阶段诗歌创作的抒情风格。

（二）对黑暗事物的现代性体验与表达

如果我们把金所军早期阶段（世纪之交）的以诗集《尘世之情》（2002年出版）为代表的诗歌创作看作诗人浪漫主义的创作阶段，那么，以金所军诗集《黑》（2005年出版）为代表的诗歌创作就可以看作是诗人现代主义的创作阶段。因

---

① 郭俊明：《当风起时，谁在歌唱——读金所军诗集〈尘世之情〉》，见长治胡子博客，2007年8月13日。

为在这两部诗集中，我们可以非常鲜明地感知到浪漫主义与现代主义这两种创作方法、诗学精神与美学风格的巨大差异。如果说，浪漫主义是追求作品的抒情风格，肯定人的主体性价值，充满浪漫精神与理想色彩；那么，现代主义则是追求文本的复杂体验与精神深度，否定人的主体性价值，充满悲剧精神与虚无色彩。

在金所军的诗集《黑》中我们可以看到，原先弥漫在诗集《尘世之情》的伤感而不乏温馨的浪漫抒情风格基本不见了，取而代之的，基本上是诗人对于生命本身各种负面性的充满悲剧色彩的复杂心灵体验。最能确认金所军的现代主义创作风格与美学趣味的一个事实，是诗人着力于黑暗事物的现代性体验与表达，如同诗集《黑》所明确指认的那样。在这本诗集中，"黑"既喻示着现代主义（现代性）的思想情感特质，也喻示着现代主义（现代性）的写作方法与表现技巧。

诗集《黑》第一辑"黑衬衫"所辑录的15首诗歌是整部诗集的"主打"诗歌，主导或规定着该诗集的现代主义特质。从中可以看出，已脱离浪漫主义审美趣味并自觉接受现代主义诗学精神洗礼的诗人金所军，对黑暗事物有着强烈的精神敏感与探索兴趣，而这一点，可以凸显金所军现代主义诗人或先锋诗人的身份，因为在现代主义或先锋主义的诗歌文化语境中，"黑"这种色彩意象往往代表诗人的焦虑体验、死亡意识、悲剧意识。我们可以联想到华语诗坛有"诗魔"之称的杰出诗人洛夫的著名现代主义诗篇《石室之死亡》，其中"黑色"是极其重要的色彩意象，在该诗的语境中，"黑色"象征着死亡意识与死亡体验。金所军的"黑色"系列诗篇，虽然可能没有洛夫现代主义诗歌名作《石室之死亡》中的悲剧精神之深度与强度，但诗人金所军"黑色"系列诗篇所体现的现代主义的悲剧意识与美学趣味，与洛夫可以说是属于同一个"诗歌阵营"的。客观地讲，金所军的"黑色"系列诗篇整体上具有颇高的思想艺术水准，令人刮目相看。我们现在来欣赏其中几首出色的"黑色"诗篇，先来看主打诗篇《黑》，该诗篇幅比较长，且引全诗如下：

黑

黑　黑色的黑／黑夜的黑／漆黑一片的黑／伸手不见五指的黑／黑啊　黑沉沉／仿佛内心不愿想起的痛／／幽深的黑／看不见的黑／时光深处的苦心／岁月遗忘的幽灵／生命抛弃的孤魂／都在变成黑影／／令人心悸的黑啊／每个时代都有失去良心的人／内心只有黑／他们喜欢黑／在黑中出卖一切／在黑夜算账／／黑啊　黑如岁月的病／黑如内心／如群山的静／如时光的背面／如幸福的极端／也如死亡的瞬间／／黑啊　有意思的黑／看见了黑就看

见了往日／走进了黑就走进了岁月／有黑　才有死亡／有黑　才能逃跑／否则命运便没有了希望／／人生也就失去了努力的意义／黑啊　进入黑吧／披肩长发的黑／眸子的黑／如泣如诉的黑／打开光明看见的黑／／打开幸福感受到的黑／前途的黑／失望的黑／离别的黑／意外的黑／缓缓来临的黑夜的黑／／都向我拥来吧／涂黑我的眼睛／裹满我的肉体／堵塞我的呼吸／让我充分享受黑／像仇恨一样／／像黑墨水写出的悔过书一样／像黑炭燃烧一样／像黑市一样／像黑枪一样／像黑社会一样／像黑心肠一样　黑沉沉／／黑啊　谎言涂满白纸／白纸在变黑／心灵被风吹拂／感情在变黑／血管注满烈酒／血液在变黑／／一切都在变黑／忧伤在变黑／泪水在变黑／希望在变黑／伤心在变黑／阴险的黑　突然来临／／命运中突然来临的黑／猝不及防的黑／生命的黑／弃之不去／竟然是如此的黑／如此的黑

全诗围绕着"黑"这个核心色彩意象，诗人展开了极为丰富的色彩联想，把各种黑色事物汇集在一起，并且层层深入，让黑色事物与黑色意象从物质层面进入精神层面，从社会层面进入象征层面，最后上升到命运黑暗的层面，使得全诗的精神深度与思想高度顿时得以充分彰显，同时也让诗作的悲剧意识（或悲剧精神）得以凸显。

与《黑》一诗的立意极为相似，《黑的成分》堪称其"姊妹篇"，我们来欣赏一下这首诗：

黑的成分

有一天黑夜／我想分析一下黑的成分／黑不是一种物质／不能进行化学分析／或者物理解剖／也不是有生命的东西／否则一把手术刀／就可迎刃而解／它是一种颜色／一种人类视觉中的印象／与白相对／／它不是一种漂亮的色彩／三原色　三间色／以及太阳光折射出的／赤橙黄绿青蓝紫／都与黑不沾边／黑是物体完全吸收日光后的呈现／是一种贪婪的结果／／它的成分并不好分析／只能感觉和猜测／比如黑心肠的黑／毒辣的成分多一点／黑夜的黑／虚无多一点／黑枪的黑／诡计多一点／／黑算盘的黑／利益是它的本质／黑手的黑／秘密是其中最黑的部分／黑五类的黑／现在看来　还有点错误的成分／／黑的成分不好鉴定／玩味是有效的途径／层次上的深浅／感觉上的冷暖／范围上的大小／不同的形式在体现着黑／不同的成分在左右着黑／／黑皮肤是抹黑抹得最彻底的／炭是黑最具激情和活力的载体／夜是黑的平台／黑社会是肮脏的聚会／灯下黑最有讽刺的味道／／黑心肠是一种比喻／黑蚂蚁是一种动物／黑牡丹是花也可以是人／黑鬼子是伪军／黑名单是一张纸／黑钱也是纸／黑了你是一个事件／／所有的黑中／我最喜欢墨／墨是黑的一种特殊表

现／形式／墨分五彩／浓淡干湿焦／是黑最具艺术性的张扬／是黑变幻莫测／生命力最强感染力最强的表现／／但离不开水／水墨搭配的酣畅挥洒／才赋予黑以灵魂和生命／才使黑的更黑／突出的更突出／虚无的更虚无／／就那么黑着／黑云压城城欲摧／就那么虚无着／遮天蔽日黑魆魆／分析到深夜／黑的成分还是不知所云／简单的黑／干脆的黑／怎么玩味／也不过分

与《黑》一样，《黑的成分》同样展示了诗人出色的色彩联想能力，各种黑色事物的聚集对读者具有一种视觉上的强烈冲击效果。但与前一首诗不同的是，这首诗运用理性分析的手法，对"黑"这种色彩的成分与含义进行了充满智慧的分析，最后强调了"黑"所具有的"虚无"本质，从而凸显现代主义的思想理念（一般而言，虚无与悲剧是现代主义最基本也最重要的思想理念）。此外，该诗也流露出黑色幽默的现代性审美趣味，令人印象深刻。

悲剧意识与悲剧精神是金所军"黑色"系列诗篇以及诗集《黑》里面大多数诗篇的主题意向与精神底色，由此凸显金所军现代主义诗人的思想气质与美学趣味，我们再来看诗人笔下一首典型题材的诗篇《乌鸦》：

乌 鸦

一般情况／乌鸦是看不见的／特别是21世纪的天空／尤其缺少乌鸦的怪叫／更不见其踪影／／乌鸦往往蛰伏在一些意想不到的地方／比如一个不知名的古镇／一个废弃的鸟巢／或者一个阴暗的角落／更有甚者／它还会潜入一首诗中／做一次鬼头鬼脑的旅行／／乌鸦／童话或寓言的主角／神出鬼没／似影子一样飘来飘去／不小心飞入诗中的乌鸦／丧失了自由的空间／／遇上一位正经诗人／乌鸦还有飞翔的机会／被人留意／或者引人厌恶／总还有些话题／／不巧遇到拙笔／乌鸦的难堪可想而知／在文字中不伦不类／比人类的厌恶更令它羞愧／撞死在诗中／或者搬起标题砸烂脑袋／应是血性乌鸦的选择／／乌鸦／看不见却和人离得很近／想飞远／总也离不开人的视线

众所周知，"乌鸦"可以说是现代主义诗人与艺术家非常偏爱的一个书写对象与表现题材，因为"乌鸦"边缘化的社会角色与悲剧命运往往是许多优秀与杰出的诗人艺术家人生境遇的真实写照。中国当代著名诗人多多、于坚等均创作过"乌鸦"题材的著名诗篇。在这首诗里，诗人运用生动的词语想象力，描述了"乌鸦"遭遇到人类厌恶的"难堪"文化命运的痛苦情形，诗作结尾处对"乌鸦"的命运困境予以了明确的指认，该诗其实在一个更高的思想层面也隐喻了人类的命运困境，引人深思。

在对人类命运困境隐喻的主题指向上，诗人的《蚂蚁》一诗与《乌鸦》可谓异曲同工之妙，我们来看《蚂蚁》一诗的开头与结尾：

蚂蚁不会说人话／但会写蚁诗／蚂蚁写的诗／带着黑色的外壳／如同在大地上／撒满了标点符号／／为食物而奔波的蚂蚁／为地盘而争斗的蚂蚁／为避雨而迁徙的蚂蚁／都是人类脚下的蚂蚁／人类一着急／就要踩脚／这个时候／蚂蚁一无所知／还在写诗

毫无疑问，在诗中，蚂蚁可怜而又可悲的生存处境其实就是人类自身悲剧命运的真实写照，由此反映悲剧意识与悲剧精神已经成为诗人金所军身上一种自觉的诗歌写作意识与审美精神，这一点，我们可以在诗人不少表达悲剧性生命体验与命运意识的诗歌文本中得到体认。例如，《瞬间》一诗以一种强度抒情的方式，表达诗人对生命的黑暗性（极端负面性）体验，揭示了生命容易被伤害的脆弱本质，以此凸显其悲剧意识，如同诗作结尾所宣称的那样：

只此一瞬／／只此一回／只此一两个人／深惧于瞬间的伤害／和为时光抛弃的生命

《瞬间》虽然没有运用黑色的词语与意象，但诗作的情感基调无疑是黑色的。与《瞬间》相类似，诗人的《当风起时》也采用了强度抒情的方式，但该诗所体现的悲剧意识与悲剧精神无疑更为强烈与自觉。我们来看诗中的两个关键性诗节：

当风起时／我看不清远处的风景／我感受不到更多的忧伤／我写不出更吸引人的诗歌／不是死亡的阴影／我早已忘却了诗歌在敲门／／当风起时／看见的一切毫无意义／爱情老了／朋友死了／想挽留的永别了／生命眼看到了冬季

《当风起时》采用排比的修辞手法与深度抒情的话语风格，诗人对自身生命的黑暗体验表达得淋漓尽致，悲剧意识十分鲜明，并且具有强烈的死亡意识，该诗的副标题引用了法国象征主义大诗人瓦雷里的一个著名诗句："风起了，必须试着活下去"。由此可见，诗人的悲剧意识已经内在化了。悲剧意识内在化的重要标志之一，就是诗人死亡意识的内在觉醒，因为一个诗人悲剧意识最高程度的体现，就是看其死亡意识是否自觉与强烈。

金所军诗歌中的死亡意识虽然与海子等心理精神结构异于常人的天才型诗人不能比拟，但在"长治诗群"当中，还是颇为突出的。在金所军的不少诗作中，是充满死亡意识或死亡想象的。例如，他的《梦游》一诗便是通过死亡想象来呈现其死亡意识的典型性诗歌文本，我们下面来欣赏一下诗人的"梦游"过程：

梦　游

我把自己压扁／并且折叠起来／四四方方的／插进牛皮纸信封／眼前一黑／便封住了口／贴上八角钱邮票／／为了快／我又改变主意／拨打了185电

话／一个戴头盔的专门干／特快专递的小伙子／很快收了我贰拾贰圆钱／把我丢进了特快专递的邮车／／这个时候／我吓醒了／去什么地方／怎么一点也想不起来／车速越来越快／我喊也喊不出声来／信封内一片漆黑／我知道／密封的邮车也是／漆黑一片／我与大大小小／厚厚薄薄的邮件／混在一起／／它们没有一点响声／为什么连呼吸都没有／我听得见自己越来越重的喘息／逐渐烦躁不安／我想不起怎么做了这么一件愚蠢的事／／我的妻子还在家中／儿子在上学／父亲在收割庄稼／母亲在盼我回家／我的弟弟妹妹还有朋友们／都在找我／我却不知自己要到什么地方／／没有人知道／现在我恨死了邮差／他怎么不告我地址／让我回不了家／也看不见要去的地方／／这时候／随着一声巨响／感觉到了一丝光亮／也感觉到了呼呼的风声／和忽忽悠悠的头晕／／就在一瞬的晕眩之后／突遭碰撞的邮车／面孔扭曲　一声不吭／我也随着四处飞散的信件／独自飘零在某一角落／无人会理睬

诗人以突发奇想的方式，用魔幻现实主义的表现手法，描述自己被装在漆黑的牛皮纸信封里四处飘游的过程，诗中所描述的这个"梦游"过程，实际上是诗人的一种死亡体验或死亡想象的诗性叙述，情景描写生动逼真，心理刻画细腻传神，给人以亦真亦幻的感觉。从创作动机来看，诗人在诗作中着力书写的死亡体验与死亡想象，无疑传达了诗人身上的死亡意识。

客观看来，金所军诗歌中的悲剧意识包含死亡意识、生存荒诞意识与生命虚无体验在内的。例如，我们在《灰》《阴影》《梦与黑》《漆黑的粮仓》《梦中的建筑》《黑夜的廉刀》《琵琶弦上的黑豹》《非典时期的墨竹》等涉及黑暗事物的诗作中，可以看到诗人传达了大量的负面性、消极性、焦虑性的生命体验，使得这些诗歌文本充满程度不同的悲剧色彩。我们现在再来欣赏诗人一首"黑暗体验"的诗篇《写作之黑》：

写作之黑

写作是黑的／很难打开它的光明／一根火柴就可点燃夜的黑／可能一生也点不亮写作之黑／／靠天分／有多少灵感可用／不少奇思妙想是黑的／见不了阳光／／靠学识／掉进思维的黑洞／四处碰壁／以僵化告终／／靠辛苦／也不是个办法／毕竟不是体力活／只能赚点湿纸的汗／／靠想象／一脚踏进乌有之乡／远离尘世的滋味／伸出五指也看不见／／靠游戏／玩出文学的胆汁／流出自己的黑血／写作不是那么好玩的／／靠真诚和善良／活出个真实的人来／酸甜苦辣／才有一点写作的真味

这首"黑色"诗篇某种程度可以视作诗人"黑色"系列诗篇的一种写作理论总结，该诗运用生动、幽默的语言，以真切的写作体验与痛苦的生命经验来印证现代诗写作的悲剧性质，由此凸显诗人鲜明自觉的现代主义诗歌意识，我们也不妨将此诗看作诗人的现代主义诗学主张的一个形象化宣言。

简言之，诗人对黑暗事物的现代性体验与表达在思想艺术层面达到了一个颇高的水准，体现了诗人现代诗写作的扎实功底。在此必须特别指出的是，金所军的"黑色"系列诗歌文本充满着黑色幽默的审美品质，例如他的《黑衬衫》《梦与黑》《失眠》等诗作充满戏剧性、反讽性元素，增加了其诗歌文本的现代性审美质素，而这种现代性的幽默审美品质在传统型的长治诗群成员身上极为罕见。相比金所军早期阶段（第一阶段）的抒情诗创作，诗人第二阶段的现代诗创作无疑在思想艺术层面展示了成熟、大气的气象，正如宁波大学教授、知名评论家钱志富所评价的那样：

> 金所军近几年写的诗比较注意诗歌的文体可能性，写出来的诗由于改变了写作策略，改变了他先前只注重诗要抒情、写事的观念而不注重诗的空灵度和诗意空间的拓展的写作策略，所以他的诗因为采用了虚实结合的技巧，能够较大地拓展诗的空灵度和诗意空间，就显示出了全新的美学特质。①

（三）对日常事物与生活场景的先锋书写

前面说过，金所军 21 世纪以来诗歌创作的风格变化呈现出颇为明显的三个阶段：第一阶段（即早期阶段），是以浪漫主义抒情为主导的阶段，以诗集《尘世之情》（2002 年）为代表与佐证。第二阶段，是以现代主义为主导的阶段，以诗集《黑》（2005 年）为代表与佐证。第三阶段，则进入以后现代主义为主导的先锋诗歌写作阶段，以诗集《纸上行走的瞬间》（2009 年）为代表与佐证。需要稍加说明的是，这里所说的第三阶段的金所军笔下的先锋诗歌，主要是指具有后现代主义特质的诗歌文本，也包括一些具有现代主义特质的诗歌文本。

众所周知，在中国当代诗歌文化语境中，先锋诗歌是包括现代主义诗歌与后现代主义诗歌在内，而在 21 世纪的网络文化与大众文化语境中，先锋诗歌更多偏向以口语诗歌为表现形式的后现代主义诗歌。以此来打量金所军第三阶段的诗歌写作，我们可以发现，金所军也开始大量使用口语方式，对于日常事物与生活场景进行口语化、反讽性、解构性的诗歌书写，展示与当下诗歌美学潮流相契合的先锋姿态与文化立场。

金所军的先锋诗歌姿态与立场主要体现在诗人采用口语方式进行日常生活叙事，大量表达日常生活经验，而主动放弃了以前（早期阶段）的抒情风格，诗人在《时代》这首短诗里明确地宣告了他对于抒情的态度：

---

① 参见金所军诗集《纸上行走的瞬间》附录部分"诗坛简评"，作家出版社，2009 年 7 月。

时　代

　　妻子轻声诵读一则故事／儿子安静地听着／普通人的故事／比蚂蚁的悲伤也多不了多少／但妻子开始流泪了／儿子也泪流满面／／此刻，只有他们两个人在伤心／他们完全不知道／这是个不需要抒情的时代／不需要感伤的泪水

　　在这首诗里，诗人先是描述了妻子与儿子因为听了一个感人故事而伤心流泪的场景，然后诗人以旁白的方式公开声明"这是个不需要抒情的时代"，在此，非常清楚地表明了诗人放弃抒情的写作态度，展示诗人诗学理念与美学趣味的重大转型。

　　与金所军放弃抒情的写作态度相对应，他像当下的许多先锋诗人一样，致力于运用口语来描述日常事物与生活场景，以呈现当下性（当代性）的诗歌审美经验。《细节》一诗在展示诗人口语化的日常生活叙事的写作向度上颇具典型性：

细　节

　　老妈打来电话／总要问一些琐碎的事／像当下的诗歌／极尽细节之能事／好像要看见我的表情／用细节使她的儿子回到身边／／她还要详细地说村里的事／絮絮叨叨／家长里短：／左手的三根手指一直发麻／可能药是假的／王老大的儿子和王老二的媳妇／打了一架／给你打电话最好不要管／家务事谁也说不清／婵婵当天就从乡镇派出所回来了／罚了一百元／不是你曲里拐弯的电话／要罚三百元／活该／老要麻将／／你父亲听了你的话／不去城里打工了／但在村里还忙着／这家盖房那家做事宴／他都去帮忙／／老妈有好多事／总想一下就说完／电话线这么长／声音却很清晰／我在几百公里的外乡听着老妈说话／听见院里鸡在叫／有时候／还听见老父亲响亮的咳嗽

　　这首诗完全运用民间性的口语叙述了诗人与母亲通电话的具体内容，充满了各种琐碎而真实的生活细节，是对日常生活状态原生态般的还原式书写，具有后现代主义"平面化写作"的艺术特征。从中可见，诗人对细节的描写与讲述充满兴趣，而这恰恰体现出当下的口语写作先锋诗歌普遍的艺术特征与审美追求。然而《细节》一诗从艺术层面来看，诗意较淡，诗作写得很平实，可以看作诗人的一种艺术探索。

　　当然，诗人金所军的绝大多数口语化日常生活叙事诗篇虽然注重呈现细节，但还是写得很有审美韵味的。例如，诗人在春天时节去过云南一个地方，那个地方的油菜花十分美丽、壮观，给诗人留下非常难忘的印象，他为此专门创作了《我去过的一个地方》，我们来欣赏一下这首诗：

我去过的一个地方

　　我去过云南南边的一个县／一个种着三十五万亩油菜花的县／想象不到

的风景在三月的风中铺开 / 从洼地到高坡满眼的油菜花 / 直接和天空连在了一起 // 一只蜜蜂在油菜花里乱飞 / 两只蜜蜂在油菜花里乱飞 / 三只和无数只蜜蜂在油菜花里乱飞 / 三十五万亩油菜花与三十五万亩蜜蜂 / 簇拥着油菜花深处的村庄 // 铺天盖地的阳光 / 一浪高过一浪的汹涌花香 / 碎碎地一闪一闪的彩色 / 远远的地方是无法预料的飞翔 / 回过头看见妙不可言的黄金翅膀 // 一个种着三十五万亩油菜花的县 / 一个三十五万亩蜜蜂采蜜的县 / 我真的去过那里 / 但想起来心里一直乱乱的 / 就像从来没有去过一样

该诗运用朴素的白描般的笔触，描述了云南南边某县三十五万亩油菜花的绚丽景色，虽然用的是口语，但写景状物精确生动，尤其是结尾的心理描写，极为巧妙地凸显这 35 万亩油菜花的绚丽景色给诗人带来的灵魂震撼，令人回味无穷。

也许是意犹未尽，诗人随后又写了一首《我去过的地方》，来强化性地书写他对云南"35 万亩油菜花"的深刻记忆：

我去过的地方 / 有的记住了 / 有的，就忘了 / 比如三月初才去的地方 / 云南南边的一个县 / 种着 35 万亩油菜花的县 / 赶上修路 / 从昆明走了三个多小时 / 时隔一月 / 想了半天 / 怎么也想不起来 / 只记住走着走着 / 忽然就回到了油菜花的故乡

与前一首诗直接描写 35 万亩油菜花的壮丽景象不同，这首诗是补充叙述诗人当时走路去看油菜花的情形，诗人在诗作结尾部分言称想不起这个地方（应该是想不起这个地方的地名），但诗人最后说"只记住走着走着 / 忽然就回到了油菜花的故乡"。虽为素朴至极的口语，但胜过所有的清词丽句，它无比巧妙也无比生动传神地表现了云南这个地方油菜花的美不胜收，足可以成为中国乡村油菜花的典范景观。由此可以看出，金所军虽然也是用口语进行日常生活叙事，但他不像很多口语诗人那样只是满足对日常生活的"平面化叙述"（或"现象还原"），而是追求对日常生活的审美感悟与艺术表现。

21 世纪以来的口语诗歌普遍运用反讽性的表现手法，以此来展示诗歌文本的幽默（常常是一种黑色幽默或冷幽默）审美品质。金所军绝大多数的进行日常生活叙事的口语诗歌文本均运用了反讽手法，由此呈现先锋诗歌的艺术面貌。诗人的《幸福生活》是一个对日常生活予以反讽性叙事的典范性文本，我们来看全诗：

幸福生活

儿子每天早晨 / 都要匆匆忙忙上学 / 这个时候 / 我往往还在梦乡 // 儿子好学 / 早睡早起 / 我下班回家 / 他往往在梦中追我 // 还问： / 爸爸每天忙什么？ / 也不陪我玩。 / 答： / 在忙工作 / 问： / 工作是什么东西？ / 就那么

有意思？//我没法回答/他一脸严肃/我只好傻笑/他就看着我傻笑//妻子更傻/她把自己的一生/托付给我/而我对未来/也知之甚少//一不小心/过了这么多年/过去的日子/大都忘掉了/未来的日子/在未来等着

全诗用了质朴无华的语言，叙述了诗人一家三口的日常生活场景与亲情关系，在诗中，诗人对儿子追问自己工作有何意义的尖锐问题用傻笑来做回答，对妻子将一生的幸福托付给自己的信任则用"我对未来也知之甚少"来加以回答，虽然诗人态度真诚，但由此暗含的针对自我的反讽意味也颇为鲜明，展示该诗丰富的精神内涵，给人以深刻印象。

不仅如此，诗人还将后现代性审美反讽的对象设定在自己的妻子与儿子身上，我们先来看诗人为妻子而写的一个诗歌文本《时光》：

时　光

妻子说：/多想让时光停下来/随便停在什么地方/废弃的工厂/或者收割的麦地/最好安上倒挡/能倒回时光/倒回不谈婚嫁/无论饥饱的时候/或者只倒回鱼尾纹突现的前夜//这个时候/妻子无比惬意/她在奔腾的时光列车上/做了个美梦

在诗中，诗人先是运用流畅的口语复述了妻子希望时光倒流、自己永葆年轻或青春状态的美好心愿，在结尾部分，诗人用了一个比喻："她在奔腾的时光列车上/做了个美梦。"表面不动声色的语调，凸显文本内在的反讽意涵，令人莞尔。

接着，我们再来看诗人为儿子写的一个诗歌文本《叫卖声》：

叫卖声

儿子的作文这样写到：/在鸟叫声中/我醒来了！/第二天他睁开眼/我问听到了什么/他说：/是叫卖声/卖鸡蛋、卖豆腐、卖牛奶的/吆喝

这首短诗围绕儿子作文中的关键句子"在鸟叫声中/我醒来了！"展开了一段父子口头对话，儿子的如实回答立马暴露了其作文依靠经典课文记忆而写作的虚伪本质，于是反讽的审美矛头直指儿子，同时也使得该诗暴露了解构主义的思维特征，读后令人忍俊不禁。

除了这首《叫卖声》，《儿子》一诗更是体现了诗人对儿子形象的漫画式塑造，我们且看全诗：

儿　子

儿子脸是黑的/不洗脸不黑才怪/每天早晨阳光灿烂/一切都舒眉展眼/洗脸是儿子最痛苦的内容/一般是蜻蜓点水划拉几下/他特别向往包公的脸/黑人的脸/以为他们不用洗脸/就那么黑着//儿子手是黑的/把时间玩

得精疲力竭／把快乐捧得无处藏身／一双小手黑乎乎的／玩具是黑的／衣服是黑的……／小伙伴是黑的／做的梦也是黑的／黑得一塌糊涂／他才是最高兴的／／儿子课本是黑的／玩到再累也要上学／按部就班／铃声响过／喘气的声音还在空中／两眼已盯紧了黑板／铅笔也伸进了嘴里／舌尖是黑的／作业本是黑的／新课一片漆黑／／再黑也是儿子／越来越懂事的儿子／逐渐背不动的儿子

该诗运用非常通俗的语言，刻画出作为小学生的儿子十分贪玩、顽皮、淘气的可爱形象，诗人重点强调儿子由于不讲卫生以致终日以黑乎乎的面目出现在人们的面前。该诗的叙述语调是幽默的，且贯穿始终，这是该诗的艺术亮点，诗的结尾反讽意味鲜明，呈现喜剧性的艺术效果。另外，《运动会》一诗也以幽默的语调刻画了儿子的形象，给读者留下了深刻的印象。

由于金所军是乡村之子，他与农村故乡有着割舍不断的紧密联系，因而，诗人还常常将反讽的对象聚焦当下的乡村日常生活及乡村景物身上。我们现在来看看乡村生活题材的《门神》一诗：

门　神

门神画在纸上／贴在门上／此后的日子里／阳光晒一下／月光晃一下／雨淋一下／风吹一下／还要被路过的小孩／顺手摸一下／／门神一脸严肃／也一脸滑稽／始终隐忍不发

大家都知道，门神年画在中国乡村最为常见，年节前夕都被张贴在每家每户的大门上，成为农家的保护神，该诗用了顺口溜式的口语描述了门神年画遭受日晒雨淋的情景，结尾处"门神一脸严肃也一脸滑稽"的反讽性言辞，充满黑色幽默意味，令人忍俊不禁。

金所军的短诗《一只蜜蜂在油菜花里乱飞》也属于乡村题材的口语诗歌，该诗的思路与《门神》颇为类似：

一只蜜蜂在油菜花里乱飞／两只蜜蜂在油菜花里乱飞／三只蜜蜂在油菜花里乱飞／数不清的蜜蜂在油菜花里乱飞／／飞到东来飞到西／一点也没有秩序／人们看着昏头昏脑／／油菜花也想飞／油菜花怎么也飞不起来

这首诗用民间性的语言方式描述了蜜蜂在油菜花里乱飞的情景，结尾用诗句"油菜花也想飞"来反衬油菜花的热闹景象，用诗句"油菜花怎么也飞不起来"来展示文本的冷幽默审美情调。比之于《门神》，该诗的反讽性色彩相对显得温和一些。此外，《那想象不到的景色》《我要告诉……》《春天》等乡土题材的口语诗篇均运用了反讽手法来展示诗人冷幽默或黑色幽默的先锋审美趣味。

金所军不仅对当下的乡村日常生活与乡村景物予以反讽性（先锋性）书写，

诗人对自己乡村生活的童年记忆或者说对童年时期的乡村生活图景也予以了反讽性（先锋性）书写，从中凸显幽默的审美情趣。《偷瓜》是其中的一个典型性文本，全诗篇幅很短，共计十三行：

偷　瓜

瓜熟了／去偷瓜／二小、三猴和我／（我没乳名）／一起去偷瓜∥每年去偷／偷得手痒∥大了，听说／看瓜的二大爷／瞧见偷瓜／就牵紧了狗∥多少年过去了／心还痒

该诗用乡土化的日常口语，叙述了"我"与小伙伴因为贫穷与馋嘴而去村庄地里偷瓜的童年记忆，诗的结句"多少年过去了／心还痒"把"小偷"的心理刻画得活灵活现，反讽性的审美情调顿时得以彰显。

与《偷瓜》相类似，《一巴掌》也是一个书写诗人乡村生活童年记忆的一个典型性文本，全诗篇幅很短，共计十二行：

一巴掌

小时候／母亲端上热乎乎的／玉米面窝头、高粱面鱼鱼、豆腐渣窝窝……／我都忍不住要说：／不好吃！／总被父亲抽一巴掌∥现在／儿子看着炖鸡、炖鱼、炖骨头……／也忍不住要说：／不好吃！／这时候／他也要揍我一巴掌

该诗由两个诗节构成。前一诗节描述了诗人童年时期一个经典性的日常用餐场景，通过自己嫌玉米面窝头等食物不好吃而总是挨父亲一巴掌的情节描写，表现了诗人对童年贫穷生活的深刻记忆。后一诗节则叙述了当下诗人与儿子日常的用餐场景，通过儿子嫌炖鸡、炖鱼等诗人小时候梦寐以求的美食不好吃而挨诗人一巴掌的情节描写，表现了儿子这一代人对食物的挑剔行为，两个对比性的场景与动作被精心并置在一起，配之以冷幽默的叙述语调，让文本顿时生出强烈的反讽性效果与喜剧性色彩。

此外，在《西北风》《唱戏》等涉及诗人乡村生活童年记忆的诗歌文本中，也充满着反讽性的审美情调。不仅如此，在《午后》《古代的人坐在马车上》等一些涉及诗人历史记忆与历史想象的诗歌文本中，也充斥着反讽精神，有力地彰显诗人金所军的先锋诗歌写作精神姿态。

严格说来，金所军的口语诗歌（后现代主义诗歌）不仅充满自觉的反讽精神，还充满着解构精神（或解构思维），解构精神非常重要，不能缺失，因为后现代主义的本质就是解构主义。因而，具有真正先锋精神立场的口语诗歌除含有反讽精神外，往往还含有解构精神（或解构意识）。很多情况下，反讽精神与解构精神会同时出现在一首口语诗歌文本中，两者呈现为一种叠合关系（例如前面论及的《叫卖声》），体现该口语诗歌文本的先锋精神特质。

现在，我们来看看金所军几首充满解构精神的口语诗歌文本，先来欣赏一下《油菜花渴望什么样的修辞》：

油菜花渴望什么样的修辞

油菜花渴望什么样的修辞／一浪一浪的花丛／怎样的语言／才能准确、鲜明而生动有力／把在自然界蓬蓬勃勃的事物／恰如其分地表达出来／像油菜花渴望的那样／把它鲜活的生命和亮丽的色彩／变成语言／变成纸上流通的那种／把它渴望修辞的信息／传播得远些　再远些／让更多有才华的人去赞美／避免像我一样／搜肠刮肚／最准确的只有两句：／油菜花！／哎呀！油菜花！

该诗前面绝大部分的内容都在叙述有才华的人们应该如何修辞，才能生动有力、恰如其分地表现油菜花的动人景致，诗人在结尾处却用了两句大白话"油菜花！／哎呀！油菜花"来进行自我调侃，不但有意无意解构了前面的才子俊彦，体现诗人身上的解构精神，而且文本本身也充满了反讽的意味。

我们再来欣赏诗人一个充满解构精神的童年记忆书写的诗歌文本《年》，该诗篇幅很短，仅仅九行：

年

小时候的理想／是当年／不是过去那个当年／也不是同一年的当年／是当官像当支书一样的／当个年／／不过年／一过／就没有了

这首诗重点叙述诗人的童年理想，是他小时候盼望能够一直在过年，把年留住。但诗人的机智之处在于，他利用"年"是一种猛兽的民间传说，故意把"年"拟人化（或拟物化），声称自己想当一个"年"，但不想过年，于是，该诗的结尾几句诗，对诗人小时候"当年"（当一个"年"）的梦想，就构成了鲜明的解构意向。由此，该诗的解构主义美学趣味便跃然纸上了。

除对传统理念、价值观念与正宗事物的解构意识外，解构主义或解构精神的充分彰显，还表现在诗人对写作过程本身拆解式的还原上。金所军的《煤油灯》便是此方面的典范性诗歌文本，我们且看全诗：

煤油灯

已经三天了／想写一首诗／一首"煤油灯"的诗／记忆深处／一灯如豆／忽明忽暗／／把白纸熏黑的灯／把时光点燃／思来想去／一直下不了笔／但我要先写下题目／然后谋篇布局／／我要先写下一个字：／煤／再写一个字：／油／最后写下：／灯／我必须把这首诗／写成一首特别的诗

诗人用了颇为直白的语言，把一首诗的写作过程向自己想象中的读者予以清清楚楚地说明，具有某种"元写作"的意味，一下子便把诗歌写作原本具有的神秘乃至神圣色彩完全消解了，文本的解构思维或解构精神显得非常鲜明与强烈。

从上面的论述中，我们可以确认金所军在第三阶段的诗歌创作（即以诗集《纸上行走的瞬间》为代表与佐证）所持有的先锋精神立场，不过在此还要再次强调一下的是，金所军的先锋精神立场不仅仅是指其后现代主义的诗歌写作，也包括现代主义的诗歌写作。我们可以发现，在诗集《纸上行走的瞬间》中，还包含有不少现代主义特质的诗歌文本。例如，《一个死去的人》就是一首典型的现代主义诗篇，我们来简单看看这首诗：

一个死去的人

一个死去的人／生前我认识她／死后／我曾想去看看她／／一个死去的人／生前偶尔通通电话／死后／我曾梦见她／／一个死去的人／生前见面不多／死后／想见也见不上了／／一个死去的人／生前是个活生生的人／死后／仿佛出了远门／／一个死去的人／她不知道自己已经死了／死得很惨／过去好几年了

简言之，这首诗对生命、人生的焦虑体验与荒诞意识，使之呈现鲜明的现代主义精神特质。

再举一首短诗《老宅子》为例：

老宅子消失了／像痛一样／曾经有过／现在无影无踪了

该诗运用简洁有力的口语，表达了生命的痛苦体验与虚无意识，其现代主义精神特质也得到鲜明呈现。

除此之外，《一张白纸》《词典深处的事物》等诗作都展现了深度精神模式，具有颇为鲜明的现代主义思想艺术特征。当然，也有不少诗歌文本，既体现后现代主义特质，也体现现代主义特质，存在一种审美经验的"混合"状态（例如《找不见了》《三月》等诗歌文本），由此充分展示金所军先锋诗歌写作的丰富内涵。

三、金所军诗歌创作在"长治诗群"中的特殊价值

从前面对金所军诗歌创作的论述当中，我们可以充分感受到金所军令人刮目相看的创作实力与创作活力。一个客观的事实是，金所军21世纪以来的诗歌创作赢得了诗坛的充分关注，《光明日报》《文艺报》等权威报纸曾刊发国内多位著名评论家与诗人对金所军创作的评介文章，使之备受诗坛关注，产生了比较广泛的社会影响。

在此，我举出一些诗坛知名人士对于金所军诗歌创作的具体评价。例如，北京大学教授、著名评论家谢冕这样评价金所军：

> 金所军有很好的抒情才能。他的诗优美、灵动、意象丰满、感情真挚。作为植根于黄土地深处的年轻诗人，他的诗传达了对这片土地的深深的激情。黄河的雄浑，大地的厚重，太行山的巍峨，赋予他的诗篇以充满泥土气息的节律和韵味。他的诗洋溢着汾酒的醇香。金所军的诗最可贵之处，是他对于现实人生的深切关怀。①

河北师范大学教授、著名评论家陈超这样评价金所军 21 世纪以来出版的第一部诗集《尘世之情》：

> 《尘世之情》我翻阅了一遍，感到金所军的诗有一定思想深度，在干净明彻中有内在的丰富性，"落雪的声音沁人肺腑"也。尤其《黑》一诗写得不错。但也有的诗缺乏有力的"细节"。但总的看，所军已写得很成熟出色了。②

中国作协诗歌委员会主任、著名诗人叶延滨则这样评价金所军的重要诗集《纸上行走的瞬间》（"太行诗丛"之一）：

> 金所军坚持写作已经二十多年了，步入中年的金所军，对诗歌依然抱有青年人的热忱，他的诗歌越写越好，语言也越来越干净，他关注现实，了解底层人生，同时善于处理题材，在看似平静的叙述中，将平淡的生活意象展示出丰富的人生经验，如《老宅子》这首诗，短短四行，几乎是一种刻骨铭心的生活体验的结晶："老宅子消失了／像痛一样／曾经有过／现在无影无踪了"。平静的叙述，简洁的语言，让人过目难忘，也像被那种平静刺痛！在平淡无奇的日常生活中发现诗意，而且是独特的个人的无法复制的，这就是诗人的天赋，经过多年的写作历练，金所军这一才华以更朴素的方式表现出来，如他笔下的《门神》："门神画在纸上贴在门上／此后的日子里／阳光看一下／月光晃一下／雨淋百淋一下／风吹一下／还要被路过的小孩／顺手摸一下门神一脸严肃／也一脸滑稽／但始终保持隐忍不发的模样"。我曾说过，金所军从生命中掘出的诗像煤，看似平凡，但却可燃烧。我希望金所军的这本《纸上行走的瞬间》会给读者更多的启示。③

而国内知名诗人李洁夫、李寒如此评价金所军的诗歌创作：

> 金所军是位谦逊而温和的诗人。他的诗歌给人的感觉是冷静，思辨，不张扬，在他用语吝啬而隐忍的叙述里包含了自己对人生和命运的某种神秘的

---

① 参见金所军诗集《纸上行走的瞬间》附录部分《诗坛简评》，作家出版社，2009 年 7 月。

② 参见金所军诗集《黑》附录部分《诗坛简评》，北岳文艺出版社，2005 年 12 月。

③ 参见金所军诗集《纸上行走的瞬间》，作家出版社，2009 年 7 月。

领悟和感受。如《尘埃》一诗："一粒尘埃就是一粒尘埃／在被阳光照亮的刹那／是一粒明亮的尘埃／它落进这首诗里／是偶然也是暗示／若隐若现"。而同样的思维和感悟，在他的诗歌《静与一个人的不安》里，除了"掩门翻看惊心的旧账／秘密就隐藏在秘密的地方"之外，所军的诗歌给人以最大思维空间和延伸的思考是他在结尾处的灵性诗句："大地上所有的庄稼等待着秋天／集体陷入了无声之中／／正像一场风暴进入内心／一个人的不安将扩大到无限"。同样的思考和睿智隐含在他的"光线穿过命运／晃了眼睛一下／心情豁然开朗"（《光线》）；"在深埋的尘埃中　它们也是土／它们用土呼吸／飞翔和流动"（《土中的陶罐》）等大量的诗歌当中，使得所军的诗歌具备了沉实的叙述之后的更大的语言张力。因此，我们说所军的诗歌是通透的，他是一个真正意义上具有大智慧的诗人。[①]

由此可见，金所军是国内一位公认的比较富有影响力的诗人，他作为"长治诗群"重要代表诗人之一的地位也由此奠定。相比郭新民、姚江平这两位"长治诗群"重要代表诗人，同样作为一名官员，金所军诗歌中的政治文化情结相对而言却不大浓郁（当然，金所军也创作过《平型关》等充满红色文化因素与政治伦理意识的诗篇），这与金所军更多接受西方现代主义文化艺术的影响关系密切，毕竟金所军属于"70后"诗人，比郭新民与姚江平相对年轻，更容易接受新鲜事物，思想更为开放。另外，比之于郭新民与姚江平，金所军在很大程度上已经完成了由传统型抒情诗人向先锋诗人的转型。而郭新民与姚江平在诗学理念、艺术风格与审美趣味上，还是属于传统型抒情诗人。例如，姚江平写过不少以"玉米"为素材的抒情诗篇，金所军也写过以"玉米"为素材的诗篇，但其笔下"玉米"的形象迥异于姚江平笔下的"玉米"形象，我们这里来看看金所军笔下的"玉米"：

玉 米

从辞典的某一页／字里行间的玉米／深入到乡村／广袤的大地上／被风吹响的农作物／／玉米／嫩玉米／一直到这个深夜／悄然进入我的诗中／不动声色／做一次黑夜的旅行／／大地上的玉米／风雨中的玉米／尽情地生长／直到金黄色的颗粒／铺陈在大地上／简单地让鸟儿啄食／／进入我诗中的玉米／显然有功利的色彩／一个才尽的诗人／竭力想让玉米／给他的诗歌带来一点色彩／／至少证明还能写诗／哪怕是平淡的诗／哪怕只写给一个人／一个叫"玉米"的女人／她怎么也想象不到／风姿绰约的女人／在诗中／在黑夜进

---

① 李洁夫、李寒：《太行诗歌群落诗人扫描》，载《上党晚报》，2007年2月7日。

入一首诗中／／玉米　玉米／诗中的玉米／大地上的玉米／梦中的玉米／夜晚的生长／无人知晓

这样的表意方式与艺术风格完全超越或颠覆了传统的"玉米"形象，体现金所军的先锋诗歌意识与审美趣味，由此树立了不同于郭新民与姚江平的先锋型诗人形象。

简单而言，如果说郭新民、姚江平坚持传统的理念与写作姿态，象征着"长治诗群"对长治本土文化与艺术资源的固守，使得其诗歌写作拥有坚实的土壤与根基；那么，金所军立足于传统之上开放性的诗学理念与先锋精神姿态，则代表着"长治诗群"在全球化语境中主动与现代性美学潮流对接的可贵意识，以及在创作上自我突破与自我更新的艺术能力。而这一点，正是金所军作为"长治诗群"重要代表诗人之一的启示意义与特殊价值。

第四章 "长治诗群"创作的多元指向与个体特色

全面来看，21 世纪以来的"长治诗群"成员众多，多达一百余人（据不完全统计），形成了老中青三四代诗人同台竞技的可喜局面。尤为难得的是，生长在同一块文化土壤上的"长治诗群"成员们，在保持着对长治地域文化共同一致或较大程度的心理认同的基础上，其创作呈现出多元化的美学格局，由此展示"长治诗群"内部诗学观念、艺术风格与美学趣味的丰富性。大致而言，可以把"长治诗群"创作在思想艺术层面的多元指向归纳或概括成五个向度，下面结合"长治诗群"内部成员的有关创作对它们依序加以分门别类式的论述。

一、在传统美学坚守中对乡土风物的多样化叙述

由于上党（长治）地区农业文明源远流长，对于本地区诗人的文化精神与审美趣味形成强大的塑造作用，因此，长期以来，长治地区的诗人们身上普遍怀有一种浓郁的乡村情结与土地情结（乡土情结），即使进入到 21 世纪，许多长治籍诗人在精神上依然没有摆脱对于乡村与土地的深刻依恋。他们在对于传统美学精神与艺术风格的坚守中，又从各自的创作兴趣出发，对长治地区的乡土风物予以了多样化叙述。其中，成亮、秦歌、王志斌、泉声、郎丽宁、魏广瑞、王孝庭、路军锋等"长治诗群"成员是较具代表性的诗人。下面，依序对这些诗人的创作予以简要论述。

（一）成亮：灵魂面向成家山的平静叙述与真情独白

成亮，原名成亮亮，1980 年出生，按照当下流行的说法，成亮属于"80 后"诗人，而且是一位颇具才华的"80 后"诗人，21 世纪以来，成亮不仅在《诗刊》《星星》《诗选刊》等国内各大诗刊发表诗作，而且他的作品还入选国内各种有影

响的诗歌选本。因为在诗歌创作方面表现出色，成亮参加了由《诗刊》社举办的第23届青春诗会，使得他成为"长治诗群"中颇受关注的一位青年诗人。

成亮出生、学习、工作于长治市，但其祖籍是太行山区一个名叫成家山的贫困小山村。虽然青年诗人不在成家山这个小山村出生，但他对成家山却有一种极为强烈、自觉的精神认同感，他把成家山当成自己地理与心灵双重意义上的故乡，为其故乡成家山创作了系列动人诗篇。我们先来看看其故乡认同的诗篇《成家山》：

成家山

成家山以前叫成家山／成家山今后还会叫成家山／成家山是我的家乡，我没有在那里出生／但并不能影响他是我的家乡／成家山的大部分人都姓成／成家山的大部分人都不能说上自己的祖先／从何而来／成家山从古至今没有出过什么名人／也没有什么名胜古迹／成家山在这个人口需要计划生育的年代／从十年前的三百六十七人锐减至一百二十三人／成家山的家字让我时常想起"老乡、小米、三婶和花香"／和老宋喝酒的时候我说到我的家乡／他说听到这个名字就让人有种归属感／抽时间想去看看这个不错的地方

这首篇幅精短的怀乡诗篇运用朴素的话语简单介绍了成家山的情况，诗中青年诗人的联想"老乡、小米、三婶和花香"，则通过四个名词意象，含蓄地凸显这个小山村的乡情之美与景色之美，表达了青年诗人对成家山的故乡认同心理状态。诗作语气平淡，但含蕴颇深。

与《成家山》立意类似，青年诗人的《老宅》一诗同样表达其故乡认同的生命愿望：

老 宅

房子已经老旧，房顶上长满了瓦花／奶奶去世后，老宅像丢了魂／疲惫且虚弱／夏日的午后／我站在老宅空荡荡的院子里／看过去那些锈迹斑斑的争吵、埋怨／看油灯为晚归人一夜夜点亮／我是这所老宅的第六代人／虽然我没有在这里出生／但我知道，我终将回来／因为窗子里点亮的不仅仅是灯

这首短诗以青年诗人故乡的老宅作为诗思对象，诗人叙述奶奶去世后"老宅像丢了魂""疲惫且虚弱"，这一方面表达了诗人自己对奶奶的深切思念，同时又暗含了成家子孙需要继承祖业、振兴祖业的潜在意念。诗中的"油灯"是全诗的关键性意象，它象征着成家子孙的香火延续，代代相传。"看油灯为晚归人一夜夜点亮"这句诗意味深远，它暗示着对青年诗人作为成家子孙与祖业继承人的执着而深情的召唤，而诗人的坦白"我是这所老宅的第六代人"表明他对成家、对成家山源于血缘的心理认同，展示了诗人对家族文化认同的自觉意

识。全诗语言质朴、简洁而生动，意象鲜明，想象丰富，情感表达含蓄而深沉，内涵深邃，引人深思。

由于青年诗人成亮把成家山视为自己的生命之根，因而，他对生活在成家山的亲人与乡亲们有着深厚的情感。在自己的亲人中，诗人对自己的奶奶感情尤其深厚，他写过不少怀念奶奶的诗篇，兹举其中一首《初春的河流》：

初春的河流

初春的一个下午／我来到一条河流的下游／夕阳点燃了岸边的枯草／四周一片空寂／河流已经解冻／河面上漂的到处是腐败的／黑色的荷叶／很难让人想象它不久之后的／绚烂／河岸两边的树／好像几个人／并排站在一起／树上剩下不多的几片叶子／在春风中开始掉落／不久后／清洁工会将它们拢在一起／一把火烧掉／也有的掉进河里／腐败成黑色，让人分不清是荷叶还是其他／岸边的风景墙上依旧花红柳绿／六岁或七岁的初春／我时常跟着奶奶去响水坡的姑姑家／一路上水声哗哗／现在，奶奶已去世多年／而哗哗的流水声依旧在身体某处流淌／像是在哭

该诗以质朴、简洁的笔触，首先描写了初春河边落叶飘零的衰败、凄凉场景，而后回忆了自己小时候跟着奶奶沿着河边去姑姑家的情景，结尾处回到当下，诗人自言自语："而哗哗的流水声依旧在身体某处流淌／像是在哭。"有力凸显了诗人对奶奶的强烈怀念之情。作品构思巧妙，借景抒情，言近旨远，感人至深。

《雪》也是诗人怀念奶奶的篇章，诗人重点书写了雪景中与奶奶有关的两个片段，表达了怀念乡下奶奶的深厚情感。作品的整体构思、表现手法、语言方式与《初春的河流》一诗均有异曲同工之妙。

一般说来，亲情认同与乡情认同是诗人故乡认同的具体表现与重要内容。我们来看诗人的诗作《就像割庄稼似的》：

就像割庄稼似的

回老家去给亲人烧纸／许多人我已经不认识了／上山的时候／大伯指给我看沿路的坟头／告诉我这个是大队支书启盛的／那个是拉二胡财顺的／还有敢先、新竹、有旦……／一路走去／都是那些熟悉的人／他们现在更像邻居／大伯说村里的人／就像割庄稼似的／不知不觉就又割掉了一茬

这首诗采用诗人惯常质朴、生动的语言，叙述了诗人在大伯的引导下上山给自己逝去的亲人烧纸钱的情景。诗作饶有深意的地方，还在于诗人认真听着大伯对于成家山乡亲们墓地情况的简单介绍，诗人言称"都是那些熟悉的人"，由此含蓄地暗示出诗人对于乡亲的怀念，如此，该诗在体现诗人亲情认同的同时，也体现其乡情认同，内蕴十分丰富。

诗人身上浓厚的乡土情结还体现在其对当下乡亲们生活状态与人生命运的关心上。我们先来看短诗《麦黄》：

麦 黄

麦子黄了／镰刀磨快了／雨也跟着下了／连续四五天／老有富吃喝不下／坐立不安／还骂老天爷不长眼

这首短诗叙述麦子成熟季节乡亲们准备收割麦子而故乡却突然连续下雨的故事，诗作通过"老有富吃喝不下／坐立不安"的细节描写，表达了诗人对乡亲们疾苦的深切关心。作品语言质朴简洁，乡土气息浓郁，画面生动，展示了诗人扎实的艺术功力。

与《麦黄》立意相似，诗人的《杏花》一诗表达其对故乡女子命运的深切关心之情：

杏 花

秋凉的时候／想到杏花／漫山遍野的杏花／是暖的／起风的时候／暖暖的杏花随风飞舞／像那个叫杏花的女子／走很远的路／去寻找一个人

这首短诗构思巧妙，通过对杏花这种乡野之花的生动描述，表达了诗人对故乡一位名叫杏花的乡村女子寻觅其心目中美好爱情的真诚祝福，作品中乡村意象的妥帖运用与乡村爱情的有效表达，是该诗的出彩之处。

此外，诗人还书写了许多关于成家山乡村生活的童年记忆，在诗人笔下，故乡成家山的四季景色与生活方式都充满了一种田园生活的浓郁诗意，我们来欣赏诗人的《村落》一诗：

村 落

（一）

夜从最远的山谷平铺过来／笼罩了河沟　田野／和成片的房屋／星星点点的灯火／朦胧而悠长／小溪不分昼夜／隐隐若铃铛之声∥鸽子和田鼠的响动／宛如地底传出／当你侧耳／已无从分辩

（二）

羊群早已归来／还未吃饭的牧羊人／却已醉倒路口／他是标准的酒鬼／人们习以为常∥庄稼汉　碎嘴的妇人／年岁已高的老人以及稚孙／聚在某处院落或窗户的／灯光底下／他们的故事尽是无端端烦琐／可依旧叫人向往

从中可见，诗人对成家山景色与生活场景的描绘给人的感觉犹如世外桃源，这显然是对故乡乡村生活方式一种有意无意的美好展示，彰显诗人身上浓郁深厚的乡村（乡土）情结。诗作语调的平和冲淡，则鲜明地透露了诗人田园诗人般的审美情趣。

此外，诗人在《池塘》《夜》《花开》《果园》等怀旧性作品中书写了关于故乡成家山的童年记忆，这些作品表现了童年的乐趣，以及对亲人们的怀念之情，在诗人心目中，成家山就是自己童年的一座精神乐园，如同诗人在《果园》一诗的结尾中所说的那样：

> 昨天晚上，我又梦见了那个果园／梦见它一年四季，花开花落／梦见它是一幅黑白水墨的国画

应该说，至今为止，故乡成家山都是青年诗人成亮非常向往的一处精神乐园，诗人工作、生活在都市，但他的灵魂却是属于乡村属于泥土（土地）的，这似乎是诗人的一种精神宿命，他难以摆脱，也不想摆脱。相反，在灵魂深处，诗人却非常乐意听从故乡成家山对自己的"还乡"召唤，《回去》一诗典型地体现了这一主题意向：

回　去

> 昨天晚上我做了一个梦／梦见我和奶奶坐在马车上回家／回那个成姓的小山村去／那里有我的根，祖宗的坟／那里有野花、柿子树、土黄狗、肆虐的北风／以及低吟的歌谣／那里有说不上名的青山／说不上名的绿水／有洁净的月亮、星星、太阳／和说不上年岁的老屋／在那里，我将安静／安静地坐下来喝一壶茶／向青禾黄豆、五谷杂粮倾诉心事／和膀大腰圆的小伙子谈谈今年的收成／和红腮帮的妇女聊聊家常琐事／尽管我现在还在离你一百公里外的城／但我总有一天要回去／把我的骨头埋在熟悉的土里／让我的魂飘在村子的上空

在这首诗里，诗人动用了他对故乡成家山所有美好情感与动人想象，采用第一人称与心灵独白的方式，描绘了乡村生活的舒适、温馨、悠闲、宁静、快乐景象与相关生命体验，极为生动地表达了诗人的还乡心愿，展现诗人对故乡生活的强烈认同心态。尤其是结尾死亡想象的艺术化表现，有力地呈现诗人乡村（乡土）情结的深入骨髓，具有感人至深的艺术效果。

总之，"80后"诗人成亮以其质朴、生动、简洁、含蓄、节制、深沉的语言艺术风格，对故乡成家山以及自己的乡村（乡土）情感予以了立体性的审美表现，在"长治诗群"的乡土叙述当中创造了一道独特的风景，值得我们肯定与赞赏。

（二）秦歌：在对故园的眺望与缅想中书写乡愁

秦歌，原名秦建平，1965年出生于太行山区的一个小山村。现供职于山西省长治市教育局。系山西省作家协会会员，长治市作家协会副主席。先后在国家、省、市报刊公开发表诗歌300余首，其他文体300余万字。迄今已出版《远方有约》《一轮明月领我回家》《聚散恍若灯前事》等数部诗集。作品收入国内十余种

选本。曾获《诗刊》《人民文学》等各级创作奖励80余次（项）。

秦歌被许多人视为"长治诗群"当中的实力派诗人，他诗歌创作数量较为丰沛，题材比较广泛，相对而言，他写得最多、最好的还是乡土题材与主题的诗篇。由于秦歌长大以后长期在城市工作与生活，他对农村故乡的书写通常采用一种回忆性视角，具体一点说，秦歌笔下的乡土书写，是诗人站在城市对乡村故园的眺望与缅想。综观秦歌大量的乡土题材诗篇，我们可以明显感受到诗人身上浓郁的乡村（乡土）情结，而秦歌作品中的乡村（乡土）情结基本可以用"乡愁主题"来予以有效概括。

秦歌作品中的"乡愁主题"主要是指诗人以回忆的视角观照童年及青少年时代故乡农村的人事景物，从中表现诗人对故乡的无比思念与眷恋情感，凸显诗人身上浓郁、深刻的乡村（乡土）情感与故园情结。

在现实生活中，秦歌的农村故乡并非人人夸赞的如画家园、世外桃源，反而属于穷乡僻壤，诗人曾在《吾乡》一诗中运用幽默的说话语调向世人介绍自己的故乡：

吾 乡

吾乡吾乡／山高水长／山是青的，水是绿的／我把她亲亲地称作是青山绿水／而外乡人偏说是穷山恶水／或者鄙夷地说成偏乡僻壤／不屑一顾的语气里／湮没了乡亲小小的淳朴和善良／／逐水而居的石板屋／注定走不出达官显贵／自古及今／只有张二秃、王丑孩一不小心／走进砖头一样厚的县志／躺进了解放战争的烈士名录里／连尸骨都没能回到故乡／／那年，一场罕见的雹灾过后／县里的大官们轰轰烈烈地来了／又轰轰烈烈地走了／他们留在田垄的身影和话语／变成电视上的一段画面／成为乡亲们多年的谈资，却没能／扶得直一株披头散发的玉米／搀得起一棵伤筋动骨的菜秧

从中可见，诗人的故乡是一个普普通通的山乡，而且从前是地瘠人穷。尽管这样，诗人还是非常热爱自己的故乡，在他心目中，尤其在他的童年记忆中，故乡的一切都是美好的，首先故乡的景物美丽如画，我们来看诗人描写故乡风景的诗篇《即景：河边的树》：

即景：河边的树

一个怀乡的诗人梦中的河流／此刻，正缓缓流过他诗里的故乡／／这是春天的尽头，我在此岸／望对岸那些站在河边的树／以黑白的村庄为背景，摇曳生姿／飘拂一缕缕依依的怀想／／有喜鹊在枝头谈论乡间的旧事／有羔羊在河湾咩唤生身的亲娘／有一对鸳鸯交颈戏水／把河流作为相亲相爱的婚床／有十几个村姑河边浣衣／说起那个早年离开家乡的诗人／会不会有一颗心儿／怦然跳动／想起青青涩涩的少女时光／／有红盖头的女子骑马走过石桥／唢呐

声中，正在成为村庄的新娘／村庄的人们啊，会不会／都像那些站在河边的树／有一个朴素而亲切的姓氏／柳，或者杨

这首诗以温馨、怀旧的笔调，细致生动地描述了故乡春天时节河岸杨柳依依、河边少女情窦初开、村庄新娘骑马走过石桥的动人场景，鲜明的画面，优美的境界，呈现了诗人如诗如画的乡村记忆与乡村情感，令人为之陶醉。

与《即景：河边的树》一诗立意类似，诗人的《当我再一次写到蒹葭》也是通过书写"蒹葭"（芦苇）这种乡间常见的植物意象，来呈现其乡村记忆与少年时期的朦胧恋情体验，我们且看全诗：

当我再一次写到蒹葭

多年前，我最初认识的蒹葭／是被老师罚写多遍的两个生字／为此，我曾怨恨过之乎者也的古人／为何把水塘边青青的芦苇／不明不白地称作蒹葭／／后来，在小村月明星稀的夜晚／当一袭丽影常常闯进少年的梦境／我才真正读懂／"所谓伊人，在水一方"的句子／只是芦苇，不，还是称蒹葭为好／已在《诗经》的秦风里／摇曳千年了／／而今，我再一次写到蒹葭／是在故乡的水湄／平生潦草的足迹遗落在他乡的山水／我只愿在更深的秋意抵达之前／将鬓发混迹于起伏的苇丛／与它们一起在秋风中吟哦／蒹葭苍苍，白露为霜

该诗先是叙述诗人自己年少时因为觉得"蒹葭"一词颇为生僻，因而对这个词语产生某种怨恨心态；后来，叙述年少多情的自己暗恋上了一位美妙女子，于是心态发生微妙转变，开始喜欢上"蒹葭"这个充满女性想象的词语了；最后，诗人将自己人到中年的鬓发与秋日的乡间芦苇（"蒹葭"）相提并论，以现实境况中的无奈、失落与惆怅心绪，反衬往昔岁月乡村爱情憧憬的动人记忆，令人无限感慨。作品结构精妙，描叙精确，意境优美，情感深沉，展示了诗人颇为扎实的艺术功力。

与前面两首写景抒情诗篇相似，《真水》一诗描写了诗人童年记忆中故乡那条小溪的清澈美丽，风光旖旎，如诗中所说："曾经江河与沧海／故乡那条小小的溪流／仍是我心中最真最美的水。"作品重点表现了家乡那条小溪给诗人的童年带来的各种欢乐，包括给寒窗苦读、年少敏感的诗人带来聊斋式的爱情幻想，而诗作的结尾，依旧是人到中年的苍凉慨叹：

一别经年，一别经年啊／麦子黄了一茬，一茬／村人走了一茬，一茬／再度归来，临水自照／鬓发在抄袭深秋的芦荻了／有多少陈年旧事一如水漂儿／荡漾，散开／最终复归于一湾静水

通常来看，诗人乡村记忆中的景物描写在开头与中间部分都充满浪漫、温馨的色彩，而到结尾则往往弥漫一种伤感的情调，因为诗人从美好乡村的记忆中回

到了无奈的当下，《瘦下来的村庄与河流》一诗便表现了诗人面对今日贫困、荒凉乡村景象的哀伤心情：

瘦下来的村庄与河流

我知道，我不该在这样的季节／回到我地图上找不到的故乡／那么多熟悉的名字都去远方漂泊了／村庄，在深秋越发地老迈和瘦弱／／留守的童年被圈进乡里的寄宿学校／只能在日记和梦呓里撒娇，撒野／一只妻妾成群的公鸡不解乡愁／用激情的方音吊一下嗓子，划不破／薄薄炊烟下沉沉的落寞／／与村庄一道瘦下来的，是那条／流经村前的无名的河流／那是我少年心中的长江与黄河／——日日思君不见君，共饮长江水／我情愿一遍遍把刚刚学会的卜算子／误作是写给乡河的恋歌／梦中，我曾一次次蹚过这丰腴之水／去茫然地寻找山外的世界／那年山洪来袭／一个在河岸剜猪草的小伙伴／被无情地吞进翻滚的漩涡／／而今，瘦下来的河流／像一个步履蹒跚的老人／只能在一条峡谷里慢慢转悠／早年闯荡江湖的胆气被岁月收藏了／只愿静静地，做一枚归根的黄叶／／霜风来临，岸边的树一起趔趄身影／一夜白头的芦荻，又是满目萧瑟／瘦下来的村庄与河流，你已／藏不住几声柳笛，溅不起几滴蛙鸣／但还足以让两行清冷的泪水／在我的脸颊上，流淌，成河

该诗运用叙事、描写与抒情相结合的方式，呈现了当下诗人的故乡因青壮年劳力全部外出打工而导致乡村荒凉的景象，尤其是诗人通过拟人的表现手法，描绘了"瘦下来的村庄与河流"的衰败情景，犹如为自己的故乡唱一首心灵挽歌，在昔日光景不再重来的带泪歌吟中，凸显作品的"乡愁"主题意向。

由此可见，诗人的乡愁是对乡村记忆的执着书写，是对乡村昔日美好时光的无限眷恋，是对乡村情感与伦理道德的深刻认同。例如，在《小村，女人和狗》一诗中，诗人运用小说的笔法，叙述了一段典型的充满人性内涵的乡村爱情往事，可以看出，诗人对"女人"情有可原的"私奔"与"改嫁"行为在道德上是表示认可的。再如，在《喜丧》一诗中，诗人遵从当地的乡村风俗把一个"年逾九旬，无疾而终"的乡间老妪的去世称为"喜丧"，诗作描绘了隆重热闹的丧葬场面，同时对老妪儿子们的孝道予以乡村伦理道德意义上的高度褒扬。在此需要指出的是，诗人身上的乡愁情结（在作品中体现为乡愁主题）往往是与其怀旧情结合二为一，密不可分的。

稍微深究一下，诗人身上浓郁的乡愁情结源自其乡村诗人或乡村之子的自觉认同的。在《郝家堡纪事》一诗中，诗人如此坦白"还有我，一个乡村少年／头戴荆冠的诗人的梦幻"，"而你毕竟是村庄的儿子"，正是出于乡村之子的自我意识，诗人对乡村才如此热爱、如此迷恋，并把乡村视作自己灵魂的故园。

前面我们说过，诗人秦歌描写过很多记忆中的乡村风景，受到当下脱贫致富时代热潮的影响，诗人也书写了不少新时代的乡村诗篇，典型的要算组诗《大地，星星点点的村庄》，这首组诗由"牙门寺""前山庄""山后河""石坡""老井""晋王坪"等诗作组成。另外还有组诗《在雄山脚下行走》，由"东庄寻春""天下都城隍庙""干板秧歌"等诗作组成。这些新时代的乡村诗篇主要是讴歌诗人的故乡当下所发生的"山乡巨变"，契合国富民强的时代主旋律思想。不同于诗人表达怀旧、乡愁情绪的乡村诗篇，这些新时代的乡村诗篇普遍情绪乐观，语调高昂，充满积极向上的正能量精神，但是大多数诗篇表达上往往比较直白，语言失之于僵硬，诗人似乎满足于追求当下颇为时髦流行的一些新词、大词或概念化的词语，缺乏其乡村记忆诗篇的空灵、有味。

严格说来，诗人秦歌身上的乡愁情结与乡村情结（这两个概念在这里可以理解为完全一致）在诗人的母亲身上得到了最为典型的投射与反映，换言之，诗人秦歌身上的乡愁情结与乡村情结常常体现为一种恋母情结。在诗人秦歌这里，他对故乡与乡村的热爱，是与他对母亲的热爱完全合二为一，不分彼此，二者互为呈现，如同诗人在组诗《大地，星星点点的村庄》的题记里所写的那样："山间一泓清清的静水／倒映着妈妈慈祥的容颜。"因而，我们可以看到，在诗人《清明时节，送娘回乡》《芝麻开花》诸多回忆母亲或书写母亲形象的诗篇中，我们真切感受到的是诗人的乡村情结。概言之，诗人笔下的母亲形象，就是乡村母亲的形象，诗人对母亲的情感，本质上就是对乡村的情感。此方面的经典性诗篇就是《没有了娘亲的故园》（二首），我们现在来看其中的一首《别一样的乡恋》：

别一样的乡恋

我知道，没有了娘亲的故园／只是籍贯和履历里／一个空洞的概念了／在城市，有我的妻女／和波澜不惊的生活／还有一方小小的书桌／一个可供灵魂栖息的地方／／田园将芜胡不归／偶尔回乡，我总在／村前的小溪边默默伫立／让她以记忆里旧时的模样／在我的心上静静流淌／每一个思念涨潮的夜晚／我会站在高高的阳台／透过城市万家灯火／朝故园的方向久久眺望／／而我长年漂泊的弟弟／每次归来／都要耐心除掉满院的荒草／并用双足一遍遍丈量／院落的长度和宽度／心中编织着，一个家族／伟大复兴的梦想

这首诗以心灵独白的方式表达了诗人对母亲发自灵魂深处的眷恋，在该诗的语境中，母亲与故园（故乡、乡村）合二为一了，诗中浓得化不开的恋母情结与乡村情结紧密缠绕，在向诗人发出最为强烈的情感召唤，而诗人站在城市的阳台上，眼睛却朝故乡的方向久久地深情眺望，毫无疑问，诗人是把生他养

他的农村故乡作为精神的故园，只有最后回归故园，诗人在城市漂泊的灵魂才能真正安息。这一份美丽的乡愁，会唤起具有乡村记忆与乡村经验的读者以深深的心灵共鸣。

简言之，秦歌以乡愁主题为主导的乡村（乡土）叙事诗篇，整体上展示了诗人颇为扎实的艺术功底，在大多数乡土诗篇中，诗人能够将叙事、描写、抒情有机结合，而且意象营造比较自然妥帖，想象比较丰富，同时，诗人笔下的许多细节描写生动传神，充满浓郁的生活气息，在此列举《没有了娘亲的故园》（二首）中的另外一首《老屋门前长满了蒿草》，其中一个诗节中的细节描写便以充满乡村生活的质感以及母爱的纯朴真挚而让人难以忘怀：

母亲生前没有烧完的柴禾／静静地码在场院的一角／几枚风干的山里红／摇曳在萧瑟的枝条之上／往昔，母亲总会小心采摘／一直珍藏到我的归来／而今，没有了鸡鸣和炊烟／只留一段涕然的怀想

（三）王志斌：把由泥土塑造的灵魂安放在村庄

王志斌，1975年10月出生于长治屯留县的一个小山村，现在屯留县城工作。他曾在《青年文学》《上海诗人》《山西文学》《九州诗文》《长治日报》《太行日报》《漳河文学》等报纸杂志发表诗歌200余首，有诗作入选《山西省中青年作家精品选》（诗歌卷）《长治诗群作品选》等多种年度选本，并多次获得诗歌大赛奖项。

作为一名"70后"诗人，王志斌身上的乡村（乡土）情结在整个"长治诗群"成员当中都是极为突出的，可以说，王志斌是一位深陷乡村（乡土）情结而无法自拔的诗人，他对乡村的热爱与眷恋完全深入骨髓里头去了，仿佛他的灵魂是由泥土塑造出来的，只有安放在乡村才能得到甜蜜的憩息。诗人本人曾发表过这样一段诗观："怀抱一颗朴素的心，把村庄装在心中，写尽人间亲情、友情、爱情，写下祖国至上，大爱无疆，让记忆温暖尘世。"从诗人这种朴素的诗观里可以看到"村庄"是诗人写作的原点、动机与审美观照对象，换言之，离开了"村庄"，诗人的诗歌写作就完全失去了根基，变得毫无意义了。

王志斌对村庄（乡村）的热爱程度可以说达到了至高无上的境地，在诗人的意识或潜意识中，他将自己对村庄（乡村）的热爱情感与热爱国家的情感（爱国情感）完全等同起来。《我热爱的祖国是村庄》是此方面的宣言性诗篇：

我热爱的祖国是村庄

我的爱是狭隘的，不够辽阔／仅仅把散落在大山深处的村庄／当作祖国的版图／／我爱这里的山川：／老爷山，盘秀山，巍山／即使不够雄伟，壮丽／／也爱这里的江河：／绛河，谷河，岚河／即使不够波澜，缠绵／／我喜欢这

109

里的草木／比如芨芨草、牵牛花、蒲公英／漫山遍野，顽强生长／／也钟爱这里的庄稼／比如玉米、谷子，白菜、土豆／虽然朴素，但内心温暖／／我最热爱这里质朴的人民／不卑不亢，隐忍生活／即使化作磷火，也要照亮村庄

在这里，诗人用了纯朴、真诚的语言坦白自己"把散落在大山深处的村庄"当成自己的祖国去热爱，并且用"我的爱是狭隘的，不够辽阔"这样自责性的话语来有力反衬、凸显诗人对村庄（乡村）发自心灵深处的爱，在诗中，诗人运用排比性的句式，坦言自己对故乡的一切都是那么热爱，作品所洋溢的真挚乡村情感，令人十分感动。

由此可见，诗人身上的村庄（乡村）情结已经成为一种标志性的精神与心理状态，一个极具说服力的例子是，诗人把大地上一切他所认为可以诗意栖居的居所与场域（包括城镇在内）均命名为"村庄"，诗人对"村庄"的高度推崇与深刻认同，不仅仅是对田园风光的欣赏与喜爱，更多的则是对乡村生活方式与乡村伦理道德的深度认同，《我常常把有人居住的地方叫作村庄》一诗便表达了诗人的这种"村庄"（乡村）认知：

我常常把有人居住的地方叫作村庄

我常常把有人居住的地方／叫作村庄。这并不能说明我缺乏地理知识／或者不懂自然村、村庄、乡镇、县城、城市的命名／之所以这样称呼，我总觉得村庄就是一种亲情／就是一株朴素的庄稼。生活在这里的人们／不钩心斗角，不妄自菲薄，他们／讲仁义礼智信，更讲真善美／就像大山深处，散落着我那可爱的村庄／尽管大的大，小的小／但都团结友爱，和睦相处，同呼吸，共命运／就是遇到再大的困难，他们都／不卑不亢，不屈不挠，隐忍生活

在这首诗里，诗人用了质朴的语言与诚恳的语调，对乡村人物的文化性格、德道状态做了一种理想化的叙述与评价，在诗人心目中，一座村庄仿佛就是一个小小的理想国，或者说，是一个理想国的小型浓缩。由此，诗人把村庄（乡村）当成自己心灵的伊甸园与精神的家园便完全可以理解了。他的村庄（乡村）情结因之成为他的灵魂底色。诗人的《把灵魂安放在村庄》坦诚诉说了自己把精神幸福寄托在村庄（乡村）身上的人生心愿：

把灵魂安放在村庄

时至今日。我已没太多的奢望／除了孝敬好年老的双亲／经营好自己的爱情，呵护好／成长的孩子，干好本职工作／对待好亲朋好友／我已经学会了取舍，放弃／唯一的心愿是，把自己的灵魂／安放在村庄。和那些隐忍的草木／朴素的庄稼，质朴的亲人／一起日出而作，日落而息／如果还能够／

采菊东篱下，悠然见南山／那就真的是最大的幸福了

诗人用了心灵独白的方式，真诚地诉说了自己"把灵魂安放在村庄"这个朴素而美好的生命愿望。可见，村庄（乡村）就是诗人生命存在价值的来源。在王志斌数量不菲的乡土诗篇中，"村庄"这个词语的出现频率是最高、最为密切的，在他的组诗《村庄物语》中，以"村庄"作为关键词的诗歌标题就达到了数十个之多，因而，在王志斌的乡土叙事中，"村庄"是其中最为核心或关键性的意象，它直接关乎王志斌乡土诗歌创作的思想情感内涵与特质。

源于深入灵魂的村庄（乡村）情结，王志斌不但大面积地描写美丽的村庄（乡村）风景（例如《村庄的春天》《村庄的夏天》《村庄的秋天》《村庄院落》《小溪》等），叙述村庄（乡村）生活场景（例如《村庄的清晨》《麦场》《谷场》《夏收时，走回故乡》等），同时还着力于各类村庄（乡村）人物的塑造：有的是远近闻名的模范人物（例如《申纪兰》《赵雪芳》《龙晓霞》等），有的是村庄（乡村）默默无闻的底层人物（例如《羊倌老崔》《媒婆费氏》《光棍老二》《哑巴娘》等），有的则是陌生的农人与乡亲（例如《一个卖蔬菜的少妇》《一位卖豆腐的老大爷》《一个收废品的中年男子》等），还有的则是诗人的父母双亲与邻居故交（例如《在玉米地里，我看见父亲的目光有些忧伤》《企盼——写在母亲节》《老村长》《王小红》等）。无论是写景、叙事、写人，诗人都将一种浓郁的乡村情感投射到书写对象身上，整体上给人留下深刻的印象。

还有一点必须着重强调，王志斌诗歌中的乡村情感非常丰富，换言之，王志斌对待村庄（乡村）的情感态度是丰富多样的：其中，有诗人对村庄（乡村）的热爱与赞美情感（例如《大山深处，散落着我的村庄》），有诗人对村庄（乡村）的自豪、骄傲与感恩心态（例如《十月，写到村庄》《在姚家岭》），有诗人对村庄（乡村）的幸福感觉与体验（例如《雪落村庄》），也有诗人对村庄（乡村）的怀念与眷恋情愫（例如《怀念村庄》《散落的村庄》），还有诗人对村庄（乡村）今日荒凉与衰败景象的无限伤怀与惆怅情绪（例如《现在，我害怕叫出一些村庄的名字》《窑洞》）。由此可见，诗人王志斌身上的村庄（乡村）情结具有异常丰富的内涵。

一般说来，王志斌诗歌中的乡村（乡土）叙述情感基调还是偏于暖色的，诗人常用一种喜悦或自豪的语调与语气来描述乡村生活图景。在此，我们以《村庄院落》一诗为例：

村庄院落

让我给你打开一帧朴素的画卷／带领你走进北方村庄的院落／这些散落在沟沟壑壑上的院落／看起来东一个，西一个，杂乱无章／但其间蕴藏

着很多的哲理，耐人寻味 / 比如在小小的院落里 / 东边常常是厨房连着菜地，菜地包着老井 / 西边往往是厕所连着猪圈，猪圈连着鸡舍 / 中间一条青石铺就的小路，悠长悠长 / 春天，小院里梨树、桃树、苹果树 / 争着开出花朵，引来蜜蜂嗡嗡 / 夏天，菜地里黄瓜、西红柿、豆角 / 抢着挂出果实，一个个翠绿欲滴 / 秋天，辣椒给窑洞涂抹上好看的胭脂 / 玉米在梨树、桃树、苹果树上捉起迷藏 / 最有情趣的是，冬天下雪后 / 孩子们在小院里扫出一片空地 / 拿塞子，找木棍，系长绳 / 藏在家里，透过门缝，轻轻一拽 / 然后，把来觅食的几只麻雀轻轻罩在塞下 / 随即，哗啦啦将快乐童年放飞在村庄上空

这首诗呈现了典型的乡村生活经验，作品重点描述了一个北方村庄院落的布局与形象，诗中出现了大量农村常见的作物与家畜，同时还描述了乡村孩童捕捉麻雀的经典性场面，作品语言质朴、明快，画面鲜明、生动，语调从容、欣悦，充满了对乡村生活的强烈认同与向往之情。

在此还需指出的是，诗人王志斌的乡村（乡土）叙述具有鲜明的地域文化特色。简单说来，长治地域文化属于北方文化范畴（与此对应的是，长治在地理上属于北方），因而，诗人王志斌笔下的乡村（乡土）生活图景肯定不同于江南乡土诗人笔下的内容，而呈现出长治地域文化风情，他的《土炕》一诗为此方面的代表性作品，我们来看全诗：

土 炕

除了钟爱的诗歌。这一生 / 我最喜欢窑洞里的一席土炕 / 躺在上面身体舒服，内心踏实 / 可以天马行空，自由想象 / 也可以无忧无虑，一觉天明 / 至于那些红尘俗世，人间悲伤 / 都可以：尘归尘，土归土 / 有时银色的月光为被，蟋蟀的琴声伴奏 / 有时油灯的光晕笼罩，亲人的鼾声作陪 / 夜深人静，如果幸运些 / 还可以看见那只可爱的小花猫 / 如何嬉戏一只胖嘟嘟的小老鼠 / 喵——喵——喵，吱——吱——吱 / 那声音，听上去是那么友好，和谐 / 使人幸福的，当睡到自然醒时 / 端坐在炕沿边上的母亲 / 早已把一碗黄灿灿的小米饭 / 一碟白净净的土豆丝 / 呈现在面前。那香气哟 / 弥漫在整个窑洞，整个村庄 / 更温暖着我内心的辽阔

该诗以独白方式叙述了"我"对"土炕"的美好回忆与生命体验，表达了诗人对北方乡村生活的迷恋，作品以一种憧憬、喜悦的语调，同时以回忆性的视角，生动描述了"窑洞"里温馨、悠闲、惬意的日常生活场景，有力表现了一位北方诗人对乡村生活的刻骨迷恋之情，给人留下深刻的阅读印象。

诗人王志斌的村庄（乡村）叙事诗篇在艺术上有其鲜明的特点，通常说来，

其作品语言质朴、自然、通俗、明快，我们可以举出《村庄的春天》这首短诗为例，我们来看该诗的前半部分：

> 春打六九头。最初／村庄的春天是被布谷鸟的叫声／打开的，是被麦田里的荠荠菜／染绿的，是被山沟里的桃花／染红的，是被山坡上的梨花／染白的，是被河湾地的油菜花／染黄的。接着，村庄的春天／被小溪里的河水冲刷干净／被池塘里的鸭子荡起涟漪／被乡间小路上的蚂蚁运上征程

从中可见，作品的语言质朴、通俗，而且颇具浓郁的民谣风味，体现了颇为典型的民间文化的审美趣味（《谷场》一诗表现得也相当典型）。当然，诗人王志斌作品的语言以质朴风格为主体，但有时也不缺乏空灵色彩，比如在表现母亲勤劳品质的诗篇《村庄的清晨》中，就有这样质朴语言与空灵诗句交织的诗节：

> 等山中的鸟声此起彼伏／将村庄一遍遍抬高／母亲早已给鸡拌好了料／给猪烫好了食，给牛添上了草

此外，诗人也有较为丰富的艺术想象力，在此我们以《炊烟》一诗为例：

炊 烟

> 不容置疑。有炊烟升起的地方／就有人家居住，有人家居住的地方／就叫村庄／／有时我这样想想：袅袅的炊烟／就是一架架梯子。那劳作的人们／常常攀爬上去，虔诚祈祷／风调雨顺，五谷丰登，国泰民安／／有时我也把淡淡的炊烟／唤作一株株朴素的庄稼／向上，和蓝天亲语／向下，和村庄缠绵／／更多时候，我把一缕缕的炊烟／当作村庄的目光。脉脉含情／一边注视着，近在咫尺的老人／一边凝望着，远在天边的儿女

简单说来，诗中关于"炊烟"的想象力非常接地气，而且与诗人浓郁、深刻的村庄（乡村）情结相连接，相融合。换句话说，正是诗人浓郁、深刻的村庄（乡村）情结，催生了作品中"炊烟"的想象内容与想象方向。

诗人的重要诗作之一《怀念一棵树》在想象方式与心理机制方面，与《炊烟》一诗极为类似。这首诗中的"一棵树"实际上是诗人灵魂的自画像，我们来欣赏一下全诗：

怀念一棵树

> 我知道，现在对于我来说／一些事情已经在开始加速淡忘／一部分人也逐渐退出记忆的底片／而我不能远离生活，冷漠村庄／不能对一些琐碎的小事念念不忘／不能对一些不友好的人耿耿于怀／我必须热爱生活，心存感恩／我必须学会取舍，走向未来／／就像村庄门前的一棵树／一棵弯曲的槐树，尽管它／做栋梁不够粗，有些细／做檩条不够直，有些弯／但它槐花飘香、

快乐生长的形象／在我的心中一直郁郁葱葱／／其实，怀念一棵弯曲的槐树／不仅感谢它陪我渡过了美好的童年／让我的生活充满芳香，充满鸟语／更为主要的是，它像一张拉满的弓／把我从偏僻的山村射向城市的腹部／更像父亲佝偻的腰，驮着我／蹚过河，爬过山，走向山的那边

通过上述对王志斌村庄（乡村）诗篇的简要分析，我们不难体认诗人身上所具有的不俗的抒情才能，尤其是诗人身上所怀有的泥土一般深厚、天然的村庄（乡村）情结，本身就是一道独特的精神景观，值得我们深入探究。

（四）泉声：在故乡以远吟唱乡村的挽歌或哀歌

同为具有乡村（乡土）情结的诗人，与王志斌对乡村（乡土）整体上的赞美情感态度形成比较鲜明的对比，泉声对农村故乡则怀有一种深刻的忧患意识与批判精神，泉声对乡村虽然也有一种怀念与眷恋情感，但是诗人更多的是把清醒的目光投向今日乡村之现状，而不像王志斌或其他具有浓郁乡村情结的长治籍诗人那样，完全沉浸在对农村故乡的美好回忆与精神想象当中，为心目中的精神家园吟唱赞歌或恋歌。相反，具有理性精神的诗人泉声为他笔下的乡村家园吟唱出的则是一曲心灵的挽歌或哀歌。

泉声，原名闫荃生，1958 年出生，老家在长治郊区农村，20 世纪 80 年代以来长期在首钢长治钢铁公司从事职工培训、企业文化、党建和宣传工作。山西省作家协会会员，山西省散文学会会员，长治市潞州区作家协会副主席。出版有散文集《远去的村庄》、诗歌集《心情化石》等。在"长治诗群"中，泉声属于一位中老年辈分的诗人，他的诗歌创作整体上具有强烈的现实主义精神，而不像绝大多数长治籍乡土诗人那样，在诗歌创作中表现出非常鲜明或较为浓郁的浪漫主义精神。

由于泉声出生于农村，所以诗人对乡村还是怀有比较深厚感情的。例如诗人在诗作《乡下的月光》中怀着一种沉重的乡愁书写了与母亲、姐姐和自己有关的苦涩乡村记忆，诗人以"乡下的月光"为核心意象与情感线索，勾连其乡村岁月的贫穷生活场景与情节，作品情调虽然低沉、伤感，但仍然可以让读者感觉到诗人对乡村的深沉怀念之情。甚至在《湿地写生》这样书写故乡风景与生活记忆的诗篇中，我们还可以感受到诗人笔下一种豪迈与浪漫的审美风格，我们试看其中一个诗节：

四

蒹葭的胡须／是昆仑山的雪浸染了千年／爷爷的镰刀父亲的镰刀／还有我的目光／都割不完这连绵无际的秋风起伏／跑十万匹野马／泻一千条江河／还是川流不息的奔腾／划断九千九百九十九根琴弦／擂破九千九百九十九

114

面鼙鼓 / 也不如这景象壮观 / 也不如这景象寂寞

在这首诗中，诗人以大气的语言、出色的想象描述了自己昔日与祖父、父亲一起在湿地里收割芦苇的劳动场景，从中可以感受到诗人对乡村生活既怀念又惆怅的复杂情绪体验。

此外，诗人在《今夜，谛听故乡的雨声》《一枝翠叶被紫燕衔去》《捕雁记》《捕雀记》等诗篇中也以某种温馨情调书写了自己的乡村记忆，而且充满某种古典气息与乡野趣味。然而更多的情形是，诗人对当下城镇化进程中的乡村荒凉与衰败现象予以了重点关注，并且对农村之乱象进行了真实、直率的记录与呈现，我们来看诗人笔下的《故乡沦陷》：

故乡沦陷

我从一张照片上辨认故乡 / 这十九个神情漠然衣冠不整的人 / 看不出他们的年龄和身份 / 不知道他们的姓名及住处 / 但他们都是我一个村子的同乡 / 今天，他们有一个共同的名字叫吸毒者 / 昨天，他们的父亲有一个共同的名字叫拦路抢劫者 / 前天，他们的爷爷有一个共同的名字叫卖血者 / 再往前，他们的老爷爷也有一个老实巴交的名字叫农民 // 我从一个煤矿的井架上辨认故乡 / 曾经生产玉米高粱与谷子的土地 / 开始生产黑色的煤堆与粉尘 / 生产开裂的房屋和塌陷的土地 / 生产出一个又一个积满雨水的池塘 / 那水塘边上有枯死的秸秆在寒风中摇动 / 水面上飘着五颜六色的塑料袋子 / 还有一位跳水自尽女子的几绺黑发和她的一件红衫 // 我从一条河流的污浊里辨认故乡 / 浊漳河终因追逐时尚而实至名归 / 仅有的一片湿地为铁丝网所囚禁 / 剩下的那片河滩不仅不堪入目甚至不堪描述 / 时光隧道的远处 / 有连天的水草和芦苇 / 有如同鸭子一样戏水的大人和儿童 / 有秋天的碧空里过也过不完的大雁 / 有渴了就喝河水饿了就拔萝卜烧豆子的我的童年 / 如今这河边的曾经的沃土 / 灌溉庄稼的一条条水渠像死人的血管一样干瘪 / 土地如失去抚养不走正路的孤儿 / 生长出垃圾场和草莓园 / 生长出洗浴场所和休闲饭馆 / 生长出酗酒声麻将声和贪图享乐不劳而活 // 生我养我的故乡 / 埋葬着我的祖辈与父母的故乡 / 流浪在城市的边缘无人眷顾 / 任其在高筑深垒与断壁残垣间冷漠对峙 / 浓重的雾霾淹没了我的故乡 / 并用冰冷的泪水模糊了我的视线 / 我不知道滋养我生长的乡音乡情流失于何处 / 故乡以她的塌陷与我的白发互不相认 / 故乡以她的衰残与我的忧伤互不相认 / 故乡以她的荒芜与我的恋惜互不相认 / 故乡以她的颓废与我的追寻互不相认 / 分明我童年的哭笑和少年的读书声还清晰在耳 / 而无枝可栖的杜鹃的啼叫 和我 / 无家可归的单薄的呼喊 / 无情地淹没于喧嚣奔涌而没有方向的 / 疯狂的声浪 // 故乡啊，我还是日夜把

你揣在了怀里／这张污迹斑斑的名片

在这首诗里，诗人以直面现实的勇敢精神，将自己故乡种种令人痛心疾首的颓败现象一一揭示在人们面前。应该说，诗人对农村故乡的书写充满了审丑意识，彻底打破了传统读者对乡村田园脉脉含情式的美好想象与心灵幻想，给人带来痛苦糟糕的阅读体验。作品采用第一人称与心灵独白方式，直接表达诗人失去故乡的内心愤懑与伤痛，应该说，这是诗人用冷峻的理想与真诚的情感为当下乡村唱出的一曲心灵挽歌。

与《故乡沦陷》的主题意向与情感体验相类似，《秋分》一诗书写了诗人故乡乡村风景的消亡情形：

秋 分

从今天起／所有的庄稼不再生长／它们的根系，连同秸秆／腐烂并融入泥土／玉米率先群裸／灿若秋菊的金黄／迷死那些好色的蝴蝶／野高粱照旧在路边招摇／似流落风尘若许年的站街女／穷尽呼喊也赢不来顾盼与青睐／镰刀连同这个词汇／业也生锈／我儿时最亲切而锋利的伙伴／早已流亡而不知所终／还有更多的伴我以欢笑与饥寒的农／诺如箩头 木锨 铁钗 碌碡／以及犁耧耙耱／都先于我而死去／只剩未泯的童心／陪伴我的苍老／秋风起兮白云飞／草木摇落兮雁南归／而我不单单失去了亲亲的农具／还迷失了回家的路

在诗中，诗人同样以第一人称独白的方式，历数了故乡各种农具的消失，揭示当下乡村的沦落与风景的消逝，诗人在诗中哀叹"而我不单单失去了亲亲的农具／还迷失了回家的路"，透露失去家园的无限伤感和失落情绪，由此可见，该诗可以视作诗人献给自己故乡的一曲心灵哀歌。

诗人由于在自己的故乡已经找不到心灵的寄托与情感的投射，因而他笔下的乡村（乡土）叙事呈现负面性的思想情感。诗人有感于当今拜金主义在故乡农村流行、淳朴的民风与乡村伦理遭到破坏的无情现实，专门用小叙事诗的形式讲述了一个城里打工的丈夫回家过年的故事《二狗回家来过年》，我们且看全诗：

二狗回家来过年

挟一卷铺盖／挤三天火车／二狗回家来过年／／离开家一年／说不出哪里有些异样／灶里冷／锅里冷／屋里的眼神冷／／他开始怀念工地／怀念工棚／怀念通铺大炕上的／烟味酒味汗味脚臭味／／一年的收入／不是大包小裹的年货／不是一沓沓的票子／而是老板发到微信里的几个数字／他照猫画虎／当时就把那几个数字发给媳妇儿了／／乡下的浓寒让二狗发囧／攒了一年的激情／缩成了一个冻蔫的茄子／他照旧让二两酒安慰黑夜／然后裹一条薄棉被安

116

慰疲惫／不多一会儿不大的个屋子／就让他的鼾声和梦中的叹息占满了

该诗运用白描的手法，用了质朴而生动的方言，真实地描述了村里的二狗从城里回家过年，因为没赚到钱而受尽妻子冷落的情景。诗人在表面不动声色的叙述当中，对诗中以妻子为代表的村民的拜金思想与势利行为表达了道义上的谴责。作品情绪压抑、愤懑而沉重，与主人公二狗的不幸遭遇与心理感受构成对应关系。

诗人不仅用审丑式的眼光打量着当下的故乡，讲述村人的灰色故事，甚至他也用这种审丑式的眼光来打量、讲述自己亲人的故事。例如，诗人乡下的堂哥刚刚人到中年却突然撒手人寰，诗人用民谣式、诙谐性的语言写成一首《乡下的堂哥死了》，对堂哥一生的经历不加掩饰地叙述。更具代表性的是诗人完全以一个旁观者的角色对堂哥之死的叙述诗篇《一个人的死》，且引全诗如下：

一个人的死

窗外在下雨／三百里外的一个地方也在下雨／一位亲戚在看着窗外为雨而写诗／他不知道我的一个远房堂哥死了／／关于堂哥的一切——／他的有些二有些愣有些偏有些傻的印象都定格在四十年前／由于他有些二有些愣有些偏有些傻／他作为长子没有继承了二爹二娘良好的为人和家风／没有娶到更好的媳妇／没有在部队守住更好的岗位且复员后战友们都留城里当了工人他依旧依附土地做自己的农民／他没有留下孝敬父母和长兄如父的美好名声／因为鸡毛蒜皮的琐碎与弟弟妹妹互不来往视为路人／他终日就谋着养家糊口这一件事且谋也谋不好／就在成年累月与家人与邻居的叽叽嚷嚷中／就在村人长幼邻里亲疏对他的卑视和不屑中／他与妻子过着不咸不淡的日月／把儿女养大了／把茅屋住破了／把身体熬垮了／把日子过老了／／要不是接了那个陌生的电话／我早已把这个堂哥忘记了／更不知道这个堂哥死了／一个人的死是一件简单而扯淡的事，就如／一阵风就把春天吹落了／一场雨就把堂哥送走了

该诗用一种近乎冷漠的语调，真实、客观地叙述了诗人堂哥生前种种不大体面的为人处世，以及清贫艰难的生存状态，然而饶有意思的是，诗人对堂哥的不幸命运与死亡结局似乎漠不关心，稍微探究一下，其实反映出诗人内心里对今日乡村生活的失望与乡村情感的淡薄。

从艺术层面来看，泉声是一位有功力的诗人，他的大多数诗篇语言质朴、厚道、粗犷而不失生动，尤其是一些方言的合理运用，使得其语言很具地方色彩。此外，泉声的不少诗篇中还展示了颇接地气的艺术想象力，例如《深秋的田野站立着一位汉子》一诗，是描述故乡汉子收割玉米的情景，我们来看作品中的一个诗节：

饱满的玉米穗子／雍容如自家的婆姨／不再稚嫩／不再羞涩／大度地任你剥脱／任你于手忙脚乱的急切中／拥抱在怀

从中可见，诗人对故乡汉子收割玉米情景的描述充满着民间生活的质感与情趣，描写生动、鲜活，令人会心一笑。

总之，泉声是一位对乡村田园充满悲剧感的诗人（这一点在其诗作《在老家的花房里》有着鲜明的体现），但诗人内心深处对农村故乡、对于精神家园其实有着一种灵魂上的纠结与苦恋，他在诗作《嫁给西风》中袒露了自己心灵无所皈依的漂泊状态，我们来看其中一个诗节，听听诗人的心灵诉求：

我就像生长在乡间阡陌的一朵野花／毫不起眼且又土又野／是我外在的属性／也是生命的本质／即使把我剪下来插在黄金做的花瓶里／插在皇室的宫殿里／我也不会快活／我会更加忧郁／很快就会枯萎

在这里，我们看到了诗人一个隐藏得非常深的属于乡村、田园与泥土的灵魂，原来，诗人对当下乡村的冷漠、批判与揭露态度，恰恰在一个更深的层面暴露了诗人骨子里对乡村的苦恋情结，而我们也会更加明白为什么诗人要在离故乡之外的城市里吟唱乡村挽歌与哀歌，正如他在《我在故乡以远》后面两个诗节所坦白的心声那样：

故乡者／祖先之所居／父母之所居／鸡鸭豚犬之所居／耙耧耧锄之所居／柴草炊烟与纺织娘的歌声之所居／故乡与我隔开了两条河／一条是黯淡了的浊漳河／一条是遥远了的时光的河／故乡不过十里之遥／我在故乡以远／河中有寿龟／药中有当归／行行皆有规／而我独无归／旧舍在鸦翅之下／祖先在荒野之下／父母在黄土之下／我在故乡以远

（五）郎丽宁：在大地与村庄间采集梦幻

郎丽宁，1966 年生于山西襄垣。1985 年开始在《太行日报》《漳河水》《山西日报》《山西青年》《九州诗文》《文学报》《诗刊》等数十家报刊发表诗歌、散文、文学评论 300 余首（篇）。作品入选《山西中青年作家作品精选》等多种年度选本。出版有诗集《栖息的鸟》，现为山西省作家协会会员，长治市作家协会理事。

与所有的乡土诗人一样，郎丽宁对故乡的花草树木有着亲切与深厚的情感，并在这些花草树木身上有意无意地寄托着自己乡土诗人的身份认同。例如，郎丽宁写过一首以乡间小草为观照对象的诗篇《那草》：

那 草

很小的时候／曾经在嬉戏中／不经意把手指划破／小河边的一种草／让我在惊讶中绽放笑容／那时我还不知道它的名字／不知道那天然的抚慰／是它的花瓣还是果实／只知道它可以止住滴血的伤口／叫稚嫩的童真不再疼痛

//那时／这种草长满了河岸／茂盛的样子／成为故乡一道风景／大人们用它编织贫穷里的富裕／我们则把毛茸茸的果实塞满枕头／用温柔装饰无暇的梦境//后来再回故乡／却没有看到这种草／往日的河岸有些冷清／河水瘦弱得像个苦难的孩子／那片茂盛的记忆／长满心灵每一个角落

该诗运用质朴无华的语言，叙述了诗人一种深刻的乡村记忆，而诗人这种深刻乡村记忆的对象却是乡下一种不知名的草，如诗中所言："这种草长满了河岸。"作品对这种草的形象、功能与价值予以了比较细致的叙述，从中可以感受到诗人对这种草的深切怀念与感恩心态。可以说，诗人对乡下这种不知名的草的情感认同，实际上反映出诗人的"草根意识"，而"草根意识"恰恰是乡土诗人的最具标志性的自我意识。这一点，我们可以从郎丽宁在阅读了另一位乡土诗人、"长治诗群"重要代表人物之一姚江平的乡土诗集《这些草》后有感而发，专门为此给姚江平写了一首同名赠诗《这些草》中体会出来，我们且看这首短诗：

这些草
——读诗集《这些草》兼致江平

这些草／是土地分娩出的泪珠／晶莹别透//这些草／在记忆中生长／是我想象的模样//这些草／是站立起来的诗歌／成熟土地的多情//这些草／像一个人的行走／潇洒定格//这些草／更像一棵树／在夜的边缘拔节疯长

这首短诗由五个诗节构成，每一个诗节又是一个充满乡土记忆色彩的意象画面，作品语言质朴、形象，情感真挚、深沉，通过草、树这两个最具乡土文化色彩的意象符号，塑造了诗友姚江平乡土诗人的感人形象。究其实，郎丽宁在诗中所表达的对诗友姚江平乡土诗人的文化身份的他者认同，其实也是对诗人自己乡土诗人的身份认同。

总体来看，与其他乡土诗人相比，郎丽宁笔下的乡土叙事充满某种梦幻般浪漫的审美色彩，诗人似乎特别喜欢在自己钟情的乡土事物身上放飞自己的幻想，或者说，许多具有神秘美感的乡土事物常常能够大面积激发诗人的艺术想象与审美情感体验。《那树》便是此方面的典型诗歌作品：

那 树

默立山坳／你的姿势生动着故乡的脸／那时／我们常常在玩耍中寻找／那个久远的传说和传说里的细节／直至现在／那树还是一个谜／就像故乡名字里的神鳌和／永远缥缈的如梦烟云//一代又一代孩子在树下长大／一群又一群小鸟从这里飞向远方／它依旧挺立着／生机勃发的样子／叫人们忘记它的年轮//"它真是菩萨点化？／它真是龙子龙孙？／它真有那么神奇？／它真能让垂危的生命起死回生？"／每次与它对语／眼里总闪烁淡淡光晕／难

怪梦里／总有一个幼小的身影与它站立／坚强的微笑点亮凄冷的黎明／滴血的花朵滋润生命旅程／／我相信那梦的真实／真实得像我行走的轨迹／离开故乡那天／风留在叶上／梦醒在枝上／阳光穿过那树／河流一样温暖大地

诗中那棵永远生机勃勃、见证一代代山里小孩沉重的树，在诗人故乡是一种真实的存在。诗人用质朴、明朗、生动的语言与意象，同时利用民间的许多传说，塑造出"那树"神秘而高大的艺术形象，展示了民间大地的神奇景象。

此外，我们在《理解一种叫雪的物质》一诗中，也能发现诗人以陌生化的审美眼光重新打量乡间雪花的形状，使之呈现另一种夺目的美，我们来看其中的两个诗节：

一

多少次用手掌承接／善良地体会这种特殊物质／表白无语／对视的目光晶莹剔透

五

你在我手中／化为一滴生动的泪／让我想起雪中的童年与故乡／想起雪地里的伙伴／甚至一棵雪折的老树

从中可以看出，诗中的雪花焕发出童话般纯洁动人的美感，而且与诗人的乡村记忆与乡村情感融合在一起，整个作品散发出一种梦幻般的空灵气息。

诗人为自己钟爱的乡土事物投射一种梦幻般的浪漫情调，令人赞赏，有时候，诗人干脆以梦幻（做梦）方式来呈现乡土事物与乡村生活场景，《梦里的酒》就是这样的作品，诗人用明白如话的语言真实地记录了他与乡亲们畅饮美酒而百杯不醉的神奇场景，具有一种魔幻现实主义色彩，我们来看诗作的结尾：

人们站成一排酒瓶／酒流进旁边幽谷／醉成一池蔚蓝／岸边花开如痴如醉／对面的树一节一节疯长

这是饮酒的高潮场面，诗人运用充满魔幻色彩的艺术想象力，生动地描述了诗人与众人痛饮美酒不知停止的神奇梦境，诗中"花""树"这些自然意象的运用，则含蓄地暗示了乡土诗人的文化身份与写作立场。

不仅如此，诗人平时在欣赏到乡土题材的世界名曲与世界名画时，也会激发梦幻般的艺术想象力，并将之转换为笔下一系列充满乡土经验与乡村情感的诗歌意象，这些诗歌意象通常充满温馨、浪漫、宁静的审美情调。例如，诗人在聆听到外国乡村音乐经典《斯卡布罗市集》时，内心总是充满一种激情与感动，于是诗人创作了一首《在大地与村庄间采集梦幻》，这首诗的标题正是对乡土诗创作特色的精准概括。在这首诗里，诗人调用了跨文化的想象力，描绘了一幅具有西方风情的乡村场景，我们来看一下该诗的结尾：

穿行在这梦幻的集镇／总有一条河在心中流淌／天空蔚蓝笛哨悠扬／村庄的歌声在阳光城堡里生动

我们从中可见，该诗中想象性的乡村场景描写显然带有某种西方风情。相形之下，诗人观赏世界名画《晚钟》有感而作的《聆听钟声》融入了更多的中国乡土经验与乡村情感，诗人为此诗写了一小段话作为题记："黄昏时走进世博会法国馆，我看到米勒的原作《晚钟》，大师质朴的声音又在耳边回响：'喂，你听到钟声了吗？'"我们现在来欣赏一下全诗：

聆听钟声

敬爱的让·弗朗索瓦／伟大的农民画家／你的钟声让世界聆听／今天我是循着钟声来的／这个黄昏温暖染成橘红／默立地头／停下轻启的脚步／微弱的声响也会惊扰这满地光辉／真不忍心靠近他们／宁静的美好比金子珍贵／／这对虔诚的夫妇／正在钟声里沉醉／一切都静止了／晚风在悠扬中定格／小推车承载的生活／等待竹篮子充实／就连坚硬的铁锹／也在向大地祈祷／／苍茫大地上／有我的父母和乡亲／他们田间劳作的身影／在油画外生动浪漫／／没有谁能阻止／宁静在安详中越走越远／浮躁的心融进暮色／寻找灵魂停泊的故乡

该诗运用丰富的视觉联想能力，勾勒出了一对劳作的西方农民夫妇凝神聆听黄昏晚钟的情景，进而诗人联想性地描述了自己的乡村父母在大地上辛勤劳作的情形，然后诗人表示自己浮躁的心变得宁静与安详，并在大地之上寻求灵魂皈依的精神故乡。从中可以看出，诗人对大地与乡土是有着强烈的情感认同的。

总之，诗人郎丽宁是有着浓郁的村庄（乡村）情结与大地（土地）情怀的，他一直以一种诗化的眼光打量着村庄与大地，如同他在诗作《一座村庄被诗歌包裹得格外亲近》中把村庄描述成诗意的居所一样。诗人以本土化的话语方式与艺术风格在大地与村庄间采集梦幻，努力为我们营造一座梦幻般的心灵乡土乐园。

（六）魏广瑞：对乡土风物与长治历史文化的赞美性书写

魏广瑞，20 世纪 60 年代出生于太行山东麓的一座小镇，先后工作生活于长治地区的泽州、长子、长治、沁县、沁源等地。1980 年开始诗歌创作，1985 年发表处女作。2014 年出版诗集《一刹那多少年》。魏广瑞堪称"长治诗群"中实力不凡的诗人，但诗人一向比较低调，他在一份简历里这样介绍自己："在漳河沁河畔流连，在太行太岳间行吟，40 年的缓慢成长，直到诗歌成为自己的宗教。"

像所有的乡土诗人一样，如今生活在中小城市的魏广瑞对自己的农村故乡总是怀有深厚的情感。诗人创作了不少诗篇来表达对乡村生活的怀念之情。例如，《村夜电影》采用童年回忆的视角叙述了诗人在文化饥渴年代关于乡村精神生活的有趣记忆，语言质朴而带着内在的幽默，《昊天观，玉帝成了我的同桌》也用同样的语言方式叙述了诗人在乡村求学时一段有趣的童年记忆。当然，诗人在书写乡村记忆与童年记忆时，往往带有某种难以避免的伤感情绪，例如，在《造访一座无人村》中，诗人用一系列排比句式描述了村庄依旧而人事全非的荒凉景象，表达了诗人无限失落与惆怅的情绪。

不过，在诗人关于乡村亲情叙事的诗篇中，在忧伤情绪之外，我们却能够感受到一种温暖、动人的亲情体验，《油纸伞》是这方面的代表性作品：

油纸伞

琴弦行走在小镇的石板街上／竖着走　横着走／祖母撑着伞／她要把一生的等待／还给从前／那时父亲还没有出生／伞是父亲的金銮殿／／素纱一样的雨／洗濯着老街的衣襟／走在墙上　走在瓦上／母亲撑着伞／她要把缝补好的家谱／交给时间／那时我还没有出生／伞是苦菜花的子房／／柳丝把绿阴融入水中／我撑着伞／那时我的女儿还没有出生／从未停歇的雨水／走在心上　走在情上／青石板上的忧伤／撑起湿透了的故乡／伞是女儿的观音堂

2013 年 1 月 9 日

这首诗精心设置了三个场景，并且通过"油纸伞"这一具有古典审美意味的乡村意象，来表达祖母、母亲与我几代亲人之间的亲情代际传承关系，作品的构思与结构颇为工巧，忧伤的情绪中却透着爱的温暖，令人感动。

在表现亲情的温暖体验方面，《送寒衣》一诗更具典型性，我们再来欣赏一下诗人的亲情叙事：

送寒衣

为故人送寒衣　衣裳都是新的／比寿衣新　比衾火新　比远山的背景新／比坟头的秋风新／／即便身置九泉　祖父也身板儿笔挺／给他的长袍要宽大些／要容得下姓氏里的严冬／送祖母一双棉鞋　正好盛下所有的苦难／白底黑面　上好的棉花　工巧的针线活儿／两滴永不干涸的泪／／送寒衣　报答那些深爱我的人／用心去点燃针脚／跟着黄土上一寸寸过火的伤痕／感受时光深处的温暖

2015 年 3 月 25 日

这首诗以充满魔幻色彩的死亡想象，描述了诗人给死去的祖父祖母送寒衣的奇幻情景，诗人对祖先发自灵魂的深切怀念之情，令读者的心灵倍感温暖。

与《送寒衣》的构思与立意比较类似，《老照片上的人都在慢慢变老》一诗通过独特的视角与生动的叙述，表达了诗人对亲人慢慢变老而萌生的强烈焦虑心情，背后强烈的亲情牵挂令人无限动容。

相对来说，诗人对今日故乡风景与村庄面貌的描述充满一种明亮、欣悦、欢乐、赞美的语气与情调。例如，在《花坡·守护》《花坡·羊群》《花坡·子夜》等描写故乡风景的诗篇中，我们可以在诗人充满现代感的明快语言表达中感受到乡村风景的美丽与纯粹，由此也感受到诗人身上浓郁的自然情结与乡村情感。相形之下，在诗人直接书写今日村庄崭新面貌的诗篇中，我们才能真切体会到作品中明亮、欣悦、欢乐、赞美的语气与情调的。在此方面，《东山，那十二盏莲灯》一诗极具代表性：

东山，那十二盏莲灯

琴泉顶上的莲灯亮了／组合变换，浓淡相宜／太岳深处的城邑／宛若仙境／／人们相互转告／神秘兴奋的长夜里，隔着河谷／细数着一年的风调雨顺／勤劳善良的人从不会说谎／辈辈相传的故事／让人心安／／这一刻，行色匆匆的沁河／驻足幽静的山前／用着彩的胶片／记下了天地间的钟灵毓秀／他要把旅途中最美的神迹／带往远方

2017 年 2 月 21 日

在此诗中，通过"那十二盏莲灯"辉耀"太岳深处的城邑"的生动描述，表达了诗人对家乡巨大变化与崭新面貌的骄傲之情，作品的语调与情绪是欢乐的、赞美的，给人以喜悦情绪的感染。

《荫城古镇·打铁花》也是以欢乐、赞美、豪迈的语调书写农村欣欣向荣面貌的乡村诗篇。值得赞赏的是，诗人在赞美与讴歌今日太行山区农村（包括诗人自己故乡在内）的山乡巨变与动人风貌时，还不忘探究与思考其背后的原因，《碎草生》一诗揭示了诗人给我们带来的"思想成果"：

碎草生

哪来的力量／在理想的纬度上／闻风而动／一场江山易色的革命／不可阻挡／／一棵草　一片草　一坡草／以慢于时间速度／满眼的荒凉在沉默中谋逆／不动声色演变／甚至骗过了鹰隼的眼睛／／农历雨水／在太行山上／连一芽稗子都懂得了使用内力／任何事物都难以阻止未来的走向

2016 年 3 月 23 日

这首短诗抓住"草"这个核心意象，以草顽强生长、蔓延整个山坡的情景描写，隐喻太行山人民勇于摆脱贫穷、迎接美好未来的崇高理想与革命（奋斗）精神，诗人以此机智地概括出一种太行山精神，揭示在 21 世纪的当下，太行山人民建设社会主义新农村的强大精神动力。

这里需要指出的是，魏广瑞在进行乡村（乡土）叙事时，不像很多乡土诗人整体上采取传统的表现手法，与此相反，诗人基本上采用了现代性的表现手法（或

者说，在其乡土诗创作中，现代性的表现手法占主导性地位）。因而，诗人魏广瑞笔下的乡土叙事，更多地充满了某种现代性的审美趣味，在此，我们可以举《路过诗人故居》一诗为典型例证：

路过诗人故居

缘于诗歌　在大峡谷的核心区／旅游公路旁的一个山村让我驻足／村子中部一座普通的民居／门窗紧闭　难以流逝的往事／在荒芜的院落里四季轮回／／清贫中的温暖　苦难中的甘甜／老母鸡曾经天天都在写格律诗／山羊的叫声里充满了象征意味／拴在门口的大黄牛认真地咀嚼着经院哲学／超现实主义的喜鹊在窗花上喜鹊登枝／／路过诗人故居　路过今生的友谊／路过少年眼里青翠的北山／路过淅河里浣衣的少女／路过母亲回来吃饭的喊声／路过父亲从山外领回的故事／／草色没过脚踝　草色无扉可入／信风在小院里捕捉灵感／寻觅最初的向往和归宿／我深信　在诗的源头／每个夜晚都有一轮明月送你回家

2015 年 7 月 21 日

在该诗中，诗人以幽默的现代性的修辞方式，生动描述了自己故居早年日常生活的有趣场面与难忘往事，留给读者以很大的艺术想象空间。

前面说过，诗人对于当下长治乡村面貌与乡土风物的书写整体上是持一种肯定与赞美的情感态度的，反映出诗人对于长治这片土地的热爱，更加值得我们赞赏的是，诗人对于长治的历史文化尤其热爱并引以为豪，对之进行了浓墨重彩的书写，将长治地域文化的历史画卷鲜明生动地展现在读者面前。

众所周知，长治地区古时及近代都被称为上党，山川辽阔，地势险要，中华民族的许多著名传说（例如后羿射日等）都源于这里，自古为农业文明繁盛之地，受到历代文化名人的高度推崇与赞誉。作为具有地域历史文化情结的一名诗人，魏广瑞自然愿意通过诗歌的方式来展示家乡长治地区堪称辉煌的历史文化风貌。

魏广瑞首先将上党（长治，以下略）优越的地理位置与形状展示给读者，他的《上党航拍》以俯视的角度对上党的地形地貌予以宏观的粗线条扫描，流露出文化骄傲情绪。相形之下，诗人笔下的《盆地》对长治地理面貌的描述既宏观又具体：

盆　地

是的，这只是个洗脚盆／洗祖国之脚／／涌泉穴　煤以疼痛的方式温暖历史／昆仑穴　小米和步枪曾共度枯荣／有一天，祖国用洗脚盆洗了一次脸／看着她干净秀美的真颜／我泪如雨下／／这里有田有水，有鱼有虾／洗千年红尘，洗神州雾霾／上党梆子是条红鱼／沁州三弦是条黄鱼／干板秧歌是只河

124

虾／蜻蜓一样的襄垣秧歌／徜徉在碧波荡漾的玉米林里／／浊漳河，清漳河／以大写人字的一撇一捺／告知天下

2015 年 12 月 23 日

从中可以看出，诗人以精确、生动的语言，大气、出色的想象，形象地勾勒出了上党的地理形象，而且高度概括了上党历史的脉络，文化的格局，以及上党人民的爱国情怀与历史贡献，可谓篇幅精短，内涵丰厚，作品语调是赞美性的，充分展现了诗人对地域历史文化的由衷自豪与骄傲之情。

诗人对长治地域历史文化赞美性的情感态度首先体现在对祖先的深切缅怀或祖先崇拜心态上。在《过虹梯关隧道》一诗中，诗人叙述了自己开车从山西去河南探访奶奶、姥姥故居的见闻与感受，诗人在诗中把他缅怀中的先辈们称为"他们是我的天"，并把他驱车经过的"虹梯关隧道"说成"这是绝望到希望的距离／这是祖先到我的距离"，诗人的祖先崇拜心态可谓跃然纸上。

诗人对上党地区杰出历史人物的崇拜之情在整个"长治诗群"当中堪称典范，诗人对这些杰出历史人物的生平事迹不但了然于胸，如数家珍，而且他对这些杰出历史人物的崇高品行与非凡业绩怀有由衷的崇敬之情。《红线侠女》称得上这一方面的代表性作品：

红线侠女

红线盗盒／盗一种信念／　一方和平／夜行七百里／返回时潞州的月色还在天上／／紫绣短袍　青丝轻履／鬓上的露水像山下的灯笼／剑鞘的寒气／令五千铁甲望而却步／一场涂炭／于更声之上烟消云弥／／红线盗盒／盗生命的自由／　人格的魅力／　生命的真实／断断续续的麦田在野史间飘荡／漳水记住了／河面上的檀香

2000 年 11 月 12 日

诗人运用充满古典意味的意象与质朴、大气的语言，非常成功地塑造了一位上党女侠的历史人物形象，从中表现了诗人对红线侠女的内心推崇与敬仰之情，也表现了诗人对侠义文化（作为上党文化的重要组成部分）的大力弘扬之意图。

除表现对上党地区的祖先崇拜心态以外，诗人用了更多的笔墨表达其对上党地区悠久历史灿烂文化的赞美与敬仰之情，在《沁源麻纸》《沁源民俗·点坡灯》等怀古性诗篇中，我们可以感受到上党地区古代先人们精神生活之丰富，民俗民风之多彩，文明历史之悠久。在《二贤庄》等诗篇中，我们可以感受到上党地区忠义文化之源远流长，深入人心。在《上党堆锦》一诗中，我们可以看到诗人对上党（长治）历史文化进行直接赞美（如同诗作标题所显示的），我们来看看该诗

125

的第一诗节（开头部分）：

> 锦瑟和美　堆起来的情结／笔墨衬以山川气象／于是夏有凉风冬有雪／人间的好时节

"上党堆锦"的意思就是把上党的历史文化精华集中地展示，该诗就是按照这样的思路展开的，作品对应性地运用了充满古典意味的诗句，来表达诗人对上党的历史文化由衷赞美之情，体现出诗人身上一种浓郁的上党历史文化情结（如同诗作的首句所显示的）。

这里必须特别指出的是，魏广瑞在表现赞美上党的历史文化主题的诗篇中，基本运用了古典性的语言与意象，以便达成内容与形式的和谐一致，展示了诗人多方面的语言表达能力。在此，我们再以《青莲寺》一诗为例：

青莲寺

> 高贵而朴素　亭亭玉立／比美更美的事物／让人落泪寺　院之上／掷笔台至今悬空的画笔／晕染山河／／丹水中的青灯千年依旧／作为背景和见证／崭新的太行年年新绿／满怀尘念的人／在同一条河流中／遇见了前世／也能遇见自己的来生／／着唐时衣　说宋时语　暮鼓晨钟　南来北往／此处皆非过客／每一位来者都开成了青莲

2016 年 9 月 20 日

在诗中，青莲寺无疑是整个上党地区悠久历史文化的象征，充分彰显诗人深入骨髓的历史文化情结。作品语言典雅、简洁、有力，想象丰富，超越时空，立意高迈，给人以审美情感的深度感染。

总起来看，诗人魏广瑞对长治地区乡土风物与历史文化的书写是持有一种赞美性的情感基调，这主要源于诗人对长治地域历史文化的十分热爱与高度认同。就艺术风格与审美趣味来看，魏广瑞还是偏于现代性趣味的一位诗人。颇具典型的例子是，在《一只斑鸠，来看望过一个写诗的人》《写一首诗取暖》《流年吟》《清明》等涉及诗人身份自我认同主题意向的诗篇中，现代性的修辞与趣味体现得颇为鲜明，我们在此可以举出《清明》一诗为例：

清　明

> 先人们认真地围在一起　给我烧纸／烧美元、欧元、人民币／还有一些我从未见过的纸币／他们在阴间怕我受穷　怕我失业　怕我娶不上妻　买不起房／总担心世间有比阴间更阴的地方／／这些靠勤劳节俭而得的钱／火一样的愿望　成色最纯的积蓄／胜过金银／／祖母一边用树枝翻动没烧透的残币／一边喊着我的名字

2016 年 3 月 3 日

这是诗人在清明时节展开的一次死亡想象，诗人运用自嘲性的语言，构建了死去的祖母等先人们为自己在坟前烧纸钱的荒诞情景，以凸显自己作为一位当代诗人的贫穷境遇，诗作充满了反讽性的现代审美情调。

简言之，魏广瑞是"长治诗群"中艺术功力比较深厚的一位诗人，他向度独特的乡土叙事诗篇，为我们带来了一道具有历史文化纵深感的绚丽景观。

（七）王孝庭：对乡村历史记忆与现实境况的还原式呈现

王孝庭，20 世纪 60 年代出生在长治地区的一个贫穷山村，少年时代喜欢上文学，1985 年开始发表诗歌和散文，曾在国家级媒体从事过记者、编辑工作二十余年，迄今发表各类文学作品三百余篇（首），有诗歌及散文作品获奖。王孝庭现为山西省作家协会会员。

王孝庭对于乡村的花草树木、山川河流包括农作物有着浓厚兴趣与审美敏感，常常将它们作为诗歌中的核心意象，传达出诗人身上深厚而纯粹的乡村情感，《麦子黄了》就是这样典型性的诗篇：

麦子黄了

麦子黄了 / 针芒护持下的麦子 / 被季风吹拂着 / 多像一批生命燃尽的老人 // 今天 我站在它们身边 / 手捧古典的诗歌与生命的灰烬 / 被它的芒刺痛 / 为周而复始的轮回 洒下热泪 // 麦子黄了 青草紧随其后 / 期间的雷电风霜 被岁月漂洗 / 而此时的海子与我同龄 / 我不知道 在拣拾麦子的途中 / 他是否和我一样一步一叩首 礼敬麦子 // 山西的麦子 从晋南到晋北 / 次第泛黄 走了半个月路程 / 海子 你在春天里是否真的复活 / 查湾村你钟爱的麦子 / 是否已经收割 / 在北方 喜鹊村庄里的人们 撒下镰刀 正在走空 / 匆忙的脚步如一群飞蛾 / 离开了喂养自己的诗经与故土

2019 年 5 月 28 日

饶有意思的是，诗人在作品中将故乡的麦子景象描叙与海子笔下的麦子意象进行了联想性的叙述，通过麦子这个核心意象，诗人一方面表达了对海子的深切怀念，一方面也表现了诗人对北方农村无人收割麦子的忧患情绪，由此凸显诗人的麦子情结及其乡土诗人的文化身份。

总体来看，王孝庭对乡村的叙述从历史记忆与现实境况两个维度与层面展开的。无论书写乡村生活的历史记忆，还是书写当下乡村的现实境况，诗人整体上保持一种客观呈现的态度，既不对被叙述对象予以浪漫化的"人为"美化与升华，也不对被叙述对象进行刻意的丑化与抹黑，而是尽力对客观真相予以还原式地呈现，展示诗人极为真诚的写作态度，体现诗人对现实主义精神自觉地恪守。

127

诗人在书写乡村生活童年记忆的诗篇中，通常带有一种伤感的情绪，这是过去乡村的贫穷生活给诗人带来的真实生命体验。与所有的贫苦农家孩子一样，诗人小时候经常上山打柴，瘦弱的身躯背负着沉重的柴火从山上艰难地踏上归家的路程，常常天黑了才回到家里，弄得母亲担惊受怕，诗人的《暮归》一诗便真实地书写了自己小时候负薪晚归的乡村记忆：

暮 归

太阳滑过山顶时　是无声的／我背负着柴薪／在青石旁歇了半个时辰　天就暗了下来／北风刮过身边时　微凉而知人情／黄尘在冬麦中间打了个圈　跳进了沟里／留下荒凉的路径　坚硬而宁静／／一捆柴薪有多重／就能让日子开花／对于一个孩子来说不重要／而炉火通红　暖香溢屋／即使没有饭吃　温暖的土炕／也能让全家人其乐融融／／路越走越黑　星星依次点亮／但星光再亮也不会照到地面上／矮化的老人树　风吹的杨柳／忽然动了起来　像冤屈的草民／阴魂不散　一声不吭站在路边／我想哭或喊出声来　但不敢／我知道如果让恐惧蔓延下去／我的魂魄就散了／／当我回到村子　来到屋宇下／卸下重负　走到灯光前／发现泪流满面的母亲／坐在饭桌前等我／她一把抓住我细小的胳膊／将我揽在怀里／微弱的灯光便弯曲在／我十一岁的童年里

2015 年 6 月 16 日

诗作用了质朴、自然的语言，非常真实而形象地叙述了诗人小时候一次打柴下山的经过与结果，该诗的情景描写生动逼真，尤其是结尾处"泪流满面的母亲""一把抓住我细小的胳膊／将我揽在怀里"等电影镜头般的细节描写，不仅充分凸显母爱的真挚与深沉，也有力反衬了"我"的童年生活之艰辛与贫穷，令读者倍感酸楚，给人以强烈的情绪感染。

此外，诗人在《樵夫》一诗中还叙述了自己与父亲一起上山打柴、艰难下山的童年往事，作品情绪是苦涩的。在《泥糊糊的童年》一诗中，诗人在作品开头直言"没有玩具的童年／泥巴就成了我的朋友"，而后叙述了自己下泥塘捉鱼把一身弄得泥猴似的，最后遭到大人一顿暴打的难忘童年经历，其童年记忆的情绪基调是灰色的压抑与痛苦。

诗人关于自己乡村历史记忆的书写，整体上表达一种负面性的生命记忆与情绪体验。例如，在《远去的歌谣》一诗中，诗人回忆了小时候一位无比善良的邻居奶奶被人视为"疯癫"的不幸命运，读后令人为之唏嘘。在《傻儿》一诗中，诗人以回忆的视角描写了村里一位智商很低的男子形象，诗人对这位村人的不幸遭遇与悲剧命运深表同情，我们来看看该诗的结尾部分：

时下人们过上了好日子／神也住上了新庙／傻儿还在那孔破窑里／好光景坏天气对他来说／就像一个灰色的眼神／该开花时　没开／该结果时　没结／一生就这么黄了

如果说，诗人关于乡村历史记忆的书写其情绪基调偏于灰色的话（当然也有一些亮色，例如像书写乡村伦理文化、表达乡亲们美好憧憬的《吉祥喜鹊》等诗篇），那么，诗人对乡村现实境况的书写其情绪基调是冷色与暖色叠加。所谓冷色，是指诗人所反映的现实境况冷峻甚至严酷；所谓暖色，则是指诗人所反映的现实境况充满人性的温情。

我们在《汾河吟》一诗中，真切感受到了诗人对家乡母亲河汾河被污染的无情现实而痛心疾首。在《老土槐的命运》一诗中，诗人叙述乡村民众出于封建迷信，最后把长年茂绿的大槐树折磨得叶片枯黄，诗人为此气愤而无奈。而在《糟孩的夜晚》一诗中，诗人叙述了村里老实巴交的男人糟孩在妻子遭受村庄恶霸欺凌后含恨而亡，但生性窝囊的糟孩不敢报仇，只能在黑夜里躲在不为人知的角落悄悄诅咒坏人，最后窝囊的糟孩忧郁而死，可怜的他最终成了全村人的笑柄。诗人对这个社会最底层人的不幸命运深表同情，作品的情绪基调是非常沉重的。在《一粒玉米落在深秋》一诗中，诗人对处于社会底层的农民命运进行了认真的思考：

一粒玉米落在深秋

一粒玉米落在深秋／熹微的草丛里　闪着金色光芒／这颗卑微的种子／一丝不挂　通体透亮／像人生的命运／抱守着内心储蓄　却遗落风尘／可能会成为鸟的口粮／也可能叶落裹身　静卧于漫长的孤寂／或被强壮的蚂蚁举过头顶／运进幽暗洞穴　腐烂霉变　而此刻／它唯一能做的就是仰面上苍／祈祷自己躲过践踏　免于斋粉／在等待和思索中／找出生命答案

2014 年 10 月 23 日

从中可以看出，诗人对社会最底层民众——农民的命运是十分关心，也是非常同情的，作品的情绪基调是沉重与痛苦的。

然而，在诗人涉及亲情的乡村现实叙事诗篇中，其作品的情调往往呈现暖色。例如，在《返乡人》一诗中，诗人如实地叙述了春节前夕农民工赶着回家过年的壮观景象，其中，亲情叙述是诗篇中最为温暖的情感亮色，我们来看诗篇结尾的一节：

这赶路的行人中／一定有我的妹妹　妹夫／匆忙的脚步不止一次睃寻家乡入口／沉默的院落　虚掩的大门／亲人相见的情景／足以抵消浮世的艰辛／白毛风卷着雪粒越过头顶／千百条春暖花开的路　在内心展开／他们相

信　汗水相信劳动／相信亲情覆盖下的脉脉温情／和所有的农民工一样／占领城市但不据为己有

诗中所言"这赶路的行人中／一定有我的妹妹妹夫"，顿时让作品关于返乡人的叙述与描写不再显得冷漠，相反，充满了亲情的温暖，由此给整个作品带来了情感体验上的暖色调。

与《返乡人》有些类似，诗人的《收秋》一诗描述了秋收的场景，其中也涉及亲情叙事，而且诗中的亲人正是诗人非常尊重与热爱的母亲（诗人曾在《菩提心》一诗中，表达母亲身上与人为善、洁身自好的美好品质对自己一生产生了深刻影响）。我们现在来欣赏一下《收秋》中的现实境况与亲情叙事：

收　秋

霜降不见霜／秋雨连几场／谷子和玉米就会在秆子上发芽／母亲就催我去搬运秋天／和生命里的粮食／／谷子谦卑地弯着腰／不说出　也不夸耀／不像高粱和玉米／高傲挺拔　像暴富的土豪／／舔过镰刀的谷穗／和晒爆了的豆子／堆放在地上　金光闪闪／辛勤的蝼蚁忙碌有序／麻雀斑鸠和喜鹊目瞪口呆／大地如此丰饶／该歌唱呢　还是先饱餐一顿／它们在核桃树上　欢呼雀跃／／驼了背的母亲／站在美丽绝伦的柿树下／秋日的辉煌／在忧伤的流年里／写着淡泊与满足／／生活没有答案　每天都在呈现／在流失掉壮年的村庄里／我一边写诗一边热泪纵横／躬身农田的老人　挥汗如雨／五谷丰登的年景／却无法收进仓廪

2014 年元月 18 日

从诗中言辞朴实的叙述里可以看出，诗人对当下农村大量壮劳力外出打工、农忙时节无人收割庄稼的时代现象感到困惑与强烈不满，同时诗人对母亲召唤自己回乡收秋、共同见证丰收景象的经历感觉十分幸福，忧喜交加，构成此诗的复杂情感体验。

简单说来，王孝庭的乡土叙事有其鲜明的艺术特色，那就是他追求极端写实的表现手法，努力地还原乡村原生态般的历史与现实，并且在语言上追求质朴、自然、本色，有时自觉采用方言，不避民谣，以其"土得掉渣"的语言风格，凸显其地域语言与文化特色，在当下全球化的诗歌文化语境中，反而呈现某种独特的韵味。王孝庭民谣化特色的《霜降　霜降》一诗，是整体彰显诗人语言风格与艺术特色的代表性作品：

霜降　霜降

霜降　霜降　露结为霜／红了柿子　熟了高粱／别说一月薪水值五亩粮／我要乘车回家乡／／霜降　霜降　草叶枯黄／家住黄土坡上的圪梁梁／村庄

里的老娘站在炊烟上／野菊花开遍山野路旁／／霜降　霜降　庄稼熟稳收秋忙／谷穗一尺长　玉米闪金黄／黄栌的气味发涩清香／城里人怎知大地的无私与供养／收获的心情　胜过钱庄里的老板／攻城略地的富商／／霜降　霜降五谷杂粮尽归仓／窗前老人弄孙忙／柴薪米粮已备足／打工的儿郎又要去他乡／我还要听一听房前屋后鸟儿的鸣唱

2014 年 10 月 31 日下午

（八）路军锋：面向太行山的灵魂吟唱与心灵自白

20 世纪 70 年代初，路军锋出生于太行山腹部地区阳城的一个小山村。路军锋是近几年来活跃在当今诗坛的山西代表诗人之一，笔名太行闲夫，是中国诗歌学会会员、山西省作家协会会员、山西省美术家协会会员，同时他还担任山西民间杂志《天涯诗刊》总编兼社长，诗作被收入《中国新诗排行榜》《中国新诗日历》等多部年度权威诗歌选本。曾获 2019 年第二届博鳌国际诗歌获年度诗集奖，迄今出版《太行之光》《太行风情》《诗人过太行》等数部诗集，同时出版长篇小说《濩泽河的救赎》及书法编著多部。

路军锋被当今诗坛公认为"太行山情结很深"的诗人。可以说，路军锋身上的"太行情结"在整个山西诗界堪称独一无二，诗人以太行山为书写对象创作了大量的诗篇，出版的三部诗集均以"太行"命名。虽然路军锋没有出生在长治地区，但从地域文化层面来看，路军锋完全可以归入"长治诗群"的范畴，这是因为，"太行、太岳、漳河、沁河，是长治地域文化的标志性元素。雄山秀水，构成了以阳刚、隽秀为鲜明特征的长治地域文脉。"[1]此外，"长治诗群"重要代表诗人郭新民在论述"长治诗群"时明确表示"长治诗群"也可称为"太行山诗群"[2]，由此来看，路军锋被视为"长治诗群"成员具有充分的合法性，不仅如此，由于路军锋表现不俗的创作实力与在诗坛上比较活跃的态势，客观上讲，他还是一位可以为"长治诗群"扩大影响力的诗人，以此彰显其独特的价值。

综观路军锋的全部诗歌创作不难发现，路军锋的诗歌创作有一种鲜明的精神指向与情感背景，那就是他的所有创作都围绕着太行山而展开，换言之，太行山区域或者整个太行山就是诗人所要营造的诗意空间。从中充分凸显路军锋对太行山发自灵魂深处的热爱与眷恋情感，从这个意义上来说，路军锋是一位名副其实的"太行之子"，正如著名女诗人三色堇在为路军锋诗集《太行之光》所写序言中指出的那样：

---

① 刘潞生：《长治当代文学记忆》，光明日报出版社，2013 年，第 12 页。
② 参见郭新民《"长治诗群"的崛起》一文，原载《文学报》2007 年 6 月 22 日。

是的，人是自然之子，仰望天空与俯瞰大地成为人类所有行为的基本特征，而矗立在大地之上的山峦和飘荡在天空的云朵构成遥相呼应的诗意空间。几乎所有的艺术都离不开土地的滋养和星辰的召唤，诗人尤其如此。路军锋与太行山的关系又是一个例证，从日常和细小的客体中找到属于他自己的精神向度，这是令人欣慰的。[①]

可以说，在自然景观上雄奇险峻、气象万千同时具有悠久灿烂历史文化的太行山，路军锋在少年时代其心灵便完全被征服了，因而，"太行情结"从此萌生在路军锋的灵魂深处，并成为他从事诗歌创作或者说激励他成为一名诗人隐秘而强大的精神内驱力。直白一些说，太行山的形象成了路军锋最为直接的灵感泉源，路军锋常常以仰望太行山的姿态，用虔诚的灵魂来表达对太行山的崇拜与敬仰心态，这样的诗篇为数不少，而且对诗人的创作心理研究而言极具象征意义。

现在，我们来欣赏诗人路军锋两首赞颂太行山、展现其"太行情结"的诗篇，先来看《太行山印记》一诗：

太行山印记

危乎，雄奇险峻的太行／浑厚的气势，将你紧紧拥抱连亘／千里的经脉／包孕着天下脊梁／两翼如华盖，似昆鹏展翅也许是／女娲的神功／这里没有怪石，却嶙峋有度山巅远／眺，徒增沧海胸怀／／周穆王登临感慨／典型的北方气质　一座座／陡峭的山峰都是顶天的物／证　魏武王苦寒赋诗／／艰哉何崔巍／天井关、羊肠道多少飞鸟胆寒／／远古神话在这里生根文人骚／客在这里唏嘘／匡庐图前浩稳坐山水交椅文臣／武将在这里扬鞭飞黄红星闪耀，／日寇殁命／太行精神在这里繁衍而我／却在风口吟唱　太行、太行／太行

在这首诗里，诗人以太行山知情人与知音的身份，运用大气、雄浑、简洁、有力的语言，首先描述了雄奇险峻的太行山延绵千里、气势夺人、如同大鹏展翅直飞云霄的撼人景象，然后选择性地叙述历史杰出人物周穆王的感慨与曹操的赋诗，以此艺术性地突出太行山直插云霄的陡峭奇崛之非凡景象。紧接着，诗人进一步叙述太行山是远古神话的发源地，引得无数文人骚客流连忘返，赞叹不已，历朝历代的文臣武将们因得太行山的加持而飞黄腾达。而在 20 世纪三四十年代，八路军在太行山上创造了足以名垂青史的丰功伟绩：八路军主力在太行山上英勇地坚持了八年抗战，八路军高级将领将指挥中心设置在太行山地区，指挥八路军

---

① 三色堇：《梦想与归宿：一位太行诗人的灵魂之光》，路军锋诗集《太行之光》序言，长江文艺出版社，2017 年。

部队创造了一系列抗日战争的辉煌战果。其中，击毙日军中将阿部规秀的黄土岭之战、百团大战、黄崖洞保卫战等著名战役均发生在太行山上，使得八路军威名远扬，沉重地打击了日寇的嚣张气焰。一句话，活跃在太行山上的中华民族的优秀儿女们，为赢得抗日战争的最终胜利，无所保留地付出了他们的青春、热血与生命，使得太行山成为中华民族不屈精神的象征，诗人将之命名为"太行精神"，并且，诗人自觉地将这种"太行精神"予以传承，发扬光大，如同诗中所言"红星闪耀，日寇殒命／太行精神在这里繁衍"！在这里，诗人对太行山的崇拜与敬仰之情达到了一种思想的高度与自觉的境地，于是在诗的结尾，诗人对"太行"这个充满神圣色彩的词语连续重复了三次，发出了虔诚的灵魂吟唱，完成了诗人对太行山一次灵魂朝圣的心灵之旅。

与在《太行山印记》一诗中诗人仰望太行的灵魂吟唱与赞颂姿态有所不同，《难忘太行》则侧重于展示太行山对诗人心灵的深刻影响与灵魂塑造，我们现在来欣赏一下《难忘太行》这首诗：

难忘太行

我曾经／在太行的脚下眺望白云下／面，野草丛生亲吻着黄色的／土壤原始而庄严／我仿佛听到／琴声在远方悠扬／传来流浪者漂泊的歌声／／夜暗下来／一个人在黑色中徘徊夜色／笼罩着我／我从一个闭塞的地方来到／另一个地方／对我来说黑夜是一样／我咬紧牙／两只手攒成一双拳／夜长时间地抚摸／我想起华而特、惠特曼／想起保尔·柯察金／想起马克思，列宁／我努力在黑夜里前行一个／太行的儿子／从一个孤独走向另一个孤独走向／外面的世界／／我听到海的歌唱看到鸟／的翱翔／感受到爱情丰满的唇／我欢乐起来／开始奔跑，开始追逐累了，／静静地躺下／／闭上双眼／想太阳如何走出云层如何／温暖土地

如果说，《太行山印记》是诗人直接仰望太行山时一次态度虔诚的灵魂吟唱与放歌，那么，《难忘太行》则是诗人独自行走在太行山脚下时对自己内心世界的自我审视与深情倾诉。《难忘太行》采用了心灵独白的方式，以情景交融的表现手法，叙述了诗人离开太行山区到外面的世界独自闯荡的心路历程。诗中描述太行山脚下的黄土地原始而庄严，暗示诗人对太行山怀有崇高而神秘的崇拜情感。作品的重点是叙述诗人离开太行山前往外面未知世界的孤独情绪，在诗中，黑暗、黑夜、夜色、漂泊的歌声等词语与意象，既暗示了诗人的流浪情结，也表达了诗人对前途的惶恐心态，同时也与诗人失望、迷茫、忧伤的情绪紧密勾连。而在诗中，海的歌唱、鸟的翱翔、爱情丰满的唇、太阳、土地等词语与意象，则暗示诗人对美好、自由、光明、幸福、温暖理想世界的憧憬与探寻，

展示作品情绪的暖色调与诗人心灵朝向明亮那方的运行轨迹。另外，在这首诗中，诗人是非常明确地以一个"太行的儿子"（"太行之子"）的身份来抒发其对太行山的"恋母情结"的。另外需要指出的是，在诗人孤独、迷茫的心灵自述中，诗人言说自己不自觉地联想起惠特曼、保尔·柯察金、马克思、列宁等人类近现代历史上那些杰出的诗人、英雄人物与政治领袖，在这首诗的语境中，诗人所提及的这些历史精英人物，其实可以与"太行"等同视之，都是诗人崇拜与敬仰的对象。尤其是诗作结尾的重要意象"太阳"，堪称点睛之笔，与"太行"这个核心性意象构成了意义的重叠，换言之，在诗人心目中，"太行"如同"太阳"一样，永远照亮他心灵的黑暗，给他带来无穷的温暖、希望与力量。如同诗的标题《难忘太行》所表明的那样，诗人在该诗中用心灵自白的方式，语调坦诚地倾诉了他对太行山的无限依恋，说得更准确一些，诗人用背对太行山与远离太行山的方式，来袒露其深入骨髓的"太行"情结，犹如赤子对母亲的情深似痴，俯首低额，令人无限动容。

路军锋身上的"太行情结"不仅体现在诗人直接对太行山的灵魂吟唱与真情放歌上，还体现在与太行山有关的一切事物身上，具体而言，体现在以太行山为背景的乡情、亲情与爱情的质朴叙述与心灵独白上。我们现在就以乡情、亲情与爱情为线索，结合相关作品，来倾听一番诗人笔下关于太行乡情、太行亲情与太行爱情的动人心声吧。

在诗人关于太行乡村面貌的叙述当中，可以感受到诗人的情绪是沉重的，忧伤的，因为今日的太行山区乡村，绝大多数村庄依然没有摆脱贫穷的面貌，我们来看《太行乡村》一诗：

太行乡村

重重叠叠的绿意／充盈着我们的某种欲望所有／梯田上的谷物／低头或者昂首／都是一些质朴的情绪山里／山外的人心／皆难以抵及／有鹰在山的头顶盘旋弯刀／的目光／让许多血肉东西纷纷逃离紧接／着一些东西破土而出成了太行／人家的生活历程雕塑的背影／从析成山的背后升起触及／重重叠叠的农林／／大山遮雨的地方／有栅栏门打开的声响牛羊／平静地走出／啃嚼岁月的时光撒欢的／黄狗／为爱情奔波／有序无序的农具随便一放是山／里人家的一种方式　很多在山／外已经用不上了在山里还是宝贝／新盖起的石板房前没有了柴火／只有树上掉落的果实堆满／门前的山坡／这些是离我们最近的事情在深／秋的农历中／跟随山中一条河流唱一首／深秋的歌

这首诗运用传统的写景手法，质朴而生动地描述了深秋时节太行山区一座村

134

庄的原生态景象，其中出现的"牛羊"与"黄狗"，以及"只有树上掉落的果实／堆满门前的山坡"等诗句，暗示太行山区的村庄还处于自给自足的农耕经济时代，因而，诗人在作品中表达的乡情是沉重的，充满着一种淡淡的惆怅。

在《坐化的村落》一诗中，诗人对太行山区村庄贫穷面貌的描述更加含蓄，但也使人更觉揪心：

坐化的村落

行走在太行深山　穿梭于／颓废的村庄尘土与茅草扯／淡青石在路旁冷看／到处有不戴帽的房子还有／脱光衣服的院落石砚、牛栏／槐树、老井／早不发光的小路风盖住／了我的脚印／山中的遗址可能变得永恒

在该诗中，诗人运用拟人的手法，对太行山区一座颓废村庄荒凉、破败的景象描绘得极为形象与生动，从中含蓄而又鲜明地表达了诗人惆怅、失落的乡情体验。

相形之下，诗人对昔日太行山乡村的记忆书写充满某种温馨的情调。因为童年记忆总是充满某种欢乐的色彩，即使那时候的物质生活极为匮乏，路军锋的《儿时的记忆》真实地为我们还原了童年记忆里的乡村生活图景：

儿时的记忆

儿时的我／笑容里尽是阳光父母在／田边干活门帘半开半闭／山上的青草／掀动着青涩的气息调皮的我／无声地躲过他们的视线去干／属于自己的专利摘野果，掏鸟蛋／如果有一只鸟飞来我会拿石头捣乱／甚至会摇动身边每一片绿叶让影子成为飞舞的箭／释放自己的恐惧与胆怯／然后会默不作声地站在树枝上看血／色的黄昏／等母亲的呼唤

该诗用朴素、形象的语言生动地描述了诗人小时候摘野果、掏鸟蛋的情景，语调是明亮的，情绪是欢乐的，诗中虽然也提及了父母在田野里干农活，但农村生活的艰辛与贫穷却被诗人有意无意地忽略了，这与作品所采取的儿童叙事视角有关，因而，在诗的结尾，诗人回忆自己在童年时的黄昏渴望听到母亲呼唤回家时的心情，便能够唤起所有具有乡村生活经验的读者们的情感共鸣。毋庸置疑，诗人对童年记忆中乡村生活的叙述投射了美好的怀旧情绪，因而变得温馨动人。

正因为诗人回忆童年时对乡村生活有意无意地予以美化，因此在《留守儿童》这样反映当下太行山贫困乡村留守儿童现象的诗作中，其情感体验便也失去了应有的沉重，反而透露出某种欢乐的情绪，原因便是诗人由今日故乡村子里见到的"光腚的孩童"联想起自己童年的模样，如同诗作的结句所坦言的那样："这就是生我的地方／也是我的快乐家园。"可见，浓郁的童年情结使得诗人对当下依旧贫

穷的故乡农村充满了亲切、温暖的乡情。

路军锋虽然长期工作、生活于城市，但诗人对自己处于太行山腹地的故乡农村念念不忘，乡情浓烈。尤其掺杂着自己童年与少年时的乡村生活记忆时，诗人笔下的乡情叙述便充满了一种梦幻般的甜蜜与浪漫情调，现在我们来欣赏一下此方面的代表作品《漫泽河畔的夜晚》：

漫泽河畔的夜晚

夜晚的太行／碎银撒满了天空摇摇曳／曳／映照在漫泽河上晃动的／星光／时不时与我眼球亲吻这是／我的家乡／我难忘的地方舜耕于／历山　渔于漫泽／而我／在水里嬉戏／这里演绎了许多故事也藏／匿了许多秘密夜色里有惊悚／／也有亲和／微风相互抚摸／酿成一年又一年的思念寂寞时总是上演／父母在漫泽河畔的呼唤乳名／和梦一起纠缠／醒来还是很甜，很甜／漫泽河，我忘不了原始的岸

作为诗作书写对象的漫泽河是诗人路军锋故乡的一条小河，在太行山区的腹地静静流淌，在诗人的印象中，漫泽河从过去到今日，都是非常清澈美丽的，承载着诗人对故乡的许多美好记忆。诗人以别致精巧的构思，重点描写漫泽河畔夜晚的美景，星光满天倒影在漫泽河上，迷醉了诗人的眼睛，然后诗人插叙了关于漫泽河的一段辉煌历史传说：人类远祖先贤舜曾于漫泽河上捕鱼，以此凸显漫泽河的历史悠久与高贵神秘，为诗人童年时期在漫泽河里的游玩嬉戏行为镀上了一层浪漫的情调乃至某种神性的光芒。而后，诗人回到寂寞的现实处境，言说自己总是一年又一年地思念故乡，思念故乡的漫泽河，诗作结尾处，诗人提及"父母在漫泽河畔的呼唤"，"乳名与梦一起纠缠／醒来后还是很甜，很甜"，则运用虚实相生的生动语言与恍兮惚兮的梦境，有力地表现了诗人对故乡河流——漫泽河的无比热爱与眷恋情感，令人陶醉，也无限感动。

从《漫泽河畔的夜晚》一诗中我们可以发现，诗人的乡情体验其实始终与亲情体验缠绕在一起，因此其乡情体验才充满了温馨情调。换言之，诗人的亲情体验是其乡情体验中最为明亮与温暖的部分，再直白一点地讲，诗人之所以热爱乡村，热爱自己的故乡，是与诗人热爱自己的乡村亲人紧密相连的，这也就是说，诗人身上美好、浓郁的乡村情感很大程度上源于诗人美好、温暖的亲情体验。亲情的确在诗人的心目中占有非常重要的地位。例如，在母亲节那天，诗人思念待在太行山脚下村庄的母亲，专门为母亲写了一首《太行山脚下的那口井》，通过对母亲吃力挑水而不让自己干活的乡村往事的回忆性叙述，表达了诗人对母亲勤劳品质的由衷敬佩之情，如同诗作结尾所暗示、所说明的那样：

时间久了／母亲的身影在我眼里渐渐长高开始／懂得了吃苦耐劳与拼搏

除了为母亲献上思念与赞美性的诗篇，诗人还为自己业已去世的爷爷、奶奶等家庭至亲写下怀念性的诗篇。例如在《怀念爷爷》一诗中，诗人以直抒胸臆的手法叙述了往昔与爷爷下棋娱乐的快乐往事，以此反衬爷爷去世带给自己的无限悲伤。诗作的结尾，诗人如此坦白他对爷爷的深切热爱与怀念之情：

此时，眼里噙着的泪水／是我有生以来／最悲痛的雨季

诗人对祖母的感情与对爷爷（祖父）的感情同样深厚，这主要源于祖辈亲人给过童年时期的诗人以无比关爱，以至于无论岁月怎么流逝，诗人都无法淡忘这份血浓于水的亲情，我们且看《祭奠祖母》一诗：

祭奠祖母

半青半黄的雨天／我们的眼睛被雨雾罩着在太行山的深处／一条弯曲泥泞的小路　吃力地／排着去年的队形走进自己沉／睡的亲人　我们依旧把鞭炮拉／长　挂在墓前的松枝上／点燃一年一度的眼泪除了／鞭炮声就是哭声／平时坚强的我也被这情景感染泪水／里忆起外祖母／一副慈祥的面容／总忘不了把几个干馍馍塞进／我走出大山的书包／四十年了依旧清晰如昨母亲／的哭声最大／／把我的回忆拽回现实眼前／墓草气浓／我排在母亲身后／一磕头、二磕头、三磕头

诗作采用了写实手法，真实地描述了年节时候诗人跟随母亲去太行山深处祭奠已逝祖母的情形，作品语言质朴无华，感情似淡实浓，诗作的亮点在于诗人回忆了四十年前祖母给自己书包里塞干馍馍的细节，这给当时饥饿的少年路军锋以无限的亲情温暖，于是对祖母的感念便伴随其终生。诗中诗人为祖母流下的眼泪首先体现了亲情的真挚与珍贵，而在一个更高的层面，可以说体现了诗人对太行山老一辈乡亲的感念之情，因为祖母也是太行山乡亲们中的一员，她们身上的慈爱精神惠及子孙后代，构成诗人依恋太行山、赞美太行山的重要内在原因之一。

除了与太行山紧密关联的乡情与亲情叙述之外，诗人对于太行山爱情故事的心灵自述，也是其太行山情感叙述的重要内容。简言之，诗人以太行山为背景的爱情经历与情爱体验也是诗人身上"太行情结"形成的原因之一，在诗人的爱情叙事与情爱独白中，太行山是以见证者的重要角色出场的，因而，诗人笔下的爱情故事可以命名为"太行爱情"，它以心灵独白的方式娓娓道来，充满太行之子的真挚、深情、执着与坚定。我们现在来欣赏其中的三首"太行爱情"诗篇，这三首诗有其内在的情感逻辑。

我们先来欣赏第一首"太行爱情"诗篇：《七夕，我在太行想起你》：

七夕，我在太行想起你

在太行山的脚下／一条小溪从没有停止呼唤小溪／轻吻过我的脸／打湿过你我的衣裳／／自从你走出太行／再没有听见你的声音／太行山的小溪照样汩汩地流淌流完／白天流黑夜／让我每天都能想起小溪边的黄昏／／是谁挽住你命运的纤手让我／俩相爱又相聚／依依不舍含泪离／／远在他乡的妹妹呀／你是否能听见哥哥痛苦的孤吟是否／还记得太行山脚下的小溪记得那难／忘的黄昏

我们接着来欣赏第二首"太行爱情"诗篇《太行山边的云》：

太行山边的云

每到黄昏／我在油画般的山边等你和那／片押着韵脚的云　云总是沉默／不语／但它是我初恋的主题是幻／想构成思念的风是思念写／成雨水／是情绪很浓的色彩记得你／靠近我时　截走了你的信／息／我开始用梦寻找你的眼睛用微／笑寻找你的心／我在太行山的云边等你我自／言自语／为了你的到来／我把太行大片森林给你为了能看到你／／我不让最后一朵云瞌睡／地离去／时光越来越冷／云朵慢慢把天空调成黑色我开／始疲倦有些伤感／来时的路一片漆黑脑海里／一片空白　可我不离不弃／像一棵树等你／也许山边的云是告别的云也许／是发表在明天的彩虹不管如何／我明天还在太行山的云边等你

我们再来欣赏第三首"太行爱情"诗篇《情落太行》：

情落太行

我多想多想／雪落太行的时候／在蓬松的雪地上遇见你路边／燃烧的红梅／像一颗颗相思的红豆／燃起爱情的火焰／我曾多次幻想／在太行的山脚下／也有多情的红豆／也有多情的餐吧／哪怕 365 个夜里／我会徘徊在温馨小屋前／等你，等你／我曾想一次次看到橘红灯下／影子重叠，碰杯的声响／这一天　她真的来了／带着久违的温暖／表情就是暖心的红豆／温暖，宁静／让我远离了冬天

第一首情诗《七夕，我在太行想起你》以一种民谣般的语言风格，叙述了诗人作为"哥哥"对走出太行远在他乡的"妹妹"的爱情呼唤，诗作以"小溪"为线索，串联起"哥哥"与"妹妹"之间的情爱细节，并作为一条情感的纽带，连接起了一对太行山年轻情侣的心灵。作品以温柔的心灵诉求的抒情方式，表达了诗人对"妹妹"的相思之情。可以说，相思是这首情诗的主题关键词。第二首情诗《太行山边的云》则以"太行山边的云"为核心意象，同时它也是这

首情诗的叙事视角，在诗中，"太行山边的云"是美丽、纯洁的爱情象征，带有一种梦幻般动人的色彩，很显然，诗人对他热爱的太行山女子带有某种崇拜心态，一定程度上，可以视作是诗人身上的"太行情结"投射到其心爱女子身上的结果。因而，"太行山边的云"既暗含着诗人心目中恋人的美好形象，同时"太行山边的云"更是诗人对太行山恋人美好、赤诚爱情的见证，诗作意象画面鲜明生动，语调表面平淡内在深沉，情绪由思念到伤感再到温柔而坚定的期待，有起有伏，但有其明晰的情感方向，可以说，期待是这首情诗的主题关键词。第三首情诗《情落太行》在构思上与第一首情诗《七夕，我在太行想起你》有异曲同工之妙，它以"红豆"这个充满古典韵味的爱情意象为线索，串联起了诗人对恋人的深深思念以及对爱情真挚渴求的殷殷之心。诗作采用心灵自白的表达方式，前半部分，诗人表达了渴望见到恋人的强烈情感，一系列与"红豆"意象有关的情节、画面以幻想的面貌出现在诗人眼前，带给读者以阅读情绪的强烈感染，后半部分则出现了戏剧（喜剧）性的一幕，诗人心中念念不忘的"她"终于出现在自己面前，脸上带着红豆般暖心的表情，彻底满足了诗人与爱人见面的美好愿望，作品情绪由前面部分因强烈思念而萌生的激动不安，转变为后面部分遇见爱人时的温暖与宁静，情绪起伏虽大，但终归实现了爱情的幸福体验。爱情的期盼与实现，无疑是这首诗的主题关键词。由前面极为简要的分析可见，《七夕，我在太行想起你》《太行山边的云》《情落太行》这三首情诗，生动感人地叙述了诗人对太行山恋人真挚、美好、深沉的情感诉求，完整地勾勒与袒露了诗人追求爱情的心路历程，堪称诗人用真心真情书写出来的"太行山爱情三部曲"，显示爱情体验与众不同的心灵韵味。

可以说，路军锋的乡情、亲情、爱情叙述均是以太行山为精神背景的，他创作大量品位不俗的乡情诗篇、亲情诗篇与爱情诗篇（这三者有时存在某种程度的交叉情况）都隐藏着太行山的影子（例如《文昌固隆》《酒家口》《胡凹沟的乡愁》《远方的梦》《午夜听雨》等诗作），展示"太行情结"已经成为诗人路军锋不能摆脱的最具标志性的精神底色，而这也进一步固化了其"太行之子"的诗人身份。诗人几乎所有的诗歌题材都折射出或浓或淡的"太行情结"，而诗人写得最好的、最具艺术感染力的，总体而言，还是其叙述太行山风物的诗篇，在此我们再举诗人的一首诗《踏春》为例：

踏　春

阳光轻抚我的笑脸微风／轻托我的行囊生于太行／的脚下／一辈子也走不出大山不管／是宽阔的王莽岭还是狭隘／的天井关／倒背着千山万水寻找生／命的源头过山，山不语／蹚水，水淡淡／冬天消失的花花草草摸着／泥土顺鸟鸣而来／一些刚绿过的枝条／调笑我刚生白的头发举头仰望，／天空虚大除了我漂泊的梦想／什么也盛不下，包括这带油的春雨／站在刚翻上的一座山头看一／层层表里河山／一座一座又一座一座不／同于一座／有曹操冬天登过的山有李白／春天写过的峰／一页页历史从风中翻过感觉／生命在慢慢轮回　而我的江山／大不过草木我的视野被云雾／扰乱／信念的高处只剩愚公和精卫／还有被析城山遗忘的伏羲和女娲

从中可见，这首展现诗人太行情结的作品对太行山风物的描述视野阔大，立意高迈，意境深远，而且风格质朴、大气、阳刚，给人以思想艺术的深刻启示与感染。

总之，路军锋自觉以太行山为其书写对象与精神背景的诗歌写作，展示了诗人自觉的地域写作意识，树立了明确的诗歌写作方向，也使得其诗歌写作具有了深厚的土壤与力量。著名诗评家燎原对路军锋扎根太行山的诗歌写作发表了这样一段敏锐的评论：

　　　　在当下诗坛五花八门的写作时尚中，路军锋的诗歌以太行山的人文历史和自然风物为基座，呈现出一种独立于诗坛时尚的底气和自足，以及中年气质的丰满与硬朗。这与当下诗歌中流行性的心灵破碎感，形成了鲜明对比，也构成了考察路军锋诗歌的一个重要维度。当下诗歌中的这种心灵破碎感，源自人在现代生存中的心灵悬置状态在不断提挡升级的现代化物质改造进程中，我们曾经熟悉的世界已经面目全非，古老的心理生存根基因之被抽除，心灵失去附着的依据和方向。从路军锋某些诗作中的信息看，他对此并非没有感受。诸如《有感于一只鸟》中，一只漂泊在外的鸟再飞回故地时，面对残垣断壁已找不到栖息之地，最终只有"欣喜来，痛苦去"。

　　　　应该正是基于这种痛楚的感受，他才在诗歌中强化出两条向度，其一，在唯有不朽的太行山自然风物中，不断踩实心灵的着陆点；其二，在对故土人文历史的深度探寻中，对接并绵延心灵的根系。由此而建立自己完整的精神心理空间。尤其是后一点，给人印象特别深刻。①

应该说，燎原对路军锋诗歌写作与太行山之间的诗学关系的建构意义做出了精准的阐释与评判，由此也充分凸显路军锋笔下所营造的"太行山诗意图景"在21世纪"长治诗群"中的重要意义与独特价值。

---

　　① 燎原：《心理身份证的体认与诗歌还原——路军锋诗歌片谈》，路军锋诗集《太行之光》附录，长江文艺出版社，2017年。

二、在传统写作趣味与现代审美风格之间的穿梭、融合与倾斜

前面所论述的"长治诗群"成员们的创作从不同向度与层面展开其乡土叙述，给我们勾勒了一幅立体性的 21 世纪长治乡土诗歌创作美学风貌。还有一批"长治诗群"成员，虽然身上也存在程度不同的乡土情结，但他们身居城市，精神视野较为开阔，写作题材较为丰富，乡土题材已不是他们创作的重要或唯一的内容，换言之，他们的审美趣味与艺术风格较大程度上已经跳出了乡土诗歌传统的审美趣味与艺术风格，已经向现代性转型，或者说，融入了现代性的审美元素与美学趣味。总体看来，这些诗人的创作既保留着传统的审美观念与写作趣味，同时又自觉或不自觉地吸纳现代性（现代主义）的诗学观念与审美趣味，呈现某种混合与杂糅状态。只不过具体诗人的创作，在传统写作趣味与现代审美风格之间所呈现的比例各不相同，他们在传统与现代之间或自由穿梭，或追求有机融合，或选择性地倾斜，不一而足，展示了丰富性的美学面貌。下面，分别对郭俊明、北琪、朱枫、黑骏马、唐振良、刘金山、王广元、贾长青、程旭荣、郭淼、申修福、王春平等几位较具代表性的诗人创作予以简要解读与论述。

（一）郭俊明：无题诗写作中传统与现代美学风格的双重展示

前文说过，郭俊明是"长治诗群"重要的推动者与理论建构者，是"长治诗群"的核心灵魂性人物之一。在 2005 年至 2010 年之间，郭俊明连续在其主编的长治作协《惊蛰》诗刊上推出"长治诗群"诗人作品展，以非凡的行动力大大推动了"长治诗群"的建构与发展进程，赢得了人们的普遍尊重与认可。不过，郭俊明不只是一位出色的诗歌活动家，实际上，他还是一位低调而颇具实力的诗人。

这里对于郭俊明的情况再做一些简单介绍：郭俊明是山西屯留人，出生于 20 世纪 50 年代。他本人系中国作家协会会员、山西省作家协会全委会委员、长治市作家协会主席。主要作品有长篇纪实文学《最后的命运》、长篇小说《三十八面黑旗》《村干部》《选举》、散文集《古韵平顺》《逃避智慧》等。除此之外，郭俊明还创作了一定数量的诗歌作品，在山西省内的重要诗歌刊物上发表。

郭俊明的诗歌创作数量虽然不是很多，但是很有个性风格与艺术质量，目前来看，郭俊明于 21 世纪创作的无题诗八首，可以视作诗人的代表性诗歌文本。这八首用现代汉语写就的无题诗继承着无题诗一贯具有的某种晦涩风格，但却呈现出传统与现代交织的审美趣味与艺术风格，而且每首诗的思想情绪与主题意向大致可以体会与把握，现在，我们来集中欣赏一下郭俊明的无题诗八首，且引全诗如下：

无题（之一）

西边的天幕 / 是伤感的消息的专版 / 清泉从天滴落 / 这，谁也不相信 / 小溪的流淌总是沉缓 / 它绕过一座又一座旧房子 / 房子里全是故事 / 路边的草绿了又黄了 / 黄了又绿了 / 季节是永远的情感 / 可惜它不属于任何人 / 我们都会安慰，都会寄托 / 曾经爱过，再去爱吧 / 两行树，一行是白杨 / 另一行还是白杨 / 风声低吟，歌曲不朽 / 明天，会向谁走去 / 千里烟波，孤鸥静静地飞

无题（之二）

瓦蓝的天 / 映着旧房顶和一团萎黄的草 / 有人告诉我那是将来 / 我不相信 / 很久没有见到鹰 / 也没有见到雁 / 只见到一团浓雾在燃烧 / 不，那不是情绪 / 它早就冻僵了 / 一部叫《绝境》的小说 / 写尽了世界上的路 / 原来苦苦找寻的都在心里 / 我真傻 / 马尾巴荡开的天空并不宽阔 / 神在幕后等候崇拜者 / 一棵摇曳的孤树 / 让所有的风都颤抖 // 哦，这就是末日

无题（之三）

你，一个孤独的爱的漂泊者 / 忧郁的目光埋在深深的地下 / 昂扬地望着灰色的天穹 / 从来不注视地上的人群 / 西风像骏马一样奔驰 / 骏马像西风一样消失 / 你的身后没有背景 / 谁知道明天会有什么到来 / 或者会有什么东西死去 / 大幕早已落下 / 你却永远在等候第一句台词 / 那一句永远新鲜的台词 // 我曾经在春霭蒙蒙的日子里 / 梦到过你，那时候 / 你正在三月的阳光下开放 / 周围长满了苍老的狗尾巴草 / 你对我说你要死了 // 然后你就笑 / 笑得像一道彩虹 / 我知道黑暗谋杀你的时候 / 会和太阳勾结 / 沉默 / 那么，一切都会悄然殒落 / 后来，每次新的漂泊和跋涉 / 多了一声祈祷

无题（之四）

乡村的夕阳 / 是一个忧郁的象征 / 在慢慢的萧萧的坠落之中 / 默默地凝视一缕一缕的炊烟 / 这是回归的时刻 / 到处都荡漾着呼唤 / 应声渺渺 / 可谁也没在意 // 所有的风景都被它照成金黄色 / 诱惑逼得人想发疯 / 独行的脚印像网一样撒开 / 罩住另一些独行的人 / 我记得有一匹骆驼 / 就是死在这样的风景里 / 那是一个传说的源头 / 除了我 / 谁也不知道

无题（之五）

站在水边，面对着层层逼来的波涛 / 你会觉得，世界上根本没有温柔的东西 / 一条小鱼跃出水面 / 半空中闪过一道刺眼的白光 / 它或许是过多的感受过温情 / 所以它才这样地不耐烦 / 平缓的沙滩或者泥滩 / 供波涛变成浪花 / 就像把一个武士化作一个嬉戏的小姑娘 // 礁石，悬崖，馋岩毕竟太少 / 许

多的波涛就这样被改变了／礁石、悬崖、馋岩／让它们所有的棱角都磨掉／可是，水平静的时候／的确像一个充满温情的母亲

无题（之六）

在一个雪白的夜晚／我为一个女人失眠／许久许久没有过的战果／从天而落／夜晚之上的缠绵／被云层烘托着／凝成冰冷的雨滴／落在一个破碎的额头／深深的海／为之而干枯／弯弯曲曲的牵牛花／怒张着青藤之外的迷蒙／／月色不再皎洁／山崖上长满了悠久的青霜／电光闪过／照亮厚厚的心境

无题（之七）

一只鹬啄着一只蚌／于是有了一次对话／于是有了一个故事／鹬、蚌、还有得了利的渔人／都死了／我无意地在水边漫游／听阵阵渔歌传来／悠悠的，长长的，让人想哭／打鱼的人不知道他的歌会感动不打鱼的人／他只是随便地哼唱或者号吼／突然，我看见一只鹬啄着一只蚌／与那个古老的场面一模一样／没有对话／也没有渔人／／只有我静静地看／静静地听蚌壳被啄打的声音／很清脆，也很悦耳

无题（之八）

爱，是不能诉说的／所以，我，沉默／西风，将星星吹上破碎的夜空／唤醒遍地的春草／以呐喊的方式烧成燎原大火／／荒原的语言是石头和砂子／在它执着的记述中／天空会停留下来／懊悔它曾经有过的绚丽／但，所有的思绪／都不能从它宽疏的空间通过／／不，也许，西风／只是将黑暗吹上天空／／砂子和石头被磨砺过了／没有办法失去它的光泽／所以，它，顽强／所以，它，固执／时间像游丝一样从它身边绕过／／一种思绪，成为渺茫／另一种思绪，成为无限／除了星空，我们还能仰望什么／／一切，都在西风中滚动和呼啸／为什么，星光以黑暗的记忆而存在／不能诉说，只能沉默／／远行／深夜，／看青霜／在草尖盛开／／该走了

现在，我们依序对诗人郭俊明的八首无题诗进行简要解读与阐述。

《无题》（之一）以"旧房子"为中心意象，诗中的"天幕、小溪、路边的草、白杨、烟波、孤鸥"等为派生性意象，它们构成了一个有机的意象体系，表达了诗人对生命本身的怀旧情绪。"旧房子"所包含的怀旧主题意向，意思颇为鲜明，"房子里全是故事"又暗示诗人在过去的岁月里生命经历与精神遭遇非常丰富，但在这首诗的语境里，这些发生在"旧房子"的生命故事是与爱情的体验紧密相关的，如同诗中所言："曾经爱过，再去爱吧"，这就明确暗示以"旧房子"为载体，诗人内心深处所展开的一段美好爱情的存在、失落与再次憧憬与追求的心路

历程。诗作结尾部分，"两行树，一行是白杨／另一行还是白杨"，这种意象设置与语言表述，令人联想到鲁迅著名散文诗《秋夜》中开头的句子，突出了诗人的孤独心境，而这独孤心境的背后则是爱情的消逝。诗的结句"千里烟波，孤鸥静静地飞"以充满古典意味的意象，再次表现了诗人失去昨日爱情的孤独意绪。该诗整体意象画面组接和语言表达上存在着某种现代性的晦涩，但审美情调则充满着古典气息，可以说是传统与现代审美风格的有机融合。

《无题》（之二）接续了《无题》（之一）的主题意向，它依然以"旧房子"为诗思聚焦点，诗中的"鹰"和"雁"暗示为爱情信使，但它们没有给诗人带来任何爱情的信息，于是，接下来的"浓雾在燃烧"这一意象画面，表明诗人无比痛苦、失望的情绪，随之，"一部叫《绝境》的小说"这一段语言叙述，暗示诗人对爱情的追寻已陷入绝望境地，最后一节诗，诗人用了"天空""神""一棵摇曳的孤树""末日"等这样充满现代主义色彩的意象与词语，表达了诗人对爱情、理想等生命情感与人生信仰的深度焦虑、绝望与空虚体验。与第一首诗相比，这首诗在表现手法与情感体验上具有更多的现代性气息。

《无题》（之三）在主题意向上无疑是《无题》（之一）与《无题》（之二）的一脉相承，并且在情绪上进一步深化，它表达了爱的孤独、漂泊与死亡的现代性主题。诗作采用了"我"与"你"的精神对话方式，来着力刻画"一个孤独的爱的漂泊者"的悲剧性人物形象。在这首诗的语境中，"我"与"你"可以视为同一个人，因此这实际上是诗人灵魂的一场自我对话，它反映了诗人对爱情与生命的极端焦虑与虚无体验，而这毫无疑问是一种现代性的体验方式，因此，在诗中才会出现"我知道黑暗谋杀你的时候／会和太阳勾结"这样荒诞性的意象画面与负面性的生命体验。而诗作中的矛盾修辞也展现了诗人精神的内在分裂症状，为文本留下了许多可以想象的空间。

《无题》（之四）在主题意向上与前面三首无题诗有所继承，也有所偏离。前面三首无题诗均表达了爱情的主题，而《无题》（之四）则重点表现了孤独与死亡的主题意向。该诗中的"夕阳""炊烟"等充满乡村田园色彩的意象，反映的是诗人渴望得到一个心灵归宿的美好心愿，但在诗作中，这一心愿并未获得实现。"所有的风景都被它照成金黄色／诱惑逼得人想发疯"，这两句诗暗示诗人受到美好的憧憬与追求的强烈诱惑，但自己又找不到可以实现自己美好愿望的正确路途，诗人处于独孤的迷途之境，"独行的脚印像网一样撒开／罩住另一些独行的人"，运用重复的手法，有力凸显孤独处境的无可摆脱，而诗中所说"有一匹骆驼／就是死在这样的风景里"，展示了诗人孤独到死亡的悲剧性感觉与心态。虽然诗作结尾说那是一个传说，但诗人对生命的孤独与死亡的悲剧性体认令人刻骨铭心，难以忘怀。

《无题》（之五）把场景转换到海边，通过"你"的见闻与感受，表达诗人内心骚动不宁的情绪体验。在诗中，"波涛"这个意象象征着叙事主人公内心的波动与不安情绪，而"浪花"这个意象则象征着诗人充满温情的体验，很显然，诗人对生命的宁静与温情状态感觉不大满意，因为诗人已过多感受过温情，"所以它才这样地不耐烦"。简言之，这是一种矛盾的心态，体现诗人不安分的现代人的精神状态。

《无题》（之六）重新回到了爱情主题的表现，重点是书写诗人的爱情体验。通过"雪白的夜晚、缠绵、深深的海、牵牛花、迷蒙、青霜"等一系列词语与意象的运用，可以感受到诗人情感体验的传统审美趣味。值得指出的是，诗人在这首无题诗中所表达的爱情体验尽管也带有刻骨铭心的痛苦、伤痛，但整体上仍然具有浪漫主义的色彩，而未展示现代主义的空虚与绝望，因而在阅读接受上给读者以亲切感。

《无题》（之七）再次把场景转换到海河边，而且与前面六首无题诗的主题意向发生了很大的偏离。该诗构思精巧，诗人漫步在水边，他首先用质朴、明白的语言讲述了"鹬蚌相争"这个成语的含义，然后笔锋一转，叙述渔夫的歌声感动了"我"而渔夫本人不知道，由此凸显世界的某种荒诞性。紧接着，诗人叙述自己在沙滩上真实地看见了鹬蚌相争的情景，诗作的戏剧性元素立马呈现出来，结尾所言"静静地听蚌壳被啄打的声音，很清脆，也很悦耳"，则以反讽性的语调再次凸显世界的荒诞性与人心的不可理喻性，展示文本的现代主义思想与情感特质。

《无题》（之八）再次回到了爱情主题意向的表现，重点依然是书写诗人的爱情体验。在这首诗里，诗人的爱情体验一方面充满传统的审美情调，例如诗人一开始便这样强调："爱，是不能诉说的／所以，我，沉默"，这种言说方式与情感体验方式便呈现鲜明的民族文化心理色彩，尤其是"除了星空，我们还能仰望什么"这样的话语表达，更是呈现中国人对理想化爱情比较普遍性的民族心态。另一方面，诗人的爱情体验又流露出现代性的审美趣味，例如，诗作中"西风，将星星吹上破碎的夜空""荒原的语言是石头和砂子""为什么，星光以黑暗的记忆而存在"等充满灰暗色彩的意象与话语表达，则呈现空虚、黑暗等具有鲜明现代主义色彩的负面生命体验。当然，在文本中，传统与现代这两种审美趣味与艺术风格呈现为某种异质混成的状态，最终展现为一种具有情感深度的艺术化表达。

从中可以看到，郭俊明的这一系列无题诗（共八首）表面看似无题，实际上涉及孤独、爱情、漂泊、死亡、命运、荒诞等重大主题，而且诗人对这些重大主题予以了现代与传统双重审美风格的艺术化书写，这些诗歌文本既展示传统意义上的含蓄之美，又展示现代意义上的晦涩特征，但其思想情感整体上可以感受、体会与把握，体现诗人颇为扎实的思想艺术功力，由此进一步彰显郭俊明在"长治诗群"中的重要地位与独特价值。

（二）北琪：对日常生活秩序的理性书写与诗意超越

在"长治诗群"中，北琪被公认为实力派诗人。北琪，原名韩瑞琪，后更名韩建华，20世纪70年代初期出生，长治市潞城区羌城村人。少年时代开始诗歌写作，曾在《诗选刊》《西北军事文学》《解放军文艺》《黄河》《延河》《理论与创作》《中国文化报》等报刊发表诗歌及评论，诗作入选《山西中青年作家代表作选》《山西文学年度作品选》（2012、2013、2015诗歌卷）、《2008中国诗歌档案》《2013中国诗歌排行榜》等国内多部选本。

北琪身上具有一种自觉的理性精神，他对自己的职业状态与生活境遇有着随遇而安的现实认同态度，因此，我们在北琪的不少诗歌作品中，可以看见诗人对日常生活秩序高度认同式的书写，从中体现了诗人恪守传统诗学精神与审美趣味的写作态度，我们首先来看他的《一个职业公文写作者的述说》：

一个职业公文写作者的述说

1996年开始／我成为一个／职业公文写作者／和思想、主义成为朝朝／和总结、报告结为暮暮／／十八年过去了／我们并没有成为知己／有时还对他们有点厌烦／除此之外，偶尔／也为老去的同事写悼词／我庆幸有这样的机会／为一个个平凡人／用最朴素的文字／总结他们的一生／／一份悼词／和一份工作总结相比／从字数上看／似乎很简单／但和一个人的一生／一位逝者对你的信任／相比，却非常地艰难／／我必须小心翼翼地／翻阅，逝者的档案／一页页泛黄的纸张／缓慢而温暖的述说／还必须耐心地听取／儿女们深情的缅怀／／总是在夜深人静时刻／完成一份悼词的写作／对于每一个词／细细斟酌

这首诗以严谨的现实主义写实手法，语言朴素地叙述了诗人的职业状态与精神状态，作品语调平静，不动声色，但字里行间还是让人感觉到诗人对自己作为一个职业公文写作者角色的自觉认同，由此凸显诗人对传统人生态度的遵从，以及对传统诗歌创作方法与审美风格的遵从。

北琪对传统创作方法与美学趣味的自觉持守，使得他的诗歌作品呈现质朴、冷静、理性的风格与特征，这一点在《这是一年中最后的时光》中体现得极为典型：

这是一年中最后的时光

这是一年中最后的 / 时光。仍能觉察到它 / 微微的震颤和丝丝余温 // 想一想这一年 / 除了每天为妻女洗衣做饭 / 为一份微薄的工资 / 在交通执法局写公文 / 为了我的人生不寂寞 / 读诗和写作 / 除了周末回到乡下 / 看望孤独的母亲 / 真不知道自己 / 还干了些什么 // 早已过了指点江山的年纪 / 关于那些不切实际的 / 奢望，都已沉在心底 / 关于诗歌和人生 / 我思考了很多 / 却没有写下一首像样的东西 / 我想，过好每一天就很重要 / 像一棵树一样立在那里 / 四季轮回。每一样事物 / 都有它独特的年轮 / 都有它存在的意义

该诗属于岁末时节诗人对自己生活状态与精神状态的个人总结。在明白如话、质朴无华的自我叙述中，我们可以深切感觉到诗人对日常生活秩序（包括工作状态在内）的高度自觉认同，如同诗中所言称的那样"我想，过好每一天就很重要"，这种理性的现实主义人生态度也鲜明凸显诗人的传统诗歌审美趣味与语言风格。

不过很有意思的是，在《这是一年中最后的时光》这样带有岁末个人生活总结性质的诗篇中，诗人还是提及了"关于诗歌和人生"的话题，并自谦"没有写下一首像样的东西"。但是我们可以发现诗人在认可日常生活与现实秩序的前提下，对诗歌的追求以及对诗歌超越性价值的内在认可，正是这一点，将现实社会中一个职业公文写作者韩瑞琪或韩建华变成诗人北琪。

于是，我们在北琪诗歌中可以发现其社会角色与诗人身份的戏剧性转换，《我们喜欢酒后谈诗》一诗在叙述诗人这两个身份的戏剧性转换方面颇具典型意义：

我们喜欢酒后谈诗

黑骏马，晋柳和我 / 相识多年。因诗歌 / 成为兄弟 // 我们没有在 / 桃林里盟誓 / 谁也不想称王 / 谁也不用辅助谁 / 所以在平日里 / 在清醒时 / 各自忙着生计 / 不谈诗 // 只有偶尔小聚 / 酒酣胸胆尚开张时刻 / 才会点燃久违的诗情 / 交流各自发现的 / 诗歌中的秘密 / 或者褒贬彼此 / 也对别的诗人 / 说三道四 // 那样的时刻 / 友谊沉入杯底 / 诗情荡漾其中 / 只是在第二天醒来 / 又恢复平常的日子

诗作运用了明白如话的口语，叙述了诗人与几位诗友平时忙碌于生计不谈诗歌、但偶尔小聚借着酒劲"点燃久违的诗情"的真实情景，诗的结尾说"只是在第二天醒来 / 又恢复平常的日子"，这一方面为诗作带来了戏剧性的表现效果，同时暗示诗人对现实生活秩序认同的同时，对诗歌价值或者其诗人身份具有更高层面的自我认同。《办公桌上的烟灰缸》一诗在此方面极具代表性：

办公桌上的烟灰缸

　　静静地待在 / 办公桌一角 / 堆成小山似的烟蒂 / 无声地述说着 / 烟雾缭绕中的 / 工作和生活 / 关于来访者 / 除了我的那些同事 / 就是几位诗人朋友 / 黑骏马、晋柳、唐振良 / 还有一位写小说的郭萧 / 被盗版和抄袭所困扰 / 他们有的像我一样 / 满腔愤慨满腹牢骚 / 有的高谈阔论 / 有的沉默不语 / 办公桌上的烟灰缸 / 多像斯蒂文森笔下的坛子 / 它是圆形的。稳稳地待在那里 / 不像我凌乱的办公室别的东西

　　与前面几首诗的语言风格极为相似，该诗同样运用了质朴、明朗的话语坦诚地叙述了诗人的工作状态与日常生活状态，有所不同的是，诗人讲究构思，通过"办公桌上的烟灰缸"作为全诗的中心意象，以此串联起作品的思想情感。在诗中，"办公桌上的烟灰缸"是具体的物象，而到了诗作结尾，诗人把它升华到象征主义的高度与层面，把它与美国著名现代主义诗人斯蒂文森笔下的坛子相提并论："多像斯蒂文森笔下的坛子 / 它是圆形的。稳稳地待在那里 / 不像我凌乱的办公室别的东西"，一下子便把"办公桌上的烟灰缸"的审美意义高度升华了，它象征着诗人心目中的诗歌理想与艺术追求对现实理性秩序的完全超越，由此充分而有力地彰显诗歌艺术的超越性价值。

　　于是，在北琪的绝大多数诗作中，我们既能看到诗人对现实生活的质朴叙述，又能感受到诗人对现实生活超越性的艺术表现与诗意挖掘，而且基本上做到了现实与象征、玄想的结合，呈现传统审美趣味与现代诗学理念的混合与杂糅状态。我们在此可以列举《一个冬日的上午》一诗为症候性文本：

一个冬日的上午

　　天气晴朗。一个冬日的上午 / 只是晴朗，与诗歌没有关系 / 我独坐在办公室里 / 望着窗外的存在和虚无 // 一阵电话铃声响起 / 就在我迟疑的片刻 / 电话铃声再次响起 / 当我拿起电话听筒 / 是我的诗友赵立宏 / 他说他的诗集出版了 / 我高兴之余 / 还有点感动 // 我高兴的并不是 / 他的诗集出版了 / 而是他身在樊笼 / 还保持一颗诗心 / 我感动的则是 / 他想到告诉我 / 一个皈依了诗歌 / 却因为没有慧根 / 一直徘徊在门外的人

　　这首诗用了质朴的口语真实地叙述了诗人的工作状态与日常生活状态，诗中言说自己接到一位诗友邀请他参加诗集研讨会后非常感动，凸显对自己诗人身份价值的高度看重，尽管态度非常自谦。诗中真正的亮点是诗人在保持清醒的现实态度之外，对生命又存在一种现代主义的悲剧意识，如诗中所言"我独坐在办公室里 / 望着窗外的存在和虚无"，其中，"窗外的存在和虚无"这个表述明显体现了诗人现代性的空虚生命体验，背后传达出对生命的悲剧意识。在

诗中，传统趣味与现代意识奇怪地混合在一起，展示了诗人审美文化心理结构的内在复杂性。

北琪对现实生活混合着传统与现代双重趣味与风格的诗性叙述，为其诗歌文本带来了颇为别致的审美体验。这种审美体验不时呈现某种精神分裂式的阅读症候，我们现在看看诗人给我们带来的《整整一个下午的时光》：

整整一个下午的时光

　　整整一个下午／韩江雪在翻找她的红领巾／阳光透过窗玻璃／闪耀在她的额头上／／浮尘也被赋予明亮的色彩／沉醉于这幸福的时光／明天就是九月了／窗外的树叶，正由碧绿变为金黄／／已经过去的这个夏天／比以往的任何季节都要漫长／煎熬着我的是／诅咒和愤怒，无奈与悲伤／／而此刻，我安静地坐在／秋日的阳光里，几乎没有思想／有谁能够说出人生的意义／是近在咫尺的拥有，还是遥不可及的梦想

2007 年 9 月 29 日

诗作的主要内容是诗人叙述自己的女儿韩江雪在八月最后一天在屋子里翻找红领巾的日常生活场景，语调明亮，情绪温馨，暗含诗人对自己昔日读书时光的美好回忆，但是诗作的结尾部分诗人的情感体验却发生了逆转，诗人对这个流逝的夏天变得"诅咒和愤怒，无奈与悲伤"，而且生发出了对人生意义的严重质疑："有谁能够说出人生的意义／是近在咫尺的拥有，还是遥不可及的梦想。"毫无疑问，在该诗的语境中，这是诗人对前面女儿快乐翻找红领巾追求上进人生行为的一种自我思想质疑与否定，充满了消极性、悲观性的现代生命体验，诗作中这种传统生活画面与现代悲剧意识的"奇异嫁接"，给读者造成了"精神分裂式"的阅读印象。

当然，在此必须指出的是，北琪对日常生活场景既传统又现代的叙述，多数情况下，其表现的思想与情感内容还是比较和谐的，也就是说，可以比较有机地融合在一起。例如，诗作《一个缺席者的自白和低语》，运用充满谐趣性的口语，表达了自己对一些外国现代诗人与几位本土口语诗人作品的欣赏之情，北琪对他提及的诗人们作品的欣赏态度是非常真诚与真挚的，但其叙述语调则充满了一种先锋色彩的现代性趣味。另外，《梦境或者静止的海》一诗所刻画的优美意境与所表达的悲剧性生命体验，则达成了传统风格与现代意识比较有机融合的艺术效果。

但是，当诗人北琪身上的传统理念与现代意识发生内在冲突的时候，则会造成其文本内部的某种精神分裂式症状。例如诗人的诗作《青草（之二）》以"青草"为核心意象来梳理平民的苦难历史，赞美底层民众承受苦难创造历史的可贵人格

品质，凸显诗人自觉的平民意识，在该诗的结尾，诗人对"青草"的一生进行了自我矛盾与自我冲突的高度总结：

> 岁月匆匆，生命短暂／青草无怨无悔的一生／是我巨大财富和心灵的支撑／如今我的妻女也如青草一般美丽／红润我清白的一生和空洞而虚幻的诗篇

由此可见，以"青草"为自己的人生写照，诗人一方面高度赞美了"青草"的一生，赞美了自己的妻女如同"青草"一样美丽，同时又指出自己的诗篇"空洞而虚幻"，实际上这在一个更高的思想层面否定了自己人生的价值，展现诗人对人生的空虚体验与悲剧意识，由此造成文本内部的精神矛盾与分裂状态，大大增加了文本本身的思想艺术张力效果。

就北琪的具体作品来看，他的部分诗作展示了颇为鲜明的传统审美趣味与艺术特色。例如，诗人在诗作《吟诵》中以素朴的语言与舒缓的节奏，表达自己吟诵古人之诗的心愿与对静美境界的向往，在《行走，或者中年之镜》一诗中，诗人也以平淡的语言与从容的节奏，表达自己"爱上了太极拳的松沉缓慢"的中年心境，体现了传统文人的闲适心态。在写景的组诗《窗外的景色》（由"那扇窗户敞开着""窗外的雨下着""深秋的田野""天色暗下来""夜半时分的一声鸟鸣"等五首诗组成）中，诗人运用质朴而细腻的笔触，描写深秋时节的田园风光，表达了中国古代诗人普遍具有的一种"伤秋情绪"，比如，《那扇窗户敞开着》中出现这样的诗句："窗户，它敞开着／朝向谁也无法逾越的尘世。"伤感的情绪扑面而来，而古典抒情诗歌的标志性情绪基调便可以"伤感"一词加以概括。北琪笔下抒情气息浓郁的作品基本都充满一种伤感，他的两首抒情诗《今夜冷雨敲窗》《沉默白杨树》从作品标题就很鲜明地凸显以伤感为主导的审美情绪。当然，北琪作品中伤感情绪的大面积流露与诗人身上的乡村情结有机地融合与混杂在一起。众所周知，在21世纪中国社会的城市化历史进程中，乡村的衰落似乎是难以挽回的历史趋势。作为一名具有深刻乡村生活记忆的诗人，北琪书写今日乡村生活风貌时，发现昔日乡村的许多风景都已经消失不见了，伤感情绪难以自抑，便完全可以理解，诗人的《稻草人》一诗对其自身伤感的原因做了坦率的说明：

稻草人

> 我有时向韩江雪说起／我的童年。在羌城村／一块紧挨着一块的／田地中央，可以看到／形态各异的稻草人／面目狰狞，破衣烂衫／／对于觅食的鸟群／除了虚张声势的吆喝／就再也没有别的办法／如果是在月夜／没有风的骚扰／它们一个个／静默，鹤立／时间流逝／／现在，这一幕幕／只是偶尔出现在／人近中年的梦境／那一块紧挨着一块的田地上／工厂和商铺取代了茂

盛庄禾／再也看不到稻草人的身影／再也没有起落盘旋的鸟群

2018 年秋

　　该诗以诗人向出生在城市的女儿讲乡村故事的方式，以"稻草人"这道昔日乡村风景的消失为叙述焦点，对乡村土地被现代化商业文明的挤压命运深表忧虑，作品所表达的浓重伤感情绪，与诗人身上深厚的乡村情结合二为一，互为映衬。

　　正因为诗人身上存在着深厚的乡村情结，因此他对城市生活骨子里是不适应的，甚至存有排斥情绪的。这一点，在诗人一首充满着浪漫主义忧伤气息的诗篇《暮色中的马》中体现得颇为典型：

暮色中的马

　　决非转瞬即逝的幻觉／虽然我眼睛近视，目光短浅／但还是看到了暮色中的那匹马／披着一身的月光在狂奔／毛发黝黑闪亮，头颅高昂／／却听不到马蹄叩击大地的声响／也没有一匹马应有的长长的嘶鸣／仿佛命运的闪电，悄无声息地来去／就在此刻，世界安静下来／大地上所有的灯盏升上了天空／／事实上整个少年时代我喜欢白色的马／而现在，我曾经有过的军旅生涯／还有我在交通稽查局的十余年时光／已渐行渐远，没有声息／／我们居住的城市／就是一座座钢筋混凝土的丛林／坚硬的水泥路面／怎么能容得下一匹马的驰骋／即使在我的故乡，在田野上／也不会看到马匹的身影／人类最忠实的朋友和兄弟／／这些年，有多少我们熟悉的／和陌生的人，在尘世中／越陷越深，心肠越来越硬／像沉在海底的岩石／／因此，我越来越喜欢／这越来越深越来越静／越来越苍茫的暮色／在古老的月光引领下／与一匹马，短暂地相遇

　　诗人运用出色的想象力与生动、精确的语言，描述了暮色中一匹马的艺术形象，很显然，这匹马是诗人的人生经历与主观想象结合起来的精神产物，在这首诗的语境中，"马"表征着诗人的乡村情结与自然情结，它是城市文明的对立物，诗人在作品中这样明确写道："我们居住的城市／就是一座座钢筋混凝土的丛林／坚硬的水泥路面／怎么能容得下一匹马的驰骋。"因而，虽然整个作品的艺术境界充满了神秘、优美、动人的浪漫色彩，但审美情调却是伤感（忧伤）的。

　　同样具有浪漫主义风格，北琪表现其军旅生活经历的诗篇中却绝少伤感情绪，有的则是一股阳刚、豪放之气概与乐观、自信、坚定之情绪，我们在诗人的《枪与春天》《枪或者诗篇》《故乡的风》《1994 年春与枪为友》《当兵日记》《诗篇或者从军记忆》等以崇高风格为主导的军旅诗歌作品中，感受到诗人身上浓烈的革命浪漫主义精神，而这革命浪漫主义展现了诗人的人民性立场，又与诗人身上的乡村情怀纠结在一起，内涵非常丰富，值得品味。

同样，北琪的部分诗作展示了诗人身上颇为鲜明的现代性审美意识、情感经验与艺术特色。与北琪本人叙述日常生活状态与书写乡村风物时凸显审美意识相反，诗人在探究非理性的生命本质与事物残酷本相时则常常流露审丑意识，以此充分彰显其现代性的美学趣味与艺术风格。可以肯定地说，北琪诗作中所表现出来的现代性理念、趣味与风格与其乡村情结毫无关联，更多的倒是与诗人的城市生活经历与生命经验关系密切。例如，诗人记录城市工作与生活状态的《交通执法局笔记》便呈现比较鲜明的现代性风格倾向，我们现在来看其中的两个诗节：

（二）

年复一年。我／写下数百万字公文／忍受着痛苦／在脊背上燃烧／／坚持艺术和美学的原则／只能是异端之美的淬火／叮当之声起于骨骼／消失于胸腔的瓮

（五）

我远远看着，一个坛子／不在田纳西州，而是东胜神洲／和诗歌相关，又和诗歌无关／说起来很大，似乎也有些光泽／但一般情况下看不到它的存在／／近些年，每隔一段时间／就会有三五个人跳了出来／拿着七八条枪向对面扫射／也被对方的流弹，击中要害

从中可见，这首诗中陌生化的修辞方式、荒诞性的情景描写、审丑性的生命体验，均使得该文本充满了现代性的意味与色彩。

诗人对传统观念中的不祥之物与不洁之物的表现兴趣，更是充分体现了诗人具现代主义色彩的诗学理念与美学趣味。例如，诗人的《乌鸦的眼睛》便是一首典型现代主义题材的诗作：

乌鸦的眼睛

（一）

比它乌黑的羽毛／比没有星辰的夜／还要幽深，还要静／／而我们这些人类／只能注意到它的／并不悦耳的叫声／／对，就是我们这些人类

（二）

深秋的大树上／一只只乌鸦目光如炬／注视着空阔田野／和一座座野草枯黄的墓冢／／它的嗓音早已嘶哑／我曾经听到过它／压得很低的咳嗽

（三）

乌鸦的眼睛／常常使我在睡梦中惊醒／然而我无法神会它的信任／它闪射着岩石般光泽的目光／有时柔弱幽微，有时仿如霹雳弦惊／它深知白日里人们厌恶它／就在夜色中守护，这／多灾难的人间片刻的宁静／它以为梦中

醒来的我／有着和它一样的身世和命运

（四）

谁也无法预知／自己的前尘和来世／至于今生，亦难逃脱／一双乌鸦的眼睛

2009 年 8 月 25 日

简单说来，这首诗是对许多"乌鸦"诗篇的现代性互文写作，诗中的审丑意识与命运悲剧意识凸显其先锋色彩与前卫品质。

北琪的不少诗歌文本充满浓厚的现代主义色彩，不仅体现在修辞层面，更体现在意识层面，即北琪对生命本身充满一种命运意识与悲剧意识。例如，诗人的《一个中年人行走在深秋的墓地》呈现了典型的现代主义精神与趣味，我们来看一下该诗的开头一节：

一个中年人行走在深秋的墓地／他很享受地呼吸着死亡的气息／枯黄的杂草舞动着招魂的旗帜／那是多少个亡灵在欢呼

该诗凸显诗人极其鲜明的死亡意识，而死亡意识是命运意识与悲剧意识的典型体现，说得更具体一点，死亡意识可以等同生命悲剧意识。这首诗出彩的地方在于，诗中的主人公对死亡怀有欣赏乃至热爱的态度（从正常人的角度来看，诗中主人公的这种死亡态度显然是变态的），而且想象出色，情景诡异，境界魔幻，充满着一种独特的先锋诗歌的艺术魅力。

除刚才提及的这首诗外，诗人还创作过《蝎子》《铁》《蝙蝠》《蝉》《狙击春天也无法挽救内心的悲凉》等涉及命运主题与死亡主题意向的诗作，这些诗作展示出诗人较为娴熟的现代性修辞与表达技巧。

在此稍微探究一下，北琪身上的现代性观念与趣味虽然部分来自城市生活经历与个人生命体验，但同时与诗人在阅读层面受到一些西方现代主义诗人与文本的影响肯定大有关系，最为明显的是他受到美国现代诗人史蒂文森的影响，诗人北琪创作的一首现代诗《坛子》堪称鲜明例证：

坛 子

这是一个色泽暗淡的坛子／就像那将死者浮肿的脸庞∥还保持着泥土的颜色和气息／被闲置在某个角落里　多年∥落满尘灰面貌丑陋　满目苍凉／只有大风吹过时才发出短促而沉闷的声响∥他的主人甚至不屑于击碎它／他的缔造者也早已老死他乡∥它乐于享受这份寂寞和清闲／静静地端坐在角落里　思想∥已经成为一个思想者的坛子／比一个思想者更加冷静和刻薄

不难看出，诗人的这首《坛子》是对史蒂文森的现代诗名作《坛子的轶事》的呼应性与借鉴性的写作行为，当然在语言修辞与思想体验方面还是有诗人独有

的一些东西，正如诗人蓝冰所评论的那样：

> 《坛子》一诗，显出了北琪叙事的深沉、冷静，文字中带着更加沉郁的格调，思想性更加被强化。整首诗弥漫在对一只坛子的凝视与冥想的氛围里，而所有的意味与思考，都在那缓慢的凝视与冥想中一一呈现了出来。相比较而言，这首诗就达到了一种智识上的冷静与成熟。它有一种理性上的力道与美。①

客观来说，北琪具有现代主义特质的诗篇更多的还是展示自己思想情感与艺术层面的原创力，《一只斑斓虎闯入我梦中》是此方面的代表性文本：

一只斑斓虎闯入我梦中

> 一只斑斓虎闯入我梦中 / 但我深知这并不代表任何征兆 / 却更愿意相信，那是另一个我 / 从山林中归来，一脸的疲惫 // 窗外是披着轻纱的月光 / 孕育着黎明和忧伤 / 那虎看上去安静而慈祥 / 柔软的皮毛，锋利的爪 / 幽暗的眼神，洁白的牙 // 这体态庞大性情凶猛的兽中王 / 述说着悲欢和情仇 / 语调之平缓像一位老人 / 就在月光抵达之前 / 刚刚结束一场撕杀 / 血腥的气息正在密林深处弥漫

2007 年 3 月 8 日夜

简单地说，这首诗以魔幻现实主义的表现手法与出色、丰富的想象力，对"一只斑斓虎"——百兽之王的艺术形象予以了惊心动魄的刻画与描写，由此生动展示诗人灵魂的自我冲突与自我分裂情形，凸显典型的现代主义风格，给人留下深刻难忘的阅读印象。

总而言之，北琪的诗歌创作既遵从传统诗歌审美风格，又展示现代性的思想情感与美学趣味，而且有时单独呈现，有时又混杂展现，整体上展示了比较深厚的思想艺术功力。国内知名诗人李洁夫、李寒曾这样评价北琪的诗歌创作：

> 北琪的诗睿智又冷静，并且文字有一种很深的硬度。比如他写《铁》：你不要以为铁是冰冷的 / 你知它经受过多少次锻打和淬火 // 你不要轻薄地去追溯一块铁的历史 / 它可能和你的先祖和你的前世有关 // 铁是木讷的。可是一经摩擦和撞击 / 就有可能点燃战火，亦可合奏出美妙的音乐 // 铁是暗淡的。但是一经手艺人打磨 / 它就会在月光下，发出幽蓝的光焰 // 你尽可以把一块铁随意放在某个角落 / 它不会抱怨不会挣扎，比大山更沉默 // 面对一块铁，我们能否轻易做出 / 化铁为犁，抑或化铁为剑的选择 //。我们可以把这首诗看作是北琪的内心独白或者是宣言。语言的硬度在这里一点也不妨碍北琪诗

---

① 蓝冰：《纯粹的歌者——简读北琪诗歌》，原载《长治日报》2018 年 11 月 4 日。

歌的品质和内心的柔软。这种思想和深度贯穿北琪的写作。所以，我们宁愿相信现实生活中的北琪是一个"乐于享受这份寂寞和清闲／静静地端坐在角落里思想／／已经成为一个思想者的坛子／比一个思想者更加冷静和刻薄"（《坛子》）的北琪。[①]

这些评价，很大程度上彰显北琪在"长治诗群"中的应有地位。

（三）黑骏马：精神漂泊之路上的浪漫抒情

在"长治诗群"成员当中，黑骏马称得上是坚持浪漫抒情写作向度最为执着的诗人，由此凸显其鲜明的诗歌创作特色。黑骏马，原名白保良，1970 年 3 月 2 日生于山西潞城，现在长治潞城市公安局交警大队工作。曾经先后获《人民文学》征文诗歌优秀作品奖、《少男少女》青春诗会大赛大奖、全国青春诗歌大赛新人奖、丁玲杯诗歌大奖赛佳作奖、首届"我看中国"国际青少年诗歌大奖赛一等奖、庆祝建国 50 周年暨迎接澳门回归全国诗人书法家画家作品大奖展览优秀奖等 10 余次。有诗作入选《当代中国青年诗选》《中国当代乡土诗选》《中国新诗人成名作选》《2019 年中国新诗排行榜》等国内各大选本。曾参与编辑《三晋英才》大型画册、《当代中青年诗人作品鉴赏辞典》等书。个人事迹被收入《中国诗人大辞典》《中国中青年诗人传略》《潞城人物志》等辞典。目前系中国诗歌学会会员、全国公安作家协会会员、山西省作家协会会员、潞城市作家协会常务副主席。迄今出版诗集《黑骏马的风景线》《默默的流水线》《三月雨地平线》等。

黑骏马的诗歌创作起步于 20 世纪八九十年代，作为当时比较活跃的校园诗人之一，黑骏马继承了那个时期浪漫、唯美、古典的诗歌艺术风格，并将这种艺术风格一直延续到 21 世纪的诗歌创作当中。可以说，黑骏马是一位本色化的抒情歌手，他天生多愁善感，有着太多的情感需要倾吐与歌吟，真挚、坦诚地抒发内心的情感，成为黑骏马的创作动机与写作目标。通常说来，浪漫、唯美、忧伤、真挚、质朴、深沉是黑骏马抒情诗创作的主要艺术特色。尤其是其中的浪漫、唯美、忧伤风格，与"黑骏马"这个笔名构成一种对应关系。

需要指出的是，在黑骏马创作起步阶段，他的作品中就有一种流浪情结，这与诗人的浪漫主义精神姿态关系密切。这种流浪情结投射到诗人钟情的人与事物身上，便体现为浪漫主义精神与情怀。黑骏马对浪漫、唯美的事物有着一种异常的眷恋之情，例如，诗人对江南周庄极为仰慕，在诗人心目中，周庄成为他的江南恋人，引发了他无限的柔情，于是，诗人结合自己旅游周庄的经历，以抒情的笔调，写出组诗三首，将其想象与现实中的周庄形象呈现在读者面前：

---

① 李洁夫、李寒：《太行诗歌群落诗人扫描》，原载《上党晚报》2007 年 2 月 7 日。

最后的周庄（三首）

梦里周庄

你没有见过这样的村庄／村里不见土壤／房屋不长在地上，兀自／泡在水上／／你何时养过这样的孩子／不吃母亲的乳汁／不被抱在怀里，生来／立在水上／／你不曾睡过这样的觉／没有盖上被子／不是睡在床上，整日／漂在水上／／你哪里读过这样的诗歌／没有笔墨／不用纸张，直接／写在水上

叙说周庄

周庄不是村庄／不是一个概念／一个简单的偏旁／在我前天见到它时／它就像养尊处优的花蕊／简约　淡雅　空旷／舒展在水乡博大的胸脯上／／天堂的周庄／美少女的周庄／被水覆盖着的周庄／与生俱来的周庄／面对周庄／你只能遐想／你打它任何的主意／都只能是失算的榜样／／周庄　温文尔雅　滋意流淌／在古藤　老树　小桥　流水　人家／黑瓦　粉墙　驳船　枝桠交错中／无意识中献出一个精品强档／打出的最后一张牌／／智者无言／从容中，周庄／留给诗人一笔丰厚的遗产

最后的周庄

我认识的一个女子／不是青梅竹马／她，姓周名庄／／她是一位网络女子／天天在网上聊天，写诗／不时天真地撒撒谎／说：嫁给你吧，北方的郎／／在这个瑞雪减产的时分／莫名中／我以休假的名义／悄然来到她住着的地方／／我知道的，她已不是三年前的模样／渐渐恋上了抽烟，喝啤酒／偶尔打打麻将／头发也于日前染成了棕黄／／我已不是她想象中的那样／整日接触公文的人／谈诗几乎就是妄想／／相对而言，周庄还是周庄／／在水乡村外的一个茶庄／品茶等候她的间隙／我冷不丁想起一句名言：／／最先沉默的水域／最后疯狂

2005 年 11 月 16 日初稿
2005 年 12 月 6 日改就

这三首关于周庄的诗篇，诗人运用了质朴的民谣般的语言、吟唱的调子、押韵的节奏，来刻画周庄的动人艺术形象。值得指出的是，诗人在这里用了拟人的手法，把周庄塑造为一位诗人心目中的江南美女与恋人形象，诗人对她坦诚地献上自己心灵的恋歌。在"主打性"诗篇《最后的周庄》中，诗人叙述了周庄受到商业化与城市化的污染，正在失去诗人心目中清纯江南女子的美好形象，于是作品流露一股浓浓的忧伤与惆怅情绪，由此有力反衬诗人的浪漫与唯美情怀，令人唏嘘不已。

综观黑骏马的抒情诗写作领域，诗人写得最多也相对写得最为动人的是其爱

情题材与主题的诗篇，即爱情诗，这也与浪漫主义诗人通常对爱情的热烈追求与真诚憧憬关系密切。作为一名浪漫主义情怀极为浓郁的诗人，黑骏马对爱情的歌吟与书写非常用心用力，他创作的爱情诗篇占据了抒情诗篇的大部分篇幅，把诗人的浪漫主义精神与情怀予以充分地突出与放大。在此，我们可以举出黑骏马的《爱，这十年》（组诗）为例，这首爱情组诗由八首短诗组成，是对诗人十年爱情经历的心灵总结。我们现在来欣赏其中的四首爱情诗篇：

爱，这十年（组诗选四）

爱的水域

闸门打开　水　温情的水／急切地　一泻千里向我涌来／用其滚滚激情向我倾洒／是谁　又是谁　第一次如此慷慨／流过我的耳目　血液和灵魂／让我重又看到了天域之外／那些诗歌的幽灵　那些光芒／让我重又想见曾爱过的　筱／是筱　是的　是筱不可见的力量／又在鼓动我的情思　以及梦幻／让我舍弃一切　回到诗的殿宇／筱　我的筱　伸出的手／让我们坚不可摧　紧握一起／用真的爱去筑我们的地狱　天堂

爱情考验

真正能够经得起考验的／爱情。不是一分，一秒／一天，两天／也不是海枯石烂，望眼欲穿／短暂的爱容易疏忽／像飞鸟一闪，长久的爱／又显得过于残忍，苍白／据我寻常的阅历／真正能够经得起考验的爱／不多不少，最好是十年／十年的爱。要／经历过风雨洗礼／遭遇雪霜侵蚀，拍打／是小树，早该长大了／是石头，也该苏醒了／这时候。这味道／正是爱情滋润，发达的土壤／爱不评奖，也不搞年终总结／只要忠贞这就够了／发掘这份爱情／不多不少，正好十年

挥霍爱情

在长期的劳作和摸索中／我逐渐发现，我是一个／善于摆弄苹果的人／它晶莹。透彻。与世无争／恰恰暗示着，一种隐情／不，我不告诉你／这就是爱情／我满怀信心，不言放弃／曾经捡拾的爱恋／在阔别多年之后，我更加／珍惜。倍加呵护／对于表白，我丝毫不加吝啬／慷慨赠予／／上帝的安排，有些失误／我宁可旁若无人地／拥你入怀／也不愿遮遮掩掩，住在幻想里／独自忍受，这份孤独

爱情一百

假如有一天你我老了／伤心地离开斑驳的码头／这一刻，我会准时回到／初恋的山冈，衰败的草房／山上没有了草，房子不见了窗／／这就好，这就很好／一切又成当初的老样／草本来就是我们移植的／窗户由我们亲手安装

157

／何足挂齿。在这里／我们不停劳作。栖息。下种。拔苗／偶尔趁休息间隙，谈情说爱／打发春秋，引渡冬夏／在繁忙的生命里／重复着同一件事情／儿女们长大后也小鸟一样／飞了。而我们收获的是／／一百个爱情，爱情一百／一百个爱情也是唯一／我们真的老了，头发花白／牙齿脱落，神智慢慢接近一株植物／这是多么完美无缺／你挽着我，我挽着你／一步步走向我们／早已精心设计好的／新家

1997 年 3 月 15 日至 2006 年 5 月 25 日初稿

2007 年 5 月 25 日至 26 日改就于流年堂

这组爱情诗篇贯穿着诗人爱情体验的真挚、执着与热忱。其中，《爱的水域》重点表达爱情如火般的热烈，如水一般的奔涌，诗人的爱情呼唤发自真心，无可阻挡；《爱情考验》重点表现爱情的忠贞与真诚，理性当中蕴含着对爱情的伦理坚守；《挥霍爱情》侧重表现爱情的温柔、缠绵、坦诚、投入，展示情到深处人孤独的生命体验；而《爱情一百》则勾勒了爱人之间不离不弃、白头相守的完美爱情图景，展示极端浪漫化的爱情想象。这组诗语言质朴无华，想象丰富、自然，画面唯美、温馨，情感真挚、动人，充溢着情感的芬芳，诗人浪漫而古典的爱情体验令人感受深刻并为之陶醉。

在此需要指出的是，诗人黑骏马笔下对爱情体验的动人书写，常常与诗人身上的乡村情结融合在一起。换言之，黑骏马心目中美好的爱人形象通常为美好的村姑，例如在《路过一个村庄》中，诗人美好的爱情想象便与乡村情结合二为一，诗人在美丽的乡村景色中描写了一位勤劳乡村姑娘的艺术形象，他在诗的结尾这样写道"挂满漂亮衣服的人家都有一位好姑娘"，由此，一位多情的乡村诗人形象便跃然纸上了。

与《路过一个村庄》立意相似，《冬走青草洼》一诗表现了诗人的爱情诉求与乡村情结融为一体，我们来看一下该诗的结尾一节：

我还听说了一句，在青草洼／地里的庄稼，长得石头一样硬朗／青草洼的爱情，也一样／石头碰石头般／实打实　苗壮

从中可以看出，诗人的爱情理想充满着浓郁的乡村文化色彩，充满着民间审美趣味。由此可见，诗人黑骏马身上的爱情情结与其乡村情结堪称有机融合，互为表里，强力凸显一位乡村爱情诗人的自我形象。

黑骏马也关注现实，创作过充满现实关怀精神的组诗《生活滋味》，这些作品展示了诗人精神视野的开阔度。同时诗人也思考现实生活，创作过《为钱所奔》等反思拜金主义的理性化诗篇。但诗人最擅长的还是抒情诗的创作，这与诗人的心理状态与精神气质具有深刻关联，诗人在《为爱所牵》一诗中做出过这样的坦

白："我是一个容易感动的人。"诗人一直为爱与被爱而感动，并且进一步坦言自己经常会"为情所伤"。诗人在《为情所伤》一诗中，把情感的类型、范围定位命名为"亲情，友情，爱情／兄弟情，父母情，战友情／思念情，故土情，别离情"。由此可以看出，情感的抒发是诗人黑骏马最大的创作动力与创作源泉，如果失去情感，诗人黑骏马的诗歌创作也就难以为继或后继乏力了。当然，在各种情感的诉求与抒发中，黑骏马笔下的爱情诉求与抒发还是最为本色，最为打动人心的，我们现在再来欣赏黑骏马的一首爱情诗篇《我不要多少》：

我不要多少

阳光多了反会灼人／我不要多少／给我一缕就够了／有一缕阳光照耀／我就可以活下来／／整片的森林摩肩接踵／我不要多少／给我一片绿叶就已满足／有一片绿叶映衬／我就拥有了整个森林／／春天长了会使人厌倦／我不要多少／给我三月正好合适／有三个月的光景／我就会过完整个人生／／世间有太多的绝色女子／我不要多少／给我一位就已足矣／有一位叫小夏的女子陪伴／我的一生就会完美无缺，无遗无憾

该诗运用心灵独白的表现方式，以鲜明的意象、质朴的语言与诚恳的情调，极为坦诚地诉说了诗人的爱情心愿，作品以情感的至为真挚、纯粹而感动读者，唤起人们的情感共鸣。

简言之，黑骏马从诗歌观念与审美趣味上来看当归于传统型的抒情诗人的，他在抒情方面表现出不俗的才情。黑骏马的诗歌创作不追求思想深度，而追求情感表达的纯度与强度，他作品的艺术风格以浪漫、唯美、质朴、明朗、深情为主导，一个"情"字，是解读与阐释黑骏马诗歌世界的精神密码。

（四）唐振良：对真善美传统价值的诗性守护与表现

与黑骏马一样，"长治诗群"成员唐振良在诗歌理念与审美趣味上属于传统的抒情型诗人，由此呈现传统文化对"长治诗群"大部分成员所具有的审美规训力量。20世纪60年代初，唐振良出生于长治地区一个贫穷的村庄，他童年遭遇不幸，自幼丧父，靠着母亲与大哥辛苦地拉扯着长大，凭着自己的勤奋与努力，学习成绩一向良好，后来考上了山西省城的一所大学，学的是医科，毕业后分配在长治医学院工作至今。20世纪八九十年代唐振良开始学习诗歌创作，进入21世纪以来，他在长治诗坛崭露头角，陆续在《黄河》《九州诗文》《山西日报》等报刊发表组诗，迄今出版了《生命的足音》《生命的幽香》《生命的旅程》等数部诗集。2008年，唐振良的个人词条收入中国诗歌学会主编、中国文联出版社出版的《中国诗人大辞典》一书。现为山西省作协会员。

从唐振良目前出版的以"生命"为关键词的三部诗集来看,诗人主要以亲情、友情、乡情、爱情、自然之美、生活之美、心灵之美为抒写内容,恰如国内知名评论家、"长治诗群"代表诗人之一师力斌对唐振良其人其诗所指出的那样:

　　读唐振良诗歌可以知道,他是一个多情的人,爱美的人,一个从平凡生活中勤奋提炼情和美的人。唐振良多情。多亲情,多友情,多故乡情,多祖国大好河山情。唐振良爱美,爱生活的美,爱自然的美,爱人的美。[①]

从师力斌这段敏锐的评语中,我们实际上可以用"情""爱""美"三个字来概括唐振良诗歌创作的主要思想与精神内涵。稍微具体一点说,唐振良是动用真诚的生命体验来表达他对亲情、友情、乡情的珍惜与眷恋,对爱情的憧憬与赞颂,对自然、生活与心灵之美的热忱描述与讴歌,从中体现出诗人对生命本身无比的热爱。

在抒情性诗篇中,唐振良对亲情的表现用力最多,诗人对自己的亲人都充满了骨肉情深,而在其中,诗人对母亲的热爱、尊敬、眷恋之情表达得最为丰富全面,最为真挚动人,诗人以母亲为抒情对象的诗作迄今已达数十首之多。诗人在母亲生前为她写过不少抒情诗篇,母亲去世以后,诗人对母亲孩童般的眷恋之情达到一种刻骨铭心的地步,我们来看《我想伴母亲睡上一夜——墓地沉思》中的一个诗节:

　　"守灵"归守灵 / 此处不同 / 在这荒郊野地 / 我想伴母亲睡上一夜 / 不是陪母亲去 / 魂游天国 / 是切身感受墓地的 / 苍凉与凄冷

母亲去世,诗人伫立在母亲墓地旁边想陪伴母亲睡上一个夜晚,意欲切身感受一番"墓地的苍凉与凄冷",朴实的话语,真诚的心愿,透露了诗人对母亲发自灵魂深处的眷恋与热爱之情。作品语调表面平静,内在情思深沉。而在《千里万里没有一个疼我的人》一诗中,诗人把自己失去母亲的悲伤与痛苦体验表现得淋漓尽致:

千里万里没有一个疼我的人

　　妈妈——随意叫了一声 / 好让我自感意外 / 多年了　听别人叫 / 只有眼馋的份儿 // 妈妈　我想起了您 / 一下子想起多年前的光景 // 妈妈　我好想您 / 虽然也只是想想而已 / ——坎坷的人生旅途上 / 千里万里没有一个疼我的人

诗作共三小节,诗人先从自己与别人呼唤"妈妈"的亲切体验写起,随后便自然回忆起多年前与妈妈在一起相处的光景,最后表达对已逝母亲的深深思念,

---

① 师力斌:《一个多情的医生诗人有多爱美——读唐振良诗歌》,原载《山西文学》2020年夏季号。

并在结尾处强调一句："——坎坷的人生旅途上／千里万里没有一个疼我的人。"凸显作品的主旨。诗作语言质朴，明白如话，但又简洁生动，语淡情深，尤其是诗中的核心性话语"千里万里没有一个疼我的人"意涵丰富，这句诗在一个开阔的视野与精神背景上，一方面写出了诗人失去母亲后无限孤独的心灵空虚感，一方面表达了人到中年的诗人对母亲所怀有的孩童般的热爱与眷恋，同时又十分有力地反衬出母爱的纯粹、温暖、无私与伟大，令人无比感动，唤起人们普遍而强烈的母爱体验。总之，《千里万里没有一个疼我的人》堪称一首赞美母爱、讴歌亲情的精品佳作，也是唐振良目前为止最具代表性的一首亲情诗篇。

从上面的两首诗作可以看出，诗人对于母亲的感情至为深厚，可以说诗人身上存在一种浓郁的"恋母情结"。这一点，可以在诗人创作的组诗《怀念母亲》中得到鲜明的印证。组诗《怀念母亲》由"痛失母亲""冬夜，为母亲守灵""妈妈的遗容""人到伤心处""静夜的思念""给已故的母亲打个电话""回乡探母""写给母亲""雪中，站立母亲的坟头"等九首诗组成，从不同层面抒发与表达诗人对母亲的深情痴爱，同时也从不同侧面刻画了母亲真实、动人的形象，我们现在来欣赏其中的三首诗：

痛失母亲

痛失母亲／我是痛失我自己／回到家乡／没有了落脚之地／满心欢喜／抑或是满腹疑虑／没有个倾诉之处／快乐得不到充分享受／烦恼郁郁不易化解／／乡下老屋子／荒芜芜／寂寂然／鸟儿的飞鸣不再动情／小狗的叫声已经陌生／连盛开的花树／也呈现一派单调……／乡邻故友／姊妹弟兄／谁人能替代母亲／那博大的襟怀

冬夜，为母亲守灵

展开一条厚厚的盖被／仍觉单薄／仰头一看你／竟是单薄至极：／绿的裙裾／花的软鞋／枯瘦的手指……／遮一方薄薄的面纱／横在硬板上／／真想与你／共睡一床被子／重温我们的／人间缘分母子情深／忽觉背后凉丝丝／窗外有风掀动帘子／妈妈你冷吗／该如何顾及你

回乡探母

一拐进小院子／窗口便映出你佝偻的身影／摘菜叶　抹桌子／或是蹲在火池边／抑或　半瘫的上臂撑着身子／翻一本厚厚的书／／感宽慰的是每每回家／总能看到妈妈的身影／虽是憔悴着日日老去／却再没有了小时候放学回家／找不到妈妈的焦急／没有了异地归来／进不了家门的失意／——那时候妈妈有腿／妈妈有翅膀／妈妈有不尽的奔头……／／探一回　算一回／见一回　是一回／一朝归来寻不见妈妈／天知道意味着什么

161

这组诗的写作动因是诗人母亲的去世，可以说，母亲的去世给诗人带来了很大的精神打击。因而，在母亲去世后的很长一段时间，诗人几乎时时刻刻都沉浸在对母亲的深深思念之中。在上面三首以母亲为书写对象与抒情对象的诗作里，诗人运用质朴的语言、真实的细节，一方面生动地描述出自己为亡母守灵的逼真场景，同时追忆性地刻画母亲去世之前憔悴、衰老的形象，并运用直抒胸臆的表现手法，表达了诗人在母亲去世后心灵无所皈依的苦闷、悲伤与迷茫情绪，从中透露诗人的"恋母情结"，令人为之动容。而在其他六首诗作里，诗人依然从回忆、幻觉等角度回溯了母亲极为坎坷的一生，塑造了母亲坚强、勤劳、充满爱心的乡村慈母形象，表达了诗人对母亲发自灵魂深处的感恩、尊敬与赞美之情。

诗人不仅深深地怀念着自己的母亲，也深深怀念自己不幸早逝的父亲，在《上坟》一诗中，诗人用了朴实的话语对父亲表达了"静静的思念"。同时，在《奶奶的尸骨》一诗中，诗人运用写实的手法描述了在祖先墓地里挖掘奶奶尸骨的过程，表达了对奶奶红颜薄命的深切同情与亲情认同，展示了诗人的纯粹、善良与对亲情、人伦的高度重视。可以说，诗人对父母以及祖先们的孝顺、尊崇态度与敬爱情感（这一点在诗作《上祖坟的记忆》中体现得极为典型），展示了诗人对儒家文化精神的认同。

诗人唐振良对亲情的重视不仅体现在父母与祖先身上，同样也体现在妻子儿女身上。例如，围绕妻子对待女儿的高考态度，唐振良以知心丈夫的体贴与诗人的敏感，为妻子记录下了一个特定的生命场景，我们现在来看《午夜　妻子的兴奋》：

午夜　妻子的兴奋

午夜时分／收到高考成绩／出炉的喜讯／闺女估分 527　实为 561／那一副惊喜的模样／催着我收听"喜讯"／迷糊中的我　想着／该你的跑不了／／她"耶""耶"地／伸手与我们／一一拊掌／把小聪也自梦中唤醒／仿佛这注定是一个　必须／第一时间的庆贺／／夜半的妻子／满面红光　抖擞着精神／那一幕隆重／终生难忘

诗作运用了极为传统的叙事手法，非常真实而质朴地描述了妻子在午夜时分得知女儿高考成绩的狂喜举动与面部表情，生动的细节刻画出妻子一心牵挂儿女前程的可爱形象，在诗作的字里行间，透露了诗人对妻子无比欣赏的深情。

当然与妻子相比，诗人对自己的两个女儿表现出更多的关爱，而这种关爱体现为一种纯粹、宽厚、温暖的父爱。比如在《小女为我剪指甲》一诗中，诗人通过对小女儿为自己剪指甲这样一个日常生活场景质朴而生动的叙述，刻画出小女儿的聪慧、懂事与可爱形象，从中流露出一位父亲对融融亲情的幸福体验。在《写给大女儿》一诗中，诗人用写实的手法与朴素的话语，表达自己对新入学的大女儿能否适应大学生活的牵挂与担心，殷殷父爱跃然纸上。相形之下，诗人对自己的小女儿倾注了更多的父爱，我们在《想见小女哭泣》《小女漂海带》等描写小女儿生命情态的诗篇中有着真切的感受，《春天的果园》一诗表现了诗人对小女儿典型的父爱与期待：

春天的果园

——写给小女

一边是灿烂的杏花／一边是青嫩的果叶／你把果叶也当成了花／问那些绿色的花是什么／／呵 花是春的笑脸／绿也是春的生机／难怪你把叶当作了花／它们都展着春的容颜／／这不是孩子无知／是纯洁心灵里一种新的发现／不是吗？花依叶扶衬／叶要靠花来渲染／为了果的使命／花与叶岂能分开

作品采用传统的比喻与意象，通过对于花与叶关系的阐释，来表达诗人对春天的认知。同时，诗人特意点出了小女儿对果叶与花两种美好事物的辨析不清与认知模糊，以此凸显小女儿心灵的单纯，表现诗人对小女儿身上可贵品质的肯定、欣赏与赞美之情，诗中透出的拳拳父爱，给人留下美好、温馨的阅读印象。

除了着力于亲情叙述，唐振良还花费了不少笔墨进行友情叙述。诗人重情重义，对友情非常重视与珍惜，对诗友文朋，他有着一种热情的表现欲望，因而，那些诗友文朋便成为诗人书写的对象及抒情的载体。最为典型的例子是诗人的长诗作品《阳春三月看西火——长治部分文朋诗友掠影》，该诗集中性地描写了诗人在长治地区的文朋诗友，将近20个人，其中写到了王广元、葛水平、秦建平、张奕、慧丽、牛红玲、白香云等长治诗坛与文学界的人物，诗人运用一贯的质朴语言，以及幽默的语调刻画其诗友文朋的可爱与亲切形象，令人真切感受到诗人心中醇厚的友情。

与大多数"长治诗群"成员一样，唐振良身上也怀有颇为浓厚的乡土情结，他的《观望农田与庄禾》等诗作通过描写田园风光体现其对故乡的眷恋之情，而诗人笔下最为动人的乡情抒发，往往体现在对往昔乡村生活的怀旧方面。比如在《年味》一诗中，诗人对童年的过年体验表现得有滋有味。而在《时近中秋想起童年的月饼》一诗中，诗人把他身上浓郁的乡情（乡愁）表现得更加令人心旷神怡：

时近中秋 想起童年的月饼

它的样式／它的芳香／它的图案／它的包藏／圆圆的 圆圆的／象征团

163

圆／甜甜的　甜甜的／浸透甜蜜／／实实厚厚／似车轮滚滚／东滚　西滚／上滚　下滚／便滚得亲情融融／友情真真／刚进八月就到处弥漫／浓浓的乡情……

诗作通过对自己童年时代乡村月饼形状、味道形象而生动地描述，有力地表现了诗人的乡情之浓、乡愁之深，令人久久沉浸其中，不愿自拔。

与诗人的亲情、友情、乡情叙述诗篇相比，其爱情诗篇虽然数量不多，但是特色独具，境界颇高，可谓自成一格。在此举出诗人一首最具代表性的爱情诗篇《爱神》为例：

爱　神

朝我走来了／甜心地微笑着／圆圆的脸／圆圆的笑／圆圆的镜片……／／刹那间小巷变得温暖／空气芬芳浓郁／呵，这一方天地／我第一次发现了／世界原有如此／吉祥和美的光辉

诗人用了甜蜜、庄重的语调，流畅、精确、到位的语言，表现了他对自己心目中爱神温暖、美好而神圣的情感体验。作品意境浪漫而幽默，爱情的体验充满神性色彩，让人仰望，又令人陶醉。

除前文论及的不同维度与层面的抒情之外，诗人在描写、刻画与表现自然之美与生活之美方面，也有值得称道的艺术表现。诗人运用的手法虽然是传统的，但对自然之美的描画与表现却可以深深触动读者的灵魂，我们在此以《日出》一诗为典型个案：

日　出

是神在画圆／由点到线／弧线　曲线／由线到面／红彤彤的／一轮神的辉光

这首短诗描写日出的情景，诗人动用了传统的写实笔法与出色的艺术想象，塑造出太阳的神圣形象，闪耀着神性写作的动人光辉。

诗人创作有大量的写景性诗篇，而且喜欢以名胜为书写对象，例如《曾与纳木错擦肩》《梦游天池》等诗作，表现了诗人对美丽自然风光的美好情感。在大多数情况下，诗人笔下的写景状物颇为形象而生动，其中诗人对春天景色与形象的刻画和描写尤见功力，例如《春来了》《春草》《春风》（之二）等"春天诗篇"。我们在此举一首反映春天题材的短诗为例：

春风（之一）

我把风／当成了雷／它有着雷的声威／雷的特性／此起彼伏／气势恢宏

诗作篇幅精短，但联想丰富，诗句简洁而大气，有力地塑造出春风的艺术形象。

诗人对春天的景象能够予以艺术化的表现，主要原因是诗人可以把自己的心灵全部投入到春天的体验当中，《春心》一诗堪称此方面的典范文本，我们来看看其中的关键性诗句：

> 静静地仰望倾听／春风裹春雷／春树唤春莺／春的心情呀／如同一位妊娠的少妇／光洁娇艳／饱满而年轻

诗人为了写好春景，直接写"春心"，这样写景就抓住了灵魂，可见诗人描写春天的景象联想丰富，心灵刻画细腻生动，令人印象深刻，难以忘怀。

诗人不但喜欢书写美景，也喜欢揭示与发现生活中的美，我们这里以《阿云整理屋子》一诗为例：

> 阿云整理屋子／总是埋怨床头／堆满了书籍／她的床头／她的柜子／她的娘家／她所有的领地／全无书的踪迹／她怎能识得／书里的黄金屋

诗人通过阿云整理屋子情形的生动叙述与幽默议论，凸显诗人对读书价值的思想认可与坚定维护。

总体来看，唐振良虽然有不少作品写得较为平淡，但还是一位颇有功力的诗人。他的诗歌创作遵从传统诗学观念与审美趣味，语言风格以质朴、明朗、坦诚、深沉、大气为主体，正如长治籍著名作家、诗人葛水平对唐振良的诗歌艺术风格所指出的那样：

> 诗人唐振良先生将万千旖旎的情感，汩汩渗透入他的诗中。他走着传统诗歌的路子，大众化，健康化，明朗化是其诗歌的特点，也是诗人在博采众学中形成的自身的创作风格。[①]

确乎如此，唐振良采用传统的表现手法与艺术风格，在创作取向上对真善美传统价值予以完全意义上的诗性守护与表现，由此彰显其诗歌创作的独特追求。

（五）王广元：对太行乡村故事、自我生命体验的传统叙述

在"长治诗群"成员当中，从年龄与创作生涯层面来看，王广元堪称一位资深诗人与作家。王广元是山西长治壶关人，1951 年出生，长期在长治市工作与生活。王广元系中国作家协会会员、山西省作家协会全委委员、山西省作家协会"赵树理文学奖"评委、长治市文联副主席、《漳河水》杂志主编。他本人主编过《群众文艺》《长治文学五十年作品集·诗歌卷》等多部书刊，迄今已出版诗歌集《蚂蚁过河》《燕子低飞》《布谷叫天》《狼走雪野》《蜘蛛结网》以及散文集《臣本布衣》《身为草民》《屋檐滴水》《走读老城》等文学作品集十余部。另外，他的诗歌

---

① 葛水平：《一本书打开四季的画卷——序唐振良诗集〈生命的幽香〉》，原载《太行日报》2010 年 9 月 5 日。

与散文作品在国内多次获奖。

由于受到传统文化与古典诗歌的深刻影响，王广元在新诗创作上表现对传统诗歌观念、艺术风格与审美趣味的自觉认同。像许多出生于乡村的"长治诗群"成员那样，王广元身上也有非常浓厚的乡土（乡村）情结。诗人花费了大量的笔墨来叙述乡村故事，以此展现其乡村文化的审美趣味，我们来看看诗人笔下的乡村形象：

小 村

山上一根牛鞭缠白云，／山下一株老柳守祖坟，／村口一蓬古槐弯腰躬身，／树底一条老狗半卧半蹲。／街心一盘石磨隆隆有声，／井台一架辘轳吱吱有韵。／／小村实在太小了，／前街打个喷嚏后街头晕，／村东一声咳嗽村西地震。／一碗喜酒喝醉三街，／一口棺材哭倒四邻。／一个臭嘴婆娘当街一骂，／全村恶心。／／都是些不出窝的鸟儿，／只有放牛的小哥考上大学，／后来到地球那面念书去了，／坟头的老柳直起腰来，／尤其是碰见外村人，／小村脸上挺滋润。／／虽说没有出过文官武臣，／这有什么要紧，／村南小河连着大海，／村北小路直达城镇，／小村，也是村。

这首诗以充满泥土气息的语言与夸张性的修辞手法，生动地刻画出当下一个偏僻小村的形象。该诗运用了很多具有乡村生活质感的细节，在真实地描写小村贫穷、落后面貌的同时，也表现了山区人民内心对知识文化的向往与憧憬（诗中说"只有放牛的小哥考上大学，／后来到地球那面念书去了"），以及山区人民对现代文明的内在追求。作品充满了非常鲜明的民间幽默的审美趣味。

相形之下，诗人对乡村往事的叙述更加凸显民间文化的审美趣味，不但作品的表现内容呈现纯粹的乡土经验，而且语言、修辞都非常民间化，充满幽默诙谐的艺术风格，我们来看《村外小河边》一诗：

村外小河边

阿菊，／初次见面，／在村外小河边，／你坐在那块槌衣石上，／发愣。／／这块石头有幸，／山西妹子小芹坐过，／留下一个清粼粼蓝格莹莹的英雄梦，／可惜，我不是小二黑。／／另有陕西妹子巧珍坐过，／这个不识字的俏女子，／洗衣是假，／她是用她那一双毛眼眼，／瞅她的情哥哥高加林嘞。／真够痴情，／可惜，这小子卖了良心。／／阿菊，／你的目光如水，／潺潺流过淮阴直达莱芜，／那里有个受了伤的英雄排长，／我当过支前民兵，／知道他的名字叫杨军，／可惜，我不是华东战斗英雄。／／每次砍柴回来，／我都要在这块石头上／呆坐，／直到九九艳阳天，／我报名参军上前线，／柳丝儿长长，河水清清，／风车吱吱扭扭转，／可惜，不见小英莲。／／我想不通，／为甚好女子，总爱在村外／小河边傻等哩，／坐得褪衣石热了，／又冷。

这首诗中的"阿菊"是一个典型的太行山区乡村妹子，诗人用中国现当代文学史上的经典村姑形象"小芹"（赵树理小说名作《小二黑结婚》中的女主人公）、"巧珍"（路遥小说名作《人生》中的女主人公），以及20世纪六七十年代著名电影《柳堡的故事》中的女主人公"小英莲"来指代"阿菊"，颇为巧妙地暗示"阿菊"的美丽、清纯与可爱。同时，更具艺术匠心的是，诗人在诗中把"小英莲"的形象与"阿菊"的形象叠合在一起，以一种超越时空的方式，来表达诗人对美丽、单纯、羞涩村姑的内心爱慕与深情眷恋，诗作中的场景描写，以及爱情错位的方言表达与说话语调，充满了浓郁的地方文化色彩，显得幽默诙谐，展示了诗人极为典型的民间文化审美趣味。

与《村外小河边》的爱情题材与审美趣味颇为类似，《池边》一诗也是运用幽默诙谐的民间语言方式叙述了一则乡村爱情往事，只不过作品中的美丽村姑不再是那个美丽、清纯、羞涩的"小英莲"了，而是一个性格泼辣、开朗、勇敢的"小芹"，我们来欣赏一下该诗的爱情场景描叙：

池　边

　　一池清水就像一张照片，／上面印着一个山村的夜晚。／老实小伙担走两桶星星，／还捎带带走明月一弯。／／一个倩影在路边一闪，／冷不丁一把扯住扁担。／扁担奇妙地移上她肩，／柳腰一晃，水桶一颤。／／她担着水桶假跑，／甩开双腿真撵。／扑哧哧溅了她一身水点，／她回头美美地剜了他一眼。／／啊！一道激光，一道闪电，／突破了爱的"马其诺"防线。／要不是路旁的小树拉他一把，／他准得晕到沟沟里边。

诗作以山村的一个夜晚为背景，运用小说般的笔法，生动描写了农村老实小伙与美丽泼辣村姑争着挑水的戏剧性场景，小伙子从姑娘投射过来的目光中所获得"触电般"的恋爱体验，一下子使得这则乡村爱情往事的叙述韵味十足，彰显民间文化审美情调。

诗人笔下的乡村叙事（包括乡村爱情故事的叙述在内）不仅展示幽默诙谐的民间审美趣味，而且还时常展现极具地方（地域）文化色彩的民间智慧与民间伦理。诗人叙述自己母亲帮助本村一位村姑出嫁的乡村往事，便充分彰显诗人对母亲身上民间智慧的高度赞赏，我们现在来欣赏一下这首名为《村姑》的诗作：

村　姑

　　真叫人为之倾倒，／她那动人的面庞，／鼻子是精心嵌上去的，／线条柔和，布局得当。／／感谢造物主如此慷慨，／把美都集中到她的脸上。／我真嫉妒这座农家小院，／竟然藏着一弯月亮。／／如果个子能够再高些，／定然比过西施赛过王嫱。／只不过矮了半尺多点儿，／成了终生憾事一桩。／／在她出嫁的时候，／妈妈跑遍了前村后庄，／请来几位更矮的姐妹，／做她的陪客伴娘。／／和伴娘并肩站在一起，／新娘的个子骤然拉长。／多亏妈妈进行"艺术处理"，／鸡群里才飞出凤凰。／／妈妈是大字不识的一介农妇，／却能巧妙地借用反衬力量，／看来艺术并非艺术家的专利，／艺术在生活中闪光。

这首诗运用质朴流畅的语言，叙述了诗人的妈妈这个"大字不识的一介农妇"，在帮助本村一位个子稍矮的美丽村姑如何体面出嫁时"跑遍了前村后庄"，请来了几位比新娘更矮的村姑来当伴娘，借用反衬的手法，一下子就让新娘变得完美无缺，如同鹤立鸡群的金凤凰。诗人的母亲如此行事，体现绝对经典的乡妇智慧，诗人的民间审美文化趣味得以充分彰显。

除了在乡村生活记忆的叙事中展示民间智慧，诗人还不忘展示民间的伦理道德，在此我们可以举出诗作《鬼》为例：

鬼

猫头鹰一声哀叹，／吓得我双腿打战，／地头，路边，沟堰，／灰脸，紫脸，绿脸，／／三千根汗毛倒立，／两百条血管裂断，／灵魂丢了大半，／只带回一个荒诞。／／谁说世上无鬼，／本人亲眼所见，／更有蒲公作证，／《聊斋志异》明鉴。／／如果你没碰到，／那也不必遗憾，／只要心里有鬼，／迟早总会遇见。

这首短诗以诗人乡村生活记忆中一次夜行"遇鬼"的经历为书写对象，运用夸张的手法，形象生动地描写了自己受到惊吓的情景，随后诗人从中提炼出自己的生命感悟与道德认知："只要心里有鬼，／迟早总会遇见"，这便上升到民间伦理认知与认同的层面，引人深思。

全面来看，王广元的确是一位在传统艺术趣味浸淫很深的诗人。比如，在《民兵武二娃》一诗中，诗人通篇运用地方性方言，而且押韵，以此来刻画武二娃的地方英雄人物形象，民间趣味十足。在《通俗歌星》一诗中，诗人运用幽默诙谐的语言，讽刺了时下一些通俗歌星拿腔作态的可笑模样，表现了诗人真诚、实在的文化性格。而在《请求树葬》《青岛女子》《为了一只燕子》等涉及死亡想象与爱情想象的诗作中，则凸显诗人诗心不老、真诚坦率的浪漫情怀，在此我们可以来欣赏《为了一只燕子》一诗的结尾：

都是我不好，说了一大堆疯话傻话，／该不会吓坏你吧，我的燕，／我死后你要即刻把我忘掉，／只留下这首小诗为你作伴。

这里所谓的"一大堆疯话傻话"，实际上就是诗人对他心目中的女神"小燕子"倾诉的绵绵情话，让人听了脸红耳热，但又感觉无比幸福。

需要指出的是，诗人不仅在进行乡村叙事的时候呈现浓厚的传统艺术趣味，在历史文化怀旧等宏大题材的诗作中，同样显示诗人对诗歌传统艺术风格与美学精神的自觉持守。《宋碗》是此方面的典范性作品，我们分别来看一下该诗的开头与结尾：

> 泥土的精灵，／得道成仙。／烈焰中超度，／文火里修炼，／一副恬淡之态，／安安然然。／／浅浅小碗，／深不可探，／盛一朝兴衰万民恩怨。／端不平，／倾了祖宗江山，／留一捧青青碎片。

从中可见，诗人用了传统的语言方式与丰富出色的想象力，将"宋碗"所代表的中国传统文化予以了空灵、厚重的艺术表现，其历史感悟与文化情怀，展示了传统文人（诗人）特有的精神底色。

除《宋碗》之外，我们在《长平古战场觅踪》《"酒泉"的故事》《沙漠胡杨》《风的模样》等不少怀古、旅游题材的诗作中，可以感受到诗人深厚的古文修养与诗词修养，这也是值得肯定的。

不过，王广元并不是一个百分之百意义上的传统诗人，虽然他在"长治诗群"中年岁较大，但他的一些诗作依然具备某种现代性的艺术风格与审美元素，我们来看看《稻草人》这首诗：

稻草人

> 最认真的是我，／从不擅离职守偷懒耍滑。／最不负责任的也是我，／你就是连我偷走我也不在乎。／最胆大的就是我，／虎豹豺狼兵匪盗贼我都不怕。／最胆小的还是我，／一有风吹草动我便浑身哆嗦。／最忠诚的当然是我，／当面阿谀奉承，／背后恶意诽谤又奈我何？／最虚伪的一定是我，／什么都看见了，／我就是什么也不说。／虽然没有人的血肉人的骨骼，／却有常人所没有的豁达。／当麻雀终于斗胆跳到我头上，／问我："你也算人吗？"／哼！我不跟你一般见识。

这首诗采用拟人手法，对"稻草人"思想性格的复杂性予以了现代性的表述，尤其是诗的结尾充满了反讽意识，由此凸显该诗的现代主义特质。

当然，综合起来看，王广元还是一位传统型诗人，他的诗歌风格质朴、明朗、幽默、诙谐、深沉，展示了较为扎实的艺术功力，例如他的《金鸡形象》以中国地图作为诗思激发点，展开中国形象的生动书写，体现了优异的想象力。最后还要说明的是，王广元对真善美有着敏感的热情与执着的追求，例如他在《维纳斯来到我们村》一诗中，表现了对当下农村美丽现实的热情赞颂。而他的《羊角花》

一诗，则是以 2008 年汶川地震为题材，诗人通过叙述他与一位羌家"阿尕姑娘"的交往经历，以及他对"阿尕姑娘"遭遇地震的命运牵挂，表现诗人身上浓郁的人文情怀，我们来看该诗的结尾：

> 至此，我离乱的心绪稍稍平缓，／愧疚中捐上几文小钱，／虽说只是滚滚波涛中一线波纹，／也能将我的一颗心带到汶川。／阿尕姑娘，／无论你安然无恙身受伤残不幸遇难，／这首小诗就是我对你的深切惦念。

在这首诗中，"羊角花"是核心意象，象征着羌族姑娘的外在美与心灵美，诗人对"阿尕姑娘"命运的深切关怀，充满着一种人文情感的温暖，让人对诗人不禁肃然起敬。

（六）刘金山：在传统趣味与现代体验之间的审美穿越

与王广元一样，刘金山在"长治诗群"中也称得上是一位资深诗人。1944 年，刘金山出生于黑龙江省牡丹江穆棱市，1968 年毕业于中国人民大学法律系。大学毕业后他被分配到长治市工作。刘金山系职业警察，曾任长治市公安局党委副书记、常务副局长，三级警监警衔。现退休于山西省长治市潞州区。

1960 年刘金山发表第一首诗歌，后陆续发表散文、杂文、小说、文学评论等约二百多万字。刘金山曾用笔名刘彤、艾叶、乔北等发表作品。曾任山西省长治市文联委员、长治市作协副主席。现为山西作协会员、中国诗歌学会会员、山西新诗研究所研究员、国际炎黄文化研究会理事、山西省文联《九州诗文》杂志编委。

刘金山的诗歌作品入选几十种诗歌选本和评论集。群众出版社出版的《当代中国公安文学史稿》中有单独章节论述刘金山的诗歌创作及成就，其个人词条被收入《中国诗人大辞典》。刘金山的诗集及诗歌曾获首届龙文化金奖、扬州"中山图书奖"、《九州诗文》新诗一等奖等各种诗歌奖项。著有诗集《没有标点的季节》《刘金山短诗选》《岁月步履》，文学评论及散文集《陋室杂草》等。

刘金山的大多数诗歌作品展示传统风格与审美趣味，这与他们那一代人受到传统文化与传统诗词的深刻影响与审美熏陶不无关系。我们在《二月以后的日子》《我的那场雪》《我知道你为什么写雪——致三子》《杯子或者铁壶》《总是透明的杯子》《秋风》《旅途中》《在黎城，走在回家的路上》《如果》《享受夕阳》等大量品位不俗的作品中，可以感受到诗人矜持、明朗、热情、忧伤、含蓄、宁静、淡然、温馨等展示传统文人品格与人文关怀精神的审美情感体验。而在《清明，与已逝的父亲对饮》《今天是我的生日》《正月十五的戏台边》等表现怀念亲人、怀念童年等怀旧题材与主题的诗作中，潜藏在诗人骨子里的传统诗歌美学趣味凸显得更为鲜明，我们现在以《今天是我的生日》一诗为例：

今天是我的生日

今晨我醒来 / 迟迟没有下床 / 呆呆地坐在床边 / 今天是我的生日 // 我想的不是我生日快乐不快乐 / 而是感受母亲 / 在那一刹那间 / 生命中的剧烈疼痛 // 我曾在那一瞬间哭过 / 今天，母亲早已仙逝 / 我在今晨 / 又哭了起来

2019 年 1 月 31 日

这首诗并没有按照正常思维描写诗人自己过生日的热闹或快乐场景，而是重点叙述诗人在生日那天想到母亲生育自己的辛苦不易，由此抒发自己对母亲强烈的感恩与怀念。必须指出的是，作者本人也是七旬老人，对母亲依然能够怀有赤子般的眷恋与热爱，不能不说体现了儒家文化对诗人心灵的深刻影响。诗作语言质朴，直抒胸臆，情感真挚、纯粹，具有感动人心的表达效果。

客观而言，刘金山呈现传统风格与审美趣味的作品整体上具有不低的思想艺术水准，显示了诗人颇为扎实的艺术功底。我们现在分别选择诗人写景、状物、叙事、抒情的代表性诗篇来加以品鉴。

我们先来欣赏一下诗人笔下的《乌镇》风光：

乌　镇

水做的梦里 / 小曲儿、桨声，还有 / 河边俏女子的笑容 / 都像水的样子 // 夜晚，我住在乌镇 / 就住在淡雅的梦里了 / 船舱外轻缓的蛙声 / 徐徐展开我梦游江南的轻盈 // 都说柔情似水 / 乌镇的水柔嫩，甜甜的样子 / 在我对水的依恋和敬畏中 / 此起彼伏

2014 年 10 月 26 日

这首描写乌镇风景的短诗，诗人重点抓住了"水"这一核心意象，运用轻柔、细腻的笔触与语调，呈现了乌镇浪漫动人的江南风光，意境优美，情感甜蜜、温柔与庄严，令人回味无穷。

我们再来欣赏一下诗人笔下的《北方的桥》：

北方的桥

我走近这片土地，北方的风 / 在春季里也裹挟着干燥的沙和土 / 柳梢头透着干瘦的绿 // 这里的桥很多，我常常 / 刚跨过这座桥又走上另一座桥 / 桥下的河滩石如遍地干枯的尸骨 // 水呢？那些从桥下曾经流过的水 / 那些混浊的或者清澈的水 / 含在父老乡亲的眼里

2005 年 6 月 28 日

这首短诗以"北方的桥"为书写对象，诗人以生动、大气的笔触与出色的艺术想象力，描绘了一幅北方桥梁密布、河流干涸的荒凉景象，尤其是诗作结尾桥

下之水与父老乡亲眼中泪水的绝妙联想，凸显诗人强烈的现实关怀精神，一下子把作品的境界提升了一个新的思想高度，令人赞赏。

我们再来欣赏诗人一首叙事性诗篇《下山的感觉》：

下山的感觉

在耸峻的山路上盘旋，车／是一只谨慎的蜗牛／躲避溅起的石头／惊恐于身边万丈深渊／／渴望立刻亲吻山下温暖的平地／我却不是鹰／只有心在空中高悬／不能俯冲降落那个地方／／在漫长崎岖的山路上慢慢爬着／等待太阳下山的时刻／到驿站歇歇脚／望着灯光，回想白天惊愕的事情

2005 年 4 月 16 日于黎城板山

该诗叙述了诗人自己一次坐车下山的难忘经历，诗人运用精妙的比喻和意象，生动地描述了车子在崎岖山路上艰难下山的情形，细腻、传神的内心感觉与细节刻画，为读者带来了某种惊心动魄的阅读体验。

接着，我们再来欣赏一下诗人为我们带来的《对面的窗子》：

对面的窗子

我的窗户向外／只能看见你的窗子／从春天到夏天再到秋天冬天／只有你的窗子是我的风景／／你的窗子总是关得严严的／像一堵墙／哪一天你能打开窗子看看我／该有多好

2017 年 9 月 1 日

"对面的窗子"是该诗的核心意象，也是激发诗人全部情思的聚焦物。作品运用质朴、坦诚的语言与语调，以想象中的一种心灵对话的方式，表达了诗人对"你"含蓄而真挚的情感诉求，语淡情深，展示一种传统韵味十足的爱情体验，充满古典审美情调。

必须指出的是，刘金山在展现传统审美趣味的诗歌写作中，诗人不仅仅满足于写景、状物、叙事与抒情，他还自觉地展开对生命与生活本身的思考与发现，从中提炼出人生哲理，他的短诗《当你老了》就是此方面的代表性作品：

当你老了

人老了／就不得不弯下腰来／当然／并不仅仅是因为年老体衰

2019 年 6 月 5 日

这首短诗重点叙述"人老了"便"不得不弯下腰来"的生命现象，以平实的语言，表达了诗人对生命自然规律的深刻感悟，充满某种生命哲思意味，引人深思。

令人赞赏的是，已进入中老年的诗人刘金山在其诗歌创作中并不固守传统的审美趣味与艺术风格，而对现代主义诗学理念与美学趣味表现出相当开放的接纳

态度，在刘金山的不少诗作中，呈现现代性的审美趣味、艺术风格与情感经验，展示了诗人一种先锋性的诗歌写作立场与精神姿态，殊为难得。我们现在来简单欣赏诗人笔下几首充满现代性体验与现代性意识的诗作。我们先来欣赏诗人的《梦李白》一诗：

梦李白

那个拔剑四顾的诗人／昨夜还在我家喝酒／慨叹行路难／想向我借一副鱼竿／／五花马卖掉了／千金裘换了酒／新版的钞票他不会用／买不上乌纱／／他一气儿喝了三百杯／还说没醉／他说："你跟我一个熊样儿，／长了一颗只会碰壁的头。"／／他把长剑放到椅子边／说留给你吧／我是用不上了／给你看家，好吗？

2003 年 4 月 16 日

该诗的题材貌似非常传统，但是诗人对李白的形象予以现代性的颠覆与重构。诗人运用幽默、调侃的现代性话语，虚构了李白与自己的一段对话，在展示古今两位诗人高度困厄的现实处境同时，凸显强烈的反讽精神，读后令人忍俊不禁。

在《钥匙》一诗中，诗人的现代性趣味表现得更为明显：

钥　匙

那串钥匙／他常把它丢在破案的路上／口袋里的烟和打火机／他倒常常用手捂着／／凌晨回家的时候／经常打不开自己家的房门／在门口徘徊／抽着又苦又呛的烟

2004 年 8 月 31 日

在这首短诗中，诗人运用通俗化的口语，描述了诗中的"他"常常弄丢钥匙而进不了自己家门的尴尬情形，以此呈现人生错位的荒诞体验，充满现代性的黑色幽默意味。

与《钥匙》相比，诗人的《面对一只苹果》所表达的现代性体验显得更为内在：

面对一只苹果，你会怎样论述／那许多词汇让我觉得陈旧／／我几乎一无所有／只有一把小刀／精美小巧的水果刀／／我会把苹果的皮儿削掉，或者／直接把它切开

2009 年 10 月 9 日

这首短诗以一只苹果为观照对象，诗人在表达关于这只苹果的生命体验时，感受到了语言的贫乏与无力，以及由此带来的语言焦虑。该诗凸显对事物命名的焦虑与词语意识，体现诗人身上颇为鲜明的现代性诗学趣味，值得称道。

当然，比较常见的情形是，在诗人为数不少的诗作中，其传统趣味与现代体验常常呈现为一种异质混成或有机融合的状态。《我的伊妹儿》就是此方面的典范性文本：

我的伊妹儿

鼠标，突然死在电脑屏幕上／像一只被拍死的苍蝇／我只有不断地开启电脑的那个按钮／像要打开自己恍惚的记忆∥春天的信，也许／冬天才能发给你了／那时，要乘着雪花和凛冽的寒风／柔情似水地出发和到达∥在这期间你不要回信／我无法打开你暧昧的心／你去采摘几束野外的山花来吧／你去找一把钥匙

2006 年 9 月 15 日

诗作开头的第一节叙述了诗人自己因为"鼠标，突然死在电脑屏幕上"而无法给"你"发信，完成情感信息的有效传达，无论是修辞还是意象都充满强烈的现代性色彩，而在诗作的第二节与第三节，诗人围绕着"春天的信"这一爱情象征物，生动地展开了一系列充满温柔与含蓄情感体验的意象画面，洋溢着古典与浪漫的审美情调，给人以既现代又传统的生命情感体验。

与《我的伊妹儿》一样，《除夕夜》是传统审美与现代体验结合得颇为完美的一首怀亲诗篇：

除夕夜

这个无耻的冬天／把雪和雨水留给了温暖的南方／把干旱和冷冻留给了我们∥我想念我的父亲和母亲／在除夕的夜晚／他和她在地球的深处∥在那个寒冷没有亮光的地方／以骨灰的姿势／相拥着取暖

2009 年 1 月 25 日除夕夜

该诗表达了在年节时刻诗人对已逝父母亲的无比思念之情，其题材与主题是非常传统的，但诗中"无耻的冬天"这样有悖正常思维的修辞方式，以及诗人的父母亲"以骨灰的姿势／相拥着取暖"这样充满残酷意味与黑暗基调的想象方式，无不彰显该诗鲜明的现代主义特质。由此，一种复杂性的生命体验得到有力地表现，诗人扎实的艺术功力也被充分展现出来了。

除了前面论及的这两首诗，《春》《一支笔和一支铅笔》《关于我们的学历》《老王的嗜好》等诗作都充满现代性趣味与理念，这些诗作或以惊人的意象而取胜，或以幽默性的口语化叙述而见长，给人留下比较深刻的印象。

整体看来，刘金山的诗歌写作在传统趣味与现代体验之间实现了较为自由的审美超越。另外，在此还须指出与强调的是，刘金山在诗歌创作中总是有意无意地体现其职业意识，由于刘金山本人是职业警察，他的不少诗作呈现了诗人的职

业体验与职业意识，我们来看一首有代表性的作品《枪声》：

枪 声

枪声／如今只是电视剧故事的伴音了／对我来说／这又是一种陌生／／毕竟／我总还能看得见，十多年前／我手中的那支枪／子弹冲出枪口／在飞

2014 年 10 月 26 日

这首短诗用朴实的语言描述了一个真实的画面：诗人在看电视听到枪声时，不自觉地联想到自己未退休时作为一名警察在追捕罪犯过程中开枪射击的情形。在这里，诗人与众不同的职业体验与其生命体验合二为一，给读者以某种阅读的刺激性体验。

诗人刘金山的职业意识或警察角色认同在他的一首诗作里暴露得最为充分与强烈，且引全诗如下：

我给李鸿飞打电话

在这个城市里／李鸿飞是一个普通警察／他在我领导下工作了二十多年／我退休以后／他当上了治安支队副支队长／那可是个又苦又累的活儿／这几个月他在抗疫战斗第一线／好久没见到他了／很想念／我给他打过几次电话／他都没有接／我知道他肯定是顾不上／／突然有一天他给我打过来电话／说"对不起呀老领导，实在太忙了。／您有什么事，等过过这一段行不行？"／我说我其实也没什么大事／只想问一问你身体受得了受不了／等抗疫战斗胜利那一天／我要请你喝酒／那时候／我们也许会轻松地吐出一口气来／或许是搂到一起／痛哭一场

2020 年 3 月 3 日

刘金山的近作《我给李鸿飞打电话》运用口语的表现方式，真实地叙述了 2020 年抗疫期间诗人与自己下属情感互动的故事。诗人极为自觉的职业意识背后，凸显强烈的现实关怀精神与社会使命感，令人肃然起敬。

简单地说，刘金山身上的职业警察意识促使他的部分诗作具有主旋律写作的性质与色彩，例如，刘金山笔下的《春天，我们去西柏坡》《有一种气势叫屹立——写在左权将军雕像前》等表现政治觉悟与革命激情的诗篇便属于主旋律写作的范畴。

通过以上对刘金山诗歌创作状况的简要论述，不难体认刘金山是一个具有特殊社会身份、在创作上拥有不俗实力的诗人。长治籍评论家刘潞生这样评价刘金山："刘金山的诗歌在公安战线影响较大。"① 著名诗人潞潞则这样评价刘金山的

---

① 刘潞生：《长治当代文学记忆》，光明日报出版社，2013 年，第 325 页。

175

诗歌创作：

> 语言干净，自然简洁，没有生造词语故作高深的毛病；把自己的人生阅历写进去了，能引人共鸣，很多人以为写诗是靠词语，其实更重要的是心灵；
>
> 情感有节制，控制得不错，比较平静，没有煽情那种让人不舒服的东西。[①]

目前，刘金山还保持着不错的创作状态，他仍有可能创作出显示自己"宝刀不老"的精品佳作。

（七）朱枫："整个夜晚都在追逐一只虚幻的蚂蚁"

与王广元、刘金山等前辈诗人相比，20世纪60年代出生的朱枫可谓"中生代"诗人，也就是说，在"长治诗群"内部，朱枫与他大致属于同一年龄阶段的诗人（20世纪六七十年代出生），成为"长治诗群"中具有承前启后作用的一代诗人，他们目前正是年富力强、创造力旺盛的"黄金期"，他们的创作力量与艺术水准有效地维系着"长治诗群"应有的声誉。

朱枫，山西省作协会员，本名朱富根，原籍山西省高平市，现长期在长治黎城县工作与生活，其诗歌作品散见于《诗刊》《诗选刊》《中国诗歌》《中西诗歌》《绿风》《黄河诗报》《新大陆》《常青藤》《北美枫》等海内外上百家报刊，诗作入选《2005中国年度诗歌》《2004－2006中国诗歌选》《2007－2008中国诗歌选》《中国网络诗歌精选（2010－2011卷）》《世界现代禅诗选》《百年新汉诗典藏》等选本，著有诗集《一个人说话》《穿旅游鞋的舞神们》（合集）。

从朱枫目前为止的诗歌创作情况来看，他在诗学理念与美学趣味上表现出对现代主义的倾斜与亲近姿态，他有一首诗的标题名叫"整个夜晚我都在追逐一只虚幻的蚂蚁"，这首诗很大程度上可以视作诗人现代性理念与审美趣味的诗歌告白。我们现在来简要解读一下这首诗：

整个夜晚我都在追逐一只虚幻的蚂蚁

> 整个夜晚我都在追逐一只／虚幻的蚂蚁／它在一片沙上跑着／以针穿过心脏的速度／／它甚至咬坏了我借酒浇愁的酒杯／它甚至咬坏了我抽刀断水的吴钩／／整个夜晚我都在追逐一只／虚幻的蚂蚁／我想把它踩死／一脚就到了黎明

2005年3月21日

这首诗以"虚幻的蚂蚁"为核心意象，以"整个夜晚我都在追逐一只虚幻的蚂蚁"为叙事内容，诗作通过充满魔幻色彩的表现手法来呈现这只"虚幻的蚂蚁"对诗人生命意志的强大破坏力量，表达了诗人一种虚无幻灭的生命体验，彰显颇

---

① 潞潞：《关于刘金山的诗》，原载《上党晚报》2007年1月31日。

为典型的现代主义的情感经验特质。

诗人对生命的虚无体验极为鲜明地凸显其现代性的诗学观念与审美趣味,《最大》一诗有力地展示了诗人现代主义的精神姿态:

最　大

儿子说最大的数 / 就是最大的那个数 / 我说他是耍贫嘴 // 儿子说宇宙最大的 / 就是空 / 我已站在空里边

2005 年 4 月 10 日

这首短诗运用平实的口语,叙述了诗人与儿子对"最大"之数与"最大"之物的不同认知与体验,诗作在思想表达层面的出彩之处,是当儿子确认"宇宙最大的 / 就是空"之时,"我已站在空里边",以一种戏剧性的表现手法,凸显诗人的生命空虚体验,从而展现该诗的现代性意识与观念。

我们稍微探究一下即能发现,诗人在不少诗歌文本中所表达的生命空虚体验,背后体现了诗人身上的悲剧生命意识。简言之,正是由于悲剧生命意识的内在化,才使得朱枫实现了由一位传统诗人向现代诗人的转型。这是因为,悲剧生命意识是一位现代诗人最具标志性的精神底色之一,这一方面,在朱枫的诗歌创作中得到鲜明呈现,诗人笔下的《一双破皮鞋》就是这样一个典范性的文本:

一双破皮鞋

我的双眼紧紧凝视着 / 阳台角上的那双黑色破皮鞋 / 无限好的夕阳 / 老人手般抚过它的皮肤 // 那曾是牛的皮肤 / 变成皮鞋后又驮着我 / 走过整整二年 / 现在它静静地躺在阳光里 / 裂开的三条缝隙 / 多像祖父 / 最后的三句叮咛 // 我记不清已经扔掉了 / 几双这样的皮鞋 / 我也不知道 / 谁把我穿在脚上 / 在什么时候 / 把我扔掉

2005 年 3 月 18 日

该诗虽然没有典型的现代主义诗歌文本的晦涩风格,语言叙述朴素明朗,意象自然妥帖,但诗人将"破皮鞋"与自我形象的自觉并置与有意勾连,同时重点言说自己遭遇命运无情抛弃的灰色人生结局,以极为典型的现代性体验方式,强力凸显诗人关于生命的命运悲剧意识,文本的语调外表显得相对温和、克制,但所表现的思想情感充满荒诞色彩与残酷意味,由此为文本带来了内在的张力。

朱枫的不少诗歌文本中不仅充满悲剧意识,而且还出现了死亡意识,这表明诗人悲剧意识的深化与内在化。简单说来,悲剧意识与死亡意识之间存在一种互相确认与互为印证的关系。在表现死亡主题意向方面,《秋意》一诗可谓颇具典范意义:

秋　意

阳光照亮杨树杆上两只蝉蜕／玉米们抱着棒子准备圆寂∥一位老人面带喜悦回家／把一口袋秋果放在自己的寿材上

2017 年 9 月 26 日

诗作篇幅极短，只有短短四行，诗人运用蒙太奇的手法，推出了四个具有视觉冲击力的画面与镜头，在对秋意氛围的传统性渲染之中，诗作却又充斥着死亡意象（例如"蝉蜕""圆寂""寿材"等意象与词语），凸显鲜明的死亡意识。尤其值得指出的是，在这首短诗中，诗人对死亡是持一种隐秘的认同态度，这一点从诗作宁静甚至喜悦的说话语调可以体认出来，不能不说，诗人对死亡的态度绝对是非常现代的、反传统的。

诗人的现代主义写作姿态不仅体现在思想观念与情感经验层面，而且也体现在审美趣味层面。在诗人的许多诗歌文本中，我们可以鲜明地体会与感受到一种充满现代性的幽默与反讽的审美趣味。在此我们可以举出《完不成的雕像》一诗为典型例证：

完不成的雕像

现在我也没什么办法／我拿在你的手中／你一会儿把我雕成顽童／一会儿雕成一个青年／一会儿又把我雕成一个中年人∥现在你又在我的眉头刻着皱纹／似乎想把我雕成一个老人／其实我是你完不成的雕像／终将是一个不得不被抛弃的废物∥最好不要再白费力了吧／先生，请停下你的手！

2006 年 4 月

该诗构思巧妙，角度独特，它从一块被雕刻的石头（即诗中的"我"）的叙述立场，与雕刻者（即诗中的"你"）展开了一场想象中的对话，从这块石头被雕刻的形象变化不定反衬雕刻者的无能，而"我"作为一个"你完不成的雕像"，其命运"终将是一个不得不被抛弃的废物"。诗作表现的是悲剧命运主题，体现的是诗人一以贯之的悲剧意识。但该诗在艺术上的亮点却是诗人说话时幽默、调侃的语气（请看看该诗结尾的两句话），由此流露出的反讽精神，展示该诗歌文本典型的现代性特质。

除了《完不成的雕像》，我们还可以举《母亲的超现实主义》一诗来进一步佐证诗人的现代性审美趣味：

母亲的超现实主义

母亲说：秋天的蚊子是长牙齿的／黑夜鬼会打着灯笼出来／那时我还很小，母亲不识字／我怕鬼，也怕长牙齿的蚊子

2007 年 10 月 12 日

这首四行短诗在题材内容上颇为传统，它讲述的是诗人小时候非常害怕秋天的蚊子和黑夜里的鬼，因为诗人在小时候听母亲说，秋天的蚊子"是长牙齿的"，特别会咬人，而怕鬼是孩子们普遍的一种心理。诗人书写的是自己的童年经验与童年记忆，在他在对之进行艺术表现时，对母亲的话语予以了夸张的幽默性表达，甚至连诗的标题都命名为《母亲的超现实主义》，该诗歌文本的现代性美学趣味得到了充分彰显，在阅读时令人忍俊不禁。

另外，在《梨花落呀落》《燕子》《最高处的家》《神》《上帝的香肠》《列车经过一个叫徘徊的车站》《在自己的血中》《灰烬之歌》《未来》《最后一封信我写给了谁》等诸多诗歌文本中，我们可以在情感经验与审美趣味层面鲜明地感受到诗人的现代性写作立场，这些诗歌文本以其思想情感深度与艺术表现力度而给读者留下颇为深刻的整体阅读印象。

当然，客观上讲，朱枫并不是一位百分之百的现代主义诗人或先锋诗人，他的一部分诗歌作品还展现了传统的审美趣味，例如《九月九日》《初春郊外登高》《春节就像一场大雪》《冬天的迷惘》《慈怀》《车祸》《祈祷》等诗作，这显示了传统文化与古典诗词给诗人带来的影响。比如，在《车祸》一诗中，诗人用质朴、生动的语言描述了一个真实的车祸场景，诗人对那位不幸殒命的美丽女性所表现的深切同情，可以用"怜香惜玉"一词来加以概括，从而显示诗人典型传统文人的心态与审美趣味。

实际的情形是，在诗人的不少诗作中，现代与传统的诗学理念与审美趣味比较有机地融合在一起，我们在《宁静》《古渡》《暮晚时光》《拥抱》等诗作中能够真切地感受到这一点。在此，我们可以《宁静》一诗为例：

宁　静

寂寞起于喧嚣，最深的孤独／是一片树叶从风掉进了井底／天上的月亮在夜里宁静／一盏灯有它自己的温馨／／白白的纸上铺着月光／一个字都可以让夜色零乱／想着一个人此时打开栅栏／一匹马走回了内心的草原

2007 年 6 月 22 日

在这首短诗中，诗人所表达宁静的感觉当然具有传统色彩，而诗人所言说的"最深的孤独"则又具有现代性的体验意味，而此诗中的月亮、灯等意象设置与画面描写，含蓄的语言表达与不合常规逻辑的内心幻象，无不显示传统与现代的"风格混搭"效果，呈现颇为独特的审美情调。

虽然诗人对传统诗学趣味有所继承，但在传统与现代的二元并置之间，诗人无疑更大程度上偏向现代性诗学理念与审美趣味，我们在此以《冬日山中》作为典型个案：

冬日山中

在那高山之上，有一些雪藏的谜语／山寺毁了，礼佛的人犹在／几块石碑铭记，一些灵魂从明朝／活到了今朝，老僧回到了唐代／给我们一个背影，远远的看不清面孔／／背对背在山脊的两面／阳穿着灰的蓑衣，阴披着银的雪袄／几只灵雀在头顶飞乱斜阳／鸣声穿过清冷，山谷空虚／而我们终无法走向鸟的高度／／在山的高处，傍晚的路／一条长长的提示：从何处来，回何处去

2007 年 10 月 18 日

简单地说，该诗前面的大部分内容体现了传统的审美趣味，而到了结尾部分，诗人发出了"从何处来，回何处去"这样经典的现代性思想追问，由此凸显文本的现代主义特质。

简言之，通过上面的简要论述，我们可以体认朱枫的诗歌创作具有较高的思想艺术水准，虽然朱枫目前在诗坛的知名度并不很高，但他的艺术功底还是很扎实的，朱枫于"长治诗群"而言，绝对是一个不能忽视的存在。

（八）程旭荣：在家园与坟墓之间的放歌与低吟

在"长治诗群"当中，程旭荣是一位低调而有实力的诗人。程旭荣于 1965 年出生，是长治市上党区人。1986 年，程旭荣毕业于晋东南师专政治专业，毕业后任教三年，后调至太行日报社工作至今，先后任副刊部编辑、记者部主任、副社长等职。程旭荣大学时代开始写作，1984 年发表诗作，1991 年出版诗集《不沉的地平线》，2002 年出版诗文集《独行旷野》，2012 年出版新闻作品选《回响》。他曾多次获各类文学奖，10 次获山西新闻奖。现为山西省作协会员。

程旭荣身上具有一种强烈的浪漫情结，他似乎天生拥有一颗渴望冒险的心，这使得诗人无法忍受平庸的现实生活，对爱情与幸福常常怀有一种常人所不具有的狂热追求与渴望心态。他的诗作《心灵渴望冒险》便是一份关于灵魂超越现实之可能性的诗意宣言书：

心灵渴望冒险

我们走进这个夜晚时／天空打开了爱的门／迷蒙的路灯漠然地等待／洁白的降落伞击穿时间的空洞／／我们边走边聊／感受雪冰冷的温馨／心与心在黑暗的掩盖下／悄悄靠近／／一切都是天意／下雪的夜晚／有谁能抵挡／美丽、智慧与幸福的光临／／我的心灵渴望冒险／哪怕坠入深渊／也足以慰藉我的一生

从中可见，诗人在以爱为终极追求目标的前提下，对"美丽、智慧与幸福"这些美好的精神事物，表现倾心向往的情感态度，展现浪漫主义的美学姿态。

程旭荣的浪漫主义美学姿态一方面体现诗人的赤子之心，一方面体现其浓

180

郁的传统文化情怀，例如在《春天》一诗中，诗人赞美出嫁的少女身体美丽，妩媚动人，真实袒露诗人内心深处的某种女性崇拜情结。而在《石头》一诗中，诗人借助一块"石头"的心灵幻想，表达了对天空所充满的爱情童话的强烈渴求。不仅如此，诗人还将他这份浓郁、炽热的浪漫情怀投射到大自然身上。我们可以看到，在《秋天走过我的门前》一诗中，诗人公然这样表白："坐在一朵即将凋谢的花上／我歌唱着自然。"由此可见，诗人对自然是持歌唱、欣赏与赞美态度的。比如在《四月之心》里，诗人对春天花草树木的蓬勃生机场景予以细腻、生动的拟人化表现，有意无意地凸显其清纯与浪漫的精神品质。在《春天风景》里，诗人用心灵独白的方式，表达热爱大自然与热爱生命的情感态度，充满一种人性的思想。

而在《永远的河流》一诗中，诗人采用第二人称精神对话的方式，刻画了"河流"在历史当中永远流浪与受伤的形象与命运，情感深沉、冷峻，充满一种与时间相对称的智慧。《红石山》一诗也表达了较为相似的主题意向与情感态度。

当程旭荣身上的浪漫主义情结与精神达到极致状态时，诗人便进入一种神性写作状态，在其笔下，语言、意象、境界与情感均充满神性的色彩与意味。我们来看《一只雪白的羊》：

一只雪白的羊

一只雪白的羊／引领我走向自然／我坐在草叶上／羊与大地亲吻的声音／令我浮想联翩／／以草为生，善良的羊／是我生命的一部分／纯而又纯的心灵／使人世的浮尘／无地自容／／啊！温柔美丽的羊／逐草而行攀山而上／迷途的我跟在她身后／不断靠近精神的圣殿

在这首短诗中，这只"雪白的羊"既是大自然中的一只羊，同时又是纯洁、美好、善良的大自然象征，诗人心甘情愿地接受这只"雪白的羊"的引领，与自然融为一体。实际上，在此诗的语境中，这只"雪白的羊"是一位神的使者，它"温柔美丽"，又神圣崇高，诗人对它无比倾心，自觉跟随它，"不断靠近精神的圣殿"。诗作语调温柔，情感纯粹，立意高迈，令人动容。我们现在再来欣赏《母亲》一诗：

母 亲

十七岁，青春靓丽的母亲／是被花轿抬进程家门的／她坐着轿，在八音会喜庆的音乐中／骄傲地沿上村的街道转了一圈／／随后的几十年／母亲一直在家与田间／劳作或忍受，她说／这是她一生的幸福／／母亲老了，四世同堂／忙碌了一辈子去外边看看吧／她说晕车，也怕回不了家／／母亲一生没坐过火车／小轿车是孩子们大了的时候／她的生活圈就是孩子，孙子／到哪哪就

是家就是根//母亲还是回家了／从县医院到那个叫上村的村／她躺在棺木里，在哀乐声中／被村民抬着／走向她侍弄了一生的土地

这首诗以写实的笔法与态度，描述了诗人母亲的一生，无论语言表达还是作品立意，显示典型的现实主义特征，诗作的传统审美范式得到充分彰显。

但是，在另一个层面，程旭荣又显示对现代主义诗学精神的自觉认同与有力实践。程旭荣相当一部分的诗歌文本充满了现代性的悲剧精神，他对生命持有一种自觉、深沉的悲剧意识，这在"长治诗群"中并不多见，我们来看程旭荣的诗作《背着墓碑走过大地》：

背着墓碑走过大地

背着墓碑走过大地／沙漠和草原神秘而博大／我走着且歌着／一种气氛笼罩生命//墓碑坚硬而冰冷／独特的光芒刺穿心灵／我感受着沉重与冷酷／却不能用手刻上自己的姓名//背着墓碑走过大地／天空在头顶变幻着色彩／湛蓝的智慧深邃而浩渺／石头，昭示生的辉煌和暗淡//我是黑暗和光明的歌者／疲惫地播撒着希望的脚印／墓碑，我无情而忠实的朋友／告慰青春悸动的心灵//背着墓碑走过大地／走过永恒的时空

在此诗中，"墓碑"的意象代表死亡意识，而"背着墓碑走过大地"这个核心意象画面则表明诗人对生命持有一种"向生而死"的悲剧意识。诗作营造了一种魔幻与荒诞的意境与情绪氛围，传达了对生命本体黑暗性的负面体验，令人触目惊心。

简单地讲，程旭荣身上颇为自觉的悲剧意识主要体现为死亡意识与荒诞意识的自觉上。我们先来看《结局》一诗：

结　局

冬天的土地寒光闪闪／冬天的河流默默无言／我的骨头藏在泥土中／向上射出点点白光／孩子们铺开战场／笑声和土块在天空飞扬／下雪吧，下雪吧／他们喘出的热气温暖着小山//我的颅骨深藏土壤／空洞的双眼注满泪光／谁抠出两根腿骨敲打着／空气中跳跃着欢快的声响

这首短诗书写了诗人关于自己的死亡想象，诗人设计了一个冬天时节自己墓地旁边孩子们打闹的场景，同时想象性地描述了自己的尸体在墓穴中的一系列反应，以一种魔幻的方式呈现自己的死亡意识，而作品的黑色幽默审美趣味又透露诗人的荒诞意识。

我们再来看《我把自己贴在墙上》一诗：

我把自己贴在墙上

我把自己贴在墙上／这是我吗//时间在墙上蠕动//不远处，羊群迅速穿

过公路／对羊来说这种坚硬与平坦是沙漠／死亡虎视眈眈∥羊很快走过汽车的身旁／我望着墙／墙正在老去

在诗中，"我把自己贴在墙上"无疑是一种荒诞行为，其背后则是自觉的荒诞意识，不过需要在此特别指出的是，诗人关于生命的荒诞意识，总是与诗人的死亡意识有意无意叠合在一起。或者说，当诗人的荒诞意识与死亡意识互相映衬时，其关于生命的悲剧意识得到深度彰显。该诗营造的生命荒诞图景的背后，显示死亡意识与悲剧意识的存在。

除了前面简单论及的两首诗，诗人笔下的《行吟者》《内陆河》《雨夜》等均是表达死亡意识、荒诞意识与悲剧意识的颇具分量的诗歌文本，由此鲜明地展示诗人现代性创作的美学取向。

不过综合地看，程旭荣属于一位传统趣味与现代意识相混杂、相均衡的实力派诗人。换言之，一方面，程旭荣本能地持有传统性的审美趣味；另一方面，他身上又具有自觉的现代性意识与理念。他把这两者看似矛盾而又最终和谐地整合在一起，也就是说，程旭荣是一位既非常传统又非常现代的当代诗人。这一方面，他的《家园与坟墓之间》是一个典范性的诗歌文本：

家园与坟墓之间

守着家园，在清晨／黑夜的泪滴使三叶草与花朵／充满阳光般灿烂地遐想／成群的牛羊围着村庄／像孩子守着一个果园／我放飞着风筝／风筝飞不高／它的根扎在母亲的心上∥离开家园，在上午／我无休止地劳作／不断地烦恼与伤感／僵硬的骨骼被天空压得吱吱作响／我是麦地之王／金黄的麦子是土地伸向我的手指∥走近坟墓，在下午／回首家园已迷蒙一片／我抚摸一块潮湿的石头／它用静默把我感染／我的肉体向冬天手中的枯枝／挂不住一丝温柔的哀叹∥黑夜将我埋葬／大地将我冷藏／一对新人在我头顶跳舞／对未来他们抱着与我相同的梦想

在这首诗所营造的两个极端情景的画面中，我们一方面可以感知诗人对生活的执着与热爱，一方面可以感受诗人对生命的悲剧性认知与体验，温馨的情绪与灰暗的情绪矛盾地组合在一起，给人带来极为复杂的生命体验。

作为佐证，程旭荣的另一首诗作《锋利的冬天》可以说明诗人的"矛盾状态"：

锋利的冬天

锋利的冬天／似一把高悬的利剑／冰冷的光芒／刺痛了大地的双眼∥草枯鸟绝／大河无声／忧郁无处不在／死亡四处游荡∥围着太阳取暖／这是冬天里我唯一的爱好／过去萦绕在我的周围／我的身边跳动着爱的火焰

毫无疑问，在这首诗中，冬天与太阳、死亡与生命、寒冷与温暖、恨与爱

构成鲜明的意图对比，展示这幅冬日图景背后思想情感的巨大张力，令人无限感慨。

简言之，程旭荣以他既传统又现代的创作姿态，在家园与坟墓之间放歌与低吟，为读者带来了极具丰富性与复杂性的审美阅读感受。

（九）贾长青：在"小区的猫"与"夜色""烟花"之间的审美流连

在混合传统趣味与现代意识的创作风格方面，贾长青与程旭荣颇为相似，可以称得上是"长治诗群"内部属于"同一阵营"的诗人。

贾长青，笔名弓长岭，1964 年生，山西武乡县人。山西省作家协会会员。多次在国家、省级诗歌大赛中获奖。著有诗集《寒鸦》。现居山西长治市。

贾长青虽然工作、生活于长治市，有一个城市人的社会身份，但他出生于太行山区的乡村，在乡村长大，因而他身上具有一种与他出生背景摆脱不掉的乡村情结。这一点，在他的一首传统型诗作《小区的猫》中具有典型的体现：

小区的猫

我每天晚上回家／都会在小区门口／碰到一只猫／在垃圾堆上蹲着／目不转睛地注视我／它和我在观音堂遇见的另一只猫／肯定没有关系／但它们的眼神一模一样／冰凉　迷离　空茫／仿佛我的围墙　果树　停车位／占据了它的领地／肝肠寸断　充满敌意／／我怀疑它是舅舅的亡灵／耐不住天国的寂寞／又回到人间／它不知道城市在改建／亲戚很少来往／鸟类无法飞行／每一条街巷被重新命名／不知道光阴在流逝／从前的食品厂早破产／戏台移至乡下／我已厌倦对幸福的寻觅／认不出儿时的伙伴

2016 年 2 月 3 日

这首诗运用质朴无华的语言，重点描述了诗人所居小区门口一只猫的外貌表情与生存环境，并且把这只猫联想成是"舅舅的亡灵"，显示诗人不俗的想象力与艺术构思，该诗一方面巧妙地表达了诗人对乡下舅舅的深切怀念，另一方面巧妙地揭示今日诗人故乡农村衰败荒凉的景象，从而有力凸显诗人身上浓郁的乡村情结，展示对现实的不满与批判意向，引人深思。

与《小区的猫》在立意上存在某种异曲同工之妙，《故乡吟》在表达怀念外婆真切情感的同时，也表达了诗人对乡村荒凉、异化景象的郁闷与失望之情：

外婆走后／旧宅落叶成堆／围墙多处坍圮／门前的榆树扭曲如绳／我在重阳节回家小住／没见到一个亲戚／村庄里人稀面冷／白天同黑夜一样寂静

2017 年 3 月

《小区的猫》《故乡吟》展示诗人笔下典型的传统题材、主题意向与美学趣味，这一点在诗人怀念亲人的诗篇中有着鲜明的体现，我们现在来看诗作《时光倒流》：

时光倒流

　　立冬之日／我在寒风凛冽的车站／碰见一位步履蹒跚的老人／她的面容酷似我的母亲／她的出现让我热泪盈眶／／那一刻我觉得时光倒流／故去的母亲正从家乡归来／带着一年微薄的收成／带着对儿女们无限的慈爱／带着满腹的辛酸　劳累　和期望／／我固执地以为阴差阳错／母亲其实从未离世／她只是隐居在另一间清静恬宜的小屋里／整理着自己的回忆／关注着我的生活／／我多么希望是真的啊／那一刻　我想扑进她怀里／向母亲哭诉　这五年来／停在胸前的愧悔　疼痛　悲伤／与绵绵不尽的怀念

2011 年 11 月 27 日

　　这是怀念母亲的诗篇，诗人抓住在车站见到"一位步履蹒跚"面容酷似"我的母亲"的老人而瞬间产生的动人错觉，用一种直抒胸臆的方式，表达了自己对母亲发自灵魂的深切思念，言辞质朴，情真意切，感人肺腑。

　　《灵界的隐喻》是诗人在清明时节怀念母亲写下的抒情诗篇，同样以情感人。另外，诗人还创作了思念逝去兄弟的"怀亲"诗篇《又见三哥》：

又见三哥

　　昨夜　我又梦见三哥／在低矮的屋子里／默不作声／陪侍病榻上的母亲／／他的身形仍然那么高大／神态沉滞凝重／一边聆听着母亲的细语／一边翻阅着厚厚的佛经／／我想和他说句话／嘴里发不出一点声音／我想握住他的手／却无力走到他的跟前／／他背对着灯光／始终保持同一个姿势／不让母亲察觉眼中的泪水／不许任何人打破宁静／／我忽然觉得／他从辽远的国度回来／一定是想揭开生活谜底／传达来世的消息／／但是钟声响过三遍以后／他仍一言不发／仿佛与我隔着一层玻璃／谁也不能通过／／也许我看到的三哥／只是一个影子／他只在日落之后与星星同时显现／佑护至亲的家人

2014 年 12 月 15 日

　　这首诗以记录梦境的方式，采用小说的笔法，生动地描述了去世的三哥魂归故里与母亲和"我"相聚的情景，这是往日亲人们聚会与日常生活场景的时光重现（在现实层面，诗人的母亲与三哥均已去世，不在人间了），作品中大量生活细节与生命细节的细致描写，尤其是诗人与逝去亲人之间阴阳相隔的一些魔幻场景的描述，不但渲染了一种亦真亦幻的艺术表现效果，更有力地传达了一种感人至深的亲情力量。

　　需要说明的是，贾长青的传统美学趣味主要体现在诗人的现实关怀精神与浪漫主义情怀上，就前者而论，《我最担心的》《高速列车》《山顶》《寒蝉》《麻雀》

《枯叶》等诗作基本上是对现实题材的直接处理，体现诗人身上的现实关怀精神，但是，诗人在艺术表现上更具感染力或更为成功的还是那些展示其浪漫主义情怀的诗歌作品，我们现在以《飞蛾啊　我想对你说》一诗为例：

飞蛾啊　我想对你说

飞蛾啊　我想对你说／烛芯是一柄燃烧的锋刃／离它太近／会把自己灼伤／／要学会在黑暗中屏息／在嘈杂中假寐／在夹缝里繁衍／避开天敌的视线／／习惯在熹微中滑翔／在镜面上停顿／在阴影里蛰伏／和人们保持距离／／绝不与蚊蝇为伍／在污垢间偷生／不冲冠一怒／去火中取栗／不到电线上憩息／同苍鹰试高／不去公路上挡车／与钢铁比坚／／形同柳叶／命若尘埃／即使挨过一夜秋风／仍顶不住十二月的寒霜／／飞蛾一如／乱世中隐居的诗人／优雅　唯美　敏感而无助／是被上天冷落的生灵

2014 年 7 月 12 日

飞蛾与飞蛾扑火是浪漫主义诗人常见的表现题材与主题，贾长青的这首诗也不例外，诗人运用心灵独白的方式生动地塑造了飞蛾的艺术形象，刻画了飞蛾不幸的悲剧命运（飞蛾扑火导致的是飞蛾与火焰一起毁灭），尤其是诗人把飞蛾与"乱世中隐居的诗人"进行形象的叠合与命运的类比，一下子使得该诗在呈现浪漫、唯美的风格之外，又展示了浓重的伤感气息，给人留下深刻的印象。

除了《飞蛾啊我想对你说》《蝴蝶辞》《蛾子》《不经意间》《纸上的生命——海子 20 周年祭》《秋祭——悼 SWG》《复活节的早晨》《彼岸》《安静再安静些》《女妖》《乌托邦》等涉及生命体验、死亡想象、生命幻想表现内容的具浪漫主义审美色彩的诗作，体现诗人的浪漫情怀、冒险精神与悲悯情结，这些作品在艺术上则大多具有较高的品位，值得肯定。

正如程旭荣一样，贾长青在持守传统审美趣味之外，其身上也充满着颇为自觉的现代性意识与理念。我们在贾长青的不少诗歌文本中，可以发现其截然不同于传统审美趣味的现代性体验，《夜色》是其中一个具典范性的文本，我们来看其中的第三节（全诗共四节）：

比夜色更重的是虚无／是停电之后四散的人群／是明灭不定的火苗／是被车轮碾碎的九十九只／正匆匆赶路的蚂蚁

在这节诗中提及的关键性词语"虚无"，道出了诗人的现代性体验的本质性内涵，而诗中的核心意象"夜色"，背后所呈现的含义正是诗人关于生命的虚无体验。

《烟花》一诗在表达诗人的现代性体验方面同样很具代表性：

烟 花

开在云霄／开在波平如镜的湖面／我在除夕夜闻到她的芬芳／比玫瑰

空灵／与彩虹相像／／我认定那是一群下凡的仙女／在暮色中生辉／在月光下起舞／我认定她们掌握人世的秘密／扶摇直上　来去无踪／／北风把天空打扫得干干净净／飞禽无处躲藏／我认定那是一座童话中的海市／那里楼阁通天　月台相连／那里距星辰近　离红尘远／／当人群四散　大雪飘零／我认定那是一段神祇写下的箴言／代表年华　荣耀　黄金　王位／一切都是灰烬／一切都是瞬间

2007 年 7 月 22 日

诗作采用先抑后扬的手法，先是对"烟花"的形象予以了浪漫化的刻画与描述，到最后（结尾处）则冷静地揭穿"烟花"的本质面目或真相："一切都是灰烬""一切都是瞬间"。由此，以虚无（空虚）为核心内容的现代性体验得以有力彰显。

在此，还可以再举《我的天空》一诗来印证诗人的现代性体验的精神内核：

我的天空

在我的天空里／总有一群鸿雁在飞／从清晨到夜晚／从春风到寒露／／以整齐的队形／笔直的路线／朝着春天的方向／边飞边鸣永不停歇／／它们的习性／仿佛行吟诗人／优雅的翅膀／能把大地抬高／能把人们的目光从时下引开／去捐献金银财宝／拆除邻舍间的栅栏／培植朝开暮落的木槿花／／当虚无在我内心蔓延／我会变成雁阵中的一只／借助星光与气流／飞抵更辽阔的领域

2013 年 4 月 15 日

通过诗人与鸿雁之间的比喻性修辞与场景描写，诗人再次将其生命体验定位在"虚无"这个词根。而这正是诗人现代性的悲剧意识与理念在诗歌文本中的重复性表达，正如诗人在《临近午夜》一诗的结尾所强调的那样：

临近午夜　气温骤降／从窗口吹入的风掀翻桌面的台历／提醒我　生活是一场晚宴／浮华背面是更大的空虚

可见，贾长青也是一位现代意识颇为自觉的诗人。他的诗歌文本中不仅大量表达现代性审美体验（这方面的文本还有《寒鸦》《在朋友们中间》《爱的陪伴》等等），同时还不时表达现代性的生命哲思，这是非常难能可贵的。

我们稍微细究一下则不难发现，诗人表达现代性生命哲思的行为体现其对生命意义的内在追求，而其重要原因，则源于诗人对生命意义与存在价值的内在焦虑。诗人的诗作《生命的焦虑》恰好为此提供了有力的文本证据：

生命的焦虑

公园里的猴王／接连多日／在假山凉亭发呆／凝神托腮的姿势／如罗丹

塑造的《思想者》/在焦虑//谁的根/来自西非的热带雨林/什么策略/能拓展自由的疆域/当年老力衰　青春不再/如何逃过注定的劫难/有多少与人类的共同点/生命的终极意义//它的无助/让我悲从中来/还有羞愧　惆怅　愤懑/望不见彼岸的疼痛

诗中所表现的那只"公园里的猴王"的"焦虑""无助"等精神状态，最终与诗人达成了完全的共情体验，共同指向了"望不见彼岸的疼痛"，生命存在的价值空虚问题作为一个重要的思想命题，以一种严肃的方式在文本中凸显，令人深思。

诗人由生命意义与存在价值的焦虑性追问，进一步拓展到人类命运、神秘意志等哲思领域的自觉追问。

我们先来看看《秋风吹》一诗：

秋风吹

秋风吹/树叶黄/四处起烟火/空气持续变冷/曾经熟悉的事物/突然陌生/谁会理睬草丛间的蟋蟀/岩石边的山羊/蛰伏水底的青蛙/断了后路的蜜蜂/殉情的斑头雁/被雨水湿透巢穴的蚂蚁//我在悲悯中/形单影只/反复问自己/人类在自然界的角色/是主演　核心　砥柱　还是小丑　补白陪衬/是魔术师的道具/还是实验室的小白鼠/是佛龛前的供品/还是摆渡灵魂的舟筏/什么力量隐身于生活背后/操纵着万物的命运

2017 年 11 月 10 日

这首诗对人、自然万物与背后操纵一切的神秘命运之间的关系，发出了敏感的追问，促人深思，展示现代诗应有的精神品质。

与《秋风吹》的宏大命运主题表现有所不同，《旧书摊》指向的是艺术家与艺术品的命运哲思：

旧书摊

最近一次遇见里尔克/是在城隍庙的旧书摊/他泛黄的诗集/与《射雕英雄传》/《哈利·波特》/五颜六色的时尚杂志/摆放在一起/显得荒诞不经//旧书统一为两元钱价格/相当于一把青菜/一枝百合/一斤散酒/表明思想与现实/智慧与物质/在漫漫时空/具有的趋同性　一致性和虚幻性//我在猎猎西风中/反复阅读他的《秋日》/环顾无人问津的场景/恍若回到夏朝/民众目不识丁/忙于狩猎　耕作　内讧/不关心艺术/不尊崇信仰//恍若置身一座空城/萧瑟的氛围/让我悲从中来/难以判别过去/有多少伟大的作品/被忽略　曲解　混淆/被遗漏　尘封　贬值/沦为平庸的什物

2017 年 10 月 5 日

诗人在此描述了自己逛旧书摊的一次经历与感受，其中，"里尔克"作为一位伟大的现代主义诗人，"里尔克"和"里尔克"的作品在此诗的语境中均成为现代艺术的象征意象符号。在诗中，"里尔克"及其伟大作品被忽略、被遗漏、被贬值的不幸命运，正是许多现代杰出艺术家及其伟大作品在当今市民社会遭受极端边缘化境遇的集中体现。

不仅如此，诗人在此基础上还表达对神秘意志的思想追问，例如《台风》一诗：

台 风

台风登陆后／像一伙暴徒／无视一切规则／仇恨任何秩序／以突如其来的方式／捣毁烟囱　航标　电子眼／推倒大树　戏台　烂尾楼／扯断旌旗　高压线　悬索桥／席卷枯枝　旧书　过期食品／叫停卡车　塔吊　渡轮／启动红色警报／提醒世人／云层之上／还有不能驾驭的力量

2019 年 5 月 29 日

在此，"台风"既代表自然现象，同时又是自然神秘意志的体现，这种自然意志力量人类无法驾驭，它属于自然哲思范畴，高深莫测。

我们再来看看《神秘事件》一诗：

神秘事件

我确信开普勒和伽利略／在同一时期诞生／同一地区成长／同一领域取得了／举世无匹的辉煌／不是偶然事件／类似老子在函谷关／撰写《道德经》时／孔子正于鲁国宣讲／存在神秘的联系／他们可能和雷电　暴雨　大雪／来自同一个地方／携带着无穷的力量／承担着相近的使命

2018 年 1 月 20 日

如果说，《台风》一诗表达的是自然哲思，那么，这首诗所表达的则是文化哲思，因为该诗中所讲述的人物开普勒和伽利略、老子与孔子均为中西方文化巨子，这些文化巨子对人类历史的发展产生了巨大的推动与促进作用。

简单说来，与程旭荣相比，贾长青诗歌文本中的现代性体验更多了一层哲思性的内容，这是贾长青现代诗文本的亮点之所在。当然，综合来看，贾长青属于一位在"小区的猫"与"夜色""烟花"之间进行审美流连的诗人，他身上既有浓厚的乡村情结，又有自觉的现代意识，其创作有效地融合了传统与现代的艺术风格与美学趣味。

（十）郭淼：对现代诗语言、修辞与形式的自觉倾斜

在整个"长治诗群"成员当中，郭淼是一位特别自觉追求形式感的诗人，他的诗歌文本，从语言与修辞方式以及形式本身，都呈现颇为鲜明的现代性，初步形成了自己的艺术风格。

郭淼，1968 年出生于山西长治市沁县，他近几年才在长治诗坛崭露头角。郭淼网名为"一笑相逢"，活跃于北京诗人、诗歌报论坛等诗歌网站及长治诗群，其作品主要见于网刊。也就是说，郭淼是一位活跃在网络上的诗人，因此他的作品主要在网络上发表、传播并被评介。

郭淼的很多诗歌文本对语言、修辞自觉或刻意地追求，这与审美趣味与诗学理念非常传统的"长治诗群"成员截然不同。我们先来看看诗人《色彩重构》这首诗：

色彩重构

那些透明的光也随之醒来／带着各种鸟的鸣叫，跃过山冈、湖泊与楼群，注入清晨的容器／／我将取走沉静的一部分／附着在依旧沉睡的青铜瓦罐上，折叠进一本／关于传统的书简／／六月到了／麦芒的痛觉又在复活／那些产生过依赖感的，草本，灌木，石器的打击声／也要取走一部分／／涌动的车流，形成更多色彩的涡流／消耗了我们的大部分视觉／／珍惜那些荒凉中浮现的海市／那是，在暴雨来临之前，我们走进的若干平行着的夏天／／如此反复演练，成为一种本能／使之与遗忘叠加，或者与现在陌生／／在彼岸，一种黑被跪杀／一些白在自我撕裂。喧嚣中，也需要重新开启一段令人信服的蜜月

从诗的标题《色彩重构》即可以看出，诗人有意重新构造一种新的语言与修辞方式，以此来呈现他目睹到的视觉场景。根据全诗的意象与语言线索来看，该诗描述的应该是六月盛夏时节城乡接合部或者说城市郊区早晨的景象，其中，滚滚的车流是一道最为醒目的风景。毋庸讳言，这首诗的语境并不透明，看上去较为晦涩，主要原因在于诗人采用了一套现代性的修辞，他有意打乱传统读者习以为常的语言秩序与阅读习惯，对词语进行陌生化强制性组合，在对词语的重构过程中，试图达成实现其创作美学意图的目标。简单说来，诗中比较出彩的地方是诗人对动词意象的运用，比如，"取走"这一动词意象前后出现过两次，而且安排在诗句的关键之处，强化了诗人所需要带给读者的"沉静"之感。诗作的第四节："涌动的车流，形成更多色彩的涡流／消耗了我们的大部分视觉"，系作品最重要的部分，堪称作品的诗眼，其中，"消耗"这个动词意象运用得十分到位，它极为生动地描述了夏日清晨路上车流滚滚且各种车子造型、色彩各异令人眼花缭乱的视觉场景。诗中有些词语的组合与搭配虽然令人比较费解，或者一时难以理解（例如诗的结句"喧嚣中，也需要重新开启一段令人信服的蜜月"），但它依然具有刺激读者词语想象力的作用，至少其陌生化的修辞手段还是能够调动读者的阅读积极性，因而，《色彩重构》一诗中诗人对于言修辞效果的追求努力还是应该给予充分肯定的。

与《色彩重构》的某种晦涩相比，诗人笔下的《秋天深了》显得明朗多了：

秋天深了

——对于草木，须有一种敬畏之心

1

秋是春天的报应／田园深了／一部分草木，开始献出三月的底片。重新渲染过的山冈湖泊／适合归结，与告别些什么／深到花蕊根部的冷，有细胞核里的痛觉

2

那些候鸟，也是北方的叶子／远远地落回南方，横向坠落：那里有它们温暖的冬眠／一排大雁曾经迷路／它们原路折返，像一支蒙古民歌的复调

3

低温燃烧的十月／城市化狂野，形成时光落差。颠覆着对生命的体验／所有未来，皆可以重塑想象？

4

而这个秋天／一部分思想渐趋圆熟，一部分躯壳正在腐朽／它们需重新拟定公约，以宽宥相处

5

同行者赞美过的发光体，仿佛越来越稀薄／向外的征服越来越少／它们更喜欢／伏在落叶与湖水下，达成内在的澄明

6

这是亲人与智者的秋天／简约，冲淡，舍弃过多的修辞／知晓向哪里深／深向哪里／以拙朴之爱，保持锐度／相信缺失的部分，依旧可以借助直白的语词，承受深邃之美

这首诗的标题"秋天深了"出自海子著名的浪漫主义诗篇《秋》中的一个诗句，但诗人对其思想情感的浪漫主义特质进行了现代主义的改写。换言之，郭淼的这首《秋天深了》远离了传统的审美趣味，呈现鲜明的现代性，他不像海子那样姿态浪漫地着力抒发自己内心强烈的情感，而是以冷峻而理性的态度，通过有意追求语言的修辞效果，来传达诗人对秋天的认知与理念，显示现代主义的智性写作的审美取向。全诗分成六个小节，从不同角度与层面描述秋天的景象以及诗人的自我体验、感受与认知。总体来看，诗的最后一节（第六小节）起到了对全诗予以总结、升华的诗眼作用，诗人在这里特意声明要"舍弃过多的修辞"，其实恰恰凸显其在诗中追求修辞的艺术自觉，而诗的结句"相信缺失的部分，依旧可以借助直白的语词，承受深邃之美"，展现的正是诗人追求发掘秋天"深邃之美"

（理念与思想层面）的写作动机。

从修辞效果与创作风格层面来看，诗人笔下的《陌生之境》《木质时光》《雨中恋爱的人们》《月下高庄》《你轻易就取走了我的夜晚》等诗作，与《秋天深了》大致属于同一类型的诗歌文本。

郭淼对语言与修辞方式的刻意追求，表明他是一位富有自觉形式意识的诗人，他的大多数诗歌文本呈现出鲜明的形式感，在此方面，《台阶》一诗颇具典范意义：

台 阶

这样的高度正好俯视湖面，跟着苏醒的波浪一起晃动／宏大的庙宇端坐在身后，无论是风还是光，从背后过来都是温和的／／岭上梨花又开，依旧是春天擅长的即兴，大色块的渲染／笔墨从山顶直泼下来，醉意中洒落的色汁，让山坡喧腾了一夜／／有时，雨跟着落下来，一阶一阶跳跃下去。像一群白花花的，被解禁的精灵／过往的旅人，身不由己，为它们卸下行囊／／而楼群。这些不断标高的植被，看得久了，多想将它们赶得再远一些／像一群牛羊，缓缓地四散远去，天地才显得宽敞生动／／小城的钟声，被候鸟衔去，种到了更遥远的城市。村庄留下足够宽大的内心／将秋天收拾成一间屋子，刈倒的庄稼，有条不紊地摆放在厨台上／／我们曾在这里谈论诗歌，从表象还原到表象，如现在的石板还是石板／玫瑰还是玫瑰。可是从这石板上溜走的时间呢，人呢？／／白雪落到头上，远远的，一对新人坐在我曾经的地方，像两丛靠近的火焰／我捂紧绒衣，与雪片一起飘过，把他们看作是，与我置换过的身体

2014 年 4 月

这首诗对"台阶"周围的湖光山色以及情爱场景予以了艺术化的表现，该诗的意象跳跃，语言表达充满智性，值得称道，但是该诗最大的亮点无疑是其鲜明、独特的形式感。全诗由七节诗构成，每节两行，每个句子都是长句，且大致对齐，与"台阶"构成巧妙的对应与对称关系。一句话，《台阶》一诗中极具视觉效果的形式感，充分凸显文本的艺术价值。

由此看出，郭淼堪称一位具有先锋意识的诗人，他的不少文本充满先锋诗歌精神与美学趣味。在此我们可举诗人的一首近作《天街小雨润如酥》为例：

天街小雨润如酥

那几条汉子／在天街小雨喝酒／准确地说／是那几条写诗的汉子／在太原天街小雨人文茶馆喝酒／他们的酒杯扬起雪花／在雪地里撒野／每个人／都怀揣着一道长征／每一道长征里／都搅着一曲摇滚／他们敲着铿锵的节奏

192

／淋漓酣畅／带着八九十年代的／糙劲儿

这首诗叙述了几位诗人在太原天街小雨人文茶馆喝酒的真实场景，采用的是口语，不避俗语与粗话，反讽手法的运用，为诗作带来一种冷幽默效果，呈现某种后现代主义的艺术风格，凸显文本的先锋特质。

诗人笔下具有颇为鲜明后现代主义的文本，当属诗人创作的"王维系列"诗篇中的第二篇，即《王维系列之二：〈九月九日忆山东兄弟〉》》：

王维系列之二：《九月九日忆山东兄弟》

辛夷坞

木末芙蓉花，山中发红萼。／涧户寂无人，纷纷开且落。／／整个春天／站在辛夷坞的几枚花瓣上／空气透明／山色忽远忽近。除了流水，没有更多的声响／／王维，是第几维／只有那时的芙蓉花知道

少年行

一身能擘两雕弧，虏骑千重只似无。／偏坐金鞍调白羽，纷纷射杀五单于。／／少年喜欢电子版倚天屠龙／喜欢晒各种Q币装备／还喜欢在洗手间偷偷读盗墓笔记／／我劝少年狠练臂力／此去唐朝两手空空，可以带两张雕弓回去

相　思

红豆生南国，春来发几枝。／愿君多采撷，此物最相思。／／直译一下，就是生活中不只有苟且／还有诗意与远方／那时的远方／须用船篙与马蹄计量／途中可以攒很长的胡须，马褂也要多备份几件／／那远方远的／能让红豆长出芽来

竹里馆

独坐幽篁里，弹琴复长啸。／深林人不知，明月来相照。／／在某院见到一片竹林，要仔细打量一番／抚摸那些清奇的骨节／听听风穿过它们时，不同的响动／与竹子长在一起的人／有特别的秉性／／魏晋间，那几个著名的哥们／就深谙竹子的况味／曾几时／他们仗着血性／弹古啸今，琴弦与竹影，在月光下经纬交错……

山居秋暝

空山新雨后，天气晚来秋。／随意春芳歇，王孙自可留。／／驱车在山路盘旋／那些没有安身的落叶，也在深秋里奔袭／有时拧在一起，看着很强大／像美国片中的超级战士／／返回来时／它们已经各自散去／没有留一根骨头／山更空旷，恰好有一场雨，不疏也不密

鸟鸣涧

人闲桂花落，夜静春山空。／月出惊山鸟，时鸣春涧中。／／鸟鸣是春天

通用的语种／深山有自己的钟漏／流水析出香气，与月光一同为庙宇布施／／风拆掉墙，拆掉影子／时间在某一刻是扁平的——／桂花无处可落／印染在几行诗里／由你，去还原它飘落的过程

杂 诗

君自故乡来，应知故乡事。／来日绮窗前，寒梅着花未。／／故乡总与一些植物有关／它们抽象地活在街心公园（泉水边）／立交桥（独木桥）／阳台（崖边）／林荫大道（山间小路）／工业园区（田埂）／／它们分别叫马兰／蒲公英／野生地／车前子／稗草，一称鼠尾草（萨拉布莱曼／斯卡布罗集市）

九月九日忆山东兄弟

独在异乡为异客，每逢佳节倍思亲。／遥知兄弟登高处，遍插茱萸少一人。／／榆次老城欠一场雪／与两年前一样／覆在铜车马的车棚上。衙门紧闭，风雪全开／阿黛尔有御寒的功效／RollingintheDeep，摇滚地／在太榆路穿刺。汽车装配城的西北风少个刹车装置／／慢吞吞的秦楚／从商学院宿舍走出来，取走包裹／留下一颗平安果／迎宾街，经纬路们，离春节越来越近

在《王维系列之二：〈九月九日忆山东兄弟〉》中，诗人选用了唐代诗人王维的八首诗作为审美观照对象，同时用现代汉语进行意义颠覆性地改写，整体运用解构主义的艺术思维，意象营造与语言表达充满反讽性的审美效果，展示后现代主义的艺术风格，由此进一步凸显文本的先锋精神指向。

与《王维系列之二：〈九月九日忆山东兄弟〉》相类似，《王维系列之三：〈你是王维〉》也展示某种后现代主义的艺术风格与先锋精神指向：

王维系列之三：《你是王维》

你在血脉里，购置了一方闲适的山水／它没有篱笆／如果有，那也关不住月色／／它们收起浩瀚与磅礴／以平静的姿态，从你这里缓缓经过／／你挽留它们，以轻淡的笔墨／潜入一朵花／在春天的圆心打坐／／或者化作泉流，与石头／有扪心悟道的一刻／／你能读懂／尘世的花香鸟语／以摩诘之耳，去分辨喧嚣之外的／天籁之音／／历史赠予你，一身得体的行装与怀抱／走在时间的黄金分割点／你叫王维

2016 年

简单说来，该诗用现代性的语言与修辞方式重新塑造了王维的诗人形象，反讽精神使得它有理由成为一个先锋诗歌文本。

虽然郭淼堪称一位具有先锋意识的诗人，但我们并不能把他定位为一个完全意义上的现代诗人。因为在一定程度上，郭淼对传统审美趣味也非常认同，甚至难以摆脱它。他创作"王维系列"诗篇的行为颇能说明其古典情怀，而其创作的

《王维系列之一：〈渭城朝雨浥轻尘〉》更具说服力：

王维系列之一　　　　　**渭城朝雨浥轻尘**

1

　　记得那匹马是枣红色，我牵着它／空气中／弥漫着雨后青草的气息／那样的清晨／我想独自走走／山色也格外清晰／麦地向身后缓缓移动，城门渐行渐远／／这种简单的构图关系／一直是我喜欢的／没有复杂的词藻去描摹构筑／天地间／自然存在着一种通透：／无论在咸阳、渭城，还是凉州

2

　　渭水两岸的新柳淡绿写意／四月，河水最不安分／似乎想把河床、卵石统统带走／所有落笔／都有横向的抖动／倒影没有清晰的边界／仿佛那才是时间的原形／／而这些，若不是你我专程从这里经过／就显得缺少某种含义／客居的瓦舍／在诗句中／也如一个王朝的落款／我们经由它／——彼此相遇，又拱手送别

3

　　我们谈起酒醪的成因／讨论五谷与果酱的发酵过程／犹如对故园之眷恋／越是不见／越是聚积了穿越的能量／／在塞外走马／看过太多大漠的荒凉／沉郁久了／必欲通过一些词采，释放一场春天的绚烂／／以彼美酒／不时唤醒存在的快感／所有畅快淋漓的题赠／都是为了重逢

4

　　兄弟，我们重走阳关道／去会会明月故人／重拾在诗中牧放的，那些遗落山川的情操／以马蹄／回赠枯荣千年的野草／我们重归故里／——而那时，被我们称之为塞上／／邀一场大雪／重回在 VR 中，才能被复原的旷达与敦厚／那瓦蓝的天空／那雁阵／那浊酒一杯家万里／还有阳关三叠，还有胡笳曲！

在诗人与王维想象性的同一时空的流情景的书写中，虽然在一些词语与意象中展示现代性的精神元素，但整首诗无论意象、语言、修辞还是节奏，均充满了古典性的艺术趣味，令人感受到传统美学的审美境界。

通过《王维系列之一：〈渭城朝雨浥轻尘〉》这首诗，我们可以真切体认到郭淼对传统诗学观念与审美趣味的认同态度。在此我们再举《落叶》一诗作为有力证据：

落　叶

　　先是被霜花打落的杨树叶子／再后来是国槐／然后是五角枫与银杏／接着是垂柳与法桐／火红的，金黄的，枯紫的／像手掌，书笺，和鱼片儿……

//不舍昼夜的坠落之中／一座城，仿佛一直在缓缓上升

　　这首短诗的题材是传统的，语言与表现手法也是传统的，其空灵的艺术韵味也属于传统美学范畴。进一步说，《牡丹亭》《青梅两则》等诗作也体现了诗人浓郁的传统文化情怀以及与之对应的古典美学趣味。

　　总之，郭淼是一位对现代诗语言、修辞与形式有着自觉倾斜，同时又持有传统美学趣味的诗人，他的一部分先锋诗歌文本存在着程度不同的晦涩特征，但他的一部分融合着现代与传统诗学趣味的文本，在意象、节奏、语感、修辞等方面的营造上还是值得称道与认可的，他的创作风格特征较为鲜明与独特，这是最能体现诗人价值的地方。

　　（十一）申修福：对传统艺术风格与美学趣味的自觉恪守

　　一般而言，"长治诗群"成员的创作都是在传统艺术风格与现代美学趣味之间有所兼顾，虽然每个人的侧重点会有所不同。但是，也有一些"长治诗群"成员完全被传统诗学精神所笼罩，在创作中表现对传统艺术风格与美学趣味的自觉恪守态度，老诗人申修福是这方面的典型代表。

　　申修福，1939 年出生在长治市长子县一个普通农民家庭。1954 年，申修福考入长子中学，开始大量阅读诗歌、小说、散文，并开始尝试进行文学创作。1955年，申修福创作的现代诗《种向日葵》在《山西文艺》上刊登，在整个学校引起了轰动。高中毕业后，申修福继续进行文学创作，他的很多作品发表在《长治日报》等报纸和杂志上，他因此被乡里保送到晋东南农专学校学习。毕业后，申修福回到长子县，先后从事过语文老师、报社编辑、县委办干事等工作。1975 年，申修福因为文学创作上的成绩，被调到长子县委宣传部工作，在这个岗位上，他一干就是 24 年，直至 1999 年退休。退休以后的申修福在认真撰写本地历史文化著作的同时，坚持新诗创作，成为长治地区有影响的一位前辈诗人。

　　进入 21 世纪以来，申修福依然笔耕不辍，尤其当"长治诗群"形成较大声势的时候，申修福不甘落后，态度热情地加入"长治诗群"的创作行列中来，成为"长治诗群"的"老一代"诗人之一，并且为长治诗坛奉献了自己的创作成果。现在我们来选取申修福创作的五首短诗，感受一下其传统的创作姿态与审美趣味。

　　概括地讲，申修福的诗歌抒情色彩浓郁，富有生活气息，语言简洁、有力，意象鲜明、生动。我们来看看老诗人的《左手与右手》：

左手与右手

　　一母所生双胞胎／模样儿难分辨／为了辨认／一个叫左，一个叫右//哥儿俩从小到大形影不离／风也一起　雨也一起／白天／一起轮锤，舞镐，拉

大锯／一起挥锄，撒网，搬东西／一起掏粪，扫大街／一起开车修机器／晚上歇下来／你摸摸我，我揉揉你／然后相怜相疼／睡进一个被窝里∥它们没有嘴／不会说笑逗乐／不会唱歌／更不会眼泪成河／但它们有爱也有恨／情同炽热的火／朋友来了，举酒杯／财狼来了，操干戈∥赞同的，给你掌声／痛恨的，就赐你拳头。

诗作采用拟人的手法，描写了"左手"与"右手"之间形影不离的兄弟情谊和同病相怜、命运与共的亲密关系。实际上是诗人通过"左手"与"右手"的形象描写，生动地刻画了一位终日辛勤劳作、外表沉默寡言、内心有爱有恨、性格爱憎分明的普通劳动者形象（可以理解是诗人的自我形象塑造），作品构思巧妙，画面鲜明，语言质朴、流畅、有力，情感坦诚而热烈，给人以深深地感染。

与《左手与右手》的含蓄表现手法不一样，在《打扫灵魂》中，诗人直接发出灵魂的呐喊：

打扫灵魂

把轻薄扫出去／把奴性扫出去／把俗念扫出去／把晦气扫出去∥留下骨头，留下血。

这首短诗以直抒胸臆的方式，以铿锵有力的语调，表达了诗人清洁灵魂的强烈情感诉求。在诗中，"骨头"与"血"是两个重要意象，彰显诗人灵魂高贵、充满血性的人格状态，令人肃然起敬。

与《打扫灵魂》一诗的主题意向相类似，《鹅卵石》一诗也指向诗人的人格状态：

鹅卵石

是的／无论价值和生命力／我都不如鸡蛋／可是，它敢碰我一下吗？

这首短诗采用拟人手法，以口语化的独白方式，展示了"鹅卵石"坚强如铁、刚正不阿的独立人格精神（"鹅卵石"是诗人人格的外化形象），同样令人肃然起敬。

由于诗人长期在长治地区生活，他对长治地区的地理风物非常熟悉，也怀有深厚情感。其中，潞麻是一种主产于长子县、长治县、潞城市一带的经济作物，可以作为多种工业的重要原材料，闻名遐迩，但在当今科技高速发展时代，潞麻的种植日渐稀少，于是，诗人非常怀念这种承载其家乡情怀的作物，创作了《怀念潞麻》一诗：

怀念潞麻

你也是大地的儿子／你也有蓬勃的生命／然而，正当绿意葱茏时／却不惜做出最大的牺牲∥一任砍头剁脚下水牢／也不向斧头弯下腰／一任剥皮抽筋千刀万剐／也甘愿忍受，不吭一声∥但潞麻不是绵羊／潞麻自有潞麻的血性／即使剩一把骨头／也要点燃自己／将无边的黑暗烧个窟窿。

诗作采用了第二人称的方式，诗人与"潞麻"进行了一种精神上的对话，突出表现"潞麻"为大地无私奉献、忍辱负重、富有血性的艺术形象，在"潞麻"身上寄寓了诗人的人格理想，因而，"潞麻"可爱、可亲、可敬的艺术形象，也是诗人灵魂形象的投射。诗作意象画面鲜明，情感真挚强烈，语气坚定激昂，荡气回肠。

诗人不但擅长抒情言志、经营意象，也注重表现思想，我们最后来欣赏诗人的一首哲理性短诗《蜡烛》：

蜡　烛

点燃／才有生命的光彩／否则／不如一根芝麻糖

诗人一反将"蜡烛"塑造成人民教师等无私奉献者社会形象，而是将关注点放在"蜡烛"自身真正价值的思考上，诗人发现燃烧才能让"蜡烛"焕发"生命的光彩"，否则，其价值还"不如一根芝麻糖"，质朴的话语与形象的比喻，一下子道出了生命价值的奥秘所在，充满某种生命哲思的意味。

通过上面几首诗作的简要解读与复习，我们可以充分感受与体认申修福诗歌创作的主要艺术特色。由于老诗人深受传统诗歌文化精神与美学趣味的影响，他的诗歌作品中现代性的元素非常匮乏，这也可以完全理解，无须苛求，客观而言，他的恪守传统艺术风格与审美趣味的诗歌创作，也能给我们带来一种审美的享受。

（十二）王春平：现代经验与浪漫情调的异质混成或有机结合

在"长治诗群"中，王春平堪称一位资历很深的诗人，他在20世纪80年代即扬名于山西诗坛，其组诗《大峡谷》获得1986年度《山西文学》优秀作品奖，当时受到人们的广泛关注，可谓名震一时，其现代诗创作对"长治诗群"中的许多成员产生了深刻与持久的影响。

王春平，笔名北方、多米，1963年出生于长治武乡县上细煙村，长期在长治上学、工作。1980年开始诗歌创作，1983年毕业于山西大学历史系，山西省作家协会会员，高级编辑，现任晋城市新闻传媒集团副总编辑。曾在《人民文学》《上海文学》《山西文学》《诗歌报》等报刊发表作品。著有诗集《树叶之上》《木头中的火》《泥的嘴唇》。

受20世纪80年代朦胧诗潮的影响，王春平在出道之时的诗歌创作呈现鲜明自觉的先锋意识，进入20世纪90年代，王春平的先锋诗歌创作出现了某种自我调整的迹象，其先锋性、前卫性有所减弱。而在进入21世纪以来，王春平的诗歌创作出现了一段时间的沉寂期，这可以理解为诗人在为自己的诗歌创作重新定位，努力寻找自己的创作方向与艺术突破口，2017 年，王春平出版了诗集《泥的嘴唇》，在山西诗歌界产生了很大的反响，经过漫长等待的诗人朋友们普遍认为这是王春平"强势回归诗坛"的事件，并对王春平"复出"后的诗歌写作充满期待。而本人通过对王春平 21 世纪以来创作的诗歌文本的认真研读，发现诗人的创作在先锋性、现代性方面已经大大减弱，而在文本的本土性、及物性与日常性方面大大增强，而这，大约是诗人王春平将自己的笔名取为"多米"的潜意识所在吧。当然，这并不是说王春平完全回归传统美学趣味了，事实上，诗人的文本中依然保留着一定程度的先锋性、现代性，而且与他身上的传统美学趣味保持着某种微妙的平衡关系，准确一点地表述，王春平 21 世纪以来的诗歌创作，其先锋诗歌精神与传统诗学趣味相伴相生，在整体上达成了现代经验与浪漫情调的异质混成或有机结合。

这里所说的现代经验，是指在诗人的先锋意识（先锋精神）与现代性理念观照下的审美经验，它原则上是不包含或接纳传统浪漫情感的自我抒发的。在这一方面，王春平的《当一场暴雨》堪称表达现代经验的典型性文本：

当一场暴雨

当一场暴雨把城市打得遍体弹痕／当闪电在空中布下蛛网一样的地图／用什么可以捕捉到雨降的印痕？／从遍地早夭的叶颈里长出／一颗什么样的牙？／你的每一句话都把我剥得一丝不挂／我像一只被遗弃的土豆／在旷野的地砭张望路人／我是谁的晚餐？谁又是我的命运？／低下羞怯的头审视自己／小小的脐眼，不修边幅的做派／曾经拥有的正在化成齑粉／不经意间烫伤了手／我用你的每一个词，尖锐地直抵彼岸。／一支桨让水面变得不再平坦／雨后的虫鸣令檐下的水滴格外惊心／我把自己拽出来，在太阳下曝晒／以期待黎明时分我不要醒来

该诗运用先锋性的语言与意象跳跃的表现手法，呈现了暴雨氛围下"你"与"我"进行决绝无情对话的情景，表达了"我"心灵深度受伤的情感经验（诗句"你的每一句话都把我剥得一丝不挂"对此暗示得非常明显），整体语境存在一定程度的晦涩效果，诗句之间的上下文逻辑关系需要调动阅读者的现代诗修养才能加以有效理解。客观而论，这首诗从形式到内容均充满强烈的先锋色彩与现代性气息，展示诗人扎实的现代诗创作功底，具有很大的想象空间，值得读者反复品读。

从《当一场暴雨》这首涉及情爱主题意向的诗作中，我们可以确认王春平诗歌文本中的先锋意识与现代性经验，我们再来欣赏王春平另一首表现情爱主题意向的诗作《此刻》：

此 刻

　　是我拥抱了你。还是我们拥抱了黑暗／发动机的面孔模糊在浸透沥青的夜中，颤抖的引擎／在寻找嘴唇。你赞美雨后清新脱俗的气质／你的感叹像露珠，远处高速路上或明或暗的车灯／在勾勒一个场景，此刻我们是观众也是演员／我们经历的每一刻都将落进黑暗／而此刻我们就被巨大的黑暗包围／摸一摸黑暗的眼睛，大鼻子／黑暗无边无际，尘世空空荡荡／伟大的拥抱！你的气息弥漫着青草，淡淡地泛起忧伤／美好的时刻往往是黑夜赐予／见证者是亲爱的街灯，梧桐树叶也陶醉其中／回忆上一次，阻隔我们的可能是胃液／你用柔软测量我们的距离／我们的水面总有好听的鸟叫／它是花园，打碎黑暗

　　这首诗将情爱场景设置在黑暗中的小轿车空间里面，诗人用充满暗示性的意象手法勾勒"我"与"你"的欢爱情景，并对"黑暗"这个词语与意象予以反复强调，凸显诗人对爱情现代性的虚无体验，而诗中的慨叹"伟大的拥抱"更是流露出反讽意味，由此充分彰显该诗的先锋意识与现代性特质，文本语言跳跃而又流畅，意象朦胧而又线索清晰，情绪冷峻而又伤感，展示了现代诗的审美意蕴。

　　当然，王春平 21 世纪以来诗歌文本中所存有的先锋意识与现代性经验，并不能掩盖诗人对传统审美趣味的大面积回归，这集中表现在诗人浪漫主义审美趣味与精神气质的内在洋溢。《当我——致敬保罗·策兰》一诗便体现了诗人鲜明的浪漫情调：

当 我
——致敬保罗·策兰

　　当我，从深秋的灰烬中／发现自己的影子／它皱巴巴的样子，像白发的母亲／蜷曲在昨天的某一个角落／她不知道，一片皱巴巴的叶子／烧红了半边天际／烧啊，烧！月亮／也在烧／月亮从地底爬上来／烧得像正月里路边的炭火／火苗在夜里像瞳仁／撞击陨石的坑／火苗！皱巴巴的火苗／撞击陨石的坑

　　这是王春平为西方著名现代主义诗人保罗·策兰而创作的致敬性诗篇，但文本的主题意向并不是对死亡的歌吟，而是对生的赞颂。全诗意象鲜明，节奏紧张有力，充满浪漫、热烈的情感底色。

　　相比《当我——致敬保罗·策兰》，《蓝火焰》一诗更能体现诗人的浪漫主义审美趣味：

蓝火焰

　　一把椅子。孤零零地躺在一声叹息中／它的阴影笼罩了整个夏天／灼热

的阳光灼伤了自己／疼是在深秋的落叶中发现的／此时，蓝火焰才开始发酵／穿过我们一起度过的一个又一个漫长的日子／落叶掩盖不了火焰。蓝色的——／玫瑰依旧插在瓶中／／它的味道在眉宇之间恣肆／我在风中写满凌乱的微博／——你还爱我吗？／这是我在长长的铁轨上留下的胎记／我整夜把自己放逐在草原／我把马群赶到站台上等待／只是为了迎接黎明前的那一缕火焰／我没有邀请我参加／这个盛大的仪式／我辜负了黎明破晓的热情／曾经的诺言飘浮在半空／盘旋的飞机找不到跑道／那一个字。轰鸣着向我们展开双翼

2019 年 10 月 4 日

众所周知，"蓝色"是浪漫主义诗人最爱使用的色彩意象，"蓝火焰"是全诗的核心意象，在此诗的语境中，它与"夏天""深秋""玫瑰""草原""马群""飞机"等意象群一起，表达诗人内心里浪漫、热烈的情爱诉求，诗作画面干净、唯美，情绪真挚、饱满、伤感，具有很强的情绪感染力。

除此之外，我们在《野菊花》《每一种事物都有延伸》《乌云》《黑马，黑马——》《克里姆林的钟声》《歌者——为普希金 220 周年诞辰作》《麦地的爱情》等不少诗作中，均可以鲜明地感受到诗人身上鲜明的浪漫主义精神姿态，其中，《克里姆林的钟声》《歌者——为普希金 220 周年诞辰作》两首诗作充满浪漫的异域风情，而《麦地的爱情》又让人联想起海子的经典诗句，可见，浪漫主义审美趣味已经深入诗人王春平的心灵结构当中了。

当然，这不是说王春平是一位纯粹的浪漫主义诗人，他身上也有现代主义诗人秉持的诗学精神与美学趣味。有时候，王春平以一位浪漫主义诗人的面目出现在人们目前，而有时候，王春平又以一位现代主义诗人的面目出现在读者的视野里，这里我们以题材类似的两首诗作《雨滴》《那儿》为例，先来看看《雨滴》：

雨 滴

火车的舌头卷过／站台突然间空空荡荡／——而雨滴／从手指间流过／乌黑的淤泥／黑暗中的光线／那里有我们的火山／眼泪是滚烫的岩浆／每一次的喷发／都是破晓的黎明／——此刻／我听到雨滴／落在铁轨上的声音／那是草原上的野马／在呼唤母亲／我的雨滴，落在／今夜。黑暗中延伸的铁轨／开始变得柔软

2018 年 6 月 3 日

这首诗描述了诗人在火车站与自己的爱人（或亲人）洒泪分别的动人场景，意象鲜明，想象丰富，所表达的情感体验热烈而又伤感，充满浓郁的浪漫色彩

201

的审美韵味。

我们接着来看看《那儿》：

那　儿

　　还未到深秋，指缝间还是——春的花瓣。／庞大的站台，堆满空虚／这么的静啄食着空洞／喧嚣还在身后，还在刚才／的雨中。它的脚印／还沾满昨天的泥土／是铁轨强化了寂寥／还是车轮厌倦了站台？／我坐在靠窗的第一排／那儿，空无一人

2018 年 7 月 21 日

　　同样是描述诗人在火车站与亲朋好友告别的场景，但这首诗的感情色彩已经变得非常淡薄，诗人采用跳跃性的语言、意象与冷漠的语调，凸显关于生命与情感的空虚体验，具有鲜明的先锋意味与现代主义色彩。

　　不过在更多或者更为通常的情况下，王春平是以现代与浪漫相混合的审美面目出现在其诗歌文本中，也就是说，其诗歌文本中的现代经验与浪漫情调呈现为一种异质混成或有机结合的独特样态。这样的文本不在少数，《行李箱》是一个具代表性的文本：

行李箱

　　喧嚣的车流里滚动着／一只核。虚无的核／阳光把时间的栅栏／钉在高速路上／飞奔的车轮碾过／星星的碎片溅我一身／是你——你的手里提着什么？／／玫瑰把花瓣／／塞满你的行李箱／我听见它说——／生活经不起回眸／随时可以绚烂随时可以消亡／／可怜的花朵！它总是抓不住花瓣／——但玫瑰／早已把春天植入花茎

2018 年 5 月 14 日

　　"行李箱"作为该文本的核心意象，指向与表现的是爱与死（爱情与死亡）的重要主题，其中，虚无与绚丽、失落与重生、甜蜜与痛苦等对立性的生命体验呈混合与纠结状态，可以理解为现代与浪漫的"审美二重奏"，给人以复杂性的审美阅读感受。

　　除了《行李箱》《芦苇记》《恰好暴风雨袭击了今天下午》《小小的》《谁的背后》等不少诗歌文本，都能较好地将现代经验与浪漫情调融合在一起，具有独特的审美韵味。在完美达成现代经验与浪漫情调的异质混成或有机结合方面，诗人创作的《我的妹妹》堪称一个极具典范性的文本：

我的妹妹

　　我的妹妹把她的梦搁在梁上／然后捂着脸走了／麦浪打着呼哨从她的腰际呈弧线划过／我看不到她的忧郁／正如我无法看清自己此刻的／眼睛是不是一团

火焰//我的妹妹，我不喊你／我只想对你唱一首老歌／可是我没开口就把自己唱醉了／麦子啊麦子，你们难道没有／为这歌声而停下成熟的步骤／听听这歌声，听听这歌声里／热烈的词，深奥的词／充盈着青春气息的词／它们像空气中谁也看不到的麦香／藏在你的身后／藏在我们曾经用手抚摸的麦子身后

2014 年 7 月

这首诗典型地表达了诗人强烈的情爱诉求，一方面，文本语言流畅，修辞精准，展示了出色的词语想象力，另一方面，文本意象画面鲜明、生动，意境唯美、浪漫，情感热烈而缠绵，体现为现代性表现技巧与传统审美情调的有机结合，二者交相辉映，堪称完美。这首诗艺术含金量十足，展示诗人厚实非凡的创作功力。

在此需要指出的是，近些年来，诗人王春平似乎对传统审美趣味的兴趣越来越浓，他诗歌文本中的先锋意识与现代性经验在不断减弱，而其诗歌文本中的本土性、及物性与日常性有逐渐增强之趋势，这必然会导致诗人创作中审美现代性的不足与匮乏（如《长城与狐狸》《花开》等诗作）。"长治诗群"重要成员、先锋诗人邢昊在一篇评论王春平（多米）诗集《泥的嘴唇》的文章《多米诗歌的先锋意识及现代性》（载《太行日报》2017 年 4 月 27 日）中，对王春平（多米）21 世纪诗歌创作的美学转型进行了梳理与论述，并对诗集中的《只看见一只云雀》一诗作为典型文本予以了重点的、简要的解读，因为这篇评论文章写得比较精彩，特引用其中的一大段文字：

因此，当我们解析多米诗歌的发展和衍变时，其核心不仅是在关照某个诗人的诗歌，更多的也是在关照中国诗歌整个历史性的演变和发展过程。从多米的诗歌发展轨迹不难看出，多米关照的不仅是诗歌的先锋意识，他终于开始关注诗歌的现代性，诗歌的本土性。

非常可喜的是，多米的诗歌终于开始发生变化。我的理解是，现代诗歌应该来自生活，充分表现和表达心灵。真正的现代诗人，不应该害怕真实的思想和赤裸裸的现实，不应该害怕进入生活内部，更不应该逃避现实，逃避自己，也逃避他人。现代诗歌的真正目的就是展示，呈现，暴露和解剖，包括自己。

当然，诗歌的真实，不是生活的真实，细节的真实，具体环境的真实，时间的真实，具体心理过程的真实，而是一种经过诗人回忆加工过的，把体验过的经历和情感精挑细选、添油加醋、修修剪剪甚至虚构变形过的典型的普遍真实。这种真实，是一种纯粹绝对的情感的真实。因为人性和人类的情感是长期不变的，这种没有时空限制的真实，适合任何时代任何国家的读者阅读，因而具有长久的现代性，也是纯诗追求的一个重要方面。

只看见一只云雀

女歌唱家谢琳／正在舞台上咏叹／我坐在台阶上／居高临下望着她／手里捧着准备献给她的鲜花／她表情丰富／一只云雀／在她的咏叹中或上或下／一会儿直达云端／我看不见她的脸／也听不见掌声／／只看见一只云雀／在一片鲜花丛中冲天而上／我不知道，我的父亲／离我越来越远／医生正在用电击恢复他的心跳／一下又一下／机械地重复／／女高音中云雀在跳跃／而鲜花捧在我的手中／掌声像暴雨把我唤醒／灯光中的谢琳笑容可掬／／我赶紧走上舞台／和她握手／把花献给她／而我父亲伸出的手／我没有拉住

这首诗既有新诗中隐喻的成分，又有现代诗直白的呈现方式。它是用诗意的现实和事实的诗意来贯穿全诗。那只紧紧握住的歌唱家的手和没有握住的父亲的手，现实的真实与生活的荒诞，形成一个强烈的反差。而诗中那只不断上升的"云雀"，寓意着父亲的灵魂，恰恰暗示了诗人那颗孤独之心的坠落。这恰恰又形成了一个巨大反差。这样的反差，正是现代诗中所强调的"张力"。全诗明了而直接，但却承载了比过多的意象叠加更有重量的情感世界。

我惊讶地发现，多米诗歌中的现代性越来越浓，但是先锋意识还较弱。他的作品还有很大的提升空间。我们期待他超越自己，找回八十年代那么强烈的先锋意识。我们对多米的期待不是一般的期待，我们期待的是一个充满现代性的先锋诗人的回归和再出发。

我很同意邢昊的看法。不过这里稍微说明一下，邢昊在其文中所说的"现代性"实际上应该是指"本土性"，也就是传统的诗学观念与审美趣味（在我个人看来，先锋意识与现代性应该理解成同一诗学批评概念，这里不予展开论述）。总之，王春平是"长治诗群"一位资深诗人，他有丰富的创作经验与厚实过人的艺术功力，期望他在今后的诗歌创作中有意识地增强其文本的先锋性与现代性，至少与"本土性"保持有机的结合与平衡。如此，诗人的创作才能够继续保持强大的冲击力，才可以为"长治诗群"带来更大、更多的艺术荣光。

三、现代性美学经验的个性化书写

有一些"长治诗群"成员的创作，从其诗歌思维、艺术风格、审美趣味等层面来综合考量，可以将他们视为现代主义诗人，因为他们的诗歌文本中整体上传达了一种现代性的审美情感经验。在此方面，师力斌、王志彦、吴海斌、张红兵、张随、冯默谌、秦风等诗人具有代表性。下面对这几位诗人的创作特色分别予以简要的论述。

（一）师力斌：先锋精神向度之下的智性写作

师力斌，笔名晋力，20 世纪 70 年代出生，山西长治长子县人。1991 年毕业于山西大学政治学系，21 世纪初，他在北京大学中文系攻读硕士学位，随后继续攻读博士学位。2008 年，师力斌获得北京大学文学博士学位，毕业后被分配到北京作家协会工作，现任《北京文学》副主编。

师力斌的诗歌创作生涯从大学时代开始。1993 年，他开始发表诗歌，曾陆续获得全国首届新田园诗大赛、巨龙杯首届高校诗歌大赛、第三届名广杯诗歌大奖等奖项。其作品入选《诗歌北大》《中国当代实力诗人作品展》《当代新现实主义诗歌年选》《中国新诗排行榜》等国内多种选本。诗歌创作之余，师力斌主要从事文学评论和文化研究，著有《逐鹿春晚——当代中国大众文化和领导权问题》《杜甫与新诗》等学术著作，其评论散见于《人民日报》《光明日报》《文艺报》《环球时报》《中国文艺评论》《艺术评论》《诗探索》《山花》等刊物。编有《全球华语小说大系·海外华人卷》《北漂诗篇》（与安琪合编）、《后窗"四人谈"——北京文学评论集》（参编）等。

由此可见，作为诗人的师力斌实际上有着多重身份，但他在各个方面都表现出色，正如著名学者程光炜、新锐批评家杨庆祥所评价的那样：

> 生于 1970 年代的师力斌至少在以下三个方面值得我们注意：其一，作为一个诗人，他的诗歌写作呈现出非常鲜明的个人化风格，尤其是近年来，他往往从日常事件中寻找诗歌的素材，并将其煅炼为高度艺术的诗歌形式，这使得他的诗歌厚重而丰富；其二，作为一个文学编辑，师力斌对文学的观察和理解建立在大量的阅读之上，有其独特的遴选眼光和审美趣味；其三，最重要的是，作为一个批评家，师力斌在诗歌评论、小说评论和大众文化研究方面独树一帜，他的评论带有强烈的诗人气质，感受力强，角度独特，有鲜明的问题意识。他对"春晚"的研究综合了文化研究的种种方法和视野，具有开拓性的意义。[①]

在诗人、编辑、批评家的三重身份中，师力斌本人对其诗人的身份是非常看重的，因为二三十年来，师力斌一直坚持诗歌创作，从未停歇，表现持久的旺盛的创作热情，这也正如师力斌同学、新锐批评家胡少卿指出的那样：

> 对比起批评家，师力斌可能更愿意把自己定位为一个诗人。事实上，他的确是一个提供了独具风格的作品的诗人。写诗时他叫晋力。师力斌的诗歌从气象上使人想到杜甫，从数量上使人想到陆游。他的诗里有一种骨力和硬

---

① 师力斌、花语：《师力斌：解放诗歌的想象力》，原载中国诗歌网 2017 年 5 月 17 日。

气，颇有老杜"拗律"的神韵，常常在一种不协调中确立"诗心"的位置。他的诗歌好以新闻时事入诗，诗歌标题常常包含诸如"有感于富士康十连跳""冯小刚接受央视记者采访有感""感动中国人物之刘盛兰——兼怀邵逸夫"这样的内容，而诗歌正文总是令人信服地提供了完全属于诗歌的"深度体察"。师力斌这样选择诗歌题材，当然有他独特的考虑，即一个诗人，如何面对自己的时代发言。这同样也是他的评论工作的出发点。[①]

在这里，程光炜、杨庆祥、胡少卿等几位评论家非常敏锐地指出了师力斌诗歌创作的重要特点：从日常生活中取材，注重诗歌的语言形式。这是符合师力斌诗歌创作实际情形的。下面，我们结合师力斌部分有代表性的诗歌文本，作简要的阐释与分析，先来看看《生活关键词：电梯》一诗：

生活关键词：电梯

突然发现自己生活在 / 电梯里 // 命运难以预料 / 开关会出问题 // 视野狭窄。因为缺乏想象 / 刚长出来的翅膀迅速消失 // 面对铁皮，面对玻璃，面对水泥 / 天天面对钢铁的心已经不适应天空 // 人是人自己的笼子。人是人自己的老虎。人是人自己的 / 看守所 // 好不容易进来的活人 / 像个敌人

2014 年 1 月 9 日

诗人在北京这座大城市生活，天天与电梯打交道，应该说，电梯是城市日常生活中最为重要的内容之一，诗人将电梯命名为生活关键词，表明他对城市日常生活的极端敏锐性，更为难得的是，诗人将电梯作为书写对象，不是泛泛而论，而是对之进行了审美性地表现，并且揭示了电梯对人心所产生可怕的"异化"作用，给人以思想上的警示与启发，诗作语言本色，表达智慧，与诗作主题相对应。

我们再来看看诗人的另外一首诗作《看丹路所见》：

看丹路所见

父母在接孩子的时候 / 最美 // 下午偶到此地 / 坐在幼儿园外的街椅上 / 落日坐在首经贸附小的红楼顶 / 一棵老槐，两株山桃花 / 三个巨大的塔吊俯视我们 / 红色的马自达驶过来 / 幸福地接走一家人 // 城市陌生于我的时候 / 最美

2015 年 3 月 24 日

这首诗描述了诗人下班时与其他父母到幼儿园接孩子的情景，到幼儿园接送孩子，是城市父母们每日最为重要的日常生活内容之一。这首短诗具有诗歌日记的色彩，它非常真实地记录了诗人到幼儿园接送孩子时的所见所闻所感。诗作语

---

① 胡少卿：《文学不应"政治冷漠"——师力斌论》，原载《创作与评论》2014 年 8 月号。

言意象简洁而大气，意味深长，展示了诗人扎实的艺术功底。

师力斌的笔下多是日常生活题材，诗人似乎对日常生活经验有着浓厚的表现兴趣，像《劳工的弟弟》《上班路上》《电视里看中东以巴战火又起，感慨之极，讽笔书之》《太原行》《偶读陈独秀诗》《观看打工春晚之前》《大风福利》《和平门十字路口有感》等均是现实性、现场感相当强烈的诗歌文本，由此显示诗人创作题材的日常性、及物性的鲜明特点。

诗人虽然非常注重对日常生活内容的表现，但他十分注重赋予日常生活以艺术形式，以此呈现诗人审美表现的自觉，这一点极为重要，使得师力斌与其他一些沉迷于日常生活写作但缺乏形式自觉的诗人区别开来。这里举两首短诗为例。我们先来看《吃草莓绝句》：

吃草莓绝句

春天，我的鼻子／百花齐放／嘴里／血流成河

2014 年 4 月 8 日

诗人在此将其吃草莓的日常生活行为赋予了现代汉语诗歌绝句的形式（四行诗），可以看出诗人的形式感非常自觉。当然，诗作的艺术想象与审美趣味充满了现代性。

我们再来看《生活的诗意有时候是钉子绝句》：

生活的诗意有时候是钉子绝句

扎破轮胎时／富豪才知道，噢／原来社会上还有这样／愤怒的钢铁

2015 年 3 月 13 日

与前面那首诗相同，这首短诗最大的亮点显示了诗人的形式意识非常鲜明与自觉。虽然是表现日常生活中的一些负面性情绪体验，但诗人也要将这些日常生活素材装进一个固定的充满美感的艺术形式当中。在艺术形式意识上，诗人达到了相当自觉的状态，值得赞赏。

从前面的论述可以看出，师力斌对日常生活经验的表现兴趣，以及对语言形式的注重与追求，与其受到一代诗圣、形式主义集大成者杜甫的影响不无关系（这一点已为不少论者所发现指出），而师力斌本人确实对杜甫十分推崇（不久前研究杜甫的论著公开出版）。

师力斌写过一首以杜甫为缅怀对象的诗作，可以看作是诗人献给一代诗圣杜甫的致敬性诗篇：

怀杜甫

城市里涌起万丈高楼／那累月的雾霾何尝不是无处发泄的愁／／长风一来，
脸上开花当然是好事／可是心中的万吨石头怎么化开／／怎么在广告上反映穷

人的心事／怎么能把洪水般的金钱从悬崖上拽回来／／不是一个旅行拍照随便赞美花花世界的人／他喜欢边走边想，心事重重／／像连绵的山峦把远方遮住／将一条心潮汹涌的江河酿成／／那扔掉的快餐盒，闲置的别墅／银行里流动着千年的积蓄／／城市里涌起万丈高楼／那拆迁的平房又何尝不是江山的愁

2014 年 2 月 25 日夜，读杜诗

诗人从当下的现实境遇出发，在对杜甫经典性诗歌文本的阅读中，对唐朝诗人杜甫的贫穷、落魄处境展开了跨越时空的想象性描述，表达的是古今诗人之间的共情性体验，呈现一种诗歌知音的关系。诗作想象丰富，境界阔大，语言生动，意象鲜明，尤其是两行一节的有意安排，显示了诗人自觉的形式营造。

与《怀杜甫》一诗立意类似，诗人还创作了一首《抄杜诗》：

抄杜诗

把你的独坐抄过来，我就有客人了。蓬门今始为君开／天安门再大，凯旋门再辉煌／进出的还是小区的铁栅门／那两个无精打采的可怜孩子门卫呵，你没有写过。退朝花底散／把你的马抄过来，它们现在都安装了发动机，原理一样／把你的雨抄过来，它们包容的天下情感我仍可体会／喜悦的，悲伤的，辽阔的，狭窄的／电视剧里的古装其实都是西装／把你的白发抄过来，安在我的鬓角，白头搔更短，你昨天刚说过，我今天就谢顶／把你的老年多病抄过来，但使残年饱吃饭，只愿无事长相见／四十年前的邻居，早已逝去，若非再遇一个相似的面孔，还真以为历史由大人物一人完成／把你的宝剑抄过来，这与书生身份不符的东西，我在年少时何等向往／若非大洋彼岸的枪击，早已不相信杀戮／早已不相信我来自一位挑过大粪的祖宗，以及他想升官发财的妄想／在我高铁速度最快的时候，抄你的长途跋涉／在我堵车最烦恼的时候，抄你的古柏安静／抄你在秦州挨饿，成都观花，洞庭怀旧，长江浩叹／抄你对雪，见萤，望月，想念我心中的爱人玉臂清辉／正如我现在望着这台灯／或一个人躲避在周星驰的电影里／笑而出泪，努力忘掉周边复杂的历史

2017 年 10 月 23 日

如果说，《怀杜甫》是诗人通过阅读杜甫经典诗歌文本向杜甫致敬的行为，那么，《抄杜诗》则是通过抄写杜甫经典诗歌文本向杜甫致敬的行为。该诗对杜甫的大量经典诗句进行了现代性、互文性改写，意象缤纷，古典韵味与现代感觉交相辉映，创造了一种古今混杂的意涵丰富的独特语境，展示了诗人对杜甫诗歌的化用能力。

杜甫诗歌对师力斌的创作影响是非常明显的，例如，《立秋日车过国贸戏为诗句》《西配楼下的绝句》《中科院力学所微雨中捡枣——教师节偶遇》等这样的诗

作标题，便明显见出杜甫诗歌影响的痕迹。当然，除了标题上的谱系相似性，在艺术表现形式与精神指向层面，同样展示了谱系相似性，我们现在来欣赏《中科院力学所微雨中捡枣——教师节偶遇》一诗：

中科院力学所微雨中捡枣
——教师节偶遇

真正统治这个世界的是／意外，它比庸常还多见／今天上午，忙于赚钱的全球并不知道／有甜蜜掉落大地／／一层头破血流的红枣／平铺在京城的水泥地面／残缺不全的红色肉体，既是土著／又是从天而降的难民／／你恰好路过／电视里的欧洲边境／前来越境的人群纷乱如蚁／罪魁祸首的来历却一向不明／／每一种生命都有归宿／但如此密集地碰到你，肯定是天启／呵，你这四十五岁的幸福孩子／顺手把它们捡起，却无法递给饥饿的兄弟

2015 年 9 月 10 日

这首诗真实描写了诗人在中科院力学所微雨飘飞中捡落枣的情景，意象画面鲜明生动，语言节奏从容不迫，可以看出诗人在修辞与形式方面的刻意营造。同时，该诗所表达出来的对当下涌向欧洲边境的非洲难民的深切同情，与杜甫对黎民百姓与天下寒士的深切关心，构成思想精神上跨越时空的呼应关系，令人无比钦敬。

不过在此需要特别指出的是，师力斌对杜甫及杜甫诗艺的无比推崇与自觉借鉴，并不说明师力斌是一位审美趣味传统型的诗人，恰恰相反，师力斌是一位典型的现代诗人，因为他的诗歌文本具有鲜明的先锋诗歌精神，具体的表征便是诗人的文本中经常使用反讽手法，充满着反讽精神与话语狂欢，同时，在形式方面也充满自觉的探索实验意识。

我们现在来简要解读诗人的几个先锋诗歌文本。先来看看《我是歌手》一诗：

我是歌手

多少年来，我是个歌手／你们没有听过我的歌曲／筒子楼的水房听过／四环路的立交桥听过／今天，我唱给通州的景观麦地／把它当成全球观众／／白杨林是我的乐队／喷水机是我的音符／那蠢蠢欲动的麦垄，是我热爱的春的旋律／曾有一瞬，飞机的长鸣从胸间呼啸而出／一列高铁在牙缝里奔驰／一百头狼的獠牙，划过马路牙子／／唱短暂的喜悦和经年压抑／唱黄昏里徘徊，感伤，胸怀祖国的莫名忧虑／柳枝泛青的某个刹那，还曾感动自己／可是，这可笑的，幼稚的，小资产阶级的／个人情绪，瞬间淹没在／通州马路浩大喧嚣的车流里

2018 年 2 月 26 日

在这首诗里，诗人以煞有介事的话语姿态，戏谑性地叙述了自己的歌唱与周

围反应的情景，矛盾性修辞的运用与情景错位的设置，产生了令人忍俊不禁的戏剧性阅读效果，其中，反讽手法背后所洋溢出来的反讽精神成就了该诗的先锋文本特质。

与《我是歌手》相类似，近作《春之声》也是以歌唱为主题意向，节奏流水般轻盈，诗作充满微妙的反讽语调，令人会心一笑。《表情包赋》则以话语狂欢的方式，用俗话、时髦语、网络语，快速展示一个个表情包给诗人带来的主观感受，亦庄亦谐，嬉笑怒骂，无所顾忌，于非诗意中生化出另一种诗意。诗人写于早期（2003年）的诗作《跨国爱情》也是以一种矛盾修辞的方式与亦庄亦谐的语言风格，展示诗人对外国美女态度复杂的爱情态度，充溢文本的反讽精神，给人留下深刻的印象。

可以说，自21世纪初以来，师力斌的审美趣味就属于先锋阵营。现以《造句》一诗为例：

造　句
——在食堂吃饭教女儿用"一起"造句

与凳子一起坐 / 与勺子一起吃 // 与铅笔一起做题 / 与橡皮一起后悔 // 与鞋子一起散步 / 与袜子一起旅游 // 与房子一起晒太阳 / 与窗子一起看月亮 // 与台灯一起睡 / 与布娃娃一起入梦

2003年10月4日

这首短诗是诗人在食堂吃饭时教女儿造句的语言实录，带有一定的语言游戏色彩，也带有某种语言狂欢的味道，读起来使人感觉轻松、幽默、有趣，也颠覆了传统的父亲教育子女的模式与理念，凸显先锋诗歌的精神特质。

师力斌对先锋诗歌精神的自觉认同与持守，还表现在其对语言修辞与诗歌形式的刻意追求方面。现以《镜春园的荷花》一诗为例：

镜春园的荷花

它们也在出版自己的著作。// 绿色的封面，加上朵花瓣的插图 / 这样销路会好些。因为总有些好色之徒。// 荷花知道某些人的欲望，也清楚自己 / 茎子伸了那么长 / 还不是因为出版市场那么挤？/ 几乎是稍不留神就会摔倒。// 姿势是逼出来的，姿色是做出来的 / 不信，你可以看脚底的黑淤泥，/ 看细项上沉重的绿广告 // 美是消费者的误读。他们花了钱总要图高兴 / 总要找一种抽象的借口 / 一如每本书的前言 / 反复解释大家都知道的事情 // 解释苗条的身材 / 解释脸色的绯红，甚至埋在地下的裸体 / 也被提升到水面。/ 就是没有解释金钱，这最关键的定价 / 它藏在书的封底

2003年7月3日

这首诗是师力斌在北京大学攻读学位期间游览镜春园风景而作的一首写景诗。该诗采用了学院派气息浓厚的修辞方法来描写镜春园荷花美丽动人的身姿与风采。在语言运用上，措辞严谨，又语意暧昧，既拿捏好分寸，又给人留下想象空间，呈现学院派诗人（或知识分子诗人）应有的修辞智慧。

再举《高考之一：语文练习题》一诗为例：

高考之一：语文练习题

除了选择下列四组词语中／发音不正确的一组之外／阅读关于汉武帝的文言文／请对本文思想做简要分析／请提炼第三段的段落大意／仔细阅读三国的第二段／请回答"先帝不以臣卑鄙"中／"卑鄙"二字与现在的区别／请概括曹刿的战略战术／请指出下列句子中"诚"字的不同含义／1.帝感其诚／2.此诚危急存亡之秋也／3.今诚以吾众诈自称公子扶苏项燕／4.诚如是，则霸业可成，汉室可兴／请填写"道之以德"的下一句／请指出这首唐诗的修辞手法／请赏析该词中"空"字的韵味／请说出作者的感情色彩／请回答苏轼在赤壁的心情／请列举岳阳楼的景色特点／请对比文中西湖的白天与夜晚／请解释"剑气"的含义／请归纳秋菊的品性／认真阅读以下转基因材料／请自拟题目写一篇作文／不超过800字／体裁不限／诗歌除外／／做了一万多个题／根本没有注意过那个／"请"字

2016 年 3 月 19 日

这样的文本完全是语文教师布置高考语文练习题话语的课堂实录，毫无诗意与诗性而言，诗人将高考语文练习题赋予诗歌的形式，以一种表面不严肃的态度反映诗人的形式探索与实验意识，实际上是很值得称道的。

与《高考之一：语文练习题》一样，《筒子楼：油锅里》一诗的形式实验色彩极为鲜明：

筒子楼：油锅里／那炸得焦黄的／可是股市大跌奔逃的股民／可是小市民向银行急走贷款的房奴／可是毕业生在答辩会招聘会人才市场劳动力市场穿梭来往的哥们／可是成家后作陪乡下慕名而来到大医院挂号排队抓药化验住院的邻居／可是离婚后被空虚无聊情欲债务后代前途烧得坐立不安日夜焦忧的兄弟／可是被领导批被同事欺被邻居气被警察盯被道路堵被空气污染的开车的伙计／可是没离婚被孩子累被学校催被课外班诱惑被坑班排队被教育培训机构套牢的公民

2013 年 10 月 11 日

在这个篇幅很短的诗歌文本中，最为明显的是其长句排列的视觉形式效果。其次是话语狂欢与反讽语调的结合凸显文本的先锋精神特质。

在当下诗坛上，先锋诗人不在少数，但师力斌依然有其独特鲜明的艺术风格，主要体现在智性写作的向度上。持有智性写作向度，与师力斌的学者身份关系密切。在师力斌的许多先锋文本中，我们固然可以欣赏到诗人的反讽精神带来的审美愉悦（如《樱桃》《是个什么鬼》《梅花桩》《打油诗贺新年》《拥抱》《行为艺术》《对花劝慰》等诗歌文本），但同时更可以体会到诗人对人生与世界万物的理性思考，这种思考是自觉的，成为诗人的一种创作追求，一种自我的风格标签。

我们这里来欣赏一下诗人两首呈现智性思想元素的诗作，一首是《沙尘暴》，一首是《写下来》。

沙尘暴

你觉得活不下去了／你想在鼻子上开一条运河／脸上泄一泓飞瀑／让那一群白鸽子到肺里飞翔／／一阵昏暗掠过天空／又一阵／你几次在历史的关头晕倒／但凭着对未来的信心又站了起来／要活下去，要看到云开日出／要充分享受光明到来时的幸福／就像挺过那段难熬的历史／就像英雄熬过绝境／／实际上你还不如那株花／它依然在开，始终香着／不为世界所动是怎样的力量？／在困境中你想起了几乎所有问题

2006 年 4 月 22 日

写下来

一条蚯蚓刚被揪住就缩了回去／泥土更加芬芳／一株草尝试着焕发青春／一朵花原来已经怀孕！／／喜悦是脱手后留下的／像一次抢劫没有成功／遗书实际上就是写遗憾／是读者从中找到了兴奋／／这不能怪你，你是强盗／你是春天里的采花贼／你手拿墨水就任意涂鸦／同时扮演孩子和暴君／／冲动时，你的处境突然就说不清了／就像冲到马路中间时／一辆满载绿灯的卡车／遇到了红灯

2005 年 4 月 23 日

在《沙尘暴》中，诗人面对人类的生存困境中，想象自己应该像英雄一样熬过历史的难关，但实际上非常脆弱，不如一朵看上去弱不禁风的花朵，依然在严峻的自然环境中开花，且始终绽放花香。人类的脆弱与花朵的坚强，构成一种醒目的对比，引发了诗人（诗中的"你"）的思考，也激发了读者们的严肃沉思。而《写下来》是书写诗人在春天里的任性行为与生命体验，诗人对事物的两面性、复杂性与变换性有着敏锐的感知，最终认识到生命的冲动会使一个人的处境处于一种说不清的险境当中，体现一种生命的辩证法思维，充满了哲思意味。这两首诗在意象设置、语言表达上足够现代，足够弹性，更足够智慧。

简言之，师力斌在持守先锋诗歌精神的立场上，追求智性写作的向度，从而充分凸显其诗歌写作的个性风格与诗学价值，展示诗歌与生活的对抗关系（正如他的诗作《我用诗歌来折磨生活》标题所展示的那样），对于这一点，青年批评家陈朴给予了比较中肯到位的评论：

> 新秀辈出的当下，新流派新手法新事件层出不穷，此起彼伏，甚至机器人创作的诗歌都快要成为诗坛主流走向，引众人膜拜不已、自叹不如。面对外部世界爆炸性的精神变革，师力斌一直坚持着"我手写我心"的美学主义原则，不玩花拳绣腿，不去盲目从众，在自己的诗歌疆域中默默地耕耘着、收获着、深思着、探索着，写出了自己独具智慧且沉稳大器的优秀诗作。正如吴思敬所言："诗的好坏主要不在于是否运用了较为传统的、还是较为现代的手法，而在于是否有内在的诗质"。师力斌的诗在智慧之光的表层底下，更深地隐藏着一种内涵美和磁场引力，就像是夏末熟透的核桃，一层一层又一层剥开皮，才能品尝到令人沉醉的味道。①

无疑，这是对师力斌诗歌创作的高度评价与美好期许，师力斌作为一位学识深厚的优秀诗人，其创作不断突破的可能性还在于自己不懈的努力。

（二）王志彦：为"一座废弃的花园"试图命名或立传

王志彦，1970年出生，山西长治屯留人。迄今已在《诗刊》《星星》《诗歌月刊》《诗选刊》《诗潮》《绿风》《扬子江诗刊》《十月》《北京文学》《上海文学》《中国诗歌》《山西文学》《黄河》等报纸杂志发表诗歌、散文、报告文学等百万字，曾获得"第三届李白杯一等奖""第三届中国曹植杯一等奖"等全国文学奖多项，诗作入选《世界现当代经典诗选》《中国诗歌精选300首》《当代新现实主义诗歌年选》《中国新诗年鉴》《山西文学年度诗歌卷》《中国散文诗年选》《新世纪好诗选》《中国诗歌排行榜》《中国散文诗精选》《中国年度诗歌精选》等100余种选本，出版诗集《低处的火焰》《雁行书》《尺山寸水》《像虚词掉进大海》等。

王志彦是"长治诗群"当中一位公认的实力派诗人，他极少对太行山区风物进行外在性的描绘，而是着力于对自我内心世界予以观照、探索与表现。从整体性的诗学理念与审美趣味来看，王志彦可以被视作一位现代主义诗人，因为他的诗歌文本呈现大量的现代性审美情感经验。综观王志彦的诗歌创作，发现诗人主要集中表现生命主题，正如诗人自己所发表的诗歌观点："诗人要满怀自然之情，尘世之爱，生活之痛。更要渴望诗的火焰照彻诗人内心的黑暗，让每一块平庸的石头发出自身的光芒。"

---

① 陈朴：《中年智者的沉稳书写》，原载《椰城》2018年第4期。

从理想的角度，诗人是要表达与歌唱生命的美好，他将生命比喻为"一座花园"，但在诗人实际的生命体验中，他又时时感受与认知到生命残酷的本相，生命的孤独、黑暗、虚无、荒诞一次又一次击中诗人脆弱的心灵，于是，在诗人的诗歌文本中，生命成为"一座废弃的花园"，诗人对生命本体的书写，便成为一种命名或立传行为。

《修辞学》一诗在表达诗人负面性的生命体验方面颇具代表性：

修辞学

在修辞中，万物都有虚茫之美／也有空悬之毒。绿草如茵，是灰烬成谶／为大地坚守着最后的传说／／当你刻意为一种事物命名或立传／修辞就会暴露你的情绪、偏颇与无知／并丢失掉事物本来的属性／／嫁接在乡愁上的月亮／让诗者的欲望消逝在绵延的高冈上／只有他的悲伤活在修辞之外／／万物自有途径。在修辞的转换中／世界已为我们准备了一座废弃的花园／最终，我们都会成为花园的一部分

2020 年 11 月 10 日

这首诗专注于修辞与生命体验命名关系的探讨，诗人以他语调温和的修辞风格，用万物的空虚、迷茫有意凸显并加重生命的悲伤，最后达成一种认知："世界已为我们准备了一座废弃的花园。"这"一座废弃的花园"，自然容纳着生命种种负面性的思想与情感信息。

在《去往春天的哲学里》这首短诗里，诗人对这"一座废弃的花园"的意象与内涵，再一次予以了诗意的阐释：

去往春天的哲学里

春风吹来，万物飞出名词／获得了自身的另一种修辞／小雨一场接一场／人群中那些没伞的人／步履快过乌云／／这就是哲学的源泉／身体上长出新枝的人，必有／一座废弃的花园

2018 年 3 月 10 日

在这首短诗里，诗人尝试对春天景象与生命体验予以命名与哲学性阐释，根据诗作的语境，它描写了春天里人们在一场小雨里兴奋奔走的景象，诗作的语言、意象含蓄有味，节奏轻快，与作品兴奋、激动的情绪相对应，结尾的三行诗句，是作品的诗眼，揭示着诗人哲思的具体内涵。在这里，"身体上长出新枝的人"既暗示春雨中的人们撑起了雨伞，更喻指人们在春风吹拂的时节获得了新生，而"必有一座废弃的花园"则喻指人们生命中痛苦、晦暗的时光，准确一点说，"一座废弃的花园"是喻指一种颓废、阴暗、虚空、荒凉、孤独的生命状态，它集合了生命中种种负面性的思想与情感信息。虽然此诗所表达的春天的哲学充满正能量，

但其核心意象"一座废弃的花园"背后的含义从反面印证了诗人对生命体验的悲剧性精神指向。

王志彦的许多诗歌文本看上去具有抒情色彩，但它们在本质上是放逐抒情或者是反对抒情的，因为诗人往往在抒情的外表之下，隐藏着对生命的悲剧性体验。《抒情性》一诗在此方面极具典范性：

抒情性

瓷器并不是／被闪电擦亮的／暴雨在心／一定是火焰被黑暗／掩埋／／有什么值得土地颂扬／有什么值得天空苍老／／"麦苗青葱，是不是／替大地做着向上的抒情"／"它的根系／已伸向地下尚未明了的事物"／／一切事物都不能随意言论／寒风中，枯枝坚挺／像一种绝望／灵魂中会不会有处旧址／对应着发出微光／／世界危险又美／符合抒情的火焰滋生／鸟鸣掀翻暗夜／狮子弯着腰在觅食

2020 年 10 月 21 日

这首诗的标题名为"抒情性"，表面上看，诗人似乎在为抒情性诗歌主张进行艺术化的宣传，但实质上，诗人通过一系列充满魔幻色彩的意象，表达"世界危险又美"的生命体验与思想认知，这种对世界的现代主义态度，恰恰是对抒情性态度所代表的浪漫主义的内在否定。

诗人对生命体验的现代性表现兴趣，集中体现在他对自我生命状态与精神世界的冷静而理性地打量、审视与剖析上。《空信封》一诗可谓诗人对自我形象的理性塑造：

空信封

故乡是一只斑驳的邮筒／我就是那枚一直无法投寄的空信封／／从尖尖小荷到一块锈迹斑斑的废铁／在岁月的竹签上，我被宗教般的大风搬空／／树叶来了、走了，四十年的腰身／没有灿烂的前提，光晕渐渐被月光覆盖／／只有病痛深入骨髓，金钱高于爱情／我怎能把这即将腐臭的灵魂投进干净的邮筒／／而故乡已熬红了眼睛，一把光阴／敲开深深的庭院，儿时栽种的一棵树从来没有挪动

2012 年 11 月 21 日

这首诗采用"我"向故乡倾诉心声的抒情方式，通过"空信封"与"邮筒"两个对比性的意象设置，一方面呈现诗人自感羞愧的道德姿态，另一方面呈现故乡所具有的精神家园与道德圣地的崇高位置。诗人以一种理性审视与忏悔的态度将自我的思想与精神状态定位为"腐臭的灵魂"，塑造出负面性的自我形象，堪称消极性生命体验的集中体现，给读者以心灵上的震撼。

不仅如此，诗人还对自己的人格状况自我解剖，《双重性》是此方面的代表性文本：

双重性

那一定是我的影子／寺庙、志愿者、冬日里皲裂的柴／几十年如一日／我在尘世葡匐／暗含光芒／／这也是我身体的部分呵／垃圾、杀猪刀、瞬间的泥石流／活生生的一个人／像屠夫／少了敬畏之心／／"淡泊与宁静／也是一种欲望和虚荣"／一个人间／一处狮子在吼／另一处白鸽在祈祷

2020 年 10 月 20 日

诗人在诗中采用了两组对比性的意象群，并运用魔幻的表现手法，生动、坦诚地展示了诗人自我内心世界的矛盾图景，有力地表现了诗人深度性人格分裂的精神状态，令人感慨与唏嘘。

源于诗人对生命本身的悲剧性体验与认知，在诗人表现生命主题意向的诗歌文本中，孤独、伤痛、虚无等负面性生命体验，成为诗人笔下重点呈现的内容。

孤独可以说是诗人常态性的生命体验，因而，孤独体验在诗人的文本中几乎无处不在。《棋手》《孤弦》《尘埃之歌》《秋影》《宽窄辞》《没有躲过春天的乌鸦》等不同时期的诗歌文本从不同角度书写着诗人的孤独体验。《孤独者》可以说是诗人一篇关于"孤独者"的"诗性宣言"：

孤独者

江流湍急，胸中已无水渍／群峰奔腾，纸上是无边的空洞／世俗之海也就容纳一个人的忏悔／教堂林立，走不出一个内心清澈的人／／一个孤独者，多像／北风中最后一位披头散发的父亲／他锤炼落日的手艺就要失传／而我们拥挤在雾霾中却不知他的去向／／他已无力挑战时代的风暴／现在，欲望把人间掏得越来越空／他只想等待乌鸦飞出寓言／从此减轻来自灵魂的折磨

2019 年 1 月 11 日

这首诗以诗人惯用的幻觉意象手法，生动地刻画了一位游走在时代与世界边缘的孤独者形象，这位孤独者孤独的原因是他跟不上时代的潮流（诗中说："他已无力挑战时代的风暴"），其实稍微细究一下，诗中的"孤独者"可以理解为诗人形象的自我刻画，或者说，这首诗是诗人孤独精神状态的"灵魂自画像"。

诗人的孤独体验书写不但数量多，而且程度深，《敞亮》一诗表现了诗人的深度孤独体验：

敞 亮

比闪电更凌厉的孤独／来自苍穹的低垂和浅草间的迷失／／大地呈现牛羊，你送走旧途／世界一直处于盗掘和丢弃中／／输掉过筹码的光线／依旧

照亮着万物和羞耻

2018 年 2 月 10 日

这首短诗以丰富的联想、简洁大气的修辞与比喻手法，传达了诗人孤独体验的情感强度。

简单说来，诗人难以摆脱的孤独体验背后，反映的恰恰就是爱在诗人生命中的缺失或匮乏状态，《若说爱》这首短诗给我们提供了有说服力的答案：

若说爱

铁轨像一道拉链 / 把琐碎的人间缝在了一起 // 那匐匍的枕木 / 一块是我，其余的都是母亲的身影

2019 年 1 月 1 日

这里，诗人用了自然贴切的意象，表达了自己对母亲的深切思念，而母亲在此诗的语境中就是爱的代名词，母亲的逝去等同于爱的消失，造成了诗人孤独产生的重要缘由。

与诗人大面积表现孤独体验相伴相随的，是诗人对伤痛体验的表现，书写诗人伤痛体验的文本不在少数（例如《念无可念》《听雪》《故乡遇雪》《一粒尘埃也有鹰翅的向往》，等等），其中，《暮晚一帖》是表现诗人伤痛体验的典范性文本：

暮晚一帖

白云如绝句。一粒鸟鸣在枝条上 / 用暮色，喂养一座村庄的新愁和皱纹 // 提灯走过的人，身前，身后 / 都是凌乱的铁轨，仿佛一场白日梦 // 日暮黄昏，手握铁锤的人 / 已经无法敲出一堆碎片的疼痛

2016 年 3 月 13 日

诗作精短的篇幅里设置了三个意象画面，以生动、简洁的语言有力地表达诗人灵魂的疼痛，令人印象深刻。

除了表现孤独与伤痛经验，表现生命的虚无体验，也成为诗人笔下的重点内容。在《这一晚》《太行山读雪》《一些事物已不再值得托付》《入世》等不少文本中，虚无是基本的主题意向，我们来看《雪花并不是冬天形而上的雇佣》一诗：

雪花并不是冬天形而上的雇佣

在北方，雪就是伤口上的盐 / 许多念想和油腻的理由都被这苍茫雪藏或腌制 // 与那些暗箱操作相比，这些披着圣洁外衣的执法者 / 只是加速了腐朽者腐朽的力度与重生者重生的速度 // 把那些无法辨别的事物，在土地上还原真相 / 让习惯忽略的分量，给虚伪的抒情正本清源 / 是的，雪花并不是冬天形而上的雇佣 / 这浩荡的虚无，昭示了万物历来纷纭

2012 年 11 月 30 日

从诗中"浩荡的虚无"一词可以看出，诗人的虚无体验深入骨髓，已经上升成为一种生命意识。当然，诗人的这种生命意识是负面性的，可以用生命悲剧意识来加以概括。《这些雪花都有一把匕首》在表现生命悲剧意识颇具代表意义：

这些雪花都有一把匕首

在雨的欢鸣中，身体里的血液渐渐露出了尾巴／那些丑陋的、虚伪的怒放，为什么不能停下脚步／／还有这些风中的欲望，一只时光的豹子倒下了／人间见证了岁月的固执和一片树林的集体私奔／／悲剧依次上演，雪花的白裙下亮出夺目的匕首／多少黑逃回黑暗本身，多少花事隐匿于春心／／而灵魂狂奔的刀锋上，上帝缄默无语／待春风吹来，一潭浊水，看堕落的生活如何打理

2012 年 11 月 29 日

由此看来，诗人关于生命的虚无体验与悲剧意识关系密切，二者之间互为交集、融合与印证，由此彰显诗人身上的现代主义精神气质。

虽然王志彦也有一些表达古典、浪漫生命体验的诗作（例如《顶点》《格萨拉》《三月》等），但他整体上表现对现代性审美理念与趣味的严重倾斜，王志彦可以视作一位具有超验精神的先锋诗人，他功底扎实的现代诗创作，值得我们重视与赞赏。

（三）吴海斌：想象的转型——从关注心灵与情感秘密转向语言化妆术

吴海斌，20 世纪 70 年代出生，山西黎城人，有作品在《诗刊》《诗选刊》《星星诗刊》《诗歌月刊》《十月》《诗探索》《诗林》《山西文学》等刊物发表，入选国内多种诗歌选本，参加过诗刊社第 22 届青春诗会。著有诗集《冰在零度以下活着》《羊皮书》。

吴海斌被公认为"长治诗群"的重要成员之一，2007 年，他的诗集《羊皮书》与郭新民、金所军、姚江平、王太文等诗人的诗集被列入"太行诗丛"，吴海斌是"长治诗群"这五位佼佼者中最为年轻的一位。另外，吴海斌诗集《羊皮书》的整体艺术质量比较高，受到许多"长治诗群"成员的充分认可、肯定乃至推崇。客观来说，吴海斌最大的艺术特长与优点便是其拥有丰富的想象力，这一特点几乎贯穿了 21 世纪以来二十年的创作生涯。

如果我们细心观察一下即能发现，吴海斌的诗歌创作呈现出两个阶段性的变化，大致从 21 世纪开端到 2010 年前后，属于吴海斌创作的第一阶段，在这一阶段，吴海斌主要关注自我与他人的心灵秘密，注重表现人物的内在情感世界，在此时期，诗人虽然也展示了优异的想象力，但其想象力的重点不在词语（语言）

身上，而是聚焦于人物（自我与他人）的心灵奥秘与情感世界方面。在此，我举《一个吹口哨的人》一诗为例：

一个吹口哨的人

在秋风里站着，轻微地摇着脑袋／吐出一连串音符，旷野里／数不清楚的玉米茬，向上张开嘴唇／一起缓慢地吹，它们的胡须被土埋得很深／／吹口哨的人听到了身体落下树叶／深处的水，打着菊花点亮的灯盏／从黑暗里上升，一些无比鲜亮的枣／小灯笼一样，在高处和他们汇合／吹口哨的人，望着高处，脸是那样的亮／／他的骨头开始下雪了／用鼻音装饰出寒冷，用舌头搅拌着飓风／天边的阴云，和他挨的那样紧／晚归的秸秆，披着几件旧衣服／他点亮一堆篝火，在胸腔里燃烧／／吹口哨的人，明亮而又黯淡／一个悖逆语言，过分依赖气息的男人／是那样真实，又是那样虚幻／站立在旷野上，把全部的孤单吹得那样忧伤

该诗以充满魔幻色彩的表现手法，生动勾勒出吹口哨的男人亦真亦幻的孤独者形象，诗中主人公（即"吹口哨的男人"）内心的无限荒凉与忧伤情绪给人以强烈的感染，再进一步说，诗中主人公"全部的孤单"与"忧伤"情绪其实就是诗人孤独心态的艺术投射，由此能够引发读者们深刻的精神共鸣。

《一个吹口哨的人》呈现了一个成年人的孤独精神状态，而诗作《雪地上行走的孩子》则着力挖掘一个孤儿的内心世界。诗人用生动的笔触描述了一个孤儿在雪地里吃力砍柴的情景，在巨大同情心的激发之下，诗人萌生了这样令人惊心的想象："被他砍到的树木，像父母从坟墓下／悄悄塞上来的，唯一剩给他的骨头。"这种骇人的想象，一下子便把这个"雪地上行走的孩子"孤苦无依、凄凉悲伤的"孤儿心态"入木三分地揭示出来了，引发读者无比同情与哀伤。

在写人的时候，诗人重点探索、表现人物的内心世界，即使是写景状物，诗人也注重表现自己的主观感受与情感反应。比如，在《村庄》一诗中，诗人这样写道："秋天的树叶，怀着一年的秘密／它们用金黄的手掌，为一个颓败的村庄／怀抱乐器，小声赞美"。这里，明显流露出诗人对这个"颓败的村庄"的伤感情绪与安抚心态，展现诗人身上存在的某种村庄情结。

从上面的几首诗作可以看出，吴海斌的诗歌创作聚焦于人物精神世界的探索与发现，例如，诗人创作于 2007 年的文本《内心豢养的黑暗》便是一首具有灵魂探险性质的非凡诗篇，它不但展现诗人进行灵魂探索的人格勇气与精神深度，同时也在象征意义上凸显诗人创作的主题方向与创作。总体说来，此一时期诗人在文本中所展示的丰富想象力，是为表现人物心灵世界与精神状态服务的。

从 2010 年以来至今的十余年时间，大致属于吴海斌创作的第二阶段。在这一阶段，诗人的创作发生着悄然转变（或转型），即从以前的关注人物内心奥秘与情感世界，转向对语言（词语）与语言表达本身的高度关注与极度重视。简言之，就是诗人十分重视文本的修辞效果，追求词语想象力，把早期的情感型写作转变为近期的经验型写作，先锋意识与现代性色彩越来越鲜明，越来越浓厚。尤其是近三五年来，吴海斌的诗歌创作在语言修辞方面所下的功夫，整个"长治诗群"中大概都无出其右者。

在这里，我们举一些代表性诗歌文本来对诗人想象的转型（从内在世界转向语言世界及外在世界）予以具体而简要的阐述。我们先来看看《宽恕》一诗：

宽 恕

宽恕扩大人类声音的麦克风 / 宽恕县城里司晨的牝鸡 / 宽恕佛像莲台下吐信的毒蛇 / 宽恕火柴搭成的桥梁 / 宽恕被雨水溅出污点的落花 / 宽恕焚烧森林的野火 / 宽恕删除聊天记录的人 / 宽恕宴席上打喷嚏的病者 / 宽恕拦路虎挡道狗 / 宽恕散发的鬼獠牙的魔 / 唯一不能宽恕的是 / 庸俗、嫉恨和在伤口上撒盐

2019 年 4 月 2 日

这首诗以"宽恕"这一动词意象为灵感激发点，让"宽恕"一词与诸多事物建立了一种词语意义上临时的"契约关系"，产生一种陌生化的审美阅读效果，从中凸显诗人自觉、强烈的词语意识（修辞意识）。

《宽恕》这个文本在表征诗人吴海斌的想象转型方面无疑具有象征意义。它表明，诗人在对外部世界的观察与想象中，致力于事物与词语之间的对应性联想，极力追求修辞效果，《动物园》便是这样的代表性文本：

动物园

进入动物园入口的铁栅栏，就进入了 / 动物的监狱，它内部的铁笼子 / 关着金钱豹的奔跑，和猕猴的跳跃 // 野鸭和苍鹭，被禁止飞翔 / 而鹅结伴，它弯曲的脖子在水面上 / 显得别样欢快，水波正描绘着水鸟的自由 // 我那么笨拙，却在人群中隐藏很深 / 我发现了，动物中奉行的圭臬 / 生命如草芥，隐居者发现了宗师杀人如麻 // 惩戒那些不问贫富的簪花人 / 惩戒那些在墨色中有洁癖的人 / 惩戒如我一样，在动物园观赏植物的人

2018 年 12 月 2 日

在诗中，诗人由"动物园"联想到"动物的监狱"，并且用"关着金钱豹的奔跑，和猕猴的跳跃"这样别出心裁的诗句，来展示诗人与众不同的词语想象力，从而凸显意想不到的修辞效果。此外，该诗还通过"惩戒"这一词语的反

讽性运用来表达诗人的现实批判意向，从而彰显文本的先锋精神与现代性审美特质。

与《动物园》的题材与主题意向有些类似，《褐马鸡和它的神秘性》为我们塑造了一只特立独行的神秘动物形象：

褐马鸡和它的神秘性

尾羽翘起，两颊红艳的褐马鸡／如神秘的情人，有力的双腿奔跑在林间／／像消逝的女神海伦，雄鸟之间的争夺没有停顿／落叶松、阔叶林中的明亮和黑暗互相交替／／需要一场大雪，它们才会现身／需要龙胆、沙棘、远志，它们才会前来／／伐柯伐木，贪婪如抽丝／人类织出鸟类的惊惧，像深深的树荫／／谁也逃不出捕猎的结局，东方的预言／具有它特殊的意义和无法揭示的神秘性／／林间的寂静，如冬日午后的阳光／只有为数不多的褐马鸡，才配得上阔大的清冷

2020 年 1 月 12 日

该诗运用精准、到位的修辞，客观、冷静的语调，生动地塑造一只充满神秘性的褐马鸡形象，内在的反讽意味，为文本传达一种现代性的审美经验，令人回味。

相形之下，诗人以人物为表现对象的诗歌文本则充满一种情感的温度，阅读起来极具感染力，《芒种记——致 LF》就是这方面的代表性文本：

芒种记——致 LF

我用一下午的悲伤，来让你复活／像用力推着一条河流站起来／／你只是睡着了，如茧中之蛹／你还会飞出来，飞过麦野／扯着那些成束的丝线，嗡嗡作响／你已经是一粒麦子／找到大地上金色的居所／／你突然发现了世界的出口／一个人的考场，谁公布出谜团之中的答案？／／我在回忆之中，让你又多活了半天／忽然发现，任何愉悦、谅解和美／都是轻佻的，此刻／我只和逆流、乌云以及冰雹为伍／只与狂风、闪电和霹雳结伴

2018 年 6 月 10 日

诗人以一位离世的故人为抒情对象，运用丰富的想象刻画出这位"复活"的友人活泼可爱的形象，诗作开头与结尾部分的精妙修辞，有力地表现了诗人的悲伤情绪，完美地实现了文本的表现意图。

实际的情况是，诗人对语言是一种精雕细琢的态度，他似乎对每一个词语都反复琢磨与研究，进行出人意料的词语组合与搭配，我们可以说，诗人有意对日常语言进行了大面积的化妆，使之高度陌生化，最终成为一种十分现代的诗性语言。我们来欣赏《石头跪在悬崖边缘》一诗：

石头跪在悬崖边缘

石头跪在悬崖边缘，寒露滚动在草叶之上／林中吐血的鸟鸣做出回应／／我没有为此虚构故事里的人物／页岩中列队的士兵，已经成为石像／／我挑选战马，让它从石头中发出嘶鸣／它们断了粮草好久，但从未停止跃过沟壑／／如果哪天石头落下，悬崖必将复活／生死契阔，家国只把史诗给孩子打开

2018 年 10 月 18 日

这首诗以悬崖边的一块巨石为书写对象，诗人动用了丰富的想象力，刻画了这块石头的艺术形象。该文本的亮点是现代性诗歌语言的巧妙运用，例如"林中吐血的鸟鸣做出回应""我挑选战马，让它从石头中发出嘶鸣""生死契阔，家国只把史诗给孩子打开"，这是对日常语言的二度变形与改造（对日常语言进行化妆术），使得它从散文化的语言生成为诗性语言，令人回味无穷。

在很多情况下，诗人对日常语言大面积实行化妆术，虽然生成为一种诗性语言，但有时显得比较晦涩，我们再来看看《师造化》一诗：

师造化

光秃秃的枝条，装着繁花的乐谱／风吹过，它就开始演奏／／再厚的冰，也怀揣薄如砂纸的晶体／水流过，它就释放出裹紧的不死之心／／雾中归来的神，唤醒人间云雨的幻象／众多的野花，在祷词中受孕／／我口若悬河，如同两只蝴蝶飞出墓地／我闭口不谈，发现肃穆的群山在安静对望

2019 年 2 月 20 日

该诗表现的是冬末初春的景象，修辞整体上显得精妙，但其中有的诗句（如"水流过，它就释放出裹紧的不死之心"）就显得有些语义朦胧乃至晦涩，这很大程度上是由于诗人过度追求修辞效果而出现的现象。

客观地说，吴海斌近些年由于极端追求语言的修辞效果，导致他创作的部分文本较为晦涩，读者阅读起来速度非常缓慢，不大容易解读与进入，体会不到审美阅读的快感。这可能是诗人主观上一味追求文本深度而"用力过猛"的原因。其实，诗人一些修辞上用力适中的诗歌文本，反而具有较高的思想艺术品位（如《山顶小庙》《以残为美》《观自在》《梦中蝶来》《五月的众神》等），好在诗人年富力强，相信他今后能很好地调整，为我们创作出更多扎实、厚重、深刻的诗歌文本。

（四）张红兵：反讽精神统领下的话语狂欢与亲情叙事

在"长治诗群"先锋诗人的行列中，张红兵具有鲜明的艺术个性，在他身上，反讽精神表现得非常充分与自觉，这一点与师力斌比较相似（当然，师力斌的反讽精神充满学院派气息，而张红兵的反讽精神学院派气息相对淡薄）。可以说，反

讽精神是张红兵的诗歌文本最具标志性的精神特质，也是张红兵最为鲜明的艺术特色，除此之外，话语狂欢与亲情叙事也是张红兵诗歌写作的两个艺术亮点。

张红兵，20 世纪 70 年代出生，山西黎城人。在《诗刊》《诗歌月刊》《诗选刊》《诗探索》《中国诗歌》《山西文学》《黄河》《浙江诗人》《都市》《诗品》等刊发表诗歌。诗作入选《2007 中国诗歌精选》《2008 中国诗歌精选》《2011 中国年度诗歌》《中国当代诗歌选本》《2012 中国诗歌精选》《2012 中国年度诗歌》等诗歌选本。参加诗刊社 24 届"青春诗会"（2008 年）。获得第二届上官军乐诗歌奖提名奖、2016《都市》文学"桂冠诗人"等各种奖项，有诗集《十年灯》出版。现为山西晋城职业技术学院民商系美术教师。

张红兵展示反讽精神的诗歌文本非常之多，像《复活或者从来不曾死去》《手的哭泣》《戊戌年中秋节夜无月记》《播种者——兼题米勒油画〈种者〉》《乌鸦》《蝙蝠》《蟋蟀》《一个学习熊爬的人》《天凉诗》《我如果把这看作命运》等文本，在艺术品质上均有可圈可点之处，值得肯定。

张红兵笔下艺术品质优异的反讽性诗歌文本，不仅在思想层面充满反讽精神，而且在修辞与表现手法层面都具有反讽色彩，给读者以充分的审美愉悦感。这里举两首叙事与写人的反讽性诗歌文本为例，让我们来感受其艺术特色与审美效果。

先来看看两个叙事性诗歌文本《K 歌记》与《养一只仓鼠作宠物》：

K 歌记

所有的歌都是好歌 / 只是没有一首适合我去唱 / 所有的歌我都喜欢听 / 只是听过了全不放在心上 / 适合我唱的歌至今也没人写出来 / 适合我唱的歌或许永远不会有人写出来

2014 年

养一只仓鼠作宠物

没有一点隐喻的意思 / 一只仓鼠就是一只仓鼠 / 它要吃要喝要拉要尿 / 我还需耐心向别人解释 / 仓鼠和老鼠如何不同 / 也不存在形而上的哲学 / 笼子是塑料制造的 / 刨花是木头变的 / 在刨花里钻来钻去的那个小动物 / 是一团有体温的血肉 / 我得定时喂花生，菜叶子 / 得定时清理，加固笼子 / 我甚至不得不因此而患上失眠症 / 在它夜夜坚持不懈的啃啮声里

2010 年

《K 歌记》描述了诗人 K 歌的一个戏剧性场景，诗作采用口语形态，以矛盾修辞的方式，阐述了诗人与歌曲之间的错位关系，充满某种荒诞意味，文本洋溢出来的反讽精神使得读者忍俊不禁。《养一只仓鼠作宠物》则用质朴、流畅、

生动的语言叙述了诗人饲养仓鼠作宠物的情形，外表庄重的话语背后的反讽态度，以及诗人具有某种"变态"心理的饲养爱好，鲜明地呈现了文本的先锋精神与现代趣味。

再来看看两个写人的诗歌文本《吴神父》与《听孔长河讲在李叔同纪念馆》：

吴神父

他更像个导游或者园丁／他如数家珍／我们随着他的引导绕教堂一周／我们像朝圣一样走近每一棵正在开花的树／丁香、玉兰、樱花、石楠、珍珠梅……／耶稣反而是不重要的／或者说也只是一棵长在房间里不开花的树／或者说只是他众多儿女中被疏远的一个／也或者说他只是为了取悦俗世／而暂时做了一个隐忍的父亲

2018年

听孔长河讲在李叔同纪念馆

忽然觉得胸口疼痛难忍／忽然想号啕大哭／难道是大师的神灵附体／大师又找到了一次复活的机会／他冲撞着要再次回到这人间／他要借一张嘴巴／将前世的悲伤和欢欣说完／现在，我们轻松谈论着这件事／我们仿佛又合谋着／把大师丢弃在无边的黑暗里

2018年

在《吴神父》一诗中，诗人采用口语化的表达方式，将人们心目中神圣的神父塑造成一位普通化的导游或者园丁形象，并且说他"只是为了取悦俗世""而暂时做了一个隐忍的父亲"，诗作语调亦庄亦谐，构成内在的情感冲突，由此凸显诗作微妙动人的反讽意趣。与《吴神父》一诗相类似，《听孔长河讲在李叔同纪念馆》运用质朴、生动地口语，刻画了诗人的好友孔长河在李叔同纪念馆里"神灵附体"的撼人情景，而结尾处的两行诗句"我们仿佛又合谋着／把大师丢弃在无边的黑暗里"，以想象性的戏剧化场景，对前面的内容予以否定，以此完成诗人好友孔长河的自我形象解构，彰显强烈的反讽精神，给人以黑色幽默般的审美快感。

与诗人文本中几乎无处不在的反讽精神伴随的，是其文本中的话语狂欢（或语言狂欢）现象，具体表现在对词语（语言）的堆砌、重复、炫耀、无节制的消费式运用，展示一种先锋的语言姿态。通常说来，反讽精神与话语狂欢存在一种内在关联，虽然反讽精神不一定通过话语狂欢来体现，但话语狂欢一定会体现反讽精神。诗人笔下的许多文本都存在反讽精神与话语狂欢相结合的艺术特点，我们这里举两个文本为例。我们先来看《再次写到秋虫》一诗：

再次写到秋虫

再次写到秋虫／依旧被它们的声音所感动／不管是木讷的，还是伶牙俐

齿的／不管是五音不全的，还是字正腔圆的／不管是墙脚下的，还是井台上的／不管是庭院里的，还是野外的／还是误入我房间里的／它们的声音真的很好听／不管是童声的、青年的、老年的／不管是独唱、二重唱还是合唱／不管是白天，还是晚上／不管是雨天，还是晴天／不管是初秋，还是季末／它们的叫声真的很好听／它们用短暂生命发出来的声音／真的很好听

2006 年

诗人在诗中对秋虫的各种声音进行了全方位的罗列，快速流动的语象展示话语狂欢的先锋品质，而结尾两句的矛盾修辞，不但凸显文本的反讽精神，同时也展示诗人关于生命的悲剧意识，能给读者深刻的思想触动。

我们再看《我的强迫症就要好了》一诗：

我的强迫症就要好了

吃山珍海味很少想到我的亲人了／穿名牌服装很少想到我的亲人了／偶尔住一次高级酒店很少想到我的亲人了／坐豪华轿车也很少想到我的亲人了／甚至游名山大川、名胜古迹也很少想到我的亲人了／／那天和朋友们在一起聊雾霾／聊着聊着就聊到了水／聊着聊着就聊到了国外／聊着聊着就聊到了加拿大／聊着聊着就聊到了一位远嫁加拿大的本地女子／聊着聊着就聊到了不久前她回国为父亲奔丧／聊着聊着就聊到了她不远万里、不辞辛苦／随身带着大量饮用水／聊着聊着我们就不知道该聊什么了／我发现朋友们表情平静没有丝毫鄙夷之色／我发现，我患了多年的强迫症就要好了

2015 年

诗作以"强迫症"为主题词，通过一系列日常生活化的动作来表现诗人的焦虑情绪，最后通过对"聊"这个词无节制的堆砌式运用，展示话语狂欢的文本状态，结尾以"我患了多年的强迫症就要好了"为喜剧性结局，凸显反讽精神。话语狂欢背后凸显反讽精神，是诗人的先锋诗歌文本的一大特色。

无论是反讽精神，话语狂欢，还是反讽精神与话语狂欢的有机结合，都鲜明地呈现诗人的诗歌文本所具有的先锋精神特质。说到底，诗人文本中的先锋精神内核，是由诗人身上的悲剧精神与悲剧意识来加以集中体现的。

《这美，不可一世》以莲花为题材，表现美的悲剧性：

这美，不可一世

我们兴奋地跑向那一池盛开的睡莲／油彩般浓重的颜色也迎面扑来／五月，居住在水中的神祇／纷纷托举出他们不可一世的美

2019 年

诗作非常精短，以五月睡莲的美丽姿色为观照对象，但诗人认知睡莲之美"不

225

可一世"，表明诗人对自然之美的短暂性与不可挽留性有着自觉的悲剧意识。

《过春时》则以牡丹为题材，表现的却是人生的悲剧性：

过春时

那些半萎的牡丹／仿佛也在同情我们、怜惜我们／这局促慌乱的生活！／这欢娱有限的人生！／它们于枝头紧紧抱住那缕香气／在见到我们的一瞬／散开了、释然了／春天就过去了

2019 年

诗作同样比较简短，以春天枯萎的牡丹为观照对象，但指向的却是"局促慌乱的生活"与"欢娱有限的人生"，表明诗人对人生的悲剧性结局或本相有着清醒的认知，凸显诗人的生命悲剧意识。

除了上面论及的创作特色，亲情叙事也是张红兵诗歌写作的突出艺术亮点。张红兵可谓是着力于亲情叙事而且特色鲜明的中国当代诗人之一。这不仅是说张红兵笔下的亲情叙事作品放在长治诗群乃至全国范围内来看数量很多，而且整体质量较高，且富有自己的艺术个性。

在《1972 年的旅行》《我们》《荆棘——给父亲》《牙齿——给父亲》《一个人的仪式——给母亲》《我忽然想到了我的母亲》《风声——给母亲》《庚子年三月十五日夜起观看粉月亮》等诸多涉及亲情叙事的诗作中，我们不仅可以感受到诗人对亲情的表现真切感人，而且注重艺术经营，颇具匠心。

在亲情的表现方面，诗人对母爱的表现及母亲形象的刻画，与对父爱的表现及父亲形象的刻画，都是非常感人的。

我们先来看诗人关于母亲的亲情叙事诗篇《1972 年的胡萝卜》：

1972 年的胡萝卜

——给母亲

那一年的胡萝卜粗壮、饱满／那一年的胡萝卜甜味十足／那一年，属于我们家的胡萝卜／有一部分丢弃在生产队的菜地里／那一年的霜降好像来得比往年早／那一年的初冬，白昼好像格外短／那一年的道路好像格外长／那一年的儿女好像格外可怜／那一年的母亲疲惫，怯弱／那一年，母亲右肩承受不住了的担子／左肩无声地接过来继续承受／那一年的胡萝卜粗壮、饱满／那一年的胡萝卜甜味十足／但那一部分无法拿回家的胡萝卜／像一群被丢弃的孩子／在黑暗和寒冷中哭成一团

2006 年

诗作以怀旧的视角，刻画了 20 世纪 70 年代初母亲疲惫、怯弱而贫穷的形象，诗人巧妙地以"胡萝卜"为核心意象，通过对"胡萝卜"作为美味食材的

诱人形象的强化性书写，暗示了当时诗人一家人的饥饿心理。在结尾处，诗人把"那一部分无法拿回家的胡萝卜"联想成"像一群被丢弃的孩子／在黑暗和寒冷中哭成一团"，既形象地凸显诗人小时候家庭的极度贫困，又生动地展示母亲因为贫穷而伤心、痛苦的精神状态，而"那一年"这一时间指示代词的排比性运用，为诗作造成了浓郁的感伤情绪氛围，有力地表现了诗人对青年时代母亲的同情与怜爱。

我们再来看诗人关于父亲的亲情叙事诗篇《接近》：

接　近

——给父亲

没有放大，只是不停地接近／用去二十多年的时间／我在渐渐接近一个驭手／接近一个并不懂得驾驭的驭手／接近借来的骡子和马车／接近曲折陡峭的山路／接近路旁草丛中忽然蹿出的一只野兔／接近受到惊吓的牲畜／接近半坡中迅速向后倒退的巨大力量／仿佛面前的大山也一并要倾轧下来／接近父亲的惶恐／惶恐中死命地抵抗／接近无助／接近身边两个没有成年的孩子／用去了二十多年／我已渐渐接近于此刻的父亲／我已渐渐接近于此刻恐惧的父亲／但分担的愿望已成枉然

2009 年

与《1972 年的胡萝卜》相似，这首诗回忆了二十多年前父亲为了生活辛苦驾车遭遇险情的惊心场景，诗作在叙事上富有相当的技巧，诗人主要通过设置"接近"这一动词意象，来生动描述当年马车失控、父亲与"我"都受到惊吓至今回忆起来恐惧未消的人生经历与心灵体验，表达诗人对父亲的深切同情。

诗人单独书写母亲与父亲形象的作品数量不少，而在《己亥腊八节前一日与父母通电话》一诗里，诗人把父亲与母亲放在一起进行亲情叙述：

己亥腊八节前一日与父母通电话

事实上我们都把这个节日忘了／生活中总有比节日更重要的事情／比如疾病，比如大脑梗塞／病中的母亲声音依旧硬朗／这虚幻又真实的东西带给我尘世的安慰／但我们都没有提到腊八节／那些我们曾经一起度过的贫穷但温暖的时光／现在暂时被保存在记忆的某个角落里

2020 年

诗作质朴的言辞与诗人对父母双亲的真实、深厚的情感构成对应关系，令人感动。

从上面几首亲情叙事诗篇的简要论述中，可以看出诗人展示传统的写作姿态与审美趣味。但在此必须指出的是，从宏观角度来看，诗人笔下的亲情叙事整体

上仍然受到反讽精神的潜在影响。例如，在表达母子亲情主题的《旧物》一诗中，结尾这样写道：

> 我朝车窗内的母亲挥挥手，再挥挥手／啊！我是在向母亲挥别，不是随手扔掉一件旧物

这是诗人向母亲告别场景的质朴叙述，而"我是在向母亲挥别，不是随手扔掉一件旧物"的真诚坦白，仍然在不动声色的幽默语调中透露一种内在的反讽精神。

在此再举《她不是我的母亲》一诗为例：

她不是我的母亲

> 她的年龄和我的母亲相仿但不是我的母亲／她的身形和我的母亲相仿但不是我的母亲／现在，我们虽然同乘一辆高级小轿车但她依旧不是我的母亲／她说她已游走了除美洲以外的大多数国家她就更加不是我的母亲／她说她来来去去经常坐飞机我就忽然想到了我坐汽车都要晕到半死的母亲／她说这车速太慢了我是不是也要随着她的愿望腾空而去把我的母亲抛弃

2014 年

这首诗虽然是以一位时髦的老太太为主角，但严格说来仍然属于有关母亲的亲情叙事，因为诗作最后仍以母亲为情感归宿点或聚焦点。诗作以话语狂欢的形式凸显鲜明的反讽精神，鲜明自觉的形式感，有力彰显该诗的先锋精神特质。

虽然张红兵有一些作品表现传统的艺术风格与审美趣味，但他整体上属于一位现代主义诗人，因为他诗歌文本中的先锋精神（反讽精神、悲剧精神）是统领性的，对传统的诗学观念与审美趣味占据着主导地位。例如，我们在《杜米埃怎么会是脏的、暗的》《暗示》两首诗作中可以感受到诗人现代主义的审丑意识，从《在中条山深处吃一盘橡实凉粉》中可以感受到"现象还原"的艺术观念，而在《红黄蓝》中可以感受到"元诗"写作的意味与行为艺术的色彩。不仅如此，张红兵还是一位整体上功底颇为深厚的先锋型诗人，他在叙述方面表现了非凡的才华，我们最后来欣赏一下诗人的近作《饥饿游戏》：

饥饿游戏

> 我说我已活到了体会一头猪的年龄／是不是听起来有些虚妄／我说我家的那头猪如果现在还活着已经四十多岁了／是不是有点痴人说梦／因为事实上它就是活蹦乱跳地被绑起来／被一辆驴车拉往我想象中仿佛天堂的县城／那辆驴车咣当咣当仿佛走了四十年／现在从终点又回到了起点／我回到童年，猪回到了家里／它还是那么瘦，令我们生气、叹息／它因为瘦，行动敏

228

捷／它因为瘦，背部高高弓起／一日三餐／它在我们的斥责声里吞下那些菜叶和谷糠／它是我们一家年龄最小的成员／它承载着我们的希冀／但又像是谁为我们排演了一个饥饿游戏／还加入了一个异类／四十多年了／它一直在我偶尔的回忆里疾驰／它要妄图跑到一家人的前面

2020 年

诗作的内容还是怀旧，是对诗人过去贫穷岁月的情景再现。该诗最大的看点是其叙述技巧颇为高超，可谓丝丝入扣，收放自如，节奏流畅，修辞精准，趣味横生，可给读者畅快淋漓的审美愉悦之感。

（五）张随：在"飞翔或者酒"中辨识生命的灰暗底色

从精神气质的角度来看，80 后诗人张随属于典型的现代主义诗人，因为他文本中的生命体验充满孤独、忧郁、痛苦、荒诞、虚无等现代派的思想情绪。

张随，本名张伟，1982 年生。山西省长治市人。山西省作家协会会员，长治诗歌节发起同人。张随是一位在网络上很活跃的青年诗人，在 21 世纪初网络诗歌的大潮时期，曾历任中国第一短诗网——短歌行、华语诗歌网、汉诗、原野等多家大型诗歌网站站长、总版主、版主等职，还曾参与多种文学民刊编辑选稿工作。有诗歌、散文等作品散见《诗选刊》《延河》《超超主义诗选》《五台山》《姑苏晚报》《原野》《浣溪》《地下》《汉诗》《黄河诗报》《北京诗人》《粤东文萃》《角落》《中国诗人阵线》《无界》《赣西文学》等报纸杂志。曾获得上海市作家协会第七届"禾泽都林"杯诗歌二等奖。

张随在 21 世纪初期，也就是他二十岁左右的年纪，就写出了令人有些惊讶的思想情感非常灰暗的现代主义文本，我们来看他创作于 2001 年的《飞鸟》一诗：

飞　鸟

很难说窗户和我是有罪的／春天就快来了，一切生机都兵临城下／我只有缴械／并怀念那个用水洗刀的李后主／／你飞出了镜子，或者是／你珍惜那蓝色忧伤一样的平整／你厌倦了自己，或者是／你无意完成了自己／／我懦弱的窗口也只是我的伤口／在秋季伐倒的树木／开窗前我去看过／并在它伤口上细数了年轮／／可你固执地飞进这伤口／带我也亲近了死亡

2001 年 1 月 29 日

年轻人看到《飞鸟》的标题，通常有一种浪漫的意气飞扬的感觉，有诗歌修养的青年读者往往还会联想到印度大诗人泰戈尔笔下的"飞鸟"形象，"飞鸟"给人带来的是空灵、唯美、神秘的审美意境。但是，青年诗人张随笔下的"飞鸟"却是另外一种令人痛心的形象：忧伤、厌倦、向往死亡，这是对传统"飞鸟"形象的现代性颠覆，在诗作的语境中，"飞鸟"就是青年诗人灵魂的外化形象，诗作

通过一系列主观意象画面的设置，表现了诗人的生命伤痛体验与死亡体验，这背后的死亡意识与悲剧意识令人为之震撼。

我们再来看青年诗人创作于 2005 年的一首现代诗《飞翔或者酒》：

飞翔或者酒

那些静止的美人让我感动！／从身体中出来／以一小杯液体作为牵引／／哦，我在苦涩里飞升／犹如仙人，在晕眩里与美人相对／在典籍里走出令人惊叹的真理／／从前我曾经打马归山／那些快速倒退的景物令我轻浮／如今我是漂浮，在景物之上／／我不是无骨，也并不无辜／注定要在水中淹死／并露出浮肿的一张白脸

2005 年 5 月 28 日

诗作描述了青年诗人对美的幻觉以及幻觉破灭后的精神崩溃状态，在这里，"飞翔"与"酒"均是指心灵的幻想或幻觉状态，当然，"飞翔"代表精神的上升，而"酒"暗示精神的下降与沉沦。在诗的结尾，出现了"在水中淹死／并露出浮肿的一张白脸"的死亡想象场景，表明青年诗人最后走向了精神的崩溃与心灵的沉沦，由此呈现的死亡意识与悲剧意识有力地展示青年诗人的先锋精神写作立场与审美趣味。

通过上面两首诗作，青年诗人现代主义的诗学理念与美学趣味得以充分展现。作为一名骨子里认同现代主义诗学精神的青年诗人，张随在他的诗歌文本中大量表达孤独体验，孤独体验可谓现代主义诗人最具标志性的一种生命体验。在此方面，《孤独症》一诗极具代表性：

孤独症

天未亮，早饭。／十一点，午饭。／下午五点晚餐已毕。／三餐自做，总赶在别人前面，／无事可做之余也总算可以去／买菜，买水电，买柴米油盐；／酱醋茶不买，无味——／无味即无必要，亦无必要／迁就何人。／／有时候发狠，你会／咬牙踢树一脚。／路边的树，无辜／你觉得歉意／你又喃喃地跟树低语一阵／所说内容只有你跟树／知道／／回家，则连树这样的生命体／亦不可寻。但／还要做饭，吃饭／还要回家／还要将肉身置于这日日如是如一世的／二十四小时中。

2012 年 11 月 15 日

青年诗人在此诗中用日常化的口语与一种无奈的语调，叙述了一天的日常生活内容与场景，在诗人看来，生活平淡无奇，日日重复，非常无聊，但还得继续，结尾说道："还要将肉身置于这日日如是如一世的／二十四小时中"，这身体与生活的无聊、难熬凸显诗人精神上的极端孤独，最后变成了一种精神的疾病"孤独

症"。而"孤独症"可以理解为诗人的一种关于独孤的深度精神体验。

诗人关于孤独的体验往往与生命的空虚或虚无体验相联通、相结合，我们现在以《人间烟火》一诗为例：

人间烟火

夕阳活像个蛋黄／坠在平底锅一样的田野上／尚未煎老的橘红色／流淌着光芒／使一切事物显得温软／田垄、树林、远山、金子的河流／／和银子的天籁……／我并未走远，东一堆／西一堆的房屋／提醒我尚在人间／啊，这人间，这孤单／看那安稳得像几只小船的村庄……／／现在是做饭的时间／屋顶近邻着屋顶，家家户户／哪一家的屋顶也没有炊烟／那些做饭的人们到哪儿去了／菜园？田间？被大风／刮到了未知的远方？／不，这不再是炊烟的时代／这是煤和气的时代，柴禾无用／毫不可惜腐烂在林间／啊，这人间，这孤单／看屋顶紧邻着屋顶／像一座接一座废弃的神龛……

2007 年 6 月 26 日

这首诗以鲜明的意象描绘了村庄黄昏时分的画面与场景，诗人敏感地发现晚饭时分整个村庄的屋顶也没有炊烟，醒悟到现在已经"是煤和气的时代，柴火无用"，于是感觉到深深的孤独，而结尾处诗人产生的联想："看屋顶紧邻着屋顶／像一座接一座废弃的神龛……"表明诗人对生命存在萌生的空虚体验与虚无意识，令人无比感慨。

诗人在文本中不时表现空虚体验与虚无意识，也不时表现死亡意识，而诗人的死亡意识常常与苦难意识、命运意识有机融合在一起，《街边上的痛哭》就是这方面的代表性文本之一：

街边上的痛哭

驱车途中，我听到／街边上有人失声痛哭／／阳光自正前方车窗涌入／仿佛车外的世界浸泡在明亮的海中／／哭声冲破海面，形成／逐渐扩大的漩涡／／我想走过去，朝着漩涡／我想对着其中的黑洞轻声说——／／如果我们终究会死／就没有多少经历值得失声痛哭／去民政局的路毫不犹疑，避开／我内心无力而又无用的漩涡／／一个人和一纸离婚证书在等／车没有放下我

2018 年 10 月 10 日

诗作运用质朴、生动的语言与意象，描述了诗人驱车前往民政局办理离婚证书的见闻与感受，在诗中，"街边上的痛哭"无疑象征着人类的苦难（或痛苦），而"黑洞"象征着死亡，"一个人和一纸离婚证书"以及"车"则象征着诗人及整个人类的苦难命运。

此外，诗人的死亡意识也常常与荒诞意识有机融合在一起，《雾中潜行》是这

方面的代表性文本：

雾中潜行

好大的雾。让前进／成为一种神秘的仪式。／所有静止的，／都是不确定性的同谋；／所有运动的，／都畏惧着。／／何况还是深夜，／何况，心里还压满了／闪着瓦蓝色光芒的孤独。／／你忽然明白，视线所及／往往意味着安全感／可悲的范围；／这二十几分钟的回家路，／像极了你的人生。／——向死而生，可这么深的暗夜／还搅拌着这么浓厚的雾，／那个叫死亡的归所／究竟还有多远的距离？／尽量压住车速，一如／你在这样荒谬的人生里／尽量信任理性；／方向盘就在你手中，／你最害怕的，是控制油门的脚抑制不住／一个危险的念头。／／"雾来了，使着猫的步子"／你和车，一起打开双闪／像是老鼠探照着双目的寸光；／那些运动的、静止的／和雾和孤独和活着，／你潜行其间。你咬紧牙关，保持着慢／这多么像"活过一天算一天"

2019 年 12 月 21 日

这首诗采用小说般的场景描写手法，真实、生动地描述了诗人在一个有雾之夜开车回家的过程、见闻与感受，诗人因为路面起雾，把自己的家联想成"死亡的归所"，并且有了"荒谬的人生"的理性认知，可见在此诗中，诗人的死亡意识与荒诞意识互为激发，互相印证，最后共同指向悲剧意识。

与《雾中潜行》一样，《颈椎》也是表现死亡意识与荒诞意识的文本。就死亡意识而论，它是悲剧意识最高程度的体现，而死亡意识与悲剧意识的融合，也是现代主义诗人最具标志性的思想意识之一。我们现在举《农夫与蛇》一诗为例：

农夫与蛇

睡了十几个小时，醒来／外面还在下着雪。仿佛雪一直下着／从亘古下到了现在。那么一瞬间／觉得自己是雪下醒来的蛇／有着死亡的梦；仿佛从寓言中醒来。／直到发现，自己是农夫／是从出生就竭力避免被伤害的人类中的一个。／在农夫将死的那一刻，我猜想／他一定期盼过／自己是那条蛇；／而我醒来的一瞬，梦里期盼／成了现实的幻觉。／（心理错位，避免伤害的／最后一种可怜方式，比如施虐狂。）／带着死亡的感受，我凝视窗外／此刻的雪，是那个寓言里／不可或缺的道具。像是爱，／像是背叛或者成全，／用来将故事覆盖。／是蛇选择了雪，而非／窗外的雪选择了蛇；／就像是我们选择了命运／而非命运选择了我们。／我意识到自己还活着，／而农夫最后死了；／蛇毫无愧疚。必须承认／蛇是需要被满足的。／作为被同一条蛇咬了的人／我意识到，自己将活着／看雪，一直下到世界的末日

2020 年 1 月 11 日

诗人用了一个家喻户晓的寓言故事为外壳，来表达自己对命运与死亡的思考及态度，诗人把自己想象为与"农夫"发生命运关系的"蛇"，有意无意地展示了诗人潜意识的心灵阴影，或者是对生命的灰暗体验，而诗中的死亡意识与悲剧命运意识以诗人独白的方式，得以鲜明地呈现与展示，从而把《农夫与蛇》这则关于人性的命运寓言，改造成一则关于现代主义诗人与艺术家的心灵悲剧。

最后我想提请人们注意的是，青年诗人张随在表达悲剧主题的时候，他通常习惯采用反讽手法，这样的文本很多，兹举一例：

落日颂

我知道自己在你们心中的地位，我的朋友／我说自己像是落日你们会嘲笑我的狂妄／这些年来你们谁曾经注意过落日／谁曾经体会到落日送给你们最后的温暖／你们发福了，你们喝多了／你们在日落后不停地呕吐，不停地……／你们甚至连落日的碎片——那些已经冷却的／星星都不屑一顾／／让我来讲讲吧，关于落日／关于在我们贫瘠的交际圈中曾经有过的无限美好／有时候落日像一枚徽章，你们在水中一再打捞／最终捞起的却是一枚令你们满意的扣子／有时候落日像弥留之际的一只手掌／它努力探向你们，努力但却无力／有时候落日提醒你们注意，注意这最后的比喻／落日像是落叶啊，它无力，它在飘摇／"落叶依于重扃，感余心之未宁"……

2013 年 10 月 5 日

诗人明明是想要通过"落日"这个意象来表达他的生命虚无体验与悲剧意识，但他却采用了反讽性的语言与场景描述，以一种戏剧性的手法与方式，更为生动、深刻、有力地传达文本的现代性情感经验。

简言之，张随是一位早熟的有才华的青年诗人，他有意无意地追求文本深度，因此，他的诗歌文本很少以明朗、流畅、圆润的面目出现，阅读他的诗歌文本需要放慢速度，这对缺少现代诗修养与审美趣味的读者也构成了一种阅读考验。

（六）冯默谌：90 后诗人"北漂经验"的现代性书写

冯默谌，1995 年出生，山西壶关人，是"长治诗群"中非常年轻的成员。与大多数的 90 后诗人一样，冯默谌的写作远离传统诗歌风格与审美趣味，呈现现代性（先锋性）的诗歌写作向度。

冯默谌近几年在北京闯荡，与大多数的经济状态并不宽裕的"北漂"者一样，青年诗人也在北京郊区出租屋里居住、生活。冯默谌近几年的大多数诗作都以先锋诗歌的手法，呈现其在北京漂泊的真实生活状况，可谓是对"北漂经验"的现代性书写。

青年诗人对"北漂经验"的书写，在表现手法上是非常现代的，《在昌平的周末》称得上是一个典型文本：

在昌平的周末

　　十一月，在城区郊外半截塔村的 / 出租屋中，也不知其位于北京几环，/ 我坐在塑料板凳上，思考图形的排列。/ 突然，初冬的阳光铺撒进来，透过 / 窗台晾晒，摇晃的衣服，落在红色封皮和 / 蜷曲的手掌，一丝温暖。十一时许，起身 / 离开板凳和那些字符。煮菜，淘米，/ 按下按键，电饭煲的。在等待米粒飘香的片刻里 / 我斜靠在墙壁，双脚相邻，垂于床沿，/ 想到了一位女诗人，但无话可说。

2019 年 11 月 10 日

这首诗以现象还原式的表现手法，通过大量的细节与画面，客观地呈现青年诗人在北京郊区出租房里的一幅日常生活图景，诗作语言朴素，叙述语调平静甚至冷漠，揭示青年诗人"北漂"生活的落魄、单调状态与内心的无聊之感。

青年诗人笔下对"北漂经验"的书写，写得最为充分也相对出彩的是其孤独体验，可以说，孤独体验是青年诗人"北漂经验"的核心内容。

我们现在来简要欣赏一下青年诗人从不同角度书写孤独体验的几首诗作。

来看第一首诗作《心屋》：

心 屋

　　他的心里住着一只山鸠 / 一个小孩 / 一个跛腿的荒淫诗人 / 一个囚犯和无业的游民 // 我的体内没有神也没有鬼 / 只有一个叫孤独的家伙 / 而我是他的幻影 / 就像夏日树下的浓荫

2018 年 5 月 18 日

这首短诗以魔幻现实主义的手法，表现了"他"与"我"作为一个具有强烈平民意识的普通人的精神世界，"他"的精神状态可以用"自卑"或"卑微"一词加以概括，而"我"的精神状态可以用"孤独"一词加以概括。前者的"自卑"或"卑微"，使得后者的"孤独"显得更加具体，更接地气。而根据这首诗的语境，可以把"他"与"我"理解成同一个人，重点是表现一个"北漂者"地位卑微的孤独心态。

再看第二首诗作《夜影》：

夜 影

　　在星辰照映的庭院中，/ 观察垂下的草符和肢体。/ 我拾起了地面上的影子，／尽管它一点儿也不重，也不可爱。

2020 年 7 月 5 日

这首四行短诗以荒诞的手法，叙述"我"（即作者本人）"在星辰照映的庭院中""拾起了地面上的影子"的怪异行为，而"我"对影子持有的"不可爱"的评价与态度，既暗示"我"对自己的不满与失望，更暗示"我"在现实生活中极端孤独的处境。诗作构思巧妙，想象丰富，语言表达精准到位，令人回味无穷。

接着看第三首诗作《朋友》：

朋 友

秋天的知了，趴在树上叫。／还有我夜间的蟋蟀。

2020 年 9 月 5 日

这首两行短诗运用朴实的口语，叙述秋天的"知了"与"蟋蟀"发出鸣叫，以非常含蓄的方式，强烈反衬"我"作为一个漂泊青年的内心孤寂之感。

再来看第四首诗作《朝阳区的鸽子》：

朝阳区的鸽子

朝阳区有一堵墙。地面有白色斑痕。／你拍拍手，鸽子会从头顶飞过。

2020 年 12 月 21 日

这首两行短诗，同样运用朴实的口语，描述了青年诗人在北京朝阳区某个地方看见鸽子在自己头顶飞翔的情景。诗作的出彩之处是一个细节的描写："你拍拍手"，看似无意，实则有心地暗示主人公内心的无聊与孤独状态。

通过上面对四首短诗的简单解读，我们可以体认青年诗人对孤独体验的书写很有艺术品质，同样，青年诗人对痛苦与悲伤体验的书写也很艺术化，有《爆破的气球》一诗为例：

爆破的气球

昨天悲伤欢笑，我放飞的六只气球被逐一扎破。／男孩沿街迅速跑动，截取了它们腾起的瞬间。

2020 年 11 月 25 日

这首长句式的两行短诗，运用拟人手法（作者言说："悲伤欢笑"，暗中便把"悲伤"一词人格化了），同时运用细节描写的手法，呈现了"我"放飞气球但遭到调皮男孩"逐一扎破"的日常生活场景。在诗中，"悲伤欢笑"这个词组堪称诗眼，它极为巧妙、传神而有力地表现了青年诗人无以言说的悲伤体验，带给人以深刻的心灵触动。

需要指出的是，冯默谌在表现孤独、痛苦、悲伤等负面性的生命体验方面在艺术上是刻意经营的，努力展示表现手法与艺术技巧的多样性与丰富性，例如在《椅上的画师》一诗中，青年诗人追求的是画面视觉效果：

椅上的画师

他早已厌倦用语言进行记述。陷于庸常，／无聊的重复。变形的字符奔于粗粝的沙石。／吞噬，——世界遍布缺口。躺在院里的长椅，／他拧开体内的螺丝，释放出强风。飘荡着／和云，在窗玻璃的槐枝上碰撞，摇曳。完成相逢，／一次短暂之旅。远处，残茬地里，玉米收割后的，／太阳滑行，鸟翅如货车缓缓地从斜坡上升起。

2019 年 10 月

诗作通过"他"（即"椅上的画师"）的观察角度，运用一系列"他"眼中的幻觉意象，拼凑一幅无聊而荒凉的晚秋画面，暗示人物的灰暗心境。

最后再举《一杯茶》为例，体会一下该诗的艺术特色：

一杯茶

下午有杯茶／温水泡着／我坐下／喝了这杯／这杯动作简单／依法炮制的茶／保留了自身／清幽回爽／下午　我独坐下／我喝了这杯茶不同过往／在它滑过咽喉时／它没有向着忧虑／和期待敞开

2020 年 12 月 19 日

这首诗重点叙述了"我"喝"一杯茶"的行为，鲜明地展示青年诗人对语感的自觉追求，诗作节奏从容，语调平静，不带情感色彩，展现"零度写作"姿态，彰显青年诗人的先锋诗歌写作立场。

通过上述简要的文本解读，90 后诗人冯默谌可以被认定为一位优秀的青年诗人，他的艺术创作道路还很漫长，值得人们期待。

（七）秦风："00 后"诗人直面心灵幻象的繁复修辞

至目前为止，秦风称得上是"长治诗群"当中最为年轻的一位成员。

秦风，生于 2000 年，山西长治人，现就读于山西大学文学院，任山西大学北国诗社社长，主编《北国》复刊号，诗作发表于《山西文学》《江南诗》《星星》《青春》等刊物，获得过第十届中国校园"双十佳"诗歌奖·十佳诗人奖，第四届"名作杯"全国大学生文学作品大赛诗歌组二等奖等奖项。

在"长治诗群"当中，"00 后"诗人秦风虽然最为年轻，但他却是最具现代主义意识与先锋诗歌精神的诗人之一，这是十分难得的。

通过对秦风至今为止所创作的大部分诗歌文本来看，这位"00 后"诗人的主要创作特色是擅长营造心灵幻象，追求繁复修辞。而且，秦风笔下的生命体验思想情调多是灰暗的,这一点与90后诗人冯默谌较为相似。

可以看出的是,秦风的现代主义写作姿态与审美趣味受到了20世纪西方现代主义诗歌大师博尔赫斯的深刻影响,他的诗歌文本中经常出现博尔赫斯笔下的经典意象"老虎"(或"金黄的老虎")与"图书馆",我们先来看看秦风的《夜色降临时的黑天鹅》:

夜色降临时的黑天鹅

见过它这样消逝的人/终生在返回的途中看不见黑夜//舞剑的女子像一片雪不能触碰/老虎在即将湮灭的美中泅渡/最终是灰烬//最终是水声使黑天鹅失明/它在虚无中流逝/辨出因此折断的剑曾是钟杆//仿佛玉器感到一种忧伤坠进自己的裂痕/而发出哀鸣,这种清澈的回声/暴露出黑夜寂寞而危险//黑天鹅就是这样飞了起来/终生没有准确地/降落在因为想起它而明灭不定的水域

2020年4月

诗作以"黑天鹅"为核心意象,通过不少幻觉意象的精心呈现,表现"美的毁灭"这一主题意向,诗中的"老虎"意象承担了颇为重要的表意功能,"老虎"意象处于关键性的位置,而且诗作的表意方式都带有某种博尔赫斯的味道,给人以比较深刻的阅读印象。

不仅如此,"00后"诗人秦风还直接以"博尔赫斯"作为诗歌的标题或标题中的关键词,来公开显示其对"博尔赫斯"的推崇及自觉接受的"博尔赫斯"的艺术影响,《想象博尔赫斯勾画脸谱》是一个可做证据的典型文本:

想象博尔赫斯勾画脸谱

他像燃烧的孔雀兼任着吸引幽灵沐浴的青铜器/如果再锈不出水,就必须飞入雪中骗它们化成沙子/兰陵王也是这样向盗墓的天使哀叹:他的马把面具磨损得厉害/就快变成熄灭的珊瑚了,那时它会看到老虎从一柄长剑中/转身,舔舐着油彩般的大师,他正拔着背后生长的羽毛/渗出的血构成豪华的宫殿听见皇帝在哭泣

2020年10月

诗作以想象博尔赫斯勾画脸谱作为描叙场景,但青年诗人的幻觉意象过于跳跃,修辞也有过度借鉴与雕琢之感,导致文本较为晦涩。

相形之下,另外一个可做证据的典型文本《读博尔赫斯》在艺术表现上显得成熟许多:

读博尔赫斯

他比黑夜往前多探了一步/和那些早已消亡的帝国一个接一个发生惊心

的对称//他们正列队穿过广场，这种古老的秩序/被迟来的脚步背诵着//就像一把剑的两面被不断切开/为了找出河流闪烁着召集的幽灵//虚无就这样露出了一道门缝/来访者侧身而入，像锋刃模仿闪电的消逝//他雕刻的老虎，让酒杯始终保持轻微的震颤/为紧随而来的黑耐心打光

2020 年 4 月

这首诗是书写青年诗人在阅读博尔赫斯文本过程中，对博尔赫斯诗人形象的艺术想象、画面与场景的转换比较自然，思维线索比较清晰。此外，诗作的语言修辞比较精准、生动、有力，尤其是倒数第二节的诗句："虚无就这样露出了一道门缝/来访者侧身而入，像锋刃模仿闪电的消逝。"颇具博尔赫斯式的智慧与大气，令人赞赏。从中可以看出，青年诗人还是从博尔赫斯的文本中学到了一些精华之处。

总的来看，秦风的诗歌文本意象纷繁，修辞刻意，而且特别注重与追求形式感，《入冬赋》一诗颇具代表性：

入冬赋

你必须立刻从那片雪里爬出来，否则老虎这种不肯卸妆的水/会把这些漆黑的美玉彻底划破，就像贵妃长袍上的飞蛾和碎玻璃一样都想照见她/让她每走一步就有蜘蛛模仿她变色，直到满地的毒液中开出了烟花/无常鬼借此翻入花园，背后的人呼唤他们仿佛草要枯到把月光勒破为止

2020 年 10 月

诗作描述了"你"在冬日雪地上的幻觉景象，意象的繁复与修辞的繁复相对应，而且短短的四行诗句全部采用长句式，有一种铺陈感，形式意识非常鲜明地呈现出来。

虽然秦风的创作受到了博尔赫斯等西方现代诗人大师的深刻影响，但他在意象营造与修辞方面还是显示了很高的艺术悟性，他的不少诗歌文本还是展现了比较出色的诗艺，我们来欣赏他的两首诗，先来看《悼词——观伯格曼电影〈假面〉》：

悼 词
——观伯格曼电影《假面》

她速朽的美正危及大海/就像大理石惊心的裂纹追上一把匕首/从刀尖挑出满手衰亡的花瓣//她脸上隐秘的恐惧就这样替代了黄昏/四周压来黑夜的推门声/仿佛她是开灯后唯一的出口//而她禁闭的情欲已是灵魂永不再去的地下室/幽暗、阴冷，犹如被扑灭的火灾/只有被烧毁的书籍记述它存在过//这是让她像碎石一样坠入大海的力/海底密度极高的春天摧毁了她，因

238

此有强烈的闪光／使得亡灵把豪华的沉船驶进她的深处

2020 年 4 月

青年诗人以伯格曼电影《假面》中的女主人公"她"为书写对象，他精心选用意象与词语，追求意象与意象，词语与词语之间的排列组合效果，尤其擅长运用动词意象来刻画"她"与众不同的人物形象、悲剧命运与精神状态。比如，青年诗人用诗句"她速朽的美正危及大海"来表现"她"的美丽绝伦与红颜命薄，用诗句"海底密度极高的春天摧毁了她"来暗示性地叙述"她"最终葬身海底的不幸结局，从中见出文本修辞上的智慧与精准，给人留下很深的阅读印象。

我们再来看青年诗人一首现实题材的诗作《圆明园》：

圆明园

豪华的孤独一旦被焚，我们拍几张照片／确认自己没有被烧死∥大理石在没人看见它断裂时更美了／像侵略者海外宿醉后抛弃的沉船，震撼了越来越多跳海的人∥这并不壮烈。沉沦是件腐朽的事／如被帝王抚弄的香料∥在令美人羞耻的欢笑中，承受了唾骂的／已在广阔的领土上变黑∥除此，我们称之为灰烬——这比废墟更常见的／就是合影后离去的人们了

2019 年 6 月

诗作描述了青年诗人与友人（即诗中的"我们"）游览圆明园的见闻与场景，表现了青年诗人的羞耻体验，这种羞耻体验当然具有深厚的民族主义思想背景。诗作的出彩之处还在于其比较老到的语言修辞能力，体现在词语之间的别出心裁的组合效果，以此呈现修辞技巧的表现力。例如"豪华的孤独一旦被焚""大理石在没人看见它断裂时更美了"等诗句，其超出俗套的语言表述彰显内在的反讽精神，有力地表现文本的主题意向。

全面看来，青年诗人秦风营造心灵幻象、追求繁复修辞的艺术特色体现了现代主义的创作姿态与美学立场，我们在他的《与暮年书——致一位老者》《青春期》《来访者》《我转身》《鹤》《黑马》《猫》《孔雀》《〈麦克白〉笔记》《二十岁自述兼致黑辞》《高楼上》《致伯格曼》《陀思妥耶夫斯基》等诸多诗歌文本可以明显感受到这一点。

最后还要指出的是，"00 后"诗人秦风在现代性修辞能力方面整体来看比较出色，表现了与其年龄不大对称的早熟特点，而这与青年诗人早熟的心态也构成了一种对应关系，有近作《深夜离开车站》一诗为例：

深夜离开车站

为了死得更快，我才去买了一张票／火车轧碎月光的声音像春天被烛

239

火咬醒／我叠不好的鹤是最害怕的，它一旦／飞起来就会被焚成幽灵的香水∥就像嫦娥不停咳嗽，她太嫉妒／我能轻而易举地消逝，因此整晚都在窗上掰雪吃

从中我们可以看出，"00后"诗人秦风在文本中呈现一种死亡冲动的思想情绪，这无疑体现了青年诗人身上关于生命的悲剧意识，同时也体现了青年诗人对生命存有某种悲观性的理念与消极心态，但愿这只是文本意义上的现象。秦风非常年轻，具有巨大的艺术潜力，他的出现无疑为"长治诗群"增添了新鲜的血液，带来了新的希望与可能性。

四、后现代主义视野中的口语写作与日常生活叙事

在"长治诗群"内部持有先锋写作立场的诗人当中，一部分诗人主要坚持现代主义精神姿态与美学立场，还有一部分诗人则倾向于后现代主义艺术风格与审美趣味，而且往往选择口语作为其语言形态，因而被称为"口语诗人"（或"口语派诗人"）。其中，邢昊、赵立宏、吴涛、周晋凯等几位"口语诗人"较具代表性，他们很大程度上代表了后现代主义视野中的口语写作与日常生活叙事方向，下面依序对这几位"口语诗人"的诗歌写作予以简要论述。

（一）邢昊：口语写作、欲望叙事、亲情叙事、日常生活叙事及其他

在"长治诗群"内部的"口语诗人"当中，邢昊被公认为比较资深的诗人，这一方面由于邢昊的口语写作起步时间较早，另一方面是邢昊的口语写作至今已在国内诗坛产生了不小的影响。

邢昊，原名邢少飞，20世纪60年代初出生于山西长治襄垣。20世纪80年代，邢昊创办诗刊《黑洞》。至今陆续在《诗刊》《星星》《北京文学》《山花》《延河》《飞天》《诗歌月刊》《诗选刊》《青海湖》《莽原》《特区文学》《作品》，以及香港《秋萤诗刊》，韩国《同胞文学》《东北亚新闻》、美国《新大陆诗刊》《休斯敦诗刊》、奥地利《podium》等国内外文学杂志发表诗作千余首。

邢昊的作品先后入选《新世纪诗典》《文学中国》《二十一世纪中国最佳诗歌》《当代诗经》《中国现代诗歌三百首》《中国先锋诗歌地图北京卷》《1991年以来的中国诗歌》《当代传世诗歌三百首》《中国当代诗歌导读》《北漂诗篇》《新世纪中国诗选》《中国诗歌排行榜》等六十多种诗歌选本。曾获美国亦凡文学奖、亚洲诗人奖、《都市文学》中国桂冠诗人奖。著有诗集《房子开花》《人间灰尘》《蛇蝎美人》《苦役之舟》《时光沙漠里的梦想王国》《伤风吹》《白日梦》等。韩国海风出版社出版中韩双语诗集《怀乡记》。部分诗作已译成英、法、德、韩、日、蒙、

维、土耳其等外文。现居北京，为自由职业。

像绝大多数偏爱"口语写作"的诗人一样，邢昊对"欲望叙事"表现了比较浓厚的兴趣，在"欲望叙事"的文本中，美女自然是欲望化的对象（如果说得直白与俗气一些，美女在"欲望叙事"的文本中，通常成为男性诗人或男性读者意淫的对象），我们来看《端量》一诗：

<h3 style="text-align:center">端　量</h3>

他端量着挂在墙上的 / 朋友的画 // 美女飞出来的 / 两只好乳 / 鱼雷似的 // 看上去，好像这个世界 / 正打算向她投降

"端量"一词应该理解为端详、打量，也就是细细观看的意思。在这首短诗中，"他"是看客，是看的主体，而画中的"美女"是被看的对象，是男性欲望的对象。诗作重点叙述并强调"美女"的"两只好乳""鱼雷似的"，以此突出"美女"的性感撩人，并且在结尾处用"看上去，好像这个世界 / 正打算向她投降"这样诱惑性的话语，来凸显"美女"征服世界的绝代风华与妩媚迷人。表面上看，好像是"美女"凭借美丽、性感的身体在主动挑逗与诱惑男人，男人处于"被诱惑"的被动境地，而实际上，这是男人的挑逗话语与情色话语的迷惑性转移，将之转移到"美女"身上，以掩盖男性潜意识里的道德羞耻心。总之，这首诗是一则男人对女人身体的意淫行为的典型性欲望叙事，满足了男性对女人身体的想象性的占有心理，不过从艺术表现层面来看，该诗构思完整，语言简洁，想象丰富，含义深刻。

不但在现实生活场景中进行"欲望叙事"，诗人还在对昔日女性伙伴的童年往事回忆中采用了"欲望叙事"的模式，在童年往事的情景再现中，有意地凸显诗人对女性的潜意识欲望，《李翠梅》是此方面的典型文本：

<h3 style="text-align:center">李翠梅</h3>

李翠梅，还记得那次吗 / 我们来到打谷场上 / 找到一间看场人搭建的茅屋 / 当时飘着鹅毛大雪 / 我用雪给你修了座城堡 / 那时你才十一岁 / 我给你修的城堡棒极了 / 你还帮我修了半天呢 // 李翠梅，我们回家的时候 / 已经很晚了 / 城堡渐渐冻得硬邦邦的 / 我们都说它永远也不会融化 / 那天真的是太晚太晚了 / 李翠梅，我发现你的脸蛋 / 冻得像熟透了的苹果 / 我好想一口吃掉它啊

很明显，这首诗内容上完全是写实的，"李翠梅"是诗人童年时代的伙伴，诗人与"李翠梅"属于两小无猜、青梅竹马的童年好友，诗作回忆性地描述了诗人与"李翠梅"在冬日雪天用雪花一起修建城堡的游戏场景。文本值得重视的地方是结尾处诗人的几句内心独白与情感诉求：诗人发现"李翠梅"的脸蛋"冻得像

熟透了的苹果"，进而萌生一个强烈的愿望："我好想一口吃掉它啊。"虽然未成年男性对漂亮小女孩的情爱欲望还是比较纯洁的（基本属于精神层面），甚至是比较可爱的，它也合乎人性，无可指摘，但诗人用"欲望叙事"的模式来表现其与女伴"李翠梅"童年时代的纯真友情，最终还是让诗人童年时代的纯真友情发生了情感的变异与变味，审美趣味与审美心态上给人以某种媚俗之嫌。不过话又说回来，"欲望叙事"几乎是所有"口语诗人"的一大"审美癖好"，它裹挟所有的欲望对象，邢昊也不能例外。

从《李翠梅》一诗中可以看出，该诗还呈现一种解构主义的文化精神与美学趣味。因为诗作所采用的"欲望叙事"模式本身就是对诗人与"李翠梅"童年友情的一种解构。而事实上，解构（或解构主义）正是当下"口语诗人"最喜欢也最擅长使用的一种思维方式与表现手法，它体现后现代主义的文化精神与审美原则（我们这里可以把解构主义与后现代主义等同视之），是"口语诗人"们普遍奉行的艺术圭臬。一般而言，"口语诗歌"倡导的平面化写作、日常生活写作、碎片化叙述、现象还原、无难度写作等现象，正是解构主义或后现代主义艺术主张导致的必然结果。

在诗人邢昊的大量口语诗歌文本中，体现解构思维和反讽性审美趣味的文本几乎比比皆是。我们这里选择几个相关文本来进行简单鉴赏。

我们先来看诗作《信仰》：

信　仰

别以为戴了个 / 黄花梨木手串 / 你就有了信仰

这首三行短诗针对当下不少富人喜欢戴黄花梨木手串，以显示自己具有精神信仰的现象予以颇为直率的反讽，诗人实际上是对一些炫富心态表达自己的批评与讽刺态度。

我们接着来看诗作《落差》：

落　差

我记得 / 李有堂爷爷 / 清楚地告诉我 / 在汤阴 / 他在三步远的地方 / 射杀一个日本鬼子的事 // "狗日的浑身抖得像筛糠 / 高举双手想要投降 / 我还是扣动了扳机 / 呼的一声 / 脑袋就开花啦……" // 他说为了这件事 / 他下半生一直不能安枕 / 老做噩梦 // 他去世后 / 大家收拾他的遗物 / 结果大吃一惊 / 发现他从当兵到退役 / 唯一的工作就是喂马 / 从未参加过 / 任何一场战斗

这首诗从诗人乡村记忆的角度，用充满泥土气息的口语，叙述了"李有堂爷爷"给小时候的"我"讲述他"射杀一个日本鬼子"的英雄壮举，而结局却是当

"他去世后"，发现他"唯一的工作就是喂马"，"从未参加过任何一场战斗"，一下子便解构了"李有堂爷爷"在"我"以及同村人心目中的"抗日英雄"形象。诗作的语调表面似乎不动声色，但诗人内在的反讽（讽刺）态度读者还是能够感受出来。

我们再来看诗作《圣诞老人》：

圣诞老人

快过节了／六十八岁的舅舅／仍在面粉厂／非常卖力地／给人家扛面粉／／雪白的眉毛／雪白的胡子／雪白的面袋／／活生生一个／圣诞老人

诗人在诗中刻画了自己舅舅的形象。诗人把在面粉厂"给人家扛面粉"而染得一身粉白的"六十八岁的舅舅"联想成"圣诞老人"，实质上是用"圣诞老人"幸福与崇高的神圣形象，来对比并反衬舅舅地位的卑微与劳作辛苦，诗作的解构色彩非常鲜明，反讽意味十分浓烈，巧妙、有力地凸显底层人民的生活艰难，其内在情绪还是颇为沉重的。

由此可见，诗人笔下的解构性文本通常充满反讽精神，不但对传统的人物乃至神圣事物予以解构与反讽，同时诗人对传统上含义美好的词语也有着比较浓厚的解构兴趣，我们这里来看一下《龙王堂》：

龙王堂

龙是龙／王是王／龙王是龙王／龙王堂是龙王堂／／在老鼠乱窜的／龙王堂兽医站／武红旗每天都在／挺起袖管给骡马看病／／甚至没有一次／梦见过龙王

很显然，诗人从家乡兽医站"龙王堂"美好的命名获得写作的灵感，他从"龙王堂"的词语解读出发，对兽医站的脏乱差环境予以了极为简洁的叙述，以此对比性地反衬"龙王堂"名称的高大上，反讽的意味扑面而来。

与《龙王堂》相比，诗人的《无题》一诗对词语的解构意识更为自觉：

无　题

京心相助／是疫情期间／进京的旅客／必须下载填报的／一款小程序／／精心相助／是说老眼昏花的我／求对面美女帮忙／美女很快就搞定了／／惊心相助则是指／就在我向美女／道谢的一刹那／美女突然／咳嗽了几声

这首诗写于2020年，表现的是当下的疫情题材，现实感非常强。该诗抓住"京心相助"这个北京防疫下载填报程序的词语，展开其诗歌文本的叙述过程，在随后的两个诗节中，诗人将诗作关键词由"京心相助"改变成"精心相助"，最后再改变成"惊心相助"，在相应的充满戏剧性的情景描述中，贯彻文本的解构思维，凸显文本的反讽趣味。虽然文本立意不高，但诗人对词语本身的诗性敏感还是值得肯定。

诗人口语诗歌文本中的解构思维、反讽手法大量重复运用，凸显强烈的反讽精神与反讽趣味，而反讽趣味达到极致，往往变成了黑色幽默，黑色幽默的审美趣味若把握不好分寸，有可能失之油滑。在此以《雀斑美女》一诗为例：

雀斑美女

没有谁吃烧饼 / 不掉芝麻的 / 包括造人的上帝

这首三行短诗是诗人对雀斑美女的一种调侃，虽然诗人本身没有什么恶意，但以"吃烧饼""掉芝麻"这样的比喻与联想来展示诗人的反讽趣味，甚至形成了一种黑色幽默，这对脸上有些瑕疵的美女而言，诗人笔下的身体伦理书写姿态还是会引起一些质疑的。

相形之下，诗人笔下的亲情叙事在叙事伦理上值得肯定乃至赞赏。我们来看诗人的两篇亲情叙事诗作，先看《六月》：

六 月

一个日照长 / 光线强 / 刚买的白菜 / 就晒卷了边儿 / 烂成一堆泥的 / 月份 // 是毕业日 / 是我到洋灰厂当工人的 / 纪念日 / 是妻子给我四处借钱的 / 手术日 / 是我其中一个女儿的 / 生日 / 是我父亲的 / 去世日 // 烈日如同火烧 / 父亲无法挽留 / 急匆匆的丧葬仪式结束后 / 我把颤巍巍的母亲 / 扶到土窑洞的炕上 // 老母亲一声不响 / 整个六月 / 一声不响

该诗以"六月"这个"烈日如同火烧"的月份与季节作为叙事背景，运用质朴简洁的语言、真实生动的细节描写呈现诗人埋葬完父亲后老母亲待在"土窑洞的炕上"闷声不响的情景，以此揭示这个家庭的贫困境况，表达了诗人对老母亲的愧疚、担忧与真切关心，令人心情沉重。

再来看《女儿》一诗：

女 儿

老婆怀孕时 / 让我给她炖鸡吃 / 我却买回块豆腐 / 剩下的钱买了本 / 聂鲁达的《诗歌总集》// 老婆怀孕时 / 让我给她煮鱼吃 / 我却买回棵白菜 / 剩下的钱买了本 / 《普希金传》// 女儿出生了 / 只有三斤四两 / 她躺在保温箱里 / 小白鼠似的 / 叫人可怜 // 今天是 2016 年元旦 / 我给女儿精心准备了 / 一桌丰盛的饭菜 // 看着又瘦又小 / 狼吞虎咽的女儿 / 其实我心里 / 挺难受的

诗人同样用了质朴的语言与生动的细节，刻画了因为营养不良一直长得瘦小的女儿形象，在诗的结尾，诗人看着"狼吞虎咽的女儿"内心难受的坦白式表达，彰显一位有爱心的父亲形象，令人感受到父女亲情的温暖、可贵，为文本镀上了一层情感的亮色。

从《六月》《女儿》这两首诗可以看出，诗人笔下的亲情叙事与日常生活叙事是合二为一的。也就是说，诗人是通过日常生活场景、事件的描写与叙述来表现其亲情主题的。事实上，当诗人忠实于自己对现实的观察与感受，放弃为解构而解构、为反讽而反讽的理念性写作方式时，其笔下的日常生活叙事则能够客观地呈现生活本身的诗意，往往可圈可点，在此方面，《大锅饭》堪称日常生活叙事的一个典范性文本：

大锅饭

回南姚村探亲 / 正赶上邢黑孩嫁闺女 / 在院里支了口大铁锅 / 请村里人吃肉溜扯面 / 全村不到二百口人 / 准备了三百多斤面 / 可还是不够吃 / 邢黑孩急得一边团团转 / 一边一个劲儿地吼叫 / ——咱吃多少都行 / 但不能死皮赖脸 / 一大盆一大盆往家端

《大锅饭》一诗是诗人回乡探亲见闻的真实记录，诗人采用高度写实的手法，用充满乡土气息的口语，描述了乡亲"邢黑孩"嫁闺女请全村人吃肉溜扯面出现的戏剧性（喜剧性）场面，"邢黑孩"的着急、吼叫与村子里乡亲们爱占便宜的行为（都把面条往自家端）相映成趣，这发生在当下中国乡村真实的一幕日常生活场景的原生态式叙事，让这个诗歌文本充满了农民式的幽默，令人忍俊不禁。

综观邢昊目前为止的口语诗歌文本写作，可以发现，他不像很多口语诗人那样仅仅满足于一种固定的叙事模式或叙事圈套，在写作上不断进行自我重复，而是努力追求表现手法、艺术风格乃至题材与主题的丰富性与多样化。这是邢昊口语写作中十分可贵的特质与亮点。

像所有的口语诗人一样，邢昊在口语诗歌文本中不仅非常重视语感与节奏营造（如《饺子》），而且非常注重诗歌意象的精心营造，显示诗人对文本艺术品质的高度重视，在此我们以《花》为例：

花

南姚村的向日葵都已枯死 / 广阔的田地上 // 一杆杆痛苦的长矛 / 旋转着黑乎乎的光盘

这首短诗就是一首纯意象诗，它以"痛苦的长矛""黑乎乎的光盘"两个生动、精准的意象来刻画田野里枯死的向日葵，给人以深刻的视觉印象。

这里再举《孤独之舟》一诗为例：

孤独之舟

在泰国乘船时 / 天津女诗人君儿的鞋子丢了 // 也许它会被海里戏水的游客捡到 / 也许它会被沙滩漫步的情侣捡到 / 也许它会被出海打鱼的渔民捡到

//更多的可能是 / 它像一只孤独之舟 / 默默丈量着 / 辽阔的太平洋

该诗叙述了一位天津女诗人在泰国乘坐游船时丢失鞋子的事情，文本的出彩之处是诗人对女诗人鞋子的意象营造：诗人把这位女诗人的鞋子比喻成"一只孤独之舟"，"默默丈量着 / 辽阔的太平洋"，这个别出心裁的动人意象，非常生动、传神地表现了女诗人身处海外独孤、失意的心境，不但展示诗人出色的艺术想象力，而且极大地提升了全诗的意境与艺术品位，堪称画龙点睛，余味无穷。

意象的精心营造有力地保障了邢昊口语诗歌文本的艺术品质，不仅如此，邢昊还有意尝试多种表现手法，他不满足于在诗歌写作中全部采用叙事方式，他也在文本中采用人物对白的表现手法，《1981 年夏夜，和初恋女友在路灯下拥吻》是此方面的典型文本：

1981 年夏夜，和初恋女友在路灯下拥吻

什么人？干什么的？ / 年纪轻轻的竟然穿着喇叭裤 / 亲热到这里来了 / 鬼鬼祟祟搂搂抱抱的 / 就不怕把舌头咬下来？ / 岂有此理，成何体统 / 你们这些年轻人简直太不像话了 / 中国就要毁到你们这代人手里了 / 你俩是哪个单位的？ / 家住哪里？ / 有没有工作证？介绍信？结婚证？ / 深更半夜的你俩为啥就 / 不能安安分分待在家里？ / 你俩敢走？真是反了天啦 / 不许走！跟我到城关派出所去 / 还真没有王法了不成 / 我告诉你们这对狗男女 / 公共场所不是你俩耍流氓的地方 / 你俩简直是伤风败俗是无耻 / 什么？你小子说什么？ / 我侮辱你？什么叫侮辱？ / 老子还推过阴阳头呢 / 老子还坐过喷气式呢 / 老子还戴着高帽敲着锣游过街呢 / 我倒要看看你俩能不能走掉 / 老子今晚还就不信这个邪

这首诗叙述几十年前的一个夏夜，诗人和初恋女友在路灯下拥吻受到一位思想保守的老人严厉呵斥的情景。该诗真实地呈现了这位保守老人对这对初恋的呵斥话语，语言鲜活、生动，符合人物的身份与性格，充满生活气息，令人如临其境，文本全由人物对话（独白）构成，给人以一种新鲜的阅读感受。

需要指出的是，邢昊并不像诸多口语诗人那样只是满足于对日常生活的反讽性叙事，精神境界显得比较狭小，对比之下，邢昊的精神视野颇为开阔，例如，诗人对北京的环境污染问题非常关心（《弟弟霾中来京》），在此基础上，诗人对整个人类的生存环境都表现出关心的态度，我们看一下《云顶之上》：

云顶之上

在北京 / 天是黑墨水 // 在吉隆坡 / 天是蓝墨水 // 如果哪一天 / 地球揉了揉 / 它脏兮兮的独眼 / 眼睁睁地看着 / 老天变成了红墨水 // 我们就撤到 / 水

星那边儿去

在这首诗里，展示了诗人非常自觉的环保意识与忧患意识，诗人的宽广视野与格局是值得人们赞赏的。

此外，诗人还有批判现实的精神勇气，这一点也难能可贵。我们来看看《一桶金龙鱼就搞定了》：

一桶金龙鱼就搞定了

美国总统大选／可真够较真的／两个老头子／一个七十四岁／一个七十八岁／谁也不让谁／争论得面红耳赤／投完票好几天了／都出不来结果／／这使我想起／我的家乡／南姚村选村长／那个有钱有势的村霸／才懒得跟你废话／一桶金龙鱼／立马就搞定了

诗人由美国总统大选的激烈政治竞争情形，联想到自己家乡的村霸用"一桶金龙鱼"贿赂村民选举的丑恶现实，态度鲜明地表达了自己对不合理现实的批判精神，展示了诗人骨子里的血性与正义。

全面来看，邢昊是一位颇为优秀的口语诗人，其口语诗歌文本无论在语言形式层面还是在思想精神层面都显示难得的丰富性。邢昊的绝大多数口语诗歌文本都有较高的思想艺术品位，但他的部分诗歌文本也存在着平面化写作、碎片化叙事、无难度写作的弊端与不足（这些都是口语诗歌写作的通病），衷心祝愿诗人在日后的口语诗歌写作中，将真正的先锋诗歌精神发扬光大，创作出更多更好的先锋诗歌文本。

（二）赵立宏：口语写作、现象还原、文本实验、反讽精神与欲望叙事

与邢昊一样，在"长治诗群"内部，赵立宏也是一位比较资深的口语诗人，他在21世纪初便开始了口语诗歌创作，如今在国内诗坛产生了实质性的影响力，被认为是21世纪以来"70后"口语诗人的重要代表人物。

赵立宏，1975年9月出生于山西长治屯留县。1995年开始诗歌写作，1997年在《长治日报》发表处女作之后，二十多年来，先后在《人民文学》《诗刊》《青年文学》《北京晚报》《诗选刊》《星星》《诗潮》《文学报》《中国文化报》《山西晚报》《惊蛰》等十几家报刊发表作品，有作品入选各类诗歌年鉴和年度选本，系《新世纪诗典》——第七届李白诗歌奖评论奖获得者。曾获《诗刊》社、《人民文学》杂志社、中国诗歌学会等主办的优秀诗歌奖。著有诗集《如意金箍棒》《自由的女骑士》，编选有《喜欢的外国诗》。系《中国口语诗歌年鉴》编委，长安诗歌节·唐名人堂成员，长治诗歌节发起同人与首任轮值主席。有作品译为英、韩、德文等，现在山西省长治市潞州区发改局工作。

在"长治诗群"的口语诗人们当中，赵立宏可以说是先锋精神最为充分的诗

人之一，因为他的文本表现了非常鲜明的后现代主义写作姿态与美学精神。在此，基本上可以用现象还原、文本实验、反讽精神、欲望叙事四个关键词来概括其口语写作的艺术特色。下面结合相关的诗歌文本对赵立宏的口语写作予以简要论述。

简单说来，所谓的现象还原就是对物象的平面化罗列，也可以说是一种平面化写作，作者在叙述时客观、冷静，不加入任何情感色彩与主观评价，其目的是削平深度，消解意义，体现解构主义或后现代主义的写作旨趣。赵立宏的《雨中的鸽子》便是这样的"现象还原"文本：

雨中的鸽子

屋顶上有四只鸽子／左一的那只鸽子／一动也不动地卧在雨中／左二的那只鸽子／一动也不动地卧在雨中／左三的那只鸽子／一动也不动地卧在雨中／左四也可以说是右一的／那只鸽子／一动也不动地卧在雨中／四只鸽子全都／一动也不动地卧在／午后的细雨中

2001 年 2 月 22 日

诗人以冷静的语调与旁观者的眼光，对雨中屋顶上四只鸽子的姿态进行了客观性呈现，诗人不带情感成分的重复叙述，强化了文本的平面化现象还原效果，凸显诗人后现代主义的审美趣味。

赵立宏的《苹果还是梨》也是类似的"现象还原"文本：

苹果还是梨

一

我说／你吃苹果还是梨／她说／苹果／我先洗了梨／我洗梨时问她梨行不行／她说／梨也行

二

我说／你吃梨还是苹果／她说／梨／我先洗了苹果／我洗苹果时问她／苹果行不行／她说／苹果也行

2001 年 12 月 28 日

在这首诗里，诗人设置了两个重复性的日常生活场景，重复性的语言与情节叙述，展示平面化写作的文本面目，文本中女主人公在"吃梨"与"吃苹果"之间的暧昧态度表现，达成了文本的意义消解目标，同时凸显一种冷幽默的艺术效果。

在诗人的口语诗歌文本中，不但可以看见现象还原与平面化写作的先锋姿态，也不时可以看见其自觉的文本探索与实验态度，在此我们举诗人的一个实验文本为例：

念诗须知

1. 不要朗读，更不要朗诵
2. 一诗只限一人念
3. 禁止一诗多人一起朗读
4. 请勿像朗诵家那样朗诵
5. 念诗时，对手机的状态无要求
6. 禁止在念诗时接吻脱衣服吃爆米花
7. 喝了酒，还能看清楚字的可以念
8. 可以使用普通话以外的语种或方言读
9. 欢迎有淡淡香水味的性感女人念
10. 鼓励配点儿轻音乐念
11. 禁止以任何方式要求作者去解释一首诗

2015 年 12 月 23 日

在这里，诗人将诗歌朗诵会若干口头提醒注意事项变成了诗歌的表现内容，全诗充满调侃意味，诗人有意将传统读者认为是非诗与反诗的成分提升为诗歌的题材与内容，从而对传统读者的诗学观念与审美趣味造成极大的冒犯，以此凸显其文本实验的先锋姿态与艺术行为。这种有意将非诗与反诗当成"另类诗意"的文本实验，在赵立宏及其他持有先锋精神立场的口语诗人那里，是十分常见的现象。

很大程度上，更能证明赵立宏后现代主义式先锋写作立场的，是其诗歌文本中到处洋溢的反讽精神，而这反讽精神往往与解构思维、反讽手法（或讽刺手法）、幽默趣味结合在一起。

赵立宏笔下的反讽性文本非常之多，我们这里选取部分有代表性的文本来做简要的解读或鉴赏。

在不同文本中，诗人笔下反讽与解构的目标有其具体指向（对象）。比如，在《我该怎样来形容雪》一诗中，诗人反讽与解构的目标是诗歌写作本身：

我该怎样来形容雪
——给周晋凯老师

在我们的交谈中 / 出现了去年的雪 / 我该怎样来形容雪 / 雪像雪一样飘落 / 最准确 / 于小韦写火车时用过 / 雪像棉花或柳絮一样飘落 / 次之 / 雪像白纸一样飘落 / 再次之 / 那是舞台效果 / 雪像白粉一样飘落 / 那是吸毒者的幻觉 / 或梦想

2001 年 3 月 26 日

围绕着"怎样来形容雪",诗人引用了几个传统的关于"雪"的比喻与意象,最后推出一个"原创性"(实质是"叛逆性")的比喻与意象:"雪像白粉一样飘落",以此达成其解构思维,凸显其反讽精神与反讽性审美趣味。

在《鬼节》一诗中,诗人反讽与解构的目标是中国传统民俗节日:

鬼　节

农历七月十五/是当地的鬼节/上午有些阴/中午出了太阳/我回了一趟老家/在父亲的坟头/放了一些/水果之类的祭品/烧了些纸钱/坟上的草/长得很茂盛/不远处/有一个女人的/哭喊声传来/今天是鬼节/死去的人们都在/我们看不见的地方/欢度他们的节日

2001 年 9 月 2 日夜

诗作采用小说一般的笔法,叙述了诗人于农历七月十五(当地的鬼节)给父亲上坟的见闻与情景,文本通过"一个女人的哭喊声",反讽性地联想到"死去的人们都在""欢度他们的节日",有意无意便将农历七月十五——中国民间社会普遍认可的中元节追思逝去祖先的严肃意义予以解构,呈现一种冷幽默的审美趣味。

在《乌鸦》一诗中,诗人反讽与解构的目标指向动物本身:

乌　鸦

在庐山/导游说/明天早上/你们会被鸟鸣声/叫醒/夜里和早晨/我们在房间里/听到的是/满山乌鸦的叫声/不能否认/我们是在鸟鸣中/醒来的/除非连鸟/也否认掉

2012 年 11 月 30 日

诗人在此讲述了其在庐山的一段旅游经历。诗人抓住导游说的"你们会被鸟鸣声叫醒",结果诗人与其他游客"听到的是/满山乌鸦的叫声",饶有意思的是,诗人在诗的结尾煞有介事地承认"乌鸦的叫声"也是"鸟鸣",于是在不动声色之间,乌鸦的形象,连同导游的话语一起被解构了,反讽趣味也跃然纸上。

而在《自由的女骑士》一诗中,诗人反讽与解构的目标指向普通人物:

自由的女骑士

一个周末的下午/去舅舅家/大门紧锁/舅舅不在/只见舅妈的母亲/骑在高大的院墙上/在唱红色娘子军/她年轻时/因在外当兵的儿子/意外死亡/而精神失常/夕阳正在西下/金色的柔光/涂抹在她的身上/我突然无比地感动/她比我更知道/她自己就是个/自由的女骑士

2014 年 1 月 1 日

诗作描述了诗人一个周末去舅舅家见到"舅妈的母亲"在唱《红色娘子军》的情景与联想,而这位"舅妈的母亲"遭遇不幸,诗中写道:"她年轻时因在外当

250

兵的儿子意外死亡而精神失常。"但在诗的结尾，诗人居然形容她是个"自由的女骑士"，虽然诗人对她的不幸遭遇内心同情，但他的调侃话语对这位不幸的普通妇女形象客观上也构成了某种解构，显示一种冷幽默的先锋审美口味。

与诗人笔下的解构性叙述与反讽精神构成对应关系的，是诗人笔下几乎无处不在的欲望叙事。当然，与其他口语诗人一样，赵立宏笔下欲望叙事的欲望对象依然是以女性为主。具体而言，是以女性的身体与情爱欲望作为诗人或文本男性叙述者的书写对象。这方面的文本非常之多，我们来看《女病人》一诗：

女病人

从前／她是多么珍惜自己的身体／适当的裸露／有时也会羞涩／她是一点一点地／把自己的身体／给了她最爱的男人／／现在／她看见男人就想脱掉衣服／有时还用刀子／割自己的手臂和大腿／她想把自己的身体／一点一点地切开／分给那些食肉的男人们／重新回到羞涩的／少女时代

2004 年 6 月 26 日

这是从"女病人"角度进行的欲望叙事。表面看，文本大胆地凸显了一个精神受过刺激的女性对男人肆无忌惮的情爱欲望，然而在这个诗歌文本的深层，却显露了男性潜意识深处对"女病人"遏制不住的身体欲望，展示微妙的反讽精神。

除了《女病人》外，《一个女人的乳房跑得最快》《避孕套是用来干什么的》《文身》《光明的情欲》《握钉力》，等等，均是从不同题材与内容角度进行欲望叙事的文本。

这里我们再来看看《妓女陈菲菲》，这是一个非常典型化的欲望叙事文本：

妓女陈菲菲

早上送女儿补课后／和妻子一起溜达到了／附近城隍庙的／古玩旧货市场／在一个地摊上／看到一张民国十年／六月八日／昆明市警察局专呈／昆明市政府的／妓女请领许可执照申请书／相当于现在的从业资格证／申请妓女为陈菲菲／在这张执照上／有姓名年龄籍贯／为娼原因／有无丈夫／由何处来／是否自愿／有无领家及押身情事等信息／还有陈菲菲／非常漂亮的黑白照／从业处所为百花楼／保证人为丁振山／我蹲在地上／仔细看了半天／问多少钱／女摊主说最少 300 元／妻子听了说／要这干嘛／她哪里知道／男人都有一颗／为青楼女子赎身的心

2018 年 6 月 17 日

之所以把《妓女陈菲菲》认定为典型化的欲望叙事文本，不仅仅是指文本的表现内容直接与女性身体欲望有关，而是此诗呈现出口语诗人笔下欲望叙事文本的普遍性表现手法：文本开始阶段，诗人用讲段子的手法来叙述一个与女性有关的场景或故事情节，叙述语气比较平和，到了文本结尾，叙述语调出现戏剧性反转，表达男性对女性欲望的情爱语言直接出场，不再遮遮掩掩，在强烈的戏剧性效果中彰显反讽精神，由此形成了一种关于欲望主题的叙事模式。

客观来说，在赵立宏的反讽性文本与欲望叙事文本中，诗人的才华并未得以充分展现，往往是诗人的一些关于日常生活叙事与自我冥想的文本，展示了诗人赵立宏颇为出色的诗歌才华。我们现在来欣赏一下其中的几个代表性文本。

我们先来看《一个鸡蛋磕了两次才磕开》：

一个鸡蛋磕了两次才磕开

四叔第二次 / 脑瘤手术后 / 欠了一屁股债 / 七十多岁的奶奶 / 去四叔家 / 侍候病中的四叔 / 有一次 / 奶奶在厨房做饭 / 一个鸡蛋 / 在碗沿儿上 / 磕了两次才磕开 / 躺在卧室床上的四叔 / 听见了就喊 / 怎么就打了两颗鸡蛋 / 奶奶赶忙出来说 / 孩儿啊 / 是一颗鸡蛋 / 娘手有点儿抖 / 磕了两下

2016 年 12 月 31 日

诗作中通过生病的"四叔"与"七十多岁的奶奶"在厨房做饭时的一问一答来展开文本的叙述过程。"四叔"的疑问"怎么就打了两颗鸡蛋"与"奶奶"的问答"一个鸡蛋磕了两次才磕开"形成鲜明对比，凸显具有生活质感的黑色幽默效果，有力地呈现"四叔"的家庭贫困状况，令读者感觉十分心酸。

这首诗可以视作诗人日常生活叙事的一个典范性文本，文本呈现的内容高度真实、日常生活化，诗作的出彩之处是极为真实、原生态般的细节描写，展示了细节描写的巨大艺术力量，从中体现诗人细致入微、敏锐非凡的生活观察能力，令人无比赞赏。

我们再来看《雕刻家》：

雕刻家

有个佛像雕刻家 / 选了一块上好的石料 / 背回了家 / 他先不动锤子和錾子 / 他每天看着这块石头 / 跟这块石头 / 说话唠嗑 / 直到有一天 / 佛在石头里说了话 / 放我出来

2018 年 6 月 14 日

这首诗叙述一个民间雕刻家雕刻佛像的过程。诗人实际上要表现这位雕刻家观察石头、琢磨石头并进行艺术构思的过程，但他运用了非常质朴、生动的日常语言来展开叙述，尤其是诗的结尾，诗人写道："佛在石头里说了话 / 放我出来。"暗示雕刻家关于佛像雕刻的艺术构思已经圆满完成，但通过佛在石头里开口说话这个超现实的魔幻情景来表达这深层含义，不但意境动人，画面鲜活，而且展现了诗人出色的艺术想象力，堪称神来之笔，给人留下难以忘怀的阅读印象。

除《雕刻家》外，诗人还写作了一个具有自我冥想色彩、充满出色艺术想象力的文本《赵立宏》，我们来欣赏一下全诗：

赵立宏

一次上百度／搜索自己的名字／发现在人人网上／叫赵立宏的／竟然一共有53位／其中16.67%来自华北／22.22%是90后／62.22%为男生／我想把这些叫／赵立宏的人／都聚集到一起／听我们一起大声喊／自己的名字／赵立宏／赵立宏／听我们互相喊／各自的名字／赵立宏／听一个赵立宏喊／另一个赵立宏／听年老的赵立宏喊／年轻的赵立宏／听男赵立宏喊／女赵立宏／听来自北方的赵立宏／喊来自南方的／赵立宏／听一个／干公安工作的赵立宏／喊一个当老师的／赵立宏

2015年1月8日

这完全是一个具有另类审美色彩的文本：诗人偶尔在百度上搜索自己的姓名，发现全国与自己同名同姓的多达几十位。诗人突发奇想地想把所有"叫作赵立宏的人／都聚集到一起"，并由此展开了各种想象性场景的叙述：不同性别、不同地域、各种年龄、各种身份的"赵立宏"，在诗人充满话语狂欢色彩的想象中都汇集在同一个虚拟空间。诗人把自己的姓名作为文本的书写对象，这在表现内容上显得极为先锋，文本在非凡的想象力展现中，又充满了戏剧性元素与冷幽默的审美趣味，读后令人感觉妙趣横生，产生一种酣畅淋漓的审美阅读快感，展示了诗人与众不同的艺术才能。

此外，《我的超级乐队》《如意金箍棒》等不少文本也展现诗人优异的想象力。除了艺术想象力，赵立宏在诗歌文本中对语感、节奏的营造能力也是非常出色的。

前面说过，赵立宏是一位具有鲜明后现代主义审美趣味的口语诗人，但诗人并未走向一些口语诗人存在的话语狂欢、娱乐无度的审美虚无主义的泥潭，我们最后再以诗人的一首近作《山楂树下的哀悼》来印证这一点：

山楂树下的哀悼

上午10点／隐约的警报声和／大街上的汽车喇叭／响起时／我正站在老家／奶奶院子里的山楂树下／我垂手低头默立／哀悼这次在疫情中／所有的逝者／院子里已无人居住／奶奶于一个月前去世／父亲是在29年前／清明节的第二天／离我而去的／我还记得／爷爷41年前去世后／在这个老房子里／年轻的父亲颤抖的身躯

2020年4月4日全国哀悼日

这是诗人在当前疫情背景下创作的一首口语诗，可以将之视作一个家国叙事的文本，除了诗人对遇难同胞的真诚追思之情值得肯定之外，诗人对亲情的用心叙述也令人动容。

总之，赵立宏是一位形成了自己艺术风格的优秀口语诗人，他正当年富力强，期望他今后在口语诗歌文本创造的道路上取得更为瞩目的收获。

（三）吴涛：从对日常生活与事物的观察与体味中发掘质朴的诗意

在"长治诗群"内部，除了邢昊、赵立宏，吴涛也堪称一位比较资深的口语诗人，他在21世纪初期就开始口语诗歌的写作，至今已有二十余年的口语诗歌创作经历了。

吴涛，1975年农历五月初九出生于山西长治屯留，祖籍山东莱芜。曾为基层公务员，长年从事农村工作，在乡镇担任行政职务，现在长治市文物旅游局、文联等部门任职。

吴涛初中时期开始接触诗歌并学习写作，1992年在太原山西省农业干部学校技工班学习期间创办校文学社，取名"春草"，并担任主编。1994年在《山西青年》杂志发表诗歌处女作。1997年11月15日，《长治日报》头版曾以"走向成熟的诗行——吴涛印象"为题，对其诗歌求索之路予以推介。

吴涛写作勤奋，2000年前，他的诗歌作品多次在《山西青年》《北方周末》《山西青年报》《青少年文汇》《年轻人》《知音》《生活晨报》《长治日报》《上党晚报》等当地媒体与一些外省青少年报刊发表。2000年之后，吴涛的诗歌作品主要见诸纯文学报刊，2002年开始在《诗刊》刊发作品，后被《诗刊》确定为重点作者。其诗歌作品先后在《诗刊》《星星》《诗选刊》《北京文学》《中国文化报》《新世纪诗典》《九州诗文》《黄河》《诗潮》《山西文学》《当代诗人》等刊发。有诗歌作品被《每日新报》《新世纪诗典》《当代诗经》《中国口语诗选》《2019年中国新诗排行榜》（谭五昌主编）、《2020年中国新诗日历》（谭五昌主编）、《中国诗歌选》等入选。有部分诗歌作品被翻译成英文、韩文等。2014年，出版诗集《胶片·哈哈镜》（北岳文艺出版社）。

2011年7月起，《上党晚报》先后三次编发吴涛专版诗歌作品，对其创作进行评介。2017年，在长治"幸福里咖啡"店举办吴涛个人诗歌专场朗诵会。

吴涛是一位非常接地气的诗人，他从不凌空虚蹈、闭门造车地寻找自己诗歌创作的灵感，而是喜欢随处留心打量周围的人与事，从对日常生活与事物的观察体味中发掘质朴的诗意。通常说来，吴涛的口语诗歌文本具有题材的日常性与普遍性、细节的真实性与丰富性、思想情感的平民化与人性化等鲜明艺术个性。

2000年，年方25岁的吴涛写出了为他带来声誉的一首口语诗作《哑巴叔打的电话》，且看全诗：

哑巴叔打的电话

哑巴叔用我的手机打电话／拨通时我听到一个妇女喊叫找谁／哑巴叔把电话给我并在纸上写下"陈小狗"／对方嚷嚷："不能找他因为他是哑巴"。她又问有什么事／哑巴叔在纸上写下"想（他）。"／那妇女嘿嘿地笑了 俄而说："叫吴小狗来吧"。／我的嘴巴动了有两分钟／两个哑巴的简单通话才完成／哑巴叔眼睛一直盯着我的嘴巴／生怕我说错每个字／末了 哑巴叔又拿着手机贴了贴耳朵／好像他要感受陈小狗的话／这时，哑巴叔才满意地点点头 笑着还给我手机

这首诗用了十分地道的日常生活化口语，描述了诗人用自己的手机替乡亲哑巴叔给其哑巴儿子打电话的情景，诗作采用小说笔法，通过几个真实、传神的细节描写，刻画出哑巴叔血肉丰满的人物形象：既是一位爱子心切、怀温柔情的慈父，又是一位口不能言但聪明心细、淳朴可爱的乡下老汉。诗作画面鲜明，语言质朴，叙述节奏行云流水，而又妙趣横生，给人留下深刻的印象。这首诗几年后在《诗刊》上发表出来，后来又被选入几个有影响的诗歌选本，传播面较广，得到了《人民文学》主编、著名评论家施战军以及一些知名诗人的高度赞赏。

从《哑巴叔打的电话》一诗可以看出，诗人的口语写作在题材与表现内容上具有日常性、普遍性、平民性特征。由于诗人出身底层，少年时代父亲不幸早逝，诗人对自己的亲朋好友及周围普通人的生存状态与命运问题有着一种天然的关心，诗人2000年创作的《刘辉死了》可以视作一个典范性文本：

刘辉死了

（一）

刘辉死了／我听他老婆说的／这位妇人含泪问路的／时候 我接待了她

（二）

我更了解刘鑫鑫／一位写诗的同龄人／他们的儿子／妇人的泪水更多了／说：鑫鑫疯了／我觉得心"咚"地一下／真的，我听到了这种声音

（三）

一次酒后／诗人裴恒敏说／刘家出了两位作家呢！／他与刘家同一企业／而且是领导层成员／他是唯一没有提及／刘辉的死与创作、名誉纠纷、领导层……／有关／他也没有提及／刘辉的死与鑫鑫的疯／鑫鑫的疯与刘辉的死／的关系／他只是又说／唉，刘辉死了。

在这首诗中，诗人照样运用质朴的语言，叙述了自己两位刘姓朋友的不幸遭

遇:"刘辉死了","刘鑫鑫疯了"。诗作的叙述表面客观冷静,不动声色,但诗作中诗人对一些细节的敏锐捕捉与真实呈现,凸显诗人内心的痛苦情绪,令人悄然动容。

与《哑巴叔打的电话》一诗在内容上有一些相同之处,诗人的近作《手机》也将"手机"作为作品的一个重要道具与情感载体,不同的是,《哑巴叔打的电话》一诗中的"手机"带来的是生活喜剧,而《手机》一诗中的"手机"却引发了人们的悲伤情绪体验:

手　机

叔叔闭上了眼睛。在我的守护下,在他 / 闭上眼睛的一瞬,他衣袋的手机突然悦耳地响起 / 这优美的音乐像是专在此刻 / 而奏响的 / 我异常醉心地听着这颤颤的乐音 / 在护送他回老家的路上 / 入棺时,我执意要家人给他带上手机 / 手机就那么开着 / 我想,随时让叔叔接听来自大地之上的讯息 / 如果愿意,他偶尔送出土地深处的秘密 / 我也不会感到怎样意外

诗作描述了诗人护送去世的叔叔回家并坚持让叔叔的手机一起入棺的场景。诗作的细节描写与心理描写非常细腻、生动、精彩。"手机"作为此诗重要的道具与意象,它在叔叔去世的时候"突然悦耳地响起",并发送出"优美的音乐",在诗作的语境中,产生了强烈的"以喜衬悲"的艺术效果。在结尾处,诗人萌生的通过"手机"让叔叔与活着的亲人接通"大地之上的讯息"与"土地深处的秘密"的"痴心妄想",通过一种异想天开的话语方式,凸显诗人对叔叔的骨肉情深,十分感人。全诗叙述流畅,画面鲜明,语调表面平静,内在情感深沉,堪称一首十分出色的口语诗。

缘于诗人身上存有的平民意识,越是普通人,其生存境遇与命运问题越能引起诗人的关注,体现诗人身上自觉、强烈的底层关怀精神,这一点极为难能可贵。诗人有一首描写民工生存状态的口语诗《饭碗》,让人过目难忘:

饭　碗

民工在垒砌着饭碗……// 工地上 / 苍蝇嗡嗡嗡 / 和民工抢着饭碗 // 天黑了 / 嗡嗡嗡蚊子叮着 / 把他们的身体当 / 饭碗

2016 年

诗作通过三个场景的精心设计与生动描述,揭示了民工——社会最底层人群的生存状态,诗人巧妙地把"饭碗"作为作品的核心意象,并通过苍蝇"和民工抢着饭碗",最后"把他们的身体当 / 饭碗"的原生态式叙述,揭示了民工恶劣糟糕的、令人触目惊心的生存境遇,表达了诗人对社会底层人民的强烈关怀与深切同情。作品构思精巧,语言生动,想象出色,内涵深邃,绝对是 21 世纪以来诗歌

底层书写中的精品佳作。

通过对诗人大多数口语诗歌文本的解读，能够发现诗人身上的平民意识是一以贯之的。说到底，这与诗人的出身与童年经历关系密切，我们可以在诗人的一首自传性诗篇《吴涛看雪》中清楚地了解有关信息：

吴涛看雪

雪就是雪。那年，吴涛觉得眼前／一亮。吴涛还没有世界这个概念／他拉开门跑出去，他脚下一滑摔了一跤／他哇哇地哭了，他觉得冷，他喊起了娘／那年，吴涛还不叫吴涛，娘喊他鸡孩／娘抱着他嗅嗅地哄着他，还举手打雪／好像雪是一个坏蛋。//雪还是不是雪。那年，鸡孩从窗口看着雪地里的鸟／他看见哥哥支起一个箩筐，他看见／哥哥撒下一把玉米高粱，树上的鸟／那时，鸡孩叫那些麻雀叫鸟或者家翅儿／就箭一般飞下来。那时，鸡孩不知道比喻不知道抒情／但他看着哥哥捉罩住的鸟时手心沁着汗／后来，他还学哥哥的样子在场院里卷雪饼／哥哥说这个雪饼不停地卷能卷到屯留县／县是什么，从闫家庄村推雪球得推多大多远／鸡孩只知道姐姐在那里，这也使他感到骄傲。//雪是不是雪。那年，鸡孩叫了吴涛／那年，吴涛摸着脑袋害羞地纳闷，怎么好意思开口叫吴涛呢／那年，吴涛被父亲驮着去一个叫长钢的地方上学／好像父亲给吴涛讲过起这个名字的意思／那年，吴涛记得清楚那年冬天父亲和他回老家／因为雪，父亲推了他一路，他看到雪在阳光下／是金黄的！雪在土地上，将土地洇得乌黑！／乌黑是一个肥美的词！现在他想想／他不敢想的是，还是那年无雪的冬天／父亲走了，全村人在哭，说可以替父亲走//雪还是不是雪呢。吴涛像时光般往前奔跑着／在小城县城辗转着，到了市里，到了省里／又回到市里。／吴涛认为能记忆起多少次降雪就会有／多少次经见／吴涛认为身上落了多少片雪花就会有多少个日子／吴涛认为注视过多少片雪花就会有多少思想多少情感和故事／吴涛认为许多事物宛如雪花说众说个说大说小说有说无都行／时光就是几个词，比如衣服比如帽子，比如低头比如弯腰／吴涛还认为，雪花飘飘世界就不会老……//雪就是雪。吴涛对着一场雪的一片雪花发呆／现在。吴涛觉得一片雪花悬浮在他眼前／让他看清。他看清楚了，这瓣雪是六棱形花／晶莹剔透，不沾染任何东西，不能让任何东西附加／太阳月亮或无光亮的夜晚它都是一个样子／谁看它，谁看它，谁谁谁看它它都那样／它不动，它就是一片雪花／它不动，它就是一片雪花，对！它就是一片雪花。

2019 年

在这首近作里，诗人以冷静的语调与陌生化的叙事手法，重点叙述了自己的童年经历与人生体验，勾勒自己的成长历程与心灵轨迹。诗中有许多生动的细节描写，尤其是以"雪"作为全诗的核心意象，通过"吴涛看雪"的行为反映出诗人内心脱离灰暗现实的幻想，实际上在更深的层面凸显诗人回顾童年经历、直面人生苦难的忧伤情绪。

在自传性诗作《吴涛看雪》里，诗人吴涛是以一个贫苦农家少年的眼光与语气在说话的。这一点，我们可以在诗人一些关于自身童年记忆的诗篇里找到印证的。我们这里来看《打麦场》一诗：

打麦场

　　　　已被岁月的流水冲刷出满目沟壑，皱纹一般／嶙嶙岣岣地，一层细密的白色的土石杂乱着／蒿草掩映了，侵吞了，有着永恒高度的麦秸垛带着神秘的故事／和童年的游戏，和空旷，金光闪闪在了梦里／梦，永远是孩童好奇的眼睛：像一个重大的节日……老老少少／涌在了打麦场，嬉闹，和阳光一样热烈／和拉麦车一样一浪一浪，和麦穗一样饱满／和扬场的队长、父辈们一样恣肆而有力／满场麦粒蹦跳出密密的金色的馨香……／童年的记忆就是麦场边草叶里蹦跳着的绿色的蚂蚱，一闪一闪／童年的梦想就是蹲伏在地头荆棘丛中的幼小的土黄色的兔子能跟我回家……／撞着母亲的怀抱，想哭闹／想知晓母亲们为何统一似的头顶手帕，此刻，不抱孩子而怀抱着麦秆／收割着麦穗／麦穗剥夺了我的母爱的怀抱啊——／打麦场上碌碡转着，碾出一片金黄／我的贫瘠的村庄聚集了整个夏天的阳光／打麦场坚硬、平坦、辽阔得那么迷茫／望着，望着，幼小的心灵只怕会跟着碌碡和微微的风旋进去／一下子丢失……／最终，我的哭闹被食堂一碗馨香的麦豆汤灌晕／幸福，在眼前宛如飘扬的麦穰皮懵懵懂懂但一直忽闪着金光悠悠远远……

　　　　　　　　　　　　　　　　　　　　　　　　2015 年

众所周知，"打麦场"是农村展示粮食收获的公共空间，也是唤起当下一批"60后"与"70后"诗人"饥饿记忆"的意象符号。这首诗以口语混合书面语的长句式，精确、生动地勾勒出诗人童年记忆中的贫瘠乡村景象。在诗中，诗人关于"打麦场"童年记忆最出彩的是"我的哭闹被食堂一碗馨香的麦豆汤灌晕"，以此生动呈现诗人童年时代的饥饿经验，凸显当时乡村的贫穷状态。

另外一首诗是《供销社》，它与《打麦场》一诗在立意、内容方面颇为相似：

供销社

　　　　到供销社的路应该是大半天／偶尔的早上，谁要去，全村都会嚷嚷／像是送出征的英雄／骑车或步行，下午或傍晚，才富人一般地回来／恩赐似的高声叫着东家什么、西家什么地分发着捎来的物什／我觉得，供销社简直是

258

一个货物场／也是一个过年的亲戚，需要穿戴整洁、洗了头脸去走／供销社就使生活有了滋味：粗盐、黑酱、红糖白糖……／供销社也给了温暖和颜色，一团棉花、一块块花布、粗布／缝制成被褥和蓝色、黑色的衣物／供销社的路途也该满是故事／走一趟，谁会让村子中午的饭碗一直举到后晌／说着，说着，嘻嘻哈哈／我也歪着脑袋蹲着，永远听不懂，只是又觉得／供销社多像一个梦境，远了又近了，近了 又远了／直到我开始上学的那年秋天／在城里工作的父亲驮着我迷迷瞪瞪往城里走／父亲给我讲着路边。我终于看到了供销社——／两间土房子／离村子并不遥远。一溜下坡过一个村子，再过一个水库大坝／整条路除了黄土就是枯黄的庄稼／迷迷瞪瞪地我被牵着走进去／我的个头还没柜台高，趴着，满眼花花绿绿地晕／一位穿着好看的售货员，倾着身子给我一块糖／我羞涩而小心地展开，填进嘴里／那种硬硬的甜，是钻心的，一直甜到三十年后……

2015 年

与"打麦场"一样，"供销社"也是有乡村生活经验的"60 后"与"70 后"诗人甜蜜的童年记忆，因为"供销社"可以给他们物质匮乏的童年带来食物欲望的小小满足，在 20 世纪六七十年代，能够吃上又香又甜的"一块糖"，无疑是乡村孩子们最为奢侈的一个愿望。这首诗以小说的笔法，质朴而细致地描述了诗人童年时期父亲带他去逛"供销社"的情景，诗中有大量真实、生动的场景与细节描写，其中最为动人的是与诗人父亲有关的细节描写，因为背后透露的是深沉的父爱，在诗作结尾，诗人如此言说自己在"供销社"吃到"一块糖"后的真切体验："那种硬硬的甜，是钻心的，一直甜到三十年后……"这种富有穿透力的语言表达，既暗含诗人对温馨父爱的深深感念，又表达了诗人对童年岁月的亲切怀念。

诗人对他人的日常生活叙事及关于自己童年记忆的叙述情绪色调较为灰暗，显示质朴、忧郁、凝重的艺术风格与审美情调。但诗人在一些表达对日常事物的观察与自我体验的文本中，则展示幽默、清新、单纯、空灵、机智等艺术风格与审美特征。下面我们列举相应的文本来加以印证。

诗人曾专门为自己喜欢插花的母亲写了一首诗，名为《景泰蓝花瓶》：

我家有个景泰蓝花瓶／它有着想象中的美丽／它有着想不出的美丽／我这样写／／我这样写，还因为／我母亲，一位不识字的老妇／她硬要买些塑料花／插进瓶子。她这样欣赏着／景泰蓝花瓶就／真的成了花瓶了

诗作构思精巧，诗人先在想象与虚构层面描写景泰蓝花瓶的美丽，随后交代是因为不识字的母亲"硬要买些塑料花""插进瓶子"，"景泰蓝花瓶"才"真的成

了花瓶了"，反讽的语调与意味于此得以彰显，而文本的幽默趣味也因此而展现，令读者会心一笑。

诗人还为自己想象中的一次出国旅游写了一首《观人面狮身像》：

观人面狮身像

我得说说他的眼睛／竟没有因为我的到来／而改变／方向

2016 年

这首短诗的幽默之处在于，诗人的说话语调是煞有介事、一本正经的，与其实质上的自作多情、一厢情愿构成戏剧性的反差。诗中的幽默充满一种反讽味道或反讽精神，展示诗人后现代主义色彩的审美姿态。

诗人吴涛文本中的幽默趣味与反讽精神相结合，展示后现代主义式的审美姿态，正是当下口语诗人们普遍奉行的一种美学原则。而这一点，有力地确立了吴涛口语诗人的文化身份。

准确一点地说，口语诗人文本中与反讽相结合的幽默，通常用黑色幽默来命名可能更为恰当，因为它体现了一种解构主义精神。这里再举诗人《2016 年的墓志铭》一诗为例：

2016 年的墓志铭

2016 年他写的诗／刊进了 2017 年／出的选本上／他怎么看／都像是被人潦潦草草／刻制的墓志铭

2017 年

因为自己一首诗被入选上了一个出现点小差错的诗歌选本，诗人将之比喻为"被人潦潦草草／刻制的墓志铭"，黑色幽默的意味非常鲜明，背后解构思维的色彩也十分浓烈。

颇为难得的是，吴涛并没有像很多口语诗人那样一味沉浸在黑色幽默的审美趣味里不可自拔，导致艺术风格不断地自我重复，与文本面目的千篇一律，从而让读者产生严重的审美疲劳。与此相反，我们不时可以在吴涛的口语文本中读到一些风格清新、单纯、空灵、机智的诗篇。

清新的诗篇可以《雪景》为例：

雪 景

超市门口／出来一个提鸡蛋的人／啪嗒，他脚下一滑／鸡蛋破壳／／茸茸地，一只小鸡／跃出

2020 年 1 月

诗人运用其细致、精准的观察能力，捕捉住超市门口的一个有趣场景，描述一只小鸡从破壳鸡蛋中跃出的可爱情景，诗作充满生活情趣，清新动人。

单纯的诗篇可以《雪花》为例：

雪 花

小小的孩子／双手捧在胸前承接着雪花／他赶快用嘴呵护着／他还想带雪花回家跑动着／要给它温暖／他神情那么专注／脸和手冻得通红／——整整一个下午 善良的孩子／带不走一片雪花

2005 年

诗人以儿童一般单纯、明亮的语言与语调，描述了一个孩子迎接雪花的快乐场景，充满童趣。

空灵的诗篇可以《风起了》为例：

风起了

风起了／我站在这里／昨天风起的时候／我也在这里站着／远望着／滚滚的水浪／／我知晓／这一场风，已不是／昨天的风／我站在这里／水浪也不会是昨天的水浪／风吹着／我可还是昨天的那个我

2015 年

这首诗描述了诗人在风中眺望水浪的情景，重点表现了自己对风的生命体验（让人不禁联想起著名诗人西川表达起风体验的一首诗作），诗人的这种生命体验充满某种玄思味道，充满空灵色彩。

机智的诗篇可以《一家人》与《世上的事》为例：

一家人

农历七月十五回老家祭祖的时候／我给儿子指引着：／祖爷爷，大老爷爷、三老爷爷，老爷爷，／爷爷。／十二岁的儿子尚不明白这些土堆／的排列和秘密、故事／他自言自语却像深思一般／说：躺进土里才是一家人……

2013 年

诗作用简洁语言描述了诗人带领儿子农历七月十五回老家祭祖的场景，儿子的感悟："躺进土里才是一家人……"用了儿童的视角与语言，道出了生命最终必然死亡的残酷真相，充满了思想的智慧，促人警醒，发人深思。

世上的事

和盐有关／觉得淡了／加点儿／就会有味儿／这简单如是真理

2017 年 1 月

该诗以"盐"为比喻与核心意象，形象而生动地表达诗人对真理的认知，这种对日常生活经验的巧妙运用，可以获得读者普遍的思想认同与共鸣，展示诗人来源于生活的过人机智，充满哲理色彩。

由上面的简要论述可以见出，吴涛的口语写作整体上展示艺术风格与审美趣

味的丰富性，加之他至今已经创作出若干极富思想艺术品位的文本，毫无疑问可以认定他为一位才华出众的口语诗人。国内知名诗人李洁夫、李寒这样评价吴涛的诗歌写作：

> 吴涛的诗歌扎根于乡间民事，属于心系大众的仁爱之士。吴涛把自己写作的根系深扎于生活肥沃的土壤，才使得他的诗歌有一种朴实却震撼人心的力量。在《刘辉死了》这首诗里，他分为三部分都是围绕"刘辉死了"着笔，第一部分，是听"他老婆说的／这位妇人含泪问路的时候 我接待了她"，第二部分是诗人自己对刘辉的儿子刘鑫鑫了解，因为刘鑫鑫是"一位写诗的同龄人"。并且"疯了"。第三部分，虽然"他是惟一没有提及／刘辉的死与创作、名誉纠纷、领导层……／有关／他也没有提及／刘辉的死与鑫鑫的疯／鑫鑫的疯与刘辉的死的关系／他只是又说／唉，刘辉死了。"这样的语言淳朴又生动，特别是最后一句"他只是又说／唉，刘辉死了"。看似简单的一笔带过，实则蕴涵了诗人无限的伤感和感慨。[①]

而"长治诗群"重要成员、优秀口语诗人邢昊如此评价吴涛的诗歌写作：

> 睿智而觉悟的吴涛毫不怀疑这个世界的崇高和美、丑、恶，他毫不怀疑在琐事、人群、侏儒、莠草、垃圾中有着远比我们诗人所想象的多得多的本和真。与那些面貌宜人、各尽本分的质朴乡民一样，吴涛的诗歌不事装扮和粉饰，有的诗歌甚至看来像卑微和低贱的人民，处在阴郁或荒凉里。这些诗歌群众般停下脚步，坦荡地，充满任性地凝视着当下。[②]

不过在此还需特别指出的是，吴涛虽然是一位口语派诗人，但他并不像邢昊那样体现较为鲜明的后现代主义精神姿态，而是较大程度上体现对现代主义精神姿态乃至现实主义精神姿态的审美倾斜，这显示吴涛口语诗歌写作复杂而独特的立场。但是全面来看，吴涛还是可以视作一位先锋型口语诗人，因为诗人身上具有比较鲜明的先锋意识，我们在此再举《影像科的朋友》一诗为例：

影像科的朋友

> 其实我并不想见他／我的朋友老唐，影像科的教授／还戴着眼镜／我怕在他面前，走着走着／就会不自然起来／怕他眼睛在我身上盯／但我隔一段时间／就会出现在他面前／让他看一看／我的肉里／浑身发麻地听他／说话，等他喊我／我就看到了自己的骷髅模样／我更加心惊肉跳／在他面前我

---

① 李洁夫、李寒：《太行诗歌群落诗人扫描》，原载《上党晚报》2007 年 2 月 7 日。
② 参见《用诗歌的形式成长——访"长治诗群"里的别致吴涛》，《上党晚报》2011 年 7月，第 14 期。

成了骨骼／和他说着话，他又是什么／我走在这芸芸的世界呢／我没了底气／他究竟还看到了什么

2012 年

简单说来，这首诗显示诗人身上存在一种自觉而鲜明的死亡意识，或者说一种关于生命的悲剧意识，而这，可以有力彰显吴涛的先锋诗人身份。

总之，吴涛的写作态度踏实、勤奋，不浮躁，不张扬，他未来的口语诗歌写作生涯非常值得我们期待。

（四）周晋凯：口语写作中的日常生活叙事与乡土叙事

在"长治诗群"内部，周晋凯也属于口语派诗人，但他不像邢昊、赵力宏那样，具有比较鲜明的后现代主义写作姿态与审美趣味，相反，周晋凯虽然在很多文本中体现后现代主义写作姿态，但他骨子里的审美趣味还是倾向与亲近传统，显示中国传统诗学在他身上潜在而深刻的影响。

周晋凯，1963 年生，山西长治市屯留区人，诗歌作品入选《新世纪诗典》《口语诗—事实的诗意》《2018 年中国口语诗年鉴》《中国教师现代诗选》《山西文学年度作品选》《长治诗群作品选》等，关于其个人创作的评论文字被收录《长治当代文学记忆》一书，出版诗集《时光·言辞》。

周晋凯的口语诗歌文本风格以语言质朴、简洁，叙述平实、流畅，节奏舒缓、从容，情思单纯、恬淡为基本特征。周晋凯的诗歌题材最大特点是其日常性，诗人对日常生活中的人物、事件与场景有着浓厚的表现兴趣，我们这里选择诗人的几个文本，从中来感受一下其日常生活叙事的内容与艺术特色。

首先来看诗人的《我想写一首诗》：

我想写一首诗

我想写一首诗／写我必须参加的／刚刚结束的一次会议／我计划这样写／对各位领导／他们都已走上主席台／各就各位了／所以忽略不写／对那些职员／他们都已面向领导／挤挤挨挨地落座了／所以也忽略不写／我就写我／写我紧挨窗口／写窗口外那方草坪／写草坪上那位老人／写那位老人／他正弯下腰来，开始剪草

在这首诗里，诗人以刚刚结束的一场会议为写作契机，他以郑重其事的话语姿态，表明自己这首诗不把与会的领导和职员作为书写对象，而是把诗人靠近的"窗口外那方草坪"、正在"剪草"的"那位老人"作为本诗的主人公，由此表现诗人身上自觉的平民意识。文本叙述平实，语言朴素，构思完整，一气呵成。

进一步说，《我想写一首诗》对诗人而言，有一种诗歌宣言的意味，它公开表

263

明诗人平民主义的写作立场。的确，诗人的大量文本均以周围人群、底层人物作为主人公，表现诗人对当下普通人生存状态的强烈关注与精神关怀。即使是过去的人与事，诗人依然铭记于心，《草随风》就是这样的一个文本：

草随风

　　原来是一块平地／后来村里人用炸药／炸出了一口池塘／再后来又用推土机／推成了平地／中间间隔了二十年／又过了二十年平地上盖起了一栋高楼／这些都不重要／我想说的是那个地方／在作为池塘的时候／我童年的一个小伙伴／把命留在了那里

诗人围绕"草随风"这个村庄平地的地貌变迁展开叙述，用简洁的语言与高度跳跃性的叙述，揭示诗人对"草随风"的深刻记忆与难忘印象，而在诗的结尾，诗人交代了他不能忘记"草随风"的真正原因："在作为池塘的时候／我童年的一个小伙伴／把命留在了那里。"如此，便有力地凸显诗人与小伙伴的深厚情意，并且展示其一以贯之的平民情怀。文本的叙述大开大合，举重若轻，节奏流畅，显示了很高的艺术技巧。

诗人的平民意识与平民情怀不但体现在他对周围普通人群的生存关怀上，同样也体现他对亲人的热爱与亲情的重视上，这里以《母亲的诗》为例：

母亲的诗

　　我只写过一首／母亲的诗／是在2005年5月／母亲去世以后／它在我的电脑里存着／纸质版压在抽屉的／最底层／这首诗我给妹妹／妻子和儿子他们读过／读过之后／看着他们低头抽泣／我又把那首诗／放进了抽屉最底层

这首诗是诗人为去世的母亲而写的。诗人采用朴实无华的口语，叙述了自己读诗的经过以及亲人们听了此诗后难过的情景，诗作语调平静，言辞克制，但不难体会诗人内在的悲伤情绪。

由于诗人完全采用口语写作，把自己认定为口语派诗人，因而，口语诗人身上的后现代主义式审美趣味，诗人也不可能幸免。具体表现在，诗人的部分诗歌文本自觉运用解构与反讽手法展示幽默、反讽的审美趣味。诗人笔下的《一头幸运的驴》是这方面的代表性文本：

一头幸运的驴

　　在北京海淀／我看见一头驴／在高楼与高楼之间／待建的一片工地上／安静地站着／随时准备／拉起旁边的一车砖头／运到某个地方／在现代化了的今天／这头驴竟然没有失业／竟然从事着一项／古老的职业／还是在北京／在多少人仰望的首都／我真羡慕它／这一头幸运的驴

诗人以他在北京海淀某建筑工地上看见的"一头驴"作为书写对象。文本从这头驴承载着"拉砖头"的运输功能找到灵感"爆发点",诗人在北京作为"多少人仰望的首都"的背景下,强调"在现代化了的今天","这头驴竟然没有失业",并为此"羡慕""这一头幸运的驴"。文本语言通俗易懂,说话的语气是充满羡慕的,但语调却是暗带调侃、讽刺的,凸显冷幽默的反讽趣味,令读者忍俊不禁。

由上面的几个文本及有关的简单分析可以看出,周晋凯是一位很有功底的口语诗人。国内知名诗人李洁夫、李寒曾这样评价周晋凯的口语诗歌写作:

周晋凯的诗歌娴熟老练,语言不华丽不造作,属于较为传统的"冷抒情",他总是善于把自己内心澎湃的激情隐于看似无心的轻淡描摹上:"在苍茫的上党大地 / 我的家乡,她 / 多么像很久以前 / 远道而来、投宿名镇的 / 一位富商 / 在辚辚的马车上 / 随意丢弃的一枚果核"(《河北店》)。以及"母亲去了 / 在每一个传统节日里 / 我喜欢回忆 / 远去的一些有关母亲的往事"(《我喜欢》),这些作品都让我们看到周晋凯诗歌创作的无限潜力。①

当然,客观说来,周晋凯的部分口语诗歌文本仅仅满足于对日常生活场景的平面化叙述,缺少提炼与发掘,导致诗意较淡(例如《让路》《在公交车上》《清洁女工》等文本)。这可能与口语诗人们沉迷于日常生活叙事并让生活取代审美的写作理念与潜意识有关。

周晋凯除了采用口语大量进行日常生活叙事,诗人还采用口语自觉进行乡土叙事,这方面的典型文本,是诗人2014年至2015年间创作的一千四百余行的长诗《东寨记事》,这首口语体长诗反映诗人身上浓厚的乡土情结(乡村情结),诗人自己对它非常看重。长诗由四十节构成,我们现在来欣赏一下长诗的前面六节诗,以及诗作的结尾(第四十节):

东寨记事

日出而作,日落而息;有忙碌,有闲适,有苦恼,有欢笑;有简单的需求,有可及的梦想;安静,质朴,祥和。

(一)坐在炕上发呆的瓜儿睡眼惺忪

坐在炕上发呆的瓜儿 / 睡眼惺忪 / 他弄不清楚怎么能一觉睡到 / 晨光铺满窗棂 / 群起的鸟鸣在院子里盘旋呢 // 瓜儿嘴里还遗留着 / 昨天晚上炒鸡蛋和猪肉炖蘑菇的浓香 / 翕动一下鼻子 / 还能闻到松枝燃烧时散发的很好闻的味道 // 瓜儿模糊记得父亲和大伯福叔成叔 / 在一豆油灯下缓慢地咂酒 / 缓慢地交谈 / 他们谈了些什么? / 他们喝酒喝到夜半三更了吗? // 那个比瓜儿大

---

① 李洁夫、李寒:《太行诗歌群落诗人扫描》,原载《上党晚报》2007年2月7日。

不了几岁的铲哥／在灯影里拉着风箱烧火／明一下暗一下活像戏台上演的小鬼／小鬼就他那样子吧？／奶奶在锅台上忙着炒菜做饭／嘴里不停地叨咕着什么／叨咕什么呢？∥而现在／父亲肯定已在回家的路上／把瓜儿送到山里奶奶身边下山去了／天黑以后就该回到平原／那个鸡鸣狗咬炊烟凌乱的村庄了∥奶奶呢？／奶奶——

（二）瓜儿早已按捺不住心里的小翅膀了

铲哥——，铲哥——∥铲哥不理会瓜儿的呼唤／跟在一群羊后边／在坡路上／满脸深沉地往南山去了／把一柄羊铲扛成了千斤重的栋梁∥往日嘻嘻哈哈的铲哥／今天是怎么了？／怎么会不理睬瓜儿的呼唤呢？／是挨了他爹福叔一顿打吗？／嗯，肯定是的／挨了打的铲哥当然不会高兴了∥可是瓜儿急啊∥就在刚才／瓜儿在溪边舀水的时候／又看见南山上一只大鸟／咯咯咯叫着从西山坡飞到了东山坡／那是一只什么鸟啊／那鸟该下多么大的蛋啊∥青翠的南山上／还有一簇一簇粉的黄的花摇摇曳曳地／向瓜儿招手／瓜儿早已按捺不住心里的小翅膀了∥可是铲哥，铲哥／不仅不带瓜儿上山／连理也不理瓜儿的呼唤／瓜儿小小的胸脯／又开始气鼓鼓地委屈了

（三）咱们的河

朝西流的河就不是河了？／不是河它是什么？／这是咱们的河／咱们的河就应该朝西流呀瓜儿／铲哥这么说∥咱们的河／在南山北山之间／自东向西潺潺不息／河边歪斜着几棵高大的柳树／歪斜着很多让瓜儿喜欢不已的／奇形怪状的顽石∥咱们的河／在寨子前边流出一口深潭／潭水清澈见底／这是大伯成叔福叔他们挑水的地方／瓜儿也偶尔来舀半桶水／给奶奶提回去／而铲哥却能挑起两半桶水／比起瓜儿威武多了／所以铲哥有理由取笑瓜儿／更有资格向瓜儿讲述／咱们的河∥铲哥铲哥咱们的河流哪儿去了？／咱们的河流天边了／铲哥铲哥咱们的河里有大鱼吗？／咱们的河里还有鱼精啊∥铲哥担着两半桶水在前边疾走／瓜儿提着小半桶水在后边小跑

（四）蜂蜜的甜香已在寨子里弥漫开了

惊叫着／瓜儿从小树林三蹦两跳蹦进院子／跳到了大伯跟前∥瓜儿乱了／大伯可没有乱／不等瓜儿讲述完整／大伯已经明白是怎么一回事／已经抬眼搜寻到一棵杏树上悬挂的／比南瓜还要大的一窝蜂了∥大伯笑了／大伯拿上长木杆和箩筐进了树林／奶奶也笑了／奶奶摩挲着瓜儿的头／安抚着惊恐未定的瓜儿∥傍晚时分／夕阳映红了一面山的宁静／映红了三户人家的袅袅炊烟／也映红了大伯的满脸得意∥悬挂在树上的一窝蜂／被大伯成功收进废弃多年的蜂窝／大伯有说不出的高兴∥福叔笑眯眯地来了／成叔乐呵呵地来

了／拦好羊的铲哥也叫喊着来了／／瓜儿啊瓜儿啊／那一窝蜂知道瓜儿来了／就给瓜儿送蜜来了／等到冬天／冬天／／还没到冬天呢／蜂蜜的甜香已在寨子里弥漫开了

（五）瓜儿的脑袋里转悠成了满山松涛

太阳即将西沉／瓜儿呆愣愣地站在河边／为一件事情／瓜儿开始了有生以来第一次沉思／／晚霞中的大黄牛呼唤着牛犊／低沉而悠扬的叫声／满山满谷都能听出其中的急切与深情／瓜儿听得多了／瓜儿感觉不到有什么奇特／／成叔和福叔家的两只将要归巢的大公鸡／突然在窑门口掐架／已经掐到面红耳赤嘴脚并用的地步／福叔也不过去拉开它们／反而蹲在门槛上嗤嗤嗤地憨笑／瓜儿也做过这样的事情／瓜儿更不觉得有什么稀奇／／瓜儿小小的脑袋瓜／实在想不清该不该回去告诉奶奶和大伯／刚才成叔摇摇晃晃回来的时候／嘀嘀咕咕说什么／大山又朝他忽闪忽闪地眨巴眼睛了／还铮明瓦亮地朝他微笑／／成叔是从西寨回来的／从西寨回来的成叔已醉得前言不搭后语／瓜儿的脑袋里转悠成了满山松涛／也没有转悠清楚／到底该不该问一问奶奶或者大伯／摇头晃脑自言自语的成叔／他说的是醉话呢／还是大山真的朝他眨巴眼睛了／还是微笑的眼神

（六）心里暖暖的瓜儿很快就睡熟了

透过窗户上一孔破洞／月亮锐锐地照了进来／还没有睡着的瓜儿／与一勾弯弯的月亮对上了眼神／／月亮月亮你看什么呢？／你是在看瓜儿吗？／瓜儿瓜儿你看什么呢？／你是在看月亮吗？／／南山黑黢黢一团／院子白花花一片／大黄狗和一只蚊子无声地周旋／皂角树上一只鸟飞了出来／低飞一圈又稳稳地潜了进去／／要早起摊煎饼的奶奶睡着了／在梦中催促着瓜儿／要早起下地的大伯在另一孔窑洞／发出轻微的鼾声和偶尔的咳嗽／／月亮月亮你看见爹娘了吗？／月亮月亮你看见姐姐哥哥和弟弟了吗？／瓜儿瓜儿我看见爹娘了／瓜儿瓜儿我看见姐姐哥哥和弟弟了／淘气的哥哥和弟弟正在炕上翻跟头呢／／月亮月亮你看见铲哥了吗？／你看见铲哥在干什么呢？／瓜儿瓜儿我看见铲哥了／我看见铲哥在梦里赶着羊群上山呢／／满足了的瓜儿重新躺下／心里暖暖的瓜儿很快就睡熟了／……／……／……／……／……

（四十）给瓜儿的心蒙上了一层五味杂陈的重

干净的雪地上／纵横交错的蹄印逐渐多了起来／寨子前边那条很少有人过往的小路／每天竟有了三个五个上午往西下午往东的行人／大伯福叔和成叔也隔三岔五地去镇上一趟／清晨走出寨子／傍晚走回寨子／手里提的肩上扛的都是置办回来的年货／——成叔常常走在三个人最后／身子摇摇晃晃／

嘴里哼着小曲 // 浓浓的年味 / 让三条狗兴奋起来 / 它们在乱了的雪地上释放着精力和喜悦 / 浓浓的年味 / 也让一群麻雀兴奋起来 / 它们从磨道里旋起来再从树枝上刮下去 / 小碎嘴你不让我我不服你地争吵个不停 // 瓜儿知道 / 父亲就要来了 / 瓜儿就要在年前 / 离开这个只有三户人家的小寨子 / 回到东部平原上那个几百口人的村庄了 / 那里有父亲母亲兄弟姐妹 / 那里有拥挤的一面土炕和一个烟熏火燎的炉灶 / 那里还有母亲给他准备好的小书包 / 和淘气后父亲扇过来的大巴掌 // 瓜儿便时常站在寨子前边 / 耳朵听着西寨传来的 / 哪个孩子手里急于炸响的一声两声鞭炮 / 眼睛却遥望着东边山口 / 那条被积雪覆盖着的进山的小路 / 有时候 / 瓜儿能在那里站上很久 / 忘记寒冷已经围了过来 / 忘记天色已经缩短了目光的距离 // 浓浓的年味没有给瓜儿带来多少快乐 / 倒是给瓜儿的心蒙上一层 / 五味杂陈的重

写于 2014 年 4 月 15 日至 2015 年 2 月 18 日

《东寨记事》以一个被暂时寄养在"东寨"的孩子"瓜儿"的视角，叙述了山村生活的单纯、宁静、温馨、美好，充满世外桃源的味道与色彩，表现了诗人对乡村生活的内心向往，以及对城市文明的不适情绪。与"瓜儿"的叙述视角相对应，长诗采用的是一种充满儿童色彩的单纯口语与叙述语调，呈现一定的艺术特色。关于这首口语体长诗，周晋凯好友、"长治诗群"实力派诗人北琪专门写了一篇赏析文章《当"晨光铺满窗棂"——周晋凯长诗〈东寨记事〉赏读》，进行了较为细致的评价，现摘取其中的几段文字以飨读者：

......

让我们再回到诗歌本身，这首长诗的成功，还在于诗人用质朴的语言，描绘出来了自然和心灵、情感蓄养和日常生活的"细密纹理"。山中时光的品格、温度、气息，通过一声声鸟鸣、一株株庄禾、一条条小溪、此起彼伏的鸡鸣犬吠、摇曳多姿的袅袅炊烟，生动而深刻地完成与诗歌文本的有效嫁接和诗意"扩展"。个人化的体验，也由此与我们赖以生存的自然产生共鸣。

说到这首诗的特点，四十个章节，几乎每一首都能独立成章，又互相照应，气脉连贯；还有语言的生活化和诗意流动，像"满满一碗糖水羞答答地在炕沿上泛着红光""星光从空荡荡的窗棂映了出来""星星划过天空跑了下来""唯有萝卜还在肆意地青翠"……举不胜举，无不闪射着山间小路旁舒展的草木上晨露的光芒；还有诗歌的结尾，就要在年前离开这个只有三户人家的小寨的瓜儿，没有马上就要出山、就要和父母兄弟姐妹团聚的喜悦和兴奋，小小年纪瓜儿的"心"却"蒙上了一层五味杂陈的重"。这种反向的、矛盾的处理方式，既是技术的，也是生活的真实和本质。

……说到批评，我以为《东寨记事》尚需耐心打磨，结构上的松散、情思表达上的拖沓、情绪表现上的重复，都是影响这首长诗整体质地的"瑕疵"。我这样说，没有丝毫对晋凯辛勤创作的不敬，相信他能理解，也希望他不要等闲视之。①

应该说，北琪对周晋凯长诗《东寨记事》的评论整体上看还是比较客观的。而在我看来，由于诗人周晋凯具有浓厚的乡土情结，他对城市生活的融入性体验还有所欠缺，因此，他的口语诗歌写作在先锋精神与美学趣味上有些先天不足。如何在口语诗歌写作上调整好传统诗歌与先锋诗歌之间的美学关系，是周晋凯在接下来的创作中需要认真思考的问题。

五、禅宗文化意味背后的"性灵写作"——以王太文的创作为例

在整个"长治诗群"当中，诗人王太文堪称独一无二，因为王太文的诗歌创作风格与美学趣味迥异于"长治诗群"所有的诗人。简单说来，王太文是用整个生命与灵魂写作的诗人，他的诗歌充满性灵色彩与禅宗意味，为我们带来一片纯粹、神秘、辽阔、动人的审美精神境界。

王太文，20世纪60年代末生于山西长治。20世纪90年代初开始创作并发表作品。曾参加诗刊社第20届青春诗会。在《诗刊》"每月诗星"专栏发表组诗，在《诗刊》发表诗作100余首。在《中国作家》《人民文学》《青年文学》《北京文学》《星星》《诗选刊》《诗潮》《扬子江诗刊》《诗歌月刊》等刊物发表组诗。有作品收入《2002中国年度最佳诗歌》《2003中国诗歌精选》《2005中国诗歌年选》《感动中国大学生的100首诗歌》《生态诗选》《诗刊50周年诗选》《跨世纪情诗300首》《现代诗300首笺注》《2015年中国新诗排行榜》等国内有影响的诗歌选本。已出版《幻觉的天国》《几块崖石》《我站在我们边缘》等数部诗集。系中国作协会员。现在山西长治市潞州区文化馆工作。

与王太文内向的性格相对应，诗人完全倾向并沉迷"内向性"写作，也就是说，诗人只关注自己的内心世界，以自己的内心世界作为诗歌文本的表现内容与书写对象。在诗人王太文那里，外部世界并不具有本质意义，外部世界的万事万物只是他主观精神的外化，是他心灵与灵魂的外在图式。因此，在王太文的诗歌文本中，通过诗人笔下创造的丰富多彩的主观意象，我们看到的只是一幅幅诗人

---

① 北琪：《当"晨光铺满窗棂"——周晋凯长诗〈东寨记事〉赏读》，原载《漳河文学》2015年第4期。

自身的心灵图式与灵魂风景。通俗一点地说，王太文是用生命与人格来进行写作的纯粹诗人，他创作的着力点是观察与表现自己的心灵与灵魂状态，并在欲望与灵魂的矛盾与冲突中，努力用意志力量与人格力量压抑欲望，使得诗人的心灵始终保持一种本真、纯粹、空灵与澄明状态，可以将王太文的这种创作特点命名为"性灵写作"。

如前所述，王太文的"性灵写作"强调对诗人自身心灵与灵魂状态的直觉化表现，因而，王太文几乎所有的文本都充满灵魂的元素与心灵的色彩。在某种意义上说，王太文创作的每一个诗歌文本，都可以视作一幅描摹诗人心灵与灵魂图景的自画像。

孤独，是王太文最为典型的生命体验与心灵状态，也是诗人表现最多、最为突出的诗歌主题之一。当然，在诗人笔下，孤独已是一种审美观照的心灵状态与精神现象了。从诗人的思想性格来看，孤独是他自我选择的一种处事方式，是他不愿与庸众同流合污的独立人格之体现，诗人的《我站在我们边缘》对此予以了诗性的坦白与回答：

我站在我们边缘

我们的目光遮拦着我们／我们的心是笼中鸟／我们在习惯和民俗里转圈／我们随从了恶，远离了善／我们去踏青，去旅游，走马观花／急于回来／假如我，从我们中走出来／说另一种话，做另一种事／我将显出怪异，为嘲弄包围／我捧着善义、梦幻的花束／站在我们边缘／站在旷野／我孤立无援，沉默又坚定

2016 年

在这首诗中，"我"与"我们"处于一种对立关系，很明显，"我"是诗人的自指，而"我们"则是指随波逐流的大众或庸众，最初阶段，"我"与"我们"融合一起，打成一片，而随着"我"的良知被唤醒，"我"开始与"我们"脱离关系，变成"为嘲弄包围"的孤立个体"我"。在诗的结尾，诗人说"我孤立无援，沉默又坚定"，表明诗人自觉选择这种孤立的处境，虽然感觉孤独，但并不后悔，且态度坚定。而作品的标题"我站在我们边缘"更是鲜明地暗示"我"与社会大众（"我们"的含义）有意保持距离、自愿边缘化的人生态度。由此，一个追求正义、富有理想、不愿同流合污的孤独（孤立）诗人形象就被自我建构起来了。

在诗人王太文的现实生活中，孤独就是他的常态，因而，诗人对自己的孤独经常进行自我审视，并对自己与孤独结伴的心路历程自觉地予以回顾与反思。《一个人的生活，让大地变得温和又宁静》就是这样的文本：

一个人的生活，让大地变得温和又宁静

　　一个人走了四十五年的路，繁复的路／树枝或网一样／多少次返回原初的起点／前进了，还是倒退了／很多故事虚幻地动情之后／归了零／当初，一个人出发／先是，经过百花争艳的原野／渐渐，走进罕无人迹的荒原／绝境的宁静和神奇／吸引我驻足，迷恋着河流和山峰／我独自欣喜：一个人真好／可很快又陷入躁动不安／独自漫游了四十多年／疲惫、孤单又无力／我刚刚想逃离自己时／很快又觉得：一个人真好／一个人的生活／让大地变得温和又宁静

2015 年夏天

　　这首诗可以看作诗人的一个精神自传，它以独白方式叙述了诗人四十多年来的人生历程，描述了一系列绮丽、动人的心灵幻象，尤其是生动地表现了诗人在深度的精神孤独之间矛盾、挣扎最后又甘于孤独的心理过程，并且表达诗人希望孤独的人生能够"让大地变得温和又宁静"的美好愿景，体现"性灵写作"的审美境界。

　　虽然诗人甘于孤独，并在孤独中体验与感受到许多美好的东西，但是诗人对自己的孤独处境（有时如同苦行僧）依然有着自我追问的思想自觉。《他为什么要与我们不同》就是这样"思想追问型"的作品：

他为什么要与我们不同

　　哪个人竟可以，不需要一个朋友／几十年朝一个方向走去／越走越荒凉／告别母亲／经过，村口两排翠绿的白杨／经过，大片蜂蝶缭绕的油菜花／我们在担心／我们的心，同时在朝他叫喊／我们在纳闷／他为什么要与我们不同／我相信：他上路前，早有准备／前方是什么地方／越走越凄苦／或越走越宽阔、明亮／他渐渐感觉到心灵的无限神奇

2016 年春天

　　根据这首诗的语境，诗中的"他"（即诗中的"那个人"）就是诗人的自指，而"我们"实际是"我"的一个化身。作品设置了戏剧性场景，通过"我们"对"他"的担心、纳闷以及喊话行为的叙述，表现了"我们"对"他"在孤独之路上几十年来一个人一直执意前行的困惑不解。实际上，这是诗人自我之间的一场精神对话，揭示了诗人灵魂深处的思想矛盾与情感纠结状态。在诗的结尾，诗人写道："他渐渐感觉到心灵的无限神奇。"由此生动凸显心灵的力量，展示孤独所具有的神奇精神魅力，并有力呈现诗人超越常人的人格境界。

　　诗人在诗歌作品中大量表现的孤独体验，折射出其现实生活中爱的缺失，诗人的独孤程度越深，可以反映出诗人精神生活中爱的严重匮乏。因此，诗人笔下

的孤独体验书写，往往与爱情想象或爱情体验的书写紧密融合在一起，孤独与爱，成为诗人文本中最具标志性的表现主题。通常说来，在表达孤独与爱的双重体验时，诗人对孤独的深度体验与其对爱的强烈渴望是成正比关系的。我们现在来欣赏《山峰上，人间最寂寞的心跳》一诗：

山峰上，人间最寂寞的心跳

走在市街，我的心念着：亲爱的／站上山峰，我念出了声：亲爱的／亲爱的是谁／身边的孤松，颤了一下身子／以为我在叫它／不远处一朵白云，游过头顶／以为我在叫它／它们在眺望，或巡游／在等待，或找寻／它们听懂了我几十年孤寂的心／发出的声音／愿望人间之外／我寂寞的心跳／发出的轻轻的亲爱的，是在叫它们

这首诗采用直抒胸臆的表现手法，叙述了诗人站上山峰时对孤松、白云等自然事物发出的爱之呼唤，诗人对自己寂寞、孤独心态的真诚坦白，与对爱（爱情）的发自灵魂深处的执着呼唤，凸显诗人因为长久孤独而对爱（爱情）的强烈诉求，作品生动的细节与情景描写，细腻传神的心理刻画，具有感人至深的情感表达效果。

与《山峰上，人间最寂寞的心跳》的立意相类似，《由她疯狂地哭、吻和摇撼》一诗也表达了诗人从自然事物身上获得爱情抚慰的心灵幻想：

散步中，米粒一样的水滴／落在我嘴唇上，又一粒／滑过我的鼻尖，原来是雨／芳香与温存，触上我／是云朵的白花瓣上，滚落的露珠／无数朵白花瓣负重，变暗，倾斜／马上，雨的海，倾泼／街上，除我，空无一人／那一片云朵是我的恋人／她终于找见了我／这天外来客／她的思念淹没了我／我的头发、眼睛、嘴唇、衣袖在流泪／听由／她疯狂地哭、吻和摇撼

2015 年

该诗叙述了诗人在一次独自散步中遇雨，他把落在自己嘴唇上的雨滴联想成"云朵的白花瓣上滚落的露珠"，巧妙地暗示诗人孤独太久，内心渴望爱情雨露的滋润。文本的出彩之处在于，诗人运用了拟人的手法，声称"那一片云朵是我的恋人"，并把自己全身被暴雨淋湿淋透的情形想象成是"她的思念淹没了我"，是"她疯狂地哭、吻和摇撼"。作品想象丰富，情感强烈，场景描写生动感人，令人过目难忘。

从《山峰上，人间最寂寞的心跳》《由她疯狂地哭、吻和摇撼》两首诗中，我们可以真切感受到诗人孤独程度之深，以至于诗人不时在自然事物面前出现了爱情的心灵幻象。出于摆脱内心孤独的情感需求，诗人在许多作品中直接表达了自己的爱情梦想，对爱情想象予以了艺术化的呈现。

诗人对自身爱情梦想的想象性呈现，普遍充满一种梦幻般的童话色彩，同时又展示热烈、奔放、含蓄、神秘、真挚、直率等多样化的艺术风格与审美情调。我们这里举出几个对应性的文本来略加欣赏。

我们先来看看诗作《沿着一束阳光，马奔向太阳》：

沿着一束阳光，马奔向太阳

一四年，马年，想到马／一匹红马便驮着你我跑在草原上／马在飞，身后的你搂着我／沿着一束阳光，马奔向太阳／我们到达太阳的宫殿，停下／走过长长的红地毯／四壁挂满红纱，两排红烛／照着大红囍字／我们忘了亲吻／不约而同放声大哭／我们说出各自的姓名、家乡、相思／你仇敌一样，捶打着我的胸脯／我们相互找寻／罪犯一样跑出人世／你是谁／臆想中／在太阳里，我们举行了盛大的婚礼

2015 年

诗人由马年（2014 年）联想到马，进一步联想到火红（火热）的爱情，随之对其爱情梦想展开了天马行空的描述，并想象自己在太阳宫殿里与"跑出人世"的"你"举行"盛大的婚礼"。作品场景描叙亦真亦幻，情感热烈、奔放，以火山爆发似的情绪感染着读者。

我们接着来欣赏诗作《月亮，银白的小房子》：

月亮，银白的小房子

月亮，银白的小房子，开着圆窗／在天空梭巡／找寻地球上最美好的爱情／它召集星星们来找寻／星星们眨动眼睛／千万年它们在找寻一对爱情／找寻在夜色里散步的人／找寻在大地睡梦之外散步的人／找寻在摸索黎明的人／找寻地球上两个貌似外星的人／或许，找见了他们／却无法让他们从不同的地方相会／月亮，银白的小房子，开着圆窗／找寻最美的爱情进来居住／小房子里灯火辉煌，一直空着／光芒越出窗口，流遍大地和宇宙

2015 年

与《沿着一束阳光，马奔向太阳》一诗围绕太阳展开爱情想象形成对照，《月亮，银白的小房子》一诗则围绕月亮展开诗人的爱情想象，不同于前一首诗的热烈奔放。这首诗在审美情感表达方面显得含蓄，展示诗人的古典主义审美趣味，作品想象出色，视野开阔，意境神秘而深邃。

在热烈、奔放、含蓄、神秘之外，诗人的爱情想象也展示了真挚、直率的艺术风格与审美情调，《从她的胸中，捧出我的心，请我认领》便属于这样的爱情想象文本：

从她的胸中，捧出我的心，请我认领

我的心，渡过海，到了对岸／走进一个王国／我的身子，还在家乡小河的岸上散步／领着沿岸的杨树、柳树／追着牧羊人的羊群／我想与我的心重逢／我写给我的心的一封封信／是我写下的一首首诗／是我放飞的一只只信鸽／让它们把我的心找回／我想望着，有一天，遥远的一个女孩／从她的胸中，捧出我的心／请我认领／并请我安抚她一路的疲惫／安抚她空了的胸怀，余剩的时光

2015 年

诗作运用童话手法，设置了一系列具有魔幻色彩的情节与场景，尤其是通过"从她的胸中，捧出我的心"这样令人惊骇的情节描写，一方面展示了诗人卓越出众的艺术想象力，另一方面表达了诗人对自己心目中的理想女孩（即诗中的"遥远的一个女孩"）无比真诚的爱情诉求，可谓掏心掏肺，作品真挚、直率的语言风格具有深沉感人的情感力量。

综观诗人表现爱情想象的诗歌文本，可以说普遍充满了强烈的浪漫主义色彩，这也反映出诗人对爱情超越世俗的理想主义态度，这与当下许多表现爱情主题的诗歌文本存在鲜明的区别。在当下的文化语境中，许多诗人笔下的爱情叙述都多少带有欲望叙述的世俗成分，但王太文笔下的爱情叙述极为纯粹，去除了低俗的身体欲望的成分，充满形而上的精神色彩。我们在此再以《别让幸福摧毁他》一诗为例：

别让幸福摧毁他

让那个忧郁的人，永远孤单着／别让他遇见那个女孩／遇见爱／别让他幸福地哭成一个儿童／哭成暴雨或大海／让他孤单着／他才是一棵树，或是一个神／别让幸福摧毁他／遇见她，他会牵着她／在祖国的山水间奔跑／不亲吻，不拥抱，边跑边哭／她没有办法将他安抚／我们担心，她的胳膊会被他拉断／他想拉着她，离开红尘／升起来，化作夜空的两颗星星

2015 年

在诗中，诗人以孤独者的形象出现，作品以客观化、陌生化的眼光来叙述诗人自己（即诗中的那个"他"）对待孤独与爱情与众不同的态度，并在爱情幻想的情景描写中，诗人通过"升起来，化作夜空的两颗星星"的愿望诉求，传达诗人对爱情超越世俗的精神追求，展示鲜明的理想主义的精神姿态，令人赞赏。

诗人在文本中表现的爱情幻想与爱情诉求以其情真意切而感人至深，但诗人在孤独与爱之间的选择性纠结中，最终倾向于选择孤独与自己的灵魂为伴，其中

一个重要的原因是诗人在现实的爱情追求中遭遇了挫折。这种爱情挫折经验在诗人的文本中有着真实的艺术化呈现,《四十六乘三百六十五层台阶》是此方面的一个典型文本:

四十六乘三百六十五层台阶

　　四十六乘三百六十五层台阶／把我的孤独／托上这孤寂的山峰／四十六年烧炼的白瓷花盆／站在宁静的,没有人迹的平台／已裂出密密的伤痕／我祈祷／不再遇上爱,或微小的碰撞

2015 年

　　这首创作于 2015 年的短诗,是诗人对于自己四十六年人生中爱情遭遇的一次总结与回顾。在作品中,诗人运用心灵自白的方式,与形象、生动地意象画面,呈现了自己在爱情遭遇上的深度受伤经验,由是,诗人的孤独,以及诗人对于孤独的一直持守,便展示了其内在的必然性逻辑了。

　　尽管如此,诗人对孤独与爱充满深度的艺术化书写,依然值得我们高度赞赏,因为诗人在这些文本中展示了自己心灵与灵魂的纯粹、真诚、善良与高尚。诗人创作过一首《我是一只花豹子》的诗作,该诗可以视作诗人灵魂的一幅自画像:

我是一只花豹子

　　深冬,母亲病了两月,痊愈出院／我才来到郊野。春色刚染了柳树林／还没错过看春天的童年／柳树林的童年,模样快乐、单纯／无数片小叶子,黄绿融合,浅浅的／像五六岁小男孩小女孩的颜色／像他们的脸颊、嘴唇、小手指的颜色／像他们声音的颜色／只有油画大师才可能调配的颜色／黄颜料、绿颜料,再加清液组合的颜色／柳树林,稀疏有致／阳光透过叶隙,在我的前额、脸颊／衣襟、袖口、手背上／印下斑斑点点的光亮／随着我的心跳,斑点在动／我是一只花豹子／在无人迹的无限的宁静里／隐约期待着遥远的梦和爱情／像期待猎物／这只花豹子,彻底孤独,彻底善良／彻底陷进了来世的童话里

2015 年

　　在这首诗中,"花豹子"就是诗人的灵魂自画像。"花豹子"这个核心意象代表着人性的欲望,但"这只花豹子"追求理想与爱情,非常孤独,十分善良,同时对人生充满不可救药的理想主义精神。作品依然采用心灵独白的方式,意象画面充满唯美、浪漫色彩,塑造出的"花豹子"形象以其高度的人性色彩而带给人们审美的感动。

　　由上述对诗人有关孤独与爱等生命体验文本的简要论述可知,诗人的创作属

于"性灵写作"，具有很高的审美价值。尤为可贵的是，在诗人对孤独等生命体验予以着力表现的不少诗歌文本中还充满了禅意，展示了诗人对生命本质与真相的直觉式领悟，具有禅宗文化意味，由此又为诗人的文本添加了思想文化与精神价值，殊为难得。

一般说来，诗人对生命的禅意体验或对心灵的思想感悟，通常与诗人的孤独体验联系、融合在一起。或者说，常常是诗人的孤独体验开通与激发了诗人的禅宗文化体验。二者之间存在一种互为因果、互为印证的亲密关系。

在诗人表达孤独体验的文本中，"树"是一个极其重要的具有本体意义的意象符号，它是诗人孤独灵魂形象的外化，这一点对诗人的禅意体验而言同样重要，因为诗人的孤独体验与禅意体验往往是合二为一的。《在这个春天，他想跑进沙漠里》（2014年）就是这样有说服力的文本，我们来看诗的后半部分：

> 他离开；他遇见森林／他曾想变成一棵树／每棵树站在禅境里，从不向往爱情／他离开；最后／他跑进一座巨石的雕塑里／与它重叠在一起／在孤寂里，他获得了安宁

从中可见，"树"是诗人的灵魂形象（意象），它既代表孤独，也衍生出诗人对生命的禅意体验，二者高度重合。

从孤独的体验出发，诗人感悟到生命怎样达到自由境界，请看《奔向自由的舞》：

奔向自由的舞

> 欢乐的舞，忧伤的舞／／四肢松散，又凝聚着一个节奏／一种力向四面八方投射／颈和腰活动到极限／肘和膝弯曲又疾速舒展／拉满的一张张弓发出锋利的响箭／一秒钟一个轻松的姿态／都在奔向自由／不欢不忧，是另一种禅意／一棵树的枝条的舞，扬着风／从内心向辽阔的空间，抒泻心情／／忧伤的自由／欢乐的自由／一棵树舞着，抖落满身的黄叶／一棵树舞着，欣赏满身的绿叶

在这首诗中，"树"依然是核心意象，展示诗人独孤的灵魂形象。诗作生动描述了这棵"树"自由舞蹈的情景，呈现了诗人对"不欢不忧"生命境界的禅意发现，展示诗人在自由体验中获得的生命智慧。

从孤独的体验出发，诗人感悟到生命放弃自私以后可以获得心灵的安宁境界，请看《从巨大的数字，倒数到零》：

从巨大的数字，倒数到零

> 经过各种样式的人或事物／是走过一片树林／走过很多片树林／渐渐可以辨识各种树木，保护自己／之后，我遇到一条大河／没有渡船／冒着惊险，

我游到对岸／是越过人间的界线／到达了另一番天地／一路走来，我把经过的繁多的人或事物／从巨大的数字，倒数回来／我想数到不大不小的数字，停下来，／都做我的朋友／无奈，六五四三，我数到二／我想会得到爱情，一起亲吻世界／可我又数到了一，留下自己／这样很不好，沦落为一，一像自私／最后，我数到零／没有了自私多好／只留下阅尽千帆的眼睛和心／这样，我就获得了彻底的平静／这时，我站立的泥沼对岸，宛如仙境

2014 年

在诗中，诗人用了质朴的语言对自己的生命历程进行了回顾、梳理，在结尾处，诗人突然顿悟，如果把欲望全部淡忘，彻底忘记自我，那么自己将获得"彻底的平静"，自己的生存将"宛如仙境"。这是一种禅宗式的生命顿悟，启发人们要扫除欲望的障碍，才能获得心灵的宁静与幸福。

从孤独的体验出发，诗人还感悟到世界存在的价值都是因为"我"的个体性生命存在，《世界因我有了变化》堪称这方面的典型文本：

世界因我有了变化

如何决定与不同事物的远或近／我在重新安排世界／世界因我有了变化／它随从了我的心情／等待装修的新房里／我需要一些家具／不需要另一些／它们的大小，形状，颜色／和摆放的位置／由我决定／这样，我给了自己与众不同的新生活／我专注于一件事或少数的事／把众多的事都放弃／这让我成为自己／把自己的快乐递向未来的山峰

2015 年

诗人在面对世界与"我"的关系问题时，突然悟出世界的价值与事物的意义均因为"我"的存在，是作为个体生命的"我"赋予世界与事物以意义，作品采用一种禅宗顿悟的话语方式，把诗人自我的心灵与体验确立为世界价值之源泉，充满生命哲思的意味。

除了前面谈及的三首禅意诗篇，《抚触着正在变化的事物》《可以独自做一件美好的事情》《几块崖石》《梯子的想法靠着墙》《世界因你变成了新世界》等文本，均充满了禅意、禅境及禅宗式体验，具有较高的思想艺术品位。

从创作方法的宏观角度来看，王太文的全部创作可以归于浪漫主义与古典主义的范畴。的确，王太文不属于现代主义或后现代主义的先锋诗人，但浪漫主义与古典主义的创作方法并不妨碍王太文创作出大量优秀的诗歌文本。客观而论，王太文是 21 世纪以来国内诗坛上一位十分优秀的诗人，他深厚的艺术功力与笔下纯粹、高迈、动人的艺术境界令许多诗人望尘莫及。叶延滨、潞潞、刘以林等著名诗人对王太文的诗歌创作纷纷表示好评乃至推崇。这里再举出王太文两首极具

277

审美品位的诗作进行简要赏析。

一首是《它写着另一种语言》：

它写着另一种语言

从商场被领回来，被摘掉笔帽／拇指和食指刚要用它写第一个文字时／被来访的敲门声打断／顺着手势随意的一掷／它滚到桌角一摞书的缝隙／由此，被遗忘了／／由此，它写着另一种语言／写满了屋里的空气／开合的门窗又把它们带进／天地间的大气里／多年后，被发现时／它激情的墨液已经枯干／神秘的文字已布满星天

2007 年

这首诗叙述了诗人从商场购买回来的一支笔不小心遗忘在书桌的一角。这本来是日常生活中一件可以忽略不计的小事，但诗人在这支不小心遗忘的"笔"身上却展开了极具浪漫主义色彩的惊人想象："它激情的墨液已经枯干／神秘的文字已布满星天。"暗示诗人希望用这支笔创作出光芒四射、瑰丽神奇的动人诗句，与日月同辉，体现诗人超越庸常的艺术雄心。作品想象出色，境界奇幻，立意高迈，令人肃然起敬而又心潮激荡。

这首诗受到诗人们的广泛赞誉，国内知名诗人李洁夫、李寒围绕着《它写着另一种语言》这首诗这样高度评价王太文：

王太文是个天生的诗人。这样说是因为他在诗歌创作方面独特的天赋和慧眼。这是许多人所不能具备的。他的诗歌看似随意，实则精巧。如他在《一条河，把树林向两边分开》里写到："一条河，从冬眠醒来／用从梦里获得的鲜活力量／把树林向两边分开／沿岸的花在向它挥舞／／它已从孤寂中走出来／它在散步，寻找心仪的湖／在陡坡处，它跳了一下／他的步子显出了欢快"。王太文的内心应该是有着极强的孤独和反抗意识，在王太文的诗歌里我们看到了"它滚到桌角一摞书的缝隙／由此，被遗忘了／／由此，它写着另一种语言／写满了屋里的空气／开合的窗户又把它们带进／天地间的大气里／多年来，被发现时／它激情的墨液已经枯干／神秘的文字已布满星天"。我觉得，这是众多卑微、渺小的，挣扎在生活边缘的小人物都有可能面临的命运和叹息。王太文写出了这些诗，是因为他发现了人生与命运中的诸多秘密。"[①]

还有一首是《探访正下大雪的山》：

探访正下大雪的山

探访这山，空空的静静的山／正下大雪的山／白的山，雾的山／没了万

① 李洁夫、 李寒：《太行诗歌群落诗人扫描》，原载《上党晚报》2007 年 2 月 7 日。

物形迹，赤裸的山／瞬间，我换上了白头发／白睫毛、白衣裳、白鞋／白探访白／孤独探访孤独／我渐渐走进山的深处，深处的白／白不言语，我不言语／只有咯吱咯吱的足音／有两次／我滑倒在山坡的深处，白的深处／跌进乌有之乡／嘴唇、鼻尖、手指粘满白／宛如在另一个世界／我一生的孤苦／在白的仙境里，竟笑出了声

2015 年

此诗用质朴而生动的语言描述了诗人探访雪山的情景，诗人突出了白色的境界，把生命的孤独、苦难高度审美化了。作品虽然在神奇境界的描绘上有着浪漫色彩，但作品色彩单纯，语调平静，情绪克制，展示了颇为鲜明的古典审美趣味。

诗人充满浪漫色彩与古典情调的优秀文本数量很多，其中不少作品因为丰富、出色的想象力与优美、空灵的艺术意境而令人过目难忘。例如，《一个字引发了堵塞》《沿着铁路》《天地间唯一的光源》《另一只白天鹅》等文本。

总之，王太文是一位才华横溢而又非常低调的诗人，他目前尚未引起诗坛广泛的关注与重视，但这并不影响他的独特价值。在我看来，王太文与众不同的创作风格与审美趣味不但大大丰富了"长治诗群"的美学格局，而且进一步扩展了"长治诗群"在国内诗坛的影响力。正如"长治诗群"重要成员之一、实力派诗人北琪在一篇文章中对王太文的诗歌创作做出的评价那样：

王太文的诗歌写作显然在继承传统诗歌抒情性的基础上，实现了"主体心灵的渗透和想象力彼此激活的平衡"，这使得他毫不逊色地跻身于国内一流诗人的行列。他带给我们的启示和诗学价值，有待更深入的研究和挖掘。①

---

① 北琪：《抚触着正在变化的事物——王太文诗集〈我站在我们边缘〉赏读》，原载《山西作家》2020 年第 1 期。

第五章 "长治诗群"中女性诗人的创作特色与美学追求

与"长治诗群"中男性诗人整体上颇为厚重的创作实力构成某种对应，女性诗人们的创作整体上也表现出不俗的实力，且呈现多样化的艺术风格，展示了长治籍女性诗人不同的美学追求。从创作方法的宏观角度来看，她们的创作主要体现了浪漫主义、古典主义、现代主义、后现代主义的艺术风格与美学趣味（当然，就实际情况而言，在部分女性诗人身上及其具体的文本中，均存在某种交叉现象）。其中，陈小素、周广学、张奕、郭玲燕、妙真、青女、夏微、秋日静好、桑小燕、和飞燕、张佳惠、秋临、蓝色妖姬、简兮、夙洁等女性诗人的创作比较具有代表性。下面，即从美学趣味与风格归类的角度对女性诗人的创作分别予以简要论述。

一、传统女性情感投射下的乡土叙述——以陈小素的创作为例

综观长治籍女性诗人的创作，陈小素在乡土叙述方面用力最多，创作成果也最为显著，引起诗坛不少人士的关注。

陈小素，20 世纪 60 年代后期出生于山西长治长子县，自幼在一个名叫"窑庄"的乡村长大。陈小素于 20 世纪八九十年代开始诗歌写作，21 世纪初期以来在长治诗坛崭露头角。2012 年，出版诗集《素诗》，获得 2010—2012 年赵树理文学奖。同年获得"上官军乐"诗歌奖。入围第二届中国红高粱诗歌奖。2018 年，诗作《在海南看海》获"致敬海南"优秀奖。2019 年，诗作《独酌记》获国际诗酒文化大会征文优秀奖。诗歌作品入选国内多种诗歌选本。现居长治长子县城。

陈小素的创作题材虽然比较开阔，但她的精神背景却是乡土的，她身上存在

一种浓郁的乡村情结（或乡土情结），可以将她身上的乡村情结命名为"窑庄情结"，因为"窑庄"是她的出生地，是她的故乡，也是她精神的家园。"窑庄"有她温馨美好的童年记忆、豆蔻年华的爱情梦想、山清水秀的风景印象，尤其还有她血浓于水的亲情牵挂与亲情记忆，她对"窑庄"的心理认同与精神依恋，是有其深刻的内在逻辑的。简言之，"窑庄"成了陈小素生命中的一部分，构成了她最为深刻的精神背景，因而，"窑庄情结"常常成为陈小素的诗歌创作动机，在一个特定的时间节点里，她陆续为"窑庄"创作了一百余首的诗歌作品，总名为"与窑庄有关的叙述"（收入诗集《素诗》），可以视作她"窑庄情结"的有力证据。

源于身上浓得化不开的故乡情结（乡村情结），诗人陈小素对故乡"窑庄"展开了全方位的艺术化叙述，由于她长大以后离开了故乡，笔下的"窑庄"叙述都采用了回忆的视角，因此可以说，这是一种怀旧性质的乡土叙述。或者准确一点地说，陈小素笔下的"窑庄"叙述，就是一种关于"窑庄记忆"的诗性书写。

首先需要说明一下的是，陈小素笔下的"窑庄"叙述，在情感基调上整体是比较忧郁、沉重与伤感的，作为出生地的故乡"窑庄"给她带来了许多伤痛的记忆（当然故乡也给诗人带来过温馨、欢乐的记忆，但不占据主导成分），《缺口》一诗可以说奠定了陈小素"窑庄"叙述的情感基调：

　　　　你一直都是不可言说的／一块压在我心上的石头／风漫过衰草，偏僻、荒凉／在时光的追逼里／我一张口就都是错的／／几十年，我身负使命／混迹在人世间／仿佛所有的言说和书写／都是在找寻、磨砺着这个词／和这些风雨一样，它一经诞生／便锋利无比／在不断矮下去的土墙上，打开一个缺口／让时光侵蚀／让我把这些被玷污了的血／还给你／／当我低声地唤出它／我的出生地／我们就只能是相对立的／不是在它的正面／就是在它的反面

2009 年 4 月 3 日

诗中的"你"是激发陈小素进行"窑庄"叙述的原动力因素（诗中的"你"可以理解为"我"的亲人，也可以理解为自己的故乡），从她的心灵自白中，可以看出她遭遇到的伤痛经验，陈小素在说到"我的出生地"时，公开表达了复杂的情感，这种复杂情感注定不会是欢乐的、喜悦的，而是相对沉重的。

全面来看，陈小素的"窑庄记忆"主要由与"窑庄"密切相关的人、事、景物构成。从人物方面来讲，陈小素的亲人与四周乡邻及童年伙伴构成了"窑庄"的人物主体，也构成了她笔下"窑庄"人物的完整体系。在这些"窑庄"人物身上，承载着陈小素深刻、难忘的乡村记忆，也寄托着她深刻、复杂的乡村情感。我们现在按照由远及近的人物关系，看看陈小素是怎样叙述她记忆中的"窑庄"

人物的。

　　和贫困年代中国乡村里的绝大多数普通农民一样，"窑庄"里的乡亲们通常都是终日劳作，任劳任怨，他们淳朴善良，知足常乐，但往往贫困不堪，生活艰难。陈小素笔下的《榆钱儿》为我们刻画了这样一位贫穷的农妇形象：

榆钱儿

　　在窑庄，它们 / 可以和任意一朵花相媲美 // 当四月来临，它们由青涩 / 出落得饱满 / 在午后的枝条上，恣肆，放纵 / 仿佛一场青春的狂欢 // 而我是懵懂的，还不曾懂得美 / 枝叶高过我的头顶 / 高过一个女人扬起的手臂 / 当一粒榆钱儿落下 / 我的欲望简洁，世界渺小 / 在她微微颤动的指尖上 / 抵达完美 // 这个贫穷，多病的女人 / 将这个索求于命运的姿势 / 定格在我之后的奔突中 / 每当春日来临便神思恍惚 / 便见阳光照过树冠 / 风中的榆钱儿纷纷落地 / 年复一年，就像她一生信主 / 却终不得拯救。

2009 年 4 月 15 日

　　在诗作中，陈小素运用简洁、生动、鲜明的语言与意象，先是刻画春天里"榆钱儿"美丽动人的形象，继而由"榆钱儿"牵引出那位不知名的农妇：一个"贫穷，多病的女人"（即诗中的"她"），作品结尾用"风中的榆钱儿纷纷落地"这个带有悲凉意味的意象画面，来映衬女主人公"年复一年，就像她一生信主 / 却终不得拯救"的不幸命运，表达诗人对这位乡邻不幸命运的深切同情。作品构思精巧，结构自然，语调平静，而内含情感，体现出诗人精湛的叙述技巧。

　　陈小素的《旧邻》，为我们刻画了另外一位乡村农妇的形象：

旧　邻

　　一段老墙的下面。风中的锋芒 / 先于时光让她成为雕塑 / 她的头上飞舞着雪线，脸上横着沟壑 / 在阳光下侧身，弯成虾状。 / 那曾经抱过我的手，缺口的牙齿 / 都已不能替她说出眼里的惊愕 / 而身后的老房子在风中微微颤栗 / 和她一样就将走到生命的尽头 / 而我不停地重复着自己的姓 / 和小名 / 声音恍惚，不值得信任……

2011 年 2 月 27 日

　　在这首短诗中，陈小素同样采用简洁、生动的语言与意象，描述了一位曾经抱过"我"的乡村老妇站在老房子前面的情景。诗人重点刻画了老妇人衰老不堪、神志不清的形象，作品结尾诗人自我责备性的话语，凸显她内心的沉重与惆怅情绪，也展示了诗人"窑庄记忆"的岁月沧桑之感。

　　乡村妇女的形象与命运很大程度上就是乡村形象与命运的写照与缩影。在《她们》一诗里，陈小素通过对"窑庄"妇女们形象与命运的集体性叙述，为"窑庄"

的妇女们用诗歌的方式画了一幅"集体画像"：

她 们

　　她们走进窑庄的方式是相似的／一个选来的好日子，一场仪式之后／那交付的青春／／苦槐花的香穿过她们芬芳的身体／在相同的秩序里／她们三更起火，五更下地／那缺失的爱和疼惜都将于此重新获得／当风吹过渐渐隆起的腹部／那女人的、那幸福都将开始／／如此甜蜜的时光，被反复地回忆和追述／仿佛漫长时里的火焰／年复一年，她们捻针引线、柴米油盐／世界再大也不过窑庄的屋檐／当墙外的花开得寂寞／那么多的美在流逝、与它们形同陌路／／这些被缘分所引领，又被命运所剥蚀的女人／或五十岁江山半壁，或七十岁白发人送黑发人／一个最适宜上路的时辰里／她们离开窑庄的方式也是相似的／——唢呐、棺木、送行的人群……

　　诗作用质朴的语言、平静的语调，叙述了"窑庄"的妇女们自嫁入"窑庄"后下地干活、生儿育女、操持家务的日常生活图景，她们有过短暂的甜蜜时光，但她们很少出过远门，也没见过大世面，所有的心事都围绕着"窑庄"打转，集中在自己家人身上。另外，她们大多遭遇不幸，最后都在"唢呐、棺木、送行的人群"的同样场面中离开"窑庄"，完成她们自己最后的生命仪式。作品的叙述语气非常克制，但从中流露出诗人对"窑庄"前辈女性们的内在同情。

　　不过，陈小素对"窑庄"男人的形象（尤其是中老年男性）很少描述（不包括她的父亲在内），即使偶尔描述"窑庄"男人的形象，也不会像她笔下的"窑庄"妇女形象那样引人同情。诗人基本不加褒贬，甚至对一些非正常的男性表露反讽态度，比如在《想起癫人陈黑》一诗中，诗人运用反讽性修辞表达对"癫人陈黑"某种善意的讽刺。

　　相形之下，陈小素对"窑庄"童年伙伴形象的描述体现了一种亲切、友好的情感与态度，我们来看《同龄》一诗：

同 龄

　　少小无猜。那时与赵玉春、杨青山／还有一身侠气的陈忠平同龄／我们一起上学，一起回家／一起在虚幻的生活里做游戏／窑庄的树林繁密，掩映着我们瘦小的身影／我给他们做妹妹，也做姐姐／还拥戴着陈忠平做山上的大王／／长大后各奔前程。赵玉春去了南方／在某市的公安系统里任职　一去不回／年前同学会，他和香消玉殒的赵莉莉／都没有到场。举杯时／同学们先洒一杯祭奠赵莉莉的芳魂／又朝着南方高呼：老班长，你不来／但酒不能不喝，一二三……干了！／／杨青山走得最远，建大棚／走蔬菜，自驾着卡车到过闽南／也像他的先人一样做皮货奔过口外／三十二岁那年带回来一个异地女子／结婚、生子、开作坊、深夜里醉酒／在一片雪地上做梦，再也没有醒来／／而陈忠平只做了个木匠，雕花／做家具，还扬言要给每一个女同学做嫁妆／后来，手指敌不过车床的齿轮／改做泥瓦工，成了一个包工的小老板／一边在电话里和我唠叨：还是家里好／一边带着胃癌把水泥铸进别人的故土／／只有我守着这座小城虚度光阴／也许是年岁渐长，越来越念旧事／过年时　照着通讯录依次给他们送去祝福／一分钟后，在春晚喧嚣的狂欢里／收到他们的回信，赵玉春说：谢谢！／杨青山的遗孀说：平安！／只有滞留他乡的陈忠平最为繁复——／一个一直压在唇齿之间的词：活着／一个得意的表情，象征胜利

2012 年 3 月 16 日

这首诗运用质朴的口语，描述了诗人陈小素几个同龄伙伴的不同形象、性格与命运，作品的语调轻松、亲切、略带幽默，在情感体验上透出一种亮色，展示诗人对童年伙伴之间纯真友谊的珍惜之情。

对"窑庄"人物形象描述最多、最为用心的，无疑是诗人的亲人，而这正是诗人陈小素珍视亲情的必然结果。由于诗人的几位亲人（姐姐、祖母、母亲、父亲）生活艰辛，命运多舛，诗人在描述亲人们的形象与命运时，心情是沉重的，其文本的情感基调整体上是灰色的。

我们先来看陈小素对自己的女性亲人（姐姐、祖母、母亲）的形象描述。诗人有一位美丽大方、活泼可爱的姐姐，姐妹俩感情甚笃，但姐姐出嫁以后，完全变成了另外一个人，诗人以回忆往事的笔法，描述了她记忆中的姐姐形象：

姐　姐

那一年，马村药场药地里的花开得鲜艳／像极了野罂粟／你在花间劳作，和那些女工们一起／把顽长的山药堆进仓房／晚上再把它们偷偷放进炉上的蒸锅里／那一年，你容颜姣好，身材也姣好／／那一年，我随你守夜／在你宿舍的后边／听那些鹿群在鹿厩里追逐　舞蹈／它们白天摩挲彼此梅花般的皮毛／和头顶上的火焰／晚上失眠，迷醉于对方荷尔蒙的气息／那一年，你音域如流泉／流行曲一个接着一个，从药场直唱到更远的夜色／／那一年，你长发秀美，滑过青春的肩膀／那一年，你明眸皓齿，衣团锦簇／布裙下春光浩荡……／／那一年，你从药场回来／满面绯红，素色衬衫换成了大红小袄／跟随一支乐队到了另一个村子／从此，你听风辨天象／躬身田垄，却无视花色／从此，你身宽体胖／念叨着一个男人，和他的三餐／再没背出过一首流行曲的名字

2011 年 3 月 8 日

284

陈小素运用抒情的语调，在对"那一年"往事与场景的生动描述中，刻画了姐姐的淘气可爱（与女工们一起偷煮山药）、外貌美丽（"长发秀美、明眸皓齿"），以及善于演唱流行歌曲（"流行曲一个接着一个，从药场直唱到更远的夜色"）的动人女性形象，而在诗作结尾部分，诗人叙述姐姐出嫁以后，便只关心下地干活，关心自己男人的一日三餐，而且变得"身宽体胖"，彻底忘记或放弃了自己的文艺爱好，成了一个纯粹的农妇。作品呈现了姐姐形象的前后巨大变化与反差，虽然诗人没有对姐姐出嫁后的变化发表任何评论，但不难体会出诗人内心的沉重、惆怅与失落情绪。

姐姐是诗人的同辈亲人，虽然结婚成家后日子不大富裕，但尚无命运的大起大落。而祖母是诗人的隔辈亲人，是从旧时代走过来的女性，她婚姻不顺，遭遇坎坷，一生忍受贫穷，含辛茹苦，任劳任怨，成为"窑庄"一道苦难的风景。诗人在《纺车谣》一诗中，为我们塑造了一个"旧时代苦难女性"的祖母形象：

纺车谣

当桃花谢落，柳絮飘上帘拢／她小脚、瘦弱的身影／便又重新出现∥这个来自外省的移民／八岁丧母，十三丧父／十六为人妇，三十寡居／四十岁带着她的好手艺／做了我的祖母∥这个半生迁徙／不识字，也不谙音律的女人／容颜尽失，青春不再／在窑庄的春色里／她以纺车为弦，以棉絮为出口／顺应着心跳和呼吸／只用一个抑扬的副词／道出她的艰辛……∥多年后，我满怀词语／从悖谬的命运里起身，在比她的棉线／更为绵长的忧伤中／不停地寻找着那最为恰当的语气／却是所有的表达都是欠缺的／都不及她当年的那声哀叹／更为准确

2009 年 4 月 21 日

诗人陈小素以回忆的视角，叙述了祖母一生坎坷的遭遇，并且重点描述了祖母纺车时的场景与神情，作品以祖母"当年的那声哀叹"作为情感的"爆破点"，给人以强烈的情绪感染力。作品语言朴素、简洁，修辞精准、有力，充满伤感情绪。

除此之外，诗人还为祖母创作了《其时》《何去、何从》《祖母》等几首刻画祖母形象的诗篇，表达了诗人对祖母的深切怀念，这些作品情调灰暗而沉重，同时显示了诗人对祖母及窑庄的记忆也是灰暗而沉重的。

对于自己的母亲，陈小素有着天然而深厚的亲情认同。但与祖母相类似，母亲也饱尝生活贫穷与艰辛的滋味，尤其是母亲在中年时候就遭受丈夫去世的沉重打击，此后一直一人在窑庄孤苦地生活。诗人在《牌坊》一诗中为我们刻画出了一位孤苦母亲的形象：

牌 坊

这个词给你 / 在那残垣断壁之上，日升、月落 / 几十年不曾说出的苦和孤寂 // 有多少青春经得起时光的剥蚀 / 二十为人妻，五十孀居 / 在低矮的屋檐下 / 耕作、浆洗、挑灯引线 / 在一个人遗留下来的气息里 / 安度晨昏 // 目光穿过门前的暮色、菜畦、石板路 / 情景都不是旧时的 / 那恍惚的身影、被风扣响的门环 / 让灰烬复燃 / 又重回到无边的沉寂 // 如今，你只用你的古稀之年 / 与窑庄一起残缺着、破碎着 / 仿佛一缕轻烟 / 风一吹，就将消逝

诗作运用简洁的语言与鲜活的意象，生动地描述古稀之年的母亲一人独守窑庄的凄凉晚景，同时成功塑造了母亲勤劳、坚贞的传统女性形象，令读者在对诗人母亲的深切同情中又禁不住肃然起敬。

除《牌坊》外，陈小素还创作了《秋风起》《篱上花》《陪母亲去乡下看她的姨娘》《故衣铺》等几首描述母亲形象的诗篇，这些作品同样情调灰暗而沉重，为诗人的"窑庄记忆"增添了灰暗而沉重的情感色彩。

诗人陈小素对姐姐、祖母与母亲这些女性亲人形象的描述总体看来虽然情绪忧伤而沉重，但还有所节制，相形之下，她对父亲形象的描述与刻画，以及对父亲的情感表达可以用毫不节制、波涛汹涌、情深似海这样的词汇来加以概括。这一方面源于女儿对父亲的天然依恋之情，而更重要的原因是由于诗人的父亲英年早逝，使得诗人在青年时代便永失父爱，心灵深处留下了难以抹去的伤痕。因而，诗人笔下任何与父亲有关的形象描述与往事回忆都带有浓厚的情感色彩，且作品的情感基调以悲伤、痛苦、沉重为主体。2010年的清明节，诗人怀着对亡父的强烈思念之情，写下了清明思亲的诗篇《祭父帖 又是一年》：

祭父帖 又是一年

又是一年 父亲 / 我在你的坟头上坐着 沉默 / 旁边的榆树一年壮似一年 / 在头顶上呼呼生风 把白云推得好远 / 这多么好 庭前有树 屋后灌木成林 / 和窑庄大体相似 // 身下的泥土温润 高处天色湛蓝 / 像小时候坐在你怀中 / 顺着你的手指去认知那些未知的 / 父亲 现在我顺山势 / 望远处的新绿一团一团地 / 覆盖过村庄 覆盖着依稀间露出的屋顶 // 这个春天 雨不打杏花 / 但我坚信这绿色一定是从这里流下去的 / 像一条河 这么多年 / 窑庄在下游 你在上游 / 呼应着 从不曾离去

2010 年 4 月 5 日

诗人采用第二人称的叙述方式，与父亲展开想象中的一种精神对话。作品以质朴、细腻的笔法，描述了父亲坟地周围绿意盎然的春日景象，饶有意思的是，诗人有意无意地把父亲坟地的四周形貌与他生前生活的"窑庄"进行对应性的联

想:"这多么好庭前有树屋后灌木成林/和窑庄大体相似。"而在结尾处,诗人这样写道:"窑庄在下游你在上游/呼应着从不曾离去。"这便在意识或潜意识层面,表明诗人对父亲的情感与记忆是与其对窑庄的情感与记忆融为一体的,或者说是合二为一的。更准确一点地说,父亲形象是窑庄形象的人格化,而窑庄形象是父亲形象的物化。由此可见,诗人对父亲的深厚情感,与她对窑庄的深刻记忆是紧紧连接在一起的,二者不能分离。

写完《祭父帖　又是一年》之后,在前后一个月左右的时间里,诗人陈小素一口气写下了12首怀念父亲的系列"悼亡"诗篇:《祭父帖　抚摸》《祭父帖　酒三杯》《祭父帖　堪忧》《祭父帖　此去》《祭父帖　伤逝》《祭父帖　替代》《祭父帖　暮色降临》《祭父帖　炊烟》《祭父帖　泥土》《祭父帖　途中》《祭父帖　空着》《祭父帖　愧疚》,以想象中的父女对话的方式,从不同角度刻画出父亲贫穷、正直、坚韧、乐观、慈爱的人物形象,抒发自己强烈、深沉、刻骨铭心的思父之情。诗人笔下的系列"悼亡"诗篇,不但在文本数量上自成规模,而且想象丰富、出色,艺术品质上乘,情感真挚、深沉,字字句句打动人心,堪称篇篇精品,在同类题材与主题的作品中,迄今为止,不但在整个"长治诗群"内部称得上冠盖群雄,就是放在当今国内诗坛上来看,也称得上佼佼者之一。这一点,不仅可以佐证陈小素笔下的"窑庄叙述"具有很高的艺术品位,也是陈小素可以被认定为国内优秀女诗人的有力证明。

下面,我们选择诗人陈小素"祭父帖"系列诗篇中的若干首诗篇,来进行简要的鉴赏与解读。

祭父帖　抚摸

你不说话　我也不说/父亲　我们隔着黄土/一起听风　看树顶上的巢穴/一只喜鹊飞进又飞出/忙碌得像你生活的另一种//身下的草已经返青其间遍生着/星星似的　蓝紫色的鸡冠/父亲　从你在窑庄的门前/第一次把它指给我　我就爱着/甚至固执地认为/没有它就还算不得春天//此刻它们在风中摇晃/顺风势起起伏伏/如同你伸出的手掌/用这种无力的方式/抚摸我

2010年4月5日

这首诗用一种喃喃自语的独白方式,呈现了诗人关于父亲的春日记忆。作品通过"喜鹊飞进又飞出"、花草生长的春日场景描写,来表现诗人对父亲的温情记忆与美好印象,结尾处诗人用此刻花草"在风中摇晃"的细节描写,产生父亲"用这种无力的方式/抚摸我"的心灵幻想,以此揭示出父女之间阴阳两隔后父爱的有心无力,此刻诗人说话的语调温柔而无力,内在包含的失去父爱的深沉哀伤，令人潸然泪下。

祭父帖　此去

　　再多的留恋也是枉然 / 父亲　那么多你未完成的爱 / 在召唤 // 几世修来的缘分 / 才有这骨肉相连的疼惜 / 时光飞渡 / 而牵念始终是缓慢的 / 让窑庄渐至虚无　让疼痛渐至于麻木 / 让这无边的清冷和孤寂 / 像那夜的死亡 / 在多年后都如此般合乎情理 // 我不回望　也决不轻言那些悲怆之词 / 一滴泪未经流出就已经干涸 / 二十年相守修来的默契 / 让我更愿意用背影来缝合这心碎 / 与不舍 / 父亲　这是你给予的姿势和钙质 / 当命运来临　惯于逆风而行 / 当爱用尽了　一粒泥土 / 就是窑庄当年的芦席

2010 年 5 月 4 日

　　这首诗依然采用心灵独白的方式，表达诗人对父亲的"骨肉相连的疼惜"之情，诗人对父亲的离去始终难以接受，她的内心是极为痛苦的，以至于产生人生虚无的生命负面体验。诗人故意用一种表面坚强的说话语调，表示自己要学习父亲的坚强品质，以摆脱自己沉浸于思念父亲的悲伤情绪，但诗人的悲伤仍然在话语缝隙中鲜明地流露出来，让读者感觉心情沉痛。在诗中，诗人对父亲的牵挂与对"窑庄"的情感再次叠加在一起："让窑庄渐至虚无"，"当爱用尽了一粒泥土 / 就是窑庄当年的芦席"，至此，父亲的生与死，均与"窑庄"结下一种宿命的缘分。

祭父帖　替代

　　交谈的方式何其相似 / 父亲　如果可以　就让当年的油灯　土炕　小火炉 / 替代这黄土　清风　扬起的尘沙 / 我在炕头上睡下 / 你饮热茶　母亲穿纳着她的麻绳 // 我们的话题也换回去 / 让人间的小分歧　替代这大寂静 / 我身上有一生都填不尽的深渊 / 有你两条命也疼不完的孤独 / 父亲　让小聚欢 / 替代这大离散 // 让十指替代墓碑 / 让走失的声音重回到唇上 / 让你不曾道出的问讯我忍泪咽下的耻辱 / 都重来一次 / 让小悖逆　替代这大认同 // 父亲从你走后 / 我就开始模仿一头牛的秉性 / 用一根草里嚼出的甜 / 替代着大饥荒 / 就像窑庄用四壁替代了你的江山 / 就像母亲用自语替代寂寞 / 用她替代着你 / 拥有着生和死双重的身份

2010 年 4 月 24 日

　　在这首诗的开端，女诗人陈小素以异想天开的方式祈求往日时光重现，用质朴的语言，描述了父亲生前一家人温馨的日常生活场景，随后，诗人表示愿意放弃以前自己不大懂事与父亲发生的一些争执，祈祷父亲重新回到人间，让自己不再孤独，让母亲不再寂寞。在结尾处，诗人直面无情的现实，叙述了自己与母亲在"窑庄"替代父亲孤独而坚强生活的情形。作品以"替代"这一核心词语与动词意象，巧妙地串联起诗人内心的美好愿望，也串联起了父亲再也回不到人间"窑庄"的无情现实与诗人的深度遗憾，展示了诗人高超的修辞技巧，文本叙述者的语调貌似平静，实质内心伤痛，令人感动。

祭父帖 暮色降临

暮色降临了 父亲／远处村庄模糊 顺山已看不到一个人影／一只鸟叫着 回到树上的巢穴／——"该回去了"／你用这样的方式提醒我／／已不再轻易为这个世界所迷惑／而迷途、而忘返／而让你在雷霆或夜色来临之前／等 和呼喊／越是接近它的本色越让人觉得深不可测／／最初的无畏没有了 父亲／世界过于辽阔 而我／越来越只信任这寸土般狭小的疆域／开始像你一样 伫立在风中／期待着一双手敲响暮色里的门环／轻叩三声后起身／以示告别／父亲 黄土虽厚也比不得窑庄／即便成了废墟也还是温暖的／此地风高月远／要记得你一世不愈的夜盲／记得加衣、关门／记得天黑即安

2010 年 4 月 21 日

这首诗设置了暮色降临时诗人陈小素与父亲之间展开的对话场景，亦真亦幻，伤感的气氛不期而至。"该回去了"，想象中父亲叮嘱"我"回家的温情话语，激发了"我"内心深处对父亲的千般不舍、万分依恋："最初的无畏没有了父亲／世界过于辽阔而我／越来越只信任这寸土般狭小的疆域。"在这里，诗人失去父亲后的心灵脆弱，与她身上的"恋父情结"形成强烈的对照。诗作结尾处，诗人对父亲的叮嘱话语："此地风高月远／要记得你一世不愈的夜盲／记得加衣、关门／记得天黑即安。"语言看似日常、琐碎，却透露诗人对父亲的无限关心与爱恋，骨肉之情，感人肺腑。此外，"父亲黄土虽厚也比不得窑庄／即便成了废墟也还是温暖的"，诗人呼唤父亲重回人间的真情话语，再次凸显诗人热爱"窑庄"的情感与热爱父亲的情感紧密相连，反之亦然。

除了这十二三篇的《祭父帖》，诗人陈小素还创作了不少回忆父亲的诗篇，比如《垄上行》《那个黄昏》《碎片》《父亲的旧照片》，等等，这些作品再现与重温了诗人与父亲在一起的往日美好时光，呈现了许多感人的生活细节，表现了诗人对父亲发自灵魂深处的依恋之情，如同诗人在诗中所写的那样："追寻一个背影／就像一个病人寻求着她的良药。"可见父亲在诗人的生命中具有别人不可替代的精神支柱的重要作用，因此，诗人对父亲的一切有着最为强烈的关注与书写兴趣，父亲去世以后，诗人创作了《简历书》一诗，对父亲的人生经历予以了诗意化的总结：

简历书

　　他从春天里动身／风吹过桥梁／背影里道路弯曲／／一个被时间抛弃的人／没有月份，没有日子和时辰／只记得那年他五岁，所过之处／山是残山，水是剩水／饥饿和困顿中，一路春色黯然／／一片叶，一朵浮萍／流离中，一个地址变得模糊、被忘却／而途经的那些屋檐，正因为接纳／变得明朗／在多年之后被回忆，被确认／让故事慢慢失去了真相／／多么漫长。直到秋天尽了／古槐树的叶子簌簌落下／在窑庄，八斗谷糠的身价／就让这些被重新填写／籍贯、姓氏、一个人的身份／／而我是真实的，不可质疑地／承袭着你的韧力／在与你相反的方向一日千里／对命运的审核一次次说出幸福／像措辞、像你墓碑上刻下的简介／那么确切、却终因来路不明／而显得荒谬

　　在这里，诗人运用出色的意象运用与修辞能力，对父亲五岁开始流浪最后来到窑庄当上门女婿的坎坷经历予以了完整描述。作品言辞简洁，表达到位，充满词语的想象空间，诗人的说话语调始终平静而克制，结尾处的反讽语气其实在一个更深的层面表达了她对父亲英年早逝的无比痛苦，令人回味无穷。

　　简言之，诗人对父亲形象与父亲记忆的叙述，是其笔下"窑庄叙述"最为出彩、最为感人的部分，很大程度上，诗人身上表现出来的"恋父情结"是其"窑庄情结"的反映与折射，反之亦然。

　　"窑庄"人物是女诗人陈小素"窑庄叙述"的重要内容，但"窑庄"故事及"窑庄"景物也是其"窑庄叙述"必不可少的内容，唯有如此，诗人笔下的"窑庄叙述"在内容上才是完整的。

　　与诗人笔下"窑庄"人物描述的整体沉重情绪基调有所不同，其笔下"窑庄"故事的讲述相对而言则不是那么沉重，甚至显出一些暖色调，过去"窑庄"里诗人的亲人们与乡邻们普遍生活贫穷，大多遭遇不幸，但昔日贫穷的生活中总有欢乐的成分，因此，诗人笔下的"窑庄"故事叙述起来让人感觉有悲有喜，苦中有乐，感觉复杂，五味杂陈。

那年，那夜

　　那一夜，北斗隐在星群／我和他们隐在返回窑庄的夜色里／这些刚刚走下舞台的人／还被身后的掌声陶醉着／在风中拨响琴弦／在凹凸的乡路上踏着舞步／／那是我，一个最小的主角／光影陆离中，用他们称道的天赋／被那些台词重塑着／替一个沧桑之人说出的苦乐／仿佛那些喝彩和荣誉都与我无关／年少的蒙昧和困顿里／每一颗星都照着窑庄的屋顶／／那是宿命，从那夜深蓝色的背景开始／之后漫长的悲欢仿佛都是命定的／那些与我同行，把我

推向前台的人 / 他们不知道，半生过去了 / 曾经的面容已变得模糊 / 而我，在这些虚设的幸福里 / 依然卸不下脸上的油彩

根据作品的语境，《那年，那夜》叙述了少年时代的"我"在一个星光满天、天空蔚蓝的夜晚，与伙伴们（即诗中的"他们"）去外村演出，当时年龄最小的"我"扮演了戏里一个主要角色，"我"有表演天赋，台词说得很流畅，实际对自己所扮演的经历沧桑的人物角色缺乏体会，但我们的演出获得了成功，"我"和伙伴们在返回窑庄的路上还为台下的掌声陶醉着，大伙在凹凸不平的乡路上一边走着，一边拉琴、跳舞，无比欢乐，那一年那一夜的情景直到自己人到中年后，依然让"我"难以忘怀。诗人运用质朴、含蓄、诗味浓郁的语言，生动地描述了自己少女时代一段难忘的人生经历。作品意境优美，充满着乡村生活气息。作品前面两节的情绪调子比较欢快，后面一节（结尾部分）的情绪调子则比较伤感，因为诗人想到如今时光流逝，青春不再，年少时的伙伴们"曾经的面容已变得模糊"，最后在一种悲欢交加的情绪里完成少年往事的叙述，令人感慨良多。

与《那年，那夜》立意有些类似，《明月夜》一诗回忆性地描述了诗人青年时代在一个明月之夜，倾听几位男性伙伴谈论他们不幸爱情遭遇的情节与场景。作品场景描写细腻、生动，意境优美，但情调忧伤。而《楸树林》一诗则以"窑庄"里最为常见的"楸树林"为故事背景，同样运用生动地语言与意象画面，叙述了诗人少女时期因为吃醋而有意怠慢一位少年的青春情感故事，时过境迁之后，诗人内心充满某种莫名的惆怅情绪。相对而言，在对"窑庄"故事的叙述中，诗人对自己的情感故事（爱情故事）的叙述最富诗意、最为动人。在此，以《桃花红》一诗为例：

桃花红

我刻意为你保留的一段青春 / 在三月的枝头上 / 不娇，不媚 / 让风比我的身体更配拥有 // 一滴清露藏在蕊中 / 是蜜，是毒　都是你的 / 那时，有好蜂翻飞，我欲闭还羞 // 一朵活着的标本 / 在窑庄的篱墙上，一任经年 / 你来与不来 / 都享有碎的权利

2010 年 4 月 3 日

陈小素以"桃花红"为核心意象，运用简洁、精准、有力地语言，以内心独白的手法，生动地叙述了自己在"窑庄"为心目中的理想爱人（即诗中的"你"）苦苦等待的爱情故事。作品所讲述的"窑庄"爱情故事带有浓厚的悲情色彩，因为诗人在其中表现了一种伤痛的情感经验。

对比"窑庄"人物与"窑庄"故事的叙述，诗人陈小素笔下"窑庄"景物的

叙述呈现某种明亮的情感色彩，这主要因为"窑庄"风景秀丽，能够激发诗人热爱大自然的美好情感体验，即使是在她物质匮乏的童年与少年时代，秀丽、迷人的"窑庄"风景，也可以给诗人忧伤的心灵带来不少的安慰。

即　景

　　那个傍晚，风吹过右边的麻地／秋意兴浓／在窑庄的门外，我和身下的石头／一起在时光里沉默／／一只鸟出现了／仿佛庞大的背景只是它的独角戏／在古槐树的树顶上，它不停地跳跃着／叫声清脆／鹅黄色的羽翅美如虚幻／／那一刻，周边的田地芬芳／落日西沉，树上蓊郁的绿／远处隐现的屋顶，那如酒般的绯红／／仿佛要把失去的都一一唤回／那个傍晚，一只鸟用它曾经的轻狂／在窑庄的寂静里／径自抬高了它的声部

2009 年 8 月 19 日

　　《即景》以"窑庄"秋天田野里"一只鸟"为聚焦点，诗人陈小素通过对它的细致观察，对这只"鸟"的鸣叫声、动作和颜色以及周围的景物给予了形象、生动地描绘，作品具有鲜明、动人的画面美感，而且呈现某种温暖的色调。

　　不同于《即景》属于纯风景描写，诗人陈小素笔下的《一只莅临窑庄的狐》属于动物描写，可以归属于"窑庄"景物叙述范畴，我们现在来看看这首诗：

一只莅临窑庄的狐

　　那个晌午，我有幸与一只狐／在窑庄上相遇／从对面的楸树林里／它舞步优雅、神态安然／仿佛把一座窑庄置若闲庭／／那个晌午，风绕着窑庄吹／墙内睡着那些疲惫的人／头顶上浓荫蔽日，树下光影斑驳／倾听着鸟叫和田地里的虫鸣／依着古槐树粗大的树干，怀着对尘世的热爱／与这个不速之客，一起在时光里停顿／／几粒光斑落下／它皮毛光洁，目光清澈／一只在午后的寂静里莅临窑庄的狐／似乎从不曾看见过伺机的危机／也从不曾被尘世所打扰／娴静的样子／让我几乎把它视为同类

2009 年 8 月 12 日

　　这首诗以细致、冷静的观察眼光与叙述方式，生动描述了诗人陈小素眼中那只出现在窑庄上的"狐"的形象与神态，作品的语言表达老到、娴熟，节奏从容不迫，可谓气定神闲，令人印象深刻。

　　除了《即景》《一只莅临窑庄的狐》外，诗人还创作了《夜空》《彼时芍药》《楸树花开》《油菜之歌》《与一棵麦子在风中相望》《落日西沉》《四月槐花》等描写"窑庄"景物的诗篇，均富有优美意境，品位不俗。

　　综上所述，女诗人陈小素笔下的"窑庄叙述"整体而言是颇为精彩的，或者说从艺术层面来看是十分成功的。不过在此必须强调的是，诗人笔下几乎所有有

292

关"窑庄叙述"的作品,都带有比较浓厚的伤感情绪,体现出传统女性的情感色彩,在此举出《不遇之诗》一诗为例:

不遇之诗

你所看到的窑庄已被蚕食殆尽 / 那些不被驯服的蛮荒 / 日日都像在索命 / 只有我们缓慢、柔软 再大的慈悲也抵挡不了它们的疯狂 // 那些深夜里降临的雨水 / 剥蚀灰色的屋顶、破损的墙壁 / 也剥蚀我们心脏的包膜 / 你所看到的窑庄已盛不下人世的温暖 / 傍晚时分 只有落日盛大 草木繁茂 / 野青茅头顶白冠 楸树花簌簌落下 / 自然里叛逆的一种也有着悲壮之美 // 而你未遇的人流离失所 / 她在红墙琉璃下藏身 却终日里心绪难平 / 梦想着有一天绝尘而去 在窑庄上结草为庐 在树皮上写诗 在泉水里沐浴 / 累了 就像一只蜥蜴 睡在门前的石头上…… // ——多少年了 我们妄想过的锦绣 / 就像一块补丁 / 在我们日益起伏的胸口上

2012 年 8 月 4 日

作品采用自我对话的方式,以精致而有力的修辞,通过描述诗人一系列的心灵幻象,呈现窑庄的颓败命运与荒凉景象,充满着无限忧伤的情绪。

而在《夜空》《亲爱的燕子》《天高月小》《楸树花开》等有关窑庄昔日景象与当下颓败命运的叙述诗篇中,均弥漫着一股带有强烈女性色彩的浓浓忧伤情绪,从中体现女性的情感与心理特点。

从陈小素耗费大量心血与才华展开的"窑庄叙述"中,可以看出,诗人在故乡窑庄投入了全部的身心与情感,包括她最热爱的亲人(以父亲为代表),与她自己刻骨铭心的爱情,都是与她的"窑庄记忆"紧密相连在一起的。因此,对于诗人而言,"窑庄"已经成为她生命情感的寄托之所在,是她漂泊人生的精神停泊地,她的诗作《古槐之诗》为我们给出了答案:

古槐之诗

枝叶蔓延,覆盖了整个庭院 / 这断裂的墙壁、低下来屋檐 / 这沦陷、破碎 都使人心生敬畏 // 一粒种子,在窑庄的泥土里 / 穿越数百年 / 才有这样的葱郁和繁茂 / 来见证这人世的无常,和繁华过后的沉寂 / 你的少年是元曲的 / 只有沧桑才在我的诗篇 // 当他们远走,不复回返 / 当窑庄空空,檐下的炊烟飘逝 / 我走近你的脚步是轻的,呼吸也是轻的 / 当火焰成为灰烬 / 当一颗不甘的心盛满了漂泊的悲凉 / 只有你,呼应着地上的苔藓 / 像一个故人,等待着一只疲惫的蝶 / 重返这个她曾经如何背弃 / 如今就将如何抵达的立身之地

2009 年 4 月 19 日

陈小素将故乡"窑庄"最庄严的"古槐"作为抒情对象，以仰望与依偎的姿态表明自己对"古槐"的皈依态度，诗中明确告白，"古槐"就是自己在经过漂泊命运之后最终应"抵达的立身之地"。

在《稻草》一诗中，诗人通过"稻草"形象的怀旧式描述，直接向人们坦白她的写作意图：

几十年它黄了又青青了又黄／意义只有一个／那就是引领这个迷茫之人／不停地往返于旧的时光／并试图从中获得一根救命的稻草

诗中的"这个迷茫之人"就是诗人的自我指认。诗人在此明确交代，她对"窑庄"的反复怀旧行为，就是为了获得自身的心灵拯救。于是，"窑庄"作为诗人精神家园的重要意义就呼之欲出了。

"窑庄"之于陈小素的写作意义与诗学价值，河北实力派诗人北野在一篇具有人物印象记色彩的评论文章《陈小素是谁？》中，通过诗意化的文字进行了比较到位的评价，特从文中摘录几段文字与读者分享其观点：

陈小素安静得像一个灰色的谜语，一片乡下的夜幕，在心理上，她是一个痴迷寂寥的人。也许，我们不必非把一个固定的城市或乡村指给她去生活，也许她就是埋头其中的任何一个人，偶遇或擦肩而过，她都不会引起别人的注意；那些厌倦了现实处境的衰落的村头，那些喧嚣华丽但心理空间狭小的街衢，好像都有她的身影，但她好像又始终不在那，她仅属于窑庄。扫净道路，空着屋门，只用一个身影，走在无垠的山水林荫之间，像一团明媚缥缈的云雾。

陈小素似乎一直就是这种状态：内心寂静，尘世恍惚，即使偶尔有明山秀水、风清月白之感，她仍然无法抓住自己漫游在窑庄旷野上的身影；回忆与徘徊，寻找与漂泊，想念与抚摸，处在消逝与新生之间的不可名状的生活，陷于物质气息充沛和混生着浮世图景的复杂现实，大地上一切繁荣和衰败的事物与窑庄之间所发生的任何细枝末节，都让她对自己和命运产生困惑、羸弱、感恩和垂怜的心情。

人生的激情和信心也许不都是来自生活的意外回馈，那些被荒废的绝望和美，那些隐匿的身体和泥土中永远无法再获解救的亲人，那些被虚设的星辰压住的道路和奔走在途中但又毫无希望的命运，都在陈小素的心灵世界里构成了另一幅精神图景，它们"饱满又虚无"，有着落日下浩大无声的宿命感和"悲壮之美"。

这些，是陈小素的诗歌世界，而这一切，都是以窑庄为背景。在陈小素的心里，窑庄是一册巨大的地理之书和精神之书，这个"纸上的城池"，众生繁忙如蝼蚁，或者它根本就空无一人，或者只有她一个人在坚守，在时光和星芒交集穿越的天空之下，她用一个人的身体，要活出几代人的命运和背景。甚至她曾试图成为它们中的一部分"平庸、不完整，却心有所依"。普通的归宿和隐喻式的文字，让她不断减弱着一个人生活在尘世上的虚荣和野心。

在一个极其私人化的隐秘生活和心灵世界里，诗人的写作与公共领域的百般冲突又总要在流逝的岁月里无情地发生，它们持续不断，像幽灵的阴影反复扑进身体。而陈小素却在生活中感受和接纳了这些，她慢慢地磨碎它们，重新修补、建筑和还原它们。作为大地上的一个地理标志，"窑庄"亦虚亦实，亦幻亦真，如同一个时光废墟或精神堡垒，它们中间始终住着一群与陈小素息息相关、永生不灭的人物，这些人是她的亲人、邻居、童年伙伴或先辈，或者还有山水草木和不断改变着面孔的万物，它们来路不明，结局模糊，构成了窑庄内外一片混沌不清又魂牵梦绕的尘世。而这就是陈小素出生、长大和频频回首的地方。①

应该说，称得上陈小素诗歌知音的北野，对陈小素的诗人形象、人物心态的描述与把握是准确到位的，对"窑庄"之于陈小素诗歌写作的重要意义的评论与阐述也是很具说服力的。

山西长子籍知名评论家、诗人师力斌作为陈小素的老乡，他在一篇评论文章中对诗人笔下"窑庄"的诗学意义给予了更具深度的阐释：

陈小素的诗歌超越故乡这样的地理范畴。如果说她的窑庄系列是故乡之诗，是地域之诗，那也是形而上学意义上的故乡，是哲学意义上的故乡。"窑庄"的功能更多地负责激发诗人的灵感，负载诗人的生命记忆和人生理想。窑庄，是一个难以忘怀且难以抵达的哲学和审美所在，而非地理名词。在阅读中我感到，陈小素的窑庄所承载的生命含量生命记忆是超重的，肿胀的。陈小素几乎将全部的心血贯注到窑庄之上。这里是她的天堂，也是她的炼狱。②

客观而论，师力斌的观点不是对陈小素"窑庄"叙述意义的"人为拔高"，陈小素本人曾在《还乡书》一诗中这样写道：

窑庄静默，仿佛一座风中的教堂

除此之外，我们还可以在诗人的《小酒馆》（2014）、《山中慢》（2015）等作品中真切感受到诗人在城市中无处安身的强烈精神乡愁，由此可见，在陈小素的心目中，"窑庄"不仅仅是她的物质与地理意义上的故乡，更是她心灵与灵魂意义上的故乡，是她的一个精神家园，具有生命、宗教与哲学等多重深刻的含义。

---

① 参见北野的博文，2012 年 12 月 24 日。

② 师力斌：《人在太平，心在乱世》，原载《精卫鸟》2011 年第 3 期。

总之，陈小素在她以"窑庄"为主体的乡土叙述中表现了非凡的艺术才华与精神品位，获得过燎原、郁葱等国内著名评论家与诗人的高度赞赏。陈小素有着出众的修辞能力，在艺术风格与美学趣味上较为丰富、开放、包容，能够比较有机地融古典、浪漫、现代于一炉，尤其是她创作态度严谨，毫无浮躁与功利之心，非常难能可贵。陈小素称得上是 21 世纪以来中国当代优秀女诗人之一，虽然她目前尚未引起诗坛的广泛关注与高度重视，但她风格独具的诗歌创作足以为"长治诗群"增光添彩，值得人们尊重，更值得人们对其未来的艺术创造抱有更大的期待。

二、古典与浪漫的女性自我抒情

虽然长治籍女诗人们大多具有乡村背景，但其中很多人并不像陈小素那样主要将艺术兴趣投入在乡土叙述上，而是侧重将其审美关注点集中于自我的生命体验与内心世界，并对之予以古典情调与浪漫风格的审美表现。其中，周广学、张奕、郭玲燕、妙真、青女、夏微、秋日静好、桑小燕、和飞燕等女诗人较具代表性，下面结合她们的有关作品，对她们的诗歌创作特色分别予以简要论述。

（一）周广学：按照心灵的指引用审美意象建构爱的世界

周广学，20 世纪 60 年代后期出生，山西长治市屯留区人。在学生时代，其诗歌处女作《假如》发表于当时在全国颇具影响力的《太原日报》"双塔"副刊上，从此开启了她的诗歌创作生涯。2005 年，《诗四首》发表于《诗刊·下半月刊》"新星四人行"栏目，标志着周广学诗歌创作一次非同寻常的突破。此后，其诗作陆续在《诗刊》《诗选刊》《诗探索》《诗歌月刊》《星星》《中国诗人》《诗潮》等国内重要诗歌刊物发表，并多次入选《中国年度诗歌》《21 世纪中国文学大系·诗歌卷》《中国诗歌年度诗选》等年度选本。曾获山西诗歌大奖赛银牌奖、《黄河》优秀诗歌奖、首届"上官军乐"诗歌奖新锐诗人提名奖、中华散文网第二届中外诗歌散文邀请赛诗歌类一等奖等多种奖项。出版有诗集《含泪的花期》《周广学诗歌精选》《零的抑扬顿挫》《掩藏着鸟鸣》。系中国作家协会会员、晋城市作家协会副主席、山西省作家协会诗歌专业委员会晋城分会副主任、中国诗歌学会会员。现居山西晋城。

在长治籍女性诗人当中，周广学称得上是一位资历颇深的诗人，她出道较早，20 世纪八九十年代即开始诗歌创作，进入 21 世纪以来，其诗歌作品开始受到越来越多的关注，在国内诗坛产生了一定的影响。

周广学的诗歌创作具有较高的风格辨识度，从其诗歌表现的主要思想内容来看，可以看出诗人致力于表现爱与美的主题，尤其是倾心于表现爱的思想主题。诗人笔下的爱，有其丰富的内涵，体现在对包括亲人、恋人、自然、生活与生命在内整个世界的热爱态度上。诗人在《我爱高山也爱大海》一诗中如此坦白她对整个世界的热爱态度：

我爱高山也爱大海

　　我爱高山也爱大海。／我爱他们。／爱，在我的生命中不止一次。／／前一次埋了起来／我在它拱起的土堆前／立下碑："永远……"／／深夜里的光／醒着的悠长缓慢的痛苦／照亮了我的认知。／／尽管那只是原始人的洞窟里／流出的／小兽的血。／／你不再需要我。／这种真切摇落一树鲜嫩的叶。／一场雨过后，／／残留的水珠／"簌簌簌"，惊动着／滑落着，在黑下来的四处……／／我是很低的。是粗陋的。／一块泥巴攥紧了根本。／在够不着你的地方，／／我说："永远——／我敬畏你／心疼你。"

2006 年 4 月

在这首诗中，诗人以内心自白的方式，以真诚、谦卑、敬畏的姿态，抒发了她对自然、人类、生命发自灵魂的热爱之情。在诗中，诗人的自我姿态摆得很低，由此衬托出她对爱的崇拜与敬仰之情。

诗人对这个世界的热爱情感是通过对自然万物以及自我生命的用心观察与深入体验而呈现的，而她获得的幸福体验，就是诗人热爱世界与热爱生命的有力证明。《有一些隐秘的幸福》就是这样的典范性文本：

有一些隐秘的幸福

　　有一些隐秘的幸福／在纹理繁复的世界上／悄悄流动着／／它们像叶芽一样细小／即使画笔也无法说出它们起伏的色泽／即使诗句也无力点破它们变化的细胞／／它们来自石头轻柔的低语／来自草丛中飞溅的虫儿／或者来自一些宁谧的空白／它们穿过我／（和另一些简单的人）／沿着血液的网络震颤／它们将穿透我的生命／（和另一些生命）／从这头涌向那头／／当我们依次化作泥土／它们也一次次藏入泥土／我们不呼吸，它们仍然流动／将欢乐注入大地上的／花、树、水、粮食

2004 年

这首诗运用女性的细致观察与想象力，通过叶芽、细胞、石头、草丛、虫儿、血液、泥土、花、树、水、粮食等一系列接地气的意象，生动、有力地表达了诗人对自然与生命本身的热爱与幸福体验，作品情感纹理细腻，层次清晰，意境优美而动人，展示了诗人心灵世界的美好与辽阔。

在周广学那里，幸福的体验与爱的体验往往融合在一起，从逻辑角度来看，

爱是因，幸福是果，但在诗人实际的生命体验中，爱与幸福互为因果，彼此印证，合二为一，诗人内心无尽的爱，展示幸福的感觉绵绵不绝，正如她在这样的《幸福延伸着》一诗中所写的那样："这样的幸福延伸着／河水一样潺潺，流岚一样／缭绕于山间……"在这里，河水、流岚、山间这样的大自然意象，形象、生动地呈现诗人内心幸福绵长的感觉。

诗人在爱以及美的面前（在女诗人这里，爱与美往往高度融为一体）常常展示一种卑微、敬畏、孤独、痛苦的姿态，表现诗人对爱的推崇、感恩、执着追求以及求而不得时倍感失落的复杂心态，《我的诗歌里，常有的那种……》一诗便是这种复杂的爱之心态的诗性告白：

我的诗歌里，常有的那种……

我的诗歌里，常有的那种缓慢的力量／是因为里面的泪水总是憋得很久／／可是每次泪水都会／跌跌撞撞走出来／反复浸润，然后涉过／坑坑洼洼的词语／泪，泪，泪地／我熟悉它孤独的声音／／如果很多年以后／——假使我已经变成泥土——／而它在我的诗歌里／变得流畅，或者竟至于欢畅／它叫作河流，成为蜿蜒的风景／／如果你能看见它泛起的光／溅起的银珠／它不息地涌动的身影／和它的水波里映现的／／我的每一个含露的早晨／每一个如丝绸一样颤动着／在上帝的手中徐徐抖开的夜晚／我的每一片草叶／每一株迎风摇曳的树苗／甚至每一朵带刺的玫瑰／／你会知道：／我曾经多么热爱那一切／热爱欢悦和痛苦的生活

2016 年

"我的诗歌里，常有的那种缓慢的力量"是该诗的主题句，根据全诗的语境来看，具有"诗眼"地位的关键词语"缓慢的力量"喻指爱的力量。作品运用了泪水、泥土、河流、蜿蜒的风景、银珠、水波、含露的早晨、草叶、摇曳的树苗、带刺的玫瑰等一组具有生命与自然色彩的意象，并且展开丰富、优美的死亡想象，暗示了诗人一生追求爱的执着与痛苦的心路历程，凸显爱本身作为美好心灵风景的重要精神价值。这首诗俨然是诗人的一幅灵魂自画像，传达了她热爱生活、热爱生命的动人心声。

尽管在追求爱（爱在此包括广义与狭义两个层面的含义）的道路上常有挫折，诗人内心对爱始终持有一种敬仰的态度，因而，她笔下的爱之体验常常充满一种庄严色彩，《那种暗中传送的力量》便是这样的代表性文本：

那种暗中传送的力量

穿过漆黑的隧道，那词语里暗含的声音／拱破坚硬的地壳，那声音里携带的词语／那种暗中传送的力量，锐利的箭矢／／准确无误，我心中郁结

的饥渴被射中／一粒种子被埋下，一朵花蕾／微微颤动。……那来自∥远方的光芒和地心的火焰／被我红彤彤地，一再紧握／但它们不会过多地停留。它们将∥沿着我的血液绽放，高贵如牡丹／沿着我的骨骼升高，参天如古木

2005 年

在这里，诗人周广学运用充满心灵幻想色彩的超验意象，并使用精准、有力的语言修辞，呈现带有某种宗教意味的爱之体验。作品节奏紧凑，语调庄严，画面鲜明，亦真亦幻，达成了一种诗与画、现实与梦幻奇异结合的浪漫、唯美的艺术境界，令人回味无穷。

一般而言，周广学笔下的爱情书写呈现明丽、单纯、直率、质朴的艺术风格与审美情调。诗人在追求美好爱情的过程中，即使有时遭遇孤独、痛苦、忧伤，但她始终保持着"我要歌唱而不是叹息"的积极态度。尤其在诗人的笔下，爱情整体上呈现明丽的色彩，让读者强烈感受到爱情的美好本质。我们在此举诗人的爱情诗篇《你宽阔的额头亮在高处》为例：

你宽阔的额头亮在高处

你宽阔的额头亮在高处／可是没有人洞悉我们婚姻的秘密／你思想的美髯一茬茬地生长／也不会被他人特别留意∥唯有我享受着其中醇厚的甘甜／当然爱是一颗内核／可是它被风吹透雨淋湿怎么办／它长出可怕的牙齿怎么办／二十年的时间／我们不断地打磨它修葺它／我不能不称赞你是理性的典范∥你以金属的刚韧纠正我的任性／又让自己的过失毅然回过头来／消融在敦厚的天性中∥我们的房间／拖布清洁着地板／每当矛盾沉入寂静／我们总能从这日常的劳作中／听出朴素的音乐∥这样的情形越叠越厚了：／我擦干眼泪回到你的怀抱中／以至于幸福能够将细密的根须／牢牢地扎在里面

2014 年

这首诗运用日常、亲切的语言与意象画面，生动叙述了诗人二十余年的婚姻生活场景与夫妻关系，刻画了自己爱人明亮、刚毅、包容的完美形象。作品叙述娴熟，结构自然，情感色彩明亮、温馨，如同诗人将"你宽阔的额头亮在高处"这一充满阳刚、唯美色彩的爱人身体意象，设置为作品标题所喻示的那样。

明丽可以说诗人爱情诗最为鲜明的一种艺术风格与审美情调，与之对应的则是单纯、直率、质朴的艺术风格与审美情调。诗人在表达其强烈的爱情诉求时，常常体现与她年龄不相对称（诗人实际上并不年轻）的少女般单纯、天真、可爱的心态，使得其情感表达充满着活泼的青春气息。《我期待着这样一个时刻》就是这样一个爱情文本：

我期待着这样一个时刻

我期待着这样一个时刻／远方的园林将它／繁复细致的花纹移到我面前／一只美丽的豹子在里面／轻轻 撕咬着自己的尾巴／人类最天真的语言／被我说出——／"让我嫁给你吧？"／尽管已带了弯曲的问号／或者，还要加一圈／染着夕阳红的篱笆：／"只这一刻。"／／我已经很大胆但还是／暴露出天性中的／小心翼翼……／而我期待着

2005 年 11 月

该诗通过虚构"美丽的豹子"这样一个充满魔幻色彩的身体欲望意象，来设计一场关于爱情的想象性自我对话。其中，诗人在爱情面前欲说还休的少女天真、害羞、大胆、小心翼翼等微妙心态，得以生动地表现，令人印象深刻。而在《让我从你们中间疾步走过》一诗中，诗人在追求爱情过程中少女般的单纯、喜悦、坚定心态同样令人印象深刻：

小小的，你们不要在这里闪烁／我所抵达的是明天的光芒／／你们这些鳞片的喜悦／波浪的拥挤／止不住的言语／请等一等／／——谢谢你们给我的温暖／可是我怀着一颗殷切的心／我的额头迎向远方／请让我从你们中间疾步走过

这首诗通过诗人（即诗中的"我"）与河流中的鱼儿（即诗中的"你们"）展开一场想象中的精神对话，以鲜明生动的意象画面，表现了诗人去远方寻找爱情的美好憧憬。作品想象丰富，节奏轻快，情调明丽、温暖，有着童话诗篇般的意境与韵味。

青年评论家董晓可在一篇评论周广学诗集《掩藏着鸟鸣》的文章中，曾对这首诗进行过比较细致的解读与比较精彩的阐述，兹引用其中的片段文字：

《让我从你们中间疾步走过》是周广学组诗《最高的乐趣》中的一首，以这首诗为切口，我们或许能窥探到诗人的少女之心，这首先体现在独特的语言上。那么，这究竟是一种怎样的语言呢？"小小的，你们不要在这里闪烁／我所抵达的是明天的光芒"，只此一句，我们便可触碰到诗歌语调的灵动性和跳跃性，这种诗语无疑蕴藏着林徽因"是爱，是暖，你是人间的四月天"式的轻灵。这大概就是所谓的少女之心，像一只高翔于蓝天之上的风筝，荡漾着青春的气息。……

然继续细品这首诗，我们逐渐感受到了其明丽之外的另一种气质。且看，"你们这些鳞片的喜悦／波浪的拥挤／止不住的言语／请等一等"，为什么会有这样的韧性，因为"我的额头迎向远方／请让我从你们中间疾步走过"，这样，我们就能感受到少女的任性，因为她并非单纯或浅俗之

300

人，而是心怀理想、憧憬未来的。我想将这种坚定的情思称为"阿赫玛托娃式的别样执拗"，因为我们从中可以看出一种自信，一种从芸芸众生高傲地疾步前行的执着，似乎谁也没有理由和权力阻挡这种少女的笃定。哲学家维特根斯坦曾言，想象一种语言就意味着想象一种生活方式。那么我们从这种明丽、跳荡又任性十足的语言风格中能读出些什么呢？从众所周知的鲁迅"娜拉走后怎么办"的质问到爱丽丝·门罗小说《逃离》中女主人公的折戟而返，我们可看到诸多作家在接触到生活这一实质性的话题时，选择了让女性走向理性和妥协。因而，当我们从周广学诗歌中仍能读到诸如《爱情谷》《欣月童话》《爱情假装在前面》《身为你的妻子》《两座心室》等数目并不少见的少女的纯真、烂漫与执拗时，我们应为诗人在艰难世事仍然葆有一颗坚定的青春之心而感动。因为这已非李清照式"轻解罗裳、独上兰舟"的无忧无虑，而更多承载了被数十年时光打磨已然拥有"绿肥红瘦"的情感体验后的纯净与高傲，这大概也是其少女情思最触动人心之所在。[①]

应该说，青年评论家董晓可对女诗人周广学在爱情面前的"少女情思"（我把它称为"少女心态"）的发现与把握是很敏锐和到位的。的确，正是由于诗人持有的这份在时间与命运打磨中执着不变的少女心态，才使得她对生活、自然、生命本身一直怀有持久的内在激情与心灵敏感。比如，在别人眼中平淡无奇的日常生活，因为诗人富有一颗对爱与美的敏感之心，而时常闪耀诗意的光辉。《日常生活》便是此方面的症候式文本：

日常生活

温馨的橘子／散落在餐桌上／眨着一瓣又一瓣的眼／／院子里，街市上／浓郁的花香弥漫／／风，斜斜地传递着／／心灵的储藏室／长出碧绿的叶片

在这首短诗中，诗人撷取了一个日常生活片段，通过"温馨的橘子"意象画面描叙与联想性场景呈现，表达了诗人对生活的热爱之情。

毫无疑问，爱是女诗人周广学诗歌创作思想情感的主旋律。诗人曾在《幸福》一诗中，坦诚地向世人告白她对爱执着、坚定的思想追求：

幸 福

我的脚步留在了地上／屋里屋外——简单的循环将时光拉长／／吃粗茶淡饭。听微风在花瓣间呢喃／阴柔的树荫，缓慢转动着四面八方／／感谢神的

---

① 董晓可：《鸟鸣声中的三颗露珠——读周广学诗集〈掩藏着鸟鸣〉》，原载《太行文学》2019 年第 4 期。

提醒：后退一步。／当人群那欲望的气球碎裂在天空／我这里剩下了澄明的空气／剩下了大地与山川的花纹／／提前到来的傍晚显得悠长／我在河边漫步。消隐了爱／我在爱之后捧着爱／当我抬头瞩望远方／夕阳的余晖，宁静而辉煌

2012 年 3 月

在诗中，诗人用了平和、宁静的语态，叙述了她的日常生活方式与生存情景，作品节奏从容不迫，意象画面美丽、澄明、温暖、辉煌，辉映着诗人一颗渺小而博大的爱心，表达了诗人灵魂深处因爱而生的强烈幸福体验，给人以审美的沉醉之感。

此外，在诗人 2011 年发表的组诗《生命中有更美好的》（由"最初的记忆""我喜欢这些名称""夜幕往下落""中途""板山留影""母亲"等六首诗构成）中，诗人用质朴的语言与意象表达了对曾祖父、母亲以及往日生活场景的回忆、追思与依恋之情。而在《深秋的杨树林》（发表于 2017 年）一诗中，诗人通过对杨树林落叶画面的生动描述，表达了她热爱自然的真挚情怀。

在诗人所有表现爱情主题意向的作品中，《在林间》（组诗七首）是一个极具特色的诗歌文本，这组诗由七首诗构成，分别由绿、橙、青、赤、黄、蓝、紫七种色彩来做标题，对每一首诗的表现内容进行命名，且从不同角度、不同内容来表达对爱情的认知与态度，且引全诗如下：

绿

1

自树梢，斜斜地漏下红色的霞光／叶丛里层层叠叠，掩藏着鸟鸣……

2

我提着篮子／来到屋子后面一处崖岸上／用镰刀轻轻，将崖壁上那榆树的枝条／钩过来／／深绿的榆叶沙沙作响／淡绿的榆钱儿，闪着一串串阳光

橙

1

遥念你的名字，我的眼里涌起秋意／／你是我流落人间的珠贝／你是我仰望的圣人／／晶莹。真切。绝对／／你是我今生的一个梦／你是我深处永久的疼痛

2

站在黄昏诗意朦胧的门口，你耐心地等着我……／／街市上华灯初上，车马尚未停下它们的喧哗／你高高地站着，铺展开你那宽广的微笑／覆盖了这一切。像一块温厚华美的毯子／一直铺展到我远远赶来的／轻快跳跃的脚步之下……

青

1

我已经离不开植物，就连系着围裙在灶间忙碌的时候／也不能不时时地停下来，将目光望向窗外／夏季，三白叶在畦里一日比一日茂盛／柳树保持着袅娜的身姿，让风路过时／韵味无穷。它们一起陶醉／只是那一盘，长满冬青和各色花卉的／花坛，在去年秋季的某一日／突然没了踪影……

2

我爱树胜过爱花。我追问自己，这是为什么？／是否树更为质朴，单纯，健壮，更为野性？／一天夜里，我散步到植物园／朦胧的灯光下，望着一棵大树的树冠伫立良久／……它浓厚的沉默有着说不尽的味儿

3

当我被一些嫩枝弱叶牵住裤脚／我几乎要被绊倒——／是月季！它暗红的花瓣流露出女性般的愁容／如此哀怨，难道花／是植物世界里的第二性？

赤

1

孩子，你是我的空地上长起的／一棵奇异的树，连叶片也是彩色的／／因为你的到来，我把四面的窗户全部打开／让阳光和清爽的风，一起涌进来／而窗外的绿树们，也把好奇的枝条／探上窗棂。它们纷纷向里窥望着／／一时间，我们亮堂堂的屋子／挂满绿色的眼睛

2

孩子，你转动着你的小日子／小蜗牛你把它带回来了／小汽车你把它拆散了／——看！七零八落的那一些／还在快乐地喘息呢／／那一双活泼的小手啊／创造着你的小世界

3

这几天，天老是黑着／四垂的夜幕上，只透进零散的星光／它们东也怜惜着，西也心疼着／／那个调皮的小身影，她丝线一样／不易被察觉的敏锐触摸／把毁坏的甜蜜气息带到哪里去了？

4

带花边儿的漂亮衣裙，配上你娇嫩俏丽的脸蛋／真是一幅完美的杰作。但是爱神在一旁说：／"她还在四季之外。"／／爱神说了吗？孩子，我不相信我已经听见／在我迷惑的瞬间，爱神将你／从我的膝上，怀里，悄悄带走／／她要把你的手磨成一支画笔／不管我的眼泪怎样涌流／她要依着遥远的未来的样子

黄

1

我对骄狂的人群视而不见，关注这里那里的植物／紫薇，它们细碎的花瓣，摇动着一串串的小铃铛／雪松，在清晨和傍晚的绿塔里，点起一盏盏小灯笼／青草们呢，有一些似乎被踩坏了，当你这样想时／它们发出了自己的声音，令你大吃一惊／／有时我乘车行进在公路上，广袤的田野和森林／旋转着美好而从容的仪式，迎我，送我／——而寒冬过后，几乎每个盛大的春天／都是那样震撼了我

2

十字路口的一只苹果，雪地上的一只手套／这些裂缝间的呼吸，低而柔／／那天，是谁把一个拉二胡的盲人／遗落在景区门口？他坐在地上／拉得专注。破败的瓷茶缸／聚集起小额的纸币和硬币／／值多少钱啊，这丝丝缕缕婉转起伏的音乐？／我投了相当于景区门票的钱——五元纸币在里面／他停下活儿，深深地向我鞠了一躬／／这是什么样的大礼啊／一路上，我混浊的泪水流了又流……

3

那些为欲望而变形的人，起初我总是怜悯他们／为了不让他们的暗箭指向我，我隐身在林间／把慈柔的岚霭像纱幔一样／遥遥地递过去，缭绕着他们／／但是，当他们谈到诗人／——深居简出或凌空高蹈的诗人时／他们对诗人的鄙薄，那种种聒噪／使我的心由忧伤慢慢转向愤怒／一团火自内向外，一层层地燃烧着／我怕整座森林都要被点燃了

蓝

1

少小时候的家，形而上地跟随着我／如果我停住，坐下，把工作放在一旁／它就围拢了我／／母亲不停地劳作——那白菜萝卜，那棉花／父亲的耕耘，以笔和锄／／朴拙的温暖一次又一次／絮满我的坐垫，构织我的天象

2

纯洁，你给了我／敦厚，你也给了我／神啊！感谢你赐予我这样两座心室／／世俗否定我，你仍肯定我／一条艰险的路，我走过来了／／如今我能够确认：／如果写作是我的一根扁担／它们就是被挑在两端的——／它们是我灵魂飞翔时携带的两只花篮

3

没有凸出。没有凹陷。／没有火与冰。它们跃跃欲试／它们准备好了：

蓬蓬勃勃//在童心与宗教之间/根扎入大地，然后：生长

紫

1

  有一天我看见了西天的画面/灿烂的云霞簇拥出一个壮阔的背景/那颗红艳艳的太阳，它的圆/胜过一切的圆//它从一个山头降下去了/但它并未降下去/它从另一个山头降下去了/它仍未降下去//不是我追着它滴血地呼喊/是它久久地，久久地，疼着人间

2

  我清纯的呼吸将长久地绵延/不管荆棘给我多少刺/石子给我多少磨砺和血痕//我将在最后的花丛里无声地说出：/看！爱开出了最美的花朵

2008 年 10 月

  在此，我对这组诗予以极为简要的解读：组诗里面的七首诗，分别以七种色彩（颜色）命名，其实是诗人用不同的色彩意象来对每一首诗的情感内容进行象征性的概括与指认。《绿》描述了"我"在霞光满天的早晨山野里砍伐榆树枝条的劳动场景，节奏欢快，表达了诗人热爱劳动、热爱生活的质朴情感，而绿色意象（"深绿的榆叶"）象征着诗人对大自然的喜爱之情。《橙》以亦真亦幻的场景描写与朦胧神秘的氛围营造，表现了诗人对神秘、华美爱情的期盼、渴望、等待的心情。橙色意象象征着爱情的美丽、梦幻与哀愁。《青》叙述了诗人在日常生活当中对四季常青的植物与树木的特殊偏好，并通过月季"暗红的花瓣/流露出女性般的愁容"来表达自己对脆弱的女性情感的内在否定。在此，青色意象象征着诗人情感世界的健康与坚韧。《赤》以童话般的意象与想象描述了孩子的世界，刻画了孩子天使般单纯、可爱的形象。在此，赤色意象象征着诗人对爱情怀有的赤子之心，或者说对爱情怀有的天真态度。《黄》由三个诗节构成，分别描述了三个日常生活场景，描写了三类人。第一节点出了骄狂的人们，诗人有意通过对冬春之际风景的关注表达她对这类人的内在否定。第二节描写了一个社会最底层的人（"一个拉二胡的盲人"），通过自己"给了五元钱"而让盲人对"我"行"大礼"的行为叙述，凸显当今社会世态炎凉的现象。第三节描写了一些社会世俗人物（"那些为欲望而变形的人"），他们对诗人充满了偏见，诗人对此感到愤怒。黄色意象在这首诗里象征着人们身上那些恶劣的品质与情感。《蓝》也由三个诗节构成，诗人描述了家给予自己一直不变的温暖感受，感恩神赐予自己纯洁与敦厚的品格，在此，蓝色意象象征着诗人对情感的天真、单纯与宗教性体验。而《紫》重点描述了太阳西下的情景以及"我"追寻太阳的痛苦心情，这里，紫色意象则象征着诗人对世界的爱之感情的高贵与

305

执着。总之，《在林间》这组诗通过七种色彩意象，象征性地表现了诗人对大自然与日常生活及各色人群的不同情感态度，内容丰富纷杂，涵盖面广，但作品最后归结于爱的呼唤与礼赞，诗人这样写道："我将在最后的花丛里无声地说出：／看！爱开出了最美的花朵。"一下子将全诗升华到爱（博爱）的境界。作品构思巧妙，立意深刻，展示了诗人精神世界的开阔，值得赞赏。

另外还需指出的是，诗人在着力表现生命爱情体验的时候，有时还对生命展开哲学追问，这里再举《我生为零》一诗为例：

我生为零

我生为零／零即核心，或外延／／零即万物——／／它们太阳后太阴／它们东与西，南又北／／透过万物，我看见了死亡／我看见死亡对一切的成长叹息：／零——／／而零在大地之上虚怀若谷／并且激励万物

2015 年

诗人在此表现了对自己生命的深刻感悟与认知："我生为零"，"零即万物"，同时，"零"又可以"激励万物"生长，这就可以实现生命的循环，从中体现出诗人对生命本身的深沉热爱态度。

与《我生为零》的构思方式一样，《空洞》一诗也是通过死亡想象来表达诗人热爱生命的一贯人生态度：

或许，在我离开人世后你才能懂我。／如果那样，也聊慰我心。／那么，是多少年，在我走后？／几十年，还是一百年？／／但无论如何，／我暗暗祝愿自己活得足够长久，／也愿你更加长寿。／我就暂且忍受了活在人世上的这一个空洞。／／我相信死亡的效能，／它会使一切，包括尘埃，／都感到震惊。／那时候，你将重新审视我，／尽管我已毫无踪影。／／想到这些我略为欢喜，活着很美，包括空洞！

作于 2017 年

作品采用心灵独白的方式，通过死亡想象中展开的"我"与"你"之间的一场涉及生死态度的精神对话，表达了诗人高度热爱生命、肯定生命价值的思想情感，其直面死亡而热爱生命的态度令人感动，也令人赞赏。

总之，周广学的诗歌创作风格比较鲜明，她擅长本色化的抒情，也注重表达生命哲思，很见艺术功力，获得过潞潞、张不代等山西籍著名诗人的高度评价。国内实力诗人聂尔曾这样评论周广学的创作特色：

通过多年的诗歌练习，通过缓慢地咀嚼这惟一的粮食，广学在太行山上僻远的小城里，学会了一种在自我内部进行灵魂交流的技艺。当很多诗歌成了语言的暴行，当很多诗歌成为智性的夸耀，当很多诗歌成为赌徒手中掷出

的骰子,当社会生活越来越与诗歌无关,真正热爱诗歌的人,如广学这样的人,将会意外地发现一泓内在的湖水熠熠发光,将会发现世界不在别处,幸福在于自己的追寻。于是,某一天她不由得唱道:你那些秘境明亮起来/一扇扇地敞开窗户,我深深知足。/我像个小小的驴儿望进去/感到世界上到处是青青的草(《这样的幸福延伸着》)。"①

这样的评价无疑是精准的,堪称知音之论。客观而言,周广学可谓当今诗坛最为纯粹的女诗人之一,她的精神气质非常高雅,毫无世俗气息,这是她最为可贵的地方,正像她在《俗世》一诗中对自我形象所描述的那样:

俗 世

人们对诗人的诋毁,我多次听到/就像高高在上的云彩,把阴影扑下来//咒语之间夹着描述:"独坐山头痴望飞鸟!"/"半夜三更在沙滩上游逛!"……//而我只愿成为一位纯粹的诗人/于是向蚯蚓学习柔韧//掘开人群的土/把自己藏得深些,更深些

2014 年 10 月

简言之,作为诗人的周广学不仅纯粹,而且大气、包容、真诚、执着,具有独立个性(这一点在她的诗作《一次次……》中有鲜明表现),尤其是周广学热爱诗歌,创作勤奋,我们期待周广学的诗歌创作能够不断取得新的突破,为"长治诗群"增添新的荣誉。

(二)张奕:在黄昏放牧忧伤的生命情思

在"长治诗群"的女性诗人们当中,张奕的诗歌创作起步算是比较晚的,她2006 年左右才开始致力于诗歌创作,但进步比较快,如今已经成长为一位实力派女诗人了。

张奕,20 世纪 70 年代中期出生,山西长治人。21 世纪初期以来,创作诗歌与散文,作品主要发表于《山西文学》《黄河》《太原晚报》《都市》《漳河文学》《长治日报》等报纸杂志。散文《我亦是故乡》曾获 2015 年中国散文学会、江苏省作家协会联合举办的全国乡愁杯"莼鲈之思"优秀奖。诗作《警醒》获南宁市青秀区文联举办的"邀明月颂青秀"暨纪念抗日战争胜利 70 周年二等奖,组诗《重逢秋天》收录在《2015 年度山西文学年度作品选》(诗歌卷)。组诗《一场秋天的行走》《以顺的方式》和散文《病种中絮语》收录在《2016 年度山西文学年度作品选》(诗歌卷、散文卷)。诗作《藏在节气中的诗情——二十四节气组诗》获 2017年长治宏鑫元杯诗歌大赛一等奖。散文《"疯"婆娘》获得第四届中外散文诗歌邀

---

① 聂尔:《深深嵌入语词中——读〈周广学诗歌精选〉》,原载《文艺报》2007 年 3 月 1 日。

请赛一等奖。现为长治文联组联部主任，山西省作家协会会员。

张奕的诗歌题材比较广泛，她笔下写人、叙事、写景、抒情的诗篇触目皆是，但相形之下，诗人最为擅长抒情，她的抒情本真化，袒露自己的真实灵魂，而且充满忧伤的审美情调。《黄昏放牧》是此方面的代表性作品：

黄昏放牧

没有比停车坐爱的黄昏更好的时候／树叶漫不经心地晃动／很多时候，我把自己留在车里／把车停在黄昏，把黄昏铺在疲倦的身上／／像陡峭的心终于告别陡峭／迎来平坦。和孤独相遇／／我服从于这短暂的静默／心生欢喜。有足够多的叹息、感动／寄存在匆忙的时间里／等待它们的宿主抚摸或者凝视／／我喜欢这样的时刻，不用遮掩地流泪／拿出一天的二十四分之一／安放我的痛苦或者欢欣／／那是我把原生态的我／从心里一点点抽出／在停车坐爱的黄昏里／放牧自己

作品采用心灵独白的方式，叙述自己在"停车坐爱的黄昏"时刻，背对人群，摘下面具，袒露自己真实的心灵世界："不用遮掩地流泪"，宣泄自己的"痛苦或者欢欣"，展示"原生态的我"的人格面目。诗作运用质朴、真诚的语言，叙述自己日常被压抑的情感状态，充满忧伤的审美情调。

在这里，"黄昏放牧"可以在象征意义层面理解为女诗人张奕的一种抒情姿态，因为全面来看，诗人笔下的生命体验表达均以忧伤为底色。我们来看《风穿过我的身体》：

风穿过我的身体

很久没有站立／没有仰望蓝天白云／没有俯下身端详一株小草／眼前是绿海／是喧嚣切割的一角／是初夏微漾的凉／／我把折叠的念铺展／把另一个自己打开／任凭风穿过身体／掀开弃置已久的温柔／／风咬着耳朵／咬着心里的痒／咬着我一点一点被吹开的骨缝／／灵魂的泉眼也被风凿开／蓄积的悲伤和欢愉／汩汩而出

诗作运用质朴、流畅、生动的语言，描述了诗人初夏时节站在海边被风吹拂的情景，"风"作为作品的核心意象，被诗人想象性地赋予了人格化的形象，成为一个打开"我"灵魂世界的"人间知音"与"大自然精灵"，在"风"的面前，诗人"蓄积的悲伤和欢愉"最终"汩汩而出"。作品画面鲜明，想象丰富，在诗人无所顾忌的情感宣泄与"灵魂曝光"之中，虽然也有一些"欢愉"的成分，但毕竟"悲伤"占据着主导地位，忧伤明显成为该诗的审美情感基调。

稍微探究一下，诗人内心深处难以摆脱的忧伤情绪是与她的孤独精神状态关系紧密。在诗人的情感逻辑里，孤独是因，忧伤是果，二者常常互相融合，不分

彼此，它们共同构成了诗人生命体验的主体情绪状态。在诗人表达孤独体验的作品中，《雪山之巅》堪称一个典范性文本：

雪山之巅

只有站在这里／我才向命运臣服／我才向亘古的孤独叩拜／雪，终年不化／即使阳光普照／仍无法消融沧桑／／你在嘶吼／猎猎罡风鼓荡生命的经幡／风马旗飘扬神的旨意／超度灵魂的残缺／／头顶的白云／会翻卷成雨／将我的目光湿润／荡涤尘世的虚妄／／天空的蓝／已辽阔成海／将我的忧伤拥抱入怀／倾听你喘息的温柔／沦陷于广袤的孤独／我重新修订誓言／用这极致的高贵／向岁月表白／表白我未泯灭的纯粹／仍在攀登寂寞和从容

该诗运用简洁、大气的语言与充满神性色彩的意象画面，描述了诗人站在雪山之巅的所见所闻所感，重点表现诗人带有某种宗教意味的深刻孤独体验。作品节奏紧凑，语调庄重，境界开阔，弥漫在字里行间的忧伤情绪为文本带来了很强的审美感染力。

诗人笔下的忧伤审美情调在她的叙事文本中也有比较鲜明的表现。比如，《试穿一条红裙》一诗叙述了诗人试穿一条红裙的日常行为，本来应有喜悦的心情，诗人却在诗里写道："一只鸟儿飞来，栖在／即将散场的青春。"表达的却是青春不再的伤感情绪。而在《垂钓》一诗里，诗人也未书写垂钓之乐，给读者呈现的却是一幅心灵的冷风景："一片月光爬上窗棂／照着这摊世相／也照着我不知所措的灵魂。"流露的是灵魂深处的忧伤情绪。在这一方面，《尾音》一诗中的叙事颇具代表性：

尾　音

2017的最后一天／仿佛2017的初始／364天复制的生活／早晨的迷惘／夜晚的无眠／各种忧虑和敏感／还有一地鸡毛的矫情／／那些长着翅膀的快乐／从来不会长时间停留／它们飞到东飞到西／在光阴的流里蜻蜓点水／／白天戴一尊宠辱不惊的面具／深蓝色的表情只给夜晚／鸡零狗碎拼凑的时光／组成活着的片段／／皱褶和泪痕爬满日记／阳光从缝隙挤进一只手臂／试图抚摸日子的清冷／／2017的最后一天／比往常多了一份沉默／我用它过滤粗壮的忧伤／剩下一些微小的感动／洒在生活的伤口之上

这首诗是诗人在2017年最后一天创作的，本意是对2017年的一个总结。作品用了质朴的语言叙述了诗人这一年来的个人经历，诗人在诗中坦白欢乐的记忆非常短暂，却在结尾处用了"粗壮的忧伤"一词来命名与概括2017年的情感记忆，使得作品凸显一种生活艰辛的人生体验与现实理性的认知色彩，情感忧伤而沉重。

在诗人描写人物的诗篇中，同样充满着一种忧伤的审美情感气息，最典型的是诗人刻画父亲形象、怀念父亲的一系列诗篇。我们这里选择其中的三首诗，来感受一下诗人笔下的父亲形象以及她是怎样叙述与父亲有关的往事。

在《腊八无粥》一诗中，诗人以"腊八节"为诗思聚焦点，展开了对父亲形象的用心描述：

> 父亲是个孤儿／五谷的清芬，从未／飘过他的童年／所有的节日，好像／都在揭开他苦难的伤疤／那些浮肿的日子／常常挤得他无处安身／寒冬腊月，他的生活／比一碗腊八粥难熬／饥饿吞噬他的生长、快乐／还有破洞的鞋子漏出的尊严／／他用偷来的光亮扫盲／扫出一条通往教育的未来／成人的父亲／仍然不清楚腊八粥的味道／所有的美味，都填进／我们兄妹三人的胃囊／他的味蕾已被苦难／退化成一碗清水／浇灌我们的同时／也在清洗他的灵魂／／丰衣足食的时候／父亲得了重病／他的食道，狭窄得／咽不下一粒红豆／我们的腊八从此没有腊八粥／年节成为衰老的信号／每逢腊月／时间开始疯跑／追着父亲的健康和我的忧伤／／今又腊八／我把父亲的苦难、勤劳、无私、坚韧／善良、淳朴、顽强／还有倔强一起熬煮／让感恩的风／扇旺我虔诚的祈祷／／端起这碗苦难岁月熬成的粥／我的疼痛滴落进父亲的人生

此诗以"腊八节"为切入角度，运用质朴无华的语言，叙述了自幼孤苦的父亲在"腊八节"常常喝不上一碗"腊八粥"的贫穷状态与不幸人生遭遇，塑造了一位苦难、勤劳、无私、坚韧、善良、淳朴、顽强的父亲形象，父亲的苦难以及他身上诸多的优良品质，是典型的中国传统乡村父亲形象的缩影，令人感觉亲切而又对其肃然起敬。诗人描写父亲形象、叙述父亲故事时的忧伤情绪，为文本带来了非常感人的情感力量。

父亲去世后的百天祭日，恰与诗人的生日重合，在这个敏感的时间节点上，诗人创作了应景性诗作《写在父亲离开后的第一个生日》，对父亲在另外一个世界里的形象与命运展开了一种异想天开式的想象：

写在父亲离开后的第一个生日

> 今天是我生日／也是父亲百天祭日／庆生的声音仿佛托起／一个转世百天的婴儿／／父亲的骨灰在一米见方的墓地里／肉身不知变成哪个姓氏的孩子／／无论他姓甚名谁／他仍是我的父亲／但父亲不再是个孤儿／他父母双全，家境殷实／亲人的爱取之不竭／／他更不会寄人篱下，衣衫褴褛／穿着时尚的衣服，上最好的学堂／／总有一些青涩的目光追慕翩翩少年／成人后遇见母亲或许还有更温婉的女人／谈一场风花雪月的爱情／／生一个或几个聪明伶俐的

孩子／复制他的五官，却淹没他的才情／／他的歌喉不再被生活的烟尘熏烤／镁光灯照着他的飞扬／宏阔的声音震得舞台轻轻颤抖／／正直和缜密不会成为他前进的绊脚石／而是身体里生出的一对儿翅膀／带着他的理想越飞越高／／夜晚不只用来伏案疾书／还可以把月光铺满石桌／摇着蒲扇憧憬诗和远方／／直到牙齿脱落／仍然能嚼着阳光喂养晚年的安逸／离世的时候，微笑落在眉梢／安详得像睡着一样／／父亲的来生在我的生日许愿里缓缓启航／那方小小的墓地渐渐浮起／一个温暖的摇篮

诗人在自己生日的喜气氛围中，深情而大胆地联想到墓地里的父亲已经变成"一个转世百天的婴儿"，并由此开启自己的狂想旅程：诗人为父亲重新设计了一个健康、富裕、快乐、爱情浪漫唯美、家庭生活幸福、诗和远方相伴、晚年安逸无忧的梦幻般无比完美与圆满的父亲"来生"图景。作品想象丰富，充满魔幻色彩，情感真挚而温暖，但读者不难从中体会出诗人内在的深沉忧伤。

由于父亲命运坎坷，加之诗人对父亲怀有深厚的情感，因此在父亲去世后，诗人仍然深深思念着自己的父亲，创作了不少表达具有某种"恋父情结"的作品，例如《矮矮的爱》《永恒断想》，等等。每逢年节，诗人对父亲的思念之情格外强烈。《时差》就是这样的"每逢佳节倍思亲"的典型文本：

时　差

  2020 年，最后一天／我给在护理院的妈妈打了电话／给远在江苏的公婆打了电话／给上大学的女儿打了电话／／紧接着，给住院的闺蜜打了电话／给亲爱的朋友发了信息／给尊敬的师长送去祝福／爸爸的电话／我犹豫了一下没有拨／／不知道此时／天堂是白天还是深夜

在这首近作里，诗人用了非常质朴的口语，叙述了自己在 2020 年最后一天给各位亲朋好友打电话、发信息致以新年问候的情形，最后，通过"我犹豫了一下没有拨""爸爸的电话"这个无意识的行为与细节描写，凸显女诗人潜意识中对父亲（爸爸）的深切思念。作品语气外表平静、克制，但内含深情，令人为之悄然动容。

除在诗人描写人物与叙事性的诗篇里流露出较为鲜明的忧伤审美情调外，在诗人不少写景的诗作里，也充满着一种挥之不去的忧伤审美情调。受到过许多长治籍诗人赞誉的《庞大的事物如此寂静》，堪称此方面的典范文本：

庞大的事物如此寂静

  庞大的事物如此寂静／比如天空的湛蓝／比如海水的深邃／比如祁连山上游走的云朵／比如青海湖畔绵延的花海／／试着从深海中打捞尖叫／从云朵中呼唤泪水／在旷野上放逐呐喊／在深夜里埋藏哭泣／／世界再广袤／也只有

拳头大小 / 爱、痛、虚伪、忧伤 / 各有各的姿态 / 很多副词都能丈量 / 它们的边际和深厚 // 当他们过于庞大的时候 / 唯一声音无法穿透抵达 / 只剩寂静蜗居胸口 / 等待月光蘸着泪水 / 轻轻地抚摸

在此诗中，诗人以无比开阔的视野，对天空、海水、祁连山、青海湖等"庞大的事物"与宏观景象进行生动描绘。但诗人的兴趣显然不在这些宏大无边的景物身上，而是着力表现自己的情绪体验，她在诗作的结尾这样写道："等待月光蘸着泪水 / 轻轻地抚摸。"优美的想象中，透露诗人心灵深处不绝如缕的忧伤情绪。作品气象博大，表现细腻，堪称佳作。

"长治诗群"中的实力派诗人北琪对《庞大的事物如此寂静》一诗十分欣赏，他在一篇评论女诗人诗集的文章中，专门对这首诗进行了比较细致、到位的解读与评价，在此特引用以下一段文字：

> 这首诗单从诗题命名来看，似有虚空显大之嫌，极易陷入凌空蹈虚的境地。这是我初看诗题的第一印象和担忧。因此，我对这首诗细读了多次。开篇用四个"比如"的句式对"庞大的事物"给予具象例举，形成一种油画纷繁色彩迎风扑面的冲击感，为读者提供了走进这首诗的物象参照，采用的是由实入虚的手法；第二节中的尖叫、泪水、呐喊、哭泣，分别依托深海、云朵、旷野、深夜的自然背景和海水之蓝、云朵之白、夜色之黑的色彩组合以及旷野之空的空间感；第三节的转承和落脚点自然而然言之有物，为第四节的情感升华进行了恰当准确的铺垫和推升。所以我说，这是一首"客观再现"和"主观表现"有效融合的作品。这首诗除了文本本身完成度很高以外，还是她继二十四节气组诗之后的一个新的探索和收获，对于她目前和今后一个时期的写作具有分水岭意义。真诚希望张奕的诗歌写作由此发轫，进入一个新的开端。①

诗人在描写景物时，经常联想到时光流逝，青春不再，尤其是联想到自己的亲人垂垂老矣，伤感之情便油然而生。比如在《以雪为念》（组诗）中，诗人一方面描写了美好的雪景，一方面又通过联想将雪景与人生联系起来。比如，她在诗中这样写道："下雪了 / 从青丝到白发 / 不过就是一场雪的追忆。""雪停了 / 快乐在孩子的眼里生长 / 落在我心里的雪 / 比呼啸的时光更接近忧伤 / 父母头上的白雪，为何 / 不能被阳光消融。"由此可见，正因为诗人对时光流逝的敏感以及对亲情的珍视，才让其笔下的风景描写不再客观、明朗而呈现具古典情调的忧郁色彩。

---

① 北琪：《赋予事物油画般的质感——张奕诗集〈仿佛的清欢〉赏读》，原载《漳河文学》2020 年第 6 期。

当然，这里必须指出与强调的是，在诗人所有的写景性诗作（包括写人与叙事性诗篇）中，并非普遍都带有忧伤的审美情调，实际上，在一部分诗作中呈现明朗、大气、空灵的审美情调与艺术风格，显示女诗人诗歌创作的内在丰富性。最能展示诗人扎实艺术功力的，当属于她的写景诗篇。我们这里先举她的《秋天就是一场火的隐喻》为例：

秋天就是一场火的隐喻

一

　　草木枯萎，众芳摇落／色彩委顿于冷的侵袭／除了头顶的蓝义无反顾／／逝去的潜入一首诗的开头／和未来交替浮沉／／天空比秋天更接近秋天／蓝得没有一点悬念／连一朵云彩都不想挽留

二

　　山梁，坡谷，田间，地头／庄稼被秋风抽干最后一滴水分／它们列阵等待／一把火燃烧最后的枯萎／／没有什么事物／比庄稼更甘于奉献／除了把一生的积蓄献给尘世／还要把自己献给泥土

三

　　成熟蚕食原野／裸露金黄／／更远更高处／时光和自然交媾／激情浩荡，红遍山林／秋天像一场火的隐喻／禾与火相遇／蔓延成秋／／大地收藏秋天的灰烬／交出无垠的空旷／高远的蓝

四

　　秋的尽头／飘逸和柔软被时光收走／秋天只剩一副骨架／重构季节的雕塑／／云天，枯叶，黛山／丈量风迁徙的旅途／／这个时候最易感知／时间的锋利／／不信你听，深秋的夜／一阵风吹疼月光／白色的呻吟洒落一地

这首诗由四节构成，分别重点描写了秋天的天空（包括云彩）、庄稼（包括山梁、坡谷，田间，地头）、原野（包括山林）、深秋的夜（包括云天，枯叶，黛山、月光）等秋天的景象。作品视野开阔，联想丰富，语言简洁、精确，节奏鲜明，语调有力，画面充满色彩感与雕塑效果，审美情调明丽而热烈，给人以强烈的感染效果。此诗足见女诗人的厚实艺术功力，令人赞赏。

与《秋天就是一场火的隐喻》较为相似，《打一场春天的战役》也是一首描写季节风景的佳作：

　　冬天被光阴俘获／变节的心泄露春光／／人们四处捕捉春色／道路以目／鹅黄排兵布阵／柳树抽芽，准备／偷袭柔软的葱茏／／一缕春风剪开冰河／藏入暖意／一江春水向东流／传递春的情报／／烽火连起三月／枝丫间烟花四起／／草色遥看／新绿攻城略地／春雷炸响复苏的魔咒／蛰虫破土而出／向生机

发起进攻//春风吹响蓬勃的号角／阳光占领明媚的高地／温暖势如破竹／将绿色燎原//胜利的旗帜遍插山冈／春天的勋章开满枝头//万物引吭高歌／伴着梦幻圆舞曲／舞进万紫千红

这首诗描写春天的景象，诗人展开丰富的联想与想象能力，以战争场面来比喻性地表现春天景象的有声有色、万紫千红，作品视觉色彩与听觉意象交相辉映，节奏、语调铿锵有力，气势磅礴，展示出豪放、激昂的浪漫风格，令人精神为之振奋。

当然，在写景性诗篇中，最能展现诗人非凡才情的当属她创作的二十四节气诗篇，她将这组诗命名为《藏在节气中的诗情》，并收入诗人近年出版的诗集《仿佛的清欢》（北岳文艺出版社，2018 年 6 月版）一书中。从题材来看，这是纯粹性的写景诗篇，但诗人在二十四节气身上赋予了比风景更丰富更深邃的内涵。关于这组诗的创作动机，诗人在诗集《仿佛的清欢》的后记中曾这样交代与阐述：

> 2016 年，是我创作的第十个年头，从家庭琐事的记录到个人情感的回忆，再到生命意识的复苏，我的眼光和触角不断向更细微、更宏阔处延伸。时光的倏忽，自然的轮回，草木的兴衰，突然引发了我的好奇和悲悯，万事万物总以它固有的时序和规律生长消亡，这其间的生命历程又瞬息万变，生生不息。比起自然，比起宇宙，人又何其渺小，何其单薄。时光，这种永恒的存在，再一次令我诗意勃发，我将目光瞄准古老的节气物候——从二十四节气的脉络中梳理我的诗情，用诗歌的涓涓细流融汇华夏文明的智慧结晶。历时一年，我用心体察时光变迁、万物更替，在每滴雨、每株草、每朵花甚至每缕风中感受自然呈现的美妙吟唱，这既是现实的轮回，又是梦幻的交替。最终写就了与以往不同的一组《藏在节气中的诗情》，将二十四节气用诗的方式进行言说吟咏，这也是迄今为止我对诗歌选题和描摹的一次大胆尝试。

如果我们不去考虑诗人深刻的创作动机，仅仅从写景的角度来看，那么，《藏在节气中的诗情》中的"二十四节气"篇章也称得上是品质优异的景物诗。

比如，在《春分》一诗中，诗人这样写道："生命的冷暖／被春风吹向两端／一端绘染繁华／一端写意凋零"，"而你站在冷热中间／不卑不亢地迎来送往／目送萧瑟远去／翘首瑰丽降临。"这里，诗人把"春分"作为一个冷、暖节气的分界点，把冷、暖的景象予了对比性的描绘，语言表达简洁、精准，节奏鲜明，并且展示了诗人出色的联想能力。

再比如，在《清明》一诗中，诗人如此写道："剥茧抽丝的温暖／捧着柳暗花

明的春色 / 奔赴一场乡愁。""一场接一场的花事 / 隔着时空，和作古的人 / 谈论生死契阔。"诗人在诗中运用从容老到的修辞，与超越时空的想象力，生动、鲜活地呈现清明的景色，并对清明节气的精神内涵做了深刻的揭示。

我们这里再举出《小满》一诗为例，且引全诗如下：

小 满

时光错落 / 小满出落得精妙无双 / 多一分则媚 / 少一分则瘦 // 凌波微步 / 在每一度绿阶上寻梦 / 麦芒刺破青涩 / 晕开的新愁写意成熟 // 趁年华正好 / 任阳光构思葱茏的断想 / 再将雨露啜饮 / 放马一垄垄旖旎 / 排山倒海的憧憬 / 蔓延成海 // 荏苒于小满的情怀 / 没有极致绽放 / 这份经典 / 在一个"小"的清韵里 / 吟哦岁月流动的风情

该诗采用拟人的手法，同时运用精致、生动的书面语，对于小满时节的田野景色给予了绘声绘色的描写与刻画，境界鲜明，韵味十足，充满古典情趣。尤其是诗作结尾的两行诗句："在一个"小"的清韵里 / 吟哦岁月流动的风情。"不但呈现空灵的气息，也展示了诗人出色的词语想象力。

通过上面对于组诗《藏在节气中的诗情》中三个节气诗篇的简单点评，我们不难感受到诗人这组诗在描写自然景物方面的动人艺术魅力。因而，诗人张奕创作的"二十四节气"诗篇在长治诗界乃至整个山西诗坛都广受好评，成为她目前为止美誉度最高的诗歌代表作之一。例如，长治籍评论家刘潞生这样高度评价女诗人张奕创作的组诗《藏在节气中的诗情》：

> 以自然为主题，是中国诗歌的一个传统。毋庸置疑，对于张奕来说，无论是对于人生与自然的感验，还是对于诗歌的写作，关于二十四节气的咏唱，都具有节点性的意义，堪称力作。作品聚焦二十四节气，对传统优秀文化进行现代观照，诗与时光、诗与自我进行精神的呼应与对话，在传统和现代之间架起一道彩虹般的桥梁。[①]

全面来看，张奕的诗歌作品具有较为浓郁的古典主义美学特质，她的许多作品充满忧伤情调，但诗人的创作也存在浪漫主义、现实主义的一面，因而她的部分作品呈现热烈、明朗、冷峻、质朴的艺术风格，体现女诗人诗歌创作美学精神与艺术风格层面的内在丰富性。总之，张奕是一位很有才华的女诗人，但她目前在技艺层面还有进一步提升的空间，期待她在今后的诗歌创作道路上日益精进，

---

① 刘潞生：《"庞大的事物如此寂静"——张奕诗歌印象》，原载《山西作家》2020年冬季号第4期。

为我们带来更大、更多的惊喜。

(三)郭玲燕：对爱与美的童真表达与吟唱

对很多人来说，郭玲燕的名字有点儿陌生，也许会把她当成一位诗坛新秀，但其实郭玲燕本人不年轻了，她于1972年出生，山西长治人，目前的职业是小学教师。

不过，从郭玲燕的诗歌创作风格来说，倒是可以把她当成一位诗坛新秀，因为她的诗歌语言风格非常单纯、明丽，充满童真的想象力，具有颇为浓郁的儿童诗色彩，这应该与她从事的职业关系密切。从郭玲燕大多数诗歌作品的思想主题来看，诗人主要致力于爱与美的表达与吟唱。

诗人对爱具有儿童般的敏感与需求。这一点，鲜明地体现在她对妈妈的关心、依恋与热爱态度上。当诗人外出时，她最惦念的是自己的妈妈。在《牵挂》一诗里，女诗人这样表达她对妈妈的爱意：

牵 挂

列车南下／载着我，还有／亲人的牵挂／我知道，现在／还有一个更加牵挂我的人／她没有手机，更不会发短信／那是亲爱的妈妈

这首短诗运用单纯、质朴的语言，叙述了诗人坐列车南下想象着自己被妈妈牵挂的情形。作品一方面强调妈妈对"我"非常牵挂，传达温暖的母爱，但在另一方面，更加凸显"我"对妈妈的牵挂，因为"她没有手机，更不会发短信"，而结尾由"我"发出的一句"亲爱的妈妈"，更加有力地表现女诗人对妈妈发自内心的热爱。作品结构自然、完整，构思精巧，情感真挚，令人回味无穷。

而当妈妈生病时，诗人的心情一下子变得极度不安，《妈妈病了》一诗这样描述诗人对待妈妈生病的心理反应：

妈妈病了／一下子，就病了／小小的感冒／揪着我的心／不是疼／我是妈妈身上／最敏感的神经

在这首短诗里，诗人用儿童一般的说话口吻，叙述妈妈得了"小小的感冒"就"揪着我的心"，并说"我是妈妈身上／最敏感的神经"，儿童般天才的艺术想象力，在此有力凸显诗人对妈妈源自灵魂深处的疼爱之情，令人感慨万端。

在日常生活中，诗人对妈妈的爱好非常关注，她发现妈妈喜欢养花，表现了由衷的支持与欣赏态度，《诗歌与花》就是这类题材与内容的作品：

诗歌与花

我把我的诗歌／和妈妈养的花／同时发在朋友群里／点赞的很多／我细数了数／妈妈养的花／比我的诗歌／得赞的多

2019年3月

316

诗人运用日常化的口语，叙述"我"把自己的"诗歌"和"妈妈养的花""同时发在朋友群里"，最后发现妈妈得到的点赞比自己的多。作品结尾处喜悦的说话语调，凸显诗人为妈妈感到骄傲的真诚情感，让人会心一笑。

诗人与妈妈之间情感的关系与状况，在《一对芽孢》一诗中得到了比喻性的表现：

一对芽孢

花枝上对生的两个芽孢／你看着我，我感动着你／你可以让花芬芳／我鼓励你生命顽强／你是我诗歌中关键的动词／我是你镜头里最美的风景／为了爱，我们学着飞翔／其实，爱很简单／每一个细节，都是感动的内容／幸福也一样

该诗以"花枝上对生的两个芽孢"作为书写对象，比喻为亲人之间互相关爱的亲密关系。作品运用想象性的精神对话方式，表达了对爱与幸福的单纯体验与思想认知。

诗人不仅对自己的母亲等亲人表达热爱之情，对同学、好友也表现真诚的关爱之情，现举《老同学》一诗为例：

老同学

老同学在朋友圈里／发了一组一组的花卉图片／北京世博园的／我只草草地浏览了一下／因为我不想看花／只想看看／她现在的模样

2019 年 6 月

诗作用了日常化的语言，叙述"老同学在朋友圈里"发了很多"花卉图片"，但诗人表示"我不想看花"，"只想看看／她现在的模样"，以真实而急迫的说话语气，表达了自己对老同学的惦念之情。作品在精短的篇幅中表意富有转折，体现了叙述方面的技巧。

除了表达对母亲等亲人的热爱与同学的关爱之情，诗人对生活本身也表达了朴素、真挚的热爱情感。《晚归》是此方面的典范性文本：

晚 归

路过那条熟悉的光明路／已是黄昏／来来往往下班的人流／已看不清脸上表情／只听见路边梧桐树上／叽叽的鸟声／在召唤／儿女们晚归

2019 年 12 月

诗作描写了黄昏时分"下班的人流""来来往往"的日常生活场景，诗人通过"梧桐树上""叽叽的鸟声／在召唤／儿女们晚归"的细节描写，表达了诗人对人间生活以及生活中温馨亲情的向往与热爱之情。作品语言质朴，叙述流畅，色彩明丽（请大家体会诗中"光明路"一词的含义），对于日常事物与场景的观察细致

317

入微，充满浓郁的生活气息。

诗人还习惯在对普通人日常温馨生活场面的观察与描述中，表达她热爱生活的态度，《幸福老人》就是这类题材的作品：

幸福老人

一个老人／牵一条小狗／拉一个购物小车／小狗应该是名犬／小车里放一台小唱机／正放着歌曲／小狗很乖／不叫，和主人一起／在阳光下／听着歌曲

2019 年 11 月

作品用旁观者的眼光，细致描述了"一个老人"和"一条小狗"一起"在阳光下／听着歌曲"的日常生活画面，场景温馨，色彩明丽，含蓄地传达了女诗人热爱生活、享受生活的积极人生态度。

与诗人热爱生活的态度构成对应关系，她对自然也充满了真挚的热爱情感。例如，在《在秋天的晨光里》一诗中，诗人表现了她对鸟群的喜爱之情：

在秋天的晨光里

披着清晨的阳光／静静地，一个人晨练／脚步很轻，路过一处草丛／竟然惊飞一群鸟／它们只飞落在旁边的围墙上／围墙不高，它们在左顾右盼／没有飞走的意思／我赶紧走开，又忍不住回头／那些可爱的小精灵／竟然又陆续飞回草丛

2019 年 9 月

诗人用朴素、流畅的语言，描述了自己在秋天晨练时不小心惊飞一群鸟的情形，作品重点刻画了这"一群鸟"被惊飞后"左顾右盼""没有飞走的意思"的生动情景，在诗作结尾处，诗人亲切地称呼它们为"可爱的小精灵"，爱鸟之情跃然纸上，令人莞尔。

而在《降温》一诗中，诗人对严寒中的树木也表达了真挚的关心：

降 温

这两天天气预报一直在说／又一股寒潮已经在路上／28 号晚全国大部分地区会降温／有的地方直降到零下 20 度／并伴有大风／听到这里时／她突然担心／那街道两边的梧桐树／那一树一树的枯叶／会落下来

2020 年 12 月 27 日

这首诗采用第三人称的方式，叙述天气预报里报道"全国大部分地区会降温"的消息，作品出彩的地方在于，诗人描写了"她"的心理反应：突然担心"那街道两边的梧桐树""会落下来""一树一树的枯叶"，诗人对自然界的关心之情着实令人感佩（诗中的"她"可以是女诗人的自指）。

诗人不仅着力表达对爱的推崇、赞美与向往，同时也表达对美的向往与倾慕。一个具体的表现，是诗人对花朵非常喜欢与热爱，而花朵通常被认为是美的象征。例如，在《我在窗前看桃花》一诗中，我们可以看见诗人对花朵的态度：

我在窗前看桃花

一棵桃树／就在我窗前／隔着窗户／我看桃花／小巧的花苞／挤满枝条／我静静等待／她们一朵一朵盛开

2019 年 5 月

该诗运用质朴、简洁的语言描述了"我看桃花"的情形，诗中写道："我静静等待／她们一朵一朵盛开。"这里的"一朵一朵盛开"，比喻美的绽放与显形，从字里行间，不难体会到诗人殷切的爱美之心。而在《我在窗前看桃花》一诗中，我们可以更加真切地感受到诗人的爱美之心：

玉兰花

每年您开的时候／我都会走近／仰望您仰望的姿势／向着苍穹／我也尝试着展开双臂／想开成您的模样

2019 年 4 月

众所周知，"玉兰花"是高洁之美的象征，作品运用心灵独白的方式，展开了一场诗人与"玉兰花"之间想象性的精神对话，尤其是诗人对"玉兰花"采取"仰望的姿势"，呈现诗人对高洁之美的崇拜心态。

总之，诗人对爱与美的表达，以及对普通日常事物的观察与表现，都呈现了儿童的眼光、心理与想象力特点，具有单纯、动人的美感效果。比如，诗人如此观察与描述她眼中修剪草坪的情景：

严格要求

吱——吱——／这是修剪草坪的声音／我亲眼看见／城市美容师／在夏日的早晨／捂装严实／手扶一把新式割草机／对那些高于要求的植被／吱——吱——吱——／看不出手下留情的意思

2019 年 8 月

诗作绘声绘色地描述了"我"所目睹"新式割草机""修剪草坪"的情景，"对那些高于要求的植被"，诗人展开了这样的联想："吱——吱——吱——／看不出手下留情的意思。"充分展现了儿童的思维方式与心理状态，让作品顿时显得妙趣横生。

再比如，女诗人如此描述日常生活中常见的堆雪人的场景：

雪　人

请不要随意把我堆在一旁／独自在流泪中消亡／其实，只要给我一双眼

／愿意的话，再添一个鼻子／一张嘴巴，我就可以／和世界对话了

在此诗中，诗人运用拟人的手法，从"雪人"的角度来表达孩子与世界进行交流的愿望。作品中表达"雪人"简单而天真的愿望，非常契合儿童想象世界的方式，具有感人至深的情绪感人效果。

最后，我们来看看诗人怎样叙述自己对新生事物的心理状态：

高铁来到家门口

高铁通到了家门口／人们开着汽车／坐着公交／赶去高铁站／看高铁／拍抖音／发视频／心里美滋滋的／我想起小时候／站在村头／看火车驶过

2020 年 12 月 17 日

作品运用快速、喜悦的说话节奏与语调，叙述了人们纷纷赶去看"高铁""来到家门口"的热闹场景，诗人的反应是"心里美滋滋的"，并且联想起自己小时候"看火车驶过"的童年情景，把自己儿童般的好奇与喜悦心情表达得生动与鲜明，给人留下深刻难忘的阅读印象。

通过上面的简要论述，我们可以发现，郭玲燕的诗歌创作风格具有强烈的儿童诗色彩，很大程度上，我们可以把郭玲燕视作一名儿童诗人。她的诗歌作品犹如一首单纯、明快、明丽、轻盈的乐曲，带给读者以纯粹的、童真的审美愉悦。

（四）妙真：直面生命苦难的情感宣泄与灵魂呼告

妙真，原名张平，山西长治人。山西省作协会员，现就职于山西省长治市工商银行。21 世纪以来，妙真一直坚持诗歌创作，近几年也开始从事油画创作。

与其他长治籍女性诗人相比，妙真对生命持有颇为自觉、深刻的苦难意识，这与诗人的个人经历关系紧密，诗人的奶奶、姥姥是旧社会处于最底层的妇女，一辈子受尽磨难，终身贫苦，从未品尝过生活的一点点幸福滋味。诗人在《我奶奶》《我姥姥》这两首诗里运用高度写实的手法，对两位前辈亲人的苦难命运进行了详细叙述，从作品中可以看出，诗人奶奶与姥姥的苦难人生给她留下了心灵的阴影，对诗人的生命认知产生了负面性影响，加之诗人对自己生命的幸福体验也严重匮乏，在她的头脑里便形成了一种生命苦难意识，并在她的诗歌作品中体现出来。《我的幸福这么小，上帝知道吗？》便是体现诗人身上生命苦难意识的代表性诗作之一：

我的幸福这么小，上帝知道吗？

温热多雨的天／湿滑的小巷遇到丁香一样的姑娘／她结着愁怨的双眉／任雨水浸润她的脸庞／她小小的忧伤小小的欢乐小小的幸福／都很隐秘／海水拍打着礁石／浪花是快乐的／短暂／绚烂／绽放得像烟花般美好／也如月

照着花园／清朗／洁白／风吹得微爽／耳边有父亲紧紧的叮咛／似沙漠中的驼铃／一声一声／慢慢嵌入我的生命／噢／请停留在相逢的雨中／用抱头痛哭殷殷的心跳／弹奏这片土地上／最让人心悸的乐曲

诗作运用跳跃性的语言与朦胧的意象画面，描述了一个"结着愁怨的双眉""丁香一样的姑娘"（诗人想象中的自我形象）在雨中孤独游走的情景。在诗中，这个"丁香一样的姑娘"的欢乐与幸福微小而短暂，在"她"（"她"即"我"）美好的幻想中，渴望着获得"父亲"的思想指引与精神抚慰。而在诗作的结尾，"我"感受到的痛苦情绪仍然是极为强烈的，难以遏制。我们通过"抱头痛哭""殷殷的心跳""最让人心悸的乐曲"这些情感色彩强烈的动作与意象，可以真切感受到诗人向其心目中的"上帝"进行呼告时的情感波澜与灵魂悸动，体现了浪漫主义的抒情风格。

诗人诗歌作品中的生命苦难意识，常常以浪漫主义的艺术风格表现出来，这是诗人鲜明的创作特色。另外还需指出的是，女诗人妙真身上的浪漫主义精神，体现了典型的北方女性的性格特质：热烈奔放、大气洒脱、豪放不羁。因而，在诗人充满浪漫主义精神的诗歌作品中，其语言呈现激情奔涌、泥沙俱下、未经打磨的原生态般的天然状态。其实，究其原因也比较简单，诗人只满足于情感的宣泄与宣泄的快感，根本来不及也没有兴趣在语言的雕琢与修辞方面下功夫的。一句话，浪漫主义在诗人诗歌作品中的体现，主要是情感上无所顾忌的、无所节制的、袒露灵魂式的表达。《追问板山》是此方面最具典型性的文本：

追问板山

你何以雄浑？何以巍峨？何以壮美？何以坚强？何以执着？何以冷峻？何以屹立？何以沉默？何以延绵？何以博大？何以深情？何以黝黑？何以碧绿？何以柔情？何以伤痕累累？何以功不可没？何以千回百折？何以重重碉堡？何以石碎壁裂？何以绿树成荫？何以鲜花满坡？何以鸟鸣深涧？何以红叶如血？何以雪压太行？何以寒风紧锁？何以小桥人家？何以柴门烟火？何以聚贤达于洗耳？何以流千古话传说？何以让画者流连？何以让诗人泪落？何以激情万丈？何以温暖如火？何以，让我流动的血脉，再要弹几曲追问板山的诗歌？∥想追问板山，为何？为何？∥那天，我又和你相见了，板山。如此真切。∥我就要走进你坦坦荡荡的胸怀，沿一条簇新的路途，我不知道，为了走进，你是否让自己完整强健的身躯，经受了开采的伤灼？从裸露的深红色的岩石里，我看到了你孤寂泣血的悲壮，板山，你是不会因疼痛落泪，而是用一棵一棵的杉树和一坡一坡的青草来疗这漫长的伤裂。∥可你依然。是真正的山。结实如一层一层的岩，紧密地层层相拥，融为一体。任风，任雨，任飘过的诱惑的云彩，任温熙的阳光。//而此时，有一声尖锐的鸣叫，激烈地弹破我缠绕的心事。斜斜的光从上方头顶漫过，顿时我的眼睛被炫惑，周遭全是板山，而我还要再问，板山，你到底是什么颜色？//湿润的赭红，是我初见你时在一场春雾中迷茫的身影。干燥的土黄，是我和你重逢时你雄起的脊梁。深深的绿，漫漫流过我目之所及，浅褐的残缺，也难掩我对你依旧的挚爱。如此，我一一细数你的色彩，甚至你有极端的阴郁的黑色，在没有阳光爱抚的角落，上面落一层过早凋零稠黄的叶子，而冽冽的绿水，作为映衬，慢慢将最红艳的睡莲，惊醒我痴着的相思。一道道发白的石板，常常不经意地点缀，这一片暖调的石山，深深浅浅，层层叠叠，密密麻麻，凌凌乱乱，斑斑驳驳，散散漫漫，疏疏离离。浅灰的被雕琢的石，线条走过，字画留形。一朵白白的云，在板山的肩头小憩。一丝金黄的光，游离在眼光的远处。我的板山，你的色彩如此丰富，叫我何以下笔，来描摹你的光影？//追问。板山。你为何像条康壮的汉子，承担风云际会，站在这一片黄土之上？为何，你像个父亲，越千年沧桑，还放不下满目的希望？为何，你像这片土地上的耕牛，拉着依旧沉重的老犁，默默耕种着依旧的荒凉？为何，你像一把明亮的利剑，直指在凌霄之上？决绝而庄严？//板山。我懂你的沉默。只为你的土地上千百年来的生灵，还在一代一代地寻找，迷惑，挣扎，失措。时而欣喜，时而落魄。时而艰辛，时而堕落。时而悲哀着苍天的无情，时而唤起希望的圣火。板山，我只不懂，你要沉默几何？还有多少麻木而苍老的呼唤，要等一个启蒙者才能开启，这生灵一坡？//问板山，追问板山，你欲如何？欲如何？

这首散文诗采用心灵独白的方式，展开了诗人与"板山"一场想象性的精神对话。在这里，"板山"是这块"土地上千百年来的生灵"苦难命运的见证者，诗人对它发出了一连串的尖锐质问，试图寻找一种思想答案。在作品中，诗人采用了排比性的句式，密切的意象群，紧张快速的节奏和语调，火山爆发般的情感表达与灵魂呼告，让人产生一种窒息之感。简言之，这首散文诗以"板山"为情思聚焦点，营造了一个境界辽阔、内涵丰富的心灵世界，情绪热烈、张扬，但灵魂忧伤而凝重，呈现极端浪漫的艺术风格，给人以非常深刻的阅读印象。

诗人身上自觉的生命苦难意识，与其生命悲剧意识相连通，这种生命悲剧意识不仅体现在她对当下人物（包括自己在内）的认知上，还延伸到对历史人物的体认上，《再祭屈子》就是这样的诗歌文本：

再祭屈子

"谁有一字／落纸惊风？"／两千年明月万里／汝血泪斑驳成／国人心

头一盏／寂寂明灯／而今端阳又至／我小心打开历史／大夫！／从楚王峨峨的宫殿走来／走过芳草，沁着艾叶纯净的气息／走过荆棘，扎痛一个微弱的声音／缓缓流动的汨罗江／永远收留了诗人高贵的灵魂／我相信你就飘在天空／我确信你就是那朵最洁白的云／我思／我想／你无所不知／穿越时空的沧桑／而今相逢的凄凉／世人皆醉了／我独守一份执着／看江水茫茫／看红颜易殇／博高冠／系长丝／缀蕙草／采艾青／你留在了上游叹未来／江水悠悠／将缠绵的撕裂的忧伤／寸寸流淌／时时呜咽／我选择沉寂／在宁静的江水／请不要用豪华的葬礼／来埋葬我皎皎的悲哀

这首诗以端午节为契机，诗人展开了对历史悲剧人物、一代伟大爱国诗人屈原（屈子）的深切缅怀。诗作的出彩之处，是诗人与屈原展开的精神对话，并把自己想象成与屈原人格平等、灵魂相通的悲剧性诗人形象（"女屈原"），以此凸显自己的思想性格与世俗现实格格不入的悲剧性境遇。作品想象丰富，意境奇幻，内涵深邃，语言富有节奏与韵律，展现出鲜明的浪漫主义美学风格。

生命苦难意识与悲剧意识使得诗人常常承受精神的痛苦，为了获得心灵的宁静，她常常祈求心目中的救世主来拯救自己的灵魂，我们现在来看一下《莲》：

莲

观音曾一袭白衣／轻踩你／翩翩而来／／南海的清风／长空的明月／寂寂相逢在／驿路的尘烟／／洒一滴甘露／旷世一瞥／回眸中见你／拈花一笑／我顿时／心已洁白／／莲的心事／不用去猜／莲芯的苦／是红尘中微笑的悲哀／／芙蓉水面栽／芙蓉水面栽／你可知道／我也好想／在你的怀抱中慵懒地醒来／／芙蓉水面栽／可我还将用几世的眼泪／才能偿清／栽我绽放的水债／／清晨忘记了叫醒耳朵／你的叮咛／被深深掩埋／／永远化作了莲的根／／你我和莲／早已分不清／谁是莲／莲是谁／／就算吹过莲的风／只传递幽幽的淡淡的情意／／苦芯莲／乘着碧水／摇曳而来／又伤感而衰

在这首诗里，诗人依然采用心灵自白与精神对话的方式，表达了她对灵魂救赎的美好心愿。在诗中，"观音"是拯救者（救世主）形象，象征着悲悯情怀。作品意境优美、奇幻，语言雅致、简洁，韵律鲜明，富有音乐性，充满一种伤感的情调，而不像诗人大多数的浪漫主义文本那样情绪热烈，这应该与诗人倾诉的对象是一位女性拯救者（救世主）大有关系。

与《莲》一诗中古典式克制的抒情方式截然不同，《爱的路上》一诗展现诗人惯有的抒情方式：热烈奔放、无所顾忌、袒露灵魂，当然，诗中诗人选择倾诉的对象是一位男性拯救者（救世主）：

爱的路上

　　天已经黄昏，父亲／我迷路了，我的牧者在何方？／令人迷醉的晚霞美得如同焰火／而前方的路衰草连天，多有分岔／我伤痕累累，气喘吁吁／我哀愁哭泣，跌跌撞撞／父亲啊！你必不会丢下我／／人间的爱短暂得只是一个瞬间／天上的父啊／唯有你的爱恒久／父亲／我曾寻找过那些美好的灵魂／悲怆的灵陷落在线条优美的山丘／也曾坠落，在一双深悠悠的湖水／我伤害，又被人所伤／我的罪层层叠叠／弯曲悖逆的世代／正直总是遭人嘲笑／夜已经深了／父啊／我的灵魂总是不能安宁／因我的牵挂与委屈溢满双眼／我跪在你威严的爱里／又充盈　又战栗／父啊　我深深忏悔／求你把我身上罪的刺一一拔除／炫惑的色彩与线条／远处有大卫王悠长的诗篇／耶路撒冷的女子在风中掩面／约伯的呼唤，切割着灵魂成闪闪碎片／一个悠扬深切的音符抓着我／带我到赞美里仰望／父啊／你是我们唯一的神／在这穹天　蓝紫色的思念与恩典里／我籍着你才得着安宁／／我们的时光何其匆匆呢／转眼已是暮年／作画的手拾起丢弃的叶子／为写诗准备了一盏灯火／逗留整个夜晚／用花瓣的气息熏醉我的倒影／又一天降临／我的树枝又长／父啊　我无时无刻不渴慕你／我愿遵行您的律法／如同在夜的旷野／终看见光／因我知道，你的爱不是纵容，乃是公义／你的愤怒降下来的时候／人们还在拥挤，踩踏的声音渐渐虚弱／空气里蔓延着病毒变异扭曲的舞蹈／／清晨我还可以醒来／看见尘世的阳光和微醺的笑容／我泪流满面／感恩您！父啊　你是道路、真理和生命啊／如今我词语贫乏／竟不能用奔涌不绝激越昂扬的语言来表达／父啊，／经上说，您是我们的避难所，是我们的力量，／是我们在患难中随时的帮助／感恩你夜晚赐我那杯将遗忘的清茶／可以低饮，仿佛每日的祈祷里感受到神的光芒

　　在这首诗里，诗人面对她心目中最为神圣的"父亲"（即"天父"，"天上的父"），以彻底的俯身低首的祷告姿态，用滔滔不绝的忏悔话语与祷告话语，倾诉着自己精神的痛苦，表达着自己对"父亲"的敬畏、崇拜与依恋情结，祈求着"父亲"对自己灵魂的救赎。诗中话语方式、意象画面具有浓厚的《圣经》文化色彩，凸显女诗人浓郁的宗教情怀。整首诗充满极端强烈的抒情风格，节奏紧张，语调激动、亢奋、不安，呈现抒情主人公哭天抢地的信徒形象，给人以深深的情绪感染与刺激。

　　全面来看，诗人的创作不但具有鲜明的抒情风格，而且展示比较丰富的艺术想象力，这是诗人最为突出的两个艺术特点。论及艺术想象力，我们这里来举两个诗歌文本为例，先来欣赏一下《夜半醒来》：

夜半醒来

是安静吵醒了我／月色垂在记忆／我身体的小细胞／不断地新生，又死去／奔流的血管，轰隆隆／又一粒皮屑／从悬崖绝壁跳下／修剪得圆润的指甲／在静夜里疯长／头发，还有别的地方的毛发／也在生长／记忆库，多了一些歌声／我想用图画的形式／恢复当时的盛况／／血液的涌动／突然提速／算了／夜半醒来的时候／窗户应该是白的／花开了／只是微微张开一些细润的渴望

诗作描述了诗人夜半醒来的身体感觉。诗人调动了幻听、幻视等通灵能力，对细胞、血管、皮屑、指甲、毛发等身体部位予以了魔幻性的情景描写，造成亦真亦幻的艺术境界，作品想象丰富，感觉细腻，展示了浪漫的审美情调。

最后，我们再举组诗《读书》为例，这是女诗人自己很看重的一组诗，它全方位地呈现诗人的阅读（读书）经验。我们现在来欣赏一下其中的四首诗（四个诗节）：

1

欢乐／虔诚的欢乐／在清晨将要破碎的梦境／汲井漱齿／我俯过一条一条动脉的河流／鲜鲜活活流淌的鱼虾／滚动起波涛／淹没去隔着云端的哀愁／佛像下／是一些红色的绿色的男女／他们也接吻，也搂着腰／只是他们神情纯洁，敢于和佛对视／罢了，褚红色的围墙／长满青青短短的草，一片片或一丛丛／永远都不衰落的样子／定格在一些细胞的深处／借一本书读／战战兢兢，小心翻阅／圈点是我的习惯／这一本，古典、浪漫／越过千年／长空，各色微尘长翅膀的信号

15

星是排列凌乱的文字／在依旧凌乱的蔚蓝中微弱闪动／麦穗被遗忘在湿漉漉的泥尘／静呀／远方有撕裂什么的疼痛／驾一种风来／磕醒了我快要麻木的感觉／我惭愧的哀愁里／有一湾清淡的思念／瘦金体，被蜷缩在狭小的空间／美人，一次一次压缩成照片／我躲在时间的背面／悄悄注视这个人间／不是我想要离开／是这一本薄薄的怀抱／让时间的酵母／体味了疯狂之外的槐香和米酒／酿造的幽怨

16

陷入回忆的脑细胞／在红色的小轨道行走突突／我胖了／连灵魂都变得圆润／安然享用这腐烂绚丽的华美／清洗得过于发白的忧伤／深情洞穿过时间的围墙／执着在信仰的尽头希望／我怎么了／竟然如此安然／仿佛这个夜晚属于我／这个曾经不安的野生青／在夜半柔润的露珠里遗忘／我知道彼此

尽力 / 多么想要留住 / 这灿烂的幻象 / 奈何时光流逝 / 这是我一个诗人兄弟 / 发出的喟叹 / 我拿它做成 / 命定中，将遗失的书签

18

我乘一张米黄的宣纸 / 飘在二千年前寂寞的月夜 / 柔软的风碎了一地 / 我等了多久 / 叹息过几回 / 交交错错的篆文 / 绕成一段没有发表的历史 / 隐藏在坚硬的巨石 / 苔藓丛生，试图掩盖 / 眼睛已经不能直视 / 危机四伏、像要崩溃前惊恐的前兆 / 你寻了一处所在 / 开始逍遥 / 手里还握着乾坤的密码 / 起伏随你节奏随你背景音乐也随你 / 因此 / 我乘一张米黄的宣纸 / 如飞天如冲浪如坠落深渊 / 宣纸的飞毯 / 轻轻托住我 / 越来越急切的流浪 / 我是我前生的一个梦境 / 我是我影子相随的肉身 / 我是我灵魂的根据地 / 我是我出走后想要回到的家乡

简单说来，这四首诗（四个诗节）运用丰富的想象与联想能力，营造了具魔幻色彩的意象画面与灵魂场景，展示了阅读给诗人生命带来的奇异经验，也表现了阅读对女诗人的心灵与灵魂所具有的安抚与滋润作用。尤其值得一提的是，诗人在其中展现的修辞能力值得肯定，它使得文本具有较高的审美价值。

除前面论及的《夜半醒来》与组诗《读书》外，在《心里堆了一场大雪》《戏曲几题》（组诗）、《祭》等不少诗歌文本中，我们都能感受到诗人身上比较丰富的艺术想象力。

总之，妙真是个有才华的诗人，她的诗歌创作具有比较鲜明的艺术风格与审美个性，但她有时似乎过于满足抒情的快感，而不太注意在语言表达的精准与修辞方面下功夫，期待女诗人今后的创作在语言表现技巧方面不断精进，为我们奉献出更多优质、成熟的诗歌文本。

（五）青女：黑白情感记忆的本色化叙述

在长治籍女诗人当中，青女称得上是一名诗坛新秀，因为她给人的印象是公开露脸的机会不多。青女是山西长治潞城人，似乎不爱热闹，平时一个人悄悄写诗，作品散见于纸刊和微信微刊平台。

读过青女的部分诗作以后，感觉诗人的作品整体上抒情气息比较浓郁，但情调比较灰暗，而且一个明显的特点是，诗人习惯运用黑色与白色这两种色彩意象来呈现她的情感记忆（这种习惯也许是出于女诗人的潜意识）。当然在此需要稍微说明一下的是，黑色与白色主要是指诗人所运用的色彩意象，但同时也是对诗人所表达的情感记忆底色的概括与命名。

在诗人的诗歌文本中，黑（黑色）代表一种痛苦、恐惧与绝望的负面性情绪体验，而白（白色）代表一种冷漠、伤感、纯洁的负面性兼中性的情绪体验

326

概言之，黑与白，构成诗人青女诗歌文本中的两个核心色彩意象，也构成其诗歌文本中的情感主基调。诗人就是采用黑、白两大色彩意象，运用质朴的语言叙述她的情感记忆，传达她真实、深刻的生命体验。

诗人的童年记忆与爱情记忆用了黑色意象来加以呈现，可以看出诗人在童年时代与爱情经历中遭遇的伤痛经验。我们这里通过《墙》这首诗，来看看诗人如何叙述其童年记忆：

墙

小时候听人说／在家靠娘，出门靠墙／于是我选好一面墙／靠紧／看无辜的天空／看人群熙来攘往／黑暗的夜里抚摸一身铁锈／色调灰暗的伤口总是会骤然裂开／我捂紧胸口怕痛掉出来／开成一朵鲜红的花／我害怕时就想娘／想娘时／心里便升起一道墙／我缩一缩身子，靠紧墙

2020 年 5 月 8 日

在这首诗里，诗人选择"墙"作为一个重要意象承载其童年记忆，而将"黑暗的夜"作为另一个重要意象来表达她孤独、恐惧的伤痛经验。在诗中，"墙"与"娘"形成意义上的对应关系，都是童年时代诗人依靠的对象与精神的支柱，但结果诗人的愿望却是落空的。作品采用质朴的语言、自然的意象，以及生动的细节描写，来艺术性地呈现其黑色的童年记忆，唤起人强烈的心灵共鸣。

我们接着通过《谁疼》这首诗，来看看诗人如何叙述其爱情记忆：

谁 疼

此刻／黑色是所有色彩的王／吞噬了一切颜色和光明／我跌落在暗夜里／记忆泛滥成灾／／门前杨树上的灰喜鹊忙着做窝时／你来了／手捧一朵鲜艳欲滴的月季，问／它可不可以代表爱情？／它可不可以做一封情书？／对于当年的我／那些话还晦涩难懂／你满面明朗地说／我喜欢你，山河可鉴！／我低下头／心里的防线默不作声崩塌了／／辗转流年，已物是人非／陪我一路磕磕绊绊走来的／那双高跟鞋／如今颓废地躺在角落里／后来你说过／你一直喜欢我穿高跟鞋的样子／我说，不了／一个人／脚崴了谁疼

2020 年 6 月 1 日

在这首情爱叙事的诗篇里，诗人在开篇便用"黑色是所有色彩的王／吞噬了一切颜色和光明"这个具有夸张色彩的黑色意象及相关叙述，生动地呈现诗人刻骨铭心的爱情伤痛经验，奠定了作品灰暗的情感基调。随后，诗人运用口语化的质朴语言，描述了当年她的恋人（即诗中的"你"）"手捧一朵鲜艳欲滴的月季"向"我"表白恋情的甜蜜场景，在此，"月季"代表年轻人火热、明媚的爱情。最后，诗人从爱情记忆中回到无奈也无情的现实中来，通过自己的"高跟鞋""如今

颓废地躺在角落里"这一意象场景的描述，暗示昔日的爱情早已一去不复返，以结尾处"我"无比孤独、凄凉的心境，与诗作开篇时"我"的深刻伤痛经验相呼应，艺术性地完成了"黑色爱情记忆"的叙述过程。

而在一些表达自我孤独体验与涉及友情、亲情叙事的诗篇中，诗人主要采用了白色的色彩意象。在《醒来时，已白露成霜》一诗中，诗人这样叙述自己的秋日心境：

醒来时，已白露成霜

刚走进秋天，我就睡着了／时间停靠在夜里／从此世间安静／我却开始在梦里失眠／独自孤独／独自饕餮／／身体内总有另一个我／把我推倒在地／疼痛／让我头脑受限行为卑微／我不知羞耻地给自己跪下／高度敏感成了原罪／／藤蔓和树木撞击着我的肋骨／穿透我的身体／想崩溃却掌握不好分寸／哪个季节又能没有残缺呢／若不是一些眷恋，谁愿意／跟在自己身后拾荒／／秋风过处，泛黄的岁月／已足够美丽／蝉叫得声嘶力竭／不是也没留住夏天吗／猫头鹰的叫声／却把夜撕开了一道口子／／我醒来时／已白露成霜

2020 年 9 月 10 日

在此诗中，诗人采用了自白手法，并运用藤蔓、树木、秋风、蝉叫、猫头鹰、夜等秋天的典型化物象与意象，叙述了自己在秋天的孤独、疼痛、荒凉等心灵体验，而在结尾处，诗人写道："我醒来时／已白露成霜。"用白色意象暗示诗人的心情已由"黑色"的痛苦情感转变为"白色"的忧伤情绪。正如前面所论及的，黑色意象传达的是一种深度的伤痛经验，而白色意象传达的是一种相对轻度的伤痛经验（有时候白色意象传达的是一种完全中性化的情感体验）。

而在《白色的河》一诗中，诗人是这样描述冬日的精致以及自己的冬日心情：

白色的河

风一吹／路上的薄雪／便淌成了一条白色的河／在如铁的暗夜里／那么亮／那么有光辉／我蜷缩在厚厚的棉服里／灵魂却被西北风卷进整条河流／伴着荒凉汹涌而下／我踏浪的动作被放空成一种状态／河面动荡不安／长满白色的睡莲／／当我僵硬地跌落时／无边无际的黑夜还在继续展示／它的严肃、厚重以及恐怖／可我要蹚过这条白色河流的／并不是它的宽度／而是尽头／风／依然强悍凶猛／河流，翻滚不息

2020 年 12 月 7 日

该诗运用质朴、精确的语言，描述了冬日里"一条白色的河"四周的寒冷景象，作品意象画面鲜明，叙述节奏缓慢而流畅，诗中对白色意象的有意强调，凸显诗人冷漠、伤感、不安的情感状态。

我们看到，在怀念诗友的诗篇《致，我那英年早逝的好友》中，诗人也表达出一种"白色情绪"：

致，我那英年早逝的好友

你走的时候 / 天气不算好，阴郁 / 身旁开满了秋天最后一拨黄花 / 乐器有些鼓噪 / 琴 / 声音沙哑 // 每年天马座载着西风 / 如约而至 / 你都会踩着微醺的脚步 / 吟诗作赋 / 这次，那首诗才写到一半 / 你就困了 // 你终于做了一个清澈的人 / 再也没有虚构的烦恼 / 而我们 / 看天马背上的那颗星是你 / 看天边的长虹 / 也是你

2020 年 11 月 6 日

在这首怀念去世好友的诗篇中，诗人用了"天马背上的那颗星"这个暗示白色的色彩意象，刻画诗人"那英年早逝的好友"灵魂"清澈"的高洁形象，作品语调平静，情感克制，但充满着淡淡的忧伤情绪。

另外，我们看到，在怀念亲人的诗篇《28 楼的月亮》中，诗人是怎样通过白色意象表达自己的亲情体验：

28 楼的月亮

完全漆黑的屋里 / 我闻见了光的味道 / 滑开窗帘 / 月亮挂在对面 28 层楼角 / 柔和的光芒 / 适合折一只飞鸟 / 抛一道弧线 / 穿越一些时光 / 然后落在 / 父亲扛着一袋麦子的肩上 // 那个时候麦穗多黄啊 / 母亲扇完簸箕里最后的那点麦芒 / 麦子就和月光 / 一起被父亲倒进了粮仓 / 灶膛里开始哔哔剥剥 / 父亲的烟锅 / 也咝的一声冒起烟火 / 这些场景 / 在岁月里逐渐发酵 / 父亲驼下的背 / 母亲弯曲的腿 / 酸甜的记忆日夜缠绕 // 后来 / 在每个铺满月光的夜里 / 我都会觉得 / 应该仔细再看他们一眼 / 再睡着

2020 年 7 月 12 日

在这首诗里，诗人通过自己蜗居城市一角看见"挂在对面 28 层楼角"的月亮，展开了她对父亲母亲昔日在月亮底下收获粮食的乡村回忆与情景描写，诗中的亲情叙述极为质朴而深情，白色意象背后，流露的是亲情的温馨与忧伤。

当然，诗人笔下的亲情叙事与乡土叙事并不总是情调灰暗，她笔下也有色彩明丽、情调温馨的诗篇，我们在此举《西坡村的五月》一诗为例：

你浅浅的来 / 释放着五月的阳光 / 我的村庄就变得明媚了 / 枝叶间青果在膨胀 / 绿色 / 覆盖了每一片荒凉 // 门前的篱笆 / 总也圈不住鸡鸣犬吠 / 风化的山墙上 / 还刻有少年的梦想 / 墙角那朵单薄的花，像极了 / 我儿时遗落的静默与忧伤 // 五月用一条彩色丝线 / 扣住了我童年的所有记忆 / 土灶里跳跃的烟火 / 母亲解开的粽子 / 父亲挥起镰刀割下的一抹艾草 / 芳香还摇曳在

整个西坡村//布谷鸟刚叫了一声／麦子就开始泛黄／玉米苗漫涨，湮没羊肠曲径／辛劳的人们把一天的疲惫／收在酸疼的肩膀上／躺在麦田拥着的村庄里睡着了//村庄之外／小溪已经丰满／一路哗哗啦啦流向汨罗江／每个五月我都回来／找寻久违的味道／并托溪水转告屈公／他一直是我斩不断的执念／我读过一千遍他的离骚

2020 年 6 月 23 日

这首诗运用充满泥土气息的语言，以丰富多彩的意象画面，以喜悦温情的叙事语调，描述了故乡五月时节美丽明媚的乡村风光，凸显诗人于乡村田园生活的向往与热爱之情。

简言之，青女的诗歌文本虽然谈不上深刻、厚重，但色彩鲜明，她以黑白两色为主体色彩意象对情感记忆的真实呈现与本色叙述，依然有其独特的审美价值。

（六）夏微：将生命情感寄托在故乡山川田野与自然景物上

夏微，原名音璠，祖籍山西沁源，20 世纪 60 年代生于北京，现为山西长治市长治学院音乐舞蹈系声乐教师。曾从事过播音编辑兼播音主持，喜爱诗词，业余进行诗歌写作。作品多存于网络，偶在《长治日报》和长治市文联刊物《惊蛰》《漳河文学》《潞州文学》等上面发表。

目前来看，夏微的诗歌作品产量不是很多，但都是有感而发，很少无病呻吟之作。与长治籍的大多数女诗人一样，夏微擅长抒情，但她很少直抒胸臆，也很少通过日常生活叙事来抒情，而是通过故乡的山川田野与自然景物来抒情，换言之，诗人把故乡的山川田野与自然景物变成了意象符号，以此来承载并表达她真挚、深沉、悲欣交集的生命情感。

诗人具有浓郁的乡土情感，所以她常常以故乡农村的山川田野作为书写对象，把她的思乡之情寄托在故乡的山川田野身上。百谷山是诗人小时候干农活时经常能够见到的一座高山，常常激发诗人美好的想象与生命情感。为此，诗人创作了两首以百谷山为题材的诗篇，其中一篇名为《百谷山上的花》：

百谷山上的花

百谷山上的花就这样盛开着等待着／一如我想象中神农尝百草时／她们曾经的样子//我终于知道了耒耜的读音、来历和用途／我也曾在沁源的大山里那个叫土岭底的小山村／打过柴拾过炭、扶过犁播过种／可是炎帝啊，我没能见到会疼我的爷爷和奶奶

2011 年 11 月 8 日

这首短诗以"百谷山上的花"为核心意象与情思聚焦点，通过它巧妙地串联

起了诗人苦涩的童年记忆，抒发了对从未见面的爷爷和奶奶的深切思念，作品语言朴素，情感真挚，叙述流畅，富有意境，值得称道。

另外一首诗名为《微雨百谷山》，创作时间比《百谷山上的花》晚了将近十年，叙述内容也很不相同：

微雨百谷山

　　我时常眺望它寂静的样子／看它的日升月出／看它云雾缥缈的惆怅／它的雨中横黛／／云层之上，仿若故乡的烟火／我深久的怀念如云般的缠绕／怎能不思，怎能不想／／最疼爱我的人独行而去／而后，所有与故乡有关的物象／都成了我的思念之所／悲喜不禁

2020 年 8 月 6 日

该诗用简洁、朴素的语言，描述了百谷山微雨中的景色，抒发了对故乡亲人的思念，写景与抒情，二者有机融为一体。

不像《百谷山上的花》《微雨百谷山》以故乡的山为自己情感记忆的载体，《等待》一诗则以故乡的田野为诗人生命情思的放飞之所：

　　还是那片田野／还是那一户人家／炊烟袅袅时，淡抹林间／一会儿弥漫，一会儿飘忽／神情入定，恍惚世外／／阳光正好／灰喜鹊按捺不住的欢歌／缭绕在铁线描般的树冠／缭绕在退减了凛冽的旷野／春风来时，我把嘴角轻扬／让恣意的皱纹，顺势／欢愉成隐匿的酒窝／等待一滴泪／无论悲戚与幸福／都是岁月烘焙而出的／活着的滋味

2017 年 2 月 5 日

在此诗中，诗人以"那片田野""那一户人家"作为自己乡村情感经历与记忆的激发点，并通过"灰喜鹊""树冠""旷野"等乡土事物与意象，抒发诗人悲欣交集的生命体验，令人无限感慨。

诗人不但热爱山川田野等故乡景物，也热爱故乡的历史文化，《白陉古道随想》是此方面的代表性文本：

白陉古道随想

　　那些铺满白陉古道的石头／被我轻轻踏过的每一块／仿佛童年，我为母亲小心踩着的背脊／／它们安静而踏实着／岁月磨砺出的光滑与圆润／不知承载了多少人世间的甘苦悲欢／还有深掩于艰辛中的故事传说／／牧心于南太行的云雾山巅／她以巍峨给我的灵魂注以刚强／七十二拐，拐走了我的矫情／俯首凝视这古道上的石头／商帮纷纭踢踏的脚步声就隐约而来／／那些日夜兼程翻山越岭的骡马／驼来驼往过的春秋冬夏里／是否也驼起了一份儿女情长／空谷回声里的余音，可是／旧时遗落在风花雪月里的缠绵

//那首左权小调／一路上，我只在心里哼起／怕一出声就惊醒了那颗／来世会做我姐姐的／叫相思的，红豆

2018 年 12 月 5 日

　　在这首诗里，"白陉古道"及"白陉古道的石头"是太行山悠久历史文化的象征，也是无数太行儿女生命悲欢故事的见证者。作品语言质朴、生动而古雅，联想丰富，意境优美，情韵悠长，有力地表达了诗人的怀旧情结，呈现浓郁的地域文化色彩，令人赞赏不已。

　　诗人不但对故乡的山川田野等景物情有独钟，而且对整个大自然以及季节物候均有高度敏感的生命体验与情感反应。

　　当春天来临，早春的风吹拂诗人身体的时候，她感到由衷的生命喜悦，《让春风告诉他，你是杏花》一诗便表达了这种喜悦体验：

让春风告诉他，你是杏花

　　许你一声悠然／便唤醒了墙外几枝鹅黄／布谷鸟滔滔不绝／非要惊了这早春／才能释怀／／那人的惊愕／满目欣喜／让春风告诉他，你是／杏花

2015 年 3 月 21 日

　　诗人在诗中运用第二人称表达方式，把自己想象成"杏花"，并且用了一种雅致而活泼的语言与语调，生动描绘了早春的景象，表达了诗人对早春来临的发自心灵深处的幸福体验。作品构思精巧，意境动人，妙趣横生。

　　而在清明时节，大地完全苏醒，繁花盛开，鸟儿欢唱，诗人的心灵与之发生了强烈的情感共振，且看诗人为我们带来的《清明》一诗：

清　明

　　连翘花楚楚明艳的时候／玉兰已从沉梦里醒来／落落大方地与和煦相约／／绿雾春烟的光影里／鹅黄点染的背景垂柳初依／鸟儿纤语，鹊儿欢歌／布谷鸟安舒于觅食／催耕过的土地被铁犁梳理后／若待嫁般期盼／农人播种下五彩的种子／／山色犹未走出节气的桎梏／空蒙的色调里孕育着生机／只等待一场春雨潇潇／我的东山，大写意在青翠欲滴里

2017 年 4 月 3 日

　　诗作用了画家般的眼光，细致、生动地描绘了清明时节大地与原野上色彩缤纷、生机勃勃的动人景象，大量色彩意象与听觉意象的运用，呈现绘画美与音乐美的艺术效果。作品色调明丽，诗人隐秘的喜悦与欢乐之情从字里行间流露出来。

　　在炎热的夏日，倾听着单调的蝉鸣声，诗人也能从中产生美好的生命幻想，我们现在来欣赏《在午后的蝉鸣里》一诗：

332

在午后的蝉鸣里

在心里养一个女儿 / 让她如海棠花般，楚楚明媚 / 读书时的样子如你一般 / 娴静，端淑 / 清澈的眼神儿能点亮万物 // 我用所有的美好来滋养她 / 于一滴水，一朵花 / 亦或这午后林荫里的一声蝉鸣 / 而她的能量，足以温暖 / 我的后半生

2017 年 7 月 11 日

该诗描述诗人在"午后的蝉鸣里"产生的美好生命幻想：抚养一个"如海棠花般"的"女儿"，她"明媚""娴静""端淑""清澈的眼神儿能点亮万物"，并且她可以拥有"蝉鸣"一般的"能量"，"足以温暖 / 我的后半生"。作品想象丰富，热烈情感表达的背后，透露了一种深刻的生命孤独感，令人悄然动容。而到了寒冬季节，大自然的寒冷与诗人内心的悲凉构成一种对应或呼应关系。比如，诗人在《小寒辞》（2020.11.22）一诗中这样写道：

冷月孤风中的苍凉 / 已无法遇到从前的你 / 你的万水千山 / 只有叹息，百看不厌 // 这世间事，除了生死 / 哪一件不是闲事 / 我放下过天地 / 却从未放下过你

从中可见，寒冬季节里"冷月孤风中的苍凉"，引发了诗人对爱人刻入骨髓的怀念之情。

另外，在《立冬辞》与《上帝，下雪了》等描写寒冬季节景物的诗篇里，也对应性地表现了诗人的生命伤痛体验与灵魂救赎愿望。

值得一提的是，诗人常常喜好将自己的生命情感直接投射在一个自然物体（景物）身上，或者说，一个自然物体（景物）常常能够迅速激发她的生命体验与情感反应，从而让她找到一个情感对应物，主体情感与客观物象（意象）互为呈现，难分彼此。我们来看一下诗人的《绿萝之殇》：

绿萝之殇

梳妆台前，我怜惜地 / 对着憔悴的绿萝 / 添水，自语 / 你离我最近 / 你要长久地微笑 // 她于无声中释然 / 浅绿，深情 / 一生无悔 / 而我的世界却噎成了 / 一片海 // 这世间，能有几多长久 / 只有灵魂于高处 / 缥缈成一段舞

2016 年 1 月 20 日

在这里，诗人灵魂的忧愁在"憔悴的绿萝"身上找到了对应物，也可以说，"憔悴的绿萝"映照出了诗人灵魂的忧愁模样。作品充满了深深的哀伤情绪，呈现古典性的审美情调。

诗人由于长期处于生命的忧郁与心灵的压抑状态，她需要进行自我的精神救赎，寻求宗教信仰与宗教救赎，不失为一种有效的灵魂拯救方式。诗人的《松塔》

一诗，就表现了这种救赎意向：

> 山风浩荡，吹过山巅／卷起北魏佛音遗落的绝响／我伫立崖边／忘却尘世的嘈杂／仿佛自己，生活在别处／／云层之上／谁的梵唱空灵，一念随香／云层之下，我的疲惫与不堪／还不曾卸下／／我贪婪地呼吸着山野的松香／摘下几颗入定的松塔／好让它为我薰香篮中的风物／传经，布道／在它们的禅悟里／我也一片赤诚

2020 年 7 月 5 日

诗人运用大气、雅致、流畅的诗句，描写了一座宗教名山的辽阔、庄严的景象，并且重点以"松塔"这一意象，表达了诗人对生命的禅悟，追求"忘却尘世的嘈杂"之后心灵赤诚如初（"恢复初心"）的生命本真状态。

总之，诗人夏微擅长借景抒情，或者以情写景，表现手法上还是颇为传统的，但这些传统型的诗歌文本有效维护了生命情感的传统价值，也是我们所不能忽视的。

（七）秋日静好：以古典的姿势叙述自己的心情故事

秋日静好，原名杨勇，山西长治人。现为长治市潞州区作协成员。作品散见于《潞州文学》《初垦》《竹韵清幽精品诗社》《印象十里》《上党晚报》《行走太行》《上党文艺》《微笑悦听》等杂志、报刊、公众平台。秋日静好在个人简介里将自己描述为"一个静美如莲的女子。用声音传递真善美，用文字放飞心情，诠释生命的意义和光辉。喜欢音乐，酷爱朗诵，钟情诗词"。

与"秋日静好"的笔名相对称，诗人的诗歌作品具有颇为鲜明的古典风格与审美情调：清新、单纯、宁静、深情。阅读秋日静好的诗歌作品，读者的心灵会感受到一种宁静的温馨与淡淡的感动。秋日静好的作品往往从自己热爱的人物身上及日常事物与生活场景取材，以古典的话语方式与审美姿态叙述自己的心情故事，抒发自己内心的真挚情感。

在《人间四月天》一诗里，诗人以心灵独白的方式讲述了自己的爱情故事：

人间四月天

> 人间四月，遍地芬芳／惹我情思飞扬／弹指间，岁月落痕渐淡／难忘那些幸福的时光／／幽静的乡间小路／撒下爽朗的笑声几串／松软的海滨沙滩／留下浪漫的脚印两行／花灯满城的上元夜晚／你紧紧抓住我的手／生怕我在人流中失散／／大雨滂沱的傍晚／小巷一时间成为冰川／你催我伏在你背上回家／我觉得这样真的不妥／你坚毅的双眸怎容我辩驳／……／／久经疼爱呵护的我／对你的依赖越来越多／一日不见生活黯然失色／短暂的分别／思念愈加强烈／你用宽广的胸襟／包容我的任性／我用无悔的付出／营造你的舒适

//我是你今生永恒的唯一／你是我今世最美的遇见／你我相伴／再苦再累的日子／都是人间四月天

在这首诗里，诗人以回忆的眼光与飞扬的情思叙述了"人间四月天""我"和"你"于幽静的乡间小路上执手同行的浪漫情景，以及在"大雨滂沱的傍晚""你我"相互体贴的"幸福的时光"，作品最后以"你是我今世最美的遇见"的感恩心灵话语，对自己的爱情故事予以了完满地概括与总结。作品在古典情调的基础上，又展示了浪漫色彩与唯美意味。

在《母爱》一诗里，诗人同样以心灵独白的方式叙述了母爱故事：

母 爱

——致我亲爱的妈妈

小时候，母爱是天／十月怀胎／妈妈经历了苦辣酸甜／从我呱呱坠地／妈妈就一刻也没有清闲／喂奶，喂药、换尿布／白天，手忙脚乱／晚上，彻夜难眠//长大后，母爱是伞／风起雨落，为我抵挡／烈日炎炎，为我搭凉／寒风瑟瑟，为我送来冬日暖阳／现在呢，母爱是岸／妈妈时常告诫／孩子，海面风浪太大／记得撑好帆，勇敢向前／累了，靠岸歇歇脚／妈，一直默默为你们祈祷／家，永远都是牵挂你们的港湾

在此诗中，诗人以感恩的心情、朴实无华的语言塑造了勤劳、慈爱的传统母亲形象，同时运用高度生活化的意象（如"母爱是伞""母爱是岸""港湾"等），描述诗人对母爱在不同生命阶段的内在感受，意象画面鲜明，情感质朴而深沉。

而在《你是我永远忘不了的》一诗里，诗人采用了精神对话的方式，讲述了她与闺蜜之间的心情故事：

你是我永远忘不了的

迎春花盛开的季节，你／曾经来过。／风的暖，／是你的纤纤玉指／将我的肩膀轻轻抚摸。//又到了／迎春花盛开的时节，你，／是否已经悄悄来过？／只是你不知，我未觉？//这野岭荒山，独步，乍感落寞：／听到／略带沙哑的鸟儿，在鸣；／看到／岸边地头的草儿，正青……//走过／一条条坎坎坷坷的小路；／越过／一道道深深浅浅的沟壑；／蹚过／一条条弯弯曲曲的小河……／每到一处，／轻轻地、轻轻地／呼唤着你的乳名，角角落落／却始终／听不到／你柔亮的回声，／看不到／你清纯的面影。//梦中，／无数次地回放着／曾经的曾经。

（清明节快到了，以此怀念我的闺蜜——兰，18岁白血病不幸早逝。）

作品以一个"迎春花盛开的季节"为背景，诗人在思念闺蜜的幻觉状态中，

营造了自己与英年早逝的闺蜜（即诗中的"你"）之间快乐会面的场景，两位闺蜜之间见面的细节与情景如梦似幻，尤其是诗人在"野岭荒山"之间追寻失踪闺蜜的情景描述，画面鲜明，亦真亦幻，宛如一个用梦境讲述"闺蜜情深"的心灵故事，在给人们带来深深惆怅的同时，也给人们无带来了无言的感伤。与作品的主题意向相对应，诗作语言追求押韵，呈现强烈的音乐性，犹如一篇诗人伤逝青春的歌词，回响着低沉、忧伤的心灵旋律。

诗人对爱情、亲情、友情的表现，习惯用讲述心情故事（心灵故事）的方式来加以呈现，这一点，在悼念历史人物的怀古题材诗篇中也是如此，《往昔与今朝》一诗具有代表性：

往昔与今朝
——端午忆屈子

往昔／你把一腔忠怨倾注／《离骚》《天问》《九章》／与《九歌》／忧心如焚／绝望中投入汨罗河／／今朝／你那一腔悲愤与高尚人格／早已幻化成／暗夜里一颗璀璨的明星／温暖世人的心灵／将沅水、湘水的千年故事／永远定格

在这首端午时节悼念屈原的传统题材与主题的诗作中，诗人采取了与屈原进行精神对话的表现手法，把屈原的悲剧遭遇与伟大的爱国主义精神及相关行为转化成一个"温暖世人的心灵"故事，在炎黄子孙中间永远流传，如同诗的结尾所写道："将沅水、湘水的千年故事／永远定格。"

本质上，诗人是一个天生喜欢讲述心灵故事的生命歌者，就像她在《梦想》一诗中所歌唱、所倾诉的那样：

梦　想

我有一个梦想／像鹰一样插上有力的翅膀／展开可飞九霄万里／任我在蓝天中自由翱翔／抚平白云、月亮的忧伤／收起雾霾的铁网／搏击暴风、闪电的猖狂／挑起彩虹的脊梁／／我有一个梦想／像鹰一样拥有敏锐的目光／立在悬崖绝壁／猎物一览无余／当我对目标做出精准的判断／全神贯注　迅速出击／否则就会失去美味／上帝赐给我无与伦比的坚强／铸就了我苍穹里的辉煌／／我有一个梦想／……

这首诗具有强烈的音乐性，歌词化倾向十分鲜明（实际上可以把这首诗当成一首歌词），诗人通过讲述心灵故事、表达生命愿望的方式，自我塑造了一个完美、高大、坚强的理想主义者形象。

全面来看，诗人的作品主要表现情感主题，致力于情感故事的叙述，呈现古典主义的主导性审美情调，语言风格以清新、单纯、质朴、自然为主体，然而，

在诗人涉及亲情叙述的诗作中，有时还展示幽默的审美趣味，《"老"爸老了》与《不要和我说话》是其中两篇有代表性的作品。

《"老"爸老了》一诗讲述了老爸给诗人发生日问候信息的故事：

"老"爸老了

每逢我生日／第一个送祝福的人／准是老爸／今年也不例外／／"宝贝三女儿，父母祝你生快乐，天天开心，事事好意！"／更正：事事如意／／严谨了一辈子的"老夫子"／一条短信两处误笔／别一字"如"，立马更正／丢一字"日"，竟然没发现／这样的事儿／之前绝对不会发生

该诗采用了生活化的口语，叙述了老爸在"我"过生日发问候信息时出现明显错别字的真实故事。作品的整体叙述语调轻松、亲切，结尾时的说话语气微带调侃，展示一种质朴的幽默意味，令人莞尔。

《不要和我说话》则是叙述诗人与自己女儿的亲情关系故事：

不要和我说话

女儿上了初中／听她说得最多的一句话／——"不要和我说话"／／放学回家／我说："宝贝儿，饿了吧？"／她似乎没听到／径直走进书房，关上门／我推开书房门／喊她吃饭／她头也不抬，回我一句／"不要和我说话！"／／睡觉前／我催促两遍／她先是不理不睬／我央求她／"快睡吧！明天早起呢，好吗？"／她依然是那句／"不要和我说话！"

与《"老"爸老了》一样，这首诗也采用了非常生活化的口语，叙述了上初中的女儿放学回家后与作为妈妈的"我"的对话情景，诗人在诗中多次引用女儿对"我"讲的一句口头禅："不要和我说话！"这一方面真实地表现了女儿的青春期叛逆心态，另一方面也凸显作品内在的幽默审美趣味，当然，这种幽默审美趣味是在作品故意不动声色的叙述语调中流露出来的。

总体来看，秋日静好是一位传统型的女诗人，她作品的整体风格可以用"轻盈"一词加以概括，期望诗人今后能够在诗歌技艺方面多下功夫，自我突破，为读者多奉献一些有分量的精彩文本。

（八）桑小燕："诗国里的流浪者"与"诗坛上的祭品"

在长治女性诗人当中，桑小燕具有颇为浓郁的流浪情结与浪漫情怀，而这一点构成了桑小燕身上标志性的精神底色与创作特色。

桑小燕是"长治诗群"中公认的具有影响力的诗人，她出生于20世纪70年代，山西长治黎城人，现在长治市委网信办工作。桑小燕系中国作家协会会员，曾出版诗集《屋檐上的白鸽》《羊的眼泪》《九月大雁》《北方的相思》，出版长篇小说《镜子》。先后荣获山西赵树理文学奖、山西"五一劳动奖章"、山西"三八

红旗手"、山西省信息化工作先进个人等荣誉称号。

从创作方法与审美趣味来看，桑小燕属于比较典型的浪漫主义诗人，因为她骨子里对庸常的现实持有一种不认同的态度，在作品中始终执着地抒发自我的情感，表达着超越现实的美好生命愿望。《一棵树长在路边》便表现了这样的主题意向：

一棵树长在路边

一棵树长在路边／枝叶上沾满尘土／飞扬的枝干努力向上伸展／试图避开俗世的攀缘／但生长的地方不能移动／那深深的根系已扎向远方／／一棵树长在路边／树身上刻满伤痕／层层滑落的树皮下／一片片新嫩毫不畏惧／既然无法选择生存的自由／就举起坚定的绿意衍生／／一棵树长在路边／无奈地长在路边／它忧伤地看着来来往往的行人／看着太阳在行人的头顶消失／它日复一日地等待／那敲着铙钹披着慧光的人的到来

该诗运用传统的表现形式，以隐喻的手法描述了"一棵树长在路边"的生存状态与"突围"心态，表达诗人超越世俗生存的生命愿望，展示理想主义的人生态度。

众所周知，浪漫主义诗人通常拥有一种源自灵魂深处的流浪情结，它在桑小燕身上也体现得非常鲜明。《流浪的麦子》是体现诗人流浪情结的典范性文本：

流浪的麦子

一

一粒麦子不小心／它从布袋的破口边掉出来／它被主人摔在马路上／于是，它无法回到土地中间／从此，生长的梦想被困扰／如果石头可以唱歌／如果沥青可以肥沃／如果有一阵风吹过／这粒麦子就不会忧伤地等待／在坚硬的路上四处漂泊

二

麦子痛苦地思索／究竟这布袋是谁割破／为什么单单让它出走／在没有希望的黑夜流浪／如果有个伴多好／如果有块地多好／如果有一阵雨浇来／这粒麦子就不会寂寞地哭泣／在荒芜的世界独自闯荡

三

一粒麦子不小心／它走出了生长的土地／如何回去　如何回去／流浪的麦子不知所措／天空突然下起了鹅毛大雪／／在初春里惊动一切生灵／麦子欢喜无比／它被六角型的雪花紧紧抱住／在完全的湿润里／开始发芽

该诗运用童话或寓言的表现手法，以单纯、质朴、流畅的诗句与充满童真色彩的艺术想象力，描述了"一粒麦子"走上流浪漂泊道路的坎坷遭遇以及最后获

得理想天堂垂青的心路历程。在此诗的语境中，"一粒麦子"可以理解为诗人的精神化身，"坚硬的路"象征着诗人在追求理想人生过程中所遭受的磨难、困境与精神迷茫，而"六角型的雪花"则象征着诗人在历经生命全部苦难后所追求到的童话般的理想境界，这个理想境界显然属于诗人的一种浪漫想象，体现女诗人浪漫主义的美学趣味与理想主义的人生态度。简言之，《流浪的麦子》可以视作诗人的一幅精神自画像，是对其流浪情结高度诗意化的演绎与阐述。

与《流浪的麦子》立意相似，《方向》一诗同样表达了与流浪或流浪情结有关的主题意向：

方　向

有时候一下子就被删除了 / 我们不得不从头再来 / 就像脚上的鞋子 / 因为道路换了一双又一双 / 方向却不变　永远站在前方 // 血脉里流动着疯狂 / 一棵草的春天来了 / 心上铺满了绿 / 那是毕生追求的生长 // 即使黑夜降临 / 而方向无眠 / 高悬着磨难和胜利的旗帜 / 招引 / 方向　这是怎样的诱惑啊 / 如果我能拒绝死亡 / 我将用活着的光阴把你歌唱

从诗中的"脚上的鞋子""道路""磨难""黑夜"等意象与词语可以看出，流浪情结依然是本诗的精神底色，但诗人对"胜利的旗帜"所代表的追求"方向"采取了一种坚定的歌唱姿态，展示诗人极端理想主义的人生追求，全诗情调浪漫，抒情色彩浓烈，富有鲜明、有力的节奏与韵律。

由于桑小燕对诗人的形象与价值具有强烈的认同感，因此，她身上的流浪情结便具有不同凡俗的特殊价值，在《诗国里的流浪者》一诗中，诗人对自己的流浪者形象予以了一种诗意化的定位：

诗国里的流浪者

端着梦想的饭碗 / 拄着智慧的拐杖 / 在诗国里流浪 / 翻越无数道山脉 / 蹚过万千条河流 / 在或冷或热的人世间 / 遭受褒贬 // 怀揣救世的雄心 / 高擎理想的大旗 / 在诗国里流浪 / 讲百姓人家的故事 / 说善恶美丑的下场 / 在或旱或涝的日子里 / 坚定不移

该诗运用坦白、真诚的话语，自我塑造了一位浪漫主义的诗人形象：追求梦想与智慧，"怀揣救世的雄心"，"高擎理想的大旗"，虽然受尽人间炎凉，遭遇万千坎坷，但弘扬真善美的意志与决心"坚定不移"。由此，诗人身上的流浪情结呈现高度的理想主义精神价值，令人赞赏。

进一步说，桑小燕身上之所以一直保持着不变的流浪情结，是与她对诗人形象、诗人身份、诗人价值的自觉认同紧密相关。我们来看看她对诗人形象的诗化描绘，先来欣赏一下《诗人之夜》：

诗人之夜

几颗花生米 / 一碟老咸菜 / 英雄的酒憔悴无比 / 夜之空虚却被思想填满 // 就高举一杯月光吧 / 畅饮清辉缕缕

在这首短诗中，作者通过一个诗人饮酒场景与细节的生动描述，凸显人们普遍认知中的诗人清贫形象，但作者却对诗人的独特价值（富有思想）予以了特别的指认，该诗篇幅虽然极为精短，但立意高迈，意境动人，呈现浪漫主义的审美风采。

与《诗人之夜》相比，诗人笔下《一个诗人的天堂》的幻想色彩与唯美韵味更为浓郁：

一个诗人的天堂

这里永远没有黑暗 / 天蓝得不敢呼吸 / 阳光醉了 / 光影摇晃着诗人的寂寞 / 一个诗人的天堂 / 总在风和日丽的时候开放 // 那些永远割不完的世俗 / 在这里无法找到 / 诗人把鲜花放在石头上 / 让柔软和坚硬彼此都有梦想 / 一个诗人的天堂 / 美丽　宁静　安详

桑小燕动用了出色的艺术想象力，描绘了她心目中诗人的理想天堂（殿堂），以浪漫、唯美的情调描绘了诗人精神世界的超凡脱俗"美丽　宁静　安详"，充满强烈的乌托邦色彩。

而在《祭品》一诗中，我们可以发现作者身上存在一种"诗歌崇拜"情结：

祭　品

我愿意是诗坛上的祭品 / 在众诗神的光辉下　渐渐枯萎 // 我愿意在寂寞中被供奉 / 在高高的供台上 / 俯视那些面孔朝上的人 // 我甚至愿意成为被焚烧的香火 / 在明明灭灭中变成灰 / 我甚至愿意成为灵魂卑微的朝拜者 / 在无数个咒语中 / 消失在人们的精神里 // 我愿意是诗坛上的祭品 / 慢慢老在那些字句里

这首诗采用心灵独白手法，诉说诗人与众不同的生命愿望。诗人在诗中反复宣称"我愿意是诗坛上的祭品"，表明自己愿意为诗歌而奉献一切，其"诗歌崇拜"情结的背后，无疑体现了作者对诗歌价值与诗人价值的极端认同与崇拜心态。作品的浪漫想象上升或转换为充满宗教意味的神性体验，具有庄严、崇高的审美情调。

全面看来，桑小燕的诗歌作品整体上具有浓烈的浪漫主义抒情色彩，女诗人通常采用直抒胸臆、意境营造等传统手法，来表达其对生活与生命的热爱态度，作品情感通常具有单纯、真挚、热烈、忧伤等品质，具有鲜明的风格辨识度（如《一个好日子》《把夜点燃》《给我一块橡皮》《如果》《就这样吧》《再写渡口》《巢》

《安静地走开》《风为谁而起》等作品），从中见出诗人较为出色的抒情才能，我们这里再以《阅读》一诗为例：

阅　读

一

雨是天空的眼泪／天空的心事太大／没有谁能拒绝／这眼泪湿透了世界／或急或慢的雨／或大或小的雨／瞬间覆盖一切／谁站在雨里　想把天的心事阅读

二

什么是我的眼泪／干瘪的眼眶／空洞地发出脆响／心怀枯萎　没有一丝云彩／该怎样制造惊雷／如何制造一场雨／没有支撑的灵魂／等不来阅读的朗朗之馨

三

没有眼泪的人是多么可怕／干燥的心灵要着火／于是　我在自己的恐惧里寻找／我追逐乌云　我呼喊闪电和雷鸣／我双膝跪地祈祷千年／如果我读懂了天空的苦楚／是不是也有一个人来把我阅读

这首诗以诗人的阅读体验为表现内容，把其阅读中的极端情感体验以大自然现象来加以联想性的对应呈现，画面鲜明，想象丰富，语言风格灵动而单纯，充满童话般的色彩与韵味，从中见出诗人颇为扎实的艺术功底。

总之，我们可以将桑小燕定位为"诗国里的流浪者"与"诗坛上的祭品"，她携带着诗人的绿色通行证，在通往浪漫主义、理想主义的诗歌道路与人生旅途上一路跋涉着，不畏艰苦，勇敢前行，在太行山脚下留下一个寻梦者的亮丽背影。

（九）和飞燕：用沉默的爱情对抗流逝的时光

和飞燕，20世纪70年代出生于山西长治。在长治女性诗人当中，和飞燕的创作才能较为全面，创作成绩也比较突出。她有诗歌、散文、鼓书段子等作品在《诗刊》《鸭绿江》《延河》《漳河文艺》《当代诗人》《山西日报》等报纸杂志发表。其诗作《春日之爱》获中国作家金秋征文比赛一等奖，《花见》获山西新锐诗人奖，潞安大鼓《依依发廊情》获第五届中国曲艺大赛牡丹奖文学入围奖，武乡琴书《杏花开了》获第六届中国曲艺牡丹奖大赛节目奖，《我又想起你》被中央电视台曲苑杂坛栏目选用，《哦，砂锅》获第六届中部六省曲艺大赛一等奖。至今已出版诗集《爱或者疼痛》《唯有沉默可以对抗时光》《花见》。

综观和飞燕的全部诗歌创作，可以发现，诗人在其大量诗歌作品中重点表现爱情主题，这里的爱情，不仅仅是指狭义的男女之间的爱情，更包括了诗人对生命、生活以及整个世界的热爱之情，正如她在《谁点燃了野火》一诗中所发表的生命宣言：

谁点燃了野火

这个春天，田野空旷鸟雀悠闲／阳光蓝到透明／我是如此热爱这世间所有的一切／爱地里还未腐烂的秸秆／爱山崖背阴处将要消融的积雪／爱槐树林里的一捧荒草／爱高速路桥下几只蹦跳的麻雀／……／这世间，虽然有数不尽的悲痛与无奈／可我依然小心翼翼地爱着／远处，黑烟越来越浓／可我不知道，谁点燃了野火

这首诗将"野火"作为中心意象，并以直抒胸臆的方式，表达了诗人对这个世界的无比热爱之情（尽管这个世界不很完美），该诗可以看作诗人对这个世界的一则"爱情宣言"，由此也充分凸显其诗歌创作的主题方向与精神底色。

与诗作《谁点燃了野火》的主题意向构成紧密呼应，《行走素描》（《十八缸》组诗之一）也鲜明地表达了诗人对世界与人生的热爱态度：

行走素描

在太行山，无数次行走只是为了爱／爱荆棘丛生的荒坡里小径隐秘／爱悬崖边努力生长的老柏树筋骨嶙峋／爱石板缝里挤出的一滴水，终于汇流成溪／爱废弃古道上半个蹄印拢住了过往沧桑／爱简陋的山神庙，与碎石垒起的玛尼堆彼此为邻／爱云雾、雨雪、松涛、鸟鸣、花果，以及养活山里人的各式农作物／……／行路人，把山顶唯一的白皮松当作路标／大汗淋漓之后的一碗面汤就是幸福／爬上山顶喊一嗓，四面回音／人生从此再无寂寞悲欢

通过上面两首短诗，我们可以感受到诗人爱情诉求与情感表达的主要审美特质：情感细腻、真挚、热烈，抒情气息浓郁，意象画面鲜明，意境优美动人，具有感染人心的艺术效果。

像绝大多数传统型的女性诗人一样，和飞燕对男女之间的美好爱情怀有一种浪漫的憧憬与幻想。《起风了》是此方面的代表性作品：

起风了

亲，过来坐会吧／这砂石板的台阶并不凉／／台阶之上，原来的破屋早已修好／别担心起风的时候无处躲藏／／现在，我们可以一起看大风吹落夕阳／一起看秋叶旋转，无比轻盈。再无旧日的负担／／在这小小的村子，爱不需要语言／我会把秋风送来的落叶，全都当作礼物收藏

这首短诗以独白的方式与温柔的语调，诉说了诗人在深秋时节对她心中恋人的爱情心愿，单纯、温馨、唯美情爱场景的主观营造，与作品中诗人至真至纯的爱情呼唤，构成了一股浓郁、迷人的情感氛围，深深感动着读者的心灵。

与《起风了》一诗中男主人公（作为恋爱的一方）的"缺席"状况构成对应

关系，《春尽头》一诗表达了诗人对爱情失落的伤感情绪：

春尽头

中午阳光照进屋里，满满当当的温暖／光芒笼罩之中的我迟钝慵懒／看不到花瓣上漂浮着笑／／阳光下，细小的灰尘独自舞蹈／故事的主角被局限于小说／我却想把纸里的哀伤说给你听／／看，我的期望多么小／小到阳光躲闪着就晃过了灰尘／而我想和你虚度的时光，再也经不起回头

该诗以细致的笔触描述了"阳光下，细小的灰尘独自舞蹈"的动人情景，在结尾处，诗人感慨曾经的浪漫爱情不堪回首，作品的忧伤情调与晚春时节形成内在的情绪契合点。

在表达爱情失落的主题意向上，《落花辞》与《春尽头》一诗堪称"姊妹诗篇"：

落花辞

借助风，雨水，完成一次圆满／红颜易老。苍白无力回天，凋零意味重生／／在孤寂中打坐。忘了深情、微笑、决绝与赞美／施施然，贴近大地与神灵／／从此，落花默认有蝴蝶的翅膀／我默认爱有想入非非的光芒

这首短诗围绕"落花"这一核心意象，以简洁的语言与鲜明的画面，抒发了诗人内心深处的"红颜易老"、爱情易逝的人生悲叹，作品充满着一股浪漫的伤感情调。

相对于诗人笔下的爱情叙述，她对亲情的抒写着墨更多，父亲、母亲、弟弟等亲人均多次成为诗人笔下的叙述对象与抒情对象。

在《芒种》一诗中，诗人这样刻画她记忆中的父亲形象：

芒 种

去地里摘一把新麦／麦芒扎手。疼痛尖锐细腻／／时光日夜奔走。填不饱的嘴巴／深谙烈日与暴雨，深谙内心的庄严与烦琐／父亲弯下腰，背上汗珠滚落／草帽下的一点阴凉从未有过坦然放松／／从绿到黄。疲惫汹涌／穿过父亲短暂的生命和身体／／多年后疼痛平复／但麦芒上的刺一直留在肉里

诗的语言与意象简洁、到位，充满力度，生动描述了父亲勤劳、贫苦的形象与不幸遭遇，表达了诗人对父亲的深切怀念，情感内敛节制，深沉感人。

在《我爸我大爹》一诗中，诗人继续描述父亲及伯伯的形象与命运：

从小失怙。相互扶持，长成麦芒河边的两棵苦苦菜／不敢随意说出苦乐／寡言。近乎木讷到被人忽略／一碗面条就足以／让他们感叹，遇上了好时代／／偶尔，我也把他们从没喝过的酒倒一杯／算是替他们好好活着

该诗同样运用简洁、到位的语言与意象，生动刻画了诗人的父亲与伯伯的苦难形象，结尾的细节描写含蓄地表达了诗人对两位逝去亲人的无限怀念与骨肉情

深，让人难以忘怀。

而在《门口的蜀葵比昨天多开了2朵》一诗中，诗人将思念的对象对准了自己心爱的小弟：

门口的蜀葵比昨天多开了2朵

我一直都爱着这热烈的花朵／所有赞美仿佛只是它们努力盛开的回应／仿佛我一次次低下头／只是为了看清楚花蕊中蜜蜂拎着甜蜜的桶／这浓郁的夏季，蝉鸣和雨水一起奔跑／空空的碾子从来不曾有过沉重／年轻的小弟自然还是年轻的模样／／——自从小弟离世，我的赞美就言不由衷／／你看，现在我说门口的蜀葵比昨天多开了2朵／好像就可以安抚自身比花朵还多的忧伤／以及这么多年来无可消解的痛／村子老了，房子老了，碾子老了／可这热烈的花朵／依然还是盛开的模样

该诗以流畅、质朴的语言描述了门口蜀葵花朵怒放的热烈情景，以此衬托诗人内心深处对小弟不可遏制的强烈思念，花朵热烈绽放的景象与诗人内心的伤痛，形成鲜明对比，由此构成此诗的艺术张力效果。

由于诗人对亲情无比珍视，因而，逝去的亲人成为她经常缅怀与书写的对象，《清明小叙事》就是这样的对于逝去亲人予以集体性缅怀的亲情叙事诗篇：

弟弟走了之后，我把他种在自家田里／与太爷爷、爷爷的老坟，隔着一个斜坡的距离／／第二年，父亲走了。我把他送到北岭的公墓／新坟孤单。我没和弟弟商议，又把他放在了父亲的旁边／／大爹一生孤苦，在第三个秋天无疾而终／一副托人寻来的骨殖与他一起下葬，碑上刻着"和门爱氏"

这首六行亲情叙事诗篇，采用口语化的简洁叙述方式，交代了三位亲人的最后归宿，作品情感内敛、克制，细品之下，不难体会到诗人隐藏很深的心灵哀伤，作品中不经意间所洋溢出来的诗人对逝去亲人的血缘之爱，令人悄然动容。

除了表达对父亲、伯伯、小弟等逝去亲人的热爱之情，诗人对依然健在的母亲的亲情叙述也给人留下深刻印象，现以《院子里的母亲》为例：

院子里的母亲

这么多年，母亲一个人守着偌大的院子／守着父亲小弟走了之后的荒凉／种树，种菜，种花，种各式深深浅浅的思念／孤寂的夜晚，辽阔而漫长／母亲就借鞋垫上五彩的丝线来回忆过往／／这是她的家她的院，她全部的心碎与偶然／蔬菜，果树，都在六月里蓬勃／四季竹长了尖尖的叶，月季花惊心动魄地开／桃子红了。羞涩漫过了词语的高度／傍晚，燕子归巢。有小小的鼓噪填满空寂／／我喜欢这样安静的初夏／也喜欢母亲，偶尔露出桃子般娇羞的小模样

该诗运用质朴、精确、生动的语言与场景描写，刻画母亲无比孤独的精神状态，作品中的抒情内敛、克制而纯粹，凸显母女情深，令人感慨万端。

此外，诗人还在《母亲节里的紫藤花》一诗里描画忧伤的母亲在劳动中所感受到的短暂喜悦心情，从中体现诗人对母亲的深切关爱之情。

除了表现爱情（狭义）与亲情，诗人还将她的关爱之情投向广阔的领域：比如，她的《在村口遇见扛着秸秆的老人》《轻慢》《我空有答谢之心》等诗作，表现诗人对乡村百姓的底层关怀精神，以及对底层民众的感恩之情。在《我家的猫，叫花卷》等诗作中，表达了诗人对动物的怜爱之情。而在《花见——油菜》等诗作中，又表现了女诗人热爱大自然的美好情感。总之，诗人笔下所表现的爱情是非常阔大的，具有博爱性质，正如她在短诗《情歌》中所描述的那样：

情　歌

雪花一朵挨着一朵／不存在似是而非的宏大叙事／也不存在彼此仇视、争吵、互撕和死去活来的伤痛／／就这么一朵挨着一朵／抱团取暖

毫无疑问，《情歌》中所描述的雪花"一朵挨着一朵""抱团取暖"的动人情景，就是诗人以比喻的手法所表达的博爱思想。因而，诗人笔下与心中的美好"情歌"，就是人类互相关爱的爱情（博爱）之歌，充满着浓郁的浪漫主义与理想主义色彩。

进一步看来，诗人对爱情（广义）的主题表现与关于时间、命运的主题表现始终是紧密结合在一起的。其中存在着这样的逻辑关系：因为诗人非常热爱生命，珍惜爱情，而时间的流逝与命运的无情又常常让生命、爱情面临虚无的境地。在这里，生命与爱情彼此融合，二位一体，互为载体，互为呈现。而时间的流逝，在本质上对生命构成了内在的否定力量。《素描》一诗呈现的就是这样的时间主题：

素　描

昨晚一夜大雪，早上我们去看雪／雪灌进鞋里，袜子湿透，脚丫感觉不到冷／厚实的大地坦荡荡。掩埋一切，杂草，灰尘，垃圾，谎言，死亡／雪地空寂。不可描述的尘世逐渐变形／不说痛，不说冷，不说灰喜鹊摁下枝头摇晃的雪／我低头看看自己的脚印，无关任何隐喻或破碎／说到底，不过是一个脚印覆盖另一个脚印，就像今天必将覆盖昨天

这首短诗以素描手法描述了"早上我们去看雪"的真实情景，诗作在结尾处生发的感慨："不过是一个脚印覆盖另一个脚印，就像今天必将覆盖昨天。"呈现诗人无力留住时光的时间体验，充满着浓郁的伤感情绪。

与《素描》一诗构成对应，《那么多的花，我不知道摘哪朵》一诗表现了时间主题与命运主题：

那么多的花，我不知道摘哪朵／这个季节，总有花盛开／总有屝弱的茎举起肥硕和沉重／大片的风吹过来／花看似没心没肺地随风摇曳／其实我知道，它们内心有自己的法度／／相对于人世间的浅薄与偏见／它们只是淡淡然地开／并不理会宿命，早已埋伏在凋零之前／也不在意一些秘密在低处相逢／那么多的花，我常常不知道该摘哪一朵

在此诗的语境中，"花"是代表爱与美的意象符号，也是女性高洁形象与不幸命运的象征，因为在时光的无情流逝中，鲜艳盛开的"花"最终难逃"凋零"之宿命。在这里，女性的生命之美与情感之美，与时间、命运构成内在的对立与冲突关系。

由于意识到了时间、命运对生命与爱情构成的威胁与否定性力量，诗人最终选择以一种宗教情怀来对时间、命运进行审美超越，以留住人间大爱，而这本身也是对生命的意义与价值升华。在此方面，《唯有沉默可以对抗时光》堪称一首宣言性的作品：

唯有沉默可以对抗时光

大部分时光都在寂寞中流失／羊头山千年沉默，足以对抗刀斧凿的雕琢／／雕刻者无名，心中有慈悲／石头以佛的面貌给洪荒的尘世一点微光／／山河残缺。荆棘把刺编成王冠／佛说，心中有光，路上有灯／从此，人世间很多繁杂的事物／可以忽略不计

在诗中，诗人运用佛教意象与宗教意境来表达她对世俗时光的超越意向，而诗人的沉默姿态呈现的是一种无言、大气的宗教体验，充满悲悯情怀，给人以深刻的心灵抚慰与精神洗礼。

在选择宗教情怀的审美超越后，诗人笔下的爱情主题进入了一种更高的境界。《所有的草木，都是药》一诗可为典型例证：

所有的草木，都是药

这个尘世经常有病／偶尔，我也借病的名义／去山里采几朵连翘，二钱茵陈／／地黄还没成型／那就摘三支桃花放窗口／敛半盏星光来下酒／／伤口感染也不怕／地上，所有的草木都是药／怀抱慈悲度众生

在诗中，诗人运用丰富的想象力，以简洁、质朴、生动的语言表达了其治病救人、"怀抱慈悲度众生"的悲悯情怀，令人赞赏。

由此，和飞燕自我塑造了一位怀抱温暖大爱、富有悲悯情怀的诗人形象，她的《花见——飞燕草》就是一幅关于诗人自身的精神自画像：

历经寒暑。开紫色的小花／有和我一样的名字／也有和我一样的草木之心／／慈悲。短且柔的茎举起沉重／从不给人与把柄／深怀戒备。尽可能呈现

美好//与大山森林相约。一生陪伴／以内心的辽阔来拥抱晴空的湛蓝／亦用自身的卑微，给身边蚂蚁些许的暖

诗中所刻画的"飞燕草"形象，就是诗人精神形象的化身与写照，诗人将自己的草木之躯赋予一颗"慈悲之心"，并且表明"亦用自身的卑微，给身边蚂蚁些许的暖"，诗人有意无意中把自己塑造成人间博爱者形象，令人肃然起敬。

总体看来，诗人和飞燕的诗歌审美趣味归属古典与浪漫的范畴之内，她的作品具有强烈的抒情色彩，艺术风格以深沉、忧伤、真挚、灵动为主体，但不时也可见单纯、清新（如《黄昏谣》），活泼、明快（如《天很宽哈》），深刻、沉重（如《龙王庙》《楼道里的麻雀》）等风格元素，显示诗人审美风格的丰富性。总之，女诗人和飞燕有着颇为出色的抒情才能，她为数不少的抒情诗作品为长治女性诗人们的创作增添了分量与光彩。

三、女性情感经验的现代性表达

与不少长治籍女诗人流连甚至沉迷在古典主义与浪漫主义的艺术风格与审美情调中截然不同，有些长治籍女诗人在其创作中则表现了鲜明的先锋姿态，呈现现代主义的艺术风格与美学精神，张佳惠、秋临是其中两位具代表性的女诗人。

（一）张佳惠：在心灵自白中沉痛或尖厉地呐喊出女性生命经验

张佳惠，20世纪80年代初出生于山西襄垣。文学硕士。做过编辑、记者、文秘等工作，后在山西长治学院任教。前几年出国，现居英国伦敦。

张佳惠是"长治诗群"女性诗人中的第一位现代主义诗人，说得再准确一些，是第一位女性主义，因为张佳惠诗歌创作的先锋精神或现代主义美学趣味，最终落实到她的女性主义文化姿态、精神诉求与语言风格上。这一点，在张佳惠的诗集《暗处》（2008年出版）中体现得非常鲜明。

张佳惠诗集《暗处》由"情爱物语""尘埃之梦""行吟路上"三辑构成，分别呈现了诗人的忧伤、失落、痛苦、绝望的爱情经验，阴暗、孤独、幽闭的女性心理状态，以及反抗意识、叛逆姿态、流浪情结、死亡冲动、自恋心态等女性主义文化精神与女性生命经验。

作为一名具有鲜明性别意识的女性主义诗人，张佳惠首先致力于其爱情经验的深度呈现。这一点，在所有的女性主义诗人那里已经成为一个普遍规律，因为对一个女性主义诗人而言，她的女性主义思想与意识的形成与其受伤（伤痛）的爱情经验关系紧密。从张佳惠的诗歌文本中可以看出，这位年轻的诗人整体上受

到了 20 世纪 80 年代中国女性主义代表诗人翟永明、伊蕾、海男等的深刻影响，无论是在女权思想、女性意识还是在语言风格、审美趣味上，均展示鲜明的女性主义文化姿态与艺术特质。

中国的女性主义诗人几乎都深受美国"自白派"诗歌的影响，普遍采用"自白"手法表达自身的女性情感经验，张佳惠同样如此，她采用"自白"手法呈现忧伤、失落、痛苦、绝望的爱情经验。在表达自己的爱情（情爱）经验时，诗人主要采用两种"自白"语调：一种是沉痛或低沉的语调，表达的是忧伤、失落的爱情（情爱）经验；另一种是尖厉或高亢的语调，表达的则是痛苦、绝望的爱情（情爱）经验。而在具体的诗歌文本中，这两种语调（沉痛与尖厉）常常会交替性出现。像所有的女性主义诗人一样，张佳惠开始时对爱情同样怀有一种充满古典、浪漫色彩的美好期待，在《心结》一诗中，诗人这样向她心目中的理想爱人倾诉其内心的情结：

心　结

我知道你来过／即使你未曾留下足迹／我知道你想要说什么／即使你未曾开口／我一直在朝着你说的方向／一刻不停地走／从来不曾懈怠／只是我从来不敢问自己／究竟离你近了还是远了／／我一脸漠然地嘲讽一切／我夸张地解构痴心绝对／但我知道在我心里／有一种东西始终坚如磐石／它使我缺少叩问自己的勇气／／我知道你希望我理解水／并且成为水／而我的灵魂中总有许多沙尘暴／我知道你在远远地注视／注视我的脸庞　背影转身的姿态／眉心的川字　额上的皱纹／你总说我又靓了许多／是希望我不要被伤痛淹没／希望我更好地接近水的品质／希望我有足够的能力去洁净和荡涤／／你习惯用沉默去阐释一些事物／就像你不作声地聆听世界／你习惯在别人忙于聒噪的时候／独自沉默　静静注视　默默倾听／我不幸做了你的一小片风景／今生再也不可移植／我是长在你目光中的一株植物／我一直想告诉你／当一个人／活在一种长长久久的注视里／活在一种深深的静默与由衷的祈祷中／是多么幸福的一件事／你是我一世解不开的心结啊／远远近近的期待／／孜孜矻矻的靠近／这些年来我一直试图打磨掉一些记忆／而属于你的那些底片却日益清晰

在这首诗中，诗人用一种低沉、温柔、忧伤的语调，面对自己心目中的理想爱人（即诗中的"你"），娓娓诉说内心深处对"你"的一往情深，展示诗人对爱情非常传统的一面：她对美好、理想的爱情怀有永远的憧憬、期待与追求，这是她解不开的一个心结，由此凸显诗人身上极具古典主义与浪漫主义色彩的爱情心态。

在展示具古典主义与浪漫主义色彩的爱情心态方面，《我想就这样老去》堪称《心结》的呼应性诗歌文本：

我想就这样老去

我想就这样老去／就这样成为你无字的碑文／成为你憧憬的目光中／那一朵亭亭的莲／直到开败了整个秋天／／我想就这样老去／像那个双目失明的儿童／让你带着我乞讨　打钟／在我床边破旧的藤椅上／诵读美丽的诗文／／我会为你点燃脚边的炉火／在大雪冰封的夜晚温一壶老酒／我知道你会涉水而来／顺路带一支冰凌花／插在我枯涩的窗前／／我会静静地等待／等待你带着风沙的气息／向我走来／同我一起死亡或者再生／／我只想让世人知道／你是实在的／你是实在的／你像影子／跟随了我的一生

在诗中，诗人同样采用一种低沉、忧伤的说话语调，展开她充满温柔气息的死亡想象，通过几个古典而浪漫的意象画面与温情场景的精心营造，表现了诗人含蓄、内敛而又刻骨铭心的爱情（情爱）体验，带给读者悠长的心灵感动。

但是，诗人美好、理想的爱情之梦，在残酷无情的现实面前很快就变得破碎了。美好爱情的失落是她必须承受的必然结局。《生命中的一棵树》以隐喻的方式宣告了诗人的"失恋"遭遇：

生命中的一棵树

未及抬头你已站定／至今不知你顶天的高度／你说你立地已五百年／为的是了一段尘缘／／其实我不是如约而赴的那个痴人／我从来都走得漫不经心／这次终于停了下来／停下来是因为旅途劳顿／／睡着的时候／我梦见了格桑花／璀璀璨璨地开了整整一春／春过了花还未谢／梦醒后已是一生

在这首短诗里，诗人用了"一段尘缘""痴人""旅途""格桑花""一春""梦醒""一生"等词语与意象，形象、生动地表现了诗人对这段美好恋情的悲剧性体验，作品采用低沉的语调，给读者讲述了一则充满古典与浪漫意味的爱情悲剧故事。

"失恋"意味着诗人爱情梦想的崩溃，这给诗人带来的精神打击是巨大的，从此她的内心失去了那份古典式的宁静与忧伤，在爱与恨、希望与失望、热情与冷漠的心灵纠结中，诗人的精神状态开始悄然质变，她开始变得阴暗、冷漠、迷茫、怨恨，甚至学会自嘲，变得玩世不恭起来了，一个女性主义诗人的最初形象开始出现在读者面前。《断章》一诗就传达了诗人这样的心灵信息，我们来看一下该诗的前面三个诗节（该诗共五节）：

一　我们俩

这么快似乎就到了尽头／我说我脸上新长的粉刺比爱情长久／你沉默浏

览汽车网页假装听不懂／我阅读听音乐以此驱赶／不断袭来的无边荒凉

二　我是谁

我的征婚资料上写着：女，27，硕士，教师／我教书阅读迷恋书房与讲台／在音乐中昏睡／从年轻的笑脸中汲取活着的勇气／因某句稚气的认同而窃喜／崇尚博学之士与特立独行的女子／偶尔对别人的文字说三道四／感觉自己人模狗样／对功名爱恨交加／／自从回到这个被称作故乡的地方／我常做的事就是携着一堆书和文字四处逃亡

三　你离我那么远

你就躺在我身边／失眠的夜晚／连呼吸都是失真的／它们像雷霆　像闪电／在我心里下起滂沱的雨／我在雨中凄迷／你在梦中微笑／／你离我那么远／我们一个在地上／一个在天边

《断章》是表达"失恋"主题的一个诗歌文本，诗的标题其实暗含着诗人爱情（情感）世界的破碎、断裂状态。在诗中，诗人用独白手法，叙述了自己与恋人之间无法达到心灵沟通与融合的"错位"状态，面对无法避免的爱情悲剧结局，诗人这样说"我脸上新长的粉刺比爱情长久"，反讽性的话语凸显诗人对待爱情开始萌生玩世不恭的不良心态，它在诗歌话语层面与心灵话语的意义上打破了诗人最早（在她对爱情的梦想还没有失落以前）比较传统的女性诗人形象，而一个先锋女诗人的形象（女性主义诗人形象）开始浮现在人们面前。

在《一个失眠的人》《目睹一枝玫瑰在瓶中凋谢》《此情欲寄无从寄》等诗歌文本中，诗人反复表白她的失恋情感经验，情绪已由忧伤、失落逐渐变得痛苦、绝望，说话的语调也开始变得非常沉痛起来。《我曾那么无望地爱过你》是具代表性的一个文本，我们来看一下该诗的后半部分：

冬天的寒风会造访我的茅舍／我已把留给你的酒喝光／那盏昏黄的油灯也即将燃尽／但不管是清晨还是黄昏／我都不能和你相逢／就像参与商／在夜空遥相呼应却永无交汇的一瞬／我不怕看到你在秋日的夕阳下彳亍／但我怕听到你在残夜的微茫里叹息／我想我们爱着绝不是为了失眠／／或者只有死亡才能根治相思的恶疾／但你是知道的／我根本不需要那些忘怀和平静／我将孑然一身上路／收起那匆忙发过的誓言／在暗淡的回忆中／打捞你的面影／是一如当初／还是长满皱纹／／也许没有改变却再也无法亲近／但我定会在记忆的篇章里／留下那些短暂的相思的诗行／并且等待一个朴素的夜晚／有一扇夜蓝的窗户／为我开启

这是一首典型的自白风格的情感诗。从中我们可以感受得到，诗人的说话语调是相当沉重的，表达了她对爱情的绝望与痛苦情绪，给读者以深深的心灵触动。

诗人在表达自身的爱情伤痛经验时常常控制不住自己，说话的语调由沉痛、低沉不自觉地转向尖厉与高亢，在《我是一只秋天的小兽》中，我们能够明显感受到这两种语调的并存，我们来看一下该诗的后半部分（该诗由两节诗构成）：

二

如果 / 如果是这样 / 就请你要求或容忍我 / 像小兽一样爱你 恨你 / 你知道我多么讨厌说 / 如果 和 请 / 就像讨厌一切可能的谎言和假面 // 我的爪子是锋利的 / 尽管许多时候 / 它只用来亲近大地 // 至于那些鲜亮水滑的皮毛 // 我一直觉得它们更适合 / 在一些豪华大氅上 / 招徕善意或不善意的目光 / 而我喜欢在雪地里觅食 / 我迷恋那种阳光下的舞蹈 / 无论劲爆或慢摇 / 在肢体的每一处舒展与狂放中 / 我体会着蓄发的力量 / 隐藏的智慧 / 和柔媚的忧伤 / 这些美好琐碎的细节 / 它们组成我灵魂的交响 // 阳光 / 她总是来得那么适时 / 掩盖 或者镀上光芒 / 如此 心有灵犀 // 没有一把万能的利刃 / 可以分毫不差地切割世界 / 纰漏是细筛的网眼 / 有什么东西簌簌而下 / 却没有挥发 / 我敏感的鼻子嗅到了它秘密的气味 // 我的伤口突然间燃烧起来 / 它们流血 尖叫 跳起来撕咬我 / 撕咬这无边的夜色 / 和夜色里 / 暗藏的虚空

《我是一只秋天的小兽》可以理解为诗人的一幅灵魂自画像，它采用独白手法，通过"小兽""爪子""阳光""利刃""伤口""流血""夜色"等一系列充满心灵幻想色彩的意象，生动、有力地呈现了女诗人在爱情方面的深度受伤经验。其中，"小兽"就是诗人心灵受伤的灵魂画像。诗作前半部分的说话语调是沉痛的，而结尾部分的说话语调则是尖厉的，诗人发出的痛心疾首或者说椎心泣血的心灵呐喊，其痛苦、绝望的情感宣泄，给人以强烈的情绪感染效果。

相形之下，《致我的情人》一诗对爱情伤痛经验的表达显得力度更强，因为诗人在诗中说话的语调已经由沉痛、低沉上升到了以尖厉与高亢为主，其内心的痛苦、绝望情绪得到了全面释放：

致我的情人

灵魂的飓风 狂飙 暴风雨 巨浪滔天 / 你我的世界多是台风天气 / 一切难道是为了握手言和之后 / 更有力地拥抱和更长久地燃烧？ / 在一场盛宴中化为灰烬？ / 尔后一起超升？ // 无休止的争战与制衡 / 黑暗与迷狂撕裂与摧毁 / 早已使我迷失来路 / 我被囚禁 没有出口 / 我曾膜拜的高贵的理性 / 早已在遭遇你的刹那 / 悄然而知趣地退场 / 可是你我都得不到拯救 / 在这场措手不及的爱情事故中 / 我们同为肇事者与受害者 / 两败俱伤是我们共同的宿命 // 那海市蜃楼的景观终会退去 / 你我终会疲累地躺在沙滩 / 闭上眼睛等待阳光 / 这时 / 我们不知道谁更需要抱慰 // 我从不讳言自己对被洞穿的吁求

351

／我渴望某种透明／我是个琥珀般的女人／我想我的内核该是嵌了一尾前世的鱼／我的眼泪太浓稠了／它筑成了我坚硬的壳／但为何在我与头顶的星辰之间／我只遭遇了痛　殇以及空／你看不到／你或许永远看不到／我的黯然的吁求是如何把我击伤／在一场激情的灰烬中／在你眼里／我只是一枚远古的化石／策谋着从内核突围冲天而起／发出一声鹤唳／即便如此／我依然会忍不住地问／在鹤唳的凄厉里／你听到过／我血脉的贲张和心脏的狂跳吗？

诗作采用自白手法，展开了"我"与"你"之间一场想象性的精神对话，诗人说话的语调是尖厉与高亢的，情绪激动不安，表现了爱情梦想破碎后的痛苦、绝望、挣扎与愤怒情绪。全诗意象鲜明而奇幻，比喻恰切而精当，语言风格尖锐而直率，可谓是对一次深刻失败爱情经验的成功艺术自白。

由于诗人经历了爱情理想的破灭（或幻灭）过程，刻骨铭心的失败爱情经验激发了其阴暗、孤独、幽闭负面心理的全面爆发。《阴影》可谓是一个女性"病态心灵"的宣言式文本：

阴　影

一些黑／一些块垒／一些看不见的光线／它们叠在一起／凌乱　臃肿／充满喧嚣／有时歇斯底里／有时寂灭／像死亡一样宁静／它们寄宿在我的身体里／最终成为其中的一部分

这个篇幅精短的文本呈现了诗人"充满喧嚣""歇斯底里"等负面性生命体验，其中，"黑"（"黑暗"）是该诗的情感主基调，它有力地凸显女诗人的"黑暗意识"，表现了女诗人的阴暗（阴郁）心态。众所周知，"黑暗意识"是女性诗人的标志性精神意识，它体现出女性诗人对自身生命苦难境遇的自我体认。在20世纪80年代，著名女性主义诗人翟永明发现与创造了"黑夜意识"，被公认为中国当代女诗人性别（女性）意识觉醒的重要标志。

因而，张佳惠笔下的黑色意象同样具有女性意识觉醒的思想含义。诗人在其文本中多次使用黑色（黑暗）意象，表明她已具有自觉的女性意识（或女性自我意识），《磷火》是此方面的代表性文本：

磷　火

那些小小的开在黑暗中的花朵／现在　它们又一次开在我黑暗的诗歌中／我的灵魂的废墟之上／它们有时奔走有时飞舞／／那鬼魂的神秘之舞　媚惑之舞　黑暗之舞／开满我所有的童年记忆／如此真切地写下我最初的恐惧和向往／如今它走进了我的诗歌／成为我文字中的营养／／于是我得以曲径通幽再次回到故乡的原野／在远远的山坡上眺望那黑暗中的神秘之火／／我多么希望能和那些可爱的鬼们且歌且舞／但它们全都隐身不见／事实上我知道／它

们就生活在我身体的某个角落／成为我体内的铁　盐分和钙质／这些年来它们一直跟随着我／从来就没有离开

女诗人以"磷火"为书写对象与情思激发点，运用出色的艺术想象力，生动地描述了"磷火"像"可爱的鬼们"在故乡的原野上"且歌且舞"的动人场景。在诗中，"黑暗"是一个关键性的主题词，它重复出现了三次，它不但是指一种物理现象或自然现象，更是暗喻一种心灵现象或精神现象，它有力地表明诗人身上存在一种"黑暗意识"，即女性对自身生命的悲剧意识与苦难意识（受难意识），同时，它也彰显诗人身上存有的充满悲剧色彩的阴暗（阴郁）心态。

通常而言，诗人身上的阴暗（阴郁）心态是病态的，不健康的，而她身上这种病态或不健康的心态，很大程度上又体现为她的深度孤独心态。当然，诗人的深度孤独心态，首先是她的爱情理想得不到男性恋人理解与呼应后的绝望心理与伤痛生命体验，如同诗人在《此情欲寄无从寄》中的第二诗节《至深的爱是孤独的》所坦白的那样：

不是所有的笑容／都是欢乐的证明／不是所有的泪水／都可以在阳光下肆意奔涌／不是所有的伤痛／都可以做展示的标本／不是所有的疲惫／都可以得以抚慰和温存／不是所有迷航的船／都有梦中的灯塔指引／不是所有的真情／都能得到真情的回应／不是所有暗夜中遥对星月的挂牵／都只为更深地抵达和接近／不是所有梦醒时分的呢喃／都是源于心的悸动／不是所有创伤都能愈合／不是所有诺言都可兑现／不是所有缺憾都能补救／不是所有放弃都心甘情愿／不是所有冰冷的表情都不为所动／不是所有拒绝的姿态都是残忍／不是所有相通的脉搏都可以跳在一起／不是所有爱着的人都可以剪烛西窗冷暖与共／飘忽的眼神是暗藏的期待／转身的背影是无言的表白／只是至爱的人啊／你不知道／你真的不知道／这世上有一种彻骨的痛是源于爱／有一种旷世的爱是伤害／于是　只有孤独着／孤独　只因无人能懂／孤独只因懂的人不可以靠得太近

这里，诗人用了尖厉而沉痛的语调，真诚、直率地表白了自己极端孤独的生命体验，一泻而下的心灵话语表达，凸显诗作浓烈的抒情气氛。

值得指出的是，诗人对深度孤独心态与生命经验的表达，并非仅仅满足于情绪宣泄，也非常注重对之予以审美表现，《孤独之花》是此方面的典范性文本：

孤独之花

如何才能让人们相信／孤独是灵魂深处一片芬芳的泥土／在你低头沉吟的一刻／它兀自开出了夺目的花／那花有着冰冷的逼人气息／有着白色的冰凌的形状／有着黑色的如幽思如内敛／如不为人知的秘密的颜色／还有着如

敏感的触角一样的枝蔓和筋络 / 它们如此倔强地生长蔓延 / 它们如此精准地抵达靠近 / 它们在黑夜的备忘录上 / 用特殊的语言画下密密麻麻的符码 / 它们盛开着　言说着　触摸着　记录着 / 后来它们长成黑暗角落里的一盏灯笼 // 我时常默然端坐 / 像信徒之于上帝 / 注视着我内心的孤独之花 / 它们让我因丰盈而泪流 / 它们让我最大限度地随心所欲地盛开 / 它们让我握紧这难得的片刻 / 在喧嚣的浊气中注视自己 / 它们让我明了在我拉上窗帘的一刻 / 更多的孤独正在人群中疯长

这首诗运用一些充满心灵幻想色彩的唯美意象画面，对诗人的深度孤独经验予以了艺术化呈现，诗作想象丰富，意境奇幻，语调克制，情感真挚，在孤独经验的到位表现中，我们也能真切感知诗人的某种自恋心理，而这种自恋心理，是诗人维护其灵魂尊严的需要，正如她在《灵魂》一诗中这样写道："你住在我心底最干净的地方 / 成为我体内的铁质。"

当诗人深陷孤独心态而不能自拔之时，她的生命便日益自我封闭起来，形成一种幽闭心态（封闭心态），可以说，幽闭心态是诗人孤独心态的极端表现形式。或者说，幽闭心态是比孤独心态更加不健康的精神状态，体现出诗人的一种病态心理，在此我们可以《幽闭的事物》一诗（该诗由九个诗节构成）为例证，该诗在结尾部分这样写道：

九

幽闭的事物是真正把我唤醒的事物 / 一些事物容易在暗处显露真相 / 我因此对黑暗抱有持久的敏感和深度迷恋

由此可见，"幽闭的事物"实际上是诗人"幽闭心态"的反映，诗人在诗中公开声明"我因此对黑暗抱有持久的敏感和深度迷恋"，充分彰显其身上存在的"黑暗情结"（或"黑夜情结"）。因此，诗人身上的"幽闭心态"便导致其心态偏离正常轨道，走向女性自我设置的黑暗精神世界。

进一步来说，张佳惠笔下呈现的忧伤、失落、痛苦、绝望的爱情经验，以及阴暗、孤独、幽闭的女性心理状态，主要是源自诗人对以男性为主角的爱情梦想的深度破灭，以及由此遭受巨大的心灵创伤与精神打击。由此，诗人对男性世界彻底失望，并且对男性的形象有了深刻的颠覆性认知，于是，人生理想与生命愿望彻底破灭后的诗人，对男性形象、男性社会、男性文化秩序进行了全方位的解构性书写，充分凸显女性主义的写作姿态与诗人形象。概言之，反抗意识、叛逆姿态、流浪情结、死亡冲动、自恋心态构成了诗人张佳惠笔下女性主义文本的主要思想精神与生命经验。

在表现诗人对男性的反抗意识方面，《原谅我》是一个具代表性的文本：

原谅我

原谅我／我已经来不及沉默／我害怕人生苦短／有些话来不及说／／原谅我／我已经来不及斟酌／我害怕因此耽搁太多的时间／我害怕那些充满魅惑的词汇／会将真正的光芒包裹／／原谅我／我已经来不及隐藏／我已几近迷醉和疯狂／我不怕冒天下之大不韪／我不怕践踏众人的目光／我不怕在刀锋上舞蹈／我不怕面对这个世界残酷的真相／我只怕／怕被一个眼神击伤／从此失去了表达的渴望／／我还怕／怕被堵上嘴巴／被蒙上眼睛／被强制遗忘／／我更怕／怕被封杀／被窒息／被埋葬／因此我急切地想要诉说／也许语无伦次／也许并不能企及我心中沉睡的梦想／但即便如此／我仍然不惜声嘶力竭／不惜声带断裂／不惜从喉咙里喷出血来／因为那血散发着红罂粟的芬芳

该诗以呐喊式的自白话语，表达了她作为一名觉醒的女性对男性世界与男权社会的强烈反抗欲望与自觉反抗意识。在这个文本的语境中，"充满魅惑的词汇"暗指男权话语，"天下""众人""刀锋""这个世界"等词语与意象，均代表男性世界与男权社会。诗人在诗中大胆宣称自己"不怕冒天下之大不韪""不怕践踏众人的目光""不怕在刀锋上舞蹈""不怕面对这个世界残酷的真相"，实际上是公然表明自己挑战整个男权话语体系、男权社会及男权文化秩序的反抗意识与精神勇气，而诗人在诗中这样说道：

我还怕／怕被堵上嘴巴／被蒙上眼睛／被强制遗忘／／我更怕／怕被封杀／被窒息／被埋葬

从中可以看出，诗人对男权社会的强大力量在思想认知上是非常清醒的，内心也是非常畏惧的，正因为这样，她反抗男权社会的意识与愿望才如此自觉和强烈。而由此，充分而自觉地彰显她的女性主义思想观念与文化姿态。

除此之外，诗人对于男性的反抗意识，还体现在她对男性话语的人为解构方面。例如，诗人在《词语游戏》中，通过对男性来定义的词语"传统"意义的刻意解构，来达到解构男人与男性社会（男权社会）的目的，而她对全体男性的反抗与挑战意图便不言自明了。我们试看该诗的第三诗节：

三

操　做早操　操守　操你妈　同室操戈／当操守与操你妈将早操做成了同室操戈／这个世界便开始显现它混乱的真相／一群啤酒在无人的角落里翻滚　哭泣／男人的咆哮和女人的尖叫听来滞重而沉闷／事实上区别只在于／早操是不带武器的独立的肢体运动／同室操戈是拿着武器的联合的群体运动／早操是肢体的舒展／同室操戈是肢体的碰撞／还有就是／做早操的人一般

年龄相同／同室操戈的人一般血脉相通

在此，诗人通过词语游戏的方式，采取一种戏拟男性粗话、脏话的表意话语策略，达到解构男性话语、反抗男权社会的写作意图。

在展示诗人对男性的叛逆姿态方面，《与镜子谋反》堪称一个典范性的文本：

与镜子谋反

　　我们有多久不曾坐而论道了／我知道荒疏你的日子便是荒疏了自己∥烈焰红唇淡扫蛾眉／那些绚丽的冷艳的温香的／它们寂寞着簇拥着睡去／你目睹我身边的男人／来了　又去了／他们无一例外地／钟情于我衣带渐宽的腰肢／面对我丰腴瘦削的灵魂没有丝毫兴避／那些无关痛痒的追击／那些擦边球的游戏／加剧你隐秘的深处的痛／却令你的肉体昏昏欲睡／你注目一切不言　也不语／你安于一隅与我惺惺相惜／而在今天在这个心情不坏天气不坏／门铃坏了的时刻（是我把它弄坏的）／我们终于再次对坐　赤诚　一如从前／时光从来不会在你我之间制造隔膜／就像你不会隐瞒我一秒钟前长出的一条皱纹∥今天／我们有足够的时间和心情／来策动一场彻底的叛乱／让那些粉面含春那些顾盼生辉／那些一丝不苟的美丽都通通见鬼去吧／让我们一起来重新打造／一个古灵精怪的女巫形象／嘴巴要血红眉毛要高挑脸盘不圆不方不长不短／眼神儿要狰狞凌厉最后一定要记得／在那个黑色尖顶帽子上／插一根鲜艳的羽毛

这首诗以"镜子"为观察角度，一方面通过它透视出"我"周围的男人只是出于满足身体欲望的原因而与"我"来往的真实面目，另一方面通过它，把"我"有意塑造成一个喜欢独特打扮的"古灵精怪的女巫形象"，以此凸显自己强烈的女性主体审美意识，有意颠覆男性的审美趣味与文化规范，凸显一个女性主义者的叛逆文化姿态。与此类似，《烟蒂二题》也是通过对男人抽烟的行为模仿与话语戏谑，来呈现诗人对男性世界的叛逆意图。

诗人发现，对男权社会的反抗、叛逆行为最终解决不了生命价值与生存意义空虚的问题，于是，精神焦虑的诗人萌生了流浪情结，她试图在流浪的道路上去寻求灵魂的自我救赎。《在这个匮乏的世界上》是此方面的代表性文本之一，诗作的结尾明确地表达了诗人的"流浪意图"：

　　存在是一桩疯狂的事情／而适时的缄口和伪装／一直是我在这个尘世里／毕业不了的功课／我为此被判终身流放／每时每刻／我们都在做自己和别人的叛徒／除了虚空　我们一无所有／因为我们必得在面包之外获取救赎

在这里，我们不难发现，诗人身上的流浪情结具有存在主义的哲学意味，它试图解决生命价值空虚的严峻命题，并试图完成灵魂的救赎问题。

流浪虽然听上去似乎很浪漫，但是长久的精神流浪还是给诗人带来严重的灵魂焦虑，出于逃避痛苦的心灵本能，诗人不时萌生一种死亡冲动与死亡意识，在死亡想象中，诗人痛苦、焦灼的灵魂能够得到暂时的安宁。《前世的一只枯叶蝶》一诗便表现出这样的主题意向：

前世的一只枯叶蝶

我慢慢收回自己　合拢／静静地聆听／我已经决定／从今以后／我要按照内心的方向／一意孤行／我想我的前世／定是一只飞倦的枯叶蝶／秋天阳光光芒万丈／就在我头顶的上空／而死亡　是足下的青草／如此真实地逼近／用它特有的香气诱惑我／并给我滋养／我听到人们在不远处的草地上／谈论咖啡　瓷器　怀孕和失恋／孩子在阳光下追逐／他们总是把游戏当作人生／就像大人把人生当作游戏／一切如此美好／我要一意孤行

诗人把自己想象成"一只枯叶蝶"，以蝴蝶的口吻与语调，叙说了自己对死亡的憧憬与向往，在诗中，死亡被高度审美化了，它在想象中成为美好人生的最后归宿。诗作语调亲切，充满隐秘的喜悦，使得文本呈现艺术情感的张力效果。

作为一名女性主义诗人，张佳惠的诗歌文本中呈现自觉的身份意识与心理状态，其中，自恋心态也是女性主义诗人一种极具标识性的精神特征之一，因为自恋心态体现女性主义诗人对自身文化身份的高度自信，而这构成了其写作与生活的双重自信。在这一方面，女性主义诗人张佳惠的《关于写作的女人一百行》是一个广受人们关注的症候式经典文本，兹引全诗如下：

关于写作的女人一百行

写作的女人找不到回家的路敲不开陌生的门／写作的女人比真实更真实比虚空更虚空／写作的女人怀揣巨大莫名的感动在未知的世界里／狼奔豕突流浪逡巡　一座宫殿的倾圮抑或竣工／牵动着从皮肤到血脉　从神经到骨骼的痛／这痛止于呼吸　始于宿命／中空地带是永无止息的欲的围剿　灵的突奔／／写作的女人是镜花水月的女人／写作的女人清晰可辨一览无余／写作的女人深不见底形迹可疑／写作的女人向整个世界敞开揽月入怀高歌畅饮／写作的女人自我囚禁如夜出昼伏的猫头鹰／写作的女人不问春秋冬夏季节轮回／写作的女人在夜晚独自聆听生命在花浆里拔节的声音／写作的女人不关心时空倒转今夕何夕／写作的女人默祷星月交汇　万物寂灭／大地上所有花朵开放　无人问风起何处　香自何来／写作的女人是诗心澄澈满怀悲悯的女人／写作的女人蜚短流长众说纷纭难有好名声／写作的女人有猫一样的品性却没有猫的九条命／写作的女人有狐狸一样的敏锐却被误读成狐狸精／写作的女人绯闻在空气中飘散细节比她的文字更灵动／／写作的女人是活在阴影中最

357

终将阴影覆盖的女人／写作的女人文字贬值时被操控文字的男人盯着下半身／写作的女人文字涨价时下半身被更多的男人传诵／写作的女人不成名时是男人眼中不可理喻的女人／写作的女人成名后的文字都需打上"女"的烙印／写作的女人以女人的名义写作无论有意还是无意／写作的女人写了一辈子至死都不愿承认自己的文字姓"女"／／写作的女人从古到今命运多舛／写作的女人相信缘属天定／写作的女人用骨节敲打文字用乳汁喂养词语／写作的女人是强壮而羸弱疯癫而冷静的女人／写作的女人为一个词语通宵失眠／写作的女人野心勃勃梦想用沙砾颠覆一座大厦／写作的女人不惜用骨髓在废墟上培植炫目的野花／／写作的女人是个名词／可以叫作自闭症抑或神经质／写作的女人是个动词／忍受抑或突围勉强可为她作注／写作的女人是个形容词／狂野与贞静是她最美好的品质／写作的女人是个副词／蹑手蹑脚尾随一条滑翔的曲线／必要时俯身成为一个小小的支点／写作的女人是个介词／在女人和写作之间／画着一个又一个循环的圆／写作的女人是个叹词 一不小心／那些耗尽心血的玫瑰的花朵／那些榨干乳汁的贫瘠的园地／那些骨髓培植的荒凉的废墟／被无情的时光掀动／飘洒成空气中似有若无的浮尘／和来不及欸乃一声的叹息／写作的女人最是个象声词／当各种乐音叮咚着在指缝中流淌／她的幸福和忧惧全部来自／无论怎样精彩的演奏都无法穷尽或者抵达／本质总在不远不近的地方若即若离／如万能的上帝透视着她内部的秘密／诱惑她走近 又嘲笑她无能／她衰弱颓唐如寒冬穷苦的老姬／她匍匐于词语的表面莫衷一是／渴望荣光的领地被下一个带着金属光芒的将士占据／那时她将心甘情愿自动请降／如同一场漫长的精疲力竭的身体角逐／祈盼着销魂的一刻来结束这场盛大的战事／／写作的女人加起来其实是个无穷大的悖论／这悖论如同巨大的阴影 宇宙的黑洞／让她身心俱焚 死亡或者再生／更多时候 它们被一闪念的灵光轻轻移植／在纸质器皿中散发秋的光芒和火焰的气息／／写作的女人独自安于酒吧一隅用禅意解读世界／写作的女人鹿一样昂着头出没于钢筋水泥的都市丛林／写作的女人想象着穿越人心的壁垒像穿越故乡的村庄／写作的女人习惯在宴会前用黑色眼影／遮掩被文字和烟灰熏出来的黑眼圈／写作的女人有时高举傲世的酒杯／闭上嘴巴把耳朵作垃圾筒／写作的女人偶尔是聋哑人／写作的女人很孤独 写作的女人很害怕喧闹／写作的女人很寂寞 写作的女人更害怕隔阂／写作的女人很低调 写作的女人张扬起满世界的风尘／／写作的女人是遗世独立的女人／写作的女人是超级自恋的女人／写作的女人在她的秘密花园里餐风饮露叱咤风云／写作的女人有时被一个逗点撵得可怜巴巴无处藏身／写作的女人用一堆幻象为自己打造宫

殿也打造坟墓／写作的女人躺在自己的坟墓里自掘墓志铭／写作的女人是超拔的女人比世俗还世俗／写作的女人是另类的女人比普通还普通／／写作的女人是旧瓷器上的一点彩釉／写作的女人是山水画中的一抹留白／写作的女人迷恋词语像葛朗台崇拜金币／写作的女人偏爱带有光芒的事物像官迷心窍的职员渴望晋升／写作的女人视力不佳因此看事物从不用眼睛／写作的女人悄然洞见事物的背面却以沉默为金／写作的女人喜欢隐喻认为诗歌应该更多地属于女人／写作的女人从男人的袜子而不是领带判断他的生活／写作的女人从男人的语调而不是词语明了他的内心／写作的女人是男人最贴心的朋友和最可怕的敌人／／写作的女人武断执拗／写作的女人通达透明／写作的女人吐自己的丝织自己的茧／写作的女人验证着人生的丰富和丰富的苦痛／／当我被这些词语的弹片击中／我就是那个命定的写作的女人

这首诗以话语狂欢的形式，采用矛盾修辞的表现手法，对一位女性主义诗人丰富、矛盾、复杂的自我形象进行了全方位的刻画与塑造，同时对一位女性主义者的命运进行了生动叙述，其女性主义的自恋心态，以及自恋心态背后流露的文化自信姿态，给人以无比深刻的印象。

毫无疑问，《关于写作的女人一百行》是女性主义诗人张佳惠一幅具有生命总结意义的灵魂自画像，它包含着非常丰富的精神信息。这个文本对理解张佳惠的女性主义文化精神与美学趣味的创作而言均都有提示或总结意义。当然，如果从艺术层面来看，《关于写作的女人一百行》并不是最出色的文本。《失语时代的抒情》《一首诗和 N 个词汇》《残缺》《野花》等，以及前面论及过的不少文本，都是具有较高思想艺术品位的女性诗歌文本（或女性主义诗歌文本）。

总之，张佳惠是一位很有才华、也很有艺术个性的女诗人。她在诗歌创作中一直保持着先锋精神向度，她的语言风格一向具有尖锐、坦率、幽默的品质（例如诗作《尖锐的东西》），虽然近些年她似乎不再致力于女性主义诗歌文本的创造，而在她出国以后的近作《伦敦随笔》（组诗）当中，那种先锋姿态与写作的活力还依然存在，衷心祝愿这位可为"长治诗群"女性诗人增添光彩的先锋女诗人，能够在异国他乡的环境里一直坚持先锋诗歌的创作，为我们带来更多成熟、优异的先锋诗歌文本。

（二）秋临：无主题变奏中对事物的反讽性叙述与解构性书写

与张佳惠一样，秋临是"长治诗群"内部先锋姿态颇为鲜明的一位女诗人，不过，秋临并不像张佳惠那样主要以一位女性主义诗人的面目出现在人们的视野中，在秋临的身上及其诗歌文本中，的确很难发现女性主义（或女权主义）的思想观念与文化姿态。秋临整体上属于一位现代主义的女性诗人。

秋临，本名李倩涛，20世纪70年代出生，山西长治屯留人。1995年，秋临毕业于山西省晋中师范专科学校汉语言文学专业，毕业后先后在屯留电视台、屯留县委部门、乡镇工作，现供职于长治市潞州区融媒体中心。

秋临在初中时候受到现代诗的启蒙教育，并开始尝试学习写诗，有两首小诗发表在县里的报纸和文学刊物上。进入21世纪以来，网络写作形成热潮，秋临的诗歌写作热情被大大激发，她成为一名非常活跃的网络诗人，2006年以来，秋临的写作进入收获期，到2011年，她先后出版了两本诗集《十二女子诗坊》《无名驿》，部分作品被收入《超超主义》《长治诗群》等选本。2011年至2017年期间，秋临忙于生活，暂时搁置写作。2017年以来，在吴涛、赵立宏等诗人朋友的激励下，秋临又恢复了诗歌的写作并坚持至今。

综观秋临目前为止的诗歌创作，可以发现她诗作的题材与主题非常广泛与繁杂，可以用诗人一首诗的标题"无主题变奏"来加以概括。在秋临的笔下，人、事、景、物，样样具备，而与之对应的思想主题呈现同样的丰富性与多元性。下面，即从题材的角度对诗人的诗歌创作从思想艺术层面进行简要的论述。

诗人对写人或者说刻画人物形象兴趣浓厚，她笔下的人物形象众多，但是，诗人描写人物形象时通常展示漫画般的反讽、解构手法，以及充满现代主义色彩的黑色幽默（冷幽默）审美趣味。诗人笔下的《顶着水罐行走的女子》是此方面的典范性文本：

顶着水罐行走的女子

没有哪一条河流是没有源头的

——题记

"要汲水就去海市蜃楼里汲水／从赤足行走的这一刻起，所有的道路都成为沙地"／她举着右手护佑头顶，她一袭亚麻布长裙／她赤足丈量着落满时间碎布片的沙地／你可以叫她玛丽／／或者叫她傻子／她要到海市蜃楼里汲水。她从凌晨开始丈量时间这块洁白完整的布匹／到夜晚她就是一地碎片里缺失的那一块／你可以叫她失踪的玛丽／／或者破碎的瓷器／她擎着右臂，她脚踝光洁／她的长裙随风摆动，她穿越高低不平的亚麻地／／时间的锯齿划伤她的面颊／她摔倒，跌坐。她叹息，哭泣／她擎着右臂护佑头顶，她穿越高低不平的亚麻地／／微妙的平衡，仿佛头顶真的有一个水罐／仿佛真的有一条河流在时间之外完完整整地流淌／在海市蜃楼的图像里，作为一幅静止的画框／你可以叫她莫须有的玛丽／／或者，失败的玛丽

2008年7月11日

这首诗以一幅西方经典名画中汲水的美丽女子作为描写对象，诗人有意运用反讽性的表现手法，将这个无名的画中女郎先后称呼为"玛丽""傻子""莫须有的玛丽""失败的玛丽"，配以充满反讽、解构意味的场景描绘，对画作中那位"顶着水罐行走的女子"传统淑女形象，同时对整幅名画传统的美好寓意予以全部解构或彻底颠覆，由此鲜明地凸显诗人反传统的先锋意识与叛逆姿态。

源于诗人身上反传统的先锋意识与写作姿态，诗人对其笔下的人物时常显露反讽、调侃、幽默（冷幽默）的现代性审美趣味。例如，诗人这样描述与她萍水相逢或者只有一面之缘的"养蜂人"形象：

养蜂人

你没有错。当我们同时走过一片开花的树林 / 显然你的感官更准确 // "这是春天"。感时的植物们枝条柔媚 // 水分充盈。你将蜂箱一字排开 / 一直排过我的边界 // 我知道，你的爱情一直有两种形式 / 追逐花开和酿蜜给我

2017 年 5 月

在这首短诗中，诗人运用简洁、精准的语言生动描述了阳春时节"养蜂人"辛勤劳作的形象，结尾处，诗人如此说"我知道，你的爱情一直有两种形式 / 追逐花开和酿蜜给我"，把"养蜂人"给顾客提供蜂蜜的行为表述成一厢情愿式的情爱话语，充满冷幽默的审美趣味，令人莞尔。

即使对待自己的好友或闺蜜，诗人也不忘展示她的冷幽默，这里以《威利·旺卡》为例：

威利·旺卡
——给襄敏

如果你看到我残留嘴角着的巧克力 / 你一定会替我擦去 / 这形同于我对姐姐这个称谓的理解 / 甜化掉了，黑还自己留着 // 我当老大太久了。妈妈再心疼 / 也没办法给我生出个姐姐来 / 在这个称谓上，我持续遭遇 / 威利·旺卡的难题。但 / 如果我看到你嘴角残留的巧克力 / 我也一定会 / 轻轻地替你擦去

2010 年 4 月

诗人以威利·旺卡这个著名的童话主人公作为话语契机，采用"我"与"你"进行精神对话的方式，想象性地设置了"你""替我擦去""我残留嘴角着的巧克力"，以及"我""替你擦去""你嘴角残留的巧克力"的温馨场景，以此凸显"我"与"你"之间的姐妹情深，但文本自我调侃性的说话语调，不经意地流露了一种冷幽默的审美情趣。

老师（教师）通常是受到人们尊重的人物，但在诗人的笔下，他们基本上成

为被调侃、被解构的对象，这里举《旧话重提——老师的一题二式》为例：

旧话重提——老师的一题二式

耳光老师

一直想找你讨个说法老师／他的青春期比你廉价的烟卷还短／他左脸的粉刺比右脸的阳光还多／你总是用耳光和他说话老师／他的青春期长满了粉刺／／他上学是为了睡觉和耳光老师／你爱选择他的脸发表操行评语／偶尔你会用枣木棍批改他吊儿郎当的裤管／你把他咬在齿间抽／直到把他磕成几截烟灰／呸地吐出教室／／他老早就不再哭泣了老师／他回家的作业也是睡觉和耳光／父亲撕碎他的画／母亲把所有的纸张放在厕所不许他写毛笔字／我们从没听他说过话老师你听到过吗／／突然很久不闻耳光声／你抽上了带嘴儿的香烟／他带走了所有的粉刺／／他后来喜欢用刀砍人家的手老师／不知你夹烟的左手或擦黑板的右手／哆嗦了没有

瘦老师

你总是笑着，笑的面积很宽大／比黑色的棉袄还宽大老师／你总是白白的，白得很经典／从衣领到双手到满腹诗书到空空的口袋／你在宽大的黑棉袄里笑得很洁白／你是一个笑着的仿宋体汉字老师／／你讲课的声音比毛笔还柔软／板书的时候总加一个美丽的兰花指／那不妨碍你是一个男人／在讲台上你始终是一竿青翠的竹子老师／／我不敢使用橡皮老师／我担心一不小心会擦破你清澈的目光／和你沾着红墨水的手指上／比纸还薄的表皮／／你骑着咣当作响的自行车乘夜回家／一碗菜粥落满星光／一家三代七口人在你的薪水上安居／你喝了一点小酒老师／酒杯里你的眼睛红红的老师

2006 年 11 月 12 日

《旧话重提——老师的一题二式》由"耳光老师""瘦老师"两首诗构成，刻画了两位老师的形象。在《耳光老师》一诗中，诗人用反讽的语气叙述了一位作风简单粗暴、喜欢打青春叛逆期调皮学生耳光的老师，给这位调皮学生（诗中的"他"）造成的精神伤害与不良社会后果，塑造了一位负面性的人民教师形象，诗人把她笔下的那位教师命名为"耳光老师"，其反讽与批评的态度极其鲜明。相比于《耳光老师》，《瘦老师》一诗的叙述语调温和多了，诗人对因为清贫而消瘦的老师怀有同情态度，结尾处对那位"瘦老师"窘迫家庭状况的生动描述，为文本增添了一丝思想的暖色调，但文本前半部分对"瘦老师"的"瘦"与"白"的形体特征的叙述语调，还是充满了某种调侃、反讽的意味，凸显其先锋性的审美趣味与写作立场。简言之，诗人运用反讽性的叙述方式完成了对老师（教师）传统形象的现代性解构行为。

从刻画老师形象与对待老师的态度可以看出，诗人身上的反讽精神、解构意识与幽默趣味是颇为鲜明突出的，即使在她描绘亲人形象、进行亲情叙事的文本中也是如此。例如，在《冬天去看望老人》一诗中，诗人这样描述"二伯"的形象：

冬天去看望老人

褐色棉帽瑟缩在二伯的头上／问他索要 72 岁的温暖／术后的脸色比纸白／他新剧本里的人物都才活了半条命／他双手钻进袖筒里不肯出来和他们见面／只有胰岛素过来／他才乖乖交出胳膊，胳膊比钢笔瘦／墨水在血管里静静地流／对寒冬造访的我／他露出四个加号的笑容

2006 年 12 月

诗作标题中的"老人"就是诗人的"二伯"。在这里，诗人运用暗喻性、夸张性的现代性语言方式与修辞手法，描述了她冬天去医院看望生病的"二伯"的情景，十分生动、传神地刻画出了一位富有文艺创作才能但体弱多病、身体消瘦的传统文人形象。诗作篇幅精短，表现有力，形象鲜明，语调幽默，令人忍俊不禁。

比之于诗人对"二伯"形象的幽默式描绘，其描绘亲人形象、进行亲情叙事的文本在叙述语调上则显得庄重得多，我们来欣赏一下《鸽群与白桦林》：

鸽群与白桦林

在确认自己已经高度耳背之后，父亲／把五十年前的听力交给我／把鸽群与白桦林的苏联交给我／／小路，山楂树，纺织姑娘／喀秋莎，鸽群／莫斯科郊外的晚上。父亲的十七岁／是一对儿幸福的耳朵／／鸽群洁白，硝烟沉落／阳光抵达静悄悄的顿河，抵达／红场，无名烈士纪念碑／抵达父亲的课本。父亲的十七岁／是一个对俄语激动不已的频道／／父亲不知道。央视的音乐频道／推出苏联歌曲的怀旧经典／他正等着手里的麻将"听牌"。他也不知道／洁白的鸽群正从蔚蓝的天空飞来／作为五十年前一片白桦林里最挺拔的一棵／他耳朵里的那个巢／／至今还空着

2007 年 8 月 17 日

诗人有意选用"鸽群与白桦林"为该诗的核心意象，着力突出"我"的"父亲"在 20 世纪 50 年代形成的"俄罗斯情结"。在诗中，女诗人精心设计了一系列具有典型时代特色、充满俄罗斯风情的意象画面，同时重点叙述了外形英俊挺拔的"父亲"在五十年前不幸失聪的遭遇，并在当下日常生活场景描叙中，呈现"父亲"浪漫、美好的青春记忆与怀旧情绪。诗作情绪冷静、克制，完全运用意象的手法来叙事、抒情，展示现代主义的运思特点与表意策略。

除了写人，在叙事、写景及状物方面，也比较一以贯之地体现诗人身上的反讽精神、解构意识与幽默趣味。下面我们分别选择一些相关文本进行简要解读与论述。

我们现在来欣赏一首亲情叙事的诗作《黑白照》：

黑白照

和这张黑白照相关的动词分别是 / 尖叫、挤、踩、摇晃、晕车、呕吐 / 买票、吸吮手指，买冰棍 / 坐船，几欲侧翻，擦汗，埋怨 / 排队、买票、吃饭（炒饼、蛋汤，吃得满头冒汗）/ 渴，乘凉，哭，打屁股，买冰棍 / 肚子疼，中暑，呕吐 // 父母坐好，儿女站在前排，居中 / 父亲握着女儿的手，儿子靠着母亲，歪着头，右脚踩着左脚 / 和四人相关的另外一些词汇是 / 瘦、白净、黧黑、乌黑、明亮 / 白衬衫、圆角领碎花棉布衬衫、连衣裙、开裆小裤衩 / 塑料凉鞋、平底方口布鞋 / 教师，农民，小学生，学龄前儿童 // 来，笑一个 / 照相师傅钻进黑布子里 / 女儿趁机把一条长辫子搭在前面 / 父亲抻了抻袖子 / 母亲犹豫片刻，上身保持端坐 / 她的头向父亲稍稍斜了斜 / 一，二，三，咔 / 1982 年 6 月摄于长治市北郊公园

2010 年 3 月

这首诗回忆性地叙述了诗人童年时代与家人在长治市北郊公园拍摄全家福的情景。文本开端，诗人利用一系列动词或动词意象，以旁观者的眼光与态度，客观、冷静地描述了一家人挤着公共汽车、乘坐轮船、一路劳顿着折腾着前往长治市照相馆的真实情形，尔后，诗人依然运用旁观者的眼光与照相机般的观察方式，不带任何情感色彩地客观描述一家人照相时的衣着、打扮、动作与神态，简言之，这首诗是对诗人早年拍摄全家福过程与场景的客观现象还原，其叙述方式完全是现代性的，充满先锋色彩与幽默意味，给人留下深刻印象。

与《黑白照》有些类似，《要紧的事情》也涉及亲情表现，可以视作一个亲情叙事的文本：

要紧的事情

炉火要紧，棉坎肩要紧。老花镜，藤条摇椅 / 中草药，晚报要紧。生一点小病要紧 / 你拢火，熬药，递老花镜、晚报给我 / 你在屋里忙来忙去要紧 // 现在的情形正相反。没有老花镜，藤条摇椅 / 中草药，没有棉坎肩，炉火这些都不要紧 / 你从晚报后面探过头看着我。要紧的是 / 在屋里忙来忙去的是我 / 看着我忙来忙去的是你 // 为了偿还这些。你长寿要紧。/ 我做好备忘录要紧

2008 年 3 月 25 日

根据此诗的语境，诗中的"你"是一位戴"老花镜"、身体欠佳、时常要熬"中草药"的老者（前辈），与"我"属于亲人关系。文本扣住"要紧"这一词语与形容词意象，生动地描述了一幅日常生活场景，文本的叙述语调充满反讽意味，幽默十足，趣味横生。

涉及亲情的日常生活叙事呈现反讽色彩与幽默意味，以旁人与邻居为主角的日常生活叙事依然也展示出这样的艺术特色。《叙事：立冬》堪称这方面的典型文本：

叙事：立冬

冬天站起来，踱着威严的步子走近／穷人甲第三次从市场袖手而归／他带回两个消息。第一个是好消息／煤炭降价了／"我们还是买不起"，这是一个坏消息／穷人甲的老母亲在墙根下晒着太阳／她有三个好消息：第一是早起就什么也听不见了／第二个是今天天气还那么暖和／"天，是可怜穷人的天呢！"她对着阳婆婆恭敬作揖／然后她扯着嗓门喊：／隔壁富人乙倒腾的两大车煤／"今天还没卖出去！"

2008 年 11 月 6 日

该诗的标题明确为讲述立冬时节的一个故事。诗人运用小说笔法，先是煞有介事地叙述了"穷人甲"从"煤炭"市场上带回来的两个消息——第一个是好消息"煤炭降价了"，第二个坏消息"我们还是买不起"。接着，诗人不动声色地叙述"穷人甲的老母亲"给人们带来三个好消息：第一个好消息是早上起来她自己失聪了，第二个好消息是"今天天气还那么暖和"，而第三个好消息则是"隔壁富人乙倒腾的两大车煤"，"今天还没卖出去"！这个文本运用深度反讽的手法，揭示了穷人的可怜处境及变态心理，展示深刻的人性思考主题意向，凸显黑色幽默的审美趣味，令人感觉沉重。

接着我们来欣赏一下诗人如何写景，与审美趣味传统型的女性诗人相比，会呈现一番怎样的景象呢？这里，我们先来看一首最为传统的写景题材的诗作《明月夜》：

明月夜

月亮就在窗外／窗外不远处，不远处的／大家的夜空。／我所偏得者／是一面平铺在床上的月光／素洁，发着幽光

传统型的诗人在描写明月夜的景致时，往往会带给读者以古典、唯美或浪漫的审美感觉，而诗人笔下的明月夜却打破了人们传统的审美体验，呈现一幅冷漠的景象，其叙述语气带有内在的调侃与反讽意味。

我们再来看一首同样非常传统的写景题材的诗作《雨夜》：

雨　夜

这是书籍、文件、草稿纸和厌食症 / 这是手机、闹钟，和弦、发条 / 服务区和苦笑 / 这是星期五，凌晨一点 // 茶杯，果核，银汤匙、刀和药片 / 电视机。白茫茫的雪花点 / 这是沙发上 // 抱枕、遥控器、猫和毛毯 / 这是雨夜。天空下着小钉子 / 榔头和老木匠 // 她加快抢运。火炉、小针刀、酒精、城堡、马匹、粮食和地图。她盖戳、盖戳 / 妄图用一个人的名字 / 掀翻这个雨夜和整屏的雪花点

2009 年 5 月

如前所述，如果是传统型的诗人，在描写雨夜的景致时往往展示给读者的是一种浪漫或古典的审美感觉，但在诗人的笔下，呈现的却是一种混乱不堪的雨夜场景。文本运用超现实手法的手法，通过比较晦涩的、跳跃的词语与意象，展示主人公错乱的心灵幻觉与深度精神焦虑,病态的生命体验取代了外在的风景描写，呈现典型的现代主义的美学趣味。

与写景一样，诗人在状物（动物与植物）时展示同样的反讽、解构等现代性思维与审美趣味。这里举两首诗为例。

游　戏

我可以负责任地告诉你 / 这条狗愤怒了，它耗尽气力还是追不上自己的 / 尾巴。一切起于游戏，又 / 止于游戏 / 它始终以为这团诱人的杂毛 / 是别的什么

2008 年 9 月 8 日

这首诗以"狗"这种常见的动物为书写对象，诗人运用鲜活性的口语，叙述了"这条狗"始终"追不上自己的尾巴"的无聊游戏。诗作用调侃、反讽的语气凸显"这条狗"的无知，由此传达诗人对存在的荒诞意识，展现现代性的思想深度。

乌

乌与云暂别是天晴的需要 / 她去人间寻找眼睛 / 以便成为一只真正的乌 // 乌闭上口，从黑里浮出来 / 她在林间寻找乐器以便演奏悲歌 / 乌和鸦的相遇是真相的需要 // 喜鹊拣尽高枝 / 人间好事已被点数完毕 / 这世上剩下的声音都在树下 // 等待被乌鸦 / 哇的哭出来

2009 年 7 月

与"狗"比较起来，"乌鸦"具有天然的现代主义色彩，因为"乌鸦"是现代主义诗人笔下最为常见的意象符号，它喻示人类悲剧性的生存命运。在诗中，"喜鹊"这一蕴含"人类正面文化价值"的动物形象（意象），被诗人运用反讽性的语

调加以描述，以此对比性地揭示"乌鸦"遭遇到的不公平文化境遇。这首诗最为出彩的地方，是展示了诗人出色的词语想象力。

从上述对诗人不同题材的代表性文本的简要解读与阐述中，我们可以感知到诗人创作主题的丰富性。简言之，诗人对传统的事物大多采取一种解构、反叛的姿态，因此她的思想理念整体上是先锋的、前卫的、现代性的，我们这里以诗人对待爱情的态度为例，与其先锋主义的文化姿态相对应，诗人对待爱情已经失去了古典主义或浪漫主义者的理想立场，变得现实、冷漠、悲观，《描述》是这方面的典范性文本：

描 述

亲爱，我想向你描述我们不可分割的关系现在 / 水和泥的关系。水泥和墙壁的关系，墙壁 / 和另一面墙壁的关系。我们密不可分亲爱 / 就在现在，在一个九十度的夹角内 / 我们构成一个建筑的关节。我们不可动摇 // 并且我们生长。我们层层叠叠地相加 / 你覆盖我，我也覆盖你。就是这样

2007 年 9 月 4 日

在这首诗里，诗人给我们描述的爱情关系完全是一种冷冰冰的物化关系："水泥和墙壁的关系"，这种爱情关系建立在非常理性、务实的基础之上，诗人采取惯用的反讽手法与幽默语调，表现对传统爱情观念的解构性认知与态度。

除了《描述》《某》（《短诗一束：无主题变奏》之二）、《蝴蝶》等文本，均表达了类似反传统的爱情理念与态度。

毫无疑问，秋临是一位富有才华的先锋女诗人，她具有丰富的艺术想象力，语言修辞方面较为成熟、老到。我们最后举《过敏性鼻炎》一诗为例：

过敏性鼻炎

穿得过厚或者过薄 / 都容易误会气候。这一点 / 还是过敏性鼻炎 / 更接近真实。想必那病灶 / 是柔软又光洁的一小块 / 诚实地响应着空气里的 / 冷风、灰尘、花粉 / 有就是有，没有 / 就是没有

这是关于疾病的艺术表现，形象鲜明，想象丰富，语言表达简洁、精准、生动，可谓妙趣横生。

需要指出的是，与张佳惠相比起来，秋临的先锋精神还没有那么纯粹，换言之，秋临的身上还存在着传统美学趣味。例如，自 2019 年以来，在诗人创作的一批诗歌文本中，我们能够发现《桃子》《今天我们说起母亲》等不少诗作手法传统，一定程度上显示诗人向传统回归的迹象。不过整体看来，秋临的先锋姿态仍然较为鲜明，真诚希望诗人在今后的创作中能够找到最适合自己的创作方法，不断取得扎实的艺术收获。

四、口语写作向度中的日常生活叙事与亲情叙事

与"长治诗群"中部分男性诗人追求口语写作的诗歌方向一样，有些女性诗人也自觉地选择口语进行写作，表现对口语写作美学向度的认同倾向。不过，与那些具有后现代主义创作姿态的男性"口语诗人"们相比，这些女性"口语诗人"们的创作姿态其实并不先锋，因为她们的诗歌文本中后现代主义美学趣味与解构主义思想色彩并不浓厚，相反，她们的身上倒是表现比较自觉、强烈的现实主义精神与传统的美学趣味，其中，蓝色妖姬、简兮、夙洁三位女性诗人在持守口语写作向度方面是较具代表性的人物，她们在坚持日常生活叙事的同时，对亲情叙事呈现出不约而同的兴趣，体现女性的心理与情感特点（通常而言，女性比男性对亲情的体验与表达欲望整体上要更为强烈一些）。下面，对蓝色妖姬、简兮、夙洁三位女性诗人的口语写作向度分别予以简要的论述。

（一）蓝色妖姬：苦难人生、无情现实、温馨亲情的口语化叙述

蓝色妖姬，原名李慧君，20 世纪 70 年代出生，山西长治市屯留区人，近些年开始口语诗的写作，虽然写作时间不长，但她的口语诗写作颇具特色，她虽然也遵循口语诗人们普遍奉行的日常生活叙事美学原则，但其精神视野十分开阔，很少沉迷于无聊日常生活场景的平面化叙述，而是将关注的目光投向百味人生、社会现实、人间亲情身上，并且整体上呈现沉重（或凝重）的情感基调与审美风格，属于一种有分量的口语诗歌写作。

诗人对百味人生的反映实际上主要集中对苦难人生（灰色人生）的叙述上，而选择性地漏掉了人生的其他色彩（美好的人生体验），这体现诗人对人生的悲剧性认知，很大程度上，与诗人自身的人生经历与生命经验有关。《灰灰菜》就是一个例证性的文本：

灰灰菜

听妈讲 / 爷爷以前给别人放羊 / 为改善家人的生活 / 就从雇主家偷 / 揣回一小块豆饼 / 奶奶在豆饼上面 / 腾上灰灰菜 / 就做成了一家人的美味佳肴 / 姐姐那时五岁 / 怕她说漏嘴 / 奶奶问她 / 你吃的啥饭 / 答，豆饼饭 / 奶奶一巴掌上去再问，你吃的啥饭 / 答，灰灰菜 / 再问，记住了吗？ / 姐姐含着眼泪 / 答，灰灰菜

《灰灰菜》以小说笔法，用日常化的口语叙述诗人一家人的苦难往事，诗中"奶奶"的问话、打人行为以及"那时五岁"的"姐姐"的含泪回答，以其真实的细节描写与细节背后凸显穷人心态，读来令人倍感心酸，印象深刻。可以说，这首诗属于比较典型的苦难叙事。

诗人不但关注自己与亲人们的人生经历，同时更把关注的眼光投向周围人群的不幸人生遭遇。诗人对她生活过的乡村很有感情，对乡村人物的人生苦难感同身受，在《惑》一诗中，她叙述了一位"德高望重"的乡邻的人生结局：

惑

他德高望重／晚年却被疾病折磨／昨夜他用输液管／终结了自己的生命／村里人揣测／一是受不了病痛之苦／二是受不了儿媳的白眼冷落／总之／他解脱了自己／把谜留在了人间

这首诗用质朴的语言、沉重的语调，叙述了一位"德高望重"的乡邻"终结了自己的生命"的悲剧性事件，并对他的自杀原因进行了猜测，而诗人在结尾发出的感慨"他解脱了自己／把谜留在了人间"，凸显人生的苦难性质，也展示了文本灰暗的情感基调。

在《称谓》一诗中，诗人给我们讲述了一个发生在同村两个发小之间的人生悲剧：

他们是发小／小时候／一起玩泥巴／上学时／曾一起逃课／长大后／一起创业／一次在麻将场上／两人发生争吵／一人持刀将另一人捅死／活者逃逸至今未归案／死者早已入土成灰／村里人谈起他们时／从不说名字／而是称他们／活鬼／死鬼

诗人在此给我们讲述了一起在她农村故乡真实发生的悲剧性事件。文本比较出彩的地方是女诗人刻意强调，"村里人谈起他们时／从不说名字／而是称他们／活鬼／死鬼"，暗示这起悲剧事件给村里人带来了深刻的心灵伤害，大家不愿提起他们的名字，以免唤醒那段不堪回首的血腥记忆，由此，给文本带来了含蓄的艺术效果。

与《称谓》一诗中叙述的非正常死亡事件不一样，《默》一诗叙述了一起正常的死亡事件：

默

今天村广场的花架下／格外安静／没有了唱机发出的说书声／没有了高一声低一声的说话声／一个个老人如蜡像／我一打听／原来是扎堆的人群中／今早走了一位年龄最小的老人

这首短诗描述了村子里一位老人去世后，其他老人都聚集在村广场的花架下沉默不语的情景，氛围沉重，表达了诗人对生命死亡的悲剧性体认。文本叙述简洁，形象鲜明，语感与节奏营造恰到好处，给读者留下很大的回味空间。

诗人不仅非常关注村里乡亲们的人生遭遇与命运问题，对自己生活的城市周围底层民众的生存状态与生、老、病、死等问题也十分关心。在《拾荒的人》一

369

诗中，诗人为我们讲述了一个小人物的命运故事：

拾荒的人

他独身一人／喜欢喝个小酒／打个小牌／一个人吃饱全家不饿的小日子／他就这么过着／在别人眼里／闲了可以看见他／忙了可以对他视而不见／就这么一个人／在汶川大地震发生后／我曾亲手接过他捐的 500 元钱／并写下他的名字／昨天／他走了／他悄无声息地离开了人世

诗人运用质朴无华的语言，叙述了一位社会底层小人物的日常生活状态，以及他"悄无声息地离开了人世"的命运结局，刻画了这位小人物的知足常乐、纯朴、善良的性格与品质。诗作语调平静，但从中不难感受到诗人流露出来的同情与伤感情绪。

在《北方的冬天》一诗中，诗人为我们讲述了城市底层平民的生活境遇故事：

北方的冬天

天然气太贵了／烧不起／儿媳妇把壁挂炉的温度／调到了 40 度／晴天时／80 多岁的老人搬着椅子／在屋里撵着太阳跑／阴天时／她就在地上踱着方步

诗作用简洁的口语描述了北方冬天时节，一位"80 多岁的老人"因为家里烧不起燃气而在自己屋里"撵着太阳跑"的情景，一些城市平民的生活贫困状态通过真实、生动的细节描写，其生活艰辛的境况得到了充分、有力地揭示，而在《救世主》一诗中，诗人将关注的目光投向一位生病的年老女"低保户"，触及的正是人生难以回避的生、老、病、死等问题：

救世主

医院来了一位／类风湿患者／和母亲邻床／骨关节严重变形／生活不能自理／她是低保户／住院费全部报销／当她女儿把她安置妥当之后／她竟戴上眼镜／端起书／一边看一边哼唱／晚饭前／她又神情庄重地／做起了祷告／……万能的主啊／救救我吧……

诗人采用纪实手法，描述了"和母亲邻床"的年老"低保户"在被女儿安置妥当之后看书、祷告的情景，表现了社会底层民众追求生命健康的朴素愿望。诗作对"低保户"祷告情景与祷告话语的叙述语调充满一种冷幽默意味，由此展示诗人的先锋性审美趣味与写作姿态。

诗人不但对个人命运与人生问题十分关心，而且对社会现实问题也非常关注，体现民强烈的现实关怀精神。对不合理的社会现象，诗人是持批判意向的。例如，在《亲人》一诗中，诗人给我们这样描述一个乡村交通事故的"善后"处理场景：

亲 人

一个五保户因交通事故死亡／侄子，外甥瞬间都冒了出来／村委因此召开会议／讨论财产分配问题／一位村民代表说／／某某活着时／村委是他的爹／某某死了／村委就是他的儿子／侄子外甥算哪根葱／村委才是他真正的亲人／全场一阵掌声

围绕着"一个五保户因交通事故死亡"而"讨论财产分配问题"的社会事件，诗人以鲜活、生动的口语，叙述了"一位村民代表"的发言内容及在现场引起的热烈反应，揭露了一些乡村干部为了分得不义财产而完全丧失伦理道德底线的可笑嘴脸。诗作叙述语调表面不动声色，内在却充满反讽意味。

与《亲人》一诗立意类似，《送观音的和尚》一诗同样表达了诗人对拜金主义社会现象的批判意向：

送观音的和尚

今天村里来了两个和尚／着粗布素衣／手拿一串佛珠／肩挑两个箩筐／用黄色的绸布罩着／挨家挨户送观音像／一尊15元／有人不想要／推辞没现金的／他们就拿出手机／让扫码支付／口中还念念有词／阿弥陀佛

诗作用平实的语言，描述了两个和尚到村里来"挨家挨户送观音像"的真实场景，文本中有一个非常出彩的细节描写："他们就拿出手机""让扫码支付"，这个细节凸显当今高科技时代的一种商品推销行为，而结尾处，诗人这样写道："口中还念念有词／阿弥陀佛。"一下子便让这两个和尚的行为充满喜剧性的幽默与反讽色彩，让人忍俊不禁。

诗人对金钱势力对社会人心的破坏作用有着敏锐的观察与体悟，她甚至将这种观察延伸至动物领域，《潜规则》就是这样具典型性的文本：

潜规则

最近暑热／狗儿们耐不住／也生病了／上吐下泻／一个人开着豪车拉着狗／一个人走着抱着狗／他们同时／来到宠物店／同样的病／同样的药／价钱却不一样／这只有宠物店的医生知道

从诗中可以看出，当"狗儿们"生病了，一个"开着豪车拉着狗"的人与一个"走着抱着狗"的人，当他们"来到宠物店"，受到的待遇完全不同。诗作叙述语调非常平静，但暗含着的反讽意味细心的读者不难体会。

作为女性，诗人对现实生活中的家庭暴力问题无疑是很敏感的，也是很关心的，《救命啊……》是此方面的代表性文本：

救命啊……

凌晨一点多钟／四楼传来的声音／把我从梦中惊醒／清晰地听到／两个

人的／脚步声／摔门声／扭打声／家什跌倒的闷响声／接着是一个女人／尖厉的救命声／几乎是同一时间／窗外多了几十束灯光／但是又／死一样寂静／只能听到刺耳又无助的／……救命啊……

这首诗以高度写实的手法，记录了诗人在夜半时分听到邻居女性被男人暴打、发出"救命"的情景，诗作结尾处的情景描写十分耐人寻味："窗外多了几十束灯光／但是又／死一样寂静。"其潜台词是邻居们都被吵醒了，但大家都沉默着，没有人愿意或者敢上门去阻止这场正在发生的家庭暴力，只能听凭这个被家庭暴力折磨的女人发出"刺耳又无助的""救命啊"的呼喊。诗作的语调客观、冷静，似乎未带任何感情色彩，但情绪基调却是灰暗而沉重的，令人非常压抑，从中隐含着诗人对家庭暴力现象的批判意向。

诗人的精神视野非常开阔，她对各种社会现实问题都很关注，例如，她非常关注城市社会底层人群的生存状态，在《午后一幕》一诗中，诗人描述了"几个栽花工"在"午后的阳光／热辣辣地炙烤着大地"时分"席地而卧"的情景，最后写道："我和朋友们坐在疾驰的车里""全都静默了"。表现了对城市农民工生存状况的真挚同情。不仅如此，诗人对过于快速的现代化、城市化进程对中国乡村生活方式的破坏这一重大社会现实问题也高度关注，《故乡的夏夜》对此予以了反映：

故乡的夏夜

故乡的夏夜是静谧的／时有蛙叫、蝉鸣／蟋蟀的奏乐／偶有猫头鹰尖厉的叫声／划破长空的沉寂／自从长临高速开通／人们再也没有了平静的夜／孤寂的娘，却说／睡不着觉的夜晚／可以数数过往的车辆／猜猜车的类型／挺好

在诗中，女诗人运用"蛙叫""蝉鸣""蟋蟀的奏乐"等自然意象来表现昔日乡村夏夜的宁静美好，而"长临高速"代表现代化、城市化的生活方式，二者存在矛盾冲突关系。在结尾处，女诗人巧妙运用"孤寂的娘"说她在失眠之夜"可以数数过往的车辆""猜猜车的类型"的自我安慰话语，凸显文本的反讽意味，从中也可以看出诗人对乡村生活方式的怀念之情。

相比反映人生问题与社会现实问题的沉重情绪基调而言，诗人关于亲情叙事的文本则显得相对情绪轻松，并且带有一种温馨的情感色调，这对诗人来说也是一种情感安抚与心理调节，由此也让诗人的诗歌写作展现比较丰富的审美情感色彩。

毫无疑问，诗人笔下亲情叙事的主要对象是她的父母双亲。其中，诗人为母亲写的诗篇相对较多，她对母亲始终怀有一种孩童般的依恋心态，《娘》是代

表性文本：

娘

梦中醒来／侧翻身／感觉到娘的手／伸过来／轻轻给我掖了掖被角／我没敢动／梦中又一次醒来／娘的手又伸过来／给我掖被角／这一晚／我醒了几次／娘就醒了几次／我已经是奔五的人了／躺在娘的身边／娘还视我如婴孩

这首诗用朴实、鲜活的口语，细致描述了母女同床而眠的情景，通过"娘"给已人到中年的"我"不断"掖被角"的细节描写，传达了母爱的温馨与甜蜜。诗作叙述语调是温柔、喜悦的，结尾还有撒娇的意味，读后令人充满淡淡的悠长的心灵感动。

除此之外，《彩色的纸片》《老摆钟》《来电》等都是关于母亲的亲情叙事诗篇。

现在，我们来看看诗人为父亲而写的亲情叙事诗篇，兹举《不舍》一诗为例：

不　舍

脑海里时常掠过一个画面／父亲临终的那天／从早上就开始不进食了／糊糊涂涂地睡着／谁叫也没反应／下午／大哥赶紧给我打电话／当我急匆匆地赶去／连喊两声爹后／他的眼努力地睁开／环视了一圈围着他的子女／而后／在喝下我喂他的沙棘汁后／永远闭上了眼睛／娘说／你爹这是提着这口气／见起你们才走啊

在这首诗里，女诗人用小说白描的笔法，真实而细致地叙述了父亲临终前的场景与细节，并通过母亲口中"你爹这是提着这口气／见起你们才走啊"来巧妙地表达诗人对父亲恋恋不舍的亲情体验。诗作叙述语调平静、节制，但内含深情，见出诗人的叙述功力。

通过上面的简要论述，可见蓝色妖姬是一位现实主义精神颇为自觉、强烈的诗人，其诗歌文本也体现出传统的美学风格，但是，整体来看，蓝色妖姬还是一位先锋型的口语诗人，因为她的审美趣味整体上倾向于先锋，我们在她的《钢笔》《一张合照》《电影〈猛龙过江〉在学校门口开演了》《明星效应》等不少文本中，均能感受到她的反讽精神与幽默趣味，我们在此再举《别样咖啡》一诗为例：

别样咖啡

村里的王某／儿女都有出息／喝的茶水／也由原来的大叶茶／换成了咖啡／他的邻居和朋友／也时不时地到他家蹭喝／但是／泡咖啡用的是原来的茶具

从中不难体会，诗中"村里的王某"身上所展示的典型农民作风与农民心态，

373

凸显文本的冷幽默趣味，而诗的标题"别样咖啡"更是展示女诗人身上的反讽精神。

简言之，蓝色妖姬用她充满沉重人生感与社会现实精神的口语诗作，为长治籍女性诗人的口语写作带来了别样的韵味。

（二）简兮：口语化写作倾向中的乡土叙述、亲情叙述及其他

简兮，原名王海燕，20世纪70年代出生，山西长治人，现为长治中学语文教师。系中华诗词学会会员、山西诗词学会会员。

与蓝色妖姬一样，简兮从事诗歌写作的时间不长，而且两人都有乡村背景，不过，简兮身上的乡土情结比蓝色妖姬要浓厚，她创作的乡土题材与主题的诗歌文本数量不在少数，而且品位不俗，《山的别称》堪称目前为止简兮进行乡土叙述的代表性文本：

山的别称

1

故乡的山／藏不住雪／也藏不住风／它太小了／只是略高于平地的一个石头山／山上八成是石头／不长庄稼也不长树／北坡种几亩玉米／南坡有小片梨树／／它有乡下的名字：岗坡

2

春风一到／南坡的梨花就开了／来看花的都是村里的老人／头顶和梨花一样白／年轻人到大城市去了／盖楼房，铺地砖，安暖气／做零件，送快递，当厨师……／梨树承受不了／这无边的轻／边开边落，一地雪／／我便给它取个新名：／"梨花落"

3

随心所欲的绿毯／慢条斯理的羊群／是最醒目的搭对／七叔的鞭子／只放牧，头顶的云／这云／飘到孩子们暂住的城市／便是故乡的云／"啪啪"的清脆之响／是小村的喜庆之意／／"白云里"／是我给它的名字

4

稠密的白／从山脚涂到山顶／饮尽秋风，饮尽北风／白草芨芨／枯而不萎／弯腰又挺立／似命中带硬的父辈／劳作经年／／"风乍起"／我又说不出口这个名字

5

"喜鹊和人一样，是聪明动物"／父亲说／他在山顶亲眼见过／一只喜鹊死了，躺在石头上／一群喜鹊围着它叽叽喳喳／商量后事／亲戚们也从远处赶来／叽叽喳喳讨论／开追悼会／那天下午，那一大群／是平时的三倍／／

好吧，爸爸，"山鹊鸣"／是不是说的这里

6

抗战时留下的壕沟／在山的制高点／小时候觉得它很深／现在觉得它很浅／小时候，常匍匐下去／端着木棍射击／现在，对生活／已没有了反抗之心／每次站在这里／看看北边新修的公路／东边刚通的高铁／／"观景台"，更适合这里

7

山坡下的坟地，长眠着我的祖辈／他们短暂的生命已走向旷远／"渺渺无涯"，是你的名字／山神庙前两排酸枣／红艳艳，从秋挂到春／"草木之心"，是你的名字／烈士碑前的宽阔山地／曾是部队坦克训练场／"绿马飞鬃"，是你的名字／…，…，…

8

我们村里说"上山"是"上冈坡"／总觉得这个名字很土气／每次给它取了新的名字，又想／东坡／不也只是个坡吗

这首诗以故乡一座名叫"冈坡"的山为描述对象，分成八个小节，从第二节至第七节，都给这座名叫"冈坡"的山取了个别名，实际上是从几个不同角度与层面来描写这座山的风景，叙述这座山的历史。

第一节，诗人运用带有当地民谣色彩的质朴语言与夸张性修辞，指出"冈坡"只是"一个石头山"，"它太小了"，同时精确地勾勒"冈坡"的形状与地理面貌。

第二节，诗人用生动的语言和丰富的想象，描述了春天时节"南坡的梨花"美丽绽放的动人景象。诗人在诗中特别强调，"来看花的都是村里的老人"，"年轻人到大城市去了"，并要给这座山"取个新名""梨花落"，这个命名暗指乡村面临颓败的命运，流露出诗人内心深处的浓浓伤感情绪。

第三节，诗人用了形象的比喻与丰富的联想，描绘了夏天时节山上绿草如茵、"七叔"赶着洁白羊群在山坡上悠闲觅食的美妙田园景象。在这节诗中，"云""故乡的云"是核心意象，女诗人围绕着"云"，展开动人的想象："七叔的鞭子""只放牧，头顶的云"，并且有意让"这云／飘到孩子们暂住的城市"，非常生动有力地凸显"七叔"对在城市里打拼的孩子们的强烈思念之情。而"我"在此给这座山起名为"白云里"，暗含着诗人期盼漂泊在城市的农村孩子不要忘记自己故乡的美好愿望。

第四节，诗人用了简洁而雅致的语言，描述了深秋时节故乡山坡上"白草芨芨／枯而不萎"的凄凉景象，并且由此联想到"劳作经年"的"似命中带硬的父

375

辈"。在这里，诗人用山坡上白草衰败的意象画面来暗喻故乡的父辈劳累一生，如今均已垂垂老矣。在结尾，诗人欲给这座山起名为"风乍起"，含蓄地暗示她希望远在外面的乡村游子们在深秋时节应思念自己故乡年迈的亲人，记得回家看望他们，其言辞与意境充满古典意味。

第五节，诗人运用朴素、鲜活的口语，生动描述了父亲在山上见到的"一只喜鹊"葬礼的动人场景。在诗节的结尾，诗人用了一种喜悦的语调，想给故乡这座山命名为"山鹊鸣"，暗示这是一块充满灵性的土地，这是一块有情有义的土地，凸显诗人对故乡的真挚热爱之情。

第六节，诗人运用流畅的语言，对山上"抗战时留下的壕沟"进行了童年时代的追忆性描述，然后回到现实情景中，"看看北边新修的公路 / 东边刚通的高铁"，在抚今追昔的对比中，诗人对故乡的沧桑巨变充满自豪之情。在结尾处，诗人语气坚定地想把故乡这座山命名为"观景台"，表达对新时代农村故乡的热爱、骄傲与欣赏之情。

第七节，顺承着第六节的表现内容，诗人重点叙述"山坡下的坟地，长眠着我的祖辈 / 他们短暂的生命已走向旷远"，将故乡的革命烈士作为自己的缅怀对象。诗人怀着对故乡先烈们的无比敬仰之情，连续展开热烈的想象："渺渺无涯"，是你的名字；"草木之心"，是你的名字；"绿马飞鬃"，是你的名字。这是女诗人对故乡先烈们的名字展开的想象，突出他们的神秘庄严、侠骨柔情、潇洒彪悍的英雄形象，实际上，这也是诗人想对故乡这座山的几个命名，由此给读者留下了开阔的想象空间。在这节诗中，再次彰显诗人对故乡的由衷热爱与无比骄傲之情。

第八节，诗人运用充满泥土气息的口语，叙述自己对"冈坡"这个山名的感受，先是觉得很土气，于是每次给它取个新名字，最后说"东坡 / 不也只是个坡吗"，对自己之前的命名行为进行自我否定与解构，不但呼应了诗作的开头（第一节），使得全诗结构完整，也凸显文本反讽、幽默的审美趣味，展示女诗人先锋性的写作姿态。

简言之，这首诗构思巧妙，从不同季节、不同层面立体化的刻画故乡山冈的艺术形象，情感丰富而真挚，深刻有力地呈现诗人身上浓郁的乡土情结，展示诗人在乡土叙述方面非常扎实的艺术功力，值得人们称道。

需要说明一下的是，在大多数情况下，诗人笔下的乡土叙述与亲情叙述总是结合在一起，因为诗人对乡村、田园的热爱与她对故乡亲人（以父母为代表）的热爱之情密不可分。在此，我们可以《在故乡山里听蝉》一诗为例：

在故乡山里听蝉

故乡山里的蝉声，此起彼伏／合奏齐鸣，一浪高过一浪／这浪涛让故乡的山林更幽静／故乡的田野更寥廓／／蝉鸣有时会停下来／站在梨树的枝头玉米的身旁／站在父亲的肩上／似乎让他又多了一点压力／／蝉鸣停下来／落在一碗清茶里／落在母亲脸颊的皱纹里／／在故乡的山里听蝉／它漫过山坡／蹚过果园／送来时间的波纹

这是一首很有艺术品位的乡土叙述诗，诗作运用质朴而清新的笔调，生动描述了诗人当年在故乡山里听蝉的情景，这实质上是对诗人乡村生活记忆的艺术性呈现。不过我们很容易发现，在诗中，诗人美好的乡村生活记忆里出现了父亲劳作的场面，与母亲品茶的情景，简言之，诗人美好深沉的乡村情感，与她对父母亲的热爱与眷恋情感呈水乳交融状态，难分彼此。

因此我们也可以这样说，在大多数情况下，诗人通过乡土叙述来呈现亲情叙述，或者通过亲情叙述来呈现乡土叙述，这是诗人情感记忆叙述的一个艺术特点或亮点，在这里，诗人的乡土记忆与亲情记忆是互为衬托、互为见证的紧密关系。我们在《棉桃》《蒲公英》等文本中可以真切感受到这一点。

淳朴、真挚、深情，是诗人乡土叙述的主要审美情感特点，也是诗人亲情叙述的主要艺术特色之所在。《烫发》可谓诗人亲情叙述的典范性文本：

烫 发

每年腊月／母亲都要去烫发／一年又一年／卷曲的发丝记载着母亲／曾经的美丽／／后来母亲接受了化疗／母亲／也要等到头发长长以后／让我搀扶着去烫发／瘦到只有80斤的母亲／坐在散着热气的球形烫发机下面／靠在我身上／像个倔强而爱美的孩子／／母亲走了／带着她的卷发／二十六年了／母亲的卷发还好吗／／我也在腊月里烫了发／我想问问／长眠在地下的母亲／咱俩的发型，谁的更好看

这首亲情叙述的诗用了亲切的语言与怀旧语气，追忆性一描述了二三十年前"我"在腊月里陪着"接受了化疗"的母亲去烫发的情景，诗中对母亲烫发时的神态与动作的细节描写，尤其是诗的结尾叙述"我也在腊月里烫了发"，并想问长眠在地下的母亲"咱俩的发型，谁的更好看"，女儿表面上活泼、俏皮的话语，凸显诗人对自己母亲数十年来刻骨铭心的深深思念，读后使人无比感动。

由此可见，简兮笔下的乡土叙述与亲情叙述很有艺术特色。这里还需指出的是，诗人虽然基本上采用口语写作，但她也不时使用雅致的书面语，表现古典倾向的审美趣味，《丁香花》是此方面的代表性文本：

丁香花

四月的阳光细细端详它的花穗／微风悄悄搬运它的香味／涉世未深的小鸟 在它怀里／鸣声折叠着清脆／／一株丁香花，开在岁月深处／树下还是从

前那个少年　等待／溢出千万盏四齿的高脚杯／晕染成淡紫色的光辉

这首短诗运用雅致、干净的语言与丰富的想象，描绘了丁香花高贵、浪漫、优美的艺术形象，呈现古典色彩的审美意境。

除此之外，《雪》《雪落》《一场雪》《叶落》等诗作都富有想象力，呈现古典审美意境，而且情感基调温柔、忧伤，体现女性诗人的情感与心理特点。

当然，整体而言，简兮还是一位口语写作倾向比较鲜明的诗人，在她的不少诗歌文本（例如《冬天的麻雀》《防疫》等）中，反讽、解构、幽默等先锋精神元素还是存在的，我们这里举《负罪感》一诗为例：

负罪感

单位让交／无犯罪记录证明／从微信山西公安／找出打印好／交到安全科的时候／心里／惴惴不安／我感觉自己开了一份假证明

诗人运用日常口语，叙述了自己去单位交一份"无犯罪记录证明"的经过，诗中关于"我""惴惴不安"的"负罪感"的心理描写，充满一种反讽与冷幽默的意味，令人暗中发笑。

总之，简兮是一位富有才情的、展示口语写作倾向的女诗人，她未来的创作还充满新的可能性，期待她给我们带来更多的惊喜。

（三）凤洁：对生活、现实、亲情冷色调的口语化叙述

凤洁，原名赵春红，20世纪70年代出生，山西长治襄垣人。

凤洁的写作经历与蓝色妖姬、简兮颇为相似，起步较晚，在公开诗歌刊物上发表作品不多，不过，凤洁是在网络上比较活跃的口语诗人，她的诗歌文本入选过《新世纪诗典》《中国女诗人先锋诗选》和多个网络平台。

目前为止，凤洁在写作中完全使用口语，这一点与蓝色妖姬态度相同，而且，她们两人在叙事情绪基调上都是比较沉重的，这方面也很相似，当然还是存在叙述特点与艺术风格上的个体差异性。概括说来，凤洁对日常生活、社会现实、亲情（自我及他人）进行口语化叙述，整体情感偏于冷色调，给人比较沉重与压抑的感觉。

我们先来看诗人对日常生活的叙述，相比对社会现实、亲情（自我及他人）叙述而言，情感色彩还不是那么冷色调。例如，《曾经的恋人》叙述了一对恋人邂逅聚餐的场景：

曾经的恋人

邂逅／一起吃饭／他说／"整两口？"／她说／"整两口"／还没端起酒杯／她的脸就红了

诗作采用完全日常生活化的口语，通过对话与细节描写，真实呈现一对曾经的恋人的聚餐场面，此诗展示诗人敏锐的观察能力，她描写诗中女方"还没端起

378

酒杯／她的脸就红了"，这里既可以理解女方的不胜酒力，也可以理解成女方面对昔日恋人的尴尬心态，给读者以很大的想象空间。

与《曾经的恋人》的题材内容有些相似，《全体都有》叙述的是诗人陪同婆婆参加一次知青聚会的情形：

> 陪婆婆参加知青聚会／餐桌上／从队长开始／每人给／空座位对应的餐具里／夹了一口菜

这首短诗同样表现诗人非常敏锐的观察能力与捕捉细节的出色才能，我们从"每人给／空座位对应的餐具里／夹了一口菜"的细节描写中，不难体会到生活的不完美以及历史给人们带来的巨大遗憾，其中可以展开联想的内容十分丰富与深邃。而《全体都有》的标题与文本叙述的内容形成戏剧性反差，凸显黑色幽默的意味，情感基调是属于冷色调的。

夙洁的这首诗曾经发表在网络上。在此，我引用夙洁的网络诗友黄文庆在网络上给予《全体都有》一诗的点评：

> 这首诗里有四个痛点——第一，"知青聚会"。知青已经是一个遥远的历史概念，是一个带有特定政治色彩的人群，它给人以具有沧桑感和悲剧感并备受争议的复杂况味。它代表着一代人的生活，是社会历史链条中特殊的一环。第二，"空座位"。如果统计一下各类人群的夭折率，知青群体可能算是很高的，所以，它的悲剧色彩特别浓郁，特别能勾起人的悼亡感和缅怀感。三，"夹了一口菜"。人活在漫漫时光里，并不是只活在薄薄的当下，有景深和不受时光消磨的记忆和道义；并不是只活在现实利益的角逐和羁绊里，而可能会超脱功利和俗世亲疏，活出一定的悲悯情怀。第四，"陪婆婆"。这是两代人之间的精神联结，散发着极深的暖意。记得诗人陈东东以为诗歌要有疼痛感，疼痛感才能触及灵魂底里。所以我赞赏此诗。

应该说，诗人的网络诗友黄文庆对此诗的理解与评价还是比较深刻到位的。

相比夙洁对当下日常生活场景冷色调的叙述，诗人对过去或记忆中的生活场景的叙述反而充满某种温馨的情调，《青春期》是这方面的代表性文本：

青春期

> 上初二那年／停电停水三天／西北风吼罢／接着飘起鹅毛大雪／同宿舍的郭红英／盛了满满一盆雪／我们几个／用雪搓洗了手脸／然后抢着袖珍小镜子／抹上雪花膏

2020 年 1 月 5 日

这首诗用朴素而简洁的语言，真实、生动地描述了诗人初中时代一个严寒冬日的生活场景，其中，"袖珍小镜子""雪花膏"等具有年代感的词语与事物的出现，让文本蕴含的怀旧情感扑面而来，给人以某种温馨的感觉。

夙洁这首诗也发表在网络上，而且获得过不少男性口语诗人的一致肯定、好评与赞赏。夙洁的网络诗友马金山给予了高度好评，一口气为该诗写出了十一条评语，在此原文引用，以供读者们参考：

马金山：读夙洁的诗《青春期》的十一条

1. 夙洁，原名赵春红。女，70后。山西省襄垣县人。爱好文学，喜欢口语诗；

2. 夙洁的入典，再次给山西增添一笔精彩，而且相信在山西诗人赵立宏、吴涛等诗人的不断沟通交流下，定有更好的作品出现；

3. 本诗像是一幅美丽的画卷，有时间轴，有场景，有人物，有动作，有具体的内容，还有那个年代的独有之物，除了雪花，还有润肤之物——雪花膏，让一个时代感瞬间触手可及；

4. 诗中的鹅毛大雪在那个年代，是冬天的常见之物，给人们留下了深刻而又美好的记忆，而随着大气污染与环境治理，已逐渐成了稀罕之物；

5. 诗中描写，平铺直叙，我笔随我心，让诗意的色彩，一笔一痕，自然呈现，尤其是"搓""抢""抹"的一系列动作，完全表现出一种立体的生活场景效果；

6. 而诗里行间，又散发着浓郁的清新气息，让人不禁联想到自己身上，找回了一截纯粹的青春时光，即使停水停电，但内心的喜悦与幸福溢于言表；

7. 还有一点就是，本诗妙在不讨心，无技术可言，但没有让人觉察到任何一词一句的用意或企图，即已完成，且完成得惊心，更让人欢喜；

8. 本诗事实是一个发现美、追求美、诠释美的过程，将一个时期人的精神状态，以一种青春的姿态，完美地构筑出来了；

9. 综合本诗的写作日期，时逢山西大雪，似是回忆，又似应景，相信诗人，写的时候，饱满的情感，一定油然而生；

10. 本诗给予诗人的启示：历史在当代都会有意义，当代在未来都会有价值。

11. 镜中之谜，镜中之境，境中之景，景中之诗。

毫无疑问，马金山对夙洁《青春期》一诗的解读与阐释是非常认真、细致、用心的，也有很多精彩之处，但是总体来看，似有评价过高之嫌，我们可以理解为夙洁的这位网络诗友对诗人的这个诗歌文本过于偏爱，青睐有加。

诗人对社会现实问题也颇为关注，而且表现了某种忧患意识与担当意识，我们来看《入土为安》一诗：

入土为安

　　发小被宝马车撞死后／本就患有抑郁症的媳妇／越发疯疯癫癫满村跑／／交警队调解好的／车主赔偿死者家属 17 万／当场拿出 2 万元的丧葬费／／尾款赔偿金一拖就是半年／法院受理后需尸检报告／年迈的父母领着／一个 9 岁一个 6 岁的孙儿／用身体护着坟头号叫／死活不让媳妇娘家人／刨土掘墓

　　该诗以诗人发小的车祸事件以及善后处理结果为叙述对象，诗中所指出的"尾款赔偿金一拖就是半年"这个事实，以及死者"年迈的父母"与"媳妇娘家人"为了"刨土掘墓"进行"尸检报告"而产生的剧烈争执，令人感觉社会现实的冷酷无情，以及人性的自私与贪婪，文本的情感基调是灰色的、沉重的。

　　在《大龄青年》一诗中，我们可以感受到诗人对当今社会"单身现象"的关心：

大龄青年

　　已经参加工作五六年的／儿子和侄女／先后回来过年／儿子带回来阿贝（狗）／侄女抱回来爱丽丝（猫）

　　在这首短诗中，诗人以自己"已经参加工作五六年的"儿子和侄女为关心对象，叙述他们过年回家时各自带回来一只宠物，以黑色幽默的审美方式来表达诗人内心对"大龄青年"的婚姻焦虑。

　　而在《城里的孩子》一诗中，诗人对当今社会"独生子女问题"的关心可谓跃然纸上：

城里的孩子

　　夫妻俩都／没有原生家庭／打孤儿院就认识／寒假放后／9 岁的儿子嚷着／学别的小朋友／要回老家／／第二天一早／丈夫陪妻子去医院／摘掉了节育环

　　诗人采用日常化的口语，叙述了一对孤儿出生的夫妻因为 9 岁的儿子（独生子）闹着要回家而决定生养二胎的故事。无情的现实，让这对夫妻做了违背本心的行为与选择，从而为文本带来了冷幽默的审美表现效果。

　　此外，诗人笔下的亲情叙述也是充满冷色调的，我们先来看看诗人的《两把刀》：

两把刀

　　早年的父亲／以剃头为生／用一把他祖爷爷用过的／剃刀／养育着七个儿女／我刚入学时／偷用那把剃刀削铅笔头／磕了个小小的三角豁口／客人的头皮被刮破／父亲被打断一根手指头／／多年后／医生用一把一次性的／微创手术刀／延续老父亲的生命／靠剃刀攒下的全部积蓄／没够买这把刀

诗人运用小说笔法，通过对父亲早年供养一家人的"剃刀"，与"延续老父亲的生命"的一把"手术刀"的生动描述，在巧妙的对比手法中，揭示了父亲一生贫穷的不幸遭遇与命运，令人沉重叹息。

不同于《两把刀》以自己的父亲为观照对象，《肿瘤医院门口蹲着一个父亲》是诗人以陌生人（他人）为观察对象的亲情叙述：

肿瘤医院门口蹲着一个父亲

　　拿着十七岁女儿的病检／折起来展开反复看了三次／摸索出一支烟／反复打了三次火点燃／狠狠吸了两口鼓足腮帮／／然后／把烟圈慢慢／吐向天空

这首诗同样运用小说的白描笔法，通过对"十七岁女儿的病检""反复看了三次"，以及"摸索出一支烟／反复打了三次火点燃"等细节描写，表现这位父亲的内心世界无比痛苦，让人备感压抑。

总之，夙洁是一位具有一定艺术功力的诗人，希望她在今后的口语写作中，多创造一些展示优异想象力的诗歌文本（例如《春风摆柳》等），为坚持口语写作的女性诗人同行们带来更多更大的艺术自信。

2020 年冬，完稿于北京京师园

后　记

在当下的全球化语境中，文学（诗歌）写作的地域性问题越来越深受人们的重视，因为地域性文学（诗歌）写作能够呈现本土性的独特审美文化经验，充分展示地域性文学（诗歌）的思想艺术魅力。正是在这一意义上，我对 21 世纪以来在中国诗坛产生实质性影响力的"长治诗群"（有时也被人称作"太行诗群"）产生了浓厚的研究兴趣。说来也是机缘巧合，我与"长治诗群"几位重要成员与领军人物姚江平、郭俊明、郭新民、金所军等人，通过"太行诗会"等活动陆续相识并一见如故，彼此志趣相同，性情投合，平时互相称兄道弟，交流甚欢。在前几年与长治诗人朋友们的一次聚会上，当我向长治作协主席郭俊明兄试探性地表示自己打算花费时间与精力来研究"长治诗群"时，当场获得了郭俊明兄的豪爽反应与热忱支持，随后，郭新民、姚江平、金所军等长治及山西诗坛的精英人物也以朋友的身份对我的这一研究计划表示鼎力支持。同时，我的这一研究计划也得到了"长治诗群"内部许多实力派诗人的积极响应与热情支持，于是，我就下定决心来展开"长治诗群"的研究工作了。

由于"长治诗群"人数达百人之众，好几年的时间里，我对这百余位"长治诗群"成员的作品、诗集以及相关评论与论著进行广泛、充分的资料收集，并对这些数量很大的诗歌材料逐一认真研读，最后，经过反复考虑与比较，我确定将其中的四五十位实力派诗人列为具体研究对象，这数十位诗人的确非常值得我花费时间、精力与心血去认真研究，在阅读他们（她们）诗歌文本的过程中，我发现这一大批诗人的创作方法与艺术风格丰富多彩，与当下诗坛多元化的美学格局构成一种对应关系，而且"长治诗群"整体上艺术功力扎实，令我感觉到从事这项研究工作的成就感。

当然，要深入研究这四五十位实力诗人的创作，作为一个合格的研究者，便一定要有效地概括出每一位诗人的思想艺术特色、创作亮点与独特价值。同时，还要对不少存在相似性的诗人进行对比性研究，找出诗群内部成员之间的异同之处及其原因。说句实话，这不是一件容易的事情，是要很费脑力与心血的。在做好了研究工作的前期准备后，2019年上半年，我为自己负责的第一个地方性诗群研究课题《新世纪文化与文学视野中的"长治诗群"研究》撰写了颇为细致的写作大纲，并进行反复修改，不断深化、细化自己的研究思路。同年九月份，我又专门去了一趟长治市，面见了郭俊明兄、姚江平兄等人，就我的研究思路、计划等问题与他们当面交流，听取他们的意见与建议，同时我利用这个机会与"长治诗群"的许多成员面对面地交流，获得了不少颇具价值的第一手诗歌资料。从长治回到北京后，我开始对"长治诗群"研究课题大纲进行了必要的调整与修改，并对《新世纪文化与文学视野中的"长治诗群"研究》一书（"长治诗群"研究的成果呈现形式）的内部结构与论述内容进行反复构思，力图做到尽可能地完美无缺。2019年初冬，我开始动笔撰写《新世纪文化与文学视野中的"长治诗群"研究》一书的绪论部分，对21世纪文化格局与文学语境展开了学理性的阐述，到2019年末，完成了绪论部分的写作。

2020年，是人类历史上极不平凡的一个年份，从年初开始，中国人民与世界人民一道遭遇了新型冠状病毒的严重侵袭，生命安全遭受到了威胁，在我自己的内心深处，对中国人民乃至整个人类命运不禁萌生了一种深深的忧虑情绪，于是，我在心绪不宁的精神状态下，进入《新世纪文化与文学视野中的"长治诗群"研究》一书的写作过程当中，2020年上半年的写作状态不是非常理想，到了2020年下半年，随着国内疫情防控局势日趋好转，我的心情也日益变得宁静平和起来，全书的写作速度也日益变得顺畅起来。可以说，除了认真完成我在单位的教学工作之外，我把主要的时间精力都投入该书的写作当中。到了2020年末，我按照自己的计划完成了《新世纪文化与文学视野中的"长治诗群"研究》一书的初稿。及时与资深编辑全秋生先生联系，希望这部地方诗群研究专著交由中国文史出版社出版，全先生对我的这部书稿颇为重视，立即爽快地答应下来，表示愿意担任《新世纪文化与文学视野中的"长治诗群"研究》一书的责任编辑。同时，全先生认为该书的书名太长，建议改成《新世纪长治诗群研究》，如此显得简洁、明了，我欣然接受下来。

2021年年初，我着手对《新世纪长治诗群研究》一书进行认真修改、打磨，准备尽快交中国文史出版社出版。此时，有些"长治诗群"的成员积极、主动地为我提供了他们（她们）最新创作的诗歌文本及相关评论文章，希望得到我的评论与研究，于是，我便把这些诗人的诗歌资料补充到书稿里面，并进行了解读与阐述。这样做虽然辛苦，但无疑让我的研究更为完美，全面呈现了21世纪初至今（2020年）为止"长治诗群"的整体创作风貌。经过修改与补充后的《新世纪长治诗群研究》已达33万余字的篇幅，自己感觉还比较满意，觉得全书内容比较丰富、饱满与厚重，所研究的几十位诗人总体而言颇具代表性。当然，最有资格评价这本书的还是"长治诗群"全体成员以及那些颇具眼光的专业读者。在此，非常感谢郭俊明、郭新民、姚江平诸位兄弟对我"长治诗群"研究工作的深切理解与无比宽容，他们总是叮嘱我不要着急，不要赶时间，不要过于劳累，让我在一种从容的时间状态中完成这部地方诗群研究专著的撰写。同时，这里也要感谢刘潞生、吴涛、赵立宏、师力斌、黑骏马、北琪、张奕等长治籍诗友文朋在我撰写本书过程中，为我热情地提供有价值的诗歌资料或帮忙联系一些"长治诗群"成员，这些帮助对我而言可谓是实实在在的。正是有了上述诗人朋友的理解、宽容与帮助，我对"长治诗群"的研究成果才能很大程度上展示本人应有的学术水准。

在此，我还要感谢孙文敏、盛奇敢、吴寒冰、山云宵、玛利亚、王中含、刘瑜晔、欧阳佳欣、李烜、张庆琳、田雨、张水秋、梁欣、康丽雯、王钰婷、王雅君、贾涵仪、李昕仪等一批北师大学子，她（他）们在我撰写与修改《新世纪长治诗群研究》一书过程中，热情地帮我复印、查找并核对一些关于"长治诗群"的诗歌资料，这些青年学子或是喜爱当代诗歌，或是对当代诗歌很感兴趣，而这，也是我从事当代诗歌研究不可或缺的动力之一。最后我想说一下，2021年2月22日我从北京前往珠海，到北京师范大学珠海校区给本科生授课。由于不大适应珠海的湿热气候，春天生了一场病，身体承受着病痛的折磨，我带病把这部书稿修改好了，我的病痛体验客观上使得我对"长治诗群"部分成员笔下的生命疼痛体验书写变得感同身受，这是饶有意思的一个插曲。看来，研究者本人的病痛体验有时候也是诗歌评论与学术研究工作的一个组成部分呢。

是为后记。

谭五昌
2021年春写于北师大珠海校区